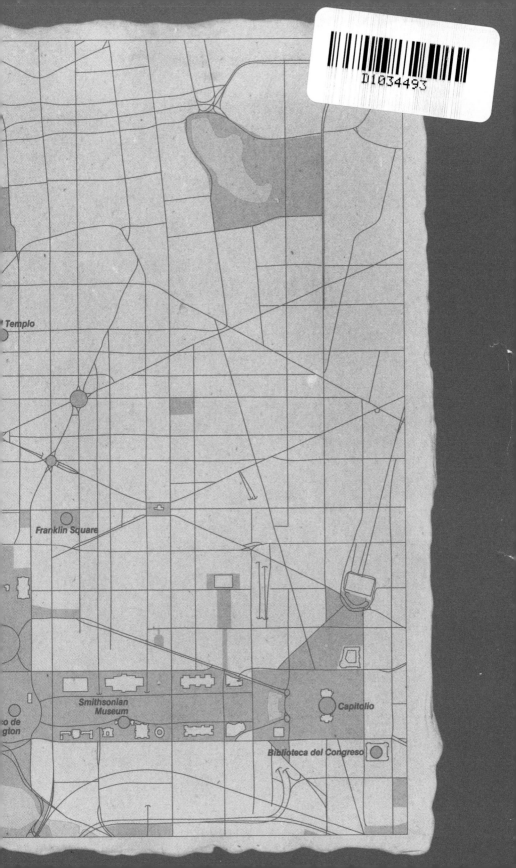

EL SÍMBOLO PERDIDO

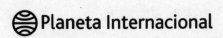

Planeta Internacional

Dan Brown

EL SÍMBOLO PERDIDO

Traducción de
Claudia Conde, M.ª José Díez y Aleix Montoto

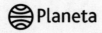 Planeta

Título original: *The Lost Symbol*

© Dan Brown, 2009
© por la traducción, Claudia Conde, M.ª José Díez y Aleix Montoto, 2009
Depósito Legal: NA. 2.860-2009
Revisión del texto: Lourdes Martínez López, Liliana Tafur y Bibiana Castro
Composición: Víctor Igual, S. L.
ISBN 978-84-08-08925-4
ISBN 978-0-385-50422-5, editor Doubleday, una división de Random House, Inc.,
    Nueva York, y en Canadá, Random House of Canada Limited, Toronto

© Editorial Planeta Colombiana, S. A., 2009
    Calle 73 N.º 7-60, Bogotá

ISBN 13: 978-958-42-2254-1
ISBN 10: 958-42-2254-6

Primera edición: octubre de 2009
Impresión y encuadernación: Worldcolor

Para Blythe

Vivir en el mundo sin percatarse del significado del mismo es como deambular por una gran biblioteca sin tocar sus libros.

The Secret Teachings of All Ages
(*Las enseñanzas secretas de todas las épocas*)

Los hechos

En 1991, el director de la CIA ocultó un documento en su caja fuerte. Hoy en día el documento todavía permanece allí dentro. En su críptico texto hay referencias a un antiguo portal y a una desconocida ubicación subterránea. El documento también contiene la frase «Está enterrado ahí fuera, en algún lugar».

Todas las organizaciones que se mencionan en esta novela existen, incluidos los francmasones, el Colegio Invisible, la Oficina de Seguridad, el SMSC y el Instituto de Ciencias Noéticas.

Todos los rituales, la ciencia, el material gráfico y los monumentos que aparecen son también reales.

Prólogo

Casa del Templo
20:33 horas

«El secreto es cómo morir.»

Desde el principio de los tiempos, el secreto había sido siempre cómo morir.

El iniciado de treinta y cuatro años bajó la mirada hacia el cráneo humano que sostenía en las palmas de sus manos. Era un cráneo hueco, como un cuenco, lleno de un vino rojo sangre.

«Bébetelo –se dijo–. No tienes nada que temer.»

Tal y como era tradición, había comenzado ese viaje ataviado con la vestimenta ritual de los herejes medievales que conducían al cadalso: la camisa abierta para dejar el pálido pecho al desnudo, la pernera izquierda del pantalón enrollada hasta la rodilla y la manga derecha remangada hasta el codo. Además, una gruesa soga alrededor del cuello: el «cable de remolque», lo llamaban los hermanos. Esa noche, sin embargo, al igual que los demás hermanos presentes, iba vestido de maestro.

Los hermanos que lo rodeaban iban todos ataviados con el atuendo completo: delantal de piel de cordero, banda y guantes blancos. Alrededor de sus cuellos colgaban joyas ceremoniales que brillaban cual ojos fantasmales en la tenue luz. La mayoría de esos hombres ocupaban posiciones de gran poder en la vida real, y sin embargo el iniciado sabía que sus rangos mundanos nada significaban dentro de esas paredes. Allí todos los hombres eran iguales, hermanos jurados que compartían un lazo místico.

Mientras contemplaba la intimidante asamblea, el iniciado se preguntó quién en el mundo exterior se podría imaginar a ese grupo de hombres congregado en un mismo lugar... O que lo hicieran en *ese* lugar. La sala se asemejaba a un santuario sagrado de la antigüedad.

La verdad, sin embargo, era mucho más extraña.

«Estoy tan sólo a unas manzanas de la Casa Blanca.»

Ese colosal edificio, situado en el número 1733 de Sixteenth Street de Washington, era una réplica de un templo precristiano: el templo del rey Mausolo; el mausoleo original..., un lugar en el que descansar al morir. En la entrada principal, dos esfinges de diecisiete toneladas vigilaban las puertas de bronce. El interior era un ornamentado laberinto de cámaras rituales, pasillos, criptas selladas, bibliotecas e incluso un muro hueco en el que se ocultaban los restos de dos seres humanos. Al iniciado le habían contado que todas y cada una de las salas de ese edificio escondían un secreto, aunque él sabía que ninguna sala contenía secretos más profundos que la gigantesca cámara en la que ahora estaba arrodillado con un cráneo humano en las palmas de las manos.

«La Sala del Templo.»

Esa sala era un cuadrado perfecto. Y cavernoso. El techo se encontraba a unos espectaculares treinta metros de altura y lo sostenían una serie de monolíticas columnas de granito verde. Rodeaba la sala una gradería de asientos de oscuro nogal ruso con piel de cerdo curtida a mano. Un sitial de diez metros de altura dominaba el muro occidental y, en el otro extremo, oculto a la vista, había un órgano de tubos. Los muros eran como un caleidoscopio de símbolos antiguos: egipcios, hebraicos, astronómicos, químicos, y otros todavía desconocidos.

Esa noche, la Sala del Templo estaba iluminada por una serie de cirios cuidadosamente dispuestos. Su tenue resplandor estaba únicamente acompañado por los pálidos rayos de luz de luna que se filtraban por el amplio óculo del techo y que iluminaban la pieza más extraordinaria de la sala: un enorme altar hecho de un sólido bloque de mármol belga, pulido y de color negro, que estaba situado en el centro mismo de la cámara de planta cuadrada.

«El secreto es cómo morir», se recordó el iniciado.

—Ha llegado el momento —susurró una voz.

El iniciado dejó que su mirada se posara sobre la distinguida figura ataviada con una túnica blanca que tenía ante sí. «El venerable maestro.» Ese hombre, de casi sesenta años, era todo un ícono norteamericano, muy querido, robusto e incalculablemente rico. Su cabello, antaño oscuro, ya estaba encaneciendo, y su famoso rostro reflejaba una vida de poder y un vigoroso intelecto.

—Haz el juramento —dijo el venerable maestro con una voz suave como la nieve al caer—. Completa tu viaje.

El viaje del iniciado, como el de todos los demás, había comenzado en el primer grado. Aquella noche, en un ritual parecido a ése, el venerable maestro le había tapado los ojos con una venda de terciopelo y, tras colocarle una daga ceremonial sobre el pecho desnudo, le había preguntado:

—¿Juras solemnemente por tu honor, sin estar influenciado por motivo mercenario o indigno alguno, que libre y voluntariamente te presentas candidato a los misterios y privilegios de la hermandad?

—Lo juro —había mentido el iniciado.

—Que te remuerda, pues, la conciencia —le advirtió el maestro—, y te sobrevenga una muerte inmediata si traicionas alguna vez los secretos que te serán revelados.

En aquel momento, el iniciado no sintió miedo alguno. «Nunca descubrirán cuál es mi auténtico propósito aquí.»

Esa noche, sin embargo, le había parecido notar una aprensiva solemnidad en la Sala del Templo, y su mente comenzó a repasar todas las advertencias que había recibido durante ese viaje, todas las amenazas de las terribles consecuencias que sufriría si se le ocurriera compartir alguna vez los antiguos secretos que estaba a punto de conocer: «Me rajarán el cuello de oreja a oreja..., me arrancarán de cuajo la lengua..., extraerán e incinerarán mis entrañas..., las esparcirán a los cuatro vientos..., me extirparán el corazón y lo arrojarán al suelo para que sirva de alimento a las bestias famélicas...»

—Hermano —dijo el maestro de ojos grises mientras colocaba su mano derecha sobre el hombro del iniciado—. Haz el juramento final.

Armándose de valor para dar el último paso de su viaje, el iniciado movió su musculosa constitución y volvió su atención al cráneo que sostenía entre las palmas de las manos. El vino carmesí se veía casi negro a la tenue luz de los cirios. En la cámara se hizo un silencio mortal, y pudo sentir la mirada de todos los testigos que permanecían a la espera de que tomara su último juramento y se uniera a sus filas de élite.

«Esta noche —pensó—, dentro de estas paredes está teniendo lugar algo que nunca antes había ocurrido en la historia de esta hermandad. Ni una sola vez, en siglos.»

Él sabía que sería el detonante... y que le otorgaría un poder inconmensurable. Revigorizado, suspiró y dijo en voz alta las mismas palabras que incontables hombres habían pronunciado antes que él en países de todo el mundo.

—«Que este vino que ahora bebo se torne veneno mortífero en mis labios si alguna vez, consciente e intencionadamente, quebranto mi juramento.»

Sus palabras resonaron en la oquedad del espacio.

Luego todo quedó en silencio.

Con manos firmes, el iniciado se llevó el cráneo a la boca y sintió el seco hueso en los labios. Cerró los ojos e, inclinándola, bebió el vino a tragos largos y profundos. Cuando se hubo terminado hasta la última gota, la volvió a bajar.

Por un instante creyó sentir que se le agarrotaban los pulmones y se le aceleraba el pulso. «¡Dios mío, me han descubierto!» Luego, tan rápidamente como le había sobrevenido, esa sensación desapareció.

Una agradable calidez le recorrió el cuerpo. El iniciado soltó un suspiro, sonriendo interiormente mientras levantaba la mirada hacia el hombre de ojos grises que ingenuamente lo había admitido en las filas más secretas de esa hermandad.

«Pronto perderás todo lo que más aprecias.»

Capítulo 1

El ascensor Otis que sube por el pilar sur de la Torre Eiffel va repleto de turistas. Dentro de la atestada cabina, un austero hombre de negocios vestido con un traje perfectamente planchado baja la mirada hacia el muchacho que tiene al lado.

—Se te ve pálido, hijo. Deberías haberte quedado en la planta baja.

—Estoy bien... —contesta el joven, esforzándose por controlar su ansiedad—. Me bajaré en el siguiente piso.

«No puedo respirar.»

El hombre se inclina sobre él.

—Creía que a estas alturas ya lo habrías superado —y le acaricia afectuosamente la mejilla.

El muchacho se siente avergonzado por haber decepcionado a su padre, pero apenas puede oír nada por culpa del pitido en los oídos. «No puedo respirar. ¡He de salir de esta caja!»

El operador hace algún comentario reconfortante sobre los pistones articulados y el hierro pudelado del ascensor. A lo lejos, las calles de París se extienden en todas direcciones.

«Ya casi llegamos —se dice el chico mientras estira el cuello y levanta la mirada hacia la plataforma de salida—. Aguanta un poco más.»

A medida que el ascensor se va acercando al observatorio superior, el hueco empieza a estrecharse y sus enormes puntales a contraerse, formando un angosto túnel vertical.

—Papá, no creo...

De repente resuena un estallido en *staccato*. La cabina da una sacudida y se balancea hacia un lado de un modo extraño. Los deshilachados cables comienzan a restallar sobre la cabina, golpeándola como si de serpientes se tratara. El muchacho se coge de la mano de su padre.

—¡Papá!

Ambos se quedan mirando mutuamente durante un aterrador segundo. Y de repente el suelo del ascensor desaparece bajo sus pies.

Robert Langdon se incorporó de golpe en su sillón de cuero, todavía aturdido por la semiconsciente ensoñación. Iba sentado a solas en la enorme cabina de un avión privado Falcon 2000EX que en esos momentos atravesaba una turbulencia. De fondo se podía oír el zumbido uniforme de los motores duales Pratt & Whitney.

—¿Señor Langdon? —crepitó el intercomunicador—. Estamos a punto de aterrizar.

Langdon se irguió en su asiento y volvió a meter las notas de la conferencia en su bolsa de cuero. Estaba repasando la simbología masónica cuando su mente comenzó a divagar. La ensoñación sobre su fallecido padre, sospechaba Langdon, debía de estar provocada por la inesperada invitación que esa misma mañana había recibido de su antiguo mentor, Peter Solomon.

«El otro hombre a quien nunca he querido decepcionar.»

El filántropo, historiador y científico de cincuenta y ocho años había tomado a Langdon bajo su protección casi treinta años atrás, ocupando en muchos sentidos el vacío que había dejado en éste la muerte de su padre. A pesar de la influyente dinastía familiar y de la enorme fortuna de Solomon, Langdon no había encontrado más que humildad y cordialidad en sus delicados ojos grises.

Por la ventanilla, Langdon advirtió que el sol ya se había puesto, pero todavía pudo distinguir la esbelta silueta del obelisco más grande del mundo, alzándose en el horizonte como la aguja de un ancestral gnomon. Los ciento setenta metros de altura del obelisco de mármol señalaban el corazón de esa nación. Alrededor de la aguja se extendía concéntricamente la meticulosa geometría de calles y monumentos.

Incluso desde el aire, Washington emanaba un poder casi místico.

A Langdon le encantaba esa ciudad y, en cuanto el avión aterrizó, sintió una creciente excitación por lo que le esperaba esa noche. El avión se dirigió hacia una terminal privada que había en algún lugar de la vasta extensión del Aeropuerto Internacional Dulles y finalmente se detuvo.

Langdon recogió sus cosas, dio las gracias a los pilotos y abandonó el lujoso interior del avión por la escalera desplegable. El frío aire de enero le resultó liberador.

«Respira, Robert», pensó mientras contemplaba los espacios abiertos.

Una sábana de blanca niebla cubría la pista, y al descender hacia el neblinoso asfalto, Langdon tuvo la sensación de sumergirse en un pantano.

—¡Hola! ¡Hola! —oyó que gritaba una cantarina voz con acento británico desde el otro lado de la pista—. ¿Profesor Langdon?

Levantó la mirada y vio que una mujer de mediana edad con una insignia y un portapapeles se dirigía apresuradamente hacia él, saludándolo alegremente mientras se acercaba. Unos cuantos rizos rubios sobresalían por debajo de un estiloso gorro de lana.

—¡Bienvenido a Washington, señor!

Langdon sonrió.

—Gracias.

—Soy Pam, del servicio de pasajeros —la mujer hablaba con un entusiasmo que resultaba casi inquietante—. Si tiene la amabilidad de acompañarme, señor, su auto le está esperando.

Langdon la siguió por la pista en dirección a la terminal Signature, que estaba rodeada de relucientes aviones privados. «Una parada de taxis para los ricos y famosos.»

—No quiero avergonzarlo, profesor —dijo la mujer con timidez—, pero usted es el Robert Langdon que escribe libros sobre símbolos y religión, ¿verdad?

Langdon vaciló y luego asintió.

—¡Lo sabía! —dijo ella, radiante—. ¡En mi grupo de lectura leímos su libro sobre lo sagrado femenino y la Iglesia! ¡Tremendo escándalo! ¡Está claro que a usted le gusta alborotar el gallinero!

Él sonrió.

—Bueno, en realidad mi intención no era escandalizar.

La mujer pareció advertir que Langdon no tenía muchas ganas de hablar sobre su obra.

—Lo siento. Parloteo demasiado. Supongo que debe de estar harto de que lo reconozcan..., aunque en realidad es culpa suya —dijo mientras señalaba alegremente la ropa que él llevaba puesta—. Su uniforme lo ha delatado.

«¿Mi uniforme?» Langdon miró la ropa que llevaba puesta. Iba con su habitual suéter de cuello alto, una chaqueta Harris de tweed, un pantalón caqui y unos mocasines colegiales de cordobán... La indumentaria estándar para las clases, el circuito de conferencias, las fotografías de autor y los eventos sociales.

La mujer se rio.

—Esos suéteres de cuello alto que lleva están muy pasados de moda. ¡Estaría más elegante con una corbata!

«Ni hablar —pensó él—. Son pequeñas sogas.»

Langdon se había visto obligado a llevar corbata seis días a la semana cuando estudiaba en la Academia Phillips Exeter, y a pesar de que el romántico director aseguraba que su origen se remontaba a la *fascalia* de seda que llevaban los oradores romanos para calentar sus cuerdas vocales, Langdon sabía que, etimológicamente, el término «corbata» en realidad derivaba de una despiadada banda de mercenarios «croatas» que se ponían pañuelos en el cuello antes de la batalla. Hoy en día, ese antiguo atuendo de guerra lo seguían llevando los modernos guerreros de las oficinas con la esperanza de intimidar a sus enemigos en las batallas diarias del salón de juntas.

—Gracias por el consejo —dijo Langdon tras soltar una risa ahogada—. Lo tendré en cuenta en futuras ocasiones.

Afortunadamente, un hombre de aspecto profesional y vestido con un traje oscuro salió de un elegante Lincoln Town que estaba estacionado junto a la terminal y le hizo una seña.

—¿Señor Langdon? Soy Charles, del servicio de limusinas Beltway —dijo, y le abrió la puerta del asiento de pasajeros—. Buenas tardes, señor. Bienvenido a Washington.

Langdon le dio una propina a Pam por su hospitalidad y luego se metió en el lujoso interior del Lincoln Town. El chofer le enseñó dónde estaban el control de temperatura, el agua embotellada y la cesta con magdalenas calientes. Unos segundos después, Langdon avanzaba a toda velocidad por una carretera de acceso restringido. «De modo que así es como vive la otra mitad.»

Mientras el chofer conducía el auto en dirección a Windsock Drive, consultó su lista de pasajeros e hizo una rápida llamada.

—Servicio de limusinas Beltway —dijo el chofer con eficiencia profesional—. Me han indicado que confirmara el aterrizaje de mi pasajero. —Hizo una pausa—. Sí, señor. Su invitado, el señor Langdon, acaba de llegar. A las siete de la tarde estará en el edificio del Capitolio. Gracias, señor —y colgó.

Langdon no pudo evitar sonreír. «No ha dejado piedra por mover.» El detallismo de Peter Solomon era una de sus más potentes bazas, y le permitía gestionar su considerable poder con aparente facilidad. «Unos pocos miles de millones de dólares en el banco tampoco hacen ningún daño, claro está.»

Langdon se acomodó en el lujoso asiento de cuero y cerró los ojos mientras el ruido del aeropuerto quedaba cada vez más lejos. El Capitolio estaba a media hora, así que aprovechó el tiempo a solas para poner en orden sus pensamientos. Todo había pasado tan de prisa que hasta ahora no se había parado a pensar seriamente en la increíble noche que le esperaba.

«Cuánto secretismo el de mi llegada», pensó Langdon, a quien la idea no dejaba de hacerle gracia.

A dieciséis kilómetros del edificio del Capitolio, una figura solitaria aguardaba con impaciencia la llegada de Robert Langdon.

Capítulo 2

Aquél que se llamaba a sí mismo Mal'akh presionó la punta de la aguja sobre su cabeza afeitada, suspirando de placer cada vez que la afilada herramienta entraba y salía de su carne. El suave zumbido del aparato eléctrico resultaba adictivo...

«Soy una obra maestra.»

La finalidad de los tatuajes nunca había sido la belleza. La finalidad era cambiar. De los escarificados sacerdotes nubios del año 2000 a. C. a los tatuados acólitos del culto de la Cibeles en la antigua Roma, pasando por las cicatrices *moko* de los modernos maoríes, los humanos siempre se han tatuado a sí mismos con la intención de ofrecer sus cuerpos en parcial sacrificio, soportando el dolor físico del embellecimiento y sufriendo un proceso de cambio.

A pesar de las aciagas admoniciones del Levítico 19, 28, que prohibían la mutilación de la propia carne, en la actualidad los tatuajes se habían convertido en un rito de paso que compartían millones de personas: de aseados adolescentes a drogadictos empedernidos o esposas suburbanas.

El acto de tatuarse la propia piel era una transformativa declaración de poder, un anuncio al mundo: «Tengo el control de mi propia carne.» El embriagador sentimiento de control derivado de la transformación física había provocado que millones de personas se volvieran adictas a múltiples prácticas para alterar la carne: cirugía cosmética, *piercings*, culturismo, esteroides..., incluso la bulimia y el transgenerismo. «El espíritu humano anhela el dominio de su revestimiento carnal.»

Una única campanada sonó en el reloj del abuelo de Mal'akh y éste levantó la mirada. Las seis de la tarde. Tras dejar las herramientas a un lado, envolvió su desnudo cuerpo de metro noventa con una bata de seda de Kiryu y recorrió el pasillo a grandes zancadas. El aire de la amplia mansión estaba cargado con la fragancia de sus tintes para la piel y el humo de las velas de cera de abeja que utilizaba para esterilizar las agujas. El imponente joven pasó por delante de las antigüedades italianas de incalculable valor que decoraban el pasillo: un grabado de Piranesi, una silla Savonarola, una lámpara de aceite Bugarini.

Cuando llegó al ventanal no pudo evitar echar un vistazo y admirar desde la distancia el perfil clásico de los edificios de la ciudad. La luminosa cúpula del Capitolio resplandecía con solemne poder contra el oscuro cielo invernal.

«Aquí es donde está escondido –pensó–. Está enterrado ahí fuera, en algún lugar.»

Pocos hombres conocían su existencia... Y todavía menos conocían su impresionante poder o la ingeniosa forma mediante la que había sido escondido. Hasta el día de hoy seguía siendo el mayor secreto de ese país. Los pocos que conocían la verdad la mantenían oculta bajo un velo de símbolos, leyendas y alegorías.

«Y ahora me han abierto sus puertas», pensó Mal'akh.

Tres semanas atrás, en un oscuro ritual que contó con la presencia de los hombres más influyentes de Norteamérica, Mal'akh había ascendido al trigésimo tercer grado, el escalón más elevado de la hermandad en activo más antigua del mundo. A pesar de su nuevo rango, los otros hermanos no le habían contado nada. «Ni lo harán», lo sabía. No era así como funcionaba la cosa. Había círculos dentro de círculos..., hermandades dentro de hermandades. Aunque se pasara años esperando, podía ser que Mal'akh nunca llegara a ganarse del todo su confianza.

Afortunadamente no necesitaba su confianza para obtener su secreto más profundo.

«Mi iniciación ha servido a su propósito.»

Ahora, revigorizado por lo que le esperaba esa noche, se dirigió a grandes zancadas a su habitación. Por toda la casa se oía la inquietante música que emitían los altavoces: una rara grabación de un castrato cantando el *Lux aeterna* del Réquiem de Verdi, recordatorio de una vida anterior. Mal'akh cogió el mando a distancia y puso el atronador *Dies irae*. Luego, mientras de fondo retumbaban los timbales y las quintas paralelas, subió por la escalera de mármol, haciendo que la bata ondeara con el movimiento de sus fibrosas piernas.

El estómago vacío de Mal'akh gruñó a modo de protesta. Llevaba dos días en ayunas, consumiendo únicamente agua, preparando su cuerpo tal y como se hacía antiguamente. «Satisfarás tu hambre al amanecer –se recordó a sí mismo–. A la vez que tu dolor.»

Mal'akh entró con reverencia en el santuario de su habitación y cerró la puerta tras de sí. De camino al vestidor se detuvo un momento, sintiéndose atraído por el enorme espejo dorado. Incapaz de resistirse, se volvió y miró su propio reflejo. Lentamente, como si desenvolviera un regalo de incalculable valor, Mal'akh abrió la bata, revelando su desnudez. La imagen lo sobrecogió.

«Soy una obra maestra.»

Su corpulento cuerpo estaba completamente afeitado. Mal'akh bajó la mirada primero a sus pies, que llevaba tatuados con las escamas y las garras de un halcón. Más arriba, sus musculosas piernas estaban tatuadas como si fueran dos pilares grabados (la izquierda en espiral, la derecha con estrías verticales). «Boaz y Jachin.» Caderas y abdomen formaban un decorado arco y, por encima de éste, adornaba su poderoso pecho un fénix bicéfalo..., con ambas cabezas de perfil y el ojo visible de éstas formado por cada uno de los pezones de Mal'akh. Los hombros, el cuello, la cara y el cuero cabelludo estaban completamente cubiertos con un intrincado tapiz de símbolos y sellos ancestrales.

«Soy una obra de arte..., un ícono en evolución.»

Dieciocho horas antes, un hombre mortal había visto desnudo a Mal'akh. Aterrorizado, el hombre había exclamado:

–¡Oh, Dios mío, eres un demonio!

–Si así es como me percibes... –había contestado Mal'akh, quien, como los antiguos, consideraba ángeles y demonios la misma cosa, arquetipos intercambiables, una simple cuestión de polaridad: al ángel guardián que vencía en la batalla, tu enemigo lo percibía como un demonio destructor.

Mal'akh bajó la cabeza y contempló el reflejo oblicuo del centro de su cuero cabelludo. Ahí, dentro de la aureola que lo coronaba, relucía un pequeño círculo de carne pálida sin tatuar. Ese lienzo cuidadosamente protegido era la única piel virgen que le quedaba. El espacio secreto había esperado pacientemente... y esa noche sería por fin completado. Aunque todavía no poseía lo que necesitaba para ultimar su obra maestra, Mal'akh sabía que quedaba muy poco para el gran momento.

Excitado ante esa idea, le pareció sentir que ya crecía su poder. Se volvió a abrochar la bata y se dirigió hacia el ventanal para volver a mirar la mística ciudad que tenía ante sí. «Está enterrado ahí fuera, en algún lugar.»

Centrándose de nuevo en la tarea que tenía entre manos, Mal'akh se acercó al tocador y se aplicó cuidadosamente una base de maquillaje corrector en cara, cuero cabelludo y cuello, hasta que sus tatuajes fueron completamente invisibles. Luego se puso las prendas de ropa y los demás objetos que había preparado meticulosamente para esa noche. Cuando hubo terminado comprobó su aspecto en el espejo. Satisfecho, se pasó la palma por el suave cuero cabelludo y sonrió.

«Está ahí fuera —pensó—. Y esta noche, un hombre me ayudará a encontrarlo.»

Mientras salía de casa, Mal'akh se preparó para el acontecimiento que pronto haría temblar el Capitolio. Había pasado por muchas cosas hasta conseguir que esa noche todas las piezas estuvieran en su lugar.

Y ahora, por fin, el último peón había entrado en juego.

Capítulo 3

Robert Langdon estaba ocupado revisando sus notas cuando advirtió que el murmullo que los neumáticos del Town Car hacían sobre la carretera cambiaba de tono. Langdon levantó la mirada, sorprendido al ver dónde estaban.

«¿Ya vamos por el puente Memorial?»

Dejó a un lado sus notas y echó un vistazo a las tranquilas aguas del Potomac. Una espesa niebla se cernía sobre la superficie. Foggy Bottom, un nombre ciertamente adecuado, siempre le había parecido un emplazamiento de lo más peculiar para construir la capital de la nación. De todos los lugares del Nuevo Mundo, los padres fundadores habían escogido una ribera pantanosa para colocar la piedra angular de su utópica sociedad.

Langdon miró a la izquierda, al otro lado del Tidal Basin, en dirección a la elegante silueta redondeada del Jefferson Memorial, al que muchos llamaban Panteón de América. Directamente enfrente del vehículo, el Lincoln Memorial se alzaba con rígida austeridad, con sus líneas ortogonales reminiscentes del antiguo Partenón de Atenas. Pero fue un poco más lejos donde Langdon vio la obra central de la ciudad: la misma aguja que había visto desde el aire. Su inspiración arquitectónica era mucho, mucho más antigua que los romanos o los griegos.

«El obelisco egipcio de Norteamérica.»

La monolítica aguja del Monumento a Washington se erguía ante Langdon, su iluminada silueta se recortaba contra el cielo como si del majestuoso mástil de un barco se tratara. Desde el oblicuo ángulo desde el que lo veía parecía que el obelisco no tuviera base... y estuviera balanceándose en el sombrío cielo como si flotara sobre un agitado mar. Langdon también se sentía como descuajado. Su visita a Washington había sido absolutamente inesperada. «Me he despertado esta mañana anticipando un tranquilo domingo en casa... y ahora estoy a punto de llegar al Capitolio de Estados Unidos.»

Esa mañana, a las cuatro cuarenta y cinco, Langdon había comenzado el día como siempre lo hacía, nadando cincuenta largos en la desierta piscina de Harvard. Ya no tenía el físico de su época de miembro de la selección norteamericana de waterpolo amateur, pero todavía estaba delgado y tonificado; su aspecto era más que respetable para un hombre de cuarenta y tantos años. La única diferencia era el esfuerzo que debía invertir para mantenerlo así.

Al llegar a casa, sobre las seis, Langdon se había entregado a su ritual matutino de moler a mano granos de café de Sumatra y saborear la exótica fragancia que inundaba la cocina. Esa mañana, sin embargo, se vio sorprendido por la parpadeante luz roja de su contestador automático. «¿Quién puede llamar a las seis de la mañana de un domingo?» Presionó el botón y escuchó el mensaje.

—«Buenas noches, profesor Langdon, lamento mucho esta llamada tan temprana. —Se podía advertir cierta vacilación en la educada voz, así como un leve acento sureño—. Me llamo Anthony Jelbart, soy el asistente ejecutivo de Peter Solomon. El señor Solomon me ha dicho que suele despertarse usted muy temprano... Lleva toda la mañana intentando ponerse en contacto con usted. En cuanto reciba este mensaje, ¿sería tan amable de llamar directamente a Peter? Seguramente ya tiene su nuevo número privado, pero por si acaso, es el 202-329-5746.»

Langdon sintió una repentina punzada de preocupación por su viejo amigo. Peter Solomon era alguien de una educación y cortesía impecables, y desde luego no se trataba del tipo de persona que llama un domingo al amanecer a no ser que pase algo malo.

Langdon dejó su café a medio hacer y corrió a su estudio para devolver la llamada.

«Espero que esté bien.»

Peter Solomon había sido un amigo, un mentor y, aunque sólo tenía doce años más que Langdon, una suerte de figura paternal para éste desde que se conocieron en la Universidad de Princeton. En su segundo año,

Langdon tuvo que atender una conferencia vespertina que daba el célebre joven historiador y filántropo. La pasión de Solomon era contagiosa, y su deslumbrante visión de la semiótica y la historia arquetípica despertó en Langdon lo que más adelante pasaría a ser la pasión de éste por los símbolos. Sin embargo, no fue la brillantez de Peter Solomon, sino la humildad de sus delicados ojos grises lo que motivó que Langdon se atreviera a escribirle una carta de agradecimiento. El joven estudiante de segundo año no contaba con que Peter Solomon, uno de los jóvenes intelectuales más ricos y fascinantes de Estados Unidos, le contestara. Pero lo hizo. Y ése fue el principio de una amistad verdaderamente gratificante.

Peter Solomon, un prominente académico cuyas tranquilas maneras disimulaban su poderoso linaje, descendía de la increíblemente rica familia Solomon, cuyos nombres aparecían en edificios y universidades de toda la nación. Al igual que los Rothschild en Europa, en Norteamérica el apellido Solomon poseía la mística de la realeza y del éxito. Peter había heredado el manto en su juventud, tras la muerte de su padre, y había desempeñado numerosos cargos de poder en la vida. Actualmente, con cincuenta y ocho años, ejercía de secretario de la institución Smithsonian. De vez en cuando, Langdon bromeaba con Peter diciéndole que la única mancha de su excelente pedigrí era el diploma de una universidad de segunda como Yale.

Ahora, mientras entraba en su estudio, a Langdon le sorprendió ver que también había recibido un fax suyo.

Peter Solomon

OFICINA DEL SECRETARIO
DE LA INSTITUCIÓN SMITHSONIAN

Buenos días, Robert:

Necesito hablar contigo inmediatamente.
Por favor, llámame cuanto antes
al 202-329-5746.

PETER

Langdon marcó el número de inmediato y se sentó frente a su escritorio de roble tallado a mano a esperar que le contestaran el teléfono.

—Oficina de Peter Solomon —contestó la familiar voz del asistente—. Soy Anthony. ¿En qué puedo ayudarlo?

—Hola, soy Robert Langdon. Antes me dejó usted un mensaje...

—¡Sí, profesor Langdon! —exclamó el joven, aliviado—. Gracias por devolverme tan rápidamente la llamada. El señor Solomon desea hablar con usted. Déjeme avisarle que está usted al teléfono. ¿Puede esperar un momento?

—Por supuesto.

Mientras Langdon esperaba que Solomon pasara al teléfono, le echó un vistazo al nombre de Peter en el membrete del fax de la Smithsonian y no pudo evitar sonreír. «No hay muchos holgazanes en el clan de los Solomon.» El árbol genealógico de Peter estaba repleto de nombres de ricos magnates de los negocios, influyentes políticos y una gran cantidad de distinguidos científicos, algunos incluso miembros de la Royal Society de Londres. El único pariente vivo de Peter, su hermana Katherine, había heredado el gen científico y ahora era una destacada figura en una nueva e innovadora disciplina llamada ciencia noética.

«Algo que a mí me suena a chino», pensó Langdon al recordar la vez que Katherine intentó explicarle, infructuosamente, en qué consistía la ciencia noética. Fue durante una fiesta celebrada hacía un año en casa de su hermano. Langdon la estuvo escuchando atentamente y luego le contestó: «Parece más magia que ciencia.»

Katherine le guiñó juguetonamente un ojo. «Están más cerca de lo que piensas, Robert», repuso.

El asistente de Solomon se volvió a poner al teléfono.

—Lo siento, el señor Solomon está en plena teleconferencia. Las cosas son un poco caóticas esta mañana.

—No pasa nada. Puedo volver a llamar más tarde.

—En realidad me ha pedido que sea yo quien le comente el motivo de nuestra llamada. Si a usted no le importa, claro está.

—Por supuesto que no.

El asistente dio un profundo suspiro.

—Como seguramente ya sabe, profesor, cada año el consejo de la Smithsonian celebra aquí en Washington una gala privada como agradecimiento a nuestros generosos donantes. A ella asiste una gran parte de la élite cultural del país.

Langdon sabía que en su cuenta corriente no había ceros suficientes para ser considerado parte de la élite cultural, pero aun así se preguntó si Solomon no tendría la intención de invitarlo de todos modos.

—Este año, como es costumbre —prosiguió el asistente—, la cena estará precedida por un discurso de apertura. Hemos tenido la suerte de poder contar con el Salón Estatuario para la celebración de ese discurso.

«La mejor sala de todo Washington», pensó Langdon, recordando una conferencia sobre política que había tenido lugar en el espectacular salón semicircular. Era difícil de olvidar quinientas sillas plegables dispuestas en un arco perfecto, rodeadas por treinta y ocho estatuas de tamaño natural, en una sala que antaño había alojado la original Cámara de Representantes.

—El problema es el siguiente —dijo el hombre—. Nuestra oradora se ha enfermado y nos acaba de informar que no podrá dar el discurso. —El asistente hizo una incómoda pausa—. Esto significa que necesitamos desesperadamente que alguien la reemplace. Y al señor Solomon le gustaría que usted lo considerara.

Langdon tardó un segundo en reaccionar.

—¿Yo? —Eso no se lo esperaba para nada—. Estoy seguro de que Peter puede encontrar un sustituto mejor.

—Es usted la primera elección del señor Solomon, profesor, no sea tan modesto. Los invitados de la institución estarán encantados de escucharlo. El señor Solomon ha pensado que quizá podría usted pronunciar la misma conferencia que dio en el canal de televisión Bookspan hace unos años. Así no tendría que preparar nada. Me ha dicho que la charla versaba sobre el simbolismo arquitectónico de la capital de la nación. Parece algo absolutamente perfecto, teniendo en cuenta el lugar en el que se celebra.

Langdon no estaba tan seguro.

—Si no recuerdo mal, esa conferencia tenía más que ver con la historia masónica del edificio que con...

—¡Exactamente! Como sabe, el señor Solomon es masón. Y también lo son muchos de los profesionales que asistirán a la gala. Estoy seguro de que les encantará oírlo hablar sobre ese tema.

«He de reconocer que sería fácil.» Langdon guardaba las notas de todas las charlas que había dado.

—Supongo que podría considerarlo... ¿Cuándo se celebra el evento?

El asistente se aclaró la garganta, y con cierta incomodidad dijo:

—Bueno... El caso, señor, es que se celebra esta noche.

Langdon dejó escapar una carcajada.

—¿Esta noche?

—A eso se debe la agitación de esta mañana. La Smithsonian se encuentra en una situación francamente difícil... —Ahora el asistente hablaba con mayor premura—. El señor Solomon le enviaría un avión privado a Boston. El vuelo sólo dura una hora, y usted estaría de vuelta en casa antes de medianoche. ¿Conoce la terminal de vuelos privados del aeropuerto Logan de Boston?

—Sí, la conozco —admitió Langdon a regañadientes. «No es de extrañar que Peter siempre se salga con la suya.»

—¡Fantástico! ¿Podría usted tomar el vuelo a las, digamos..., cinco en punto?

—No me deja muchas opciones, ¿no? —dijo Langdon tras soltar una risa ahogada.

—Sólo quiero hacer feliz al señor Solomon, señor.

«Peter tiene ese efecto en las personas.» Langdon lo consideró un momento, pero no veía otra opción.

—Está bien. Dígale que puedo hacerlo.

—¡Extraordinario! —exclamó el asistente, profundamente aliviado. Luego le dio a Langdon el número de matrícula del avión y demás información básica.

Cuando finalmente colgó, Langdon se preguntó si alguna vez alguien le había dicho que no a Peter Solomon.

Al retomar la preparación de su café, metió algunos granos más en el molinillo. «Un poco de cafeína extra para esta mañana —pensó—. Hoy va a ser un día muy largo.»

Capítulo 4

El edificio del Capitolio se yergue regiamente en el extremo oriental del National Mall, sobre una meseta elevada que el diseñador de la ciudad Pierre l'Enfant describió como «un pedestal a la espera de monumento». La gigantesca planta del edificio mide más de doscientos treinta metros de ancho por ciento seis de profundidad. Ocupa más de seis hectáreas de tierra, y contiene la sorprendente cantidad de 541 habitaciones. La arquitectura neoclásica está meticulosamente diseñada para rememorar la grandeza de la antigua Roma, cuyos ideales fueron la inspiración para los fundadores de Norteamérica a la hora de establecer las leyes y la cultura de la nueva república.

El nuevo puesto de control para turistas está situado en el interior del recientemente finalizado centro de visitantes subterráneo, bajo una espléndida claraboya de vidrio que enmarca la cúpula del Capitolio. El guardia de seguridad Alfonso Núñez, contratado hacía poco, estudió atentamente al hombre que se acercaba al punto de control. Era un tipo con la cabeza afeitada que hacía rato deambulaba por el vestíbulo, finalizando una llamada telefónica antes de entrar al edificio. Llevaba el brazo izquierdo en cabestrillo y andaba con una ligera cojera. Vestía un maltrecho abrigo del ejército, cosa que, junto con la cabeza afeitada, le hizo suponer a Núñez que se trataba de un militar. Los ex miembros de las Fuerzas Armadas de Estados Unidos se encontraban entre los visitantes más habituales de Washington.

—Buenas tardes, señor —dijo Núñez siguiendo el protocolo de seguridad, según el cual debía dirigirse verbalmente a cualquier visitante masculino que entrara solo.

—Hola —dijo el hombre, echando un vistazo alrededor. La entrada estaba prácticamente desierta—. Una noche tranquila.

—Es por las eliminatorias de la liga de fútbol americano —contestó Núñez—. Esta noche todo el mundo está viendo a los Redskins. —A Núñez también le hubiera gustado verlos, pero era su primer mes en ese trabajo y le había tocado la pajita más corta—. Deposite los objetos metálicos en la bandeja, por favor.

Mientras el visitante vaciaba torpemente los bolsillos del abrigo con su única mano hábil, Núñez aprovechó para observarlo con atención. El instinto humano solía mostrar especial indulgencia con los heridos y los minusválidos, pero Núñez había sido entrenado para hacer caso omiso de ese instinto.

Esperó hasta que el visitante extrajo de sus bolsillos la habitual colección de monedas, llaves y un par de teléfonos móviles.

—¿Un esguince? —preguntó Núñez con la vista puesta en la mano herida del visitante, que parecía estar envuelta en una serie de gruesas vendas elásticas.

El hombre calvo asintió.

—Resbalé en el hielo hace una semana. Todavía me duele muchísimo.

—Lo lamento. Pase, por favor.

Cojeando, el visitante pasó por debajo del detector y la máquina emitió un pitido.

El visitante frunció el ceño.

—Me lo temía. Bajo las vendas llevo un anillo. Tenía el dedo demasiado hinchado para poder sacármelo, así que los médicos me vendaron con él.

—No hay problema —dijo Núñez—. Utilizaré el detector manual.

Núñez pasó el detector de metales por la mano vendada del visitante. Tal y como esperaba, el único metal que encontró fue una gran protuberancia en su herido dedo anular. Núñez estuvo un buen rato pasando el detector de metales por cada centímetro del cabestrillo y el dedo del visitante. Sabía que seguramente su supervisor lo estaba monitoreando por el circuito cerrado del centro de seguridad del edificio, y Núñez necesitaba ese trabajo. «Siempre es mejor ser precavido.» Con cuidado, deslizó el detector manual por debajo del cabestrillo.

El visitante hizo una mueca de dolor.

—Lo siento.

—No pasa nada —dijo el hombre—. Hoy en día nunca se es suficientemente prudente.

—Y que lo diga.

A Núñez le gustaba ese tipo. Curiosamente, eso era algo que importaba mucho allí. El instinto humano era la primera línea de defensa contra el terrorismo en Norteamérica. Estaba demostrado que la intuición humana era un detector de peligro más preciso que todos los artilugios electrónicos del mundo: el «regalo del miedo», lo llamaba uno de sus libros de referencia sobre seguridad.

En ese caso, los instintos de Núñez no advirtieron nada que le causara miedo alguno. Lo único raro que había visto, ahora que estaban tan cerca, era que ese tipo de aspecto tan duro parecía usar una especie de maquillaje bronceador o corrector en la cara. «Pero bueno. Todo el mundo odia estar pálido en invierno.»

—Todo en orden —dijo Núñez al completar la revisión, y apartó el detector.

—Gracias —el hombre comenzó a recoger sus pertenencias de la bandeja.

Mientras lo hacía, Núñez se dio cuenta de que los dos dedos que sobresalían del vendaje estaban tatuados; en la punta del dedo índice tenía la imagen de una corona, y en la del pulgar, una estrella. «Parece que hoy en día todo el mundo va tatuado», pensó, si bien a él la almohadilla de los dedos le parecía un lugar demasiado doloroso.

—¿Esos tatuajes no le dolieron?

El hombre bajó la mirada hacia las puntas de sus dedos y se rio entre dientes.

—Menos de lo que se imagina.

—Qué suerte —respondió Núñez—. El mío me dolió un montón. Me hice una sirena en la espalda cuando estaba en el campamento militar.

—¿Una sirena? —el hombre calvo se rio entre dientes.

—Sí —dijo Núñez, algo avergonzado—. Un error de juventud.

—Sé a lo que se refiere —repuso el hombre calvo—. Yo también cometí un gran error en mi juventud. Ahora me despierto cada mañana con él.

Ambos se rieron mientras el visitante se alejaba.

«Un juego de niños», pensó Mal'akh mientras se distanciaba de Núñez en dirección a la escalera mecánica que lo llevaría al edificio del Capitolio. Entrar había sido todavía más fácil de lo que había previsto. La postura encorvada y la barriga acolchada habían ocultado su auténtica constitución, y el maquillaje de cara y manos, los tatuajes que cubrían su cuerpo. La verdadera genialidad, sin embargo, había sido el cabestrillo, que camuflaba el poderoso objeto que acababa de introducir en el edificio.

«Un regalo para el único hombre en la Tierra que me puede ayudar a obtener lo que busco.»

Capítulo 5

El museo más grande y tecnológicamente avanzado del mundo es también uno de sus secretos mejor guardados. Alberga más obras que el Hermitage, los Museos Vaticanos y el Metropolitano de Nueva York... juntos. Y a pesar de esa espléndida colección, poca gente es invitada a cruzar sus extremadamente vigilados muros.

Situado en el 4210 de Silver Hill Road, justo en las afueras de Washington, el museo es un gigantesco edificio con forma de zigzag que consta de cinco naves interconectadas, cada una de las cuales es más grande que un campo de fútbol. El exterior azul metálico apenas insinúa su extraño interior: un mundo alienígena que contiene una «zona muerta», una «nave húmeda», y más de ciento ochenta mil metros cuadrados de armarios de almacenamiento.

Esa noche, la científica Katherine Solomon no podía evitar sentir una gran inquietud mientras conducía su Volvo blanco hacia la puerta principal del edificio.

El guardia sonrió.

—¿No le gusta el fútbol americano, señora Solomon? —Bajó el volumen del programa de televisión previo a la eliminatoria de los Redskins.

Katherine forzó una tensa sonrisa.

—Es domingo por la noche.

—Oh, es cierto. Su reunión.

—¿Ha llegado ya? —preguntó con ansiedad.

El guardia echó un vistazo a sus papeles.

—No veo su nombre en el registro.

—Llegué temprano —dijo ella y, tras hacerle un amistoso gesto con la mano, Katherine siguió avanzando por el serpenteante camino de acceso hasta llegar al lugar en el que solía estacionar, al fondo del pequeño estacionamiento de dos niveles. Empezó a recoger sus cosas y, más por costumbre que por vanidad, se echó un rápido vistazo en el espejo retrovisor.

Katherine Solomon había sido bendecida con la piel mediterránea de sus antepasados, e incluso con cincuenta años seguía teniendo una suave tez aceitunada. Apenas se ponía maquillaje, y solía llevar su espesa cabellera negra suelta y natural. Al igual que su hermano mayor, Peter, tenía los ojos grises y una elegancia esbelta y patricia. «Podrían ser gemelos», solía decirles la gente.

Su padre había sucumbido a un cáncer cuando Katherine apenas tenía siete años, y ella casi no lo recordaba. Su hermano, ocho años mayor, y que contaba con quince cuando el padre de ambos murió, se vio obligado a comenzar el viaje para convertirse en el patriarca Solomon mucho antes de lo que nadie hubiera esperado. Aun así, Peter asumió el papel con la dignidad y la fortaleza correspondientes al nombre de su familia. Y todavía hoy protegía a Katherine como cuando eran niños.

A pesar de la ocasional insistencia de su hermano, y de haber tenido no pocos pretendientes, Katherine nunca se había casado. La ciencia se había convertido en su pareja, y finalmente su trabajo había demostrado ser más satisfactorio y excitante de lo que ningún hombre podría haber llegado a ser. No se arrepentía de nada.

El campo que había escogido —la ciencia noética— era prácticamente desconocido la primera vez que oyó hablar de él, pero en los últimos años había comenzado a abrir nuevas puertas para comprender el poder de la mente humana.

«El potencial todavía sin explorar es verdaderamente sorprendente.»

Los dos libros de Katherine sobre ciencia noética la habían situado como la principal figura de ese oscuro campo. Sus más recientes descubrimientos, cuando se publicaran, prometían convertir la materia en un tema de conversación corriente en todo el mundo.

Esa noche, sin embargo, la ciencia era la última cosa que tenía en la cabeza. Unas horas antes había recibido una noticia verdaderamente inquietante en relación con su hermano. «Todavía no me puedo creer que sea verdad.» No había podido pensar en otra cosa en toda la tarde.

El leve golpeteo de la suave lluvia sobre el parabrisas hizo que Katherine volviera en sí, y se apresuró a recoger todas sus cosas para entrar de una vez en el edificio. Estaba a punto de salir del auto cuando sonó su teléfono celular.

Katherine miró el número que la llamaba y dejó escapar un profundo suspiro.

Luego se colocó el pelo por detrás de las orejas y aceptó la llamada.

A diez kilómetros de allí, Mal'akh deambulaba por los pasillos del edificio del Capitolio con un teléfono celular en la oreja. Esperó pacientemente a que descolgaran.

Finalmente una voz de mujer contestó.

—¿Sí?

—Tenemos que volver a vernos —dijo Mal'akh.

Hubo una larga pausa.

—¿Va todo bien?

—Tengo nueva información —añadió él.

—Dígame.

Mal'akh respiró profundamente.

—Lo que su hermano cree que está escondido en Washington...

—¿Sí?

—Puede ser encontrado.

Katherine se quedó anonadada.

—¿Me está diciendo que es... real?

Mal'akh sonrió para sus adentros.

—A veces una leyenda que perdura durante siglos... lo hace por una razón.

Capítulo 6

−¿Esto es lo más cerca que puede estacionar? −Robert Langdon sintió una repentina oleada de ansiedad mientras su chofer estacionaba el vehículo en First Street, a casi medio kilómetro del edificio del Capitolio.

−Me temo que sí −dijo el chofer−. Seguridad nacional. Los vehículos ya no pueden acercarse a los edificios emblemáticos. Lo siento, señor.

Langdon miró la hora y dio un respingo al ver que ya eran las 18:50. Una zona de obras alrededor del National Mall los había ralentizado, y ahora sólo quedaban diez minutos para el inicio de la conferencia.

−Está a punto de llover −dijo el chofer mientras salía del auto para abrirle la puerta a Langdon−. Será mejor que se dé prisa. −Langdon buscó su cartera para darle una propina al chofer, pero el hombre la declinó haciendo un gesto con la mano−. Su anfitrión ya ha añadido una propina muy generosa a mis honorarios.

«Típico de Peter», pensó Langdon mientras recogía sus cosas.

−Muy bien, gracias por la carrera.

Las primeras gotas de lluvia empezaron a caer en cuanto Langdon llegó a lo alto de la explanada que descendía suavemente hasta la nueva entrada «subterránea» para visitantes.

El centro de visitantes del Capitolio había sido un proyecto costoso y controvertido. Descrito como una ciudad subterránea que no se alejaba demasiado de ciertas partes de Disneylandia, ese espacio subterráneo contaba con más de ciento cincuenta mil metros cuadrados llenos de exposiciones, restaurantes y auditorios.

Langdon tenía ganas de verlo, si bien no esperaba una caminata tan larga. Empezaría a llover en cualquier momento, así que finalmente echó a correr, a pesar de que sus mocasines apenas ofrecían tracción sobre el cemento mojado. «¡Me he vestido para una conferencia, no para una carrera de cuatrocientos metros en pendiente y bajo la lluvia!»

Llegó a la entrada sin aliento y jadeante. Tras pasar por la puerta giratoria, Langdon se detuvo un momento en el vestíbulo para recobrar el aliento y secarse un poco. Mientras lo hacía, levantó la mirada para ver el recién finalizado espacio que tenía ante sí.

«Vaya, reconozco que estoy impresionado.»

El centro de visitantes del Capitolio no era para nada lo que había esperado. Como se encontraba bajo tierra, a Langdon le provocaba cierta aprensión la idea de pasar por él. De niño había tenido un accidente que lo había dejado toda una noche en el fondo de un profundo pozo, y ahora sentía una casi incapacitante aversión a los espacios cerrados. Sin embargo, este lugar subterráneo era... espacioso. «Es luminoso. Y está bien ventilado.»

El techo era una vasta extensión de vidrio, con una serie de luces teatralmente dispuestas que emitían su apagado resplandor por todos los nacarados acabados del interior.

En circunstancias normales, Langdon se habría tomado una buena hora para admirar la arquitectura, pero apenas quedaban cinco minutos para el inicio de la conferencia, así que bajó la mirada y recorrió a toda prisa el vestíbulo principal en dirección al puesto de control y la escalera mecánica. «Relájate —se dijo—. Peter sabe que estás en camino. El evento no comenzará sin ti.»

En el puesto de control, un joven guardia hispano charló con él mientras vaciaba sus bolsillos y se quitaba su antiguo reloj.

—¿Mickey Mouse? —dijo el guardia en un tono ligeramente burlón.

Langdon asintió, acostumbrado a los comentarios sobre su reloj de Mickey Mouse. Esa edición de coleccionista había sido un regalo de sus padres por su noveno cumpleaños.

—Lo llevo como recordatorio de que hay que relajarse y no tomarse la vida tan en serio.

—Pues creo que no funciona —dijo el guardia con una sonrisa—. Parece tener usted mucha prisa.

Langdon sonrió y dejó su bolsa en la máquina de rayos X.

—¿Por dónde se va al Salón Estatuario?

El guardia le señaló la escalera mecánica.

—Ya verá los letreros.

—Gracias. —Langdon recogió su bolsa de la cinta transportadora y se dirigió hacia allí a toda prisa.

Mientras subía por la escalera mecánica respiró profundamente e intentó poner en orden sus pensamientos. A través del vidrio, echó un vistazo a la montañosa forma de la iluminada cúpula del Capitolio, que quedaba justo encima de él. Era un edificio verdaderamente asombroso. En lo alto, a casi cien metros de altura, la estatua de la Libertad escudriñaba la neblinosa oscuridad cual fantasmal centinela. A Langdon siempre le había parecido irónico que los trabajadores que habían transportado hasta su pedestal cada una de las piezas de la estatua de bronce de seis metros de altura fueran esclavos (un secreto del Capitolio que rara vez incluían los programas de historia de enseñanza secundaria).

De hecho, todo el edificio era un tesoro oculto repleto de extraños misterios, entre los cuales se encontraban una «bañera asesina» responsable del neumónico asesinato del vicepresidente Henry Wilson, una escalera con una mancha de sangre permanente sobre la cual una exorbitante cantidad de visitantes parecía tropezar, o una cámara subterránea secreta en la que en 1930 unos trabajadores descubrieron el caballo disecado del general John Alexander Logan.

La leyenda más perdurable, sin embargo, era la de los trece fantasmas que pululaban por el edificio. Con frecuencia, se decía que el espíritu del diseñador Pierre l'Enfant deambulaba por los salones en busca de alguien que le pagara la factura, vencida hacía ya doscientos años. También solía verse el fantasma de un trabajador que se había caído de la cúpula del Capitolio durante su construcción vagando por los pasillos y cargando herramientas. Y, claro está, la aparición más famosa de todas, avistada en numerosas ocasiones en el sótano del Capitolio: un efímero gato negro que merodeaba por la laberíntica e inquietante subestructura de estrechos pasillos y cubículos.

Langdon bajó de la escalera mecánica y volvió a mirar la hora. «Tres minutos.» Recorrió a toda prisa el pasillo, siguiendo los letreros que le indicaban la dirección del Salón Estatuario, y repasando mentalmente los comentarios iniciales de su charla. Langdon tenía que admitir que el asistente de Peter estaba en lo cierto: el tema de la conferencia era ideal para un evento que organizaba en Washington un prominente masón.

No era ningún secreto que Washington poseía una rica historia masónica. La piedra angular de ese mismo edificio había sido colocada en un ritual masónico por George Washington en persona. De hecho, la ciudad había sido concebida y diseñada por maestros masones −George Washington, Ben Franklin y Pierre l'Enfant−, mentes poderosas que adornaron su nueva capital con simbolismo, arquitectura y arte masónicos.

«No puede ser de otro modo, la gente ve en esos símbolos todo tipo de tonterías.»

Muchos teóricos de las conspiraciones aseguraban que los padres fundadores masones habían escondido poderosos secretos por todo Washington junto con simbólicos mensajes ocultos en el trazado de sus calles. Langdon no les prestaba la menor atención. La desinformación sobre los masones era tan corriente que incluso muchos cultos estudiantes de Harvard parecían tener una concepción sorprendentemente deformada sobre la hermandad.

El año anterior, un estudiante de primer año llegó a clase muy alterado con una hoja que había sacado de Internet. Era un mapa de Washington en el que habían destacado ciertas calles para elaborar así diversas formas −pentagramas satánicos, un compás y una escuadra masónicos, la cabeza de Baphomet−, hecho que al parecer demostraba que los masones que habían diseñado Washington estaban involucrados en una especie de oscura conspiración mística.

−Divertido −dijo Langdon−, pero no demasiado convincente. Si uno se pone a dibujar suficientes líneas e intersecciones en un mapa, lo más probable es que termine encontrando formas de todo tipo.

−¡Pero esto no puede ser una coincidencia! −exclamó el joven.

Con paciencia, Langdon le demostró al estudiante que las mismas formas se podían encontrar en un mapa de Detroit.

El joven pareció quedar profundamente decepcionado.

−No se desaliente −dijo Langdon−. En Washington se esconden muchos secretos increíbles..., pero ninguno en su mapa.

El joven se animó.

−¿Secretos? ¿Como cuáles?

−Todas las primaveras doy un curso llamado Símbolos Ocultistas. En él hablo mucho de Washington. Debería apuntarse.

−¡Símbolos ocultistas! −El estudiante de primer año pareció entusiasmado de nuevo−. ¡Entonces, en Washington sí hay símbolos diabólicos!

Langdon sonrió.

—Lo siento, pero por mucho que evoque imágenes de cultos satánicos, la palabra «ocultista» en realidad significa «oculto» u «oscurecido». En tiempos de opresión religiosa, el saber contradoctrinal se tenía que mantener escondido u «oculto», y como la Iglesia se sentía amenazada, redefinió «oculto» como algo maligno, un prejuicio que ha sobrevivido hasta nuestros días.

—¡Oh! —el ánimo del muchacho se volvió a desplomar.

A pesar de ello, esa primavera Langdon divisó a ese mismo joven en primera fila, mientras quinientos estudiantes se afanaban por entrar en el teatro Sanders de Harvard, un viejo auditorio de crujientes bancos de madera.

—Buenos días a todo el mundo —exclamó Langdon desde el amplio escenario. Encendió el proyector de diapositivas y una imagen se materializó detrás de él—. Mientras se acomodan, ¿podrían decirme cuántos de ustedes reconocen el edificio que aparece en esta fotografía?

—¡El Capitolio de Estados Unidos! —prorrumpieron docenas de voces al unísono—. ¡En Washington!

—Sí. En esa cúpula hay cuatro mil toneladas de hierro. Una hazaña sin precedentes del ingenio arquitectónico de la década de 1850.

—¡Alucinante! —soltó alguien.

Langdon puso los ojos en blanco. Desearía que alguien censurara esa palabra.

—Muy bien, ¿cuántos de ustedes han visitado Washington alguna vez?

Se alzaron unas cuantas manos.

—¿Tan pocos? —Langdon fingió sorpresa—. ¿Y cuántos han ido a Roma, París, Madrid o Londres?

Se alzaron casi todas las manos.

«Lo de siempre.» Uno de los ritos de paso de los estudiantes universitarios norteamericanos era pasar un verano con un billete de tren Eurorail antes de tener que enfrentarse a la dura realidad de la vida.

—Parece que muchos más de ustedes han preferido visitar Europa antes que su propia capital. ¿A qué creen que se debe eso?

—¡En Europa no hay edad mínima para beber alcohol! —exclamó alguien al fondo.

Langdon sonrió.

—Como si aquí la edad mínima les impidiera beber...

Todos rieron.

Era el primer día de clase y a los estudiantes les costaba más de lo habitual acomodarse. No dejaban de moverse en sus crujientes bancos de madera. A Langdon le encantaba dar clase en ese auditorio porque sólo con el ruido de los bancos podía averiguar el grado de concentración de sus alumnos.

—En serio —dijo—, la arquitectura, el arte y el simbolismo de Washington son de los más destacables del mundo.

—Las cosas antiguas gustan más —dijo alguien.

—Y por «cosas antiguas» —quiso aclarar Langdon—, supongo que se refiere a castillos, criptas, templos y todo eso, ¿no?

Sus cabezas asintieron al unísono.

—Muy bien. ¿Y si les digo que en Washington hay ejemplos de todas esas cosas? Castillos, criptas, pirámides, templos..., de todo.

El crujido disminuyó.

—Amigos míos —dijo Langdon, bajando el tono de voz y acercándose al frente del escenario—, en la próxima hora descubrirán que nuestra nación está repleta de secretos e historia oculta. Y exactamente igual que en Europa, los mejores secretos están escondidos a la vista de todo el mundo.

Los bancos de madera quedaron en completo silencio.

«Los tengo.»

Langdon bajó la luz y proyectó la segunda diapositiva.

—¿Quién puede decirme qué está haciendo George Washington aquí?

La diapositiva era el famoso mural en el que George Washington aparecía ataviado con la típica vestimenta masónica, de pie delante de un extraño artilugio: un enorme trípode de madera con un sistema de cuerda y polea del que colgaba un enorme bloque de piedra. Un grupo de elegantes espectadores permanecía de pie ante él.

—¿Levantando ese bloque de piedra? —aventuró alguien.

Langdon no dijo nada, prefería que fuera otro estudiante quien lo corrigiera.

—En realidad —intervino otro—, creo que lo que está haciendo Washington es bajar la piedra. Lleva un traje masónico. He visto fotografías de masones colocando piedras angulares con anterioridad. En la ceremonia siempre se utiliza un trípode como ése para bajar la primera piedra.

—Excelente —dijo Langdon—. El mural retrata al Padre de Nuestro País utilizando trípode y polea para colocar la piedra angular del Capitolio el 18 de septiembre de 1793, entre las once y cuarto y las doce y media.

—Langdon hizo una pausa y repasó la clase con la vista–. ¿Puede alguien decirme el significado de la fecha y la hora?

Silencio.

—¿Y si les digo que ese preciso momento fue escogido por tres famosos masones: George Washington, Benjamin Franklin y Pierre l'Enfant, el principal arquitecto de Washington?

Más silencio.

—Básicamente, la piedra angular fue colocada en esa fecha y a esa hora porque, entre otras cosas, el auspicioso Caput Draconis estaba en Virgo.

Todo el mundo intercambió miradas de extrañeza.

—Un momento —dijo alguien–. ¿Se refiere a que la razón es la... astrología?

—Exactamente. Aunque una astrología muy distinta de la que conocemos hoy en día.

Se alzó una mano.

—¿Está diciendo que nuestros padres fundadores creían en la astrología?

Langdon sonrió.

—Y mucho. ¿Qué dirían si les contara que la ciudad de Washington contiene más signos astrológicos en su arquitectura (zodíacos, mapas celestes, piedras angulares colocadas en una fecha y una hora astrológicamente precisas) que ninguna otra ciudad del mundo? Más de la mitad de los padres de nuestra Constitución eran masones, hombres que creían firmemente que las estrellas y el destino estaban entrelazados, hombres que prestaron gran atención al trazado de las estrellas a la hora de estructurar su nuevo mundo.

—Pero todo eso de la piedra angular del Capitolio colocada mientras Caput Draconis estaba en Virgo..., ¿Qué más da? ¿No puede tratarse de una mera coincidencia?

—Una coincidencia impresionante si tenemos en cuenta que las piedras angulares de las tres estructuras que componen el Triángulo Federal (el Capitolio, la Casa Blanca y el Monumento a Washington) fueron colocadas en distintos años pero cuidadosamente programadas para que tuvieran lugar exactamente en esa misma condición astrológica.

La mirada de Langdon se encontró con una sala llena de ojos abiertos. Unos cuantos estudiantes agacharon la cabeza y empezaron a tomar notas.

Al fondo de la clase se alzó una mano.

—¿Por qué hicieron eso?

Langdon se rio entre dientes.

—La respuesta a eso equivale al material de un semestre entero. Si está usted interesado, debería hacer mi curso de misticismo. De todos modos, no creo que estén ustedes emocionalmente preparados para oír la respuesta.

—¿Cómo? —exclamó esa misma persona—. Haga la prueba.

Langdon se encogió de hombros.

—Quizá deberían unirse a los masones o a la Estrella de Oriente y aprender al respecto directamente de la fuente.

—No podemos —afirmó un joven—. ¡Los masones son una sociedad supersecreta!

—¿Supersecreta? ¿De verdad? —Langdon recordó el enorme anillo masónico que su amigo Peter Solomon llevaba con gran orgullo en la mano derecha—. Entonces, ¿por qué los masones llevan anillos, alfileres de corbata o insignias masónicas a la vista? ¿Por qué los edificios masónicos están señalizados? ¿Por qué sus encuentros se anuncian en los periódicos? —Langdon sonrió a sus alumnos, que lo miraban con caras de desconcierto—. Amigos míos, la masonería no es una sociedad secreta..., es una sociedad con secretos.

—Es lo mismo —murmuró alguien.

—¿Ah, sí? —lo desafió Langdon—. ¿Consideraría la Coca-Cola una sociedad secreta?

—Claro que no —dijo el estudiante.

—Muy bien, y si llamara a la puerta de sus oficinas centrales y les pidiera la fórmula, ¿qué pasaría?

—Que no me la dirían.

—Exactamente. Para conocer el secreto más profundo de la Coca-Cola debería unirse a la compañía, trabajar durante muchos años, demostrar que es digno de confianza, y finalmente acceder a los más altos escalones de la jerarquía. Quizás entonces compartirían con usted esa información. Pero para ello debería jurar mantener el secreto.

—¿Está diciendo que la francmasonería es como una empresa?

—Sólo en la medida en que mantienen una estricta jerarquía y se toman los secretos muy en serio.

—Mi tío es masón —intervino una joven—. Y mi tía lo odia porque ni siquiera con ella comenta nada. Dice, mi tía, que la masonería es una especie de religión extraña.

–Un equívoco muy común.

–¿No es una religión?

–Hagamos el test de Litmus –dijo Langdon–. ¿Quién de los presentes está haciendo el curso de religión comparada que imparte el profesor Witherspoon?

Varias manos se alzaron.

–Muy bien. ¿Cuáles son, pues, los tres requisitos indispensables para considerar que una ideología es una religión?

–PCC –contestó una mujer–. Prometer, Creer, Convertir.

–Correcto –dijo Langdon–. Las religiones *prometen* la salvación; las religiones *creen* en una teología precisa, y las religiones *convierten* a los no creyentes. –Hizo una pausa–. La masonería, sin embargo, da negativo en los tres casos. Los masones no prometen ninguna salvación; no tienen una teología específica, y no quieren convertirte. De hecho, dentro de las logias masónicas, las discusiones sobre religión están prohibidas.

–Entonces..., ¿la masonería es antirreligiosa?

–Al contrario. Uno de los requisitos indispensables para convertirse en masón es creer en un poder superior. La diferencia entre la espiritualidad masónica y la religión organizada es que los masones no imponen ninguna definición o nombre específico a ese poder superior. En vez de una identidad teológica definitiva como Dios, Alá, Buda o Jesús, los masones utilizan términos más genéricos como Ser Supremo o Gran Arquitecto del Universo. Esto les permite congregar a personas de diversas fes.

–Suena un poco extraño –dijo alguien.

–¿O, quizá, gratamente desprejuiciado? –propuso Langdon–. En esta época en la que distintas culturas se matan entre sí por defender su definición de Dios, se podría decir que la tradición masónica de tolerancia y amplitud de miras es encomiable. –Dio unos cuantos pasos por el escenario–. Es más, la masonería está abierta a hombres de toda raza, color y credo, y ofrece una fraternidad espiritual que no discrimina en modo alguno.

–¿No discrimina? –una miembro de la asociación de mujeres de la universidad se puso en pie–. ¿A cuántas mujeres se les permite ser masones, profesor Langdon?

Langdon alzó las palmas de las manos en señal de rendición.

–Eso es cierto. Tradicionalmente, la francmasonería tiene sus raíces en los gremios de mampostería europeos, de ahí que fuera una organización masculina. Hace varios siglos, algunos dicen que en 1703, se fundó una rama femenina llamada Estrella de Oriente. Cuenta con más de un millón de miembros.

—No obstante —dijo la mujer—, la masonería es una poderosa organización de la que las mujeres están excluidas.

Langdon no estaba seguro de hasta qué punto los masones seguían siendo tan «poderosos», y no tenía intención de seguir por ese camino; las percepciones de los modernos masones iban desde la que los consideraba un simple grupo de inofensivos ancianos a los que les gustaba disfrazarse... hasta la que los tenía por un contubernio clandestino de financieros que dirigían el mundo. La verdad, seguramente, estaba en algún lugar intermedio.

—Profesor Langdon —exclamó un joven de pelo rizado que estaba sentado en la última fila—. Si la masonería no es una sociedad secreta, ni una empresa, ni tampoco una religión, entonces, ¿qué es?

—Bueno, si le preguntara a un masón, éste le ofrecería la siguiente definición: la masonería es un sistema moral, velado por alegorías e ilustrado mediante símbolos.

—A mí me parece un eufemismo para «culto de *freakys*».

—¿*Freakys*, dice?

—¡Y mucho! —dijo el muchacho, poniéndose en pie—. ¡He oído hablar de lo que hacen dentro de esos edificios secretos! Extraños rituales con ataúdes y sogas, y beben vino que sirven en cráneos humanos. ¡A mí eso me parece de *freakys*!

Langdon repasó toda la clase con la vista.

—¿A alguien más le parece algo *freaky*?

—¡Sí! —replicaron todos.

Langdon impostó un suspiro de abatimiento.

—Qué pena. Si eso les parece demasiado *freaky*, entonces nunca querrán unirse a *mi* culto.

En la sala se hizo el más absoluto silencio. La estudiante de la asociación de mujeres parecía inquieta.

—¿Usted está en un culto?

Langdon asintió y bajó la voz, adoptando un tono conspiratorio.

—No se lo digan a nadie, pero en el día pagano del dios del sol Ra, me arrodillo a los pies de un antiguo instrumento de tortura y consumo símbolos ritualísticos de sangre y carne.

La clase se mostró horrorizada.

Langdon se encogió de hombros.

—Y si a alguno de ustedes le apetece unirse, el próximo domingo puede venir a la capilla de Harvard, arrodillarse ante el crucifijo y recibir la sagrada comunión.

La clase siguió en silencio.

Langdon les guiñó un ojo.

—Abran sus mentes, amigos míos. Todos tememos lo que no comprendemos.

Las campanadas de un reloj empezaron a resonar por los pasillos del Capitolio.

«Las siete en punto.»

Robert Langdon se puso a correr. «Esto sí que será una entrada teatral.» Al pasar por delante del pasillo conector, divisó la entrada al Salón Estatuario Nacional y fue directamente hacia ella.

A medida que se iba acercando a la puerta, respiró profundamente varias veces y fue disminuyendo la velocidad hasta adoptar una despreocupada zancada. Se abrochó la chaqueta, alzó ligeramente la barbilla y dobló la esquina justo cuando sonaba la última campanada.

«Comienza el espectáculo.»

Al entrar en el Salón Estatuario Nacional, levantó la mirada y sonrió afectuosamente. Un instante después, sin embargo, su sonrisa se evaporó. Se detuvo en seco.

Algo iba mal, muy mal.

Capítulo 7

Katherine Solomon cruzó a toda velocidad el estacionamiento bajo la fría lluvia, deseando llevar puesto algo más que unos pantalones vaqueros y un suéter de cachemira. Al acercarse a la entrada principal del edificio, el estruendo de los gigantescos purificadores de aire se hizo más intenso. Pero ella apenas los oyó, en sus oídos todavía resonaba la llamada que acababa de recibir.

«Lo que su hermano cree que está escondido en Washington... puede ser encontrado.»

A Katherine le pareció algo casi imposible de creer. Ella y el hombre que la había llamado todavía tenían muchas cosas que discutir, y habían acordado hacerlo esa misma tarde.

Cuando llegó a la puerta principal, sintió la misma excitación de siempre al entrar en el pantagruélico edificio. «Nadie sabe que este lugar está aquí.»

El letrero de la entrada decía:

DEPÓSITOS DEL MUSEO SMITHSONIAN
(SMSC)

A pesar de contar con más de una docena de enormes museos en el National Mall, la colección de la institución Smithsonian era tan grande que sólo un dos por ciento podía ser exhibida al mismo tiempo. El noventa y ocho por ciento restante tenía que ser almacenado en algún lugar. Y ese lugar... era *ése*.

Era de esperar, pues, que ese edificio albergara una diversidad de objetos asombrosamente variada: budas gigantes, códices manuscritos, dardos envenenados de Nueva Guinea, cuchillos con joyas incrustadas, un kayak hecho de barbas de ballena. Igual de alucinantes eran los tesoros naturales del edificio: esqueletos de plesiosaurio, una inestimable colección de meteoritos, un calamar gigante, e incluso una colección de cráneos de elefante que había traído de un safari africano el mismo Teddy Roosevelt.

Pero el secretario de la Smithsonian, Peter Solomon, no había llevado a su hermana al SMSC por nada de eso. La había llevado a ese lugar no para contemplar maravillas científicas, sino más bien para crearlas. Y eso era exactamente lo que Katherine había estado haciendo los últimos tres años.

En lo más profundo del edificio, en la oscuridad de sus más remotos recovecos, había un pequeño laboratorio científico sin igual en todo el mundo. Los recientes descubrimientos que Katherine había hecho en el campo de la ciencia noética tenían ramificaciones en cualquier disciplina: de la física a la historia, pasando por la filosofía o la religión. «Pronto todo cambiará», pensó ella.

Al entrar Katherine en el vestíbulo, el guardia de recepción escondió rápidamente un transistor y se quitó los audífonos de las orejas.

—¡Señora Solomon! —dijo con una amplia sonrisa.

—¿Los Redskins?

Sintiéndose culpable, el guardia se sonrojó.

—La previa al partido.

Ella sonrió.

—No diré nada —se dirigió al detector de metales y vació sus bolsillos.

Cuando se quitó el Cartier de oro de la muñeca sintió la habitual punzada de tristeza. Era un regalo que le había hecho su madre cuando cumplió dieciocho años. Hacía casi diez años que había muerto de forma violenta... en sus brazos.

—Esto..., ¿señora Solomon? —susurró el guardia en tono burlón—. ¿Nos contará algún día lo que hace ahí dentro?

Ella levantó la mirada.

—Algún día, Kyle. Pero no esta noche.

—Vamos —insistió—. ¿Un laboratorio secreto... en un museo secreto? Debe de estar haciendo usted algo bastante emocionante.

«Mucho más que emocionante», pensó ella mientras recogía sus cosas. La verdad era que Katherine estaba haciendo una ciencia tan avanzada que ya casi ni parecía ciencia.

Capítulo 8

Robert Langdon se había quedado inmóvil en la entrada del Salón Estatuario Nacional, contemplando la increíble escena que tenía ante sí. La sala se ajustaba con precisión al recuerdo que tenía de ella: un equilibrado semicírculo construido al estilo de los anfiteatros griegos. Las elegantes arcadas de arenisca y yeso italiano estaban sostenidas por columnas de brecha jaspeada, entre las cuales se encontraba la colección estatuaria de la nación: estatuas en tamaño real de treinta y ocho grandes norteamericanos, de pie y formando un semicírculo en una austera extensión de baldosas de mármol blancas y negras.

Todo era tal y como Langdon lo recordaba de la vez que había asistido allí a una conferencia.

Excepto una cosa.

Esa noche la sala estaba vacía.

No había sillas. Ni público. Ni tampoco estaba Peter Solomon. Sólo un puñado de turistas que deambulaban sin rumbo fijo, ajenos a la estelar entrada de Langdon. «Quizá Peter se ha confundido con la Rotonda.» Echó un vistazo al pasillo sur, en dirección a la Rotonda, y comprobó que ahí también había turistas.

El eco de las campanadas del reloj se había apagado. Ahora ya era oficial: llegaba tarde.

A toda prisa, Langdon regresó a la entrada en busca de un guía.

−Disculpe, la conferencia del evento que la Smithsonian celebra esta noche, ¿dónde tiene lugar?

El guía vaciló.

—No estoy seguro, señor. ¿Cuándo empieza?

—¡Ahora!

El hombre negó con la cabeza.

—No me suena que esta tarde se celebre ningún evento de la Smithsonian. Al menos, no aquí.

Desconcertado, Langdon volvió corriendo al centro de la sala y revisó atentamente todo el espacio. «¿Acaso me está gastando Solomon una especie de broma?» Le pareció improbable. Cogió su teléfono celular y el fax que había recibido esa mañana y llamó al número de Peter.

El teléfono tardó un momento en localizar una señal dentro del enorme edificio. Finalmente empezó a sonar.

Contestó un familiar acento sureño.

—Oficina de Peter Solomon, soy Anthony. ¿En qué puedo ayudarlo?

—¡Anthony! —dijo Langdon, aliviado—. Me alegro de que todavía esté ahí. Soy Robert Langdon. Parece que ha habido algún tipo de confusión con la conferencia. Estoy en el Salón Estatuario, pero aquí no hay nadie. ¿Es que han trasladado el evento a otro salón?

—No lo creo, señor. Deje que lo compruebe. —El asistente se quedó callado un momento—. ¿No lo ha confirmado directamente con el señor Solomon?

Langdon estaba confundido.

—No, lo he confirmado con usted, Anthony. ¡Esta mañana!

—Sí, lo recuerdo. —Hubo un silencio en la línea—. Eso ha sido un poco imprudente por su parte, ¿no cree, profesor?

Langdon se puso en alerta.

—¿Cómo dice?

—A ver... —dijo finalmente el hombre—. Ha recibido usted un fax en el que se le indicaba que llamara a un número, cosa que ha hecho. Ha hablado con un completo desconocido que le ha explicado que se trataba del asistente de Peter Solomon. Luego ha subido voluntariamente a un avión privado con dirección a Washington, y, una vez aquí, a un auto que lo esperaba. ¿No es así?

Langdon sintió que un escalofrío recorría todo su cuerpo.

—¿Con quién diablos estoy hablando? ¿Dónde está Peter?

—Me temo que Peter Solomon no tiene ni idea de que está usted en Washington. —El acento sureño del hombre desapareció, y su voz se volvió un susurro más profundo y melifluo—. Usted está aquí, señor Langdon, porque así lo he querido yo.

Capítulo 9

Robert Langdon apretó con fuerza el celular contra su oreja y se puso a dar vueltas en círculo por el Salón Estatuario.

—¿Quién diablos es usted?

El hombre respondió con un tranquilo y sedoso susurro.

—No se alarme, profesor. Ha sido convocado por una razón.

—¿Convocado? —Langdon se sentía como un animal encerrado—. ¡Querrá decir secuestrado!

—Para nada... —El hombre hablaba con una inquietante serenidad—. Si quisiera hacerle daño, ahora ya estaría usted muerto en el Town Car. —Dejó que las palabras hicieran su efecto—. Mis intenciones son absolutamente nobles, se lo aseguro. Simplemente me gustaría extenderle una invitación.

«No, gracias.» A raíz de las experiencias vividas en Europa en los últimos años, la celebridad no deseada de Langdon lo había convertido en una especie de imán para muchos chiflados, y ése acababa de cruzar una línea muy delicada.

—Mire, no sé qué diablos está pasando aquí, pero voy a colgar...

—Yo no haría eso... —dijo el hombre—. Su abanico de opciones es muy limitado, si quiere salvar el alma de Peter Solomon.

Langdon dejó escapar un grito ahogado.

—¿Qué ha dicho?

—Estoy seguro de que me ha oído bien.

El modo en el que ese hombre había pronunciado el nombre de Peter había hecho estremecer a Langdon.

—¿Qué sabe usted de Peter?

—A estas alturas ya conozco sus más profundos secretos. El señor Solomon es mi invitado, y yo puedo llegar a ser un anfitrión muy persuasivo.

«Esto no puede estar sucediendo.»

—No tiene a Peter.

—He contestado a su teléfono privado. Eso debería hacerle pensar.

—Voy a llamar a la policía.

—No hace falta —dijo el hombre—. Las autoridades acudirán en breve.

«¿De qué diablos está hablando este lunático?»

Langdon endureció la voz.

—Si tiene usted a Peter, póngalo al teléfono inmediatamente.

—Eso es imposible. El señor Solomon se encuentra atrapado en un desafortunado lugar. —El hombre se quedó un momento callado—. Está en el Araf.

—¿Dónde? —Langdon se dio cuenta de que estaba apretando el celular con tanta fuerza que había perdido la sensibilidad en los dedos.

—El Araf. Hamistagan. El lugar al que Dante dedicó el canto inmediatamente posterior a su legendario *Infierno*.

Las referencias religiosas y literarias del hombre convencieron a Langdon de que estaba tratando con un loco. «El segundo canto.» Langdon lo conocía bien; nadie salía de la Academia Phillips Exeter sin leer a Dante.

—¿Está diciendo que Peter Solomon está en... el Purgatorio?

—La palabra que utilizan los cristianos resulta un poco cruda, pero sí, el señor Solomon se encuentra en la zona intermedia.

Las palabras del hombre resonaron en los oídos de Langdon.

—¿Está usted diciendo que Peter está... muerto?

—No, no exactamente.

—¡¿No exactamente?! —exclamó Langdon, cuya voz retumbó nítidamente en el vestíbulo. Una familia de turistas se volvió para mirarlo. Él se volvió a su vez y bajó la voz—. ¡La muerte suele ser un asunto de todo o nada!

—Me sorprende, profesor. Esperaba de usted una mayor comprensión de los misterios de la vida y de la muerte. Hay un mundo intermedio; un mundo en el cual Peter Solomon permanece suspendido en este momento. Puede que regrese a este mundo, o puede pasar al siguiente..., depende de las decisiones que tome usted ahora.

Langdon intentó procesar esa información.

—¿Qué quiere de mí?

—Fácil. Tiene usted acceso a algo muy antiguo. Y esta noche, lo compartirá conmigo.

—No tengo ni idea de a qué se refiere.

—¿No? ¿Finge usted no conocer los secretos ancestrales que le han sido confiados?

Langdon sintió una profunda desazón al caer en la cuenta del motivo de todo eso. «Secretos ancestrales.» No le había contado absolutamente a nadie las experiencias que había vivido en París hacía unos años, pero los fanáticos del Grial habían seguido con atención las noticias que habían ido apareciendo en los medios de comunicación, algunos habían unido los puntos y ahora creían que Langdon tenía en su poder información secreta respecto al Santo Grial; quizá incluso conocía su paradero.

—Mire —dijo él—, si todo esto es por el Santo Grial, le puedo asegurar que no sé nada más de lo que...

—No insulte mi inteligencia, señor Langdon —profirió el hombre—. No tengo interés alguno en algo tan frívolo como el Santo Grial o el patético debate de la humanidad sobre qué versión de la historia es la correcta. Las discusiones circulares sobre la semántica de la fe carecen de interés para mí. Únicamente la muerte responderá esas cuestiones.

Las crudas palabras del hombre confundieron aún más a Langdon.

—¿Entonces, qué diablos significa todo esto?

El hombre se quedó callado unos segundos.

—Como sabrá, en esta ciudad existe un antiguo portal.

«¿Un antiguo portal?»

—Y esta noche, profesor, usted lo abrirá para mí. Debería sentirse honrado de que lo haya contactado a usted; es la invitación de su vida. Usted ha sido el elegido.

«Y tú has perdido la cabeza.»

—Lo siento, pero ha elegido mal —dijo Langdon—. No sé nada acerca de ningún antiguo portal.

—No lo comprende, profesor. No fui yo quien lo eligió..., ha sido Peter Solomon.

—¿Qué? —respondió Langdon casi en un susurro.

—El señor Solomon me explicó cómo encontrar el portal, y me confesó que sólo un hombre en la Tierra puede abrirlo. Me ha dicho que ese hombre es usted.

—Si Peter le dijo eso, se equivocó... o le mintió.

—Lo dudo mucho. Se encontraba en un estado muy frágil cuando me lo confesó, y me inclino a pensar que estaba diciendo la verdad.

Langdon sintió una punzada de ira.

—Se lo advierto, si le hace algún daño a Peter...

—Ya es demasiado tarde para eso —dijo el hombre con un tono algo burlón—. Ya he cogido de Peter Solomon lo que necesitaba. Pero, por su bien, le sugiero que usted me proporcione asimismo lo que necesito. El tiempo corre... para ambos. Le sugiero que encuentre el portal y lo abra. Peter le indicará el camino.

«¿Peter?»

—¿No había dicho que estaba en el «purgatorio»?

—Como es arriba es abajo —dijo el hombre.

Langdon sintió un profundo escalofrío. Esa extraña respuesta era un antiguo dicho hermético que proclamaba la creencia en la conexión física entre cielo y tierra. «Como es arriba es abajo.» Langdon recorrió con la mirada el amplio salón y se preguntó cómo se podía haber descontrolado todo de esa manera.

—Mire, yo no sé cómo encontrar ningún antiguo portal. Voy a llamar a la policía.

—Todavía no ha caído en la cuenta, ¿verdad? No sabe por qué ha sido elegido.

—No —dijo Langdon.

—No se preocupe, lo hará —repuso el hombre con una risa ahogada—. De un momento a otro.

Y la línea se cortó.

Langdon permaneció rígido unos aterradores segundos, intentando procesar lo que acababa de suceder.

De repente, a lo lejos, oyó un ruido inesperado.

Provenía de la Rotonda.

Alguien estaba gritando.

Capítulo 10

Robert Langdon había entrado en la Rotonda del Capitolio muchas veces en su vida, pero nunca a plena carrera. Al llegar a toda velocidad a la entrada norte, divisó a un grupo de turistas que permanecía arremolinado en el centro de la sala. Un niño pequeño estaba gritando, y sus padres intentaban consolarlo. Otras personas los rodeaban, y varios guardias de seguridad intentaban poner orden.

—¡Lo sacó del cabestrillo —dijo alguien con gran agitación—, y lo dejó ahí!

Al acercarse, Langdon pudo ver lo que estaba causando toda esa conmoción. Ciertamente, el objeto que había en el suelo del Capitolio era extraño, pero su presencia difícilmente podía haber causado ese griterío.

Langdon había visto objetos como el del suelo muchas veces. En el Departamento de Arte de Harvard los había por docenas: modelos de plástico de tamaño natural que escultores y pintores utilizaban para ayudarse a captar el atributo más complejo del cuerpo humano, que, sorprendentemente, no era la cara, sino la mano. «¿Alguien ha dejado una mano de maniquí en la Rotonda?»

Las manos de maniquí —o *manoquíes*, como las llamaban algunos— tenían dedos articulados que permitían a los artistas colocar la mano en la posición que quisieran (para los estudiantes universitarios de segundo año solía ser con el dedo corazón extendido). Esa *manoquí*, sin embargo, había sido colocada con los dedos índice y pulgar apuntando al cielo.

Sin embargo, al acercarse, Langdon advirtió que la *manoquí* era algo inusual. Su superficie de plástico no parecía tener la suavidad habitual. Se veía, en cambio, moteada y ligeramente arrugada, como si fuera...

«Piel.»

Langdon se detuvo de golpe

Entonces vio la sangre. «¡Dios mío!».

La muñeca cercenada parecía haber sido ensartada en una base de madera para que se mantuviera en posición vertical. Langdon sintió que le sobrevenía una náusea. Luego se acercó todavía más, aguantando la respiración, y vio que los dedos índice y pulgar habían sido decorados con unos pequeños tatuajes. No fue eso, sin embargo, lo que llamó su atención. Su mirada se posó instantáneamente sobre el familiar anillo de oro que lucía el dedo anular.

«No.»

Langdon retrocedió. La cabeza le comenzó a dar vueltas al darse cuenta de que estaba mirando la mano cercenada de Peter Solomon.

Capítulo 11

«¿Por qué Peter no contesta el teléfono? –se preguntó Katherine Solomon mientras colgaba su celular–. ¿Dónde está?»

En esos últimos tres años, Peter Solomon siempre había sido el primero en llegar a la reunión semanal que celebraban todos los domingos a las siete de la tarde. Era su ritual familiar privado, una forma de mantener el contacto antes del inicio de una nueva semana, y de que Peter estuviera al corriente del trabajo que Katherine hacía en el laboratorio.

«Nunca llega tarde –pensó–, y siempre contesta al teléfono.» Para empeorar las cosas, Katherine todavía no estaba segura de qué le diría cuando llegara. «¿Cómo puedo siquiera empezar a preguntarle sobre lo que he descubierto hoy?»

Sus pasos resonaron rítmicamente por el pasillo de cemento que recorría el SMSC como una espina dorsal. Conocido como «la Calle», ese pasillo conectaba las cinco gigantescas naves de almacenamiento. A doce metros de altura, un sistema circulatorio de conductos de color naranja latía con la sangre del edificio: era la pulsación de los miles de metros cúbicos de aire filtrado que lo recorrían.

Normalmente, durante el trayecto de casi medio kilómetro hasta su laboratorio, a Katherine la tranquilizaban los sonidos respiratorios del edificio. Esa noche, sin embargo, esa pulsación la estaba poniendo nerviosa. Lo que había descubierto hoy sobre su hermano habría preocupado a cualquiera, y como Peter era el único familiar que le quedaba en el mundo, Katherine se sentía especialmente molesta al pensar que le había estado ocultando secretos.

Que ella supiera, él solamente le había ocultado un secreto una vez..., un maravilloso secreto que estaba escondido al final de ese mismo pasillo. Tres años atrás, su hermano lo había recorrido con Katherine, mostrándole con orgullo algunos de los objetos más inusuales que albergaba el edificio del SMSC: el meteorito de Marte ALH-84001, el diario pictográfico manuscrito de Toro Sentado, una colección de tarros sellados con cera que contenían especímenes recogidos por el mismo Charles Darwin.

En un momento dado pasaron por delante de una gruesa puerta con una pequeña ventana. Katherine vislumbró de pasada qué había dentro y se le escapó un grito ahogado.

—¿Qué diablos es eso?

Su hermano rio entre dientes y siguió caminando.

—Es la nave 3. La llamamos «nave húmeda». Inusual, ¿no es verdad?

«Más bien aterradora.» Katherine aceleró el paso. Ese edificio era como otro planeta.

—Lo que realmente quiero enseñarte está en la nave 5 —dijo su hermano, guiándola por el aparentemente interminable pasillo—. Es nuestra nueva adición. Fue construida para albergar objetos del sótano del Museo Nacional de Historia Natural. Está programado que esa colección se traslade aquí dentro de unos cinco años, lo que significa que actualmente la nave 5 permanece vacía.

Katherine le echó un vistazo.

—¿Vacía? Entonces, ¿qué estamos mirando?

Los grises ojos de su hermano emitieron un familiar brillo travieso.

—Se me ha ocurrido que, como nadie está utilizando el espacio, quizá *tú* podías hacerlo.

—¿Yo?

—Claro que sí. Había pensado que quizá te iría bien contar con un laboratorio especializado; unas instalaciones en las que pudieras realizar algunos de los experimentos teóricos que has estado desarrollando todos estos años.

Katherine se quedó mirando fijamente a su hermano en estado de *shock*.

—¡Pero, Peter, esos experimentos son teóricos! Llevarlos a la práctica en la realidad sería casi imposible.

—Nada es imposible, Katherine, y este edificio es perfecto para ti. El SMSC no es únicamente un almacén de tesoros; es una de las instalaciones de investigación científica más avanzadas del mundo. Constantemente estamos reexaminando piezas de la colección con la mejor tecnología cuantitativa que el dinero puede comprar. Todo el equipo que necesitaras estaría a tu disposición.

—Peter, la tecnología necesaria para realizar esos experimentos está...

—Ya en su sitio —dijo él con una sonrisa de oreja a oreja—. El laboratorio está construido.

Katherine se quedó estupefacta.

Su hermano le señaló el final del largo pasillo.

—Ahora vamos a verlo.

Katherine apenas podía pronunciar palabra.

—¿Tú... tú me has construido un laboratorio?

—Es mi trabajo. La Smithsonian se fundó para promover los conocimientos científicos. Como secretario, debo tomarme esa responsabilidad muy seriamente. Creo que los experimentos que has propuesto tienen el potencial de ampliar los límites de la ciencia hacia territorios desconocidos. —Peter se detuvo y la miró directamente a los ojos—. Aunque no fueras mi hermana, me sentiría obligado a apoyar tu investigación. Tus ideas son brillantes. El mundo merece ver adónde conducen.

—Peter, no sé cómo...

—No pasa nada, relájate... He utilizado mi propio dinero, y ahora mismo nadie está usando la nave 5. Cuando termines con tus experimentos, la dejarás. Además, la nave 5 tiene unas propiedades únicas que te resultarán perfectas para el cumplimiento de tu trabajo.

Katherine era incapaz de imaginar de qué le serviría a su investigación una nave enorme y vacía, pero intuyó que estaba a punto de descubrirlo. Acababan de llegar a una puerta de acero en la que habían impreso unas letras con una plantilla:

NAVE 5

Su hermano insertó la tarjeta de acceso en una ranura y un teclado electrónico se encendió. Entonces levantó el dedo para teclear su código, pero antes de hacerlo se detuvo y arqueó traviesamente las cejas, tal y como solía hacer cuando era niño.

—¿Estás segura de que estás preparada?

Ella asintió. «Mi hermano nunca dejará de ser un *showman*.»

—Échate hacia atrás. —Peter pulsó las teclas.

La puerta de acero se abrió con un ruidoso silbido.

Al otro lado del umbral no se veía más que una total oscuridad... Un enorme vacío. Un apagado gemido pareció resonar en sus profundidades. Katherine sintió una fría ráfaga de aire proveniente de su interior. Era como observar el Gran Cañón de noche.

—Imagínate un hangar vacío a la espera de una flota de Airbuses —dijo su hermano—, y te podrás hacer una idea.

Katherine dio un paso atrás.

—La nave es demasiado grande para ser caldeada, pero tu laboratorio es una sala hecha de bloques de hormigón y termalmente aislada, más o menos con forma de cubo, y situada en el rincón más lejano de la nave para que esté lo más separado posible.

Katherine intentó imaginárselo. «Una caja dentro de otra caja.» Se esforzó por ver algo en la oscuridad, pero ésta era absoluta.

—¿Qué tan lejos?

—Bastante... Aquí dentro cabría fácilmente un campo de fútbol. Debo advertirte, eso sí, de que el trayecto resulta algo enervante. Es excepcionalmente oscuro.

Katherine echó un vistazo a su alrededor.

—¿No hay ningún interruptor?

—En la nave 5 todavía no hay electricidad.

—Pero... ¿cómo puede entonces funcionar un laboratorio?

Peter le guiñó un ojo.

—Con una batería de hidrógeno.

Katherine se quedó boquiabierta.

—Estás bromeando, ¿verdad?

—Proporciona suficiente energía limpia como para todo un pueblo de pequeñas dimensiones. Tu laboratorio disfruta de una completa separación radioeléctrica del resto del edificio. Además, el exterior de todas las naves está sellado con una membrana fotorresistente para proteger los artefactos de la radiación solar. Esencialmente, pues, esta nave es un entorno sellado y autosuficiente.

Katherine estaba empezando a comprender el atractivo de la nave 5. Como la mayoría de su trabajo se centraba en cuantificar campos de energía hasta entonces desconocidos, sus experimentos debían realizarse en un lugar aislado de cualquier radiación externa o «ruido blanco». Esto incluía interferencias tan sutiles como las «radiaciones cerebrales» o «emisiones de pensamiento» generadas por personas que estuvieran cerca. Por esta razón, un campus universitario o un laboratorio de hospital no servían. Difícilmente podría haber encontrado un lugar mejor, pues, que una nave desierta del SMSC.

—Vayamos a echarle un vistazo. —Su hermano se internó en la oscuridad con una amplia sonrisa—. Sígueme.

Katherine se detuvo en el umbral. «¿Más de cien metros en total oscuridad?» Quiso sugerir el uso de linternas, pero su hermano ya había desaparecido en el abismo.

—¿Peter? —llamó.

—Haz un acto de fe —le respondió la voz ya lejana de Peter—. Encontrarás el camino. Confía en mí.

«Es una broma, ¿verdad?» El corazón de Katherine latía con fuerza al atravesar el umbral e intentar divisar algo en la oscuridad. «¡No veo absolutamente nada!» De repente oyó tras de sí el silbido de la puerta de acero al cerrarse, sumergiéndola en la más absoluta oscuridad. No se veía el menor punto de luz.

—¡¿Peter?!

Silencio.

«Encontrarás el camino. Confía en mí.»

Con indecisión, empezó a avanzar a ciegas. «¿Un acto de fe?» Katherine no podía siquiera ver la mano que tenía delante de la cara. Seguía avanzando, pero en cuestión de segundos, estaba completamente perdida. «¿Adónde me dirijo?»

Eso había sucedido tres años atrás.

Ahora, al llegar a esa misma puerta de acero, Katherine se dio cuenta de lo lejos que había llegado aquella primera noche. Su laboratorio, un santuario escondido en las profundidades de la nave 5 al que apodaban «el Cubo», se había convertido en su casa. Tal y como había predicho su hermano, aquella noche Katherine encontró el camino en la oscuridad, y desde entonces ya lo haría siempre, gracias a un ingenioso sistema de guía tremendamente simple que su hermano dejó que ella descubriera por sí misma.

Y lo que es más importante, la otra predicción que había hecho Peter también se había cumplido: los resultados de los experimentos de Katherine habían sido asombrosos. En particular, los de los últimos seis meses, avances que alterarían para siempre paradigmas completos de pensamiento. Katherine y su hermano estuvieron de acuerdo en mantener sus resultados en absoluto secreto hasta comprender todas sus implicaciones. Katherine sabía, sin embargo, que dentro de muy poco publicaría algunas de las revelaciones científicas más transformadoras de la historia de la humanidad.

«Un laboratorio secreto en un museo secreto», pensó ella mientras insertaba su tarjeta de acceso en la puerta de la nave 5. El teclado se iluminó, y Katherine pulsó su número identificativo.

La puerta de acero se abrió con un silbido.

El ya familiar gemido apagado estaba acompañado por la misma ráfaga de aire frío. Como siempre, Katherine sintió cómo se le aceleraba el pulso.

«El trayecto al trabajo más extraño del mundo.»

Armándose de valor para iniciar la caminata, Katherine Solomon miró su reloj mientras se internaba en el vacío. Esa noche, sin embargo, un inquietante pensamiento la acompañaba: «¿Dónde está Peter?»

Capítulo 12

El jefe del cuerpo de seguridad del Capitolio, Trent Anderson, llevaba más de una década a cargo de la protección del edificio. Era un hombre corpulento, de torso robusto, rasgos marcados y pelo rojo cortado a máquina, lo que le confería un aire de autoridad militar. Llevaba un arma al cinto como advertencia a todo aquel que fuera tan ingenuo de cuestionar el alcance de su rango.

Anderson se pasaba la mayor parte del tiempo coordinando su pequeño ejército de agentes de policía en un centro de vigilancia de alta tecnología que estaba situado en el sótano del Capitolio. Desde allí supervisaba una plantilla de técnicos que no quitaban el ojo de los monitores visuales y lectores informáticos, y una centralita telefónica lo mantenía en contacto con el personal de seguridad que dirigía.

Esa tarde había sido inusualmente tranquila, lo cual alegraba a Anderson. Esperaba poder ver algo del partido de los Redskins en la televisión de pantalla plana de su despacho. Nada más empezar el partido, sin embargo, sonó su intercomunicador.

—¿Jefe?

Anderson gruñó y presionó el botón sin apartar los ojos de la pantalla de televisión.

—¿Sí?

—Hay un problema en la Rotonda. Acabo de enviar a unos agentes, pero me parece que debería verlo usted también.

—De acuerdo. —Anderson se dirigió al centro neurálgico de seguridad; una compacta y neomoderna instalación repleta de monitores de computador—. ¿Qué tenemos aquí?

En el monitor del técnico había un video digital en pausa.

—Es la cámara del balcón este de la Rotonda. Hace veinte segundos —lo puso en marcha.

Anderson miró el video por encima del hombro del técnico.

La Rotonda estaba casi desierta, apenas circulaban por ella unos pocos turistas. La entrenada mirada de Anderson se posó inmediatamente sobre la única persona que iba sola y se movía más de prisa que las demás. Cabeza afeitada. Abrigo militar verde. Brazo herido en cabestrillo. Ligera cojera. Postura encorvada. Hablando por un teléfono celular.

Los pasos del hombre calvo se podían oír nítidamente en el canal de audio hasta que, de repente, al llegar al centro mismo de la Rotonda, se detenía en seco, colgaba el teléfono y se arrodillaba como si quisiera abrocharse los cordones del zapato. En vez de eso, sin embargo, sacaba algo del cabestrillo y lo depositaba en el suelo. Luego se volvía a poner en pie y, cojeando, se dirigía enérgicamente a la salida este.

Anderson se quedó mirando el extraño objeto que el hombre había dejado atrás. «¿Qué diablos...?» Tenía unos veinte centímetros de alto y se mantenía vertical. Anderson se inclinó para acercarse a la pantalla y entornó los ojos. «¡No puede ser lo que parece!»

Mientras el hombre calvo se marchaba a toda prisa, desapareciendo por el pórtico este, se podía oír cómo un niño pequeño que andaba cerca decía: «Mamá, ese hombre dejó algo en el suelo.» Luego se acercaba al objeto pero de repente se detenía de golpe. Tras un largo y petrificado instante, lo señalaba y soltaba un ensordecedor grito.

Al instante, el jefe de seguridad dio media vuelta y se dirigió corriendo hacia la puerta vociferando sus órdenes.

—¡A todas las unidades! ¡Busquen al hombre calvo con cabestrillo y deténganlo! ¡AHORA!

Anderson salió a toda velocidad del centro de seguridad y subió de tres en tres los peldaños de la gastada escalera. Según las imágenes del canal de seguridad, el hombre calvo había salido de la Rotonda por el pórtico este. La ruta más corta para salir del edificio lo llevaría por el pasillo este-oeste, que tenía justo enfrente.

«Puedo interceptarlo.»

En cuanto llegó a lo alto de la escalera y dobló la esquina, Anderson inspeccionó el tranquilo vestíbulo que tenía ante sí. Una pareja de ancianos deambulaban a lo lejos, cogidos de la mano. Más cerca, un turista rubio con un *blazer* azul leía una guía y estudiaba los mosaicos del techo que había fuera de la Cámara de Representantes.

—Perdone, señor —le espetó Anderson mientras corría hacia él—. ¿Ha visto a un hombre calvo con el brazo en cabestrillo?

El hombre levantó la mirada del libro con expresión confundida.

—¡Un hombre con cabestrillo! —repitió Anderson con más firmeza—. ¿Lo ha visto?

El turista vaciló y se volvió nerviosamente hacia el extremo oriental del vestíbulo.

—Eh..., sí —dijo—. Creo que acaba de pasar por aquí corriendo... hacia esa escalera de ahí —y señaló el otro lado del vestíbulo.

Anderson cogió su radio y gritó por ella sus órdenes.

—¡A todas las unidades! El sospechoso se dirige a la salida sureste. ¡Vayan hacia allá! —Volvió a guardar la radio y sacó el arma de su funda al tiempo que echaba a correr hacia la salida.

Treinta segundos después, en una tranquila salida del lado este del Capitolio, el fornido hombre rubio con el *blazer* azul salía a la noche, saboreando el húmedo frescor nocturno con una amplia sonrisa.

«Transformación.»

Había sido tan fácil.

Hacía apenas un minuto había salido cojeando de la Rotonda ataviado con un abrigo militar. Tras ocultarse en un recoveco oscuro, se había quitado el abrigo, quedándose únicamente con el *blazer* que llevaba debajo. Antes de abandonar el abrigo militar, había cogido una peluca rubia del bolsillo y se la había ajustado bien a la cabeza. Luego se había erguido, había extraído del *blazer* una delgada guía de Washington y había salido tranquilamente del hueco con un andar elegante.

«Transformación. Ése es mi don.»

Mientras sus mortales piernas lo llevaban hacia la limusina, Mal'akh arqueó la espalda y echó los hombros hacia atrás, irguiendo su metro noventa de estatura. Respiró profundamente, dejando que el aire llenara sus pulmones. Sintió cómo el fénix que llevaba tatuado en el pecho extendía sus alas.

«Si conocieran mi poder... –pensó mientras contemplaba la ciudad–. Esta noche completaré mi transformación.»

Mal'akh había jugado bien sus cartas dentro del edificio del Capitolio. Había mostrado reverencia a todos los antiguos protocolos. «La *antigua invitación* ha sido entregada.» Si Langdon todavía no había entendido cuál era su papel allí esa noche, pronto lo haría.

Capítulo 13

A Robert Langdon, la Rotonda del Capitolio –al igual que la basílica de San Pedro– siempre conseguía sorprenderle. A pesar de saber que la sala era tan grande que en ella cabía perfectamente la estatua de la Libertad, siempre que volvía le parecía más grande y espaciosa de lo que había anticipado, como si hubiera espíritus en el aire. Esa noche, sin embargo, sólo había caos.

Los agentes de seguridad del Capitolio habían acordonado la Rotonda mientras intentaban alejar de la mano a los consternados turistas. El niño pequeño seguía llorando. En un momento dado se pudo ver un brillante flash: un turista había tomado una fotografía de la mano. Varios guardias detuvieron inmediatamente al hombre, le requisaron la cámara y lo escoltaron a la salida. En medio de la confusión, el mismo Langdon permanecía como en trance, deslizándose entre la multitud, acercándose lentamente a la mano.

La cercenada mano derecha de Peter Solomon permanecía erguida, con la muñeca ensartada en un pequeño pedestal de madera. Tenía tres de los dedos cerrados, mientras que el pulgar y el índice permanecían completamente extendidos, apuntando hacia lo alto de la cúpula.

–¡Atrás todo el mundo! –exclamó un agente.

Langdon estaba suficientemente cerca para ver la sangre seca de la muñeca que se había coagulado en la base de madera. «Las heridas post mórtem no sangran..., lo que significa que Peter está vivo.» Langdon no sabía si sentirse aliviado o asqueado. «¿Le han cercenado la mano estando vivo?» Notó bilis en la garganta. Pensó en todas las veces que su querido amigo había extendido esa misma mano para chocársela u ofrecerle un afectuoso abrazo.

Durante unos segundos, Langdon pareció quedarse con la mente en blanco, como un televisor mal sintonizado. La primera imagen clara que volvió a vislumbrar fue completamente inesperada.

«Una corona... y una estrella.»

Langdon se arrodilló para observar mejor las puntas de los dedos pulgar e índice de Peter. «¿Tatuajes?» Por increíble que pareciera, el monstruo que había hecho eso le había tatuado unos pequeños símbolos en la punta de los dedos.

En el pulgar, una corona. En el índice, una estrella.

«No puede ser.» Langdon reconoció al instante ambos símbolos, convirtiendo esa ya de por sí horrorosa escena en algo sobrenatural. Esos dos símbolos habían aparecido juntos muchas veces en la historia, y siempre en el mismo lugar: en las puntas de los dedos de una mano. Era uno de los íconos más codiciados y esotéricos del mundo antiguo.

«La mano de los misterios.»

Era un ícono que ya casi no se veía, pero a lo largo de la historia había simbolizado una poderosa llamada a la acción. Ahora Langdon se esforzaba por comprender el grotesco objeto que tenía ante sí. «¿Alguien ha recreado la mano de los misterios en la mano de Peter?» Costaba creerlo. Tradicionalmente, ese ícono se esculpía en piedra o madera, o bien se representaba en un dibujo. Langdon nunca había visto antes una mano de los misterios hecha de carne. La idea era aberrante.

—¿Señor? —dijo un guardia detrás de Langdon—. Retroceda, por favor.

Él apenas lo oyó. «Hay más tatuajes.» Aunque no podía ver bien los dedos que estaban cerrados, Langdon sabía que cada una de las puntas estaba decorada con su propia marca. Ésa era la tradición. Cinco símbolos en total. A lo largo del milenio, los símbolos en las puntas de los dedos de la mano de los misterios habían sido siempre los mismos..., al igual que lo había sido su propósito icónico.

«La mano representa... una invitación.»

Langdon sintió un repentino escalofrío al recordar las palabras del hombre que lo había llevado allí: «Profesor, esta noche recibirá la invitación de su vida.» En la antigüedad, la mano de los misterios representaba la más codiciada invitación. Recibir ese ícono era una convocatoria sagrada para unirse a un grupo de élite: aquéllos que custodiaban el saber secreto de todas las épocas. La invitación no era sólo un gran honor, significaba asimismo que un maestro lo creía a uno merecedor de ese saber oculto. «La mano del maestro tendida al iniciado.»

–Señor –dijo el guardia, tocando con firmeza el hombro de Langdon–. Haga el favor de retroceder.

–Sé lo que significa –profirió Langdon–. Puedo ayudarlos.

–¡Ahora! –replicó el guardia.

–Mi amigo está en problemas. Tenemos que...

Langdon sintió que unos fuertes brazos tiraban de él y lo alejaban de la mano. Él no opuso resistencia..., se sentía demasiado desconcertado para protestar. Le acababan de extender una invitación formal. Alguien convocaba a Langdon a abrir un portal místico que revelaría un mundo de antiguos misterios y sabiduría oculta.

Pero todo era una locura.

«Delirios de un lunático.»

Capítulo 14

La larga limusina de Mal'akh se alejó del Capitolio de Estados Unidos y se dirigió hacia el este por Independence Avenue. Una joven pareja que iba por la acera intentó ver su interior por una de las ventanillas oscuras traseras, esperando vislumbrar a algún vip.

«Voy delante», pensó Mal'akh, sonriendo para sí.

A Mal'akh le encantaba la sensación de poder que obtenía al conducir a solas ese enorme vehículo. Ninguno de sus otros cinco coches le podía ofrecer lo que necesitaba esa noche: garantía de privacidad. Total privacidad. En esa ciudad, las limusinas disfrutaban de una especie de inmunidad tácita. «Son embajadas con ruedas.» Con las limusinas, los policías que trabajaban cerca de la colina del Capitolio nunca estaban seguros de a qué agente de poder podían hacer parar por equivocación, de modo que preferían no arriesgarse.

Nada más cruzar el río Anacostia y entrar en Maryland, Mal'akh sintió cómo se iba acercando a Katherine, como si la gravedad del destino estuviera tirando de él. «Siento la llamada de mi segunda tarea de esta noche..., una que no había previsto.» La noche anterior, cuando Peter Solomon le contó el último de sus secretos, Mal'akh descubrió la existencia de un laboratorio secreto en el que Katherine Solomon había estado realizando milagros, y obteniendo unos avances tan asombrosos que —Mal'akh era consciente de ello— de hacerse públicos cambiarían el mundo.

«Su trabajo podría revelar la verdadera naturaleza de todas las cosas.»

Durante siglos, las «mentes brillantes» de la Tierra habían ignorado las ciencias antiguas, considerándolas meras supersticiones, y armándose en su lugar de un engreído escepticismo y deslumbrantes nuevas tecnologías; herramientas que únicamente los habían alejado todavía más de la verdad. «La tecnología de cada generación pone en entredicho los avances de la anterior.» Así había sucedido en todas las épocas. Cuanto más aprendía el ser humano, más se daba cuenta de que no sabía nada.

Durante milenios, la humanidad había vagado en la oscuridad..., pero ahora, tal y como había sido profetizado, se avecinaba un cambio. Tras vagar a ciegas por la historia, la humanidad había llegado a una encrucijada. Ese momento había sido predicho hacía mucho, profetizado por los textos antiguos, los primitivos calendarios e incluso las mismas estrellas. Había una fecha concreta, su llegada era inminente. Estaría precedida por una brillante explosión de saber..., un destello de claridad que iluminaría la oscuridad y ofrecería a la humanidad una última oportunidad para apartarse del abismo y tomar el sendero de la sabiduría.

«Yo he venido a oscurecer la luz —pensó Mal'akh—. Ése es mi papel.»

El destino lo había unido a Peter y a Katherine Solomon. Los avances que ella había hecho en el SMSC supondrían la apertura de las compuertas de nuevas formas de pensar, dando inicio a un nuevo Renacimiento. De hacerse públicas, las revelaciones de Katherine supondrían un catalizador que inspiraría a la humanidad a redescubrir la sabiduría que había perdido, otorgándole un poder más allá de toda imaginación.

«El destino de Katherine es encender esa antorcha.»

«El mío es apagarla.»

Capítulo 15

En la más absoluta oscuridad, Katherine Solomon buscó a tientas la puerta exterior de su laboratorio. Cuando por fin la encontró, abrió la puerta blindada con plomo y entró en el pequeño vestíbulo. La caminata a través del vacío sólo le había llevado noventa segundos, y sin embargo, el corazón le latía con furia. «Después de tres años debería estar más acostumbrada.» Katherine siempre se sentía aliviada al dejar atrás la negrura de la nave 5 y entrar en ese espacio limpio e iluminado.

El «Cubo» era una enorme caja sin ventanas. Todos y cada uno de los centímetros de las paredes interiores y el techo estaban cubiertos de una fibra de plomo recubierta de titanio, de ahí que diera la impresión de ser una jaula gigante construida dentro de un recinto de cemento. Unos paneles de plexiglás rugoso separaban el espacio en distintos compartimentos: un laboratorio, una sala de control, una sala mecánica, un baño y una pequeña biblioteca de investigación.

Katherine se dirigió rápidamente al laboratorio principal. En el brillante y estéril espacio de trabajo relucía el avanzado equipo cuantitativo: electroencefalógrafos, un peine de femtosegundos, una trampa magneto-óptica, y unos REG de ruido electrónico cuántico-indeterminado, más conocidos como generadores de eventos aleatorios.

A pesar de utilizar la tecnología más avanzada, los descubrimientos en el campo de la ciencia noética eran mucho más místicos que las frías máquinas de alta tecnología con que los obtenía. La magia y el mito se iban convirtiendo rápidamente en realidad a medida que iba cosechando sorprendentes nuevos datos, todos los cuales confirmaban la ideología fundamental de la ciencia noética: el potencial sin explotar de la mente humana.

La tesis general era simple: «Apenas hemos rascado la superficie de nuestra capacidad mental y espiritual.»

Los experimentos que se llevaban a cabo en instalaciones como el Instituto de Ciencias Noéticas (IONS) de California o el laboratorio de Investigación de Anomalías en Ingeniería de Princeton (PEAR) habían demostrado categóricamente que el pensamiento humano, debidamente canalizado, tenía la capacidad de afectar y modificar la masa *física*. Sus experimentos no eran trucos de salón «dobla-cucharas», sino investigaciones altamente controladas que obtenían todas el mismo resultado extraordinario: nuestros pensamientos interactuaban con el mundo físico, lo supiéramos o no, y efectuaban cambios a todos los niveles, incluido el mundo subatómico.

«La mente sobre la materia.»

En 2001, en las horas que siguieron a los espantosos sucesos del 11 de septiembre, el campo de la ciencia noética dio un gran salto adelante. Cuatro científicos descubrieron que cuando el dolor y el miedo ante esa tragedia unió al mundo en duelo, los resultados de treinta y siete generadores de eventos aleatorios repartidos por todo el mundo de repente se volvieron significativamente *menos* aleatorios. Por alguna razón, la unicidad de esa experiencia compartida, la coalescencia de millones de mentes, había afectado la aleatoriedad de esas máquinas, organizando sus resultados y obteniendo orden del caos.

Este sorprendente descubrimiento tenía paralelismos con la antigua creencia espiritual en una «conciencia cósmica»; una vasta coalescencia de intención humana capaz de interactuar con la materia física. Recientemente, estudios sobre la meditación y la oración habían obtenido resultados similares en los generadores de eventos aleatorios, avivando la afirmación de que la «conciencia humana», tal y como la escritora noética Lynne McTaggart la describía, era una sustancia exterior a los confines del cuerpo..., una energía altamente organizada capaz de modificar el mundo físico. A Katherine le había fascinado el libro de McTaggart *El experimento de la intención*, así como su experimento global en Internet —theintentionexperiment.com—, cuyo propósito era descubrir cómo la intención humana podía afectar al mundo. Otro puñado de textos más habían terminado por despertar el interés de Katherine.

Sobre esta base, la investigación de Katherine Solomon había dado un gran salto adelante, demostrando que el «pensamiento canalizado» podía influir literalmente en cualquier cosa: el crecimiento de las plantas, la dirección en la que un pez nada en la pecera, la forma en la que las células se dividen en una placa de Petri, la sincronización de dos sistemas automatizados independientes o las reacciones químicas del propio cuerpo. Incluso la estructura cristalina de un sólido en formación era mutable mediante la mente; Katherine había creado hermosos cristales de hielo simétricos enviando pensamientos positivos a un vaso de agua mientras se congelaba. Curiosamente, lo *opuesto* también era cierto: cuando enviaba pensamientos negativos y turbios, los cristales de hielo se congelaban formando formas caóticas y fracturadas.

«El pensamiento humano puede literalmente transformar el mundo físico.»

A medida que los experimentos de Katherine se fueron haciendo más atrevidos, sus resultados se volvieron más asombrosos. Su trabajo en ese laboratorio había demostrado, más allá de toda duda, que lo de «mente sobre materia» era algo más que un mantra de la Nueva Era. La mente tenía la capacidad de alterar el estado de la materia misma, y, lo que es más importante, tenía el poder de hacer que el mundo físico se moviera en una dirección específica.

«Somos los dueños de nuestro propio universo.»

A nivel subatómico, Katherine había demostrado que las partículas mismas se originaban o no dependiendo únicamente de su «intención» de observarlas. En cierto modo, su deseo de ver una partícula... hacía que esa partícula se manifestara. Heisenberg había dado a entender esta realidad décadas atrás, y ahora se había convertido en un principio fundamental de la ciencia noética. En palabras de Lynne McTaggart, «La conciencia viva es de algún modo la influencia que convierte la posibilidad de algo en algo real. El ingrediente esencial a la hora de crear nuestro universo es la conciencia que lo observa».

El aspecto más asombroso del trabajo de Katherine, sin embargo, había sido el descubrimiento de que la capacidad que tenía la mente de afectar el mundo físico podía incrementarse mediante la práctica. La intención era una habilidad adquirida. Al igual que la meditación, saber aprovechar el auténtico poder del pensamiento requería práctica. Y lo que era más importante..., algunas personas nacían con mayor capacidad que otras. A lo largo de la historia, algunas de esas personas se habían convertido en auténticos maestros.

«Es el eslabón perdido entre la ciencia moderna y el antiguo misticismo.»

Katherine había descubierto todo eso gracias a su hermano Peter y, al pensar ahora en él, no pudo evitar sentir una gran preocupación. Fue hasta la biblioteca del laboratorio y echó un vistazo. Vacía.

La biblioteca era una pequeña sala de lectura: dos sillas Morris, una mesa de madera, dos lámparas de pie y una estantería de caoba con unos quinientos libros. Katherine y Peter habían reunido allí sus volúmenes favoritos, textos que iban de la física de partículas al antiguo misticismo. Su colección había ido creciendo hasta convertirse en una ecléctica fusión entre lo nuevo y lo viejo..., lo innovador y lo histórico. La mayoría de los libros de Katherine tenían títulos como *La conciencia cuántica*, *La nueva física* o *Principios de ciencia neural*. Los de su hermano, en cambio, eran títulos más antiguos y esotéricos, como el *Kybalión*, el *Zohar*, *La danza de los maestros de Wu Li* o una traducción de las tablillas sumerias del Museo Británico.

«La clave de nuestro futuro científico —decía a menudo su hermano— se oculta en nuestro pasado.» Como gran experto en historia, ciencia y misticismo que era, Peter había sido el primero en animar a Katherine a ampliar su educación científica universitaria con el estudio de la filosofía hermética. Cuando Katherine contaba con apenas diecinueve años, Peter despertó en ella su entusiasmo por el vínculo entre ciencia moderna y antiguo misticismo.

—Dime, Kate —le preguntó su hermano un día, mientras ella estaba en casa de vacaciones durante su segundo año en la universidad—. ¿Qué se lee últimamente en Yale sobre física teórica?

Katherine se puso en pie en la biblioteca repleta de libros de su familia y le recitó a su hermano la lista que le había pedido.

—Impresionante —respondió él—. Einstein, Bohr y Hawking son genios modernos. Pero ¿no leen nada más antiguo?

Katherine se rascó la cabeza.

—¿Te refieres a... Newton?

Él sonrió.

—Más antiguo. —A pesar de contar con apenas veintisiete años de edad, Peter ya se había hecho un nombre en el mundo académico, y tanto él como Katherine solían disfrutar con ese tipo de juegos intelectuales.

«¿Más antiguo que Newton? —Katherine se puso a pensar en nombres lejanos como Ptolomeo, Pitágoras o Hermes Trimegisto—. Ya nadie lee esas cosas.»

Su hermano pasó un dedo por el largo estante repleto de agrietadas cubiertas de cuero y viejos tomos polvorientos.

—Los conocimientos científicos de los antiguos son asombrosos... Hasta ahora, la física moderna no ha empezado a comprenderlo todo.

—Peter —dijo ella—, ya me has explicado que los egipcios comprendieron el funcionamiento de las palancas y las poleas mucho antes de Newton, y que el trabajo de los primeros alquimistas está a la altura de la química moderna, pero ¿y qué? La física de hoy trata con conceptos que hubieran sido inimaginables en la antigüedad.

—¿Como cuáles?

—Bueno..., ¡la teoría del entrelazamiento, por ejemplo! —La investigación subatómica había demostrado categóricamente que toda la materia estaba interconectada..., entrelazada en una única malla unificada..., una especie de unicidad universal—. ¿Me estás diciendo que en la antigüedad se sentaban a discutir la teoría del entrelazamiento?

—¡Claro que sí! —respondió Peter, apartándose el largo flequillo negro de los ojos—. El entrelazamiento estaba en el centro mismo de las creencias primigenias. Sus nombres son tan antiguos como la propia historia... Dharmakaya, Tao, Brahman. De hecho, el anhelo espiritual más antiguo del ser humano era ser capaz de percibir su propio entrelazamiento, advertir su interconexión con todas las cosas. El ser humano siempre ha deseado ser «uno» con el universo..., alcanzar la «unión por el sacrificio».[1] —Su hermano arqueó las cejas—. Todavía hoy en día, judíos y cristianos siguen buscando la expiación, aunque en su mayoría han olvidado que es la unión lo que buscan.

Katherine suspiró. Ya no recordaba lo duro que resultaba discutir con alguien tan versado en historia.

—De acuerdo, pero estás hablando en términos generales. Yo me refiero a física *concreta*.

—Entonces, sé concreta —sus intensos ojos la desafiaron.

—Bueno, ¿qué te parece algo tan simple como la polaridad; el equilibrio positivo-negativo del mundo subatómico? Obviamente, en la antigüedad no...

—¡Espera! —su hermano cogió un voluminoso y polvoriento libro de

1. En inglés, la palabra *atonement* significa «expiación», «sacrificio», pero también puede interpretarse como *at-one-ment*, «unificación», «unión», «acción de convertirse en uno». *(N. de los t.)*

la biblioteca y lo dejó caer ruidosamente sobre la mesa–. La polaridad moderna no es otra cosa que el «mundo dual» descrito por Krishna en el Bhagavad Gita hace más de dos mil años. Una docena de libros más, entre ellos el *Kybalión*, hablan de sistemas binarios y fuerzas contrarias en la naturaleza.

Katherine se mostró escéptica.

–Está bien, pero ¿y si hablamos de descubrimientos modernos en subatómica? El principio de incertidumbre de Heisenberg, por ejemplo...

–Entonces debemos mirar aquí –dijo Peter, y cogió otro libro de la extensa biblioteca–. Las escrituras sagradas del hinduismo, conocidas como Upanisads –dejó caer el tomo encima del primero–. Heisenberg y Schrödinger estudiaron este texto y reconocieron que los había ayudado a formular algunas de sus teorías.

La confrontación prosiguió durante varios minutos, y la pila de polvorientos libros sobre el escritorio fue haciéndose cada vez más y más alta. Finalmente, Katherine levantó los brazos en señal de frustración.

–¡Está bien! Has dejado clara tu postura, pero lo que yo quiero es estudiar física teórica avanzada. ¡El futuro de la ciencia! No creo que Krishna o Vyasa tengan mucho que decir sobre la teoría de supercuerdas y sus modelos cosmológicos multidimensionales.

–Tienes razón. Ellos, no. –Su hermano se quedó callado un momento, con una sonrisa en los labios–. Si lo que quieres es hablar de la teoría de supercuerdas... –Volvió una vez más a la biblioteca–. El libro que necesitas es éste. –Extrajo un gigantesco libro de cuero de la estantería y lo dejó caer con gran estruendo sobre el escritorio–. Es una traducción del siglo XIII del original arameo.

–¡¿Teoría de supercuerdas en el siglo XIII?! –Katherine no se lo creía–. ¡Qué va!

La teoría de supercuerdas formulaba un nuevo modelo cosmológico. Las más recientes observaciones científicas sugerían que el universo multidimensional no tenía tres dimensiones..., sino diez, que interactuaban entre sí como cuerdas vibrantes, de forma parecida a las cuerdas resonantes de un violín.

Katherine esperó mientras su hermano cogía el volumen, echaba un vistazo a la ornamentada tabla de contenidos y luego pasaba las páginas hasta llegar a un punto cercano al principio del libro.

–Lee esto –le señaló una desvaída página con texto y diagramas.

Obedientemente, Katherine estudió la página. Era una traducción antigua y no le resultaba fácil de leer, pero para su asombro más absoluto, tanto el texto como las ilustraciones esbozaban de forma clara exactamente el mismo universo que anunciaba la moderna teoría de supercuerdas: un universo de diez dimensiones y de cuerdas vibrantes. En un momento dado, Katherine dejó escapar un grito ahogado y retrocedió.

—¡Dios mío! ¡Incluso describe cómo seis de las dimensiones están entrelazadas y actúan como una sola! —Asustada, retrocedió otro paso más—. ¡¿Qué libro es éste?!

Su hermano sonrió.

—Uno que espero que leas algún día.

Pasó las páginas hasta llegar a la del título, en la que una elaborada ilustración formaba tres palabras.

El Zohar completo.

Aunque Katherine no había leído el *Zohar*, sabía que era el texto fundacional del primitivo misticismo judaico, un texto que antaño se creía tan potente que estaba reservado únicamente para los rabinos más eruditos.

Katherine observó el libro.

—¿Me estás diciendo que los primeros místicos judíos sabían que el universo tenía diez dimensiones?

—Por supuesto.

Pasó más páginas hasta llegar a un diagrama que mostraba diez círculos entrelazados: el árbol de las sefirot.

—Obviamente, la nomenclatura es esotérica, pero la física es avanzada.

Katherine no sabía qué responder.

—Pero... ¿entonces por qué no hay más gente que estudia esto?

Su hermano sonrió.

—Lo harán.

—No lo entiendo.

—Katherine, hemos nacido en una época maravillosa. Se acerca un cambio. El ser humano se hallará en el umbral de una nueva etapa cuando vuelva la mirada a la naturaleza y a las antiguas formas de hacer las cosas..., cuando vuelva a las ideas que aparecen en libros como el *Zohar* y otros textos antiguos de todo el mundo. La verdad es poderosa y tiene su propia gravedad; finalmente, la gente se vuelve a sentir atraída por ella. Llegará un día en el que la ciencia moderna empezará a estudiar seriamente los conocimientos de la antigüedad... Ése será el día en el que la humanidad comenzará a encontrar respuestas a las grandes cuestiones que todavía se le escapan.

Esa noche, Katherine empezó a leer los textos antiguos de los que le había hablado su hermano, y rápidamente se dio cuenta de que tenía razón. «Los antiguos poseían un conocimiento científico profundo.» La ciencia moderna no hacía tanto «descubrimientos» como «redescubrimientos». Al parecer, antaño la humanidad había alcanzado a comprender la verdadera naturaleza del universo..., pero no la había retenido..., y se había olvidado de ella.

«¡La física moderna nos puede ayudar a recordarla!» Esta búsqueda se había convertido en la misión vital de Katherine: utilizaba ciencia avanzada para redescubrir el saber perdido de los antiguos. Lo que la mantenía motivada no era únicamente el empuje académico. Por debajo subyacía su convicción de que el mundo necesitaba ese conocimiento..., ahora más que nunca.

En la parte trasera del laboratorio, Katherine divisó la bata blanca de su hermano que colgaba de la percha junto a la suya. Entonces cogió su teléfono y comprobó si tenía algún mensaje. Nada. Una voz volvió a resonar en su memoria: «Lo que su hermano cree que está escondido en Washington... puede ser encontrado. A veces una leyenda que perdura durante siglos... lo hace por una razón.»

—No —exclamó Katherine en voz alta—. No puede ser real.

A veces una leyenda no era más que eso: una leyenda.

Capítulo 16

El jefe de seguridad Trent Anderson regresó a toda prisa a la Rotonda del Capitolio, furioso por el fallo de su equipo. Uno de sus hombres acababa de encontrar un cabestrillo y un abrigo militar en un recoveco cercano al pórtico este.

«¡Ese maldito se ha escapado tranquilamente!»

Anderson ya tenía a varios equipos revisando los vídeos del exterior, pero para cuando encontraran algo, ya haría demasiado rato que el tipo se habría largado.

Ahora, mientras entraba en la Rotonda para inspeccionar los daños, Anderson comprobó que la situación se había contenido de la mejor manera posible. Las cuatro entradas de la Rotonda habían sido cerradas con el método de control de multitudes más discreto que la seguridad tenía a su disposición: una cortina de terciopelo, un guardia pidiendo disculpas y un letrero en el que se podía leer «Sala cerrada temporalmente por motivos de limpieza». Habían reunido a, más o menos, una docena de espectadores en el perímetro oriental de la sala, donde los guardias les estaban requisando los celulares y las cámaras; la última cosa que Anderson necesitaba era que una de esas personas enviara una fotografía hecha con el celular a la CNN.

Uno de los testigos que habían detenido, un hombre alto y moreno con una chaqueta de tweed, estaba intentando apartarse del grupo para hablar con el jefe. En esos momentos mantenía una acalorada discusión con los guardias.

—Hablaré con él dentro de un rato —les dijo Anderson a sus hombres—. Por el momento, retengan a todo el mundo en el vestíbulo principal hasta que hayamos solucionado esto.

Anderson se volvió hacia la mano, que permanecía firme en el centro de la sala. «Por el amor de Dios.» En los quince años que llevaba en la seguridad del edificio del Capitolio había visto cosas extrañas, pero nada como eso.

«Será mejor que los forenses lleguen pronto y se lleven esto de mi edificio.»

Anderson se acercó y advirtió que la ensangrentada muñeca estaba ensartada en una base de madera para que se mantuviera vertical. «Madera y carne —pensó—. Invisible a los detectores de metales.» El único metal era un anillo de oro, que —Anderson supuso— debía de haber sido inspeccionado con el detector manual o bien extraído del dedo por el sospechoso como si fuera suyo.

Anderson se arrodilló para examinar la mano. Por su aspecto, parecía pertenecer a un hombre de unos sesenta años. En el anillo sobresalía una especie de elaborado sello con un pájaro bicéfalo y el número 33. Anderson no lo reconoció. Lo que realmente le llamaba la atención eran los pequeños tatuajes en las puntas de los dedos pulgar e índice.

«Esto es un maldito espectáculo de monstruos.»

—¿Jefe? —Uno de los guardias se acercó corriendo a él y le tendió un teléfono—. Llamada personal para usted. La centralita acaba de pasarla.

Anderson lo miró como si estuviera loco.

—Ahora estoy ocupado —gruñó.

El guardia estaba lívido. Cubrió el micrófono con la mano y susurró:

—Es la CIA.

Anderson tardó un segundo en reaccionar. «¿¡La CIA ya se ha enterado de esto?!»

—Lo llaman de la Oficina de Seguridad.

Anderson se puso tenso. «¡Maldita sea!». Miró con inquietud el teléfono que el guardia sujetaba en su mano.

En el vasto océano de agencias de seguridad que había en Washington, la Oficina de Seguridad de la CIA era una especie de Triángulo de las Bermudas: una región misteriosa y peligrosa que todo aquel conocedor de su existencia evitaba en la medida de lo posible. Con un mandato aparentemente autodestructivo, la OS había sido creada por la CIA con un extraño propósito: espiar a la propia CIA. Como si de una poderosa oficina de asuntos internos se tratara, la OS monitorizaba a todos los empleados de la CIA en busca de comportamientos ilícitos: apropiación indebida de fondos, venta de secretos, robo de tecnología clasificada o uso de tácticas de tortura ilegales, entre muchas otras.

«Espían a los espías de Norteamérica.»

Poseedora de carta blanca en todo lo que respectaba a la seguridad nacional, el alcance de la OS era largo y poderoso. A Anderson no se le ocurría a qué podía deberse su interés en ese incidente en el Capitolio, o cómo se habían enterado tan rápidamente. Aunque, claro, se rumoreaba que la OS tenía ojos en todas partes. Que Anderson supiera, tenían acceso directo a las cámaras de seguridad del Capitolio. El incidente no parecía encajar con las directivas de la OS en modo alguno, pero que llamaran justamente ahora parecía demasiado casual para no ser algo relacionado con esa mano cercenada.

—¿Jefe? —El guardia sostenía el teléfono como si fuera una papa caliente—. Tendrá que recibir esta llamada ahora. Es... —se quedó callado un momento y luego susurró dos sílabas—: SA-TO.

Anderson se quedó mirándolo con los ojos entrecerrados. «Parece una broma. —Sintió que el sudor le humedecía las palmas de las manos—. ¿Sato en persona está al mando de esto?»

Inoue Sato, la directora de la Oficina de Seguridad, era una leyenda en la comunidad del espionaje. Había nacido detrás de las cercas de un campo de internamiento de Manzanar, California, poco después de Pearl Harbor. Sato nunca había olvidado los horrores de la guerra y los peligros de una inteligencia militar insuficiente. Ahora que ocupaba uno de los cargos más secretos y poderosos del trabajo de espionaje en Estados Unidos, Sato había demostrado su patriotismo, así como ser alguien temible para todo aquel que se le opusiera. Más leyenda que realidad para muchos, desde su posición de directora de la OS Sato surcaba las profundas aguas de la CIA como el leviatán que emerge únicamente para devorar a su presa.

Anderson había visto a la mujer en persona sólo una vez, y el recuerdo de sus fríos ojos negros era suficiente para agradecer que esa conversación fuera telefónica.

Anderson cogió el aparato y se lo llevó a la oreja.

—Sato —dijo en un tono de voz lo más amigable posible—. Aquí el jefe Anderson. ¿En qué puedo...?

—En su edificio hay un hombre con el que tengo que hablar inmediatamente —la voz de Sato era inconfundible, parecía gravilla rechinando sobre una pizarra. Un cáncer de garganta le había dejado un tono de voz profundamente enervante, así como una repulsiva cicatriz que hacía juego—. Quiero que lo encuentre de inmediato.

«¿Eso es todo? ¿Quiere que encuentre a alguien?» Esperanzado, Anderson pensó que quizá esa llamada no era más que una coincidencia.

—¿A quién está buscando?

—Se llama Robert Langdon. Si no me equivoco, ahora mismo está dentro de su edificio.

«¿Langdon?» El nombre le resultaba vagamente familiar, pero Anderson no lo situaba. Se preguntó si Sato se había enterado de lo de la mano.

—Ahora mismo estoy en la Rotonda —dijo—, hay unos cuantos turistas... Un momento. —Bajó el teléfono y se dirigió al grupo—: ¿Hay alguien aquí llamado Langdon?

Tras un breve silencio, una profunda voz proveniente de la multitud de turistas contestó.

—Sí. Yo soy Robert Langdon.

«Sato lo sabe todo.» Anderson estiró el cuello para intentar divisar a la persona que había hablado.

El mismo hombre que había estado intentando hablar con él se apartó de los demás. Parecía afligido..., pero extrañamente familiar.

Anderson volvió a llevarse el teléfono a la oreja.

—Sí, el señor Langdon está aquí.

—Comuníqueme con él —respondió Sato con tosquedad.

Anderson respiró tranquilo. «Mejor él que yo.»

—Espere un momento. —Le indicó a Langdon que se acercara.

Mientras lo hacía, Anderson de repente se dio cuenta de por qué le sonaba su nombre. «Acabo de leer un artículo sobre este tipo. ¿Qué diablos está haciendo aquí?»

A pesar del metro ochenta de altura y la constitución atlética de Langdon, Anderson echó de menos el aspecto frío y endurecido que esperaba en un hombre famoso por haber sobrevivido a una explosión en el Vaticano y a una cacería en París. «¿Este tipo eludió a la policía francesa... en mocasines?» Se lo hubiera imaginado más leyendo a Dostoievski a la luz de la chimenea de alguna biblioteca universitaria de la Ivy League.

—¿Señor Langdon? —dijo Anderson, desplazándose para encontrarse con él a mitad de camino—. Soy el jefe Anderson. Estoy al mando de la seguridad de este lugar. Tiene una llamada.

—¿Es para mí? —los ojos azules de Langdon revelaban su desasosiego y perplejidad.

Anderson le tendió el teléfono.

—Es la Oficina de Seguridad de la CIA.

—Nunca he oído hablar de ella.

Anderson esbozó una inquietante sonrisa.

—Bueno, señor, ellos sí han oído hablar de usted.

Langdon se llevó el teléfono a la oreja.

—¿Sí?

—¿Robert Langdon? —la áspera voz de Sato atronó en el pequeño auricular a un volumen tan alto que incluso Anderson pudo oírla.

—¿Sí? —contestó Langdon.

Anderson se acercó para oír mejor lo que Sato decía.

—Soy Inoue Sato, señor Langdon. Estoy tratando de impedir una crisis y, por lo que sé, cuenta usted con una información que me podría ayudar.

Langdon pareció sentirse esperanzando.

—¿Es en relación con Peter Solomon? ¿Sabe dónde está?

«¿Peter Solomon?» Anderson no entendía nada de nada.

—Profesor —respondió Sato—, aquí quien hace las preguntas soy yo.

—¡Peter Solomon se encuentra en grave peligro! —exclamó Langdon—. Un loco acaba...

Anderson se encogió. «Menuda metedura de pata.» Interrumpir el interrogatorio de un mando de la CIA era un error que sólo un civil podía cometer. «Pensaba que Langdon era un tipo listo.»

—Escuche atentamente —dijo Sato—. En estos momentos, la nación se enfrenta a una grave crisis. Estoy al tanto de que posee usted información que me puede ayudar a impedirla. Se lo voy a volver a preguntar: ¿qué información posee?

Langdon parecía confundido.

—Escuche, no tengo ni idea de a qué se refiere. Lo único que me preocupa en estos momentos es encontrar a Peter y...

—¿No tiene ni idea? —lo desafió Sato.

Anderson hizo una mueca de dolor. «Mal, mal, mal.» Robert Langdon acababa de cometer un gravísimo error con Sato.

Con gran sorpresa, Anderson se dio cuenta de que ya era demasiado tarde. Para su asombro, Sato había aparecido por un extremo de la Rotonda, y se dirigía hacia Langdon a toda velocidad. «¡Sato está en el edificio! —Anderson contuvo la respiración y se preparó para el impacto—. Langdon no sabe lo que le espera.»

La oscura figura de Sato se fue acercando a ellos con el teléfono todavía en la oreja, posando sus ojos negros sobre la espalda de Robert Langdon como si de dos láseres se tratara.

Langdon apretó con fuerza el teléfono del jefe de seguridad y sintió cómo crecía su frustración ante la presión de Sato.

—Lo siento, señor —dijo Langdon, lacónico—, pero no puedo leer su mente. ¿Qué quiere de mí?

—¿Qué quiero de usted? —crepitó en el altavoz del teléfono de Langdon la irritante voz de Sato, chirriante y apagada, como la de un hombre moribundo y aquejado de faringitis.

Mientras hablaba, Langdon sintió que alguien le daba una palmadita en el hombro. Se volvió y, al bajar la mirada, vio el rostro de una menuda mujer japonesa. Su expresión era severa, la tez manchada, el pelo ralo, los dientes amarillos por el tabaco, y una perturbadora cicatriz blanca le recorría el cuello. La nudosa mano de la mujer sostenía un teléfono contra su oreja, y cuando sus labios se movieron, Langdon oyó su rasposa voz por el celular.

—¿Qué quiero de usted, profesor? —Sato cerró tranquilamente su teléfono y le lanzó una mirada feroz—. Para empezar, puede dejar de llamarme «señor».

Langdon se la quedó mirando fijamente, muerto de vergüenza.

—Señora, yo..., lo siento. La conexión era mala y...

—A la conexión no le pasaba nada, profesor —dijo ella—. Y mi tolerancia a las tonterías es extremadamente baja.

Capítulo 17

La directora Inoue Sato era un personaje temible; una irritable y tempestuosa mujer de apenas un metro cincuenta de altura. Era extremadamente delgada, de rostro anguloso, y sufría de una afección dermatológica llamada vitiligo, que confería a su tez el veteado aspecto del granito recubierto de liquen. El arrugado traje pantalón colgaba de su escuálida figura como un saco suelto, y la blusa de cuello abierto nada hacía para ocultar la cicatriz de su garganta. A decir de sus colaboradores, la única aquiescencia de Sato a la vanidad física parecía ser el hecho de que se depilara el bigote.

Inoue Sato llevaba más de una década al mando de la Oficina de Seguridad de la CIA. Poseía un elevadísimo coeficiente intelectual y unos instintos de escalofriante precisión, una combinación que la había dotado de una temible seguridad en sí misma para todo aquel que no pudiera llevar a cabo lo imposible. Ni siquiera la diagnosis de un agresivo cáncer de garganta había podido con ella. La batalla le costó un mes de trabajo, media laringe y un tercio de su peso corporal, pero regresó a la oficina como si nada hubiera pasado. Inoue Sato parecía indestructible.

Robert Langdon sospechaba que no era el primero en confundir a Sato con un hombre por teléfono, pero la directora seguía mirándolo furiosamente con sus hirientes ojos negros.

—De nuevo, mis disculpas, señora —dijo Langdon—. Todavía estoy intentando orientarme; la persona que asegura tener a Peter Solomon me ha hecho venir esta tarde a Washington mediante engaños. —Extrajo un fax de su chaqueta—. Esto fue lo que me envió esta mañana. Escribí el número de matrícula del avión en el que he viajado, si llama usted a la FAA y localiza...

Con un movimiento fugaz, la diminuta mano de Sato le arrebató la hoja de papel. Se la metió en el bolsillo sin siquiera desdoblarla.

—Profesor, estoy al mando de esta investigación, y hasta que me cuente lo que quiero saber, le sugiero que no diga nada a menos que se lo pregunte.

Sato se volvió hacia el jefe de seguridad.

—Anderson —dijo, acercándose de forma quizá excesiva y posando sus pequeños ojos negros sobre él—, ¿le importaría decirme qué diablos está sucediendo? El guardia de la puerta este me dijo que encontraron una mano humana en el suelo. ¿Es eso cierto?

Anderson se hizo a un lado, dejando a la vista el objeto que había en el piso.

—Sí, señora, hace sólo unos minutos.

Sato miró la mano como si se tratara de una mera prenda de ropa extraviada.

—¿Y cómo es que no me lo dijo cuando hablamos por teléfono?

—Yo..., pensaba que ya lo sabía.

—No me mienta.

Anderson se achicó ante la mirada de Sato, pero consiguió mantener un tono de voz confiado.

—Señora, la situación está bajo control.

—Lo dudo mucho —dijo Sato con igual seguridad.

—Un equipo de forenses está en camino. Quienquiera que haya hecho esto habrá dejado huellas dactilares.

Sato parecía escéptica.

—Creo que alguien suficientemente inteligente para pasar por su puesto de control con una mano humana también lo es para no dejar huellas dactilares.

—Puede que sí, pero es mi obligación investigarlo.

—En realidad, no; desde este mismo momento lo relevo de su responsabilidad. Yo asumiré el control.

Anderson se puso tenso.

—Pero esto no es competencia de la OS, ¿no?

—Desde luego que sí. Nos enfrentamos a un problema de seguridad nacional.

«¿La mano de Peter? —se preguntó un aturdido Langdon mientras observaba su intercambio de palabras—. ¿Seguridad nacional?» Empezó a temer que su objetivo de encontrar cuanto antes a Peter no era el mismo que tenía Sato. Las intenciones de la directora de la OS parecían ser otras.

Anderson también parecía confundido.

—¿Seguridad nacional? Con todos mis respetos, señora...

—Que yo sepa —lo interrumpió ella—, mi rango es superior al suyo. Le sugiero que haga exactamente lo que yo le diga, y que lo haga sin cuestionar.

Anderson asintió y tragó saliva.

—Pero ¿no deberíamos al menos comprobar las huellas dactilares de la mano para confirmar que pertenece a Peter Solomon?

—Yo lo puedo confirmar —dijo Langdon, sintiendo náuseas por la certeza—. Reconozco su anillo... y su mano. —Se quedó un momento callado—. Aunque los tatuajes son recientes. Alguien se los acaba de hacer.

—¿Cómo dice? —Sato pareció ponerse nerviosa por primera vez desde que había llegado—. ¿La mano está tatuada?

Langdon asintió.

—El pulgar, con una corona. El índice, con una estrella.

Sato se puso unas gafas y, tras acercarse a la mano, comenzó a dar vueltas a su alrededor como si fuera un tiburón.

—Además —prosiguió Langdon—, aunque no se pueden ver los otros tres dedos, estoy seguro de que también están tatuados.

Sato pareció intrigada por el comentario y se acercó a Anderson.

—Jefe, ¿nos haría el favor de comprobar si es así?

Anderson se arrodilló junto a la mano, con cuidado de no tocarla. Acercó la mejilla al suelo y desde ahí miró las puntas de los demás dedos.

—Tiene razón, señora. Todos los dedos están tatuados, aunque no puedo ver los otros...

—Un sol, una linterna y una llave —dijo Langdon sin vacilar.

Sato se volvió completamente hacia Langdon y lo escrutó con sus pequeños ojos.

—¿Y cómo sabe eso?

Langdon le devolvió la mirada.

—La imagen de una mano humana con los dedos decorados de ese modo es un ícono muy antiguo. Se conoce como «la mano de los misterios».

Anderson se puso en pie de golpe.

—¿Esto tiene un nombre?

Langdon asintió.

—Es uno de los íconos más secretos del mundo antiguo.

Sato ladeó la cabeza.

—¿Y puedo preguntarle qué hace en medio del Capitolio?

Langdon deseó poder despertar de esa pesadilla.

—Tradicionalmente, señora, se utilizaba a modo de invitación.

—¿Invitación... a qué? —inquirió ella.

Langdon bajó la mirada hacia los símbolos que decoraban la mano cercenada de su amigo.

—Hace siglos, la mano de los misterios servía de convocatoria mística. Básicamente, es una invitación a recibir el saber secreto; una sabiduría protegida que únicamente conocía una élite.

Sato cruzó sus pequeños brazos y se lo quedó mirando con sus ojos negros.

—Bueno, profesor, para alguien que asegura no tener ni idea de lo que está haciendo aquí..., no está nada mal.

Capítulo 18

Katherine Solomon se puso la bata blanca de laboratorio y dio inicio a su rutina de llegada habitual; sus «rondas», como las llamaba su hermano.

Cual madre nerviosa comprobando el estado de su bebé dormido, Katherine asomó la cabeza por la sala mecánica. La batería de hidrógeno funcionaba sin problemas, y sus tanques de repuesto descansaban sanos y salvos en sus estantes.

Katherine siguió pasillo abajo hasta el vestíbulo de la sala de almacenamiento de datos. Como siempre, las dos unidades holográficas de seguridad permanecían dentro de su cámara de temperatura controlada. «Ahí está toda mi investigación», pensó mientras las observaba a través del vidrio irrompible de ocho centímetros de grosor. A diferencia de sus antepasados, del tamaño de una nevera, los aparatos de almacenamiento de datos holográficos, ambos en lo alto de unos pedestales, parecían más bien lujosos componentes de un equipo de música.

Las dos memorias holográficas estaban sincronizadas y eran idénticas, de modo que las copias de seguridad de su trabajo que lo salvaguardaban eran redundantes. La mayoría de los protocolos de seguridad recomendaban mantener una copia secundaria en otro lugar por si tenía lugar un terremoto, un incendio o un robo, pero Katherine y su hermano estuvieron de acuerdo en que el secretismo era lo primordial; si esos datos abandonaban el edificio para ser alojados en un servidor remoto, ya no podrían estar seguros de su privacidad.

Contenta porque todo estuviera funcionando sin problemas, Katherine dio media vuelta para emprender el camino de regreso. Al doblar la esquina, sin embargo, advirtió algo inesperado al otro lado del laboratorio. «¿Qué diablos...?» Un tenue resplandor iluminaba todo el equipo. Katherine echó a correr para ir a ver de qué se trataba, sorprendida ante la luz que surgía de detrás de la pared de plexiglás.

«Está aquí», Katherine cruzó el laboratorio a la carrera y, en cuanto llegó a la sala de control, abrió la puerta de golpe.

—¡Peter! —dijo mientras entraba corriendo en la sala.

La rolliza mujer que permanecía sentada en la terminal de la sala de control dio un respingo.

—¡Dios mío! ¡Katherine! ¡Me asustaste!

Trish Dunne —la única otra persona del mundo que tenía permitida la entrada al laboratorio— era la analista de metasistemas de Katherine, y rara vez trabajaba los fines de semana. Esa pelirroja de veintiséis años era un genio procesando datos, y había firmado un acuerdo de confidencialidad digno del KGB. Al parecer, esa noche estaba analizando datos en la pared de plasma de la sala de control, un monitor de pantalla plana que parecía salido de una misión de control de la NASA.

—Lo siento —dijo Trish—. No sabía que ya habías llegado. Quería terminar antes de que llegaran tú y tu hermano.

—¿Has hablado con él? Está retrasado y no contesta al teléfono.

Trish negó con la cabeza.

—Seguro que todavía está intentando averiguar cómo funciona ese nuevo iPhone que le regalaste.

Katherine apreció el buen humor de Trish, y su presencia le dio una idea.

—En realidad, me alegro de que estés aquí esta noche. Si no te importa, me podrías ayudar con una cosa.

—Lo que sea; seguro que es más interesante que el fútbol americano.

Katherine respiró hondo, procurando tranquilizarse.

—No estoy segura de cómo explicar esto, pero hoy me contaron algo muy inusual...

Trish Dunne no sabía qué historia le habían contado a Katherine Solomon, pero estaba claro que la había puesto muy nerviosa. Los ojos grises de su jefa, habitualmente tranquilos, parecían inquietos, y se había acomodado el pelo detrás de las orejas tres veces desde que había entrado en la sala: un «indicador» de nervios, lo llamaba Trish. «Científica brillante. Pésima jugadora de póquer.»

—A mí —dijo Katherine—, esa historia me suena a ciencia ficción..., es una vieja leyenda. Y sin embargo... —Se quedó callada, acomodándose un mechón de pelo detrás de la oreja una vez más.

—¿Y sin embargo?

Katherine suspiró.

—Y sin embargo, hoy una fuente de fiar me ha contado que la leyenda es cierta.

—Ajá... —«¿Adónde quiere llegar?»

—Lo hablaré con mi hermano, pero se me ha ocurrido que antes de eso quizá tú podrías ayudarme a arrojar algo de luz. Me encantaría saber si esa leyenda ha sido corroborada en algún otro momento de la historia.

—¿En toda la historia?

Katherine asintió.

—En cualquier lugar del mundo, en cualquier lengua, en cualquier momento de la historia.

«Extraña petición —pensó Trish—, pero sin duda viable.» Diez años atrás, esa tarea habría sido imposible. Hoy, sin embargo, con Internet, la *World Wide Web*, y la digitalización en curso de las grandes bibliotecas y museos del mundo, el encargo de Katherine se podía conseguir utilizando un motor de búsqueda relativamente simple que estuviera equipado con una gran cantidad de módulos de traducción, y escogiendo bien unas cuantas palabras clave.

—Ningún problema —dijo Trish.

Muchos libros del laboratorio contenían pasajes en lenguas antiguas, de modo que le solían pedir que escribiera módulos de traducción para programas de Reconocimiento Óptico de Caracteres, y generar así textos en inglés a partir de lenguas oscuras. Debía de ser la única especialista en metasistemas del mundo que había construido módulos de traducción OCR en frisio antiguo, maek y acadio.

Esos módulos ayudarían, pero el truco de construir una araña de búsqueda eficaz residía en la elección de las palabras clave adecuadas. «Singulares, pero no excesivamente restrictivas.»

Katherine parecía ir un paso por delante de Trish, y ya estaba anotando posibles palabras clave en una hoja de papel. Cuando llevaba unas cuantas se detuvo, se quedó un rato pensando y luego escribió unas cuantas más.

—Ya está —dijo finalmente, entregándole la hoja de papel a Trish.

Ella leyó detenidamente la lista de frases que debía buscar y los ojos se le abrieron de par en par. «¿Qué tipo de leyenda está investigando Katherine?»

—¿Quieres que te busque todas estas frases? —Una de las palabras ni siquiera la reconocía. «¿Esto es inglés?»—. ¿Crees que las encontraremos todas en un mismo lugar? ¿Al pie de la letra?

—Me gustaría intentarlo.

Trish hubiera dicho que era imposible, pero la palabra que empezaba por «I» estaba prohibida en ese lugar. Katherine la consideraba una predisposición mental negativa en un campo que a menudo transformaba falsedades preconcebidas en verdades confirmadas. En ese caso, sin embargo, Trish Dunne dudaba seriamente que esos vocablos clave de búsqueda entraran en esa categoría.

—¿Cuánto tardarán los resultados? —preguntó Katherine.

—Escribir la araña y activarla me llevará unos pocos minutos, luego la araña tardará quizá unos quince más en agotar todas las posibilidades.

—¿Tan de prisa? —Katherine se animó.

Trish asintió. Los motores de búsqueda tradicionales solían necesitar un día entero para recorrer todo el universo *online*, encontrar nuevos documentos, digerir su contenido y añadirlo a su base de datos. Pero la araña de búsqueda que Trish iba a escribir era de otro tipo.

—Escribiré un programa llamado «delegador» —explicó Trish—. No es muy legal, pero es rápido. Esencialmente, es un programa que ordena a otros motores de búsqueda que hagan nuestro trabajo. La mayoría de las bases de datos (librerías, museos, universidades, gobiernos) tienen una función de búsqueda incorporada. Mi araña encuentra sus motores de búsqueda, introduce tus palabras clave y les pide que las busquen. Así, aprovechamos el poder de miles de motores trabajando al unísono.

Katherine se quedó impresionada.

—Procesamiento en paralelo.

«Una especie de metasistema.»

—Ya te avisaré si obtengo algo.

—Te lo agradezco, Trish —Katherine le dio una palmadita en la espalda y se dirigió hacia la puerta—. Estaré en la biblioteca.

Trish se acomodó para escribir el programa. Codificar una araña de búsqueda era una tarea menor, muy por debajo de su cualificación, pero a Trish Dunne no le importaba. Haría cualquier cosa por Katherine Solomon. A veces Trish no se podía creer la suerte que había tenido de recalar allí.

«Has pasado por muchas cosas, chica.»

Hacía apenas un año, Trish había dejado su trabajo de analista de metasistemas en una de las muchas granjas de cubículos de la industria de la alta tecnología. En sus horas libres empezó a hacer trabajos *freelance* de programación, y comenzó a escribir un *blog* profesional —«Futuras aplicaciones en análisis de metasistemas computacionales»—, aunque dudaba que le interesara a nadie. Hasta que una tarde recibió una llamada.

—¿Trish Dunne? —preguntó educadamente una mujer.

—Sí, ¿quién llama?

—Mi nombre es Katherine Solomon.

Trish estuvo a punto de desmayarse. «¿*Katherine Solomon*?»

—¡Acabo de leer su libro, *Ciencia noética: vía de entrada moderna al saber de la antigüedad*, y he escrito sobre él en mi *blog*!

—Sí, lo sé —respondió cortésmente la mujer—. Por eso la llamo.

«Claro —se dio cuenta Trish, sintiéndose idiota—. Incluso los científicos brillantes se buscan en Google.»

—Su *blog* me ha intrigado —le dijo Katherine—. No sabía que la creación de metasistemas había avanzado tanto.

—Sí, señora —se las arregló para decir Trish, anonadada—. La modelación de datos es una tecnología en expansión y con aplicaciones de gran alcance.

Las dos mujeres estuvieron varios minutos charlando sobre el trabajo de Trish en metasistemas, comentando su experiencia analizando, modelando y prediciendo el flujo de campos de datos.

—Obviamente, su libro está muy por encima de mis conocimientos —dijo Trish—, pero he entendido lo suficiente para advertir un punto de contacto con mi trabajo en metasistemas.

—En su *blog* dice usted que la creación de metasistemas puede transformar el estudio de la ciencia noética.

—Sin duda alguna. Creo que los metasistemas podrían convertirla en una verdadera ciencia.

—¿*Verdadera* ciencia? —Katherine endureció ligeramente su tono—. ¿En oposición a...?

«Mierda, eso no ha sonado bien.»

—Hum, no, lo que quería decir era que la ciencia noética es más... esotérica.

Katherine se rio.

—Relájese, estoy bromeando. Me suelen decir cosas parecidas.

«No me sorprende», pensó Trish. Incluso el Instituto de Ciencias Noéticas de California describía el campo con un lenguaje arcano y abstruso, definiéndolo como el estudio del «acceso directo e inmediato al saber más allá de lo que está disponible para nuestros sentidos normales y el poder de la razón».

La palabra «noética», había descubierto Trish, derivaba del griego antiguo *nous*, que se podía traducir como «conocimiento interior» o «conciencia intuitiva».

—Estoy interesada en su trabajo en metasistemas —dijo Katherine—, y en su posible relación con un proyecto en el que estoy trabajando. ¿Hay alguna posibilidad de que nos veamos? Me encantaría que me expusiera sus ideas.

«¿Katherine quiere que le exponga mis ideas?» Era como si Maria Sharapova le pidiera consejos sobre tenis.

Al día siguiente, un Volvo blanco se estacionó en la entrada de Trish y de él salió una atractiva mujer vestida con unos *jeans* de color azul. De inmediato, Trish sintió que empequeñecía. «Genial —gruñó—. Inteligente, rica y delgada; ¿y encima debo pensar que Dios es bueno?» Las maneras sencillas de Katherine en seguida hicieron que Trish se sintiera cómoda.

Ambas se sentaron en el enorme porche trasero de la casa de Trish, con vista a unos terrenos impresionantes.

—Su casa es increíble —dijo Katherine.

—Gracias. Tuve suerte y en la universidad licencié un software que había escrito.

—¿Algo de metasistemas?

—Un precursor de los metasistemas. Con posterioridad al 11 de septiembre, el gobierno se dedicó a interceptar y revisar enormes campos de datos (correos electrónicos de particulares, teléfonos celulares, faxes, textos, páginas web) en busca de palabras clave asociadas con comunicaciones terroristas. Así pues, decidí escribir un software que les permitiera procesar sus campos de datos de otra forma..., obteniendo de ellos un resultado adicional. —Sonrió—. Esencialmente, mi software les permitía tomar la temperatura de Norteamérica.

—¿Cómo dice?

Trish se rio.

—Sí, parece una locura, ya lo sé. Lo que quiero decir es que cuantificaba el estado «emocional» de la nación. Ofrecía una especie de barómetro de su conciencia cósmica, si lo prefiere.

Trish le explicó cómo, utilizando un campo de datos de las comunicaciones de la nación, uno podía evaluar el «estado de ánimo» de la nación a partir de la «densidad» de ciertas palabras clave e indicadores emocionales en el campo de datos. En tiempos felices se usaba un lenguaje feliz, y en tiempos de tensión, lo contrario. En caso, por ejemplo, de un ataque terrorista, el gobierno podía utilizar los campos de datos para medir el cambio que se produjera en la psique norteamericana y aconsejar mejor al presidente sobre el impacto emocional del ataque.

—Fascinante —dijo Katherine, acariciándose la barbilla—. De modo que, en esencia, su software permite examinar a todos los individuos de una población... como si fueran un único organismo.

—Exactamente. Un «metasistema». Una entidad única definida por la suma de sus partes. El cuerpo humano, por ejemplo, está formado por millones de células individuales, cada una de las cuales tiene diferentes atributos y propósitos, pero eso no le impide funcionar como una entidad única.

Katherine asintió entusiasmada.

—Como una bandada de pájaros o un banco de peces moviéndose a la vez. Lo llamamos convergencia o entrelazamiento.

Trish advirtió que su famosa invitada estaba comenzando a ver el potencial de la programación de metasistemas en el campo de la ciencia noética.

—Diseñé mi software —explicó Trish— para ayudar a las agencias gubernamentales a evaluar mejor y responder más adecuadamente a crisis de gran escala: pandemias, tragedias nacionales, terrorismo, ese tipo de cosas. —Hizo una pausa—. Por supuesto, siempre existe la posibilidad de que sea utilizado de otro modo..., quizá para hacer una radiografía del sentir nacional y predecir el resultado de unas elecciones nacionales, o la dirección en la que el mercado de valores se moverá al abrir.

—Parece poderoso.

Trish la acompañó hacia su gran casa.

—Eso mismo le pareció al gobierno.

Los ojos grises de Katherine se posaron directamente sobre ella.

—Trish, ¿puedo preguntarle acerca del dilema ético que plantea su trabajo?

—¿A qué se refiere?

—A que ha creado usted un software del que fácilmente se puede abusar. Aquéllos que lo poseen tienen acceso a una poderosa información no disponible para todo el mundo. ¿No vaciló en ningún momento cuando lo creó?

Trish ni siquiera parpadeó.

—Para nada. Mi software no es distinto de, digamos..., un simulador de vuelo. A algunos usuarios les servirá para practicar vuelos de misiones de ayuda en países en vías de desarrollo; a otros, para aprender a dirigir aviones de pasajeros contra rascacielos. El conocimiento es una herramienta, y como todas las herramientas, su impacto está en manos del usuario.

Katherine se reclinó, impresionada por la respuesta.

—Deje que le plantee una cuestión hipotética.

De repente, Trish tuvo la sensación de que su conversación había pasado a ser una entrevista de trabajo.

Katherine se inclinó, recogió un minúsculo grano de arena del suelo y lo sostuvo en alto para que Trish lo pudiera ver.

—Se me ha ocurrido —dijo— que básicamente su trabajo en metasistemas permite calcular el peso de toda una playa... pesándola grano a grano.

—Sí, básicamente se trata de eso.

—Como sabe, este pequeño grano de arena tiene masa. Una masa muy pequeña, pero masa al fin y al cabo.

Trish asintió.

—Y debido a esa masa, este grano de arena ejerce gravedad. De nuevo, mínima, pero ahí está.

—Así es.

—Bueno —prosiguió Katherine—, si cogemos trillones de granos de arena y dejamos que se atraigan entre sí hasta formar, digamos..., la Luna, su gravedad combinada será suficiente para mover océanos y arrastrar de acá para allá las mareas de nuestro planeta.

Trish no tenía ni idea de adónde quería llegar, pero le gustaba lo que estaba oyendo.

—Hagamos, pues, una hipótesis —dijo Katherine, soltando el grano de arena—. ¿Y si le dijera que un pensamiento..., cualquier pequeña idea que se forme en su mente..., en realidad tiene masa? ¿Y si le dijera que los pensamientos son cosas, entidades mensurables, con masa cuantificable? ¿Cuáles serían las implicaciones?

–¿Hipotéticamente hablando? Bueno, las implicaciones obvias serían... Si un pensamiento tuviera masa, entonces ejercería gravedad y podría atraer cosas hacia sí.

Katherine sonrió.

–Es usted buena. Ahora demos un paso más. ¿Qué ocurriría si mucha gente focalizara en su mente un mismo pensamiento? Todas las manifestaciones de ese mismo pensamiento empezarían a fundirse en una sola, y la masa acumulativa de ese pensamiento comenzaría a crecer. Y, con ello, aumentaría asimismo su gravedad.

–Ajá.

–Lo que significa que..., si suficientes personas empezaran a pensar lo mismo, la fuerza gravitacional de ese pensamiento se volvería tangible..., y ejercería una fuerza –Katherine guiñó un ojo– que podría tener un efecto cuantificable en nuestro mundo físico.

Capítulo 19

La directora Inoue Sato permanecía con los brazos cruzados, mirando con escepticismo a Langdon, mientras procesaba lo que éste le acababa de contar.

—¿El hombre le dijo que quiere que usted le abra un antiguo portal? ¿Qué se supone que debo hacer con eso, profesor?

Langdon se encogió débilmente de hombros. Volvía a sentir náuseas e intentó no bajar la mirada hacia la mano cercenada de su amigo.

—Eso es exactamente lo que me dijo. Un antiguo portal... oculto en algún lugar de este edificio. Yo le contesté que no sabía nada de ningún portal.

—Entonces, ¿por qué cree que usted puede encontrarlo?

—Obviamente, está loco.

«Ha dicho que Peter me señalaría el camino.» Langdon bajó la mirada hacia los extendidos dedos de Peter, asqueado por el sádico juego de palabras de su captor: «Peter le indicará el camino.» Langdon ya había dejado que su mirada siguiera la dirección que señalaba el dedo hasta la cúpula. «¿Un portal? ¿Ahí arriba? Es descabellado.»

—El hombre que me llamó —le dijo a Sato— era el único que sabía que yo iba a venir al Capitolio esta noche, de modo que quien le haya informado a usted de mi presencia aquí esta noche es su hombre. Le recomiendo...

—De dónde he obtenido yo mi información no es cosa suya —lo interrumpió Sato, endureciendo la voz–. Mi prioridad en estos momentos es cooperar con ese hombre, y la información que poseo sugiere que usted es la única persona que puede darle lo que quiere.

–Y mi prioridad es encontrar a mi amigo –respondió Langdon, frustrado.

Sato respiró profundamente. Estaba claro que se estaba poniendo a prueba su paciencia.

–Si queremos encontrar al señor Solomon, profesor, sólo podemos hacer una cosa: empezar a cooperar con la única persona que parece saber dónde está. –Sato miró la hora–. Tenemos poco tiempo. Le puedo asegurar que es imprescindible que cumplamos las exigencias de ese hombre cuanto antes.

–¿Cómo? –preguntó Langdon, incrédulo–. ¿Localizando y abriendo un antiguo portal? No hay ningún portal, directora Sato. Ese tipo es un lunático.

Sato se acercó a menos de medio metro de Langdon.

–Si no le importa que se lo recuerde..., esta mañana su lunático ha manipulado hábilmente a dos individuos de inteligencia contrastada. –Se quedó mirando fijamente a Langdon y luego se volvió hacia Anderson–. En mi campo he aprendido que la frontera entre demencia y genialidad es muy fina. Haríamos bien en mostrar algo de respeto por ese hombre.

–¡Le cortó la mano a una persona!

–Lo que no hace sino corroborar mis palabras. Difícilmente es ése el acto de un individuo descuidado o vacilante. Y lo que es más importante, profesor, obviamente ese hombre cree que puede usted ayudarlo. Lo ha traído hasta Washington, y debe de haberlo hecho por alguna razón.

–La única razón por la que piensa que yo puedo abrir ese «portal» es que Peter le ha dicho que puedo hacerlo –replicó Langdon.

–¿Y por qué Peter Solomon habría de decir eso si no fuera cierto?

–Estoy seguro de que Peter no ha dicho nada parecido. Y si lo ha hecho, ha sido bajo coacción. Debía de estar confundido... o asustado.

–Sí. El uso de la tortura en los interrogatorios es bastante efectivo, razón de más para que el señor Solomon dijera la verdad. –Sato hablaba como si tuviera experiencia personal al respecto–. ¿Le ha explicado por qué Peter piensa que sólo usted puede abrir el portal?

Langdon negó con la cabeza.

–Profesor, si la reputación que los precede es correcta, tanto usted como Peter Solomon comparten un interés por ese tipo·de cosas: secretos, historia esotérica, misticismo y demás. En todas sus conversaciones con Peter, ¿nunca le ha mencionado nada acerca de un portal secreto en Washington?

Langdon apenas podía creer que un alto oficial de la CIA le estuviera haciendo esa pregunta.

—Estoy seguro. Peter y yo solemos hablar de cosas bastante arcanas, pero créame, le habría dicho que se lo hiciera mirar si alguna vez me hubiera contado que hay un antiguo portal escondido en algún lugar. Sobre todo si se trata de uno que conduce a los antiguos misterios.

Ella levantó la mirada.

—¿Perdone? ¿El hombre le especificó adónde conduce ese portal?

—Sí, pero no tenía por qué hacerlo. —Langdon señaló la mano—. La mano de los misterios es una invitación formal a atravesar una entrada mística y adquirir un saber secreto y ancestral, un poderoso conocimiento denominado antiguos misterios..., o saber perdido de los tiempos.

—Entonces usted ha oído hablar acerca del secreto que él piensa que está escondido aquí.

—Muchos historiadores han oído hablar de él.

—Entonces, ¿cómo sabe que el portal no existe?

—Con todos mis respetos, señora, todos hemos oído hablar de la fuente de la eterna juventud o de Shangri-la, pero eso no quiere decir que existan.

Un ruidoso graznido proveniente de la radio de Anderson los interrumpió.

—¿Jefe? —se oyó que decía una voz.

Anderson cogió rápidamente la radio que llevaba en el cinturón.

—Aquí Anderson.

—Señor, hemos completado la búsqueda en las instalaciones. No hay nadie que encaje con la descripción. ¿Alguna orden más, señor?

Anderson echó un fugaz vistazo a Sato, a la espera de una segura reprimenda, pero la directora de la OS parecía indiferente. Anderson se apartó de Langdon y Sato y habló en voz baja por su radio.

Toda la atención de Sato estaba puesta en Langdon.

—¿Me está diciendo usted que el secreto que ese hombre cree oculto en Washington... es una fantasía?

Langdon asintió.

—Un mito muy antiguo. El secreto de los antiguos misterios es precristiano. Tiene miles de años de antigüedad.

—¿Y, sin embargo, todavía circula?

—Como muchas otras creencias igual de improbables.

Con frecuencia, Langdon les recordaba a sus alumnos que la mayoría de las religiones modernas incluían historias que no pasarían un escrutinio científico: de Moisés y la división de las aguas del mar Rojo, a las gafas mágicas que había utilizado Joseph Smith para traducir el Libro de Mormón de una serie de planchas de oro que había encontrado enterradas en el norte del estado de Nueva York. «La aceptación generalizada de una idea no es ninguna prueba de su validez.»

—Ya veo. ¿Y en qué consisten exactamente esos... antiguos misterios?

Langdon suspiró. «¿Tiene unas cuantas semanas?»

—Abreviando, los antiguos misterios hacen referencia a un cuerpo de conocimientos secretos reunido hace mucho tiempo. Un aspecto intrigante de esos conocimientos es que supuestamente permiten a sus practicantes acceder a poderosas habilidades que permanecen latentes en la mente humana. Los maestros ilustrados que poseían esos conocimientos juraban mantenerlos alejados de las masas porque se consideraban demasiado poderosos y peligrosos para los no iniciados.

—¿Peligrosos, en qué sentido?

—La información se mantenía en secreto por la misma razón que no dejamos que los niños jueguen con cerillas. En las manos correctas, el fuego nos ilumina..., pero en las equivocadas, puede ser altamente destructivo.

Sato se quitó las gafas y estudió atentamente a Langdon.

—Y dígame, profesor ¿cree usted en la existencia de una información así de poderosa?

Langdon no estaba seguro de qué responder. Los antiguos misterios siempre habían sido la gran paradoja de su carrera académica. Prácticamente todas las tradiciones místicas de la Tierra giraban en torno a la idea de que existía una sabiduría ancestral capaz de imbuir al ser humano de un poder místico casi divino: el tarot y el *I Ching* daban al hombre la capacidad de ver el futuro; la alquimia, inmortalidad mediante la legendaria piedra filosofal; la wicca permitía a sus practicantes avanzados llevar a cabo poderosos hechizos. La lista era interminable.

Como profesor, Langdon no podía negar la validez histórica de esas tradiciones: gran cantidad de documentos, artefactos e ilustraciones sugerían claramente que, en efecto, en la antigüedad existía una poderosa sabiduría que únicamente se compartía mediante alegorías, mitos y símbolos para que sólo aquéllos debidamente iniciados pudieran acceder a su poder. No obstante, como hombre realista y escéptico que era, Langdon no estaba tan convencido.

—Digamos que soy escéptico —le dijo a Sato—. Nunca he visto nada en el mundo real que no sugiera que los antiguos misterios son otra leyenda más, un arquetipo mitológico recurrente. Creo que si al ser humano le fuera posible adquirir poderes milagrosos, habría alguna prueba de ello. Y sin embargo, hasta la fecha, en la historia no ha existido nadie con poderes sobrehumanos.

Sato arqueó las cejas.

—Eso no es del todo cierto.

Langdon vaciló, consciente de que para mucha gente religiosa sí había precedentes de dioses humanos; Jesús era el más obvio de ellos.

—Ciertamente —dijo—, hay mucha gente culta para la que esa sabiduría existe realmente, pero yo sigo sin estar convencido.

—¿Es Peter Solomon una de esas personas? —preguntó Sato, echándole un vistazo a la mano que estaba en el suelo.

Langdon era incapaz de volverse para mirarla.

—Peter proviene de un linaje que siempre ha sentido pasión por la antigüedad y el misticismo.

—¿Es eso un sí? —preguntó Sato.

—Puedo asegurarle que incluso si Peter creyera que los antiguos misterios existen de verdad, *no* creería que son accesibles a través de una especie de portal oculto en Washington. Peter comprende el simbolismo metafórico, algo de lo que, al parecer, su captor no es capaz.

Sato asintió.

—Entonces usted cree que ese portal es una metáfora.

—Por supuesto —dijo Langdon—. Al menos, en teoría. Es una metáfora muy común: un portal místico que uno debe atravesar para ilustrarse. Los portales y los umbrales son construcciones simbólicas habituales para representar ritos de paso transformativos. Buscar un portal «literal» sería como intentar localizar las puertas del cielo.

Sato pareció considerar un momento sus palabras.

—Pero da la impresión de que el captor del señor Solomon cree que usted puede abrir un auténtico portal.

Langdon suspiró.

—Ha cometido la misma equivocación que muchos fanáticos: confundir metáfora con realidad literal.

Del mismo modo, muchos alquimistas habían intentado en vano convertir el plomo en oro, sin darse cuenta de que esa transformación no era nada más que una metáfora del verdadero potencial humano: la transformación de una mente torpe e ignorante en brillante e ilustrada.

Sato señaló la mano.

—Si ese hombre quiere que usted le indique dónde se encuentra una especie de portal, ¿por qué no se limita a decirle cómo encontrarlo? ¿A qué viene toda esta teatralidad? ¿Por qué hacerle entrega de una mano tatuada?

Langdon se había hecho la misma pregunta, y la respuesta era inquietante.

—Bueno, parece ser que el hombre con el que estamos tratando, además de mentalmente inestable, también es extremadamente culto. Esa mano es la prueba de que está versado en los misterios, así como en sus códigos de secretismo. Y en la historia de esta sala.

—No lo entiendo.

—Todos los actos que ha llevado a cabo esta noche siguen a la perfección los protocolos ancestrales. Tradicionalmente, la mano de los misterios es una invitación sagrada, y por lo tanto ha de ser extendida en un lugar sagrado.

Sato frunció el ceño.

—Estamos en la Rotonda del Capitolio, profesor, no en un santuario sagrado de antiguos secretos místicos.

—En realidad, señora —dijo Langdon—, conozco un gran número de historiadores que no estarían de acuerdo con usted.

En ese mismo momento, al otro lado de la ciudad, Trish Dunne permanecía sentada a la luz de la pantalla de plasma del Cubo. Había terminado de preparar su araña de búsqueda y tecleó los cinco vocablos clave que Katherine le había dado.

«Vamos allá.»

Sin demasiado optimismo, activó la araña, dando así inicio a una partida mundial de *go fish*. A velocidad cegadora, la araña se puso a comparar las frases con textos de todo el mundo..., en busca de un equivalente exacto.

Trish no pudo evitar preguntarse el sentido de todo aquello, pero había aprendido que trabajar con los Solomon significaba no llegar a conocer jamás algo en su totalidad.

Capítulo 20

Robert Langdon echó un vistazo a su reloj de pulsera: las 19:58 horas. La cara sonriente de Mickey Mouse no consiguió alegrarlo demasiado. «Tengo que encontrar a Peter. Estamos perdiendo el tiempo.»

Sato se había apartado un momento para atender una llamada, pero ahora ya había vuelto junto a Langdon.

—¿Lo entretengo, profesor?

—No, señora —dijo Langdon, escondiendo de nuevo el reloj bajo la manga—. Es sólo que estoy extremadamente preocupado por Peter.

—Lo entiendo, pero le aseguro que lo mejor que puede hacer para ayudar a Peter es ayudarme a entender la forma de pensar de su captor.

Langdon no estaba tan seguro, pero tenía la sensación de que no iría a ningún sitio hasta que la directora de la OS hubiera obtenido la información que deseaba.

—Hace un momento —dijo Sato—, sugirió usted que esta Rotonda es de algún modo «sagrada» con relación a esos antiguos misterios.

—Sí, señora.

—Explíqueme por qué.

Langdon sabía que debía ser lo más conciso posible. Había dedicado semestres enteros al simbolismo místico de Washington, y sólo en ese edificio había un listado de referencias místicas casi inagotable.

«Norteamérica tiene un pasado oculto.»

Cada vez que daba clase sobre la simbología de Norteamérica, sus alumnos se quedaban estupefactos al descubrir que las auténticas intenciones de sus padres fundadores no tenían nada que ver con lo que proclamaban tantos políticos actuales.

«El destino que habían planeado para Norteamérica se ha perdido en la historia.»

Los fundadores de esta ciudad inicialmente la llamaron «Roma». A su río lo llamaron Tíber, y erigieron una capital clásica repleta de panteones y templos, todos adornados con imágenes de los grandes dioses de la historia: Apolo, Minerva, Venus, Helio, Vulcano, Júpiter... En su centro, al igual que en muchas grandes ciudades clásicas, los fundadores levantaron un tributo perdurable a los antiguos: el obelisco egipcio. Ese obelisco, más alto incluso que el de El Cairo o el de Alejandría, se elevaba hasta los ciento setenta metros, más de treinta pisos, en homenaje al fundador semidiós de quien esa ciudad tomó su nuevo nombre.

«Washington.»

Ahora, siglos después, a pesar de la separación de Iglesia y Estado en Norteamérica, ese edificio estatal seguía repleto de un simbolismo religioso ancestral. Había más de una docena de dioses en la Rotonda; más que en el propio Panteón de Roma. Aunque, claro está, el Panteón romano había sido convertido al cristianismo en el año 609, nunca había sucedido lo mismo con este otro panteón; los vestigios de su verdadera historia seguían siendo evidentes a simple vista.

—Como quizá sepa —explicó Langdon—, esta Rotonda fue diseñada como tributo a uno de los santuarios romanos más venerados. El templo de Vesta.

—¿El de las vírgenes vestales? —Sato no parecía muy convencida de que las virginales guardianas romanas de la llama tuvieran nada que ver con el edificio del Capitolio.

—El templo de Vesta en Roma —prosiguió Langdon— era circular y, en el suelo, había una abertura a través de la cual una hermandad de vírgenes se encargaba de mantener encendida la llama del sagrado fuego.

Sato se encogió de hombros.

—La Rotonda es circular, pero no veo ninguna abertura en el suelo.

—No, ya no, pero durante muchos años en el centro de esta sala había una gran abertura, precisamente donde ahora está la mano de Peter —Langdon señaló el suelo—. De hecho, todavía se pueden ver las marcas de la reja que impedía que la gente cayera dentro.

—¿Cómo? —inquirió Sato mientras escudriñaba el suelo—. Nunca había oído eso.

—Parece que tiene razón —Anderson señaló el círculo de pequeñas piezas metálicas visibles allí donde antes habían estado los postes—. Las había visto antes, pero no tenía ni idea de lo que eran.

«No es usted el único», pensó Langdon, imaginando los miles de personas, entre ellas famosos legisladores, que cada día cruzaban la sala sin tener ni idea de que antaño se habrían precipitado a la cripta del Capitolio, que estaba en el nivel inmediatamente inferior al suelo de la Rotonda.

—En un momento dado —les siguió explicando Langdon—, decidieron cubrir el agujero del suelo pero, durante un tiempo, quienes visitaban la Rotonda podían contemplar el fuego que ardía dentro.

Sato se volvió.

—¿Fuego? ¿En la Rotonda del Capitolio?

—Más bien una antorcha grande, en realidad. Una llama eterna que ardía en la cripta que hay debajo. Era visible a través del agujero, lo que convertía esta sala en un moderno templo de Vesta. Este edificio tenía incluso su propia virgen vestal, una empleada federal llamada «guardiana de la cripta», que mantuvo la llama encendida durante quince años, hasta que la política, la religión y los daños que causaba el humo extinguieron la idea.

Tanto Anderson como Sato parecían sorprendidos.

Hoy en día, el único recordatorio de la llama que antaño había ardido era la estrella de cuatro puntas que había incrustada en la cripta subterránea, un símbolo de la llama eterna de Norteamérica que tiempo atrás había iluminado los cuatro rincones del Nuevo Mundo.

—Entonces, profesor —dijo Sato—, ¿en su opinión, el hombre que ha dejado aquí la mano de Peter sabe todo eso?

—Está claro que sí. Y mucho, mucho más. Esta sala está llena de símbolos que reflejan la creencia en los antiguos misterios.

—¿Una sabiduría secreta? —dijo Sato con algo más que leve sarcasmo en su tono de voz—. ¿Conocimientos que permiten adquirir al ser humano poderes divinos?

—Sí, señora.

—Eso no encaja demasiado con los principios cristianos de este país.

—Eso parece, pero es cierto. A esta transformación del hombre en dios se la llama «apoteosis». Tanto si lo ha advertido como si no, ese tema, la transformación del hombre en dios, es el elemento central del simbolismo de esta Rotonda.

—¿Apoteosis? —Anderson se volvió sobresaltado. La palabra le sonaba.

—Sí. —«Anderson trabaja aquí. Sabe a qué me refiero»—. La palabra «apoteosis» significa literalmente «transformación divina»: la del hombre que se convierte en dios. Proviene del griego antiguo: *apo* («convertirse») y *theos* («dios»).

Anderson estaba asombrado.

—¿«Apoteosis» significa «convertirse en dios»? ¡No tenía ni idea!

—¿De qué me estoy perdiendo? —inquirió Sato.

—Señora —le explicó Langdon—, la pintura más grande de este edificio se llama *La apoteosis de Washington*, y en ella se representa claramente la transformación de George Washington en un dios.

Sato no parecía demasiado convencida.

—Nunca he visto nada parecido.

—En realidad, estoy seguro de que sí. —Langdon levantó el dedo índice y señaló el techo—. La tiene sobre su cabeza.

Capítulo 21

La apoteosis de Washington, un fresco de 433 metros cuadrados que decoraba el techo de la Rotonda del Capitolio, fue completado en 1865 por Constantino Brumidi.

Conocido como «el Miguel Ángel del Capitolio», Brumidi había unido su nombre a la Rotonda del Capitolio del mismo modo que Miguel Ángel al de la capilla Sixtina: pintando un fresco en el lugar más elevado de la sala, el techo. Al igual que Miguel Ángel, Brumidi había realizado algunas de sus mejores obras en el Vaticano. En 1852, sin embargo, decidió emigrar a Estados Unidos, abandonando el santuario más grande de Dios en favor de otro nuevo, el Capitolio, ahora repleto de ejemplos de su maestría: desde el trampantojo de los corredores Brumidi al friso de la sala del vicepresidente. Pero era la enorme imagen que se cernía sobre la Rotonda lo que muchos historiadores consideraban su obra maestra.

Robert Langdon levantó la mirada hacia el gigantesco fresco que cubría el techo. Normalmente solía disfrutar del desconcierto de sus alumnos ante la extraña imaginería del fresco, pero en ese momento se sentía atrapado en una pesadilla que no lograba comprender.

Absoluta confusión.

«No eres el único», pensó Langdon. A la mayoría de la gente, *La apoteosis de Washington* le resultaba más y más extraña cuanto más la miraba.

—El del panel central es George Washington —dijo Langdon, señalando el centro de la cúpula–. Como pueden ver, va vestido con una túnica blanca, lo atienden trece doncellas y descansa sobre una nube sobre la que asciende por encima del hombre mortal. Ése es el momento de su apoteosis..., de su transformación en un dios.

Sato y Anderson permanecían en silencio.

–Al lado –continuó Langdon–, se puede ver una serie de extrañas figuras anacrónicas: son los dioses de la antigüedad, que les ofrecen a nuestros padres fundadores su avanzada sabiduría. Está Minerva inspirando la tecnología de los grandes inventores de nuestra nación; Ben Franklin, Robert Fulton, Samuel Morse –Langdon los fue señalando uno a uno–. Y ahí está Vulcano, ayudándonos a construir un motor de vapor. A su lado, Neptuno demuestra cómo tender un cable transatlántico. Y junto a éste se encuentra Ceres, diosa de la agricultura y origen de la palabra «cereal»; está sentada sobre una cosechadora McCormick, el avance en la agricultura que permitió a este país convertirse en líder mundial de producción de alimentos. La pintura retrata abiertamente a nuestros padres fundadores recibiendo la sabiduría de los dioses. –Bajó la mano y miró a Sato–. El saber es poder, y el saber adecuado permite al hombre llevar a cabo tareas milagrosas, casi divinas.

Sato volvió a posar su mirada sobre Langdon y se frotó el cuello.

–Yo no diría que tender un cable sea exactamente lo mismo que ser un dios.

–Quizá para un hombre moderno, no –respondió Langdon–. Pero si George Washington se enterara de que nos hemos convertido en una raza capaz de mantener conversaciones transoceánicas, volar a la velocidad del sonido y poner los pies en la luna, creería que somos dioses capaces de tareas milagrosas. –Hizo una pausa–. En palabras del escritor futurista Arthur C. Clarke, «Toda tecnología suficientemente avanzada es indistinguible de la magia».

Sato frunció los labios, aparentemente absorta en sus pensamientos. Bajó la mirada hacia la mano y luego siguió la dirección que indicaba el extendido índice, hasta lo alto de la cúpula.

–El hombre le ha dicho que «Peter le indicará el camino», ¿no, profesor?

–Sí, señora, pero...

–Jefe –dijo Sato, apartándose de Langdon–, ¿podemos ver más de cerca la pintura?

Anderson asintió.

—Hay una pasarela alrededor del interior de la cúpula.

Langdon levantó la mirada hacia la excesivamente lejana barandilla, visible justo por debajo de la pintura, y sintió cómo su cuerpo se ponía tenso.

—No hace falta subir ahí arriba.

Él ya había experimentado una vez esa pasarela poco frecuentada, invitado por un senador de Estados Unidos y su esposa, y a punto estuvo de desmayarse por culpa de la mareante altura y la peligrosa estructura.

—¿No hace falta? —inquirió Sato—. Profesor, tenemos a un hombre que cree que esta sala contiene un portal con el potencial de convertirlo en dios; tenemos un fresco que simboliza la transformación del hombre en un dios, y tenemos una mano que señala directamente a esa pintura. Me parece que todo nos insta a ir hacia arriba.

—En realidad —intervino Anderson, con la mirada puesta en el techo—, no mucha gente lo sabe, pero en la cúpula hay un artesón hexagonal que se abre como un portal y desde el cual uno puede asomarse y...

—Un momento —dijo Langdon—, nos estamos desviando de la cuestión. El portal que está buscando ese hombre es figurado; una puerta de entrada que no existe. Cuando me ha dicho que «Peter indicará el camino», hablaba en términos metafóricos. El gesto de la mano, con los dedos índice y pulgar extendidos hacia arriba, es un conocido símbolo de los antiguos misterios, y aparece en múltiples obras de arte de la antigüedad. Ese mismo gesto aparece en tres de las más famosas obras maestras en clave de Leonardo da Vinci: *La última cena*, *La adoración de los magos* y *San Juan Bautista*. Es un símbolo de la conexión mística del hombre con Dios.

«Como es arriba es abajo.» A Langdon las extrañas palabras que había escogido el loco le parecían cada vez más relevantes.

—Yo nunca lo había visto —dijo Sato.

«Entonces échele un vistazo al canal de deportes», pensó Langdon, a quien siempre le hacía gracia ver a atletas profesionales señalar el cielo tras un ensayo o un *home run*. Solía preguntarse cuántos debían de saber que en realidad estaban perpetuando la tradición precristiana de agradecer un poder místico superior, que, por un breve momento, los había transformado en un dios capaz de hazañas milagrosas.

—Si le sirve de ayuda —dijo Langdon—, la mano de Peter no es la primera de esas características en hacer su aparición en esta Rotonda.

Sato se lo quedó mirando como si estuviera loco.

—¿Cómo dice?

Langdon le indicó que cogiera su BlackBerry.

—Busque en Google «George Washington Zeus».

Vacilante, Sato empezó a teclear lo que Langdon le había dicho. Anderson se acercó a ella, mirando atentamente la BlackBerry por encima de su hombro.

—Hace tiempo esta Rotonda estaba dominada por una gigantesca escultura de George Washington con el pecho desnudo..., retratado como un dios. Estaba sentado en la misma pose que Zeus en el Panteón, con el pecho al aire, la mano derecha sosteniendo una espada y la izquierda alzada con el pulgar y el índice extendidos.

Sato debía de haber encontrado ya una imagen *online*, porque Anderson observaba conmocionado su BlackBerry.

—Un momento, ¿ése es George Washington?

—Sí —asintió Langdon—. Caracterizado como Zeus.

—Mire su mano —dijo Anderson, todavía mirando por encima del hombro de Sato—. La mano izquierda está exactamente en la misma posición que la del señor Solomon.

«Como le dije —pensó Langdon—, la mano de Peter no es la primera de esas características en hacer su aparición en esta sala.» Cuando la estatua que hizo Horatio Greenough de un George Washington desnudo fue mostrada al público en la Rotonda, muchos comentaron en broma que Washington debía de querer llegar al cielo en un intento desesperado por conseguir algo de ropa. Sin embargo, a medida que los ideales religiosos de Norteamérica fueron cambiando, las bromas se tornaron en controversia, y la estatua fue finalmente retirada y desterrada a un cobertizo del jardín este. Hoy en día permanecía alojada en el Museo Nacional de Historia Natural de la Smithsonian, donde quienes la contemplaban no tenían razón alguna para sospechar que se trataba de uno de los últimos vínculos vestigiales con un tiempo en el que el padre del país velaba por el Capitolio como si de un dios se tratara..., igual que Zeus en el Panteón.

A Sato le pareció que ése era un momento oportuno para llamar a su equipo, así que empezó a marcar un número en su BlackBerry.

—¿Qué han encontrado? —Escuchó pacientemente—. Ya veo... —le echó un vistazo a Langdon, luego a la mano—. ¿Estás segura? —Permaneció a la escucha un rato todavía más largo—. Está bien, gracias. —Colgó y se volvió hacia Langdon—. Mi equipo ha estado investigando, confirma la existencia de su mano de los misterios y corrobora todo lo que nos ha contado: las cinco marcas en las puntas de los dedos (la estrella, el sol, la llave, la corona y la linterna), así como el hecho de que sea una invitación ancestral para aprender un saber secreto.

—Me alegro —dijo Langdon.

—No lo haga —respondió ella bruscamente—. Parece que nos encontramos en un punto muerto hasta que usted se decida a compartir lo que sea que no me está contando.

—¿Perdone?

Sato se acercó a él.

—Volvimos al punto de partida, profesor. No me ha contado nada que no podría haber descubierto por mí misma mediante mi equipo. Así pues, se lo voy a preguntar una vez más. ¿Por qué ese tipo lo ha hecho venir aquí esta noche? ¿Qué lo hace a usted tan especial? ¿Qué es lo que únicamente sabe usted?

—¡Ya hemos pasado antes por esto —le espetó Langdon—, y ya le he dicho que no sé por qué ese tipo cree que yo sé algo!

Langdon se sentía tentado de preguntarle cómo diablos sabía *ella* que él estaba en el Capitolio esa noche, pero ya habían pasado también por ello. «Sato no habla.»

—Si supiera cuál es el siguiente paso —repuso—, se lo diría. Pero lo desconozco. Tradicionalmente, la mano de los misterios la extendía un maestro a un alumno. Y, poco después, a la mano la seguían una serie de instrucciones..., la dirección a un templo, el nombre del maestro que te enseñaba..., ¡algo! ¡Lo único que nos ha dejado ese tipo son cinco tatuajes! Con eso no...

Langdon se detuvo en seco.

Sato se lo quedó mirando.

—¿Qué ocurre?

Langdon volvió a posar su mirada en la mano. «Cinco tatuajes.» Acababa de caer en la cuenta de que lo que estaba diciendo quizá no era del todo cierto.

—¿Profesor? —insistió Sato.

Langdon se acercó al espantoso objeto. «Peter le indicará el camino.»

—Antes se me ocurrió que quizá ese tipo había dejado un objeto dentro de la mano de Peter; un mapa, una carta o una serie de direcciones.

—No lo ha hecho —dijo Anderson—. Como puede ver, esos tres dedos no están cerrados del todo.

—Tiene razón —admitió Langdon—, pero he pensado que... —se agachó, intentando ver por debajo de los dedos la parte de la palma que quedaba oculta–. Quizá no esté escrito en un papel.

–¿Tatuado? –preguntó Anderson.

Langdon asintió.

–¿Ve alguna cosa en la palma? –quiso saber Sato.

Langdon se agachó todavía más para intentar ver algo por debajo de los dedos cerrados.

–Con este ángulo me resulta imposible. No puedo...

–Oh, por el amor de Dios –dijo Sato, acercándose a él–. ¡Haga el favor de abrir la maldita mano!

Anderson se interpuso.

–¡Señora! Deberíamos esperar a que llegaran los forenses antes de tocar...

–Quiero respuestas –replicó Sato, empujándolo a un lado. Se agachó, alejando a Langdon de la mano.

Él se puso en pie y observó con incredulidad cómo Sato cogía un bolígrafo del bolsillo y lo deslizaba por debajo de los tres dedos cerrados. Luego, uno a uno, los fue empujando hacia arriba hasta que la mano quedó completamente abierta y la palma visible.

Sato levantó entonces la mirada hacia Langdon, y una leve sonrisa se dibujó en su rostro.

–Vuelve a tener razón, profesor.

Capítulo 22

Sin dejar de dar vueltas por la biblioteca, Katherine Solomon retiró la manga de su bata de laboratorio y miró la hora. No era una mujer acostumbrada a esperar, pero en ese momento sentía como si todo su mundo estuviera en suspenso. Aguardaba los resultados de la araña de búsqueda de Trish, aguardaba que su hermano diera señales de vida, y aguardaba que volviera a llamarla el hombre responsable de toda esa situación.

«Desearía que no me lo hubiera contado», pensó. Normalmente, Katherine era extremadamente cuidadosa a la hora de hacer nuevas amistades, pero a pesar de haberlo conocido esa misma tarde, lo cierto era que ese hombre se había ganado su confianza en cuestión de minutos. Por completo.

Había recibido su llamada mientras estaba en casa disfrutando del habitual placer dominical de ponerse al día con las revistas científicas de la semana.

—¿Señora Solomon? —dijo una voz inusualmente despreocupada—. Soy el doctor Christopher Abaddon. Me gustaría hablar un momento con usted sobre su hermano.

—Perdone, ¿quién dijo que es? —inquirió ella.

«¿Y de dónde sacó el número de mi celular privado?»

—El doctor Christopher Abbadon.

Katherine no reconoció el nombre. El hombre se aclaró la garganta, como si la situación se hubiera vuelto incómoda.

—Disculpe, señora Solomon. Creí que su hermano le había hablado de mí. Soy su médico. El número de su celular es el que tenemos como contacto de emergencia.

El corazón de Katherine dio un vuelco. «¿Contacto de emergencia?»

—¿Ocurrió algo malo?

—No..., no lo creo —dijo el hombre—. Su hermano no se presentó a la cita que teníamos esta mañana y no lo puedo localizar en ninguno de sus números. Como nunca ha cancelado una cita sin previo aviso, me quedé un poco preocupado. Dudé en llamarla a usted, pero...

—No, no, para nada, le agradezco su preocupación. —Katherine todavía estaba intentando situar el nombre del médico—. No he hablado con mi hermano desde ayer por la mañana, pero lo más seguro es que se haya olvidado de encender su celular. Katherine le había regalado hacía poco un iPhone, y él todavía no había tenido tiempo de averiguar cómo funcionaba.

—¿Dice que es su médico? —preguntó ella.

«¿Me está ocultando Peter alguna enfermedad?»

Se hizo un incómodo silencio.

—Lo siento mucho, pero está claro que acabo de cometer una grave equivocación profesional al llamarla. Su hermano me había dicho que usted estaba al tanto de sus visitas, pero ahora veo que no es así.

«¿Mi hermano ha engañado a su médico?» La preocupación de Katherine no hacía más que aumentar.

—¿Está enfermo?

—Lo siento, señora Solomon, la confidencialidad entre médico y paciente me impide comentar con usted la condición de su hermano, ya he dicho demasiado al admitir que es mi paciente. Ahora voy a colgar, pero si tiene alguna noticia suya, por favor, dígale que me llame para saber que está bien.

—¡Espere! —exclamó Katherine—. ¡Por favor, dígame qué le pasa a Peter!

El doctor Abaddon dio un resoplido, molesto por su equivocación.

—Señora Solomon, puedo advertir su inquietud, y no la culpo. Estoy seguro de que su hermano está bien. Ayer mismo vino a mi consulta.

—¿Ayer? ¿Y volvía a tener cita para hoy? Parece algo urgente.

El hombre dejó escapar un suspiro.

—Sugiero que le demos un poco más de tiempo antes de...

—Voy a ir a su consulta ahora mismo —dijo Katherine, dirigiéndose a la puerta—. ¿Dónde se encuentra?

Silencio.

—¿Doctor Christopher Abaddon? —dijo Katherine—. Puedo buscar yo misma su dirección o me la puede dar usted. Sea como sea, voy a ir a verlo.

El médico se quedó un momento callado.

–Si me encuentro con usted, señora Solomon, espero que me haga el favor de no decirle nada a su hermano hasta que yo haya tenido la oportunidad de explicarle mi error.

–Me parece bien.

–Gracias. Mi consulta se encuentra en Kalorama Heights –dijo él, y le dio una dirección.

Veinte minutos después, Katherine llegaba a las señoriales calles de Kalorama Heights. Había llamado a todos los números de teléfono de su hermano, sin éxito. No estaba excesivamente preocupada por su paradero, pero la noticia de que había estado viendo a un médico en secreto...

Cuando finalmente localizó la dirección, se sintió algo confundida al ver el edificio. «¿Hay un consultorio médico en este edificio?»

La opulenta mansión tenía una verja de seguridad de hierro forjado, cámaras electrónicas y suntuosos jardines. Al aminorar la marcha para comprobar la dirección, una de las cámaras de seguridad rotó en su dirección y la puerta se abrió. Con indecisión, Katherine tomó el camino de entrada y estacionó junto a un garaje en el que había cinco autos y una larga limusina. «¿Qué clase de médico es ese tipo?» Al salir del auto, la puerta principal de la mansión se abrió, y una elegante figura salió a recibirla. Era apuesto, excepcionalmente alto, y más joven de lo que había imaginado. A pesar de ello, proyectaba la sofisticación y el refinamiento de un hombre mayor. Iba impecablemente vestido con un traje y una corbata oscuros, y llevaba su espesa cabellera rubia inmaculadamente peinada.

–Señora Solomon, soy el doctor Christopher Abaddon –dijo con voz susurrante.

Al darle la mano, ella advirtió la suavidad de su cuidada piel.

–Katherine Solomon –respondió, intentando no mirar fijamente su tez, inusualmente suave y bronceada.

«¿Lleva maquillaje?» Katherine sintió una creciente inquietud al entrar en el elegante vestíbulo de la casa. De fondo se oía música clásica y olía como si alguien hubiera estado quemando incienso.

–Un lugar encantador –dijo ella–, aunque me esperaba algo más... oficinesco.

–Tengo la suerte de poder trabajar en casa. –El hombre la condujo a un salón en el que había una crepitante chimenea–. Póngase cómoda, por favor. Estoy haciendo un poco de té. Lo traeré y hablaremos –y a grandes zancadas desapareció en dirección a la cocina.

Katherine Solomon no se sentó. La intuición femenina era un poderoso instinto al que había aprendido a hacer caso, y había algo en ese lugar que le daba desconfianza. No se parecía a ningún otro consultorio médico que hubiera visto con anterioridad. Las paredes de ese salón decorado con antigüedades estaban repletas de arte clásico, básicamente pinturas de extraña temática mítica. Se detuvo ante un gran cuadro en el que aparecían las tres Gracias, cuyos cuerpos desnudos se reproducían con vívidos colores.

—Se trata del óleo original de Michael Parkes —el doctor Abaddon apareció inesperadamente detrás de ella, con una bandeja de humeante té en las manos—. ¿Le parece bien que nos sentemos junto al fuego?

La condujo al salón y le ofreció asiento.

—No hay razón para estar nerviosa.

—No estoy nerviosa —dijo Katherine con demasiada rapidez.

Él le sonrió tranquilizadoramente.

—En realidad, es mi trabajo saber cuándo la gente está nerviosa.

—¿Cómo dice?

—Soy psiquiatra, señora Solomon. Ésa es mi profesión. Llevo viendo a su hermano desde hace casi un año. Soy su terapeuta.

Katherine permaneció con la mirada inmóvil. «¿Mi hermano acude a un psiquiatra?»

—Con frecuencia, los pacientes prefieren no decírselo a nadie —señaló el hombre—. Cometí una equivocación al llamarla a usted, aunque en mi defensa debo decir que su hermano me engañó.

—Yo... no tenía ni idea.

—Le ofrezco disculpas si la puse nerviosa —dijo él en un tono avergonzado—. He advertido cómo me miraba la cara cuando nos hemos visto, y sí, llevo maquillaje —se tocó tímidamente la mejilla—. Tengo un problema dermatológico del que prefiero no hablar. Mi esposa es quien suele aplicarme el maquillaje, pero cuando ella no está, dependo de mis torpes manos.

Katherine asintió, demasiado avergonzada para decir nada.

—Y esta maravillosa cabellera... —se tocó su exuberante melena rubia— es una peluca. El problema dermatológico afectó a los folículos del cuero cabelludo, y mi pelo abandonó el barco. —Se encogió de hombros—. Me temo que mi único pecado es la vanidad.

—Y, al parecer, el mío es la grosería —dijo Katherine.

—Para nada —la sonrisa del doctor Abaddon era cautivadora—. ¿Empezamos? ¿Quizá con un poco de té?

Se sentaron frente al fuego y Abaddon sirvió el té.

—Es una costumbre que he adquirido de su hermano, la de servir té durante nuestras sesiones. Me dijo que los Solomon son grandes bebedores de té.

—Es una tradición familiar —dijo Katherine—. Solo, por favor.

Durante unos minutos se limitaron a beber té y a charlar de trivialidades. Katherine, sin embargo, estaba impaciente por saber algo de Peter.

—¿Por qué viene a verlo mi hermano? —preguntó.

«¿Y por qué él nunca me lo ha dicho?»

Ciertamente, Peter había sufrido grandes tragedias en su vida: había perdido a su padre de niño y, más adelante, en un período de cinco años, enterró a su único hijo y a su madre. A pesar de todo eso, Peter siempre había conseguido salir adelante.

El doctor Abaddon dio un sorbo a su té.

—Su hermano viene a verme porque confía en mí. Tenemos un vínculo mayor que el habitual entre paciente y médico —señaló un documento enmarcado que colgaba junto a la chimenea.

Katherine lo tomó por un diploma, hasta que divisó el fénix bicéfalo.

—¿Es usted masón?

«Del grado más alto, además.»

—Podríamos decir que Peter y yo somos hermanos.

—Debe de haber hecho usted algo realmente importante para ser invitado al trigésimo tercer grado.

—En realidad, no —dijo él—. Provengo de una familia adinerada, y dono grandes cantidades a organizaciones de beneficencia masónicas.

Katherine se dio cuenta de por qué su hermano confiaba en ese joven médico. «¿Un masón de familia adinerada, interesado en la filantropía y la mitología antigua?» El doctor Abaddon tenía más en común con Peter de lo que había imaginado inicialmente.

—Cuando le pregunté por qué mi hermano viene a verlo —dijo ella—, no me refería a por qué lo escogió a usted, sino a la razón por la que visita a un psiquiatra.

El doctor Abaddon sonrió.

—Sí, lo sé. Estaba intentando esquivar educadamente la cuestión. Es algo sobre lo que no debería hablar —hizo una pausa—, aunque he de decir que me sorprende que su hermano no le haya comentado nuestros encuentros, sobre todo teniendo en cuenta lo relacionados que están con su investigación.

—¿Mi investigación? —dijo Katherine, a quien ese comentario había cogido desprevenida.

«¿Mi hermano ha hablado con alguien sobre mi investigación?»

—No hace mucho, su hermano vino a mí en busca de opinión profesional acerca del impacto psicológico de los descubrimientos que estaba haciendo usted en su laboratorio.

Katherine estuvo a punto de atragantarse con el té.

—¿De veras? Me... sorprende —consiguió decir.

«¿En qué estaría pensando Peter? ¡¿Ha hablado con este psiquiatra sobre mi trabajo?!». El protocolo de seguridad de ambos implicaba no hablar con *nadie* acerca de las investigaciones que realizaba Katherine. Es más, la confidencialidad había sido idea de su hermano.

—Sin duda sabe usted, señora Solomon, que su hermano está profundamente preocupado por las repercusiones que tendrá su investigación cuando se haga pública. Ve el potencial de un significativo cambio filosófico en el mundo..., y vino aquí a discutir las posibles ramificaciones... desde una perspectiva *psicológica*.

—Ya veo —dijo Katherine, cuya taza de té temblaba ligeramente.

—Las cuestiones que tratamos son todo un desafío: ¿qué ocurriría si al ser humano le fueran finalmente revelados los grandes misterios de la vida? ¿Y si de repente se demuestra categóricamente la existencia factual de esas creencias que aceptamos mediante la fe? ¿O, por el contrario, que no son más que un mito? Quizá hay cuestiones que es mejor que permanezcan sin contestar.

Katherine no podía creer lo que estaba oyendo, pero mantuvo sus emociones bajo control.

—Espero que no le importe, doctor Abaddon, pero preferiría no comentar los detalles de mi trabajo. No tengo planes inmediatos de hacer nada público. Por el momento, mis descubrimientos permanecerán a salvo en mi laboratorio.

—Interesante —Abaddon se reclinó en su sillón, momentáneamente ensimismado—. En cualquier caso, le había pedido a su hermano que viniera hoy porque ayer sufrió una especie de crisis. Cuando eso ocurre, me gusta que mis clientes...

—¿*Crisis*? —El corazón de Katherine latía con fuerza—. ¿Se refiere a una crisis nerviosa? —No se podía imaginar a su hermano sufriendo ningún tipo de ataque.

El doctor Abaddon extendió los brazos.

—Tranquilícese, por favor, no era mi intención disgustarla. Lo siento. Entiendo que, dadas estas extrañas circunstancias, debe de sentir usted la necesidad de obtener respuestas.

—Independientemente de lo que sienta —dijo Katherine—, mi hermano es el único pariente que tengo. Nadie lo conoce mejor que yo, así que si usted me cuenta qué diablos le pasa, quizá pueda ayudarlo. Todos queremos lo mismo, lo mejor para Peter.

El doctor Abaddon permaneció largo rato en silencio y al cabo empezó a asentir lentamente, como si el comentario de Katherine hubiera sido de gran pertinencia. Finalmente habló.

—Que quede constancia, señora Solomon, de que si comparto esta información con usted es únicamente porque creo que sus observaciones me pueden ser útiles para ayudar a su hermano.

—Por supuesto.

Abaddon se inclinó hacia adelante y apoyó los codos sobre las rodillas.

—Señora Solomon, al empezar a tratar a su hermano, advertí en él unos profundos sentimientos de culpa. Nunca le pregunté al respecto porque ésa no era la razón por la que me visitaba. Sin embargo, ayer, por razones que no vienen al caso, finalmente lo hice —Abaddon la miraba directamente a los ojos—. Al fin su hermano se abrió, de un modo más bien dramático e inesperado. Me contó cosas que yo no esperaba oír..., entre ellas, todo lo que sucedió la noche en que su madre murió.

«En navidades, hacía casi diez años. Murió en mis brazos.»

—Me contó que a su madre la asesinaron durante un intento de robo en su casa. Que un hombre entró en busca de algo que supuestamente su hermano tenía escondido.

—Así es.

Los ojos de Abaddon la escrutaban con atención.

—Su hermano me contó que mató al hombre de un disparo.

—Sí.

Abaddon se acarició la barbilla.

—¿Recuerda qué buscaba el intruso que entró en su casa?

Katherine llevaba diez años intentando en vano bloquear esos recuerdos.

—Sí, su petición fue muy específica. Desafortunadamente, nadie sabía de qué nos estaba hablando. No entendimos a qué se refería.

—Bueno, parece que su hermano sí.

—¿Cómo? —Katherine se incorporó.

—Según lo que me contó ayer, Peter sabía exactamente lo que buscaba el intruso. Pero no quería dárselo, así que fingió que no sabía de qué le estaba hablando.

—Eso es absurdo. Es imposible que Peter supiera qué quería el intruso. ¡Sus exigencias no tenían sentido!

—Interesante. —El doctor Abaddon se quedó un momento callado y tomó unas pocas notas—. Como le mencioné antes, sin embargo, Peter me dijo que *sí* lo sabía. Su hermano cree que, si hubiera cooperado con el intruso, ahora su madre estaría viva. Esa decisión es la raíz de todo su sentimiento de culpa.

Katherine negó con la cabeza.

—Eso es una locura...

Abaddon se reclinó en su sillón con expresión atribulada.

—Señora Solomon, sus comentarios me han sido de gran utilidad. Como temía, su hermano parece haber sufrido una pequeña crisis. Debo admitir que era lo que esperaba. Por eso le he pedido que viniera hoy. Ese tipo de trastornos son habituales cuando están relacionados con recuerdos traumáticos.

Katherine volvió a negar con la cabeza.

—Peter no sufre ningún tipo de trastorno, doctor Abaddon.

—Me gustaría estar de acuerdo, pero...

—Pero ¿qué?

—El relato del ataque no era más que el principio..., una parte muy pequeña de la larga y descabellada historia que me contó.

Katherine se inclinó hacia adelante en su sillón.

—¿Qué le contó Peter?

Abaddon sonrió.

—Deje que le haga una pregunta, señora Solomon. ¿Le ha hablado alguna vez su hermano de lo que él piensa que se esconde aquí en Washington..., o de su papel como protector del gran tesoro..., de la sabiduría perdida?

Katherine se quedó con la boca abierta.

—¿De qué diablos está usted hablando?

El doctor Abaddon dejó escapar un largo suspiro.

—Lo que le voy a contar resulta un poco chocante, Katherine. —Se detuvo y la miró directamente a los ojos—. Pero sería de gran ayuda que me dijera *cualquier* cosa que sepa al respecto. —Estiró el brazo para coger su taza—. ¿Más té?

Capítulo 23

«Otro tatuaje.»

Langdon se arrodilló con inquietud junto a la palma abierta y examinó los siete pequeños símbolos que habían permanecido ocultos bajo los dedos cerrados e inertes.

IIIX 585

—Parecen números —dijo, sorprendido—. Pero no los reconozco.

—El primero es un numeral romano —señaló Anderson.

—En realidad, no —lo corrigió Langdon—. El numeral romano IIIX no existe. Sería VII.

—¿Y qué hay de los demás? —preguntó Sato.

—No estoy seguro. Parece que pone cinco, ocho, cinco en números arábigos.

—¿Arábigos? —inquirió Anderson—. A mí me parecen números *normales*.

—Nuestros números normales son arábigos.

Langdon estaba tan acostumbrado a aclararles ese punto a sus alumnos que había llegado incluso a preparar una conferencia sobre los avances científicos de las antiguas culturas de Oriente Medio, entre las cuales estaban nuestro sistema numérico moderno, cuyas ventajas sobre los numerales romanos incluían la «rotación posicional» y la invención del número cero. Por supuesto, Langdon siempre terminaba su conferencia con un recordatorio de que la cultura árabe también le había legado a la humanidad la palabra *al-kuhl*, origen de «alcohol», la bebida favorita de los estudiantes de primer año de Harvard.

Langdon examinó el tatuaje, desconcertado.

—Ni siquiera estoy seguro del cinco, ocho, cinco. El aspecto de la escritura rectilínea es inusual. Puede que no sean números.

—¿Y entonces qué son? —preguntó Sato.

—No estoy seguro. El tatuaje parece casi... rúnico.

—¿Y eso qué quiere decir?

—Los alfabetos rúnicos están compuestos exclusivamente de líneas rectas. Sus letras se llaman runas y se solían utilizar para tallar en la piedra porque las curvas son demasiado difíciles de cincelar.

—Y si son runas —dijo Sato—, ¿cuál es su significado?

Langdon negó con la cabeza. Su conocimiento sólo alcanzaba el alfabeto rúnico más rudimentario, el futhark —un sistema teutónico del siglo III—, y eso no era futhark.

—Si he de ser honesto, ni siquiera estoy seguro de que sean runas. Habría que preguntarle a un especialista. Hay docenas diferentes: hälsinge, manx, el stungnar «con puntos»...

—Peter Solomon es masón, ¿verdad?

Langdon tardó un segundo en reaccionar.

—Sí, pero ¿qué tiene que ver eso con esto? —Se puso en pie, elevándose por encima de la mujer menuda.

—Dígamelo usted. Acaba de decir que los alfabetos rúnicos se utilizan para tallar en la piedra, y por lo que yo sé los francmasones originales se dedicaban a la albañilería. Lo digo porque cuando he pedido en mi oficina que buscaran una conexión entre la mano de los misterios y Peter Solomon, su búsqueda ha obtenido como resultado un vínculo en particular. —Se quedó callada, como para enfatizar la importancia del hallazgo—. Los masones.

Langdon dio un resoplido, luchando contra el impulso de decirle a Sato lo mismo que constantemente tenía que recordarles a sus alumnos: «Google no es sinónimo de "investigación".» En esa época de búsquedas mundiales, parecía que todo estaba vinculado entre sí. El mundo se estaba convirtiendo en una gran red de información cada día más densamente enmarañada.

Langdon mantuvo la paciencia.

—No me sorprende que los masones aparezcan en la búsqueda de su equipo. Son un vínculo más que obvio entre Peter Solomon y una gran cantidad de temas esotéricos.

—Sí —dijo Sato—, y ésa es otra de las razones por las que me sorprende que no haya mencionado todavía a los masones. Después de todo, ha hablado usted acerca de un saber secreto protegido por unos pocos ilustrados. Eso suena masónico, ¿no?

—Sí..., pero también rosacruz, cabalístico, alumbrado, y muchos otros grupos esotéricos.

—Pero Peter Solomon es masón, un masón muy importante, además. Me parece a mí que, ya que hablamos de secretos, los masones deberían haberse mencionado en algún momento. Dios bien sabe que a los masones les encantan los secretos.

Langdon advirtió recelo en su tono de voz, y no quería saber nada al respecto.

—Si desea saber algo acerca de los masones, lo mejor que puede hacer es preguntarle a un masón.

—En realidad —dijo Sato—, preferiría preguntárselo a alguien en quien pudiera confiar.

A Langdon el comentario le pareció ignorante y ofensivo.

—Sepa usted, señora, que toda la filosofía masónica se basa en la honestidad y la integridad. Los masones son algunas de las personas más dignas de confianza que puede llegar a conocer.

—He podido ver pruebas convincentes de lo contrario.

A Langdon cada vez le desagradaba más la directora Sato. Se había pasado años escribiendo acerca de la rica tradición de iconografía y simbología metafórica de los masones, y sabía que siempre habían sido una de las organizaciones más injustamente calumniadas e incomprendidas del mundo. A pesar de ser acusados con regularidad de cualquier cosa, desde rendir culto al diablo hasta pretender instaurar un único gobierno mundial, los masones tenían la política de no responder nunca a sus críticos, lo que los convertía en un blanco fácil.

—En cualquier caso —respondió Sato en un tono cortante—, volvemos a encontrarnos en un punto muerto, señor Langdon. Me parece que o bien hay algo que se le escapa..., o hay algo que no me está contando. El hombre al que nos enfrentamos dijo que Peter Solomon lo ha elegido específicamente a usted —le lanzó una fría mirada a Langdon—. Creo que ha llegado el momento de que traslademos esta conversación al cuartel general de la CIA. Puede que allí tengamos más suerte.

Langdon no se percató de la amenaza de Sato. La mujer había dicho otra cosa que le había llamado la atención: «Peter Solomon lo eligió a usted.» Ese comentario, junto con la mención a los masones, le produjo a Langdon un efecto extraño. Bajó la mirada hacia el anillo masónico de Peter. Ese anillo era una de las posesiones más preciadas de su amigo; era una reliquia de la familia Solomon con el símbolo del fénix bicéfalo, el mayor ícono místico de la masonería. El oro del anillo destelló en la luz, despertándole un recuerdo inesperado.

Langdon dejó escapar un grito ahogado al recordar la inquietante voz susurrante del captor de Peter: «Todavía no ha caído en la cuenta, ¿verdad? No sabe por qué fue elegido.»

Ahora, en un aterrador instante, los pensamientos de Langdon se desenmarañaron y la niebla se disipó.

De repente, su propósito estaba perfectamente claro.

A quince kilómetros de ahí, mientras conducía hacia el sur por Suitland Parkway, Mal'akh oyó una característica vibración en el asiento del acompañante. Era el iPhone de Peter Solomon, que ese día había resultado ser una poderosa herramienta. El identificador de llamadas visual mostraba la imagen de una atractiva mujer de mediana edad con largo pelo negro.

Llamada entrante: Katherine Solomon

Mal'akh sonrió e ignoró la llamada. «El destino tira de mí.»

Había hecho ir a Katherine Solomon a su casa esa tarde por una única razón, determinar si poseía información que pudiera ayudarlo..., quizá un secreto familiar que le permitiera localizar lo que estaba buscando. Estaba claro, sin embargo, que Peter no le había contado nada acerca de lo que había estado custodiando todos esos años.

A pesar de ello, Mal'akh había descubierto otra cosa sobre Katherine. «Algo que le ha hecho ganar unas horas extras de vida.» Le había confirmado que toda su investigación se encontraba en un único lugar, encerrada a salvo en su laboratorio.

«Debo destruirla.»

La investigación de Katherine estaba a punto de abrir una nueva puerta de conocimiento, y en cuanto esa puerta estuviera abierta, aun ligeramente, otras le seguirían. Sería cuestión de tiempo que todo cambiara. «No puedo permitir que eso ocurra. El mundo debe permanecer tal y como está..., a la deriva en medio de la ignorancia y la oscuridad.»

El iPhone emitió un pitido, indicándole que Katherine le acababa de dejar un mensaje de voz. Mal'akh lo escuchó.

—«Peter, soy yo otra vez —Katherine parecía preocupada—. ¿Dónde estás? Todavía le estoy dando vueltas a la conversación que tuve con el doctor Abaddon..., y estoy preocupada. ¿Va todo bien? Por favor, llámame. Estoy en el laboratorio.»

El mensaje de voz terminó.

Mal'akh sonrió. «Katherine debería preocuparse menos por su hermano, y más por sí misma.» Salió de Suitland Parkway y cogió Silver Hill Road. Menos de medio kilómetro después, distinguió en la oscuridad la débil silueta del SMSC, que sobresalía por entre los árboles a un lado de la autopista. Todo el complejo estaba rodeado por una cerca con alambre de púas.

«¿El edificio está protegido? —Mal'akh se rio para sí—. Sé de alguien que me abrirá la puerta.»

Capítulo 24

La revelación le sobrevino a Langdon como si de una ola se tratara.

«Ya sé por qué estoy aquí.»

De pie en el centro de la Rotonda, Langdon sintió un poderoso impulso de dar media vuelta y huir..., de la mano de Peter, del reluciente anillo de oro, de la recelosa mirada de Sato y Anderson. En vez de eso, sin embargo, se quedó inmóvil, aferrado con fuerza a la bolsa de cuero que colgaba de su hombro. «Tengo que salir de aquí.»

Apretó la mandíbula al recordar la escena de aquella fría mañana, años atrás, en Cambridge. Eran las seis y como cada día Langdon se dirigió a su aula tras los largos rituales matutinos en la piscina de Harvard. Los familiares olores de la tiza y la calefacción le dieron la bienvenida al cruzar el umbral. Cuando se dirigía hacia su escritorio, sin embargo, algo lo hizo detenerse de golpe.

Había alguien esperándolo; un elegante caballero de rostro aquilino y unos majestuosos ojos grises.

—¿Peter? —Langdon se quedó mirándolo sobresaltado.

La blanca sonrisa de Peter Solomon resplandeció en medio de la tenue luz del aula.

—Buenos días, Robert. ¿Sorprendido de verme? —Su voz era suave, y sin embargo se podía advertir su autoridad.

Langdon se acercó a él y le dio afectuosamente la mano.

—¿Qué diablos está haciendo un sangre azul de Yale en el campus carmesí antes del amanecer?

—Misión secreta detrás de las líneas enemigas —dijo Solomon con una sonrisa. Señaló la delgada cintura de Langdon—. Los largos están dando sus frutos. Estás en forma.

—Sólo intento hacerte sentir viejo —bromeó Langdon—. Me alegro de verte, Peter. ¿Qué ocurre?

—Nada, un pequeño viaje de negocios —respondió el hombre, echándole un vistazo al aula desierta—. Lamento aparecer de improviso, Robert, pero sólo tengo unos minutos. Necesitaba pedirte algo... en persona. Un favor.

«Esto es nuevo.» Langdon se preguntó qué podía hacer un simple profesor universitario por un hombre que lo tenía todo.

—Lo que sea —respondió, contento por tener la oportunidad de hacer algo por alguien que le había dado tanto, sobre todo teniendo en cuenta que la afortunada vida de Peter también se había visto salpicada por tantas tragedias.

Solomon bajó el tono de voz.

—Me preguntaba si me podrías cuidar una cosa.

Langdon puso los ojos en blanco.

—Espero que no se trate de *Hércules*...

Una vez, Langdon había cuidado del mastiff de setenta kilos de Solomon mientras éste estaba de viaje. Al parecer, el perro sintió añoranza de su juguete de cuero favorito, y encontró un sustituto válido en su estudio: una Biblia manuscrita en papel vitela del siglo XVII. Por alguna razón, «perro malo» no pareció reprimenda suficiente.

—Todavía estoy buscando otra para reemplazártela —dijo Solomon con una sonrisa avergonzada.

—Olvídalo. Me alegro de que a *Hércules* le interese la religión.

Solomon soltó una risa ahogada, pero parecía distraído.

—Robert, la razón por la que he venido a verte es que me gustaría que cuidaras de una cosa de gran valor para mí. La heredé hace tiempo, pero no me siento seguro guardándola en casa o en la oficina.

Inmediatamente, Langdon se sintió incómodo. Algo «de gran valor» para Peter Solomon debía de costar una auténtica fortuna.

—¿Y por qué no la metes en una caja de seguridad?

«¿No tiene tu familia participación en la mitad de los bancos de Norteamérica?»

—Eso implicaría papeleo y empleados de banca; preferiría un amigo de fiar. Y sé que sabes guardar secretos —Solomon metió su mano en el bolsillo y extrajo un pequeño paquete que entregó a Langdon.

Teniendo en cuenta el teatral preámbulo, Langdon esperaba algo más espectacular. El paquete era una pequeña caja con forma de cubo de unos cinco centímetros de alto, envuelta en un desvaído papel marrón y atada con un cordel. Por el peso y su tamaño, supuso que debía de contener una piedra o un metal. «¿Es esto?» Langdon dio vueltas a la caja en sus manos, advirtiendo que el cordel había sido fijado con un sello de cera, como si fuera un antiguo edicto. En el sello se podía ver el relieve de un fénix bicéfalo con el número 33 en el pecho; el tradicional símbolo del grado más alto de la francmasonería.

—Pero bueno, Peter —dijo Langdon con una sonrisa torcida en el rostro—, eres el venerable maestro de una logia masónica, no el papa. ¿Ahora sellas paquetes con tu anillo?

Solomon bajó la mirada a su anillo de oro y se rio entre dientes.

—No fui yo quien selló este paquete, Robert. Lo hizo mi bisabuelo. Hace casi un siglo.

Langdon levantó de golpe la cabeza.

—¡¿Cómo?!

Solomon mostró su anillo.

—Este anillo masónico era suyo. Luego lo heredó mi abuelo, luego mi padre... y finalmente yo.

Langdon levantó el paquete.

—¿Tu bisabuelo envolvió esto hace un siglo y nadie lo ha abierto desde entonces?

—Así es.

—Pero... ¿por qué?

Solomon sonrió.

—Porque no ha llegado el momento.

Langdon se quedó mirando fijamente a su amigo.

—¿El momento de qué?

—Robert, sé que esto te parecerá extraño, pero cuanto menos sepas, mejor. Guarda este paquete en un lugar seguro y, por favor, no le digas a nadie que te lo di.

Langdon buscó en los ojos de su mentor algo que delatara su traviesa intención. Solomon tenía tendencia a la teatralidad, y Langdon se preguntó si no estaría intentando que picara.

—Peter, ¿no será ésta una inteligente estratagema para hacerme pensar que me confiaste una especie de antiguo secreto masónico, despertar mi curiosidad y que decida unirme?

—Los masones no reclutan, Robert, ya lo sabes. Además, ya me has dicho que prefieres no unirte.

Eso era cierto. Langdon sentía un gran respeto por la filosofía y el simbolismo masónicos, pero había decidido no iniciarse; los votos de secretismo de la orden le impedirían hablar de la francmasonería a sus alumnos. Por esa misma razón, Sócrates había rechazado participar formalmente en los misterios eleusinos.

Mientras observaba la misteriosa cajita y su sello masónico, Langdon no pudo evitar hacer una pregunta obvia.

—¿Y por qué no le confías esto a uno de tus hermanos masones?

—Mi instinto me dice que estará más seguro fuera de la orden. Y, por favor, no te dejes engañar por el tamaño del paquete. Si lo que me dijo mi padre es cierto, contiene algo de gran poder. —Hizo una pausa—. Viene a ser una especie de talismán.

«¿Dijo talismán?» Por definición, un talismán era un objeto con poderes mágicos. Tradicionalmente, los talismanes se utilizaban para conjurar la buena suerte, alejar los malos espíritus o ayudar en antiguos rituales.

—Peter, eres consciente de que los talismanes se pasaron de moda en la Edad Media, ¿verdad?

Solomon colocó una paciente mano sobre el hombro de Langdon.

—Ya sé cómo suena todo esto, Robert. Te conozco desde hace tiempo, y el escepticismo es una de tus mayores virtudes como profesor. Pero también uno de tus mayores puntos débiles. Te conozco lo suficiente para saber que no eres un hombre al que le pueda pedir que crea..., sino sólo que confíe. De modo que ahora te pido que confíes en mí cuando te digo que este talismán es poderoso. Puede otorgar a su poseedor la capacidad de obtener orden del caos.

Langdon se quedó mirándolo fijamente. La idea del «orden del caos» era uno de los grandes axiomas masónicos. *Ordo ab chao*. Sin embargo, la idea de que un talismán podía conferir algún tipo de poder era absurda, más todavía si se trataba del poder de obtener orden del caos.

—En las manos equivocadas —prosiguió Solomon—, este talismán podría ser peligroso, y desafortunadamente tengo razones para creer que gente poderosa quiere robármelo —su mirada era la más seria que le recordaba Langdon—. Me gustaría que me lo guardaras un tiempo. ¿Puedes hacerlo?

Esa noche, Langdon se sentó a solas en la cocina con el paquete e intentó imaginar qué podía haber dentro. Al final, lo achacó todo a la excentricidad de Peter y guardó el paquete en la caja fuerte de la biblioteca, para finalmente olvidarse de su existencia.

Hasta esa mañana.

«La llamada del hombre con acento sureño.»

—¡Ah, profesor, casi me olvido! —dijo el asistente luego de darle los detalles del viaje a Washington—. El señor Solomon quería pedirle una cosa más.

—¿Sí? —respondió Langdon, con la mente ya puesta en la conferencia que había aceptado dar.

—Me ha dejado aquí una nota para usted. —El hombre empezó a leer con dificultad, como si estuviera intentando descifrar la letra de Peter—: «Por favor, pídale a Robert... que traiga... el pequeño paquete sellado.» —El hombre se detuvo—. ¿Sabe de qué está hablando?

Langdon recordó entonces la pequeña caja que había estado guardando en su caja fuerte todo ese tiempo.

—Pues sí, sé a qué se refiere Peter.

—¿Y puede traerlo?

—Claro que sí. Dígale a Peter que lo llevaré.

—Fantástico —el asistente parecía aliviado—. Disfrute de su charla de esta noche. Buen viaje.

Antes de salir de casa, Langdon había cogido el paquete del fondo de su caja fuerte y lo había metido en su bolsa.

Ahora, en el Capitolio, Langdon sólo tenía una certeza. A Peter Solomon le horrorizaría saber hasta qué punto le había fallado.

Capítulo 25

«Dios mío, Katherine tenía razón. Como siempre.»

Trish Dunne contempló con asombro cómo los resultados de la araña de búsqueda se iban materializando en la pared de plasma que tenía ante sí. No había creído que la búsqueda fuera a arrojar resultado alguno, pero ahora tenía docenas. Y todavía estaban llegando más.

Una entrada en particular parecía especialmente prometedora.

Trish se volvió y gritó en dirección a la biblioteca.

—¿Katherine? ¡Creo que querrás ver esto!

Hacía un par de años que Trish utilizaba arañas de búsqueda como ésa, pero los resultados de esa noche la habían dejado alucinada. «Hace unos años, esta búsqueda no habría obtenido ningún resultado.» Ahora, sin embargo, parecía que la cantidad de material digital disponible en el mundo había aumentado hasta el punto de que uno podía encontrar literalmente cualquier cosa. Una de las palabras clave era un término que Trish nunca había visto antes..., y había encontrado incluso *eso*.

Katherine apareció corriendo por la puerta de la sala de control.

—¿Qué encontraste?

—Unos cuantos candidatos —Trish le señaló la pared de plasma—. Cada uno de estos documentos contiene todos tus vocablos clave al pie de la letra.

Katherine se acomodó el pelo detrás de la oreja y repasó la lista.

—Antes de que te emociones demasiado —añadió Trish—, ya te digo que la mayoría de estos documentos no son lo que estás buscando. Se trata de lo que llamamos agujeros negros. Mira el tamaño de los archivos: absolutamente exagerado. Vienen a ser como archivos comprimidos de millones de correos electrónicos, juegos íntegros de enciclopedias, foros globales que llevan años funcionando, y demás. Por su gran tamaño y contenido diverso, estos archivos comprenden tantas palabras clave en potencia que atraen hacia sí cualquier motor de búsqueda que se acerque a ellos.

Katherine señaló una de las entradas que había en lo alto de la lista.

—¿Y qué hay de ésa?

Trish sonrió. Katherine iba un paso por delante, y ya había encontrado el único archivo de la lista que tenía un tamaño razonable.

—Buena vista. Sí, de momento, ése es nuestro único candidato. De hecho, ese archivo es tan pequeño que debe de ocupar una página o poco más.

—Ábrelo —el tono de voz de Katherine era intenso.

Trish no podía imaginar que un solo documento de una página contuviera todas las extrañas frases que Katherine le había indicado. No obstante, cuando abrió el documento, los vocablos clave eran... exactamente iguales y fáciles de identificar en el texto.

Katherine se acercó a grandes zancadas, observando la pared de plasma con fascinación.

—¿Este documento está... *censurado*?

Trish asintió.

—Bienvenida al mundo de los textos digitalizados.

La censura automatizada se había convertido en una práctica habitual de las entidades que ofrecían documentos digitales. Era un proceso mediante el cual un servidor permitía al usuario buscar dentro de todo un texto, pero luego sólo le mostraba una pequeña parte del mismo —una especie de *teaser*—, y el texto inmediatamente contiguo al de las palabras clave solicitadas. Al omitir la mayoría del texto, el servidor evitaba infringir los derechos de reproducción, y asimismo le enviaba al usuario un intrigante mensaje: «Tengo la información que solicita, pero si quiere el resto, tendrá que comprármela.»

—Como puedes ver —dijo Trish mientras hacía avanzar el texto que aparecía en la pantalla, extremadamente abreviado—, el documento contiene todas tus palabras clave.

Katherine observó en silencio el texto censurado.

Trish le dio un minuto y luego regresó a lo alto de la página. Cada una de las palabras clave de Katherine aparecía en letras mayúsculas, subrayada, y acompañada por una pequeña muestra del resto del texto: las dos palabras que aparecían a cada lado de la palabra solicitada.

lugar secreto <u>SUBTERRÁNEO</u> donde la

...

punto de <u>WASHINGTON</u> cuyas coordenadas

...

descubrió un <u>ANTIGUO PORTAL</u> que conducía

...

que la <u>PIRÁMIDE</u> acarrearía peligrosas

...

descifren ese <u>SYMBOLON</u> <u>GRABADO</u> para desvelar

Trish no tenía ni idea de a qué hacía referencia ese documento. «¿Y qué diablos es un *symbolon*?»

Katherine se acercó con impaciencia a la pantalla.

—¿De dónde ha salido este documento? ¿Quién lo ha escrito?

Trish ya estaba en ello.

—Dame un segundo. Estoy intentando localizar la fuente.

—Necesito saber quién ha escrito esto —repitió Katherine; su voz era cada vez más intensa—. Necesito ver el resto.

—Lo estoy intentando —dijo Trish, sorprendida por su tono de voz.

Extrañamente, la ubicación del archivo no aparecía como una dirección web convencional, sino como una dirección IP numérica.

—No puedo desenmascarar la IP —explicó—. No me aparece el nombre del dominio. Espera. —Trish abrió un emulador de terminal—. Probaré con un rastreador.

Trish tecleó una secuencia de comandos para rastrear todos los «saltos» entre su máquina de la sala de control y la que almacenaba ese documento.

—Ahí va —dijo al ejecutar el comando.

Los rastreadores eran extremadamente rápidos, y en la pared de plasma apareció una larga lista de aparatos de red casi instantáneamente. Trish fue bajando..., bajando..., el documento con el listado de *routers* y *switches* que conectaban su máquina a...

«¿Qué diablos...?» Su rastreador se había detenido antes de llegar al servidor que almacenaba el documento. Por alguna razón, se había encontrado con un aparato de red que, en vez de devolverlo, se lo tragaba.

—Parece que mi rastreador ha sido bloqueado —dijo Trish.

«¿Es eso realmente posible?»

—Vuelve a intentarlo.

Trish ejecutó otro rastreador y obtuvo el mismo resultado.

—Nada. Es un callejón sin salida. Es como si este documento estuviera en un servidor ilocalizable. —Miró los últimos saltos antes del callejón sin salida—. Lo que sí sé es que se encuentra en algún lugar de la zona de Washington.

—Estás bromeando.

—No es tan raro —dijo Trish—. Las arañas de búsqueda operan de forma geográficamente concéntrica, con lo que los primeros resultados son siempre locales. Además, una de las palabras que debía buscar era «Washington».

—¿Y si buscamos en la lista? —espetó Katherine—. ¿No podríamos averiguar quién es el dueño del dominio?

«Un poco obvio, pero tampoco es mala idea.» Trish navegó por la base de datos del listín y buscó la IP, con la esperanza de que esos crípticos números correspondieran a un nombre. A su frustración se añadía la curiosidad. «¿De quién es este documento?» Los resultados del listín aparecieron rápidamente, pero nada. Trish alzó sus brazos en señal de rendición.

—Es como si esta dirección IP no existiera. No puedo obtener información alguna sobre ella.

—Pero es obvio que la IP existe. ¡Acabamos de encontrar un documento que está almacenado ahí!

«Cierto.» Y, sin embargo, parecía que quienquiera que poseyera ese documento prefería no compartir su identidad.

—No sé qué decirte. Los rastreos de sistemas no son mi especialidad, y a no ser que quieras llamar a algún pirata informático, no sé qué más hacer.

—¿Conoces a alguno?

Trish se volvió y se quedó mirando fijamente a su jefa.

—Estaba bromeando, Katherine. No es una buena idea.

—Pero ¿se puede piratear? —Miró la hora.

—Hum, sí..., es algo habitual. Técnicamente es muy sencillo.

—¿Y conoces a alguno?

—¿A algún pirata informático? —Trish dejó escapar una risita nerviosa—. La mitad de los tipos de mi antiguo trabajo.

—¿Alguien en quien puedas confiar?

«¿Lo dice en serio?» Trish podía ver que sí.

—Bueno, sí —dijo apresuradamente—. Conozco a un tipo al que podríamos llamar. Era nuestro especialista en seguridad de sistemas, un auténtico *freaky* informático. Quería salir conmigo, lo que era un poco problemático, pero es un buen tipo, y confío en él. Además, también hace trabajos *freelance*.

—¿Es discreto?

—Es pirata informático: por supuesto que es discreto. A eso se dedica. Pero estoy segura de que querrá al menos mil dólares sólo por mirar...

—Llámalo. Ofrécele el doble si obtiene resultados rápidos.

Trish no estaba segura de qué la ponía más nerviosa, si ayudar a Katherine a contratar a un pirata informático... o llamar a un tipo a quien seguramente todavía le costaba creer que una analista de metasistemas rellenita y pelirroja hubiera rechazado sus avances románticos.

—¿Estás segura?

—Utiliza el teléfono de la biblioteca —dijo Katherine—. El número de llamada está bloqueado. Y, por supuesto, no emplees mi nombre.

—Está bien.

Trish se dirigió a la puerta pero se detuvo al oír el pitido del iPhone de Katherine. Con suerte, el mensaje de texto entrante sería algo que le evitaría a Trish esa engorrosa tarea. Esperó a que Katherine sacara el iPhone del bolsillo de su bata de laboratorio y mirara su pantalla.

Katherine sintió una oleada de alivio al ver el nombre que aparecía en la pantalla de su iPhone.

«Al fin.»

Peter Solomon

—Es un mensaje de texto de mi hermano —dijo, volviéndose hacia Trish.

Ésta albergó la esperanza de no tener que hacer la llamada.

—Entonces quizá deberíamos preguntarle acerca de todo esto..., antes de llamar a un pirata informático.

Katherine le echó un vistazo al documento censurado que aparecía en la pared de plasma y recordó la voz del doctor Abaddon: «Lo que su hermano cree que está escondido en Washington... puede ser encontrado.» Katherine ya no sabía qué pensar, y ese documento podía ofrecerle información acerca de las descabelladas ideas que al parecer obsesionaban a Peter.

Katherine negó con la cabeza.

—Quiero saber quién ha escrito esto y dónde se encuentra. Haz la llamada.

Trish frunció el ceño y se dirigió a la puerta.

Tanto si ese documento podía explicar el misterio de lo que Peter le había contado al doctor Abaddon como si no, al menos había un misterio que *sí* se había resuelto. Su hermano había aprendido a escribir mensajes con el iPhone que Katherine le había regalado.

—Y avisa a los medios de comunicación —le dijo a Trish—. El gran Peter Solomon acaba de enviar su primer mensaje de texto.

En un estacionamiento situado en la acera de enfrente del SMSC, Mal'akh permanecía de pie junto a su limusina, estirando las piernas y esperando la llamada que recibiría en breve. Había dejado de llover, y la luna invernal empezaba a ser visible entre las nubes. Era la misma luna que lo había iluminado a través del ojo de la Casa del Templo hacía tres meses, durante su iniciación.

«Esta noche el mundo parece distinto.»

Mientras esperaba, su estómago volvió a gruñir. El ayuno de dos días, aunque incómodo, era absolutamente necesario para su preparación. Así se hacía en la antigüedad. Pronto toda molestia física sería intrascendente.

De pie en el frío aire de la noche, Mal'akh soltó una risa ahogada al darse cuenta de que el destino lo había depositado, con cierta ironía, justo enfrente de una pequeña iglesia. Allí delante, entre un centro Sterling Dental y un autoservicio, había un pequeño santuario.

«Casa de la gloria del Señor.»

Mal'akh le echó un vistazo a la ventana. En ella habían escrito una parte de la declaración doctrinal de la Iglesia: «Creemos que Jesucristo es hijo del Espíritu Santo y de la Virgen María, y a la vez es hombre y Dios.»

Mal'akh sonrió. «Sí, efectivamente es ambas cosas −hombre y Dios−, pero ser hijo de una virgen no es el requisito indispensable para la divinidad. No es así como sucede.»

El timbre del celular resonó con fuerza en medio de la noche, acelerándole el pulso. El teléfono que ahora sonaba era el de Mal'akh, un celular barato de usar y tirar que había comprado el día anterior. La pantalla indicaba que se trataba de la llamada que estaba esperando.

«Una llamada local», pronosticó Mal'akh mientras contemplaba la débil silueta del edificio en zigzag que sobresalía por encima de los árboles al otro lado de Silver Hill Road. Cogió el teléfono.

−Aquí el doctor Abaddon −dijo bajando el tono de su voz.

−Soy Katherine −respondió una voz de mujer−. Por fin he recibido noticias de mi hermano.

−Oh, me tranquiliza. ¿Cómo se encuentra?

−Va camino al laboratorio −dijo ella−. Y ha sugerido que usted también venga.

−¿Cómo dice? −Mal'akh fingió vacilar−. ¿Que vaya a su... laboratorio?

−Debe de confiar mucho en usted. Nunca había invitado a nadie.

−Imagino que debe de creer que una visita podría ser de ayuda en nuestras discusiones, pero siento como si se tratara de una intrusión.

—Si mi hermano dice que es usted bienvenido, entonces es usted bienvenido. Además, dijo que tiene muchas cosas que contarnos a ambos, y a mí me gustaría llegar al fondo de este asunto.

—Está bien. ¿Dónde se encuentra exactamente su laboratorio?

—En los depósitos del museo Smithsonian. ¿Sabe dónde está?

—No —mintió Mal'akh, con la vista puesta en el complejo desde el estacionamiento que había al otro lado de la calle—. Pero estoy en el auto, y tengo instalado un sistema de posicionamiento. ¿Cuál es la dirección?

—4210 de Silver Hill Road.

—Ajá, espere, que lo voy a teclear. —Mal'akh esperó diez segundos y luego dijo—: Ah, buenas noticias, parece que estoy más cerca de lo que pensaba. El GPS indica que sólo estoy a diez minutos.

—Fantástico. Llamaré a seguridad y los avisaré de su llegada.

—Gracias.

—Hasta ahora.

Mal'akh metió en su bolsillo el teléfono de usar y tirar y se quedó mirando el SMSC. «¿Fui maleducado al invitarme a mí mismo?» Con una sonrisa, cogió el iPhone de Solomon y releyó el mensaje de texto que le había enviado a Katherine hacía unos minutos.

> Recibí tus mensajes. Todo bien.
> Mucho ajetreo. Olvidé cita con dr. Abaddon.
> Siento no habértelo contado antes. Larga
> historia. Voy al lab. Si puede, que venga también
> el dr. Abaddon. Confío plenamente en él, y tengo
> muchas cosas que contarles a ambos. Peter.

Tal y como Mal'akh esperaba, el iPhone de Peter emitió un pitido al recibir la contestación de Katherine.

> Peter, felicidades por tu primer mensaje!
> Me tranquiliza que estés bien. Hablé con
> dr. A., y viene al lab. Nos vemos ahora! K.

Con el iPhone de Solomon en la mano, Mal'akh se arrodilló bajó la limusina y encajó el teléfono entre el neumático de una de las ruedas delanteras y el pavimento. Ese teléfono le había sido de gran utilidad..., pero había llegado el momento de evitar que pudiera ser rastreado. Se sentó detrás del volante, arrancó el auto y lo hizo avanzar lentamente hasta que oyó el crujido del iPhone al romperse.

Mal'akh volvió a estacionar el auto y se quedó mirando la lejana silueta del SMSC. «Diez minutos.» El extenso almacén de Peter Solomon albergaba más de treinta millones de tesoros, pero esa noche Mal'akh había ido allí para destruir únicamente los dos más valiosos.

La investigación de Katherine.

Y a la propia Katherine Solomon.

Capítulo 26

—¿Profesor Langdon? —dijo Sato—. Parece que vio un fantasma. ¿Se encuentra usted bien?

Langdon se acomodó la correa de su bolsa de cuero en el hombro y dejó la mano ahí, como si quisiera proteger mejor el paquete con forma de cubo que llevaba dentro. Podía notar que su rostro había empalidecido.

—Estoy..., estoy preocupado por Peter, eso es todo.

Sato ladeó la cabeza y se quedó mirándolo fijamente.

De repente Langdon tuvo la impresión de que la presencia de Sato aquella noche allí podía estar relacionada con el pequeño paquete que Solomon le había confiado. Peter le había advertido: «Gente poderosa quiere robármelo. En las manos equivocadas, podría ser peligroso.» Langdon no sabía por qué la CIA podía estar interesada en una pequeña caja que contenía un talismán..., ni en qué consistía exactamente ese talismán. «¿*Ordo ab chao*?»

Sato se acercó a él, escrutándolo con la mirada.

—Parece como si hubiera tenido usted una revelación.

Langdon notó que estaba sudando.

—No, no exactamente.

—¿En qué está pensando?

—Es sólo... —Langdon vaciló, no sabía qué decir. No tenía intención alguna de revelar la existencia del paquete, pero si Sato lo llevaba a la

CIA, sin duda registrarían su bolsa nada más entrar–. En realidad... –mintió–, se me ocurrió otra cosa acerca de los números que aparecen en la mano de Peter.

La expresión de Sato permaneció inmutable.

–¿Ah, sí? –Le echó una mirada a Anderson, que regresaba junto a ellos tras recibir al equipo de forenses que acababa de llegar.

Langdon tragó saliva y se arrodilló junto a la mano, preguntándose qué podía decirles. «Eres profesor, Robert. ¡Improvisa!» Echó un último vistazo a los siete pequeños símbolos, en busca de algún tipo de inspiración.

Nada. Tenía la mente en blanco.

Una vez que su memoria eidética hubo repasado su enciclopedia mental de símbolos, a Langdon sólo se le ocurrió una cosa. Era algo en lo que ya había pensado antes, pero que le había parecido improbable. Ahora, sin embargo, necesitaba ganar tiempo como fuera.

–Bueno –empezó a decir–, la primera señal de que un simbólogo va por un camino equivocado al descifrar símbolos y códigos es que intente interpretar esos símbolos utilizando múltiples lenguajes simbólicos. Por ejemplo, decir que este texto es romano y arábigo ha sido un análisis más bien pobre de mi parte, pues utilizo múltiples sistemas simbólicos. Y lo mismo sucede con lo de que podría ser romano y rúnico.

Sato se cruzó de brazos y enarcó las cejas, como indicándole que continuara.

–En general, el acto comunicativo siempre se lleva a cabo en una sola lengua, no en múltiples, de modo que la primera tarea de un simbólogo al enfrentarse a cualquier texto es encontrar un único sistema simbólico consistente y válido para todo el texto.

–¿Y ahora sabe cuál es ese sistema?

–Bueno, sí... y no. –La experiencia de Langdon con la simetría rotacional de los ambigramas le había enseñado que a veces los símbolos tenían significados desde múltiples ángulos. En ese caso, se dio cuenta de que efectivamente había un modo de interpretar esos siete símbolos mediante un único lenguaje–. Si manipulamos ligeramente la mano, el lenguaje pasa a ser consistente.

La inquietante manipulación que Langdon estaba a punto de realizar parecía haberla sugerido el captor de Peter al mencionar el antiguo dicho hermético «Como es arriba es abajo».

Langdon sintió un escalofrío al extender el brazo y coger la base de madera en la que estaba ensartada la mano de Peter. Con cuidado, dio la vuelta a la base para que los dedos de Peter quedaran bocabajo. Los símbolos que había escritos en la palma se transformaron instantáneamente.

$$SBS\ XIII$$

—Desde este ángulo —dijo Langdon—, XIII se convierte en un numeral romano válido: trece. Es más, el resto de los caracteres puede ser interpretado utilizando asimismo el alfabeto romano: SBS.

Langdon suponía que su análisis provocaría un desconcertado encogimiento de hombros, pero la expresión de Anderson cambió de inmediato.

—¿SBS? —inquirió el jefe de seguridad.

Sato se volvió hacia él.

—Si no me equivoco, diría que se trata de una numeración familiar aquí en el Capitolio.

Anderson empalideció.

—Lo es.

Sato asintió y le ofreció una sombría sonrisa.

—Venga conmigo un momento, jefe. Me gustaría hablar en privado con usted.

Mientras la directora Sato se alejaba con el jefe Anderson para que Langdon no pudiera oírlos, éste se quedó a solas, completamente desconcertado. «¿Qué diablos está pasando aquí? ¿Y qué es SBS XIII?»

Anderson se preguntó si esa noche podía llegar a ser todavía más extraña. «¿En la mano pone SBS-13?» Le sorprendía que alguien no relacionado con el edificio hubiera oído hablar siquiera del SBS..., y todavía más del SBS-13. Al parecer, el dedo índice de Peter no los dirigía hacia arriba..., sino más bien en la dirección opuesta.

La directora Sato condujo a Anderson a una tranquila zona junto a la estatua de bronce de Thomas Jefferson.

—Jefe —dijo ella—, si no me equivoco, usted sabe exactamente dónde está situado el SBS-13, ¿es así?

—Por supuesto.

—¿Y sabe lo que hay dentro?

—No, no sin mirarlo. No creo que haya sido utilizado en décadas.

—Bueno, pues va a abrirlo.

A Anderson no le gustaba que le dijera qué debía hacer en su propio edificio.

—Eso no será fácil, señora. Primero debo revisar el listado de asignaciones. Como sabe, la mayoría de los niveles inferiores son oficinas privadas o almacenes, y el protocolo de seguridad acerca de los espacios...

—O abre usted el SBS-13 —dijo Sato—, o llamaré a la OS y haré que me envíen un equipo con un ariete.

Anderson se quedó mirándola fijamente un largo rato. Luego cogió su radio y se lo acercó a los labios.

—Aquí Anderson. Necesito que alguien abra el SBS.

La voz que contestó parecía confundida.

—¿Jefe, me puede confirmar que ha dicho SBS?

—Sí, correcto. SBS. Envíen a alguien inmediatamente. Y necesitaré una linterna. —Anderson volvió a guardar la radio. El corazón empezó a latirle con fuerza cuando Sato se acercó aún más a él.

—Jefe, no hay tiempo que perder —dijo, bajando el volumen de su voz—. Quiero que nos lleve al SBS-13 cuanto antes.

—Sí, señora.

—Y necesito que haga otra cosa.

«¿Además de asaltar un lugar?» Anderson no se hallaba en posición de protestar, pero no había pasado por alto que Sato había llegado apenas minutos después de que la mano de Peter apareció en la Rotonda, y que ahora estaba aprovechando esa situación para exigir acceso a una sección privada del Capitolio de Estados Unidos. Iba tan por delante que casi parecía que el camino lo delimitaba ella.

Sato hizo un gesto hacia el profesor, que se encontraba al otro lado de la sala.

—La bolsa que lleva al hombro.

Anderson le echó un vistazo.

—¿Qué pasa?

—Imagino que su personal la pasó por rayos X cuando Langdon entró en el edificio, ¿no?

—Por supuesto. Todas las bolsas son inspeccionadas.

—Quiero ver esos rayos X. Quiero saber lo que hay dentro de esa bolsa.

Anderson miró la bolsa de cuero que Langdon había estado cargando toda la tarde.

—Pero... ¿no sería más fácil preguntárselo a él?

—¿Qué parte de mi petición no le ha quedado clara?

Anderson volvió a coger su radio y trasladó la petición de Sato. Asimismo, ésta le dio la dirección de su BlackBerry para que le dijera a su equipo que le enviaran por correo electrónico una copia digital de los rayos X en cuanto la localizaran. A regañadientes, Anderson hizo lo que le pedía.

El equipo de forenses estaba recogiendo la mano para el cuerpo de seguridad del Capitolio, pero Sato les ordenó que la entregaran directamente a su equipo en Langley. Anderson estaba demasiado cansado para protestar. Acababa de ser arrollado por una diminuta apisonadora japonesa.

—Y quiero el anillo —les dijo Sato a los forenses.

El técnico jefe pareció estar a punto de decirle algo, pero finalmente lo pensó mejor. Extrajo el anillo de oro de la mano de Peter, lo metió en una bolsa de plástico transparente y se lo dio a Sato. Ésta se lo metió en el bolsillo de su chaqueta y luego se volvió hacia Langdon.

—Nos vamos, profesor. Traiga sus cosas.

—¿Adónde vamos? —respondió él.

—Limítese a seguir al señor Anderson.

«Sí —pensó Anderson—, y que no se aleje demasiado.» El SBS era una sección del Capitolio que pocos visitaban. Para llegar a ella, debían pasar por un extenso laberinto de pequeñas cámaras y estrechos pasadizos que había debajo de la cripta. El hijo menor de Abraham Lincoln, Tad, se perdió una vez ahí abajo y estuvo a punto de morir. Anderson empezaba a sospechar que, si Sato se salía con la suya, Robert Langdon podría correr una suerte similar.

Capítulo 27

El especialista en seguridad de sistemas Mark Zoubianis siempre se había enorgullecido de su capacidad para hacer varias cosas a la vez. En ese momento, estaba sentado en su futón con el mando a distancia del televisor, un teléfono inalámbrico, un computador portátil, una PDA y un gran cuenco de aperitivos. Mientras tenía un ojo puesto en el partido –sin volumen– de los Redskins y otro en el computador, Zoubianis hablaba por sus audífonos *bluetooth* con una mujer de la que hacía un año que no sabía nada.

«Sólo a alguien como Trish Dunne se le podría ocurrir llamarme la noche de un partido de las eliminatorias.»

Confirmando una vez más su ineptitud social, su antigua colega había escogido el partido de los Redskins como el momento ideal para llamarlo y pedirle un favor. Tras un poco de charla trivial sobre los viejos tiempos y lo mucho que echaba de menos sus chistes, finalmente Trish le había contado lo que quería: estaba intentando desenmascarar una dirección IP oculta, probablemente perteneciente a un servidor del área de Washington. El servidor alojaba un pequeño documento de texto y ella quería acceder a él..., o al menos, obtener algún tipo de información sobre su dueño.

«La persona adecuada, el momento equivocado», le había contestado él. Entonces Trish había empezado a colmarlo de elogios, la mayoría de los cuales eran ciertos, y antes de que se diera cuenta, él ya estaba tecleando la extraña IP en su portátil.

Nada más ver el número, Zoubianis se sintió intranquilo.

—Trish, esa IP tiene un formato extraño. Está escrita en un protocolo que ni siquiera es todavía público. Probablemente se trate de algo relacionado con alguna agencia de inteligencia gubernamental o militar.

—¿Militar? —Trish se rio—. Créeme, acabo de acceder a un documento censurado de ese servidor, y no era militar.

Zoubianis abrió un emulador de terminal e intentó ejecutar un rastreador.

—¿Y dices que tu rastreador ha desaparecido?

—Sí. Dos veces. En el mismo salto.

—El mío también. —Abrió una sonda de diagnóstico y la ejecutó—. ¿Y qué tiene de interesante esta IP?

—Ejecuté un delegador que a través de un motor de búsqueda de esta IP accedió a un documento censurado. Necesito ver el resto del documento. No me importa pagar por él, pero no puedo averiguar quién es el dueño de la IP o cómo acceder a ella.

Con la mirada puesta en su pantalla, Zoubianis frunció el ceño.

—¿Estás segura de que quieres hacer esto? Estoy ejecutando un diagnóstico, y la codificación de este *firewall* parece... muy compleja.

—Por eso se te paga bien.

Zoubianis lo consideró. Le había ofrecido una fortuna por un trabajo muy fácil.

—Una pregunta, Trish. ¿Por qué estás tan interesada en esto?

Trish se quedó callada un momento.

—Es un favor para una amiga.

—Debe de tratarse de alguien muy especial.

—Lo es.

Zoubianis rio entre dientes y se mordió la lengua. «Lo sabía.»

—Mira —dijo Trish con impaciencia— ¿eres capaz de desenmascarar esa IP, sí o no?

—Sí, soy capaz. Y sí, sé que estás jugando conmigo.

—¿Cuánto tardarás?

—No demasiado —dijo, tecleando mientras hablaba—. Debería poder acceder a una máquina de su red dentro de unos diez minutos más o menos. En cuanto haya entrado y sepa lo que estoy buscando, te llamo.

—Te lo agradezco. Entonces, ¿todo va bien?

«¿Ahora me lo pregunta?»

—Por el amor de Dios, Trish, ¿me llamas una noche en la que se juega un partido de las eliminatorias y ahora quieres charlar? ¿Quieres que localice esa IP o no?

—Gracias, Mark. Te lo agradezco. Espero tu llamada.

—Quince minutos.

Zoubianis colgó, cogió su cuenco de aperitivos y volvió a subir el volumen del televisor.

«Mujeres.»

Capítulo 28

«¿Adónde me llevan?»

Mientras se internaba con Anderson y Sato en las profundidades del Capitolio, Langdon sintió cómo, a cada peldaño que descendía, sus pulsaciones iban en aumento. Habían comenzado su viaje en el pórtico oeste de la Rotonda, luego habían descendido por una escalera de mármol y, tras cruzar un amplio portalón, habían entrado a la famosa cámara que había justo debajo del suelo de la Rotonda.

«La cripta del Capitolio.»

Aquí el aire estaba más cargado, y Langdon ya sentía claustrofobia. El techo bajo y la suave iluminación acentuaban la robusta circunferencia de las cuarenta columnas dóricas que soportaban el vasto suelo de piedra que tenían encima. «Relájate, Robert.»

—Por aquí —dijo Anderson, atravesando el amplio espacio circular con rapidez.

Afortunadamente, en esa cripta en particular no había cadáveres. Lo que contenía eran varias estatuas, una maqueta del Capitolio y una zona de almacenamiento más baja en la que guardaban el catafalco de madera sobre el que se colocaban los ataúdes en los funerales de Estado. El grupo cruzó la cripta a toda prisa, sin detenerse siquiera a echarle un vistazo al compás de mármol de cuatro puntas que había en el centro de la sala, donde antaño había ardido la llama eterna.

Anderson parecía tener prisa y Sato había vuelto a enterrar la cabeza en su BlackBerry. Actualmente, había oído Langdon, la cobertura para teléfonos móviles alcanzaba todos los rincones del edificio del Capitolio para poder atender así los centenares de llamadas gubernamentales que cada día se realizaban en ese lugar.

Tras cruzar en diagonal la cripta, el grupo entró en un vestíbulo tenuemente iluminado y luego empezó a recorrer una serpenteante maraña de pasillos y callejones sin salida. Esa madriguera de pasadizos estaba repleta de puertas numeradas, en cada una de las cuales había un número de identificación. Langdon los fue leyendo a medida que pasaban por delante.

S-154..., S-153..., S-152...

Langdon no tenía ni idea de lo que había detrás de esas puertas, pero al menos una cosa parecía estar clara: el significado del tatuaje en la palma de la mano de Peter. SBS-13 debía de hacer referencia a una puerta numerada de las entrañas del edificio del Capitolio.

—¿Qué son todas estas puertas? —preguntó, apretando fuertemente la bolsa contra sus costillas y preguntándose cuál debía de ser la relación del pequeño paquete de Solomon con la puerta SBS-13.

—Despachos y trasteros —dijo Anderson—. Despachos y trasteros *privados* —añadió, lanzándole una mirada a Sato.

Ella ni siquiera levantó la mirada de su BlackBerry.

—Parecen pequeños —comentó Langdon.

—Poco más que armarios, la mayoría, lo cual no les impide ser algunos de los inmuebles más codiciados de Washington. Éste es el corazón del Capitolio original; la vieja Cámara del Senado se encuentra dos pisos por encima.

—¿Y el SBS-13? —preguntó Langdon—. ¿De quién es ese despacho?

—De nadie. El SBS es una zona privada de almacenamiento, y debo decir que me sorprende que...

—Jefe Anderson —lo interrumpió Sato sin levantar la mirada de su BlackBerry—. Limítese a llevarnos allí, por favor.

Anderson apretó la mandíbula y los guió en silencio por lo que ahora parecía un híbrido entre unas instalaciones de guardamuebles y un laberinto épico. En casi cada pared había letreros que apuntaban a un lado y a otro, aparentemente para indicar la situación de bloques de oficinas específicas en la red de pasillos.

S-142 a S-152...

TS-1 a TS-170...

R-1 a R-166 y TR-1 a TR-67...

Langdon dudaba que pudiera volver a encontrar el camino de salida él solo. «Este lugar es un laberinto.» Por lo que había podido deducir, los números de las oficinas comenzaban por «S» o «R», dependiendo del lado del edificio en el que estaban, si el del Senado o el de los Representantes. Las áreas designadas con TS y TR parecía que estaban en un nivel que Anderson llamaba «nivel de la terraza».

«Pero todavía ninguna señal del SBS.»

Finalmente llegaron a una gruesa puerta de seguridad de acero con una ranura para la tarjeta de acceso.

NIVEL SS

Langdon tuvo la impresión de que se estaban acercando.

Al coger su tarjeta, Anderson vaciló, incómodo con las exigencias de Sato.

—Jefe —lo urgió Sato—. No tenemos toda la noche.

A regañadientes, Anderson insertó su llave. La puerta de acero se abrió y entraron en el vestíbulo que había detrás. Luego la gruesa puerta se volvió a cerrar a sus espaldas.

Langdon no estaba seguro de lo que esperaba encontrarse en ese vestíbulo, pero lo que tenía delante seguro que no era. Ante sí tenían una escalera que descendía todavía más.

—¿Seguimos bajando? —dijo, deteniéndose en seco—. ¿Hay un nivel por debajo de la cripta?

—Sí —dijo Anderson—. SS quiere decir sótano del Senado.

Langdon dejó escapar un gruñido. «Fantástico.»

Capítulo 29

Los faros que iluminaron el arbolado acceso al SMSC eran los primeros que el guardia veía en la última hora. Se apresuró a bajar el volumen de su televisor portátil y a esconder los aperitivos que estaba comiendo bajo el mostrador. «Mal momento.» Los Redskins estaban completando el *drive* inicial y no quería perdérselo.

Mientras el auto se acercaba, el guardia comprobó el nombre que había escrito en su libreta.

«Doctor Christopher Abaddon.»

Katherine Solomon acababa de llamar para avisar a seguridad de la inminente llegada de ese invitado. El guardia no tenía ni idea de quién podía ser ese doctor, pero debía de ser muy bueno en lo suyo para ir en una limusina negra como ésa. El largo y elegante vehículo se detuvo frente a la caseta del guardia y la ventanilla oscura se bajó silenciosamente.

—Buenas noches —dijo el chofer, quitándose la gorra. Era un hombre robusto con la cabeza afeitada. Tenía el partido puesto en la radio.

—El doctor Christopher para la señora Katherine Solomon.

El guardia asintió.

—Identificación, por favor.

El chofer pareció sorprenderse.

—Disculpe, ¿no ha llamado la señora Solomon?

El guardia asintió, echándole al mismo tiempo un rápido vistazo al televisor.

–Pero aun así debo revisar y registrar la identificación del visitante. Lo siento, son las normas. Necesito ver la identificación del doctor.

–No hay problema. –El chofer se volvió en su asiento y se puso a hablar en voz baja por la ventanilla interior del auto. Mientras lo hacía, el guardia le echó otro vistazo al partido. Los Redskins ya habían terminado su *huddle*; él esperaba que la limusina hubiera pasado antes de que comenzara la siguiente jugada.

El chofer se volvió de nuevo hacia el guardia y le tendió el documento identificativo que supuestamente le acababan de dar por la ventanilla interior. El carné de conducir pertenecía a un tal Christopher Abaddon, de Kalorama Heights. En la fotografía se veía a un apuesto caballero rubio con un *blazer* azul, corbata y pañuelo en el bolsillo del pecho. «¿Quién diablos va al Departamento de Tráfico con un pañuelo en el bolsillo?»

Se oyó una apagada ovación proveniente del televisor, y el guardia se volvió justo a tiempo para ver a un jugador de los Redskins bailando en un extremo del campo con el dedo índice apuntando al cielo. «Me lo perdí», refunfuñó para sí el guardia mientras se volvía hacia la ventanilla.

–Está bien –dijo, devolviendo la licencia al chofer–. Ya pueden pasar.

En cuanto la limusina entró, el guardia se volvió hacia su televisor con la esperanza de que repitieran la jugada.

Mientras conducía la limusina por el serpenteante camino de acceso, Mal'akh no pudo evitar sonreír. Había sido muy fácil entrar en el museo secreto de Peter Solomon. Lo hacía más dulce todavía el hecho de que fuera la segunda ocasión en veinticuatro horas en que entraba en un espacio privado de Solomon. La noche anterior había hecho una visita similar a su casa.

A pesar de poseer una magnífica hacienda en Potomac, Peter Solomon pasaba la mayor parte del tiempo en su ático del exclusivo Dorchester Arms. Ese edificio, como la mayoría de los que alojaban a gente extremadamente rica, era una auténtica fortaleza. Altos muros. Guardias en las entradas. Listas de invitados. Estacionamiento subterráneo protegido.

Mal'akh condujo su limusina hasta la caseta del guardia, se quitó la gorra de su afeitada cabeza, y proclamó:

–Traigo al doctor Christopher Abaddon. Es un invitado del señor Peter Solomon –Mal'akh pronunció las palabras como si estuviera anunciando al duque de York.

El guardia revisó el libro de registro y luego el documento identificativo de Abaddon.

–Sí, veo que el señor Solomon está esperando al doctor Abaddon –presionó un botón y la puerta se abrió–. El señor Solomon vive en el ático. Que su invitado utilice el último ascensor de la izquierda. Va directamente al apartamento.

–Gracias –Mal'akh se volvió a colocar la gorra y pasó.

Nada más entrar en el garaje, escudriñó el espacio en busca de cámaras de seguridad. Nada. Al parecer, quienes vivían allí ni robaban coches ni les gustaba ser observados.

Mal'akh estacionó en un rincón oscuro cercano a los ascensores, bajó la mampara que separaba el compartimento del conductor y el del pasajero, y se deslizó por la abertura hacia la parte trasera. Una vez allí, se quitó la gorra de chofer y se puso la peluca rubia. Tras colocarse bien la chaqueta y la corbata, se miró en el espejo para comprobar el maquillaje. Mal'akh no quería correr ningún riesgo. No esa noche.

«He esperado demasiado para esto.»

Segundos después, Mal'akh entraba en el ascensor privado. El trayecto hasta el apartamento fue tranquilo y silencioso. Al abrirse la puerta, se encontró ante un elegante vestíbulo privado. Su huésped ya lo estaba esperando.

–Bienvenido, doctor Abaddon.

Mal'akh miró directamente a los famosos ojos grises de ese hombre y sintió cómo se le aceleraba el corazón.

–Señor Solomon, le agradezco que me reciba.

–Llámame Peter, por favor –los dos hombres se dieron la mano.

Mientras lo hacían, Mal'akh se fijó en el anillo de oro que Solomon llevaba en la mano..., la misma mano que tiempo atrás le había apuntado con un arma. «Si aprieta el gatillo, lo atormentaré el resto de su vida», susurró una voz de su pasado.

–Entra, por favor –dijo Solomon, haciendo pasar a Mal'akh a un elegante salón cuyos amplios ventanales ofrecían una asombrosa vista de la silueta de Washington.

–¿Es té eso que huelo? –preguntó Mal'akh al entrar.

Solomon pareció impresionado.

–Mis padres siempre recibían a sus invitados con té. Yo continué la tradición –condujo a Mal'akh hacia la chimenea, frente a la que los esperaba el té ya preparado–. ¿Leche y azúcar?

–Solo, gracias.

De nuevo, Solomon pareció impresionado.

–Un purista. –Sirvió dos tazas de té solo–. Me has dicho antes que necesitabas hablar conmigo acerca de un asunto de naturaleza delicada que debía ser tratado en privado.

–Gracias. Te agradezco tu tiempo.

–Ahora somos hermanos masones. Tenemos un vínculo. Dime en qué puedo ayudarte.

–En primer lugar, me gustaría agradecerte el honor de admitirme hace unos meses en el trigésimo tercer grado. Es algo muy significativo para mí.

–Me alegro, pero ten en cuenta que estas decisiones no las tomo únicamente yo. Se realizan mediante voto del Supremo Consejo.

–Por supuesto –Mal'akh sospechaba que seguramente Peter Solomon había votado en su contra, pero con los masones, como en todas partes, el dinero era poder. Tras alcanzar el trigésimo segundo grado en su logia, Mal'akh apenas esperó un mes para realizar una donación multimillonaria a una organización benéfica en nombre de la gran logia masónica. Tal y como había anticipado, ese acto altruista no solicitado fue suficiente para conseguirle una invitación a la élite del trigésimo tercer grado. «Y, sin embargo, no me ha sido revelado ningún secreto.»

A pesar de los rumores que circulaban –«Todo será revelado en el trigésimo tercer grado»–, a Mal'akh no le habían contado nada que no supiera, nada de relevancia para su búsqueda. Tampoco lo esperaba. Dentro del círculo más interno de la francmasonería había círculos todavía más pequeños..., círculos a los que Mal'akh no podría acceder en años. No le importaba. La iniciación había servido a su propósito. Dentro de la Sala del Templo había sucedido algo único que le había conferido un poder superior al de los demás hermanos. «Ya no juego con vuestras reglas.»

–Quizá no lo recordarás –dijo Mal'akh mientras seguía tomando su té–, pero tú y yo ya nos habíamos visto con anterioridad.

Solomon se sorprendió.

–¿De veras? No lo recuerdo.

–Hace mucho tiempo.

«Y Christopher Abaddon no es mi verdadero nombre.»

–Lo siento. Mi memoria ya no es la que era. ¿Me lo puedes recordar?

Mal'akh sonrió una última vez al hombre a quien odiaba más que a ningún otro sobre la faz de la Tierra.

—Es una pena que no lo recuerdes.

Con un rápido movimiento, Mal'akh extrajo un pequeño artilugio de su bolsillo y lo apuntó al pecho de Solomon. El arma de electrochoque emitió un destello de luz azul y el agudo chisporroteo de una descarga eléctrica. Un millón de voltios recorrieron el cuerpo de Peter Solomon, que apenas pudo dejar escapar un grito ahogado. Tras abrir los ojos de par en par, se desplomó inmóvil en el sillón. Mal'akh se puso en pie, cerniéndose sobre el hombre y salivando como un león a punto de devorar a su presa malherida.

Solomon respiraba con dificultad.

Mal'akh vio miedo en los ojos de su víctima y se preguntó cuánta gente había visto encogerse asustado al gran Peter Solomon. Saboreó unos segundos la escena, tomando su té mientras el hombre recobraba el aliento.

Entre espasmos, Solomon intentó hablar.

—¿Por... por qué? —consiguió decir finalmente.

—¿Tú qué crees? —inquirió Mal'akh.

Solomon parecía verdaderamente desconcertado.

—¿Quieres... dinero?

«¿Dinero?» Mal'akh se rio y le dio otro sorbo a su té.

—He donado millones de dólares a los masones; no necesito dinero.

«He venido a buscar sabiduría, y me ofrece riqueza.»

—Entonces, ¿qué es... lo que quieres?

—Tienes en tu poder un gran secreto. Esta noche lo compartirás conmigo.

Solomon intentó alzar la barbilla para poder mirar a Mal'akh directamente a los ojos.

—No... lo entiendo.

—¡No mientas! —gritó Mal'akh, acercándose a centímetros del hombre paralizado—. Sé lo que está escondido aquí en Washington.

Los ojos grises de Solomon le devolvieron la mirada, desafiantes.

—¡No tengo ni idea de lo que me estás hablando!

Mal'akh dio otro sorbo a su té y dejó la taza en el portavasos.

—Me dijiste esas mismas palabras hace diez años, la noche en la que murió tu madre...

Solomon abrió unos ojos como platos.

—¿Tú...?

—No tendría por qué haber muerto. Si me hubieras dado lo que te pedí...

El rostro de Peter Solomon se contrajo en una mueca de horror al reconocer a su atacante.

—Te advertí que, si apretabas el gatillo, te atormentaría el resto de tu vida —dijo Mal'akh.

—Pero eres...

El otro volvió a arremeter contra él, disparando de nuevo el arma contra su pecho. Hubo otro destello azul, y Solomon quedó completamente paralizado.

Mal'akh se guardó el arma en el bolsillo y se terminó tranquilamente el té. Cuando hubo acabado se secó los labios con una servilleta decorada con un monograma y le echó un vistazo a su víctima.

—¿Nos vamos?

El cuerpo de Solomon permanecía inmóvil, pero tenía los ojos abiertos y podía ver lo que sucedía a su alrededor.

Mal'akh se acercó y le susurró al oído:

—Te voy a llevar a un lugar en el que sólo la verdad permanece.

Sin decir nada más, Mal'akh le metió la servilleta en la boca. Luego se cargó su cuerpo sobre los hombros y se dirigió al ascensor privado. Cuando salía, cogió el iPhone de Solomon y unas llaves de la mesita del vestíbulo.

«Esta noche me contarás todos tus secretos —pensó Mal'akh—. Entre otros, por qué aquella noche me diste por muerto.»

Capítulo 30

«Nivel SS. Sótano del Senado.»

Langdon sentía cómo la presión de su claustrofobia iba en aumento a cada peldaño que descendía. A medida que se internaban en los cimientos originales del edificio, el aire estaba cada vez más cargado y la ventilación parecía ser inexistente. Las paredes allí abajo eran una dispareja combinación de piedra y ladrillos amarillos.

La directora Sato seguía tecleando en su BlackBerry mientras avanzaban. Langdon había advertido recelo en su cauteloso comportamiento, un sentimiento que rápidamente se había vuelto recíproco. Sato todavía no le había dicho cómo sabía que él estaba allí esa noche. «¿Un asunto de seguridad nacional?» Le costaba creer que hubiera alguna relación entre el antiguo misticismo y la seguridad nacional. Aunque claro, le costaba creer prácticamente toda la situación.

«Peter Solomon me confió un talismán...; un lunático me ha engañado para que se lo trajera al Capitolio y ahora quiere que lo utilice para abrir un portal místico... que posiblemente se encuentra en el cuarto SBS-13.»

No, la cosa no estaba demasiado clara.

Mientras seguían avanzando, Langdon intentó apartar de su mente la imagen de la mano de Peter, tatuada y convertida en la mano de los misterios. La truculenta imagen iba acompañada por la voz de su amigo: «Los antiguos misterios, Robert, han sido origen de muchos mitos..., pero eso no quiere decir que los misterios sean ficticios.»

A pesar de haberse pasado la vida estudiando símbolos místicos e historia, intelectualmente a Langdon siempre le había costado aceptar la idea de los antiguos misterios y su poderosa promesa de apoteosis.

Era cierto que numerosos documentos históricos contenían pruebas indiscutibles acerca de un saber secreto que había surgido en las escuelas de misterios de Egipto y que había sido transmitido de generación en generación. Este conocimiento había permanecido en la clandestinidad hasta su resurgimiento en el Renacimiento europeo, cuando, según muchos testimonios, le fue confiado a un grupo de científicos de élite dentro de los muros del principal laboratorio de ideas de la Europa de la época: la Royal Society de Londres, enigmáticamente apodada el Colegio Invisible.

Ese «colegio» oculto rápidamente se convirtió en un comité de las mentes más ilustradas del mundo: Isaac Newton, Francis Bacon, Robert Boyle, e incluso Benjamin Franklin. La lista de «miembros» modernos no era menos impresionante: Einstein, Hawking, Bohr o Celsius. Todas esas grandes mentes eran artífices de varios de los grandes saltos del conocimiento humano, avances que, según algunos, eran el resultado de su aprendizaje de la antigua sabiduría oculta en el Colegio Invisible. Langdon dudaba que eso fuera cierto, aunque realmente dentro de sus muros había tenido lugar una inusual cantidad de «trabajos místicos».

El descubrimiento en 1936 de los papeles secretos de Newton había dejado atónito al mundo: en ellos quedaba constancia de la absorbente pasión del físico por el estudio de la antigua alquimia y el saber místico. Entre sus papeles privados se encontraba una carta a Robert Boyle en la que lo exhortaba a mantener «absoluto silencio» acerca del conocimiento místico que habían adquirido. «No puede ser hecho público —escribió Newton— sin causar un inmenso daño al mundo.»

El significado de esa extraña advertencia todavía se debatía en la actualidad.

—Profesor —dijo Sato de repente, levantando la mirada de su BlackBerry—, aunque insista en que no tiene ni idea de por qué está aquí esta noche, quizá podría arrojar algo de luz acerca del significado del anillo de Peter.

—Puedo intentarlo —dijo Langdon, volviendo de sus pensamientos.

Ella sacó la bolsita con el objeto y se la entregó a Langdon.

—Hábleme acerca de los símbolos de este anillo.

Langdon examinó el familiar anillo mientras seguían avanzando por el desierto pasadizo. En él destacaba la imagen de un fénix bicéfalo con un estandarte en el que se podía leer «*Ordo ab chao*», y un blasón con el número 33 sobre el pecho.

—El fénix bicéfalo con el número 33 es el emblema del grado masónico más elevado. —Técnicamente, ese prestigioso grado existía sólo en el Rito Escocés, pero la complejidad de la jerarquía de ritos y grados masónicos era tal que Langdon no pensaba ofrecerle a Sato más detalles al respecto—. Esencialmente, el trigésimo tercer grado es un honor reservado para un pequeño grupo de masones altamente consumados. A los demás grados se puede acceder tras completar exitosamente el grado previo, el ascenso al trigésimo tercer grado, en cambio, está controlado. Tiene lugar únicamente mediante invitación.

—¿Y sabía usted que Peter Solomon era miembro de ese círculo masónico de élite?

—Por supuesto. La afiliación no es ningún secreto.

—¿Y él es su oficial de mayor gradación?

—Actualmente, sí. Peter lidera el Supremo Consejo del Trigésimo Tercer Grado, el órgano de gobierno del Rito Escocés en Norteamérica.

A Langdon le encantaba visitar su sede —la Casa del Templo—, una obra maestra clásica cuya decoración simbólica estaba a la altura de la de la capilla Rosslyn escocesa.

—Profesor, ¿se ha fijado en la frase que hay grabada en el anillo? Dice «Todo será revelado en el trigésimo tercer grado».

Langdon asintió.

—Es un lema común en la tradición masónica.

—¿Y quiere decir, imagino, que al masón admitido en ese trigésimo tercer grado se le *revela* algo especial?

—Sí, eso dice la tradición, pero seguramente no es eso lo que ocurre en la realidad. Siempre ha existido la conjetura conspirativa de que un selecto grupo de personas pertenecientes al escalón más alto de la masonería está en poder de un gran secreto místico. La verdad, me temo, debe de ser mucho menos dramática.

Peter Solomon solía hacer alegres alusiones a la existencia de un preciado secreto masónico, pero Langdon siempre había supuesto que no era más que un travieso intento de engatusarlo para que se uniera a la hermandad. Desafortunadamente, los acontecimientos de esa noche habían sido cualquier cosa menos alegres, y no habían habido nada de travieso en la seriedad con la que Peter le había pedido a Langdon que protegiera el paquete sellado que llevaba en su bolsa.

Con tristeza, Langdon le echó una mirada a la bolsa de plástico que contenía el anillo de oro de Peter.

—Directora —dijo—, ¿le importa que me lo quede?

Ella se volvió hacia él.

—¿Por qué?

—Tiene un gran valor para Peter, y me gustaría devolvérselo esta noche.

Ella se mostró escéptica.

—Esperemos que tenga la oportunidad.

—Gracias. —Langdon se guardó el anillo en el bolsillo.

—Otra pregunta —dijo Sato mientras se internaban todavía más profundamente en el laberinto—. Mi equipo me ha dicho que, al cotejar los conceptos de «trigésimo tercer grado» y «portal» con masonería, han hallado literalmente cientos de referencias a una «pirámide».

—Eso tampoco tiene nada de extraordinario —dijo Langdon—. Los constructores de las pirámides egipcias son los antepasados de los modernos albañiles, y la pirámide, así como el resto de la temática egipcia, es un elemento muy común en el simbolismo masónico.

—¿Y qué simboliza?

—Esencialmente, la pirámide representa la iluminación. Es un símbolo arquitectónico emblemático de la capacidad del hombre antiguo para liberarse del plano terrenal y ascender al cielo, al sol dorado y, finalmente, a la fuente suprema de la iluminación.

Ella se quedó un momento callada.

—¿Nada más?

«¡¿Nada más?!» Langdon le acababa de describir uno de los símbolos más elegantes de la historia. La estructura mediante la cual el hombre se elevaba hasta llegar al reino de los dioses.

—Según mi equipo —prosiguió ella—, parece que esta noche hay una conexión mucho más relevante. Me han dicho que existe una popular leyenda acerca de una pirámide *concreta* que se encuentra aquí, en Washington, una pirámide directamente relacionada con los masones y los antiguos misterios.

Langdon se dio cuenta de a qué hacía referencia y rápidamente intentó disipar la idea antes de perder más tiempo con ella.

—Conozco la leyenda, directora, pero es pura fantasía. La pirámide masónica es uno de los mitos más perdurables de Washington, y seguramente proviene de la pirámide que aparece en el Gran Sello de Estados Unidos.

—¿Y por qué no la mencionó antes?

Langdon se encogió de hombros.

—Porque no tiene base real alguna. Como he dicho, es un mito. Uno de los muchos asociados con los masones.

—Pero este mito en particular está directamente relacionado con los antiguos misterios.

—Sí, claro, pero también muchos otros lo están. Los antiguos misterios son origen de incontables leyendas que se han ido relatando a lo largo de la historia sobre una poderosa sabiduría protegida por guardianes secretos como los templarios, los rosacruces, los illuminati, los alumbrados...; la lista es interminable. Todas están basadas en los antiguos misterios, y la pirámide masónica es un ejemplo más.

—Ya veo —contestó Sato—. ¿Y esa leyenda qué dice exactamente?

Langdon lo consideró un momento y luego contestó.

—Bueno, no soy especialista en teorías conspiratorias, pero tengo conocimientos en mitología, y la mayoría de los relatos van más o menos así: los antiguos misterios (el saber perdido de los tiempos) siempre han sido considerados el tesoro más sagrado de la humanidad, y como todos los grandes tesoros, siempre han sido cuidadosamente protegidos. Los sabios ilustrados que conocían el auténtico poder de ese saber aprendieron a temer su increíble potencial. Eran conscientes de que, si ese conocimiento secreto caía en manos no iniciadas, los resultados podían ser devastadores; como hemos comentado antes, las herramientas poderosas pueden ser utilizadas para hacer el bien o el mal. Así, para proteger los antiguos misterios, y con ello a la humanidad, los primeros practicantes fundaron fraternidades secretas. Esas hermandades compartían su sabiduría únicamente con aquéllos debidamente iniciados, transmitiendo los conocimientos de sabio a sabio. Muchos creen que podemos encontrar remanentes históricos de aquéllos que llegaron a dominar los misterios... en cuentos de hechiceros, magos y curanderos.

—¿Y la pirámide masónica? —preguntó Sato—. ¿Qué tiene que ver con todo esto?

—Bueno... —contestó Langdon, acelerando el paso para no quedarse atrás—, aquí es donde historia y mito empiezan a converger. Según algunos testimonios, hacia el siglo XVI, casi todas esas fraternidades secretas de Europa habían desaparecido, la mayoría de ellas exterminadas por una creciente oleada de persecuciones religiosas. Se dice que los francmasones se convirtieron en los últimos custodios de los antiguos misterios. Obviamente, los masones temían que si, tal y como les había pasado a sus predecesoras, un día moría la hermandad, los antiguos misterios se pudieran perder para siempre.

—¿Y la pirámide? —insistió Sato.

Langdon ya se estaba acercando.

—La leyenda de la pirámide masónica es muy simple. Dice que los masones, para cumplir con su responsabilidad de proteger esa gran sabiduría para las generaciones futuras, decidieron esconderla en una gran fortaleza. —Langdon procuró recordar todo lo que sabía sobre la leyenda—. Insisto de nuevo en que todo esto no es más que un mito. Supuestamente, entonces, los masones transportaron ese saber secreto del Viejo Mundo al Nuevo: aquí, a Estados Unidos, una tierra que esperaban libre de la tiranía religiosa. Y aquí construyeron una fortaleza impenetrable (una *pirámide* oculta) diseñada para proteger los antiguos misterios hasta el día en el que toda la humanidad estuviera preparada para acceder al increíble poder que su sabiduría le podría transmitir. Según el mito, los masones remataron su gran pirámide con un brillante vértice de oro, símbolo del preciado tesoro que albergaba: el antiguo saber capaz de conducir a la humanidad a la consecución de todo su potencial. La apoteosis.

—¡Qué historia! —dijo Sato.

—Sí. Los masones son víctimas de todo tipo de leyendas descabelladas.

—Entonces usted no cree que exista esa pirámide.

—Por supuesto que no —respondió Langdon—. No hay ninguna prueba que sugiera que nuestros padres fundadores masónicos construyeron una pirámide en Norteamérica, y menos todavía en Washington. Es muy difícil esconder una pirámide, sobre todo una suficientemente grande para albergar el saber perdido de los tiempos.

Por lo que recordaba Langdon, la leyenda no explicaba *qué* se suponía que escondía la pirámide masónica —si textos antiguos, escritos ocultistas, revelaciones científicas o algo mucho más misterioso—, pero sí decía que la valiosa información que había dentro estaba ingeniosamente codificada... y que sólo era comprensible para las almas más ilustradas.

—En cualquier caso —dijo Langdon—, esa historia entra en la categoría de lo que los simbólogos llamamos «híbrido arquetípico», una mezcla de otras leyendas clásicas en la que están incluidos tantos elementos de la mitología popular que sólo puede tomarse como una construcción ficcional..., no como hechos históricos.

Cuando Langdon les hablaba a sus alumnos acerca de los híbridos arquetípicos, solía utilizar el ejemplo de los cuentos de hadas, que de tanto contarse de generación en generación, exagerándolos cada vez más y tomando tantas cosas prestadas de otros cuentos, habían evolucionado hasta convertirse en homogéneos cuentos morales con los mismos elementos icónicos (damiselas virginales, apuestos príncipes, fortalezas impenetrables y poderosos magos). Por vía de los cuentos de hadas y de nuestras historias, se nos inculca desde pequeños esa primigenia batalla del «bien contra el mal»: Merlín contra Morgana le Fay, san Jorge contra el dragón, David contra Goliat, Blancanieves contra la bruja, o incluso Luke Skywalker contra Darth Vader.

Sato se rascó la cabeza mientras doblaban una esquina detrás de Anderson y descendían un corto tramo de escaleras.

—Dígame una cosa. Si no me equivoco, antiguamente las pirámides estaban consideradas «portales» místicos a través de los cuales los faraones ascendían al reino de los dioses, ¿no es así?

—Cierto.

Sato se detuvo de golpe y agarró a Langdon por el brazo, mirándolo con una expresión entre la sorpresa y la incredulidad.

—¿Me está diciendo que el captor de Peter Solomon le pidió que buscara un portal oculto y a usted no se le ha ocurrido pensar que se podía tratar de la pirámide masónica de esa leyenda?

—La pirámide masónica es un cuento de hadas. Mera fantasía.

Sato se acercó más a él, y Langdon pudo percibir el olor a tabaco de su aliento.

—Comprendo su posición, profesor, pero en lo que a mi investigación respecta, el paralelismo es difícil de ignorar. ¿Un portal que conduce a un conocimiento secreto? A mí eso me suena muy parecido a lo que el captor de Peter Solomon asegura que usted, y sólo usted, puede abrir.

—Bueno, apenas puedo creer que...

—Lo que usted crea no importa. Qué más da. Lo que ha de tener en cuenta es que ese hombre puede que *sí* crea en la pirámide masónica.

—¡Ese tipo es un lunático! ¡Quizá piensa que el SBS-13 es la entrada a una gigantesca pirámide subterránea que contiene toda la sabiduría de la antigüedad!

Sato permaneció absolutamente inmóvil, mirándolo furiosa.

—La crisis a la que me enfrento esta noche, profesor, no es un cuento de hadas. Es muy real, se lo aseguro.

Se hizo un frío silencio entre ambos.

—¿Señora? —dijo finalmente Anderson, haciendo un gesto hacia una puerta cerrada que había a unos tres metros—. Ya casi llegamos, si es que quiere continuar...

Finalmente Sato apartó la mirada de Langdon y le indicó a Anderson que no se detuviera.

Siguieron al jefe de seguridad y cruzaron la puerta, tras la cual había un estrecho pasadizo. Langdon miró primero a la derecha y luego a la izquierda.

«Esto debe de ser una broma.»

Se encontraba en el pasillo más largo que hubiera visto nunca.

Capítulo 31

Trish Dunne sintió la familiar oleada de adrenalina al alejarse de la brillante luz del Cubo e internarse en la absoluta oscuridad del vacío. El guardia de la puerta principal del SMSC acababa de llamar para avisarles que el invitado de Katherine, el doctor Abaddon, había llegado y necesitaba que lo llevaran a la nave 5. Trish se ofreció a hacerlo ella misma, básicamente por curiosidad. Katherine apenas le había dicho nada acerca del hombre que las visitaba, y Trish estaba intrigada. Al parecer se trataba de alguien en quien Peter Solomon confiaba plenamente; los Solomon nunca habían invitado a nadie al Cubo. Era toda una novedad.

«Espero que tolere bien la caminata», pensó Trish mientras avanzaba por la frígida oscuridad. La última cosa que necesitaba era que al vip de Katherine le diera un ataque de pánico al darse cuenta de lo que tenía que hacer para llegar al laboratorio. «La primera vez es siempre la peor.»

La primera vez de Trish había tenido lugar hacía más o menos un año. Tras aceptar la propuesta de trabajo de Katherine y firmar un documento de confidencialidad, fue con ella al SMSC para ver el laboratorio. Las dos mujeres recorrieron toda «la Calle» y llegaron a una puerta de metal en la que se leía «Nave 5». Aunque Katherine había tratado de advertir a Trish de lo que le esperaba describiéndole la remota ubicación del laboratorio, ésta no estaba preparada para lo que vio cuando la puerta se abrió.

«El vacío.»

Katherine cruzó el umbral y, tras dar unos cuantos pasos hacia la oscuridad, le hizo una seña a Trish para que la siguiera.

—Confía en mí. No te perderás.

Trish se imaginó a sí misma vagando por la gigantesca nave, oscura como boca de lobo, y comenzó a sudar sólo de pensarlo.

—Tenemos un sistema de posicionamiento para no perdernos —Katherine señaló el suelo—. De muy baja tecnología.

Trish miró el oscuro suelo de cemento con los ojos entornados. Le llevó un rato verla en la oscuridad, pero finalmente advirtió que había una estrecha alfombra en línea recta. Era como una carretera que se perdía en la oscuridad.

—Deja que te guíen los pies —dijo Katherine, tras lo cual se volvió y empezó a alejarse—. Y limítate a seguirme.

Al desaparecer Katherine en la oscuridad, Trish se tragó el miedo y fue detrás de ella. «¡Esto es una locura!» Tras dar unos pocos pasos por la alfombra oyó cómo la puerta de la nave 5 se cerraba a sus espaldas, extinguiendo así el último atisbo de luz del lugar. Con el pulso acelerado, Trish centró toda su atención en la alfombra que tenía bajo sus pies. Había dado unos pocos pasos por la suave superficie cuando notó que con el canto del pie izquierdo pisaba el duro cemento. Con un sobresalto, corrigió instintivamente el rumbo, desviándose ligeramente a la derecha para volver a pisar la suave alfombra.

De repente oyó la voz de Katherine delante de ella, en la oscuridad. Sus palabras quedaban prácticamente ahogadas por la acústica muerta del abismo.

—El cuerpo humano es asombroso —le dijo—. Si lo privas de un sentido, los demás casi instantáneamente toman el control. Ahora mismo, los nervios de tus pies están «activándose» literalmente para ser más sensibles.

«Eso es bueno», pensó Trish mientras corregía el rumbo de nuevo.

Siguieron caminando en silencio durante lo que le pareció un rato excesivamente largo.

—¿Cuánto falta? —preguntó Trish al cabo.

—Estamos más o menos a mitad de camino —la voz de Katherine ahora sonaba más lejana.

Trish aceleró el paso, haciendo todo lo posible para mantener la calma, pero tenía la sensación de que iba a ser engullida por la amplitud de la oscuridad. «¡No puedo ver ni lo que tengo a un milímetro de la cara!»

—¿Katherine? ¿Cómo sabes cuándo hay que dejar de caminar?

—Lo sabrás dentro de un momento —le respondió ella.

Eso había sucedido un año atrás, y ahora, esa noche, Trish volvía a recorrer el vacío. Ahora lo hacía en la dirección opuesta, iba al vestíbulo a buscar al invitado de su jefa. Un repentino cambio en la textura de la alfombra le indicó que se encontraba a tres metros de la salida. «La pista de seguridad», como lo llamaba Peter Solomon, fanático del béisbol. Trish se detuvo de golpe, sacó su tarjeta de acceso y, a tientas, buscó la ranura en la pared y la insertó.

La puerta se abrió con un silbido.

Trish tuvo que entornar los ojos al salir a la luz del pasillo del SMSC.

«Lo conseguí... una vez más.»

Mientras recorría los desiertos pasillos, Trish volvió a pensar en el extraño documento censurado que habían encontrado en una red protegida. «¿Antiguo portal? ¿Lugar secreto subterráneo?» Se preguntó si Mark Zoubianis podría averiguar dónde estaba ese misterioso documento.

En la sala de control, Katherine permanecía de pie ante el suave brillo de la pared de plasma, observando el enigmático documento que habían descubierto. Había aislado las palabras clave y ahora estaba bastante segura de que el documento hacía referencia a la misma leyenda remota que al parecer su hermano le había contado al doctor Abaddon.

...lugar secreto SUBTERRÁNEO donde la...
...punto de WASHINGTON cuyas coordenadas...
...descubrió un ANTIGUO PORTAL que conducía...
...que la PIRÁMIDE acarrearía peligrosas...
...descifren ese SYMBOLON GRABADO para develar...

«Necesito ver el resto del documento», pensó Katherine.

Se quedó mirándolo un rato más y luego apagó el interruptor de la pared de plasma. Katherine siempre apagaba ese monitor de gran consumo para no malgastar las reservas de la batería de hidrógeno líquido.

Observó cómo sus palabras clave desaparecían lentamente hasta convertirse en un pequeño punto blanco que, tras permanecer unos instantes en medio de la pantalla, emitió un destello y se apagó.

Katherine dio media vuelta y regresó a su oficina. El doctor Abaddon llegaría en cualquier momento, y quería que se sintiera bienvenido.

Capítulo 32

–Ya casi llegamos –dijo Anderson mientras guiaba a Langdon y a Sato por el aparentemente interminable pasillo que recorría toda la extensión oriental de los cimientos del Capitolio.

–En la época de Lincoln, este pasadizo era de tierra y estaba repleto de ratas.

Langdon agradeció que el suelo hubiera sido embaldosado; no le gustaban demasiado las ratas. El grupo siguió avanzando. Por el largo pasadizo resonaba el inquietante eco irregular de sus pisadas. Las puertas se sucedían sin fin en las paredes del largo corredor, algunas cerradas, pero muchas entreabiertas. Numerosos cuartos de ese nivel parecían estar abandonados. Langdon comprobó que ahora la numeración decrecía y, al cabo de un rato, parecía terminar.

SS-4..., SS-3..., SS-2..., SS-1...

Pasaron entonces por delante de una puerta sin número, pero Anderson no se detuvo hasta que la numeración volvió a ser ascendente.

SR-1..., SR-2...

–Lo siento –dijo Anderson–. Nos pasamos. Casi nunca bajo hasta aquí.

El grupo retrocedió unos cuantos metros hasta llegar a una vieja puerta metálica que –Langdon advirtió– estaba situada en el centro del pasillo, en el meridiano que separaba el sótano del Senado (SS) y el sótano de la Cámara de Representantes (SR). La puerta sí tenía un letrero, pero el grabado estaba tan desvaído que apenas era visible.

SBS

—Ya llegamos —dijo Anderson—. Las llaves llegarán de un momento a otro.

Sato frunció el ceño y miró la hora.

Langdon se quedó observando el letrero de SBS y le preguntó a Anderson:

—¿Por qué está este lugar asociado con el lado del Senado si se encuentra en el medio?

Él lo miró desconcertado.

—¿A qué se refiere?

—Pone SBS, empieza con «S», no con «R».

Anderson negó con la cabeza.

—La primera «S» de SBS no hace referencia al Senado. Es...

—¿Jefe? —gritó un guardia en la distancia que iba hacia ellos corriendo con una llave en la mano—. Lo siento, señor. Nos llevó unos cuantos minutos. No podíamos localizar la llave principal del SBS. Ésta es una copia de la caja auxiliar.

—¿La original se perdió? —dijo Anderson, sorprendido.

—Seguramente —respondió el guardia, casi sin aliento—. Nadie ha solicitado acceso a este lugar desde hace siglos.

Anderson cogió la llave.

—¿Y no hay llave de repuesto del SBS-13?

—Lo siento, por el momento no hemos encontrado llaves de ninguno de los cuartos del SBS. MacDonald está ahora mismo buscándolas. —El guardia cogió su radio y habló por ella—: ¿Bob? Estoy con el jefe. ¿Alguna novedad sobre la llave del SBS-13?

La radio del guardia crepitó, tras lo cual una voz respondió:

—Es raro. No veo ninguna entrada desde que estamos computarizados, pero los libros de registro indican que todos los trasteros del SBS fueron vaciados y abandonados hace más de veinte años. Ahora figuran como un espacio sin usar. —Hizo una pausa—. Todos excepto el SBS-13.

Anderson le arrebató la radio.

—Soy el jefe. ¿Qué quiere decir, todos *excepto* el SBS-13?

—Bueno, señor —respondió la voz—, tengo delante una nota manuscri-

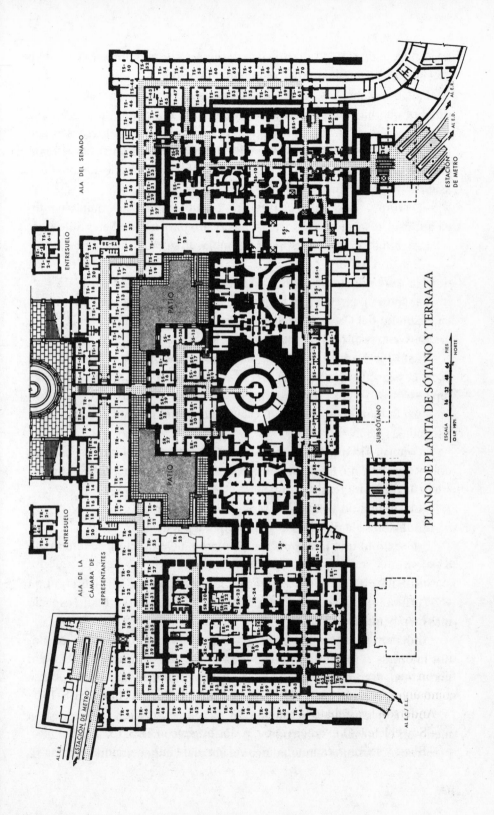

PLANO DE PLANTA DE SÓTANO Y TERRAZA

ta según la cual el SBS-13 es de uso «privado». Es una nota antigua, pero está escrita y firmada por el Arquitecto en persona.

Langdon sabía que el término «Arquitecto» no hacía referencia al hombre que había diseñado el Capitolio, sino al hombre que lo dirigía. Venía a ser el administrador general del edificio. El hombre designado como Arquitecto del Capitolio estaba a cargo de todo, incluido el mantenimiento, la restauración, la seguridad, la contratación de personal y la asignación de oficinas.

—Lo raro... —dijo la voz de la radio— es que la nota del Arquitecto indica que este «espacio privado» está reservado para uso de Peter Solomon.

Langdon, Sato y Anderson intercambiaron miradas de asombro.

—Imagino, señor —prosiguió la voz—, que el señor Solomon es quien tiene la llave principal del SBS, así como todas las llaves del SBS-13.

Langdon no podía creer lo que oía. «Peter tiene un despacho privado en el sótano del Capitolio.» Siempre había sabido que Peter tenía secretos, pero eso resultaba sorprendente incluso para Langdon.

—Está bien —dijo Anderson, claramente intranquilo—. Nos interesa acceder específicamente al SBS-13, así que sigan buscando la llave de repuesto.

—Así lo haré, señor. También estamos buscando la imagen digital que nos pidió...

—Gracias —lo interrumpió Anderson, presionando el botón y cortándolo—. Eso es todo. En cuanto lo tenga, envíe ese documento al BlackBerry de la directora Sato.

—Comprendido, señor. —La radio quedó en silencio.

Anderson se la devolvió al guardia que tenía delante.

Éste extrajo una fotocopia de los planos del edificio y se la entregó a su jefe.

—El SBS está en gris, y marcamos la ubicación del SBS-13 con una «X», así que no debería costarles demasiado encontrarlo. Es un espacio más bien pequeño.

Anderson le dio las gracias al guardia y centró su atención en los planos mientras el joven se alejaba a toda prisa. Langdon también les echó un vistazo, sorprendido de ver el asombroso número de cubículos que conformaban el extraño laberinto que había debajo del Capitolio.

Anderson estudió un momento la fotocopia del plano y luego se la metió en el bolsillo. Volviéndose hacia la puerta SBS, levantó la llave, pero vaciló, incómodo ante la idea de abrirla. Langdon sentía recelos similares; no tenía ni idea de lo que había detrás de esa puerta, pero estaba seguro de que fuera lo que fuese aquello que Solomon hubiera escondido ahí dentro, quería mantenerlo en secreto. «Muy en secreto.»

Sato se aclaró la garganta, y Anderson captó el mensaje. El jefe respiró profundamente, insertó la llave e intentó girarla. Pero ésta no se movió. Por una fracción de segundo, Langdon esperó que ésa no fuera la llave correcta. Al volver a intentarlo, sin embargo, la cerradura cedió y Anderson pudo abrir la puerta.

La gruesa puerta se abrió con un chirrido y una ráfaga de aire húmedo invadió el pasillo.

Langdon miró hacia la oscuridad, pero no podía ver absolutamente nada.

—Profesor —dijo Anderson, volviéndose hacia Langdon mientras buscaba a tientas un interruptor—, respondiendo a su pregunta, la primera «S» de SBS no hace referencia al Senado, sino a «sub».

—¿Sub? —preguntó Langdon, desconcertado.

Anderson asintió y encendió el interruptor de la luz. Una solitaria bombilla iluminó una escalera exageradamente pronunciada que descendía hacia la más absoluta negrura.

—SBS es el subsótano del Capitolio.

Capítulo 33

El especialista en seguridad de sistemas Mark Zoubianis se iba hundiendo cada vez más profundamente en su futón mientras observaba con el ceño fruncido la información que aparecía en el monitor de su portátil.

«¿Qué maldita clase de dirección es ésta?»

Sus mejores herramientas parecían ser absolutamente ineficaces para acceder al documento o desenmascarar la misteriosa IP de Trish. El programa de Zoubianis llevaba diez minutos intentando en vano penetrar la red de *firewalls*. No había demasiadas esperanzas de que lo consiguiera. «No me extraña que paguen tan bien.» Estaba a punto de probar un nuevo programa y enfoque cuando sonó el teléfono.

«Por el amor de Dios, Trish, he dicho que te llamaría yo.» Silenció el partido y contestó al teléfono.

—¿Sí?

—¿Mark Zoubianis? —preguntó un hombre—. ¿Del 357 de Kingston Drive, en Washington?

Zoubianis advirtió voces apagadas de fondo. «¿Un teleoperador durante las eliminatorias? ¿Es que se han vuelto locos?»

—Deje que lo adivine: me ha tocado una semana en Anguila.

—No —respondió la voz sin el menor atisbo de humor—. Seguridad de sistemas de la Agencia Central de Inteligencia. Nos gustaría saber por qué está intentando usted acceder a una de nuestras bases de datos clasificadas.

Tres pisos por encima del subsótano del Capitolio, en los amplios espacios del centro de visitantes, el guardia de seguridad Núñez cerró las puertas principales como cada noche a esa hora. Al recorrer de vuelta la extensa superficie de mármol, se puso a pensar en el hombre vestido con el abrigo militar y los tatuajes.

«Lo dejé entrar.» Núñez se preguntó si al día siguiente seguiría conservando el empleo.

Mientras se dirigía hacia la escalera mecánica, oyó que alguien aporreaba la puerta principal. Al volverse, Núñez pudo ver a un afroamericano ya mayor que golpeaba el vidrio con la palma abierta y le hacía señales para que le abriera.

Núñez negó con la cabeza y señaló su reloj.

El hombre volvió a aporrear la puerta y se colocó debajo de la luz. Iba inmaculadamente vestido con un traje azul y tenía el pelo gris muy corto. A Núñez se le aceleró el pulso. «¡Maldita sea!.» Incluso a esa distancia, había reconocido al hombre. Corrió hacia la entrada y abrió la puerta.

—Lo siento, señor. Entre, entre, por favor.

Warren Bellamy, el Arquitecto del Capitolio, cruzó el umbral y le dio las gracias a Núñez con una cortés inclinación de la cabeza. Bellamy era ágil y esbelto, de porte erecto y poseedor de una mirada penetrante que transmitía la seguridad de un hombre en pleno control de su entorno. Durante los últimos veinticinco años había desempeñado el cargo de supervisor del Capitolio.

—¿Puedo ayudarlo en algo, señor? —preguntó Núñez.

—Sí, gracias —Bellamy pronunció sus palabras con seca precisión. Procedía del nordeste y se había licenciado en una universidad de la Ivy League: su dicción era tan exacta que casi parecía británica—. Me acabo de enterar de que esta noche ha tenido lugar un incidente. —Parecía altamente preocupado.

—Sí, señor. Fue...

—¿Dónde está el jefe Anderson?

—En el sótano, con la directora de la Oficina de Seguridad de la CIA, Inoue Sato.

Los ojos de Bellamy se abrieron de par en par.

—¿Está aquí la CIA?

—Sí, señor. La directora Sato llegó casi inmediatamente después del incidente.

—¿Por qué? —inquirió Bellamy.

Núñez se encogió de hombros. «No se lo iba a preguntar.»

Bellamy fue directamente hacia la escalera mecánica.

—¿Dónde están?

—Bajaron al sótano. —Núñez fue detrás.

Bellamy se volvió con una expresión de alarma en el rostro.

—¿Al sótano? ¿Por qué?

—No lo sé..., lo oí por la radio.

Bellamy aceleró el paso.

—Lléveme con ellos ahora mismo.

—Sí, señor.

Mientras los dos hombres cruzaban a toda prisa el amplio vestíbulo, Núñez vislumbró el gran anillo de oro que Bellamy llevaba en la mano.

El guardia de seguridad cogió su radio.

—Alertaré al jefe de su llegada.

—No —dijo Bellamy con un destello en los ojos—. Preferiría que no me anunciara.

Núñez había cometido algunos errores esa noche, pero no avisar a Anderson de la llegada al edificio del Arquitecto sería el último.

—¿Señor? —dijo, inquieto—. Creo que el jefe Anderson preferiría...

—¿Es usted consciente de que el señor Anderson trabaja para mí? —repuso Bellamy.

Núñez asintió.

—Entonces creo que él preferiría que obedeciera mis órdenes.

Capítulo 34

Al llegar al vestíbulo del SMSC, Trish Dunne se sorprendió. El invitado que la esperaba no tenía nada que ver con los librescos doctores vestidos de franela que solían visitar ese edificio, dedicado a la antropología, la oceanografía, la geología y demás campos científicos. Al contrario, el doctor Abaddon tenía un porte casi aristocrático con su traje de corte impecable. Era alto, de torso robusto, rostro bronceado y cabello rubio perfectamente peinado. Parecía alguien —pensó Trish— más acostumbrado al lujo que a los laboratorios.

—¿El doctor Abaddon? —preguntó Trish, ofreciéndole la mano.

El hombre parecía vacilante.

—Lo siento, ¿usted es...?

—Trish Dunne —contestó ella—. La asistente de Katherine. Me ha pedido que lo acompañe al laboratorio.

—Oh, ya veo —el hombre sonrió—. Encantado de conocerla, Trish. Disculpe mi desconcierto. Creía que esta noche Katherine estaría sola. —Empezó a cruzar el vestíbulo—. Soy todo suyo. Indique usted el camino.

A pesar del rápido restablecimiento del hombre, Trish advirtió una cierta decepción en sus ojos, y empezó a sospechar cuál debía de ser el motivo del secretismo de Katherine acerca del doctor Abaddon. «¿Un romance en ciernes, quizá?» Katherine nunca hablaba de su vida social, pero su visitante era atractivo y apuesto, y aunque era más joven que ella, resultaba obvio que provenía del mismo mundo de riqueza y privilegios.

En cualquier caso, estaba claro que la presencia de Trish no formaba parte del plan que el doctor Abaddon tenía en mente para esa noche.

Al verlos aparecer, el solitario guardia del puesto de control que había en el vestíbulo se quitó rápidamente los audífonos. Trish pudo oír el rumor de la retransmisión del partido de los Redskins. El guardia sometió al doctor Abaddon a la habitual rutina del detector de metales y la tarjeta de identificación temporal.

—¿Quién gana? —preguntó afablemente el doctor Abaddon mientras extraía de sus bolsillos el teléfono celular, algunas llaves y un encendedor.

—Los Skins de tres —dijo el guardia, impaciente por volver a las eliminatorias—. Es un partidazo.

—El señor Solomon llegará en breve —le dijo Trish al guardia—. ¿Sería tan amable de enviarlo al laboratorio en cuanto llegue?

—Así lo haré. Y gracias por el aviso. Haré ver que estoy ocupado. —El guardia se lo agradeció guiñándole el ojo cuando pasaron por delante.

Trish no había hecho únicamente el comentario en beneficio del guarda, sino también para advertir al doctor Abaddon de que no era ella la única intrusa en su noche privada con Katherine.

—¿De dónde conoce a Katherine? —preguntó Trish con la mirada puesta en el misterioso invitado.

El doctor Abaddon soltó una risita ahogada.

—Oh, es una larga historia. Trabajamos en algo juntos.

«Comprendido —pensó Trish—. No es cosa mía.»

—Son unas instalaciones formidables —dijo Abaddon, mirando a su alrededor mientras recorrían el enorme pasillo—. Nunca había estado aquí.

Su aire despreocupado fue volviéndose más afable a cada paso, y Trish advirtió que se fijaba absolutamente en todo. Bajo la brillante luz del pasillo, también pudo darse cuenta de que el bronceado de su rostro parecía falso. «Extraño.» En cualquier caso, mientras avanzaban por el desierto pasillo, Trish le ofreció una sinopsis general del propósito y la función del SMSC, incluidas las naves y su contenido.

El visitante parecía impresionado.

—Parece que este lugar alberga un auténtico tesoro oculto de obras de incalculable valor. Debería haber guardias apostados por todas partes.

—No hace falta —dijo Trish, señalándole la hilera de objetivos de ojo de pez que había en el techo—. Aquí la seguridad está automatizada. Se graba cada centímetro del lugar las veinticuatro horas del día, los siete días de la semana, y este pasillo es la espina dorsal de las instalaciones. Es imposible entrar en ninguna de las naves que dan a él sin una tarjeta de acceso y un número de identificación.

—Eficiente uso de las cámaras.

—Toquemos madera. Nunca hemos tenido un robo. Aunque claro, tampoco es éste el típico museo que atrae a los ladrones; en el mercado negro no hay mucha demanda de flores extintas, kayaks esquimales o cadáveres de calamares gigantes.

El doctor Abaddon soltó una risita ahogada.

—Supongo que tiene usted razón.

—La mayor amenaza para nuestra seguridad son los roedores y los insectos.

Trish le explicó cómo el edificio del SMSC prevenía las plagas congelando todos los residuos. Asimismo, el edificio contaba con una característica arquitectónica peculiar a la que llamaban «zona muerta»: un inhóspito compartimento situado entre la doble pared que envolvía todo el edificio como si de una cubierta se tratara.

—Increíble —dijo Abaddon—. ¿Y dónde está el laboratorio de Katherine y Peter?

—En la nave 5 —dijo Trish—. Al fondo de este pasillo.

En un momento dado, Abaddon se detuvo de golpe y se volvió hacia la pequeña ventana que tenía a la izquierda.

—¡Dios mío! ¿Qué es esto?

Trish se rio.

—La nave 3. La llaman la «nave húmeda».

—¿Húmeda? —dijo Abaddon con la cara contra el vidrio.

—Hay casi doce mil litros de etanol líquido ahí dentro. ¿Recuerda el calamar gigante que he mencionado?

—¡¿Ése es el calamar?! —El doctor se apartó momentáneamente del vidrio con los ojos abiertos de par en par—. ¡Es enorme!

—Una hembra de *Architeuthis* —dijo Trish—. Mide más de doce metros.

Aparentemente embelesado por el calamar, el doctor Abaddon parecía incapaz de apartar los ojos del vidrio. Por un momento, ese hombre adulto le recordó a Trish a un niño absorto ante el escaparate de una tienda de animales, deseando poder entrar a ver un cachorro. Cinco segundos después, Abaddon seguía mirando embobado por la ventana.

—Está bien, está bien —dijo finalmente Trish, riéndose mientras insertaba su tarjeta de acceso y tecleaba su número de identificación—. Vamos, le enseñaré el calamar.

Al entrar en la tenuemente iluminada nave 3, Mal'akh fijó su atención en las paredes en busca de cámaras de seguridad. La gordinflona asistente de Katherine se puso a parlotear acerca de los especímenes que había en la nave. Mal'akh no le prestó atención. No le interesaban en lo más mínimo los calamares gigantes. Sólo quería utilizar ese espacio oscuro y privado para solucionar un problema inesperado.

Capítulo 35

La escalera de madera que descendía al subsótano del Capitolio se encontraba entre las más empinadas que Langdon hubiera recorrido nunca. Se le había acelerado la respiración y sentía agarrotados los pulmones. El aire allí era frío y húmedo, y no pudo evitar recordar otra escalera parecida: la que años atrás lo había conducido a la necrópolis del Vaticano. «La ciudad de los muertos.»

Anderson iba delante con la linterna. Sato seguía de cerca a Langdon, a quien a veces empujaba con sus pequeñas manos. «Voy tan de prisa como puedo.» Langdon respiró profundamente, intentando ignorar la estrechez del espacio. En esa escalera apenas había sitio para sus hombros, y la bolsa de cuero iba rozando la pared.

—Quizá debería haber dejado su bolsa arriba —comentó Sato.

—Voy bien —respondió Langdon, sin intención alguna de quitarle la vista de encima. Pensó entonces en el pequeño paquete de Peter: era incapaz de imaginar cuál podía ser su relación con algo que hubiera en el subsótano del Capitolio.

—Sólo unos escalones más —dijo Anderson—. Ya casi llegamos.

—El grupo se había internado en la oscuridad, más allá del alcance de la bombilla solitaria de la escalera. Cuando Langdon descendió el tramo final, advirtió que el suelo era de tierra. «Viaje al centro de la Tierra.» Sato lo hizo detrás de él.

Anderson levantó la linterna y examinó el entorno. El subsótano no era tanto un sótano como un corredor extraordinariamente estrecho y perpendicular a la escalera. Anderson iluminó primero el lado derecho y luego el izquierdo, y Langdon pudo ver que el pasadizo apenas medía unos quince metros de largo y que a ambos lados había una hilera de pequeñas puertas de madera. Esas puertas estaban tan pegadas unas a otras que los cuartos que hubiera detrás no debían de tener más de tres metros de ancho.

«Una mezcla entre unos trasteros Acme y las catacumbas de Domitila», pensó Langdon mientras Anderson consultaba el plano. La pequeña sección que reproducía el subsótano estaba señalizada con una «X», lugar en el que se encontraba el SBS-13. Langdon no pudo evitar darse cuenta de que el trazado era idéntico al de un mausoleo de catorce tumbas: siete criptas frente a otras siete, una de las cuales estaba vacía para dar cabida a la escalera por la que habían descendido. «Trece en total.»

Supuso que los teóricos norteamericanos defensores de la conspiración del número «trece» harían su agosto si supieran que había exactamente trece trasteros bajo el Capitolio. A algunas personas les parecía sospechoso que en el Gran Sello de Estados Unidos hubiera trece estrellas, trece flechas, trece escalones en la pirámide, trece rayas en el escudo, trece ramas de olivo, trece letras en *«annuit coeptis»*, trece letras en *«e pluribus unum»*, etcétera.

—Parece que está abandonado —dijo Anderson, enfocando con el haz de luz la cámara que tenían justo delante.

La gruesa puerta de madera estaba completamente abierta. La linterna iluminó una estrecha cámara de piedra —de unos tres metros de ancho por unos nueve de profundidad—, que parecía más bien un pasillo hacia la nada. La cámara no contenía más que un par de destartaladas cajas de madera y un arrugado papel de embalaje.

Anderson iluminó la placa de cobre que había sobre la puerta. Estaba cubierta de verdete, pero la numeración todavía era visible:

SBS IV

—SBS-4 —dijo Anderson.

—¿Cuál es el SBS-13? —preguntó Sato, cuyo aliento formó unas leves volutas de vaho en el frío aire subterráneo.

Anderson apuntó con el haz de luz el fondo sur del corredor.

—Ahí abajo.

Langdon contempló el estrecho pasadizo y se estremeció. A pesar del frío rompió a sudar ligeramente.

Al avanzar por delante de la falange de entradas, el grupo advirtió que todos los cuartos tenían el mismo aspecto; las puertas estaban entreabiertas y las cámaras parecían haber sido abandonadas hacía mucho. Cuando llegaron al final, Anderson giró a la derecha, levantando la linterna para poder ver el SBS-13. El haz de luz, sin embargo, se vio obstaculizado por una gruesa puerta de madera.

A diferencia de las demás, la puerta que daba al SBS-13 estaba cerrada.

Esa última puerta tenía exactamente el mismo aspecto que las otras: gruesas bisagras, tirador de hierro, y una placa de cobre con estrías verdes. Los siete caracteres de la placa eran los mismos que estaban tatuados en la palma de Peter.

SBS XIII

«Que la puerta esté cerrada, por favor», pensó Langdon.

Sato no vaciló.

—Intente abrir la puerta.

El jefe de seguridad se sentía intranquilo, pero estiró el brazo, cogió el grueso tirador de hierro e intentó abrirla. El tirador no se movió. Iluminó entonces la gruesa y anticuada cerradura con la linterna.

—Inténtelo con la llave maestra —indicó Sato.

Anderson probó la llave de la puerta principal del edificio, pero ni siquiera entraba.

—¿Me equivoco —dijo Sato con sarcasmo—, o el jefe de seguridad debería tener acceso a todos los rincones de un edificio en caso de emergencia?

Anderson dejó escapar un suspiro y se volvió hacia Sato.

—Señora, mis hombres están buscando la llave de repuesto, pero...

—Dispare a la cerradura —dijo ella, señalando con un movimiento de la cabeza la cerradura que había debajo del tirador.

A Langdon se le aceleró el pulso.

Anderson, cada vez más intranquilo, se aclaró la garganta.

—Señora, preferiría esperar que nos dijeran algo sobre la llave de repuesto. No estoy seguro de sentirme cómodo reventando...

—¿Quizá se sentiría usted más cómodo en prisión por obstruir una investigación de la CIA?

Anderson se quedó mirándola, incrédulo. Tras una larga pausa, le dio la luz a Sato y desabrochó su pistolera.

—¡Espere! —dijo Langdon, incapaz de permanecer más tiempo callado—. Piénselo un momento. Peter prefirió renunciar a su mano derecha antes de revelar lo que pueda estar detrás de esa puerta. ¿Está segura de que quiere hacer esto? Abrir esa puerta supondría cumplir las exigencias de un terrorista.

—¿Quiere volver a ver a Peter Solomon? —preguntó Sato.

—Claro que sí, pero...

—Entonces le sugiero que haga exactamente lo que su captor pide.

—¿Abrir un antiguo portal? ¿Acaso cree usted que *éste* es el portal?

Sato iluminó la cara de Langdon con la linterna.

—Profesor, no tengo ni idea de qué hay detrás de esa puerta. Pero tanto si se trata de un simple trastero como de la entrada secreta a una antigua pirámide, tengo intención de abrirla. ¿Quedó claro?

Langdon entornó los ojos, cegado por la luz, y finalmente asintió.

Sato bajó el haz de luz y lo redirigió a la antigua cerradura de la puerta.

—¿Jefe? Adelante.

Todavía en contra del plan, Anderson cogió muy, muy lentamente su pistola, mirándola con inseguridad.

—¡Oh, por el amor de Dios! —Con un rápido movimiento, las pequeñas manos de Sato le arrebataron la pistola a Anderson, dejándole a cambio la linterna encima de la palma—. Ilumine la maldita puerta.

Sato manejaba el arma con la seguridad de alguien entrenado en su uso: en unos segundos le había quitado el seguro a la pistola, la había amartillado y estaba apuntando a la cerradura con ella.

—¡Espere! —gritó Langdon, pero fue demasiado tarde.

Retumbaron tres disparos.

Langdon tuvo la sensación de que le habían explotado los tímpanos.

«¡¿Es que se ha vuelto loca?!» En ese espacio tan reducido, los disparos habían sido ensordecedores.

Anderson también parecía agitado. Un ligero temblor sacudía la mano con la que sostenía la linterna e iluminaba la puerta tiroteada.

La cerradura había quedado hecha trizas, y la madera que la rodeaba, completamente destrozada. Ahora la puerta estaba entreabierta.

Sato extendió el brazo y la empujó con la punta de la pistola. La puerta se abrió del todo, dejando a la vista la negrura que había detrás.

Langdon miró en su interior pero no pudo ver nada en la oscuridad. «¿Qué diablos es ese olor?» Del cuarto emanaba un olor fétido e inusual.

Anderson se acercó e iluminó el suelo, recorriendo cuidadosamente toda la extensión del árido suelo de tierra. El cuarto era como los otros: un espacio estrecho y largo. Los muros eran de una roca rugosa que le daba a la cámara el aspecto de una antigua celda de prisión. «Pero ese olor...»

—Aquí no hay nada —dijo Anderson, iluminando el resto del suelo de la cámara. Finalmente, al llegar al fondo del cuarto, alzó el haz de luz para enfocar el muro más lejano de la cámara—. ¡Dios mío...! —exclamó.

Todos dieron un respingo al verlo.

Langdon se quedó mirando fijamente el recoveco más profundo de la cámara.

Horrorizado, advirtió que algo le devolvía la mirada.

Capítulo 36

—¿Qué diablos...? —tartamudeó Anderson en el umbral del SBS-13, y retrocedió un paso.

Langdon también reculó, y con él Sato, sobresaltada por primera vez en toda la noche.

La directora apuntó la pistola al muro del fondo y le hizo una seña a Anderson para que volviera a iluminarla con la linterna. Anderson levantó la luz. A esa distancia el haz era tenue, pero suficiente para iluminar la forma de un pálido y fantasmal rostro cuyas vacías cuencas les devolvían la mirada.

«Una calavera humana.»

La calavera descansaba encima de un desvencijado escritorio de madera que había al fondo de la cámara. Junto a ella se veían dos huesos humanos y una serie de objetos meticulosamente dispuestos, como si de un santuario se tratara: un antiguo reloj de arena, un frasco de cristal, una vela, dos platillos con un polvo blancuzco y una hoja de papel. Apoyada contra la pared, junto al escritorio, se podía ver la temible forma de una larga guadaña. La curva de su hoja resultaba tan familiar como la de la misma muerte.

Sato entró en el cuarto.

—Bueno... Parece que Peter Solomon oculta más secretos de los que yo imaginaba.

Anderson asintió, acercándose a ella.

—Esto sí que es tener un cadáver en el armario. —Levantó la linterna e inspeccionó el resto de la cámara—. ¿Y ese olor? —añadió, arrugando la nariz—. ¿Qué es?

—Azufre —respondió Langdon sin alterar la voz—. Debería haber dos platillos sobre el escritorio. El de la derecha con sal. Y el otro con azufre.

Sato se volvió hacia él con expresión de incredulidad.

—¿Cómo diablos sabe eso?

—Porque, señora, hay cuartos exactamente iguales a éste en todo el mundo.

Un piso por encima del subsótano, el guardia de seguridad Núñez acompañaba al Arquitecto del Capitolio, Warren Bellamy, por un largo pasillo que recorría toda la extensión del sótano oriental. Núñez hubiera jurado que acababa de oír tres disparos, sordos y subterráneos, allí abajo. «No puede ser.»

—La puerta del subsótano está abierta —dijo Bellamy, divisando con los ojos entornados una puerta que permanecía entreabierta a lo lejos.

«Una noche realmente extraña ésta —pensó Núñez—. Nadie baja nunca hasta aquí.»

—Averiguaré qué está pasando —dijo mientras cogía su radio.

—Regrese a sus obligaciones —le ordenó Bellamy—. Ya puedo seguir solo.

Núñez se volvió hacia él, intranquilo.

—¿Está seguro?

Warren Bellamy se detuvo y puso su firme mano sobre el hombro de Núñez.

—Hijo, hace veinticinco años que trabajo aquí. No creo que me pierda.

Capítulo 37

Mal'akh había visto unos cuantos lugares espeluznantes en su vida, pero pocos se podían comparar con el sobrenatural mundo de la nave 3. «La nave húmeda.» Parecía que un científico loco se hubiera apoderado del control de un supermercado y hubiera llenado todos los pasillos y los estantes de la enorme nave con especímenes de todas las formas y todos los tamaños. Como si de un cuarto oscuro fotográfico se tratara, ese espacio estaba envuelto en la neblina rojiza de la «luz de seguridad» que provenía de los estantes e iluminaba desde abajo los contenedores repletos de etanol. El olor clínico de los productos químicos conservantes era nauseabundo.

—En esta nave hay más de veinte mil especies —le explicó la rolliza mujer—. Peces, roedores, mamíferos, reptiles.

—Todos muertos, ¿no? —preguntó Mal'akh, impostando un tono de nerviosismo en su voz.

Ella se rio.

—Sí, sí. Muertos del todo. He de admitir que cuando empecé a trabajar aquí tardé al menos seis meses en entrar a esta nave.

Mal'akh podía entender la razón. Allí donde mirara había especímenes de formas de vida muertas: salamandras, medusas, ratas, bichos, pájaros y otras cosas que no sabría identificar. Por si esa colección no era suficientemente inquietante, la neblina roja de la luz de seguridad que protegía a esos especímenes fotosensibles de la exposición prolongada a la luz hacía que el visitante tuviera la sensación de encontrarse dentro de un gran acuario en el que criaturas sin vida se hubieran congregado para observarlo desde las tinieblas.

—Eso es un celacanto —dijo la muchacha, señalando un gran contenedor de plexiglás que contenía el pez más feo que Mal'akh hubiera visto nunca—. Se creía que se habían extinguido con los dinosaurios, pero éste fue pescado en África hace unos años y donado a la Smithsonian.

«Qué suerte», pensó Mal'akh, que casi ni la escuchaba. Estaba ocupado buscando cámaras de seguridad en las paredes. Sólo había visto una, la que enfocaba la puerta de entrada, lo cual no era tan extraño, teniendo en cuenta que ése era el único acceso a la nave.

—Y aquí está lo que quería ver usted... —dijo ella, conduciéndolo al gigantesco tanque que él había estado mirando desde la ventanilla de la puerta—. Nuestro espécimen más grande. —Extendió su brazo hacia la infame criatura como la azafata de un concurso de televisión que muestra un auto—. El *Architeuthis*.

El tanque del calamar tenía la apariencia de una serie de cabinas de teléfono de vidrio ubicadas horizontalmente y soldadas unas a otras. Dentro del largo y transparente ataúd de plexiglás descansaba la asquerosamente pálida y amorfa criatura. Mal'akh contempló la bulbosa cabeza con forma de saco y sus grandes ojos, del tamaño de una pelota de baloncesto.

—Casi hace parecer atractivo al celacanto —dijo.

—Espere a verlo iluminado.

Trish levantó la larga tapa del tanque, liberando con ello gases de etanol mientras metía el brazo y encendía un interruptor que había justo por encima del líquido. A lo largo de la base del tanque se encendió con un parpadeo una hilera de luces fluorescentes. El *Architeuthis* lució entonces en todo su esplendor; una cabeza colosal de la que surgían unos resbaladizos tentáculos en descomposición y afiladas ventosas.

Trish empezó a explicar que, en una pelea, los *Architeuthis* podían vencer a los cachalotes.

Mal'akh no oía más que un vacío cotorreo.

Había llegado el momento.

Trish Dunne siempre se sentía algo intranquila en la nave 3, pero el escalofrío que acababa de sentir era distinto.

Visceral. Primario.

Intentó ignorarlo, pero la sensación fue en aumento, abriéndose paso hasta lo más profundo. Aunque era incapaz de localizar la fuente de esa inquietud, algo le decía a Trish que era momento de irse.

—Bueno, pues ya vio el calamar —dijo, metiendo otra vez el brazo en el tanque y apagando la luz—. Deberíamos ir hacia el...

Una gran mano le tapó con fuerza la boca, echándole hacia atrás la cabeza. Al mismo tiempo, un poderoso brazo rodeó su torso, sujetándola contra un robusto pecho. Por un segundo, el miedo paralizó a Trish.

Luego vino el pánico.

El hombre manoseó el pecho de la chica en busca de la tarjeta de acceso que llevaba colgada del cuello. Cuando la encontró, tiró de ella. El cordel quemó la parte posterior del cuello de Trish antes de romperse. La tarjeta cayó al suelo. Ella forcejeó, intentando liberarse, pero no era rival para el tamaño y la fuerza del hombre. Trató de gritar, pero él seguía tapándole la boca. Entonces él se inclinó y acercó su boca a la oreja de ella.

—Cuando le retire la mano de la boca no gritará, ¿está claro?

Ella asintió vigorosamente. Le ardían los pulmones. «¡No puedo respirar!»

El hombre le apartó la mano de la boca y Trish por fin respiró, profunda aunque entrecortadamente.

—¡Déjeme! —exigió, todavía jadeante—. ¿Qué diablos está haciendo?

—Dígame cuál es su número de identificación —dijo el hombre.

La confusión de Trish era total. «¡Katherine! ¡Auxilio! ¡¿Quién es este hombre?!»

—El guardia de seguridad puede verlo —dijo ella, consciente sin embargo de que estaban fuera del alcance de las cámaras. «Y además, nadie las está mirando.»

—Deme su número de identificación —repitió el hombre—. El de su tarjeta de acceso.

Un miedo glacial le revolvió el estómago y Trish se sacudió violentamente, consiguiendo liberar un brazo. Intentó entonces arañar los ojos del hombre, pero sus dedos sólo encontraron carne y le rasparon una mejilla. Creyó haberle hecho cuatro cortes, pero se dio cuenta de que las cuatro oscuras rayas de su carne en realidad no era sangre. El hombre llevaba maquillaje, y ella simplemente le había dejado las marcas de los dedos, dejando a la vista los oscuros tatuajes que se ocultaban debajo.

«¡¿Quién es este monstruo?!»

Con una fuerza casi sobrehumana, el hombre le dio la vuelta y la levantó, colocándola sobre el borde del tanque del calamar. La cara de Trish quedó justo encima del etanol. Las ventanas de la nariz le ardían por culpa de los gases.

—¿Cuál es su número de identificación? —repitió él.

A Trish le ardían los ojos. Ante sí tenía la pálida carne del calamar sumergido.

—Dígamelo —dijo él, empujando la cabeza de la mujer hacia la superficie—. ¿Cuál es?

Empezó a arderle la garganta.

—¡Cero, ocho, cero, cuatro! —exclamó, casi sin aliento—. ¡Suélteme! ¡Cero, ocho, cero, cuatro!

—Si me miente... —dijo él, empujando un poco más la cabeza. El pelo de Trish ya tocaba el etanol.

—¡No miento! —repuso ella, tosiendo—. ¡El cuatro de agosto es mi cumpleaños!

—Gracias, Trish.

Sus poderosas manos apretaron con más fuerza la cabeza de la joven, y ésta sintió cómo una aplastante fuerza la empujaba hacia abajo, sumergiendo su rostro en el tanque. Notó un abrasador dolor en los ojos. El hombre la empujó todavía más, metiendo toda su cabeza en el etanol. Trish sintió la cabeza del calamar contra su cara.

Haciendo acopio de todas sus fuerzas, forcejeó violentamente para intentar sacar la cabeza del tanque. Las poderosas manos no la soltaron.

«¡Tengo que respirar!»

Pero Trish permaneció sumergida, esforzándose para no abrir ni los ojos ni la boca. Le ardían los pulmones, necesitados de aire. «¡No! ¡No lo hagas!» Finalmente, sin embargo, el acto reflejo venció e inhaló.

Al abrir la boca sus pulmones se expandieron violentamente para intentar aspirar el oxígeno que el cuerpo necesitaba. Lo que absorbieron, sin embargo, fue una bocanada de etanol. Mientras el producto químico descendía por su garganta hasta los pulmones, Trish sintió un dolor que nunca hubiera imaginado posible. Afortunadamente, sólo pasaron unos segundos hasta que su vida se apagó.

Mal'akh permaneció junto al tanque, recobrando el aliento e inspeccionando los daños.

La mujer sin vida yacía sobre el borde del tanque, con la cara todavía sumergida en el etanol. Al verla allí acostada, Mal'akh se acordó de la única otra mujer que había asesinado en su vida.

Isabel Solomon.

«Hace mucho tiempo. En otra vida.»

Mal'akh se quedó mirando el flácido cadáver de la mujer. La agarró por las amplias caderas y le levantó las piernas, empujándola por el borde hasta que se deslizó dentro del tanque del calamar. La cabeza de Trish Dunne quedó completamente sumergida en etanol. Luego siguió el resto de su cuerpo. Poco a poco, las ondas de la superficie fueron desvaneciéndose, y la mujer quedó suspendida sobre la enorme criatura marina. A medida que la ropa fue absorbiendo el etanol, ella se fue hundiendo más, sumergiéndose en la oscuridad. Finalmente, el cuerpo de Trish Dunne quedó echado encima de la enorme bestia.

Mal'akh se secó las manos y volvió a colocar la tapa de plexiglás, sellando el tanque.

«La nave húmeda tiene un nuevo espécimen.»

Cogió la tarjeta de acceso del suelo y se la metió en el bolsillo. «0804.»

Al ver a Trish en el vestíbulo, Mal'akh la había tomado por un problema. Luego se dio cuenta, sin embargo, de que la tarjeta y la contraseña de la mujer serían su seguro. Si la sala de almacenamiento de datos de Katherine estaba tan protegida como Peter había sugerido, Mal'akh suponía que no sería fácil persuadir a Katherine de que la abriera. «Pero ahora tengo mi propio juego de llaves.» Le complacía saber que ya no tendría que perder tiempo obligándola a cumplir sus exigencias.

Al erguirse, Mal'akh vio su propio reflejo en la ventana y advirtió que el maquillaje se le había corrido bastante. No importaba. Para cuando Katherine entendiera qué estaba sucediendo, ya sería demasiado tarde.

Capítulo 38

—¿Este cuarto es masónico? —inquirió Sato, apartando la mirada de la calavera y observando luego fijamente a Langdon en la oscuridad.

Él asintió tranquilamente.

—Se le llama cámara de reflexión. Se trata de habitaciones frías y austeras a las que los masones acuden para reflexionar sobre su propia mortalidad. Al meditar sobre la inevitabilidad de la muerte, el masón obtiene una valiosa perspectiva sobre la fugaz naturaleza de la vida.

Sato miró el siniestro lugar, no demasiado convencida.

—¿Es una especie de cuarto de meditación?

—Esencialmente, sí. En estas cámaras siempre aparecen los mismos símbolos: calaveras y huesos cruzados, una guadaña, relojes de arena, azufre, sal, papel en blanco, una vela, etcétera.

—Parece un santuario dedicado a la muerte —dijo Anderson.

«Ésa viene a ser la intención.»

—Muchos alumnos míos de simbología también reaccionan así al principio.

Langdon solía hacerles leer *Símbolos de la francmasonería*, de Beresniak, un libro que contenía hermosas fotografías de algunas cámaras de reflexión.

—¿Y a sus alumnos no les resulta enervante que los masones mediten entre calaveras y guadañas? —preguntó Sato.

—No más que el hecho de que los cristianos lo hagan a los pies de un hombre clavado a una cruz, o los hindúes ante un elefante de cuatro brazos llamado Ganesh. Malinterpretar los símbolos de una cultura suele ser origen de muchos prejuicios.

Sato se apartó, no estaba de humor para charlas. Empezó a caminar hacia la mesa repleta de objetos. Anderson intentó iluminarle el camino con la linterna, pero el haz era cada vez más débil. Golpeó entonces la base de la linterna y consiguió que la luz volviera a funcionar.

Al adentrarse cada vez más en el angosto espacio, el penetrante olor acre del azufre inundó las ventanas de la nariz de Langdon. El subsótano era un lugar húmedo, y la humedad que había en el aire estaba activando el azufre que había en el cuenco. Al llegar a la mesa, Sato se quedó mirando la calavera y los objetos que tenía alrededor. Anderson se unió a ella, intentando iluminar el escritorio con el débil haz de su linterna.

Tras examinar todo lo que había, Sato puso los brazos en jarra y dejó escapar un suspiro.

—¿Qué son todos estos trastos?

Todos los objetos de ese cuarto, Langdon lo sabía, habían sido seleccionados y dispuestos con mucho cuidado.

—Símbolos de transformación —le dijo, sintiéndose todavía más constreñido al unirse a ellos en la mesa—. La calavera, o *caput mortuum*, representa la transformación final del hombre al descomponerse; es un recordatorio de que todos terminamos despojándonos de nuestra carne mortal. El azufre y la sal son catalizadores químicos que facilitan las transformaciones. El reloj de arena representa el poder transformacional del tiempo. —Señaló con un gesto de la mano la vela apagada—. Y esta vela representa el formativo fuego primordial y el despertar del hombre de su ignorancia: la transformación a través de la iluminación.

—¿Y... *eso*? —dijo Sato, señalando el rincón.

Anderson dirigió el cada vez más débil haz de su linterna a la enorme guadaña que descansaba apoyada contra el muro del fondo.

—No es un símbolo de muerte, como muchos creen —aclaró Langdon—. La guadaña es en realidad un símbolo de la esencia transformativa de los alimentos de la naturaleza; la cosecha de los regalos que nos ofrece.

Sato y Anderson se quedaron en silencio, intentando procesar el extraño entorno.

Lo único que Langdon quería era salir de ese lugar.

—Sé que este cuarto puede parecer extraño —les dijo—, pero aquí no hay nada especial; es todo bastante normal. Muchas logias masónicas tienen cámaras exactamente iguales que ésta.

—¡Pero esto no es una logia masónica! —declaró Anderson—. Es el Capitolio de Estados Unidos, y me gustaría saber qué diablos hace este cuarto en mi edificio.

—Algunos masones tienen cuartos como éste en sus despachos u hogares para meditar. No es tan raro.

Langdon conocía a un cirujano de Boston que había convertido un armario de su oficina en una cámara de reflexión masónica para meditar acerca de la mortalidad antes de las operaciones.

Sato parecía preocupada.

—¿Está diciendo que Perer Solomon venía aquí abajo para reflexionar sobre la muerte?

—No lo sé —dijo sinceramente Langdon—. Quizá lo creó como santuario para los hermanos masones que trabajan en el edificio, ofreciéndoles un santuario espiritual alejado del caos del mundo material..., un lugar en el que los poderosos legisladores pudieran reflexionar antes de tomar decisiones que afectan al prójimo.

—Un hermoso sentimiento —señaló Sato en tono sarcástico—, pero no creo que a los norteamericanos les hiciera gracia que sus líderes rezaran encerrados en armarios con guadañas y calaveras.

«Pues no veo por qué», pensó Langdon, imaginando lo diferente que sería el mundo si más líderes se tomaran tiempo para reflexionar acerca de la naturaleza de la muerte antes de embarcarse en una guerra.

Sato frunció la boca e inspeccionó atentamente los cuatro rincones de la cámara.

—Debe de haber algo más aparte de huesos humanos y cuencos con sustancias químicas, profesor. Alguien le ha hecho venir desde su casa de Cambridge hasta este mismísimo cuarto.

Langdon agarró con fuerza la bolsa que llevaba a un costado, todavía incapaz de imaginar cuál era la relación del pequeño paquete con esa cámara.

—Lo siento, señora, pero aquí dentro no veo nada fuera de lo común. —Langdon esperaba que ahora pudieran al fin centrarse en la búsqueda de Peter.

La luz de Anderson parpadeó de nuevo, y Sato se volvió de golpe hacia él, ofreciéndole una muestra de su verdadero carácter.

—¡Por el amor de Dios! ¿Acaso es mucho pedir?

Se metió la mano en el bolsillo y extrajo un encendedor. Con un movimiento del pulgar sobre la piedra, encendió su llama y, con ésta, la solitaria vela del escritorio. La mecha chisporroteó un poco y finalmente prendió, irradiando su fantasmal luminiscencia por el angosto espacio. Al hacerse más intensa la luz, algo inesperado se materializó ante ellos.

—¡Miren! —dijo Anderson, señalándolo.

A la luz de la vela ahora se podía ver un desvaído grafitti: siete letras mayúsculas garabateadas en el muro del fondo.

VITRIOL

—Extraña palabra —dijo Sato mientras la luz de la vela proyectaba la silueta de la calavera sobre las letras.

—En realidad se trata de un acrónimo —dijo Langdon—. Está escrito en la pared trasera de muchas cámaras de reflexión a modo de abreviación del mantra meditativo de los masones: «*Visita interiora terrae, rectificando invenies occultum lapidem.*»

Sato se quedó mirándolo, casi impresionada.

—¿Y eso qué quiere decir?

—«Visita el interior de la Tierra y, al rectificar, encontrarás la piedra oculta.»

Sato aguzó su penetrante mirada.

—¿Y esa piedra oculta no tiene ninguna relación con la pirámide oculta?

Langdon se encogió de hombros. No quería fomentar la comparación.

—Aquéllos a quienes les gusta fantasear sobre pirámides ocultas en Washington dirían que «*occultum lapidem*» se refiere a una pirámide, sí. Otros creen en cambio que se trata de una referencia a la piedra filosofal, una sustancia que, según los alquimistas, podía proporcionar la vida eterna o convertir el plomo en oro. Otros aseguran que es una referencia al Sancta Sanctórum, una cámara oculta en el interior del Gran Templo. Y algunos, que se trata de una referencia cristiana a las enseñanzas ocultas de san Pedro: la piedra. Cada tradición esotérica interpreta «la piedra» a su manera, pero invariablemente «*occultum lapidem*» es fuente de poder e iluminación.

Anderson se aclaró la garganta.

—¿Y no podría ser que Solomon le haya mentido a ese tipo? Quizá le dijo que aquí abajo había algo... y en realidad no hay nada.

A Langdon también se le había pasado por la cabeza.

De repente, la llama de la vela parpadeó como empujada por una corriente de aire. Tituló brevemente y luego volvió a recuperar su intensidad.

—Qué raro —dijo Anderson—. Espero que nadie haya cerrado la puerta de arriba. —Salió de la cámara en dirección a la oscuridad del pasillo—. ¿Hola?

Langdon ni siquiera advirtió que Anderson se había marchado. Tenía la mirada puesta en el muro del fondo. «¿Qué acaba de pasar?»

—¿Ha visto eso? —preguntó Sato alarmada, mirando también fijamente la pared.

Langdon asintió y notó cómo se le aceleraba el pulso. «¿Qué acabo de ver?»

Le había parecido ver una especie de resplandor, como si una onda de energía hubiera pasado por el muro.

Anderson volvió a entrar en el cuarto.

—Ahí afuera no hay nadie. —Al entrar, el muro volvió a emitir un trémulo resplandor—. ¡Maldita sea! —exclamó, retrocediendo de un salto.

Los tres quedaron un momento en silencio, mirando el muro del fondo. Langdon sintió que otro escalofrío recorría su cuerpo al darse cuenta de lo que estaban mirando. Con cuidado, estiró el brazo hasta que sus dedos tocaron la superficie del fondo de la cámara.

—No es un muro —dijo.

Anderson y Sato se acercaron y miraron atentamente.

—Es una lona —explicó Langdon.

—Pero se ha hinchado —dijo rápidamente Sato.

«Sí, y de un modo muy extraño.» Langdon examinó más atentamente la superficie. La refracción de la luz sobre la lona había sido así de extraña porque, al hincharse, se había *alejado* del cuarto..., había ondeado *hacia atrás* respecto al plano de la pared.

Langdon extendió los dedos muy suavemente, empujando el lienzo. Sobresaltado, apartó la mano de golpe. «¡Hay una abertura!»

—Apártelo —ordenó Sato.

El corazón de Langdon latía con fuerza. Estiró los brazos y, tras coger la lona por los bordes, apartó la tela a un lado. Se quedó mirando con incredulidad lo que se escondía detrás. «Dios mío.»

Sato y Anderson observaron con estupefacción la abertura que había en el muro trasero.

Finalmente, Sato habló.

—Parece que acabamos de encontrar nuestra pirámide.

Capítulo 39

Robert Langdon se quedó mirando fijamente la abertura del muro trasero de la cámara. Detrás de la lona había un agujero oculto; un cuadrado perfecto había sido vaciado en el muro. La abertura, más o menos de un metro, parecía haber sido hecha retirando unos cuantos ladrillos. Por un momento, en la oscuridad, Langdon creyó que el agujero era una ventana que daba a otra habitación.

Ahora veía que no.

La abertura apenas se internaba unos pocos metros dentro del muro. A Langdon, ese rústico armario le recordó a los huecos de las estatuas en los museos. De igual modo, dentro de esa abertura había un pequeño objeto.

Era una pieza de granito macizo, tallada, de apenas treinta centímetros de altura. La elegante y suave superficie de sus cuatro caras estaba pulida y relucía a la luz de la vela.

Langdon no alcanzaba a comprender qué hacía aquello allí. «¿Una pirámide de piedra?»

—Por su expresión de sorpresa —dijo Sato con suficiencia—, deduzco que este objeto no es *típico* de las cámaras de reflexión.

Langdon negó con la cabeza.

—Entonces quizá quiera reconsiderar sus anteriores comentarios relativos a la leyenda de una pirámide oculta en Washington —añadió la mujer, casi con petulancia.

—Directora —respondió Langdon al instante—, esta pequeña pirámide no es la pirámide masónica.

—Entonces, ¿que hayamos encontrado una pirámide oculta en el corazón del Capitolio en una cámara secreta perteneciente a un líder masónico no es más que una coincidencia?

Langdon se frotó los ojos e intentó pensar con claridad.

—Señora, esta pirámide no se parece en nada a la del mito. La pirámide masónica debería ser enorme, y tener el vértice de oro macizo.

Es más, esa pequeña pirámide ni siquiera era tal: la parte superior era plana. Y, sin vértice, pasaba a ser otro símbolo completamente distinto: la pirámide inacabada era un recordatorio simbólico de que la ascensión del ser humano en pos de su potencial completo era siempre un trabajo en curso. Aunque pocos eran conscientes de ello, se trataba del símbolo más reproducido del mundo. «Hay impresos más de veinte mil millones.» La pirámide inacabada adornaba todos los billetes de un dólar en circulación, a la espera siempre de su vértice brillante, que se cernía sobre ella como recordatorio a Norteamérica del destino todavía por cumplir y del trabajo pendiente, tanto a nivel nacional como individual.

—Bájela —le dijo Sato a Anderson señalando la pirámide—. Quiero verla mejor —e hizo sitio sobre el escritorio apartando sin la menor reverencia la calavera y los huesos a un lado.

Al profanar ese santuario privado, Langdon se sintió como si fueran unos vulgares ladrones de tumbas.

Anderson pasó junto a él, metió los brazos en el hueco y cogió cada lado de la pirámide con sus grandes palmas. Luego, incapaz de levantarla desde ese extraño ángulo, hizo deslizar la pirámide hacia sí y la depositó sobre el escritorio de madera con un ruido sordo. Retrocedió para dejar sitio a Sato.

La directora acercó la vela a la pirámide y estudió su pulida superficie. Lentamente, pasó por ella sus pequeños dedos, examinando cada centímetro de la parte superior plana, y luego cada una de sus caras. A continuación la rodeó con las manos para palpar la parte posterior, y finalmente frunció el ceño, aparentemente decepcionada.

—Profesor, dijo usted antes que la pirámide masónica fue construida para proteger una información secreta.

—Ésa es la leyenda, sí.

—Entonces, hipotéticamente hablando, si el captor de Peter cree que *ésta* es la pirámide masónica, pensará que contiene esa poderosa información.

Langdon asintió, exasperado.

—Sí, aunque incluso si encontrara esa información, probablemente no sería capaz de leerla. Según la leyenda, el contenido de la pirámide está codificado, y resulta indescifrable..., excepto para aquéllos que son dignos de ella.

—¿Cómo dice?

A pesar de su creciente impaciencia, Langdon respondió sin alterarse.

—Los tesoros mitológicos siempre están protegidos por pruebas de valía. Como recordará, en la leyenda de la espada artúrica, la piedra rechaza a todos los pretendientes excepto a Arturo, el único espiritualmente preparado para blandir la poderosa espada. La leyenda de la pirámide masónica se basa en esa misma idea. En este caso, el tesoro es la información, que supuestamente está escrita en un lenguaje codificado (una lengua mística hoy ya perdida), legible únicamente por quienes son dignos de ello.

Una leve sonrisa se dibujó en los labios de Sato.

—Eso explicaría por qué ha sido convocado usted aquí esta noche.

—¿Cómo dice?

Sin perder la calma, Sato giró 180 grados la pirámide. La cuarta cara brilló a la luz de la vela.

Robert Langdon se quedó mirándola sorprendido.

—Al parecer —dijo Sato—, alguien piensa que es usted digno.

Capítulo 40

«¿Por qué tardará tanto Trish?»

Katherine volvió a mirar la hora. Se le había olvidado avisar al doctor Abaddon del extraño trayecto que debía recorrer para llegar a su laboratorio, pero tampoco creía que fuera la oscuridad el motivo de esa demora. «Ya deberían haber llegado.»

Katherine se dirigió a la puerta de plomo y, tras abrirla, se asomó al vacío. Prestó atención, pero no pudo oír nada.

—¿Trish? —llamó, pero la oscuridad se tragó su voz.

Silencio.

Extrañada, volvió a cerrar la puerta, cogió el celular y llamó al vestíbulo.

—Soy Katherine. ¿Está Trish ahí?

—No, señora —dijo el guardia—. Ella y su invitado se dirigieron al laboratorio hará unos diez minutos.

—¿De verdad? No creo que hayan llegado siquiera a la nave 5.

—Espere un momento. Lo comprobaré. —Katherine oyó los dedos del guardia tecleando en su computador—. Tiene razón. Según el registro de la tarjeta de acceso de la señora Dunne, todavía no ha abierto la puerta de la nave 5. El último acceso del que hay constancia ha sido hace ocho minutos..., en la nave 3. Imagino que le estará haciendo a su invitado una pequeña visita guiada.

Katherine frunció el ceño. «Eso parece.» Le extrañaba un poco, pero al menos sabía que Trish no estaría mucho rato en la nave 3. «Huele fatal.»

—Gracias. ¿Y mi hermano no ha llegado todavía?

—No, señora, todavía no.

—Gracias.

Al colgar, Katherine sintió una inesperada punzada de inquietud. Intentó pensar a qué se debía, pero lo desechó al cabo de un momento. Se trataba de la misma sensación que había tenido al entrar en casa del doctor Abaddon. Ahí su intuición femenina le había fallado. Y mucho.

«No es nada», se dijo.

Capítulo 41

Robert Langdon estudió la pirámide de piedra. «No es posible.»

—Un antiguo lenguaje codificado —dijo Sato sin levantar la mirada—. Dígame, ¿cumple esto los requisitos?

En la recién expuesta cara de la pirámide había una serie de dieciséis caracteres grabados sobre la suave superficie de piedra.

Junto a Langdon permanecía, cual reflejo del sobresalto de éste, un boquiabierto Anderson. El jefe de seguridad observaba los caracteres como si de un teclado alienígena se tratara.

—¿Profesor? —dijo Sato—. Supongo que puede usted leer esto, ¿verdad?

Langdon se volvió.

—¿Y a qué se debe esa suposición?

—Porque lo han traído a usted hasta aquí, profesor. Lo han elegido. Esta inscripción parece ser un tipo de código, y teniendo en cuenta su reputación, me parece obvio pensar que lo han traído aquí para que lo descifre.

Langdon tenía que admitir que, tras sus experiencias en Roma y París, había recibido una gran cantidad de peticiones para descifrar algunos de los más famosos códigos sin resolver de la historia: el disco de Festos, el código Dorabella, el misterioso manuscrito Voynich.

Sato pasó un dedo por la inscripción.

—¿Puede decirme el significado de estos íconos?

«No son íconos —pensó Langdon—. Son símbolos.» Había reconocido de inmediato el lenguaje en el que estaba escrita la inscripción: era un lenguaje en clave del siglo XVII. Langdon sabía muy bien cómo descifrarlo.

—Señora —dijo vacilante—, esta pirámide es propiedad privada de Peter.

—Privada o no, si este código es la razón por la que lo trajeron a usted a Washington, no le doy posibilidad de elección. Quiero saber lo que significa.

El BlackBerry de Sato emitió un fuerte pitido. Ella cogió el aparato de su bolsillo y permaneció largo rato estudiando el mensaje entrante. A Langdon le parecía asombroso que la red inalámbrica del edificio del Capitolio tuviera cobertura incluso allí abajo.

Tras emitir un gruñido y enarcar las cejas, Sato lanzó a Langdon una extraña mirada.

—¿Jefe Anderson? —dijo ella volviéndose hacia éste—. ¿Puedo hablar un momento en privado con usted? —La directora le hizo un gesto al jefe de seguridad para que la siguiera y ambos desaparecieron por el oscuro pasillo, dejando a Langdon a solas ante la parpadeante luz de la vela de la cámara de reflexión de Peter.

Anderson se preguntó cuándo terminaría esa noche. «¿Una mano cercenada en mi Rotonda? ¿Un santuario dedicado a la muerte en mi sótano? ¿Extrañas inscripciones en una pirámide de piedra?» Por alguna razón, el partido de los Redskins ya no parecía tan relevante.

Mientras seguía a Sato en la oscuridad del pasillo, Anderson encendió su linterna. El haz era débil, pero era mejor eso que nada. Sato lo condujo a unos metros del cuarto, fuera de la vista de Langdon.

—Échele un ojo a esto —susurró mientras le tendía a Anderson su BlackBerry.

El jefe de seguridad cogió el aparato y observó la pantalla iluminada. En ella se veía una imagen en blanco y negro: la de los rayos X de la bolsa de cuero que había pedido que le enviaran a Sato. Como en todas las imágenes de rayos X, los objetos de mayor densidad aparecían en un blanco más luminoso. En la bolsa de Langdon sólo un artículo resaltaba por encima de los demás. A causa de su extrema densidad, el objeto brillaba cual deslumbrante joya en medio del oscuro revoltijo de los demás artículos. Su forma era inconfundible.

«¿Ha estado llevando eso encima toda la noche?» Sorprendido, Anderson se volvió hacia Sato.

—¿Cómo es que no lo ha mencionado?

—Una muy buena pregunta... —susurró Sato.

—Su forma... no puede ser una coincidencia.

—No —convino Sato, ahora ya con enojo—. Diría que no.

Un leve crujido en el corredor llamó la atención de Anderson. Sobresaltado, apuntó su linterna hacia el negro pasadizo. El débil haz de luz únicamente alumbró un pasillo desierto, con puertas abiertas a cada lado.

—¿Hola? —dijo Anderson—. ¿Hay alguien ahí?

Silencio.

Sato, que no parecía haber oído nada, lo miró extrañada.

Anderson permaneció atento un poco más y finalmente lo dejó pasar. «Debo salir de aquí.»

A solas en la cámara iluminada por la luz de la vela, Langdon pasó los dedos por los afilados bordes de la inscripción de la pirámide. Sentía curiosidad por saber qué decía, pero al mismo tiempo no quería inmiscuirse en la privacidad de Peter Solomon más de lo que ya lo habían hecho. «Y, además, ¿qué interés podría tener ese lunático en esta pequeña pirámide?»

—Tenemos un problema, profesor —declaró Sato con firmeza a su espalda—. Acabo de enterarme de algo nuevo, y ya estoy harta de sus mentiras.

Langdon se volvió y vio entrar con paso firme a la directora de la OS, con el BlackBerry en la mano y los ojos encendidos. Desconcertado, Langdon miró a Anderson en busca de ayuda, pero el jefe de seguridad permanecía en la puerta, montando guardia con cara de pocos amigos. Sato se plantó enfrente de Langdon y le puso el BlackBerry delante de la cara.

Extrañado, Langdon miró la pantalla. Mostraba una fotografía en blanco y negro invertido, cual negativo fantasmal. En la foto se veía un batiburrillo de objetos, uno de los cuales brillaba intensamente. Aunque estaba de lado y descentrado, estaba claro que ese objeto más brillante era una pequeña pirámide con vértice.

«¿Una pequeña pirámide?» Langdon miró a Sato.

—¿Qué es esto?

La pregunta exaltó todavía más a Sato.

—¿Pretende hacer ver que no lo sabe?

Langdon se encendió.

—¡No pretendo nada! ¡Nunca había visto esto en mi vida!

—¡Tonterías! —espetó Sato, cuya elevada voz resonó por el mohoso aire del lugar—. ¡Lo ha llevado en la bolsa toda la noche!

—Yo... —Langdon se detuvo a media frase.

Bajó lentamente la mirada hacia la bolsa de cuero que colgaba de su hombro. Luego volvió a mirar el Blackberry. «Dios mío..., el paquete.» Miró la imagen más atentamente. Ahora lo veía. Un fantasmal cubo y dentro una pirámide. Con estupefacción, Langdon se dio cuenta de que estaba mirando una imagen de rayos X de su bolsa... y del misterioso paquete con forma de cubo de Peter. El cubo era, en realidad, una caja hueca..., con una pequeña pirámide dentro.

Langdon abrió la boca para decir algo, pero no pudo pronunciar palabra alguna. Sintió cómo el aliento abandonaba sus pulmones ante esa nueva revelación.

Simple. Pura. Devastadora.

«Dios mío.» Volvió a mirar la pirámide truncada que descansaba sobre el escritorio. Su ápice era plano. Un pequeño cuadrado. Un espacio en blanco a la espera simbólica de la pieza final..., la pieza que transformaría la pirámide inacabada en una verdadera pirámide.

Langdon se dio cuenta de que la pequeña pirámide que llevaba en la bolsa no era tal. Era un *vértice*. En ese instante, se dio cuenta asimismo de por qué únicamente él podía acceder a los misterios de esa pirámide.

«Yo tengo la pieza final.

»Y, en efecto, se trata de un... talismán.»

Cuando Peter le dijo a Langdon que el paquete contenía un talismán, éste se rio. Ahora se percataba de que lo que le había dicho su amigo era

cierto. Ese pequeño vértice era un talismán, pero no de los mágicos...,
sino uno más antiguo. Mucho antes de que los talismanes tuvieran connotaciones mágicas, tenían otro significado: «culminación». La palabra
talismán provenía del griego *telesma*, que significaba «completo», y hacía
referencia a cualquier objeto o idea que completaba otra y la convertía
en un todo. «El elemento final.» Un vértice, simbólicamente hablando,
era el talismán definitivo, que transformaba la pirámide inacabada en un
símbolo de completa perfección.

Langdon podía sentir ahora la inquietante convergencia que lo obliga-
ba a aceptar una extraña verdad: exceptuando su tamaño, la pirámide de
la cámara de reflexión de Peter parecía transformarse a sí misma, poco a
poco, en algo vagamente parecido a la pirámide masónica de la leyenda.

Dada la intensidad con la que el vértice brillaba en la imagen de rayos
X, Langdon supuso que estaba hecho de metal..., un metal muy denso.
Si se trataba de oro macizo o no, eso ya no lo sabía, y tampoco pensaba
dejar que su mente cayera en la trampa. «Esta pirámide es demasiado
pequeña. El código es demasiado fácil de leer. Y... ¡es un mito, por el amor
de Dios!»

Sato permanecía observándolo.

—Para tratarse de un hombre tan inteligente, profesor, esta noche ha
cometido unas cuantas estupideces. ¿Mentir a la directora de un servicio de inteligencia? ¿Obstruir intencionadamente una investigación de
la CIA?

—Puedo explicárselo, si me deja.

—Me lo explicará en el cuartel de la CIA. Queda usted detenido desde
este mismo instante.

Langdon se puso tenso.

—No puede estar hablando en serio.

—Absolutamente en serio. Antes le había dejado muy claro lo que estaba en juego esta noche, y usted ha preferido no cooperar. Le sugiero
que empiece a pensar en la inscripción de la pirámide, porque cuando
lleguemos a la CIA... —levantó su BlackBerry e hizo una fotografía de la
inscripción—, mis analistas ya habrán empezado.

Langdon abrió la boca para protestar, pero Sato ya se había vuelto
hacia Anderson.

—Jefe —dijo—, ponga la pirámide de piedra en la bolsa de Langdon y
cárguela usted. Yo me encargaré de llevarla bajo custodia. ¿Le importaría
dejarme su pistola?

Impertérrito, Anderson cruzó la cámara, desabrochó su pistolera y le entregó su arma a Sato, quien inmediatamente apuntó con ella a Langdon.

Langdon se sentía como si estuviera dentro de un sueño. «Esto no puede estar pasando.»

Anderson se acercó a él y le quitó la bolsa del hombro. La llevó hasta el escritorio y la dejó en la silla. Entonces abrió la cremallera y metió la pesada pirámide de piedra dentro de la bolsa de cuero, junto con las notas de Langdon y el pequeño paquete.

De repente se oyó un susurro en el pasillo. En la puerta apareció la oscura silueta de un hombre que entró a toda velocidad en la cámara en dirección a Anderson. El jefe no lo vio venir. Un instante después, el desconocido arremetía contra su espalda, empujándolo hacia adelante y haciendo que se golpeara la cabeza contra el borde del hueco de piedra. El jefe se desplomó encima del escritorio, mandando por los aires huesos y demás objetos. El reloj de arena se hizo añicos en el suelo. La vela también cayó, pero siguió ardiendo.

Sato retrocedió tambaleante en medio del caos y alzó la pistola, pero el intruso cogió un fémur y le golpeó en el hombro con él. La directora soltó un grito de dolor y cayó de espaldas, dejando escapar el arma. El recién llegado la apartó de una patada y se giró hacia Langdon. Era un elegante afroamericano, alto y esbelto, a quien no había visto en su vida.

—¡Coja la pirámide! —le ordenó el hombre—. ¡Sígame!

Capítulo 42

Estaba claro que el afroamericano que guiaba a Langdon por el laberinto subterráneo del Capitolio era un hombre de poder. Además de conocer todos los corredores y cuartos del lugar, el elegante desconocido llevaba un llavero cuyas llaves abrían todas las puertas cerradas que bloqueaban su camino.

Langdon lo siguió a toda velocidad por una escalera desconocida. Mientras la subían, sintió cómo la correa de cuero de su bolsa se le clavaba en el hombro. La pirámide era tan pesada que Langdon temía que se rompiera.

Los últimos minutos habían desafiado toda lógica, y ahora Langdon actuaba únicamente por instinto. Algo le decía que confiara en ese desconocido. Además de salvarlo del arresto de Sato, el hombre había tomado un gran riesgo para proteger la misteriosa pirámide de Peter Solomon. «Sea lo que sea ésta.» Si bien la motivación del hombre seguía siendo un misterio, Langdon había vislumbrado un resplandor dorado en su mano: el anillo masónico con el fénix bicéfalo y el número 33. Ese hombre y Peter Solomon eran algo más que amigos. Eran hermanos masónicos del grado superior.

Langdon lo siguió hasta lo alto de la escalera. Una vez ahí, atravesaron otro corredor y luego, tras cruzar una puerta sin señalizar, se metieron en un pasillo de servicio. Corrieron por entre cajas de suministros y bolsas de basura, y salieron finalmente por una puerta que los condujo a un lugar absolutamente inesperado, una especie de lujosa sala de cine. El hombre mayor subió por el pasillo lateral y salió por la puerta principal a un amplio atrio iluminado. Langdon se dio cuenta de que estaban en el centro de visitantes por el que había entrado hacía unas horas.

Desafortunadamente, allí también había un agente del cuerpo de seguridad del Capitolio.

Cuando llegaron a donde se encontraba, los tres hombres se detuvieron y se miraron entre sí. Langdon reconoció al joven agente hispano que le había atendido en el control de rayos X.

—Agente Núñez —dijo el hombre afroamericano—. Ni una palabra. Sígame.

El guardia parecía intranquilo, pero obedeció sin rechistar.

«¿Quién es este tipo?»

Los tres se dirigieron a toda prisa hacia el rincón sureste del centro de visitantes, donde había un pequeño vestíbulo con una serie de gruesas puertas bloqueadas por unos postes de color naranja. Las puertas estaban selladas con cinta aislante para que no entrara el polvo de lo que fuera que estuvieran haciendo en el exterior del centro de visitantes. El hombre estiró el brazo y arrancó la cinta de la puerta. Luego cogió su llavero y, mientras buscaba una llave, le dijo al guardia:

—Nuestro amigo el jefe Anderson está en el subsótano. Puede que esté herido. Será mejor que vaya a ver cómo se encuentra.

—Sí, señor —Núñez pareció sentirse tan perplejo como alarmado.

—Y, sobre todo, no nos ha visto.

El hombre encontró la llave, la sacó del llavero y la utilizó para abrir el cerrojo. Tras abrir la puerta de acero, le lanzó la llave al guardia.

—Cierre esta puerta y vuelva a poner la cinta lo mejor que pueda. Métase la llave en el bolsillo y no diga nada. A nadie. Ni siquiera al jefe. ¿Le ha quedado claro, agente Núñez?

El guardia se quedó mirando la llave como si le hubieran confiado una valiosa gema.

—Sí, señor.

El afroamericano se apresuró a cruzar la puerta y Langdon lo hizo detrás de él. El guardia volvió a cerrar el cerrojo, y Langdon pudo oír que volvía a pegar la cinta aislante.

—Profesor Langdon —dijo el hombre mientras avanzaban rápidamente por un pasillo de aspecto moderno que se encontraba en construcción—. Me llamo Warren Bellamy. Peter Solomon es un querido amigo mío.

Sorprendido, Langdon le lanzó una mirada al imponente hombre. «¿Usted es Warren Bellamy?» Era la primera vez que veía al Arquitecto del Capitolio, pero su nombre sí lo conocía.

—Peter me ha hablado muy bien de usted —dijo Bellamy—. Siento que nos hayamos conocido en estas lamentables circunstancias.

—Peter se encuentra en grave peligro. Su mano...

—Lo sé —el tono de Bellamy era sombrío—. Y me temo que eso no es ni la mitad.

Llegaron al final de la sección iluminada del pasillo, momento en el que éste giraba abruptamente hacia la izquierda. El resto del corredor, allá a donde condujera, estaba completamente a oscuras.

—Espere un momento —dijo Bellamy, y se metió en un cuarto eléctrico cercano del que salía una maraña de cables alargadores de color naranja.

Langdon esperó mientras Bellamy rebuscaba en el interior de la habitación. En un momento dado, el Arquitecto debió de encontrar el interruptor de esos cables alargadores, porque de repente se iluminó el camino que tenían ante sí.

Inmóvil, Langdon se quedó mirándolo fijamente.

Washington —al igual que Roma— era una ciudad repleta de pasadizos secretos y túneles subterráneos. A Langdon, el pasillo que tenían delante le recordó al *passetto* que conectaba el Vaticano con Castel Sant'Angelo. «Largo. Oscuro. Estrecho.» A diferencia del antiguo *passetto*, sin embargo, ese pasadizo era moderno y todavía no estaba terminado. Era una estrecha zona en obras, tan larga que su lejano extremo parecía desembocar en la nada. La única iluminación era una serie de bombillas intermitentes que no hacían sino acentuar la increíble extensión del túnel.

Bellamy ya estaba recorriendo el pasillo.

—Sígame. Cuidado con el escalón.

Langdon empezó a caminar detrás del Arquitecto, preguntándose adónde diablos debía de conducir ese túnel.

En ese mismo momento, Mal'akh salía de la nave 3 y recorría a toda prisa el desierto pasillo principal del SMSC en dirección a la nave 5. Llevaba la tarjeta de acceso de Trish en la mano e iba susurrando para sí: «Cero, ocho, cero, cuatro.»

Otra cosa ocupaba asimismo sus pensamientos. Acababa de recibir un mensaje urgente del Capitolio. «Mi contacto se ha encontrado con

216

dificultades inesperadas.» Aun así, las noticias seguían siendo alentadoras: ahora Robert Langdon ya poseía la pirámide y el vértice. A pesar de la inesperada forma en la que habían sucedido, los acontecimientos se iban desarrollando según lo previsto. Era como si el destino mismo estuviera guiando los hechos de esa noche para asegurarse de la victoria de Mal'akh.

Capítulo 43

Langdon aceleró el paso para mantener el rápido ritmo de Warren Bellamy mientras recorrían en silencio el largo túnel. Hasta el momento, el Arquitecto del Capitolio se había preocupado más de poner distancia entre Sato y la pirámide que de explicarle a Langdon qué estaba sucediendo. Éste sentía la creciente sensación de que las cosas eran más complejas de lo que podría haber imaginado.

«¿La CIA? ¿El Arquitecto del Capitolio? ¿Dos masones del trigésimo tercer grado?»

De repente sonó el estridente timbre del teléfono celular de Langdon. Éste lo cogió y, vacilante, contestó.

—¿Hola?

Le respondió un inquietante y familiar susurro.

—Parece que ha tenido un encuentro inesperado, profesor.

Langdon sintió un escalofrío glacial.

—¡¿Dónde diablos está Peter?! —inquirió. Sus palabras reverberaron en el estrecho túnel. Warren Bellamy se volvió hacia él con preocupación y le indicó que no se detuviera.

—No se preocupe —dijo la voz—. Como lo dije antes, Peter está en un lugar seguro

—¡Por el amor de Dios, le cortó la mano! ¡Necesita un médico!

—Lo que necesita es un sacerdote —respondió el hombre—. Pero usted puede salvarlo. Si hace lo que le digo, Peter vivirá. Le doy mi palabra.

—La palabra de un loco no significa nada para mí.

—¿Loco? Pensaba que usted apreciaría la reverencia con la que esta noche he seguido los antiguos protocolos, profesor. La mano de los misterios lo ha guiado a un portal: la pirámide que promete develar la antigua sabiduría. Sé que está en su poder.

—¿Cree que *ésta* es la pirámide masónica? —inquirió Langdon—. No es más que un trozo de piedra.

Hubo un silencio al otro lado de la línea.

—Señor Langdon, es usted demasiado inteligente para intentar hacerse pasar por tonto. Sabe muy bien lo que ha descubierto esta noche. ¿Una pirámide de piedra... que un poderoso masón... ocultó en el corazón de Washington...?

—¡Anda usted detrás de un mito! Sea lo que sea lo que Peter le haya contado, lo ha hecho coaccionado. La leyenda de la pirámide masónica es ficción. Los masones jamás construyeron ninguna pirámide para proteger un saber secreto. Y aunque lo hubieran hecho, *esta* pirámide es demasiado pequeña para ser lo que usted piensa que es.

El hombre dejó escapar una risa ahogada.

—Ya veo que Peter no le ha contado demasiado. En cualquier caso, señor Langdon, quiera o no aceptar qué tiene usted en su posesión, hará lo que yo le diga. Sé que la pirámide tiene una inscripción. Usted la descifrará para mí. Entonces, y sólo entonces, le devolveré a Peter.

—No sé qué cree usted que revela esa inscripción —dijo Langdon—, pero no serán los antiguos misterios.

—Claro que no —repuso el hombre—. Los misterios son demasiado vastos para estar escritos en la cara de una pequeña pirámide.

Esa respuesta cogió desprevenido a Langdon.

—Pero si lo que contiene esa inscripción no son los antiguos misterios, entonces esa pirámide no es la pirámide masónica. La leyenda indica claramente que la pirámide masónica fue construida para proteger los antiguos misterios.

El hombre le respondió en un tono condescendiente.

—Señor Langdon, la pirámide masónica fue construida para preservar los antiguos misterios, pero de un modo que al parecer usted todavía desconoce. ¿No se lo llegó a contar Peter? El poder de la pirámide masónica no es que revele los misterios mismos..., sino que revela el paradero secreto en el que esos misterios están enterrados.

Langdon tardó un segundo en reaccionar.

—Descifre la inscripción —continuó la voz—, y ésta le indicará el escondite del mayor tesoro de la humanidad. —Se rio—. Peter no le confió el tesoro mismo, profesor.

Langdon se detuvo de golpe.

—Un momento. ¿Me está diciendo que esa pirámide es... un mapa?

Bellamy también se detuvo. Parecía alarmado. Estaba claro que ese interlocutor telefónico había dado en el clavo. «La pirámide es un mapa.»

—Ese mapa —susurró la voz—, pirámide, portal, o como quiera usted llamarlo, fue creado hace mucho tiempo para garantizar que el escondite de los antiguos misterios no cayera en el olvido..., que no se perdiera en la historia.

—Una cuadrícula de dieciséis símbolos no parece un mapa.

—Las apariencias engañan, profesor. En cualquier caso, sólo usted puede leer esa inscripción.

—Se equivoca —le respondió Langdon mientras visualizaba mentalmente la sencilla clave—. Cualquiera puede descifrarla. Es muy simple.

—Sospecho que la pirámide esconde más cosas de las que se ven a simple vista. Y, en todo caso, sólo usted tiene la cúspide.

Langdon pensó en el pequeño vértice que llevaba en la bolsa. «¿Orden del caos?» Ya no sabía qué pensar, pero la pirámide de piedra parecía cada vez más pesada.

Mal'akh presionó el teléfono celular contra su oreja para oír mejor el sonido de la inquieta respiración de Langdon al otro lado de la línea.

—Ahora mismo tengo cosas que atender, profesor, y usted también. Llámeme en cuanto haya descifrado el mapa. Iremos juntos al escondite y ahí haremos el intercambio. La vida de Peter..., por la sabiduría de todos los tiempos.

—No pienso hacer nada —declaró Langdon—. Especialmente sin pruebas de que Peter está vivo.

—Le recomiendo que no me desafíe. Usted no es más que una pequeña pieza de un gran mecanismo. Si me desobedece, o intenta encontrarme, Peter morirá. Eso se lo juro.

—Que yo sepa, Peter podría estar ya muerto.

—Está vivo, profesor, pero necesita desesperadamente su ayuda.

—¿Qué es lo que quiere? —exclamó Langdon por teléfono.

Mal'akh se quedó un momento callado antes de contestar.

—Mucha gente ha buscado los antiguos misterios y ha debatido sobre su poder. Esta noche, demostraré que los misterios son reales.

Langdon se quedó callado.

—Le sugiero que se ponga a trabajar en el mapa inmediatamente —dijo Mal'akh—. Necesito esa información hoy.

—¡¿Hoy?! ¡Pero si son más de las nueve!

—Exacto. *Tempus fugit.*

Capítulo 44

El editor neoyorquino Jonas Faukman estaba apagando las luces de su oficina de Manhattan cuando sonó el teléfono. No tenía intención alguna de contestarlo a esas horas, hasta que vio el identificador de llamadas. «Espero que sea algo bueno», pensó mientras cogía el auricular.

—¿Todavía te publicamos? —preguntó Faukman, medio en serio.

—¡Jonas! —La voz de Robert Langdon parecía inquieta—. Gracias a Dios que todavía estás ahí. Necesito tu ayuda.

Jonas se animó.

—¿Tienes páginas para editar, Robert? ¿Al fin?

—No, necesito información. El año pasado te puse en contacto con una científica llamada Katherine Solomon, la hermana de Peter Solomon.

Faukman frunció el ceño. «No hay páginas.»

—Buscaba una editorial para un libro sobre ciencia noética. ¿La recuerdas?

Faukman puso los ojos en blanco.

—Sí, claro. La recuerdo. Y mil gracias por eso. No sólo no me dejó leer los resultados de su investigación, sino que decidió que no quería publicar nada hasta no sé qué fecha mágica en el futuro.

—Jonas, escúchame, no tengo tiempo. Necesito el teléfono de Katherine ahora mismo. ¿Lo tienes?

—He de advertirte que pareces un poco desesperado... Es bonita, pero no vas a impresionarla si...

—Esto no es ninguna broma, Jonas, necesito su número de teléfono ahora.

—Está bien..., espera un momento.

Hacía muchos años que eran amigos íntimos. Faukman sabía cuándo Langdon hablaba en serio. El editor tecleó el nombre de Katherine Solomon en una ventana de búsqueda y empezó a repasar el servidor de correo electrónico de la compañía.

—Lo estoy buscando —dijo Faukman—. Y por si te sirve de algo, cuando la llames, no lo hagas desde la piscina de Harvard. Parece que estuvieras en un asilo.

—No estoy en la piscina. Estoy en un túnel debajo del Capitolio.

Faukman notó por su tono de voz que Langdon no bromeaba. «Pero ¿qué le pasa a ese tipo?»

—¿Por qué no puedes quedarte en casa escribiendo, Robert? —Su computador emitió un pitido—. Muy bien, espera..., ya lo tengo. —Rebuscó por el viejo hilo de correos electrónicos—. Parece que lo único que tengo es su celular.

—Me sirve.

Faukman le dio el número.

—Gracias, Jonas —dijo Langdon, agradecido—. Te debo una.

—Me debes un manuscrito, Robert. ¿Tienes idea de cuándo...?

La línea se cortó.

Faukman se quedó mirando el auricular y meneó con la cabeza. Publicar libros sería mucho más sencillo sin los autores.

Capítulo 45

Katherine Solomon tardó un segundo en reaccionar cuando vio el nombre en el identificador de llamadas de su celular. Había creído que la llamada entrante sería de Trish, para explicarle por qué ella y Christopher Abaddon tardaban tanto. Pero no era Trish.

Para nada.

Katherine sintió que una sonrojada sonrisa se le dibujaba en los labios. «¿Puede esta noche llegar a ser todavía más extraña?» Descolgó el teléfono.

—Deja que lo adivine —bromeó—. ¿Soltero académico busca científica noética soltera?

—¡Katherine! —dijo la profunda voz de Robert Langdon—. Gracias a Dios que estás bien.

—Claro que estoy bien —respondió ella, desconcertada—. Dejando de lado que no me llamaras después de aquella fiesta en casa de Peter el verano pasado.

—Ha sucedido algo. Por favor, escucha —su tono de voz, habitualmente suave, sonaba áspero—. Lamento tener que decirte esto..., pero Peter se encuentra en grave peligro.

La sonrisa de Katherine se desvaneció.

—¿De qué estás hablando?

—Peter... —Langdon vaciló, como si estuviera buscando las palabras adecuadas—. No sé cómo decirlo, pero está... retenido. No estoy seguro de cómo ni por qué, pero...

—¿Retenido? —inquirió Katherine—. Robert, me estás asustando. Retenido..., ¿dónde?

—Por un secuestrador —la voz de Langdon sonaba quebrada, como si se sintiera apesadumbrado—. Debe de haber pasado hoy a primera hora o quizá ayer.

—Esto no tiene ninguna gracia —dijo ella enfadada—. Mi hermano está bien. ¡Hablé con él hace quince minutos!

—¿¡Ah, sí?! —Langdon parecía extrañado.

—¡Sí! Me acaba de enviar un mensaje para decirme que venía al laboratorio.

—Te ha enviado un mensaje... —dijo Langdon, pensando en voz alta—. Pero ¿no has llegado a oír su voz?

—No, pero...

—Escúchame. El mensaje que has recibido no era de tu hermano. Alguien tiene el teléfono de Peter. Es peligroso. Quienquiera que sea, me engañó para que viniera a Washington esta noche.

—¿Engañarte? ¡Nada de lo que dices tiene ningún sentido!

—Ya lo sé, lo siento —Langdon parecía desorientado—. Katherine, puede que estés en peligro.

Katherine Solomon estaba segura de que Langdon nunca bromearía sobre algo así, y sin embargo parecía que hubiera perdido el juicio.

—Estoy bien —dijo ella—. ¡Estoy encerrada dentro de un edificio protegido!

—Léeme el mensaje que te envió Peter. Por favor.

Desconcertada, Katherine le leyó el mensaje a Langdon. Cuando llegó a la parte final en la que se hacía referencia al doctor Abaddon, sintió un escalofrío.

—«Si puede, que venga también el doctor Abaddon. Confío plenamente en él.»

—Oh, Dios... —en la voz de Langdon se podía advertir el miedo—. ¿Has invitado a ese hombre al laboratorio?

—¡Sí! Mi asistente acaba de ir a buscarlo al vestíbulo. Regresarán en cualquier...

—¡Katherine, sal de ahí! —gritó Langdon—. ¡Ahora!

En el otro extremo del SMSC, dentro de la sala de seguridad, empezó a sonar un teléfono, ahogando las voces que retransmitían el partido de los Redskins. A regañadientes, el guardia se volvió a quitarse los audífonos.

—Vestíbulo —respondió—. Soy Kyle.

—¡Kyle, soy Katherine Solomon! —sonaba inquieta y jadeante.

—Señora, su hermano todavía no...

—¡¿Dónde está Trish?! —inquirió—. ¿Puedes verla en los monitores?

El guardia volvió la silla giratoria para mirar las pantallas.

—¿Todavía no ha llegado al Cubo?

—¡No! —gritó Katherine, alarmada.

El guardia se dio cuenta de que Katherine estaba casi sin aliento, como si estuviera corriendo. «¿Qué está pasando aquí?»

Accionó rápidamente el *joystick*, pasando los fotogramas del video digital a cámara rápida.

—Muy bien, un momento, estoy revisando la grabación de la cámara... Veo a Trish con su invitado saliendo del vestíbulo..., van por la Calle..., avanzo..., van a entrar a la nave húmeda... Trish utiliza su tarjeta para abrir la puerta..., los dos entran en la nave... Avanzo... Los veo salir de la nave, hace apenas un minuto... —Negó con la cabeza, ralentizando la reproducción—. Un momento... Qué extraño.

—¿Qué?

—El caballero salió solo de la nave húmeda.

—¿Trish se quedó adentro?

—Sí, eso parece. Estoy viendo ahora mismo a su invitado..., va por el pasillo a solas.

—¿Y dónde está Trish? —preguntó Katherine, cada vez más alterada.

—No la veo en las cámaras —contestó el guardia en un tono que delataba su creciente inquietud.

Volvió a mirar la pantalla y se dio cuenta de que las mangas de la chaqueta del hombre parecían estar mojadas..., hasta los codos. «¿Qué diablos ha hecho en la nave húmeda?» El guardia observó cómo el hombre se dirigía por el pasillo principal hacia la nave 5. En la mano parecía llevar... una tarjeta de acceso.

El guardia sintió cómo se le erizaban los pelos del cogote.

—Señora Solomon, tenemos un grave problema.

Ésa era una noche de primeras veces para Katherine Solomon.

En dos años no había utilizado nunca su teléfono celular en el vacío, ni tampoco lo había cruzado a la carrera. Ahora, sin embargo, Katherine iba con el teléfono en la oreja mientras corría por la interminable extensión de la alfombra. Cada vez que se le salía un pie, corregía el rumbo rápidamente en la más absoluta oscuridad.

—¿Por dónde va ahora? —preguntó Katherine al guardia.

—Lo estoy mirando —respondió él—. Avanzo..., está recorriendo el pasillo... en dirección a la nave 5...

Katherine aceleró con la esperanza de llegar a la salida antes de quedarse atrapada allí dentro.

—¿Cuánto falta para que llegue a la entrada de la nave 5?

El guardia se quedó un momento callado.

—No lo ha entendido, señora. Todavía estoy adelantando la cinta. Esto es una grabación. Esto ya pasó. —Se quedó otra vez callado—. Un momento, déjeme comprobar el registro de las tarjetas de acceso —dijo, y luego añadió—: Señora, según el registro, la de la señora Dunne accedió a la nave 5 hace un minuto.

Katherine se detuvo en seco en medio del abismo.

—¿Ya entró en la nave 5? —le susurró al teléfono.

El guardia se puso a teclear frenéticamente.

—Sí, parece que entró..., hace noventa segundos.

Katherine se puso tensa. Contuvo la respiración. De repente la oscuridad que la rodeaba parecía haber cobrado vida.

«Está aquí dentro.»

Al instante, Katherine se dio cuenta de que la única luz del lugar provenía de su teléfono celular, que le iluminaba un lado de la cara.

—Envíe ayuda —le susurró al guardia—. Y vaya a la nave húmeda a socorrer a Trish. —Luego colgó el teléfono, apagando la luz.

Todo a su alrededor se sumió en la oscuridad.

Katherine se quedó completamente inmóvil, procurando hacer el menor ruido posible al respirar. Al cabo de unos segundos percibió una acre vaharada de etanol. El olor era cada vez más intenso. Advirtió una presencia a unos metros. El silencio era tal que los fuertes latidos del corazón de Katherine parecía que la fueran a delatar. Sin hacer ruido, se quitó los zapatos y se hizo a un lado, apartándose de la alfombra. Pudo notar el frío cemento bajo sus pies. Dio otro paso para alejarse todavía más de la alfombra.

Uno de sus pies crujió.

En la quietud, se oyó como si de un disparo se tratara.

A unos pocos metros, Katherine oyó de repente un susurro de ropas que se abalanzaba hacia ella. Tardó demasiado en apartarse y un poderoso brazo la alcanzó. A tientas, unas manos intentaron agarrarla. Ella forcejeó pero una potente garra consiguió aferrarse a su bata de laboratorio, tiró de ella y la hizo tambalearse.

Katherine echó los brazos hacia atrás, quitándose la bata y zafándose del hombre. Sin saber en qué dirección se encontraba la salida, Katherine Solomon echó a correr, completamente a ciegas, hacia el interminable abismo negro.

Capítulo 46

A pesar de contener lo que para muchos es «la habitación más bonita del mundo», la biblioteca del Congreso no es conocida tanto por su impresionante esplendor como por su vasta colección de libros. Con más de ciento cincuenta kilómetros de estantes –que en línea recta podrían unir Washington y Boston–, posee el título de la biblioteca más grande del mundo. A pesar de ello, sigue expandiéndose a un ritmo de más de diez mil artículos diarios.

La biblioteca del Congreso –inicialmente depósito de la colección personal de libros sobre ciencia y filosofía de Thomas Jefferson–, se erigió ya desde el principio como símbolo del compromiso de Norteamérica con la propagación del saber. Fue uno de los primeros edificios de Washington en tener luz eléctrica, ejerciendo literalmente de faro en medio de la oscuridad del Nuevo Mundo.

Como su mismo nombre indica, la biblioteca se fundó para servir al Congreso, cuyos venerables miembros trabajaban al otro lado de la calle, en el edificio del Capitolio. Ese antiguo vínculo entre biblioteca y Capitolio había sido reforzado recientemente con la construcción de una conexión física: un largo túnel bajo Independence Avenue que unía ambos edificios.

Esa noche, en el interior del tenuemente iluminado túnel, Robert Langdon seguía a Warren Bellamy por una zona de obras, mientras intentaba apaciguar la preocupación que sentía por Katherine. «¡¿Ese lunático está en su laboratorio?!» Langdon no quería siquiera imaginar por qué. Al llamar para advertirle, Langdon le había dicho a Katherine dónde podría encontrarlo. «¿Cuándo llegaremos al final de este maldito túnel?» Un turbio torrente de pensamientos interconectados le bullía en la cabeza: Katherine, Peter, los masones, Bellamy, pirámides, antiguas profecías... y un mapa.

Langdon apartó todos esos pensamientos de su cabeza y siguió adelante. «Bellamy me ha prometido respuestas.»

Cuando los dos hombres llegaron al final del pasadizo, Bellamy guió a Langdon por una serie de puertas dobles que estaban todavía en construcción. Al no poder cerrarlas tras de sí, Bellamy cogió una escalera de aluminio de las obras y la apoyó precariamente contra la puerta. Luego colocó encima un cubo de metal. Si alguien abría la puerta, el cubo caería ruidosamente al suelo.

«¿Éste es nuestro sistema de alarma?» Langdon se quedó mirando el cubo. Esperaba que Bellamy contara con un plan más elaborado para ponerse a salvo. Todo había pasado tan de prisa que hasta ahora Langdon no había empezado a pensar en las repercusiones de su huida con Bellamy. «Soy un fugitivo de la CIA.»

Bellamy dobló una esquina y los dos hombres comenzaron a subir una amplia escalera que había sido acordonada con unos postes de color naranja. Langdon podía notar el peso de la pirámide dentro de su bolsa.

—La pirámide —dijo—, todavía no entiendo...

—Aquí no —lo interrumpió Bellamy—. La examinaremos a la luz. Conozco un lugar seguro.

Langdon dudaba de que un lugar así existiera para alguien que acababa de asaltar físicamente a la directora de la Oficina de Seguridad de la CIA.

Al llegar a lo alto de la escalera, los dos hombres accedieron a un amplio vestíbulo decorado con mármol italiano, estuco y pan de oro. Rodeaban el vestíbulo ocho pares de estatuas, todas de la diosa Minerva. Bellamy siguió adelante, guiando a Langdon por un corredor abovedado, hasta llegar a una sala mucho más grande.

Incluso con la tenue iluminación nocturna, el gran vestíbulo de la biblioteca poseía el esplendor clásico de un palacio europeo. A unos veinte metros de altura se podía admirar una serie de vitrales soportados por vigas adornadas con «pan de aluminio», un metal antaño considerado más valioso que el oro. Por debajo, una majestuosa arcada de pilares dobles descendía hasta el balcón del segundo piso, accesible mediante dos magníficas escaleras cuyos postes soportaban unas gigantescas figuras femeninas de bronce que portaban las antorchas de la iluminación.

En un extraño intento de reproducir el tema de la ilustración moderna y al mismo tiempo mantenerse dentro del registro decorativo de la arquitectura renacentista, los pasamanos de la escalera habían sido tallados con *putti* que representaban a científicos modernos. «¿Un electricista angelical sosteniendo un teléfono? ¿Un entomólogo querúbico con una caja de especímenes?» Langdon se preguntó qué hubiera pensado Bernini de todo eso.

—Hablaremos aquí —dijo Bellamy, conduciendo a Langdon por delante de las vitrinas a prueba de balas que contenían los dos libros más valiosos de la biblioteca: la Biblia gigante de Maguncia, escrita a mano en la década de 1450, y una copia norteamericana de la Biblia de Gutemberg, uno de los tres únicos ejemplares en buen estado que quedaban en el mundo. Haciendo juego, en el abovedado techo se podían ver los seis paneles de la pintura de John White Alexander titulada *La evolución del libro*.

Bellamy se dirigió a una elegante puerta doble que había en el centro del muro trasero del corredor este. Langdon sabía qué sala había detrás de esa puerta, y le pareció una extraña elección para mantener una conversación. A pesar de la ironía que suponía hablar en un espacio plagado de letreros que pedían «Silencio, por favor», esa sala no parecía exactamente un «lugar seguro». Situada en el centro mismo del trazado cruciforme de la biblioteca, esa cámara venía a ser el corazón del edificio. Ocultarse allí era como entrar en una catedral y esconderse en el altar.

Aun así, Bellamy abrió las puertas, penetró en la oscura sala y buscó a tientas el interruptor. Al encender la luz, una de las mayores obras maestras de la arquitectura norteamericana surgió ante él como por arte de magia.

La famosa sala de lectura era un festín para los sentidos. Un voluminoso octágono se alzaba casi cincuenta metros en su centro, y cada una de sus ocho caras estaba hecha de mármol marrón de Tennessee, mármol crema de Siena y mármol rojizo de Algeria. Al estar iluminado desde los ocho ángulos, no había sombra alguna en la habitación, lo que provocaba la sensación de que la sala misma brillaba.

—Algunos dicen que se trata de la sala más impresionante de Washington —dijo Bellamy mientras hacía entrar a Langdon.

«Puede que de todo el mundo», pensó él al cruzar el umbral. Como siempre, su vista se dirigió primero al encabriado central, del que rayos de arabescos artesonados descendían enroscándose por la cúpula hasta llegar al balcón superior. Rodeando la sala, dieciséis efigies de bronce observaban desde la balaustrada. Por debajo, una serie de arcadas conformaban el balcón inferior. En la planta baja, tres círculos concéntricos de madera pulida rodeaban el enorme y octogonal mostrador de préstamos de madera.

Langdon volvió su atención a Bellamy, que había dejado completamente abiertas las puertas de la sala.

—Pensaba que nos estábamos escondiendo —dijo Langdon, confundido.

—Si alguien entra en el edificio —repuso Bellamy—, quiero oírlo.

—Pero ¿no nos encontrarán si nos quedamos aquí?

—No importa dónde nos escondamos. Nos encontrarán. Pero si nos acorralan en este edificio, se alegrará de que estemos en esta sala.

Langdon no tenía ni idea de la razón, pero tampoco parecía que Bellamy se lo fuera a explicar. El hombre ya se encontraba en el centro de la sala, donde había seleccionado una de las mesas de lectura disponibles. Cogió un par de sillas y encendió la luz. Luego señaló la bolsa de Langdon.

—Muy bien, profesor, echémosle un vistazo.

Langdon no quiso arriesgarse a rayar la pulida superficie de la mesa con la pieza de granito, así que levantó la bolsa y la depositó encima. Abrió la cremallera y bajó los lados hasta dejar completamente a la vista la pirámide que había dentro. Warren Bellamy ajustó la lámpara de lectura y estudió atentamente la pirámide, pasando los dedos por la inusual inscripción.

—Imagino que habrá reconocido este lenguaje —dijo.

—Por supuesto —respondió Langdon mientras observaba los dieciséis símbolos.

Conocido como cifrado francmasón, ese lenguaje codificado lo habían utilizado los primeros hermanos masones para sus comunicaciones. El método de encriptado había sido desechado hacía mucho por una razón muy simple: era excesivamente sencillo de descifrar. La mayoría de los alumnos del seminario de simbología de Langdon podían hacerlo en unos cinco minutos. Langdon, con un lápiz y un papel, antes de sesenta segundos.

La conocida facilidad de ese antiguo sistema de encriptado planteaba un par de paradojas. Para empezar, la afirmación de que Langdon era la única persona del mundo que podía descifrarlo resultaba absurda. Además, que Sato sugiriera que un cifrado masónico era un asunto de seguridad nacional era como si hubiera dicho que los códigos de las cabezas nucleares estaban encriptados con un anillo descodificador de juguete. A Langdon le costaba creer ambas cosas. «¿Esta pirámide es un mapa? ¿Indica la ubicación de la sabiduría perdida de los tiempos?»

—Robert —dijo Bellamy en tono grave—, ¿le dijo la directora Sato por qué estaba tan interesada en esto?

Langdon negó con la cabeza.

—No específicamente. No dejaba de repetir que se trataba de un asunto de seguridad nacional. Supongo que mentía.

—Quizá —dijo Bellamy, rascándose el cogote, como cavilando algo—. Aunque también hay otra posibilidad mucho más preocupante. —Se volvió y miró a Langdon directamente a los ojos—. Es posible que la directora Sato haya descubierto el auténtico potencial de la pirámide.

Capítulo 47

La negrura que rodeaba a Katherine Solomon era absoluta.

Tras dejar la familiar seguridad de la alfombra, ahora avanzaba a tientas, con los brazos extendidos mientras se internaba más profundamente en el desolador vacío. Bajo los calcetines de sus pies, la interminable extensión de frío cemento le parecía un lago congelado..., un entorno hostil del que necesitaba escapar.

Cuando dejó de oler a etanol se detuvo y esperó en la oscuridad. Absolutamente inmóvil, intentó escuchar algo, deseando que su corazón dejara de latir con tanta fuerza. Las pisadas que la seguían parecían haberse detenido. «¿Lo he esquivado?» Katherine cerró los ojos e intentó imaginar dónde podía estar. «¿En qué dirección he corrido? ¿Dónde está la puerta?» Era inútil. Estaba tan desorientada que la salida podía estar en cualquier sitio.

El miedo, había oído decir Katherine, actuaba como estimulante, agudizando la capacidad de la mente para pensar. Ahora mismo, sin embargo, el miedo que sentía había convertido su mente en un torrente de pánico y confusión. «Incluso si encontrara la salida, no podría salir.» Había perdido la tarjeta al desprenderse de la bata de laboratorio. Su única esperanza parecía ser el hecho de que era como una aguja en un pajar; un solo punto en una cuadrícula de casi tres mil metros cuadrados. A pesar del irresistible impulso de salir corriendo, la mente analítica de Katherine la instó a hacer lo más lógico: no moverse en absoluto. «Quédate quieta.

No hagas ningún ruido.» El guardia de seguridad estaba en camino, y por alguna razón desconocida su atacante olía a etanol. «Si se acerca demasiado, lo notaré.»

Mientras Katherine permanecía de pie en silencio, su mente volvió a lo que le había dicho Langdon. «Tu hermano... está retenido.» Sintió cómo una gota de sudor frío le recorría el brazo en dirección al teléfono celular que todavía sostenía en la mano derecha. Era un peligro que había olvidado considerar. Si el teléfono sonaba, delataría su posición, y no podía apagarlo sin abrirlo y que se iluminara.

«Deja el teléfono en el suelo... y aléjate de él.»

Pero fue demasiado tarde. Por la derecha advirtió una vaharada de etanol. Y el olor fue en aumento. Katherine intentó permanecer en calma, y se obligó a no hacer caso del impulso de salir corriendo. Cuidadosa, lentamente, dio un paso a la izquierda, pero el leve susurro de su ropa fue lo único que necesitó su atacante. Katherine oyó cómo se abalanzaba hacia ella, y de repente una mano la cogió con fuerza del hombro. El pánico hizo presa en ella, que se retorció para zafarse. La probabilidad matemática se vino abajo y Katherine echó a correr a ciegas. Giró a la izquierda para cambiar el rumbo y cruzó el vacío.

La pared apareció de la nada.

El choque fue violento y por un instante Katherine se quedó sin aliento. Sintió un tremendo dolor en el brazo y el hombro, pero consiguió mantenerse en pie. Haber chocado en un ángulo oblicuo había atenuado la fuerza del golpe, pero de poco consuelo servía eso ahora. El choque había resonado por todas partes. «Sabe dónde estoy.» Retorciéndose de dolor, volvió la cabeza y se quedó mirando fijamente la negrura de la nave. De repente notó que él le devolvía la mirada.

«Cambia de sitio. ¡Ahora!»

Todavía esforzándose por recobrar el aliento, empezó a moverse pared abajo, palpando con la mano izquierda las tachuelas de acero que iba encontrando en la pared. «Manténte pegada a la pared. Huye antes de que te acorrale.» En la mano derecha todavía sostenía el teléfono celular, que pensaba utilizar como proyectil si era necesario.

Katherine no estaba preparada para el sonido que oyó a continuación: un susurro de ropa justo enfrente..., contra la pared. Se quedó inmóvil y contuvo la respiración. «¿Cómo puede haber llegado ya a la pared? —sintió una leve ráfaga de aire, seguida del hedor a etanol—. «¡Viene hacia mí!»

Katherine retrocedió varios pasos. Luego, volviéndose 180 grados, empezó a avanzar a toda velocidad en la dirección opuesta. Había recorrido unos seis metros cuando sucedió algo imposible. De nuevo, directamente enfrente de ella, junto a la pared, oyó un susurro de ropa. Luego, la misma ráfaga de aire y el olor a etanol. Katherine Solomon volvió a detenerse en seco.

«¡Dios mío, está en todas partes!»

Con el pecho desnudo, Mal'akh escrutó la oscuridad.

El olor a etanol de sus mangas había resultado ser un problema, así que decidió convertirlo en una ventaja quitándose la camisa y la chaqueta y utilizándolas para acorralar a su presa. Al lanzar su chaqueta contra la pared de la derecha, oyó cómo Katherine se detenía y cambiaba de dirección. Luego, al arrojar la camisa a la izquierda, Mal'akh volvió a oír cómo se quedaba otra vez quieta. Estableciendo unos puntos por los cuales ella no se atrevería a pasar, había acorralado a Katherine contra la pared.

Ahora permanecía a la espera, intentando oír algo en el silencio. «Sólo se puede mover en una dirección: derecha hacia mí.» Pero Mal'akh no oyó nada. O bien Katherine estaba paralizada de miedo, o había decidido quedarse quieta y esperar a que llegara ayuda. «No tiene nada que hacer en ninguno de los dos casos.» Nadie iba a entrar en la nave 5; Mal'akh había inutilizado el teclado numérico exterior con una técnica algo rudimentaria pero efectiva. Tras utilizar la tarjeta de acceso de Trish, había insertado una moneda de diez centavos en la ranura para evitar que se pudiera emplear ninguna otra tarjeta sin desmontar primero todo el mecanismo.

«Estaremos tú y yo a solas, Katherine..., todo el tiempo que sea necesario.»

Mal'akh avanzó lenta y silenciosamente hacia adelante, pendiente de cualquier movimiento. Katherine Solomon moriría esa noche en la oscuridad del museo de su hermano. Un poético final. Mal'akh se moría de ganas de compartir la noticia de la muerte de Katherine con el hermano de ésta. La aflicción de Peter sería una venganza largamente esperada.

De repente, para su sorpresa, Mal'akh vio en la distancia un pequeño resplandor y se dio cuenta de que Katherine acababa de cometer un gran error. «¡¿Está llamando para pedir ayuda?!» A la altura de la cintura, a unos veinte metros de distancia, se había encendido el dispositivo electrónico cual brillante faro en un vasto océano negro. Mal'akh había pensado que tendría que esperar a Katherine, pero ahora ya no haría falta.

Se puso en marcha y empezó a correr hacia la luz, consciente de que tenía que alcanzarla antes de que pudiera completar la llamada. Llegó al cabo de unos segundos y se abalanzó sobre ella, extendiendo los brazos a cada lado del resplandeciente teléfono celular para evitar que se le escapara.

Lo que encontraron sus dedos, sin embargo, fue la pared, y a punto estuvo de rompérselos al doblárselos. A continuación, se golpeó la cabeza contra una viga de acero. Mal'akh dejó escapar un grito de dolor y cayó al suelo. Renegando, se puso en pie otra vez apoyándose en el puntal horizontal sobre el que Katherine había tenido la inteligencia de dejar su celular.

Katherine se puso a correr de nuevo, esta vez sin preocuparse por el ruido que pudiera hacer su mano al rebotar rítmicamente contra las tachuelas metálicas que sobresalían en la pared de la nave 5. «¡Corre!» Sabía que, si seguía la pared, tarde o temprano se toparía con la puerta de salida.

«¿Dónde diablos está el guardia?»

Con la mano izquierda iba siguiendo el regular espaciado de las tachuelas, mientras con la derecha, que mantenía extendida hacia adelante, procuraba no toparse con nada. «¿Cuándo llegaré a la esquina?» La pared parecía no terminarse nunca, pero de repente el espaciado de las tachuelas se interrumpió. Durante varios pasos, la mano izquierda palpó la pared desnuda hasta que las tachuelas volvieron a aparecer. Katherine se detuvo en seco y dio media vuelta para regresar al suave panel metálico. «¿Por qué ahí no hay tachuelas?»

Pudo oír cómo su atacante caminaba pesada y ruidosamente hacia ella, avanzando a tientas por la pared en su dirección. Otro ruido, sin embargo, asustó todavía más a Katherine: el lejano golpeteo de la linterna de un guardia contra la puerta de la nave 5.

«¿El guardia no puede entrar?»

Aunque la idea era aterradora, el lugar del que provenían esos golpes —a su derecha en diagonal— permitió que, al instante, Katherine se pudiera orientar. Visualizó cuál era su situación exacta, y esa imagen mental supuso asimismo una inesperada revelación. Ahora sabía en qué consistía ese panel plano de la pared.

Todas las naves estaban equipadas con una compuerta, una pared móvil gigante que se podía retirar para entrar o sacar especímenes de gran tamaño. Al igual que las de los hangares de aviación, esa compuerta era gigantesca, y ni en sueños habría imaginado Katherine verse en la necesidad de abrirla. En ese momento, sin embargo, parecía ser su única esperanza.

«¿Funcionará?»

En la oscuridad, buscó a ciegas la compuerta hasta que encontró la manilla metálica. Tras cogerse de ella, se echó hacia atrás para intentar abrirla. Nada. Volvió a intentarlo. No se movía.

Katherine pudo oír que su atacante estaba cada vez más cerca. «¡La puerta está atrancada!» Aterrada, deslizó las palmas de las manos por la puerta, buscando algún pasador o palanca. De repente notó lo que parecía una barra vertical. Arrodillándose, la palpó hasta llegar al suelo, y confirmó que estaba insertada en el cemento. «¡Una barra de seguridad!» Se puso otra vez en pie, agarró y tiró de la barra hasta sacarla del agujero.

«¡Ya casi está!»

Katherine buscó a tientas la manilla, volvió a encontrarla y tiró de ella con todas sus fuerzas. El enorme panel casi ni se movió, pero un fino haz de luz de luna se coló en la nave 5. Katherine volvió a tirar. El rayo de luz proveniente del exterior se hizo mayor. «¡Un poco más!» Tiró una última vez, consciente de que su atacante estaba a tan sólo unos metros.

A continuación introdujo su delgado cuerpo por la abertura, precipitándose hacia la luz. Una mano surgió entonces de la oscuridad, intentando agarrarla y llevarla dentro otra vez. Ella se deslizó y salió al exterior mientras el enorme brazo desnudo y cubierto por escamas tatuadas se retorcía como una serpiente furiosa.

Katherine dio media vuelta y huyó por la larga y pálida pared exterior de la nave 5. Las piedras del lecho que rodeaba el perímetro del SMSC se le clavaban en las plantas de los pies, pero no se detuvo y siguió corriendo en dirección a la entrada principal. La noche era oscura, pero a causa de la absoluta oscuridad de la nave 5, tenía las pupilas completamente dilatadas y podía ver perfectamente el camino, casi como si fuera de día. A su espalda, la pesada compuerta se abrió y Katherine oyó cómo el hombre corría tras ella. Parecía ir increíblemente rápido.

«No llegaré a la entrada principal. —Sabía que su Volvo estaba más cerca, pero tampoco creía que pudiera llegar a él—. No lo conseguiré.»

Entonces se dio cuenta de que todavía le quedaba un as bajo la manga.

Al acercarse a la esquina de la nave 5, advirtió que el hombre estaba a punto de alcanzarla. «Ahora o nunca.» En vez de doblar la esquina, Katherine torció de pronto a la izquierda, alejándose del edificio y dirigiéndose hacia la hierba. Al hacerlo, cerró fuertemente los ojos, se tapó la cara con ambas manos y empezó a correr por el césped totalmente a ciegas.

Los sensores de movimiento se activaron y el alumbrado de seguridad de la nave 5 se encendió de golpe, transformando instantáneamente la noche en día. Katherine oyó un grito de dolor a su espalda cuando los brillantes focos del suelo abrasaron las pupilas hiperdilatadas de su asaltante con más de veinticinco millones de bujías de luz. Pudo oír cómo se tambaleaba por el lecho de piedras.

Katherine mantuvo los ojos cerrados mientras corría por el césped. Cuando creyó estar suficientemente lejos del edificio y las luces, los abrió, corrigió el rumbo y corrió como una loca a través de la oscuridad.

Las llaves de su Volvo estaban donde siempre las dejaba, en la consola central. Sin aliento, cogió las llaves con manos temblorosas y arrancó el motor. Los faros del auto se encendieron, ofreciéndole una aterradora visión.

Una horrenda figura se acercaba corriendo a ella.

Katherine se quedó momentáneamente paralizada.

La criatura que habían iluminado sus faros era un animal calvo con el pecho desnudo, la piel cubierta de escamas, símbolos y textos. Corría hacia ella rugiendo y tapándose los ojos con las manos como un animal subterráneo que viera la luz del sol por primera vez. Katherine accionó la palanca de cambios, pero de repente apareció el atacante y estampó su codo contra la ventanilla lateral, enviando múltiples fragmentos del vidrio de seguridad sobre su regazo.

El hombre introdujo su enorme brazo cubierto de escamas por la ventanilla y buscó medio a tientas el cuello de Katherine. Ella dio marcha atrás, pero el atacante se había aferrado a su garganta y la apretaba con una fuerza inimaginable. Volvió la cabeza intentando escapar de la presión y de repente vio su rostro. Cuatro oscuras rayas en el maquillaje, parecidas a arañazos, dejaban a la vista los tatuajes que llevaba debajo. Su mirada era salvaje y despiadada.

—Debería haberte matado hace diez años —gruñó—. La noche en la que maté a tu madre.

Al oír sus palabras, un horrendo recuerdo volvió a la mente de Katherine: esa salvaje mirada la había visto antes. «Es él.» Hubiera gritado de no ser por la presión que hacía alrededor de su cuello.

Pisó a fondo el acelerador y a bandazos el auto arrancó hacia atrás, arrastrando a su atacante, que seguía aferrado a ella. El Volvo se inclinó a un lado, y Katherine sintió que su cuello estaba a punto de ceder por el peso del hombre. De repente, unas ramas golpearon el lateral del auto y las ventanillas, y la presión desapareció.

El vehículo pasó entre los árboles y llegó al estacionamiento superior, donde Katherine frenó en seco. Abajo pudo ver que el hombre medio desnudo se ponía en pie y se quedaba mirando fijamente los faros del auto. Con una calma aterradora, levantó el amenazador brazo cubierto de escamas y lo apuntó directamente a ella.

Katherine sintió que una oleada de terror y de odio recorría su cuerpo mientras giraba el volante y aceleraba. Segundos después, el vehículo se dirigía por Silver Hill Road con un derrape.

Capítulo 48

En el calor del momento, el agente Núñez no había visto otra opción que ayudar a escapar al Arquitecto del Capitolio y a Robert Langdon. Ahora, sin embargo, ya de vuelta en el cuartel subterráneo, Núñez podía ver cómo se cernían sobre él nubes de tormenta.

El jefe Trent Anderson sostenía una bolsa de hielo contra su cabeza mientras otro agente atendía las heridas de Sato. Ambos estaban junto al equipo de videovigilancia, revisando grabaciones para intentar localizar a Langdon y a Bellamy.

—Comprueben las grabaciones de todos los pasillos y salidas —exigió Sato—. ¡Quiero saber adónde han ido!

Núñez sentía náuseas. Sabía que en cuestión de minutos encontrarían la grabación y descubrirían la verdad. «Yo les ayudé a escapar.» Para empeorar las cosas, había llegado un cuarto agente de la CIA, que ahora estaba preparándose para ir por Langdon y Bellamy. Esos tipos no tenían nada que ver con el cuerpo de seguridad del Capitolio. Esos tipos eran auténticos soldados: camuflaje negro, cascos de visión nocturna, pistolas de aspecto futurista.

Núñez tenía la sensación de que estaba a punto de vomitar. Finalmente tomó una decisión y se acercó discretamente a Anderson.

—¿Puedo hablar un momento con usted, jefe?

—¿Qué sucede? —Anderson acompañó a Núñez hasta el pasillo.

—Jefe, he cometido un grave error —dijo Núñez, rompiendo a sudar—. Lo siento, presento mi dimisión.

«De todos modos, me va a echar dentro de unos minutos.»

—¿Cómo dice?

Núñez tragó saliva.

—Vi a Langdon y al Arquitecto Bellamy en el centro de visitantes, cuando salían del edificio.

—¡¿Cómo?! —bramó Anderson—. ¡¿Por qué no ha dicho nada?!

—El Arquitecto me ha pedido que no lo hiciera.

—¡Usted trabaja para mí, maldita sea! —La voz de Anderson resonó por todo el corredor—. ¡Bellamy me empotró la cabeza contra una pared, por el amor de Dios!

Núñez le entregó a Anderson la llave que el Arquitecto le había dado.

—¿Qué es esto? —preguntó Anderson.

—Una llave del nuevo túnel que pasa por debajo de Independence Avenue. El Arquitecto Bellamy la tenía. Así fue como escaparon.

Anderson se quedó mirando la llave sin decir nada.

Sato asomó la cabeza por el pasillo con mirada escrutadora.

—¿Qué sucede aquí?

Núñez sintió que empalidecía. Anderson todavía sostenía la llave, y Sato la había visto. Mientras la espantosa mujer se acercaba, Núñez improvisó lo mejor que pudo para intentar proteger a su jefe.

—He encontrado una llave en el suelo del subsótano. Le estaba preguntando al jefe Anderson si sabía de dónde era.

Sato llegó a su lado, con los ojos puestos en la llave.

—¿Y el jefe lo sabe?

Núñez se volvió hacia Anderson, quien claramente estaba considerando sus opciones antes de decir nada. Finalmente, negó con la cabeza.

—De inmediato, no. Tendría que comprobar...

—No se moleste —replicó Sato—. Esa llave abre un túnel que sale del centro de visitantes.

—¿De veras? —dijo Anderson—. ¿Cómo lo sabe?

—Acabamos de encontrar la grabación. El agente Núñez ayudó a escapar a Langdon y a Bellamy y luego volvió a cerrar la puerta del túnel. Fue Bellamy quien le dio la llave a Núñez.

Anderson se volvió hacia él, furioso.

—¡¿Es eso cierto?!

Núñez asintió vigorosamente, siguiéndole la corriente lo mejor que podía.

—Lo siento, señor. ¡El Arquitecto me pidió que no se lo dijera a nadie!

—¡No me importa lo más mínimo lo que le haya dicho el Arquitecto! —gritó Anderson—. Espero...

—Cállese, Trent —espetó Sato—. Son ambos unos pésimos mentirosos. Esperen la investigación de la CIA. —Le arrebató la llave del túnel a Anderson—. Aquí están ambos acabados.

Capítulo 49

Robert Langdon colgó su teléfono. Estaba cada vez más preocupado. «Katherine no contesta.» Había prometido llamarlo en cuanto hubiera conseguido salir sana y salva del laboratorio y estuviera ya de camino a la biblioteca, pero todavía no lo había hecho.

Bellamy estaba sentado junto a Langdon en la mesa de la sala de lectura. También él había hecho una llamada; en su caso, a un individuo que supuestamente podría ofrecerles un santuario, un lugar seguro en el que esconderse. Desafortunadamente, esa persona tampoco cogía el teléfono, de modo que le había dejado un mensaje urgente en el contestador, indicándole que llamara cuanto antes al celular de Langdon.

—Lo seguiré intentando —le dijo a Langdon—, pero por el momento dependemos de nosotros mismos. Y tenemos que pensar en un plan para esta pirámide.

«La pirámide.» Langdon ya no prestaba atención al espectacular decorado de la sala de lectura; ahora su mundo consistía únicamente en lo que tenía ante sí: una pirámide de piedra, un paquete sellado con un vértice, y un elegante hombre afroamericano que había aparecido de la nada y lo había rescatado de un interrogatorio de la CIA.

Langdon esperaba un mínimo de cordura del Arquitecto del Capitolio, pero en realidad Warren Bellamy no parecía ser mucho más racional que el loco que aseguraba que Peter se encontraba en el purgatorio. Bellamy insistía en que esa pirámide efectivamente se trataba de la pirámide masónica de la leyenda. «¿Un antiguo mapa? ¿Que nos guiará hasta un poderoso saber?»

—Señor Bellamy —dijo educadamente Langdon—, esa idea de que existe una especie de saber secreto que puede otorgar un gran poder al ser humano..., me cuesta tomármela en serio.

Bellamy lo miró decepcionado y muy seriamente a la vez, haciendo que a Langdon su escepticismo le resultara todavía más incómodo.

—Sí, profesor, ya imaginaba que se sentiría usted así, aunque tampoco debería sorprenderme. Ve las cosas desde afuera. Existen ciertas realidades masónicas que percibe como mitos porque no está debidamente iniciado y preparado para comprenderlas.

Langdon sintió que lo trataba con condescendencia. «Tampoco era miembro de la tripulación de Odiseo, pero estoy seguro de que el cíclope es un mito.»

—Señor Bellamy, incluso en el caso de que la leyenda fuera cierta..., esta pirámide no podría ser la masónica.

—¿Ah, no? —Bellamy pasó un dedo por el cifrado masónico de la piedra—. A mí me parece que encaja perfectamente con la descripción. Una pirámide de piedra con un reluciente vértice de metal, que, según la imagen de rayos X de Sato, corresponde exactamente con lo que Peter le confió. —Bellamy cogió el pequeño paquete con forma de cubo y lo sopesó en su mano.

—Esta pirámide mide menos de medio metro —rebatió Langdon—. Todas las versiones que he oído de la historia coinciden en que la pirámide masónica es enorme.

Bellamy esperaba ese comentario.

—Como sabe, la leyenda habla de una pirámide tan alta que el mismo Dios podría tocarla con sólo extender el brazo.

—Exactamente.

—Comprendo su dilema, profesor. Sin embargo, tanto los antiguos misterios como la filosofía masónica celebran la potencialidad de un Dios a nuestro alcance. Simbólicamente hablando, uno podría decir que todo aquello al alcance de un hombre ilustrado... está al alcance de Dios.

Langdon no reaccionó ante el juego de palabras.

—Incluso la Biblia está de acuerdo —dijo Bellamy—. Si, tal y como nos dice el Génesis, aceptamos que «Dios creó al hombre a su imagen y semejanza», entonces también debemos aceptar lo que eso implica: que la humanidad no fue creada inferior a Dios. En Lucas 17, 20 se nos dice: «El reino de Dios está en tu interior.»

—Lo siento, pero no conozco a ningún cristiano que se considere igual que Dios.

—Claro que no —dijo Bellamy endureciendo el tono—. Porque la mayoría de los cristianos quieren ambas cosas. Quieren poder decir con orgullo que creen en la Biblia pero al mismo tiempo prefieren ignorar las partes que resultan demasiado difíciles o inconvenientes de creer.

A eso Langdon no contestó nada.

—En cualquier caso —dijo Bellamy—, la antigua descripción de una pirámide masónica suficientemente alta para alcanzar a Dios... siempre ha dado pie a malinterpretaciones sobre su tamaño. Algo que, convenientemente, ha supuesto que académicos como usted insistan en que la pirámide es una leyenda, y nadie se ponga a buscarla.

Langdon bajó la mirada hacia el objeto que descansaba sobre la mesa.

—Lamento decepcionarlo —dijo—. Siempre he creído que la pirámide masónica es un mito.

—¿No le parece perfectamente lógico que un mapa creado por los masones esté grabado en piedra? A lo largo de la historia, ha sido así con nuestros referentes morales más importantes, como las tablas que Dios entregó a Moisés, los diez mandamientos que debían guiar el comportamiento humano.

—Lo comprendo, y sin embargo siempre se hace referencia a ella como la leyenda de la pirámide masónica. «Leyenda» implica que se trata de algo de naturaleza mítica.

—Sí, leyenda —Bellamy soltó una risa ahogada—. Me temo que usted sufre el mismo problema que tuvo Moisés.

—¿Cómo dice?

Bellamy se volvió en su asiento y levantó la mirada hacia el balcón del segundo piso, desde donde los observaban dieciséis esculturas de bronce.

—¿Ve a Moisés?

Langdon echó un vistazo a la celebrada estatua de Moisés que había en la biblioteca.

—Sí.

—Tiene cuernos.

—Ya lo veo.

—¿Y sabe por qué tiene cuernos?

Al igual que la mayoría de los profesores, a Langdon no le gustaba que le sermonearan. El Moisés de la biblioteca tenía cuernos por la misma razón que miles de reproducciones cristianas de Moisés los tenían: un error en la traducción del libro del Éxodo. El texto hebreo original decía que Moisés tenía «*karan 'ohr panav*» («un rostro del que emanaban rayos de luz»), pero cuando la Iglesia católica romana redactó la traducción al latín oficial de la Biblia, el traductor metió la pata en la descripción de Moisés al traducirla como «*cornuta esset facies sua*», lo que significa que «su rostro era cornudo». A partir de entonces, artistas y escultores, temiendo represalias si no se ajustaban a los Evangelios, empezaron a representar a Moisés con cuernos.

—Fue un simple error —respondió Langdon—. Un error de traducción que cometió san Jerónimo alrededor del año 400 a. C.

Bellamy parecía impresionado.

—Exacto. Un error de traducción. Y su consecuencia ha sido que... Moisés ha quedado deformado para el resto de la historia.

«Deformado» era un modo amable de decirlo. De pequeño, Langdon sintió pánico al ver el diabólico «Moisés cornudo» de Miguel Ángel. La obra principal de la basílica de San Pedro Encadenado, en Roma.

—Menciono al Moisés cornudo —dijo Bellamy—, para ilustrar cómo la mala interpretación de una única palabra puede alterar la historia.

«Está predicando al coro —pensó Langdon, que había aprendido la lección de primera mano hacía unos años en París—. SanGreal: Santo Grial. SangReal: Sangre Real.»

—En el caso de la pirámide masónica —prosiguió Bellamy—, la gente oyó rumores acerca de una «leyenda». Y la idea cuajó. La leyenda de la pirámide masónica sonaba a mito. Pero la palabra «leyenda» se refería a otra cosa. Había sido malinterpretada. Más o menos como la palabra «talismán» —sonrió—. El lenguaje puede llegar a camuflar la verdad.

—Eso es cierto, pero me he perdido.

—Robert, la pirámide masónica es un *mapa*. Y como todos los mapas, tiene una *leyenda*, una clave que nos indica cómo leerlo. —Bellamy tomó el paquete con forma de cubo y lo sostuvo en alto—. ¿No lo ve? Este vértice es la leyenda de la pirámide. Es la clave que indica cómo debe leerse el objeto más poderoso que hay sobre la Tierra..., un mapa que revela el paradero del mayor tesoro de la humanidad: el saber perdido de los tiempos.

Langdon se quedó callado.

—Humildemente sostengo —añadió Bellamy— que su gran pirámide masónica es sólo esto..., una modesta piedra cuyo vértice de oro alcanza la suficiente altura para ser tocado por Dios. Suficiente altura para que un hombre ilustrado pueda extender el brazo y tocarlo.

Se hizo un silencio entre ambos hombres durante varios segundos.

Langdon sintió una inesperada oleada de excitación al bajar la mirada hacia la pirámide, que ahora veía con una nueva luz. Volvió a posar sus ojos sobre el código masónico.

—Pero este código... parece tan...

—¿Sencillo?

Langdon asintió.

—Prácticamente cualquiera podría descifrar esto.

Bellamy sonrió y le dio a Langdon un lápiz y un papel.

—Entonces quizá nos podría ilustrar.

A Langdon le seguía incomodando la idea de descifrar el código. A pesar de las circunstancias, no dejaba de parecerle que estaba traicionando la confianza de Peter. Es más, le costaba imaginar que esa inscripción develara el paradero de nada..., y mucho menos de uno de los mayores tesoros de la historia.

Langdon aceptó el lápiz que le ofrecía Bellamy y, mientras lo hacía tamborilear contra su barbilla, empezó a estudiar el código. Era tan simple que casi no necesitaba lápiz y papel. Aun así, quiso asegurarse de que no cometía ningún error, de modo que puso el lápiz sobre el papel y dibujó la descripción más común de un cifrado masónico. La clave consistía en cuatro cuadrículas —dos simples y otras dos con puntos—, dentro de las cuales se escribía el alfabeto. Cada carácter se posicionaba dentro de un «espacio» o «celda». La forma de la celda de cada letra pasaba a ser el símbolo de esa letra.

La idea era tan simple que parecía casi infantil.

Langdon verificó dos veces el resultado. Cuando estuvo seguro de que la clave de desencriptado era correcta, volvió a centrar su atención en el código inscrito en la pirámide. Para descifrarlo, lo único que tenía que hacer era encontrar la forma correspondiente en la clave de desencriptado y tomar nota de la letra.

El primer carácter de la pirámide parecía una flecha invertida o un cáliz. Langdon encontró rápidamente el segmento con forma de cáliz en la clave de desencriptado. Estaba localizado en la esquina inferior izquierda y en ella aparecía la letra «S».

Langdon anotó la «S».

El siguiente símbolo de la pirámide era un cuadrado con un punto al que le faltaba el lado derecho. Esa forma se correspondía en la cuadrícula de desencriptado con la letra «O».

Langdon anotó la letra «O».

El tercer símbolo era un cuadrado simple, y se correspondía con la letra «E».

Langdon anotó la letra «E».

«S O E...»

A medida que avanzaba fue ganando velocidad, hasta que finalmente hubo completado toda la cuadrícula.

Al mirar la traducción resultante, sin embargo, dejó escapar un suspiro de desconcierto. «Esto no es lo que yo llamaría un momento eureka.»

En el rostro de Bellamy se podía adivinar un atisbo de sonrisa.

—Como sabe, profesor, los antiguos misterios están reservados sólo para aquéllos que están verdaderamente ilustrados.

—Cierto —dijo Langdon con el ceño fruncido.

«Al parecer, yo no lo estoy.»

Capítulo 50

En una oficina del sótano del cuartel general de la CIA en Langley, Virginia, los mismos dieciséis caracteres del cifrado masónico relucían en un monitor de computador de alta definición.

La analista de seguridad de sistemas de la OS Nola Kaye estudiaba a solas la imagen que le había enviado diez minutos antes su jefa, la directora Inoue Sato.

«¿Es esto algún tipo de broma?» Nola sabía que no, claro; la directora Inoue Sato no tenía sentido del humor, y los acontecimientos de esa noche eran cualquier cosa menos asunto de broma. Su acceso a documentos altamente restringidos dentro de la todopoderosa Oficina de Seguridad de la CIA le había abierto los ojos a las tinieblas del poder. Pero lo que Nola había presenciado en las últimas veinticuatro horas había cambiado para siempre su idea sobre los secretos que ocultaban los hombres poderosos.

—Sí, directora —dijo ahora Nola, sosteniendo el teléfono con el hombro mientras hablaba con Sato—. Efectivamente, el código de la inscripción es el cifrado masónico. Sin embargo, el texto resultante no tiene sentido. Parece ser una cuadrícula de letras al azar.

Bajó la mirada hacia el texto desencriptado.

```
S   O   E   U

A   T   U   N

C   S   A   S

V   U   N   J
```

—Tiene que significar algo —insistió Sato.

—No, a no ser que haya un segundo encriptado que desconozcamos.

—¿Alguna suposición? —preguntó Sato.

—Es una matriz cuadriculada, de modo que podría probar con los típicos, vigenère, grille, trellis y demás, pero no prometo nada, especialmente si se trata de una libreta de un solo uso.

—Haz lo que puedas. Pero hazlo de prisa. ¿Y qué hay acerca de los rayos X?

Nola hizo girar la silla hacia un segundo monitor que mostraba una imagen de rayos X de la bolsa de alguien. Sato había solicitado información sobre lo que parecía ser una pequeña pirámide que estaba dentro de una caja con forma de cubo. Normalmente, un objeto de cinco centímetros no sería un asunto de seguridad nacional a no ser que estuviera hecho de plutonio enriquecido. Éste no lo estaba. El material del que estaba hecho, sin embargo, resultaba asimismo sorprendente.

—El análisis de la densidad de imagen es conclusivo —dijo Nola—. 19,3 gramos por centímetro cúbico. Es oro puro. Muy, muy valioso.

—¿Algo más?

—Pues sí. El escaneado de densidad ha encontrado unas pequeñas irregularidades en la superficie de la pirámide de oro. Resulta que hay un texto grabado.

—¿De verdad? —dijo Sato, esperanzada—. ¿Qué dice?

—Todavía no lo sé. La inscripción es extremadamente débil. Estoy intentando mejorar la imagen con filtros, pero la resolución de los rayos X no es demasiado buena.

—Está bien. Sigue intentándolo. Llámame cuando tengas algo.

—Sí, señora.

—Y una cosa, Nola —Sato ensombreció el tono de voz—. Al igual que todas las demás cosas que has averiguado en las últimas veinticuatro horas, las imágenes de la pirámide de piedra y el vértice de oro están clasificadas. No debes consultar a nadie. Me informarás directamente a mí. Quiero asegurarme de que esto está claro.

—Por supuesto, señora.

—Muy bien. Mantenme al tanto —Sato colgó.

Nola se frotó los ojos y volvió la mirada a las pantallas de computador. No había dormido en las últimas treinta y seis horas, y sabía muy bien que no lo haría hasta que esa crisis hubiera llegado a su conclusión.

«Cualquiera que sea ésta.»

En el centro de visitantes del Capitolio, cuatro especialistas en operaciones de campo de la CIA totalmente vestidos de negro permanecían en la entrada del túnel, observando con avidez el pasadizo tenuemente iluminado como una jauría de perros a punto de iniciar la caza.

Tras colgar el teléfono, Sato se acercó a ellos.

—Muchachos —dijo, todavía con la llave del Arquitecto en la mano—, ¿están claros los parámetros de vuestra misión?

—Afirmativo —contestó el jefe de equipo—. Tenemos dos objetivos. El primero es una pirámide de apenas treinta centímetros de alto, con una inscripción. El segundo es un paquete con forma de cubo, de aproximadamente cinco centímetros. Ambos fueron vistos por última vez en la bolsa de Robert Langdon.

—Correcto —dijo Sato—. Esos dos objetos deben ser recuperados intactos a la mayor brevedad. ¿Tienen alguna pregunta?

—¿Parámetros para el uso de la fuerza?

A Sato todavía le dolía el hombro que Bellamy le había golpeado con el hueso.

—Como he dicho, es de vital importancia que esos objetos sean recuperados.

—Comprendido.

Los cuatro hombres dieron vuelta y se internaron en la oscuridad del túnel.

Sato encendió un cigarrillo y observó cómo desaparecían.

Capítulo 51

Katherine Solomon siempre había sido una conductora prudente, pero ahora circulaba con su Volvo por Suitland Park a más de 140 kilómetros por hora. El pánico no había comenzado a ceder hasta después de que pasó casi dos kilómetros con el trémulo pie pegado al acelerador. Ahora se daba cuenta de que su incontrolable tiritera no se debía únicamente al miedo.

«Estoy congelada.»

El aire nocturno e invernal que entraba por la ventanilla rota zarandeaba su cuerpo como si de un viento ártico se tratara. Tenía los pies entumecidos, así que cogió el par de zapatos de repuesto que solía guardar bajo el asiento del acompañante. Mientras lo hacía sintió una punzada de dolor en la magulladura que tenía en el cuello, donde la poderosa mano se había aferrado.

El hombre que había hecho añicos la ventanilla no se parecía al rubio caballero que Katherine había conocido como el doctor Christopher Abaddon. La espesa cabellera y la suave y bronceada tez habían desaparecido. La cabeza afeitada, el pecho desnudo y el rostro con el maquillaje corrido habían resultado ser un aterrador tapiz de tatuajes.

Volvió a oír otra vez el susurro de su voz en el aullido del viento que entraba por la ventanilla rota: «Katherine, debería haberte matado hace años..., la noche en la que maté a tu madre.»

Katherine se estremeció. No tenía duda alguna. «Era él.» Nunca había llegado a olvidar la diabólica violencia de su mirada. Ni el sonido del único disparo de su hermano, que había matado a ese hombre y le había hecho caer al río helado, cuyo hielo atravesó y de donde ya nunca volvió a salir. Los investigadores lo estuvieron buscando durante semanas, pero jamás encontraron su cuerpo, y finalmente decidieron que la corriente se lo debía de haber llevado a la bahía de Chesapeake.

«Se equivocaron –ahora ella lo sabía–. Todavía está vivo.

»Y ha regresado.»

Katherine sintió cómo crecía su angustia al recordar la escena. Había ocurrido hacía casi diez años. El día de Navidad. Katherine, Peter y la madre de ambos –toda su familia– se reunieron en su gran mansión de piedra en Potomac, situada en un terreno forestal de ochenta hectáreas de extensión por los que pasaba su propio río.

Como era tradición, la madre estaba en la cocina disfrutando de la costumbre vacacional de cocinar para sus dos hijos. A pesar de sus setenta y cinco años, Isabel Solomon era una cocinera excelente, y esa noche los deliciosos olores del asado de ciervo con salsa de chirivía y puré de papas con ajo inundaban la casa. Mientras su madre preparaba el festín, Katherine y su hermano se relajaban en el invernadero charlando sobre la última afición de ella, un nuevo campo llamado ciencia noética. Esa improbable fusión entre la moderna física de partículas y el antiguo misticismo había cautivado por completo la imaginación de la joven.

«Una mezcla de física y filosofía.»

Katherine le contó a Peter algunos de los experimentos que soñaba hacer, y pudo ver en sus ojos que se sentía intrigado. A ella le alegraba especialmente poder darle a su hermano algo positivo en que pensar esas navidades, pues las fiestas también se habían convertido en un doloroso recordatorio de una terrible tragedia.

«El hijo de Peter, Zachary.»

El veintiún cumpleaños del sobrino de Katherine también fue el último que celebró. La familia había pasado por una auténtica pesadilla, y ahora parecía que su hermano por fin volvía a reír.

Zachary había sido un niño frágil y torpe que tardó mucho en desarrollarse y, más adelante, un adolescente rebelde y airado. A pesar de su educación privilegiada y del profundo cariño que le profesaban, el muchacho parecía determinado a alejarse del «entorno» de los Solomon. Hizo que lo echaran del instituto, empezó a salir de noche con celebridades, y rechazó los firmes y cariñosos intentos de sus padres para enderezarlo.

«Rompió el corazón de Peter.»

Poco después de cumplir dieciocho años, Katherine se sentó con su madre y su hermano y los escuchó debatir sobre si retener o no la herencia de Zachary hasta que madurara más. Esa herencia era una tradición centenaria en la familia; los Solomon legaban una porción increíblemente generosa de la fortuna familiar a cada descendiente cuando cumplía dieciocho años. Creían que las herencias eran más útiles al principio de la vida que al final. Y, de hecho, dejar grandes cantidades de la fortuna familiar en manos de sus jóvenes descendientes había sido la clave del crecimiento de la riqueza dinástica de la familia.

En ese caso, sin embargo, la madre de Katherine consideraba que era peligroso darle al problemático hijo de Peter una cantidad de dinero tan grande. Peter no estaba de acuerdo.

—La herencia de los Solomon —dijo su hermano— es una tradición familiar que no se debe interrumpir. Ese dinero podría hacer que Zachary se volviera más responsable.

Lamentablemente, Peter se equivocaba.

En cuanto recibió el dinero, Zachary rompió con su familia y se fue de casa sin llevarse siquiera sus pertenencias. Reapareció meses después en los tabloides: PLAYBOY DISFRUTA DE LA BUENA VIDA EN EUROPA.

Los tabloides se recreaban en la disipada y libertina vida de Zachary. A los Solomon les resultaban difíciles de asumir todas esas fotos de fiestas salvajes en yates y borracheras en discotecas. Las fotos de su díscolo descendiente pasaron de trágicas a aterradoras cuando los periódicos informaron de que Zachary había sido detenido con cocaína en la frontera de un país euroasiático: MILLONARIO SOLOMON EN PRISIÓN TURCA.

La prisión, descubrieron, se llamaba Soganlik, y era un brutal centro de detención de clase F situado en el distrito de Kartal, a las afueras de Estambul. Temiendo por la seguridad de su hijo, Peter Solomon fue a buscarlo a Turquía. Al consternado hermano de Katherine le prohibieron incluso ver a Zachary y regresó con las manos vacías. La única noticia alentadora fue que los influyentes contactos de Solomon en el Departamento de Estado estaban intentando conseguir su extradición cuanto antes.

Dos días después, sin embargo, Peter recibió una espantosa llamada telefónica. A la mañana siguiente, la noticia llegó a los titulares: HEREDERO DE LOS SOLOMON ASESINADO EN PRISIÓN.

Las fotografías de la cárcel eran atroces, y los medios de comunicación las publicaron todas, incluso tiempo después de la ceremonia de entierro privada de los Solomon. La esposa de Peter nunca le perdonó que no hubiera conseguido liberar a Zachary, y su matrimonio se rompió seis meses más tarde. Desde entonces, Peter había estado solo.

Años después, Katherine, Peter y la madre de ambos, Isabel, se habían reunido para pasar una tranquila Navidad juntos. El dolor todavía estaba presente, pero afortunadamente con el tiempo había ido disminuyendo. Desde el otro lado de la puerta de la cocina se podía oír el agradable ruido de tarros y cacerolas que hacía su madre mientras preparaba el tradicional festín. En el invernadero, Peter y Katherine disfrutaban de un brie horneado y una relajada conversación vacacional.

Hasta que oyeron un ruido inesperado.

—Hola, familia Solomon —dijo alegremente alguien a su espalda.

Katherine y su hermano se volvieron sobresaltados y vieron a un enorme y musculoso tipo que entraba en el invernadero. Llevaba un pasamontañas negro que le tapaba toda la cara salvo los ojos, que relucían con salvaje intensidad.

Peter se puso inmediatamente en pie.

—¡¿Quién es usted?! ¡¿Cómo ha entrado aquí?!

—Conocí a su hijito, Zachary, en prisión. Me contó dónde estaba escondida esta llave —el desconocido mostró una vieja llave y sonrió como un animal—. Justo antes de matarlo de una paliza.

Peter se quedó boquiabierto.

El desconocido sacó una pistola y le apuntó directamente a su pecho.

—Siéntese.

Peter volvió a sentarse en su silla.

Katherine permaneció inmóvil mientras el hombre cruzaba la habitación. Bajo el pasamontañas, los ojos de ese tipo eran salvajes como los de un animal rabioso.

—¡Eh! —exclamó Peter, como si quisiera advertir a su madre, que seguía en la cocina—. ¡Quienquiera que sea, coja lo que quiera y váyase!

El hombre volvió a levantar su pistola hacia el pecho de Peter.

—¿Y qué cree usted que quiero?

—Dígame cuánto —dijo Solomon—. No tenemos dinero en la casa, pero puedo...

El monstruo se rio.

—No me insulte. No estoy interesado en su dinero. He venido en busca del otro patrimonio de Zachary —sonrió—. En prisión me habló de una pirámide.

«Pirámide —pensó desconcertada Katherine—. ¿Qué pirámide?»

Su hermano se mostró desafiante.

—No sé de qué está hablando.

—¡No se haga el tonto conmigo! Zachary me contó lo que esconde en la caja fuerte de su estudio. Lo quiero. Ahora.

—Fuera lo que fuese lo que le contara Zachary, se confundió —dijo Peter—. ¡No sé de qué me está hablando!

—¿Ah, no? —El intruso se volvió y apuntó la pistola al rostro de Katherine—. ¿Y ahora?

Los ojos de Peter se llenaron de terror.

—¡Lo digo en serio! ¡No sé de lo que me está hablando!

—Miénteme una vez más —advirtió el tipo, sin dejar de apuntar a Katherine— y prometo que la mataré. —Sonrió—. Y por lo que me dijo Zachary, su hermanita es mucho más valiosa para usted que todo su...

—¡¿Qué está pasando aquí?! —exclamó la madre de Katherine al tiempo que entraba en la habitación con la escopeta Browning Citori de Peter en las manos, apuntándola directamente al pecho del hombre.

El intruso se volvió hacia ella, pero la enérgica mujer de setenta y cinco años no perdió más tiempo y le disparó una ensordecedora ráfaga de perdigones. El intruso se tambaleó hacia atrás, y empezó a disparar su arma en todas direcciones, rompiendo unas cuantas ventanas mientras él atravesaba y hacía añicos la puerta de vidrio, soltando su pistola al caer.

Peter no vaciló un momento y fue corriendo a recoger la pistola. Durante el tiroteo, Katherine había caído al suelo, y la señora Solomon se arrodilló junto a ella.

—¡Dios mío!, ¿estás herida?

Katherine negó con la cabeza, todavía enmudecida por el *shock*. Afuera, al otro lado de la puerta de vidrio rota, el hombre del pasamontañas se había puesto en pie y huía corriendo hacia el bosque con la mano en un costado. Peter Solomon se volvió un momento para asegurarse de que su madre y su hermana estaban a salvo, y en cuanto comprobó que se encontraban bien, salió corriendo tras el intruso con la pistola en la mano.

Temblorosa, la madre de Katherine cogió a su hija de la mano.

—Gracias a Dios que estás bien. —Pero de repente se apartó—. ¿Katherine? ¡Estás sangrando! ¡Estás herida!

Katherine vio la sangre. Mucha sangre. Estaba por todas partes. Pero no sentía dolor alguno.

Su madre se puso a buscar frenéticamente la herida en su cuerpo.

—¿Dónde te duele?

—¡No lo sé, mamá, no siento nada!

Entonces Katherine vio el origen de toda aquella sangre y se quedó petrificada.

—Mamá, no soy yo... —señaló el costado de la blusa de satén blanco de su madre, de donde manaba profusamente la sangre y un pequeño agujero era visible.

La señora Solomon bajó la mirada, más confusa que otra cosa. Hizo una mueca de dolor y se encogió, como si ahora notara por fin el dolor.

—¿Katherine? —Su voz era tranquila, pero de repente se podía advertir en ella el peso de sus setenta y cinco años—. Necesito que llames a una ambulancia.

Katherine se apresuró hacia el teléfono que había en el vestíbulo y pidió ayuda. Cuando regresó al invernadero, encontró a su madre inmóvil sobre un charco de sangre. Corrió hacia ella y se arrodilló a su lado para cogerla entre sus brazos.

Katherine no tenía ni idea de cuánto tiempo había pasado cuando oyó el lejano disparo en el bosque. Al cabo de un rato, la puerta del invernadero se abrió y Peter entró a toda prisa, con los ojos desorbitados y la pistola todavía en la mano. Cuando vio que su hermana lloraba y sostenía a su madre sin vida entre sus brazos, su rostro se contrajo de dolor. El grito que resonó en el invernadero era un sonido que Katherine Solomon no olvidaría nunca.

Capítulo 52

Mal'akh podía sentir los tatuados músculos de su espalda en tensión mientras volvía a rodear corriendo el edificio en dirección a la compuerta de la nave 5.

«He de conseguir entrar en su laboratorio.»

La huida de Katherine había supuesto un imprevisto... problemático. No sólo sabía dónde vivía Mal'akh, sino que ahora conocía su verdadera identidad..., y que era él quien una década atrás había asaltado la casa de su familia.

Mal'akh tampoco se había olvidado de aquella noche. Había estado a punto de conseguir la pirámide, pero el destino se lo había impedido. «Todavía no estaba preparado.» Ahora sí lo estaba. Era más poderoso. Más influyente. Tras pasar por penalidades inconcebibles preparándose para su regreso, esa noche Mal'akh estaba listo para cumplir finalmente con su destino. Estaba seguro de que antes de que la noche hubiera terminado, podría contemplar los ojos moribundos de Katherine Solomon.

Al llegar a la compuerta se convenció de que en realidad Katherine no se había escapado; tan sólo había prolongado lo inevitable. Cruzó la entrada y avanzó con confianza por la oscuridad hasta que sus pies encontraron la alfombra. Entonces giró a la derecha y se dirigió hacia el Cubo. El golpeteo en la puerta de la nave 5 ya no se oía, y Mal'akh sospechó que el guardia debía de estar intentando retirar la moneda de diez centavos que Mal'akh había insertado en la ranura del teclado numérico para inutilizarlo.

Al llegar a la puerta del Cubo, localizó el teclado e insertó la tarjeta de acceso de Trish. El panel se encendió. Introdujo el número de identificación de la joven y entró. Estaban todas las luces encendidas, y mientras cruzaba el estéril espacio, observó asombrado el equipo del que disponían. Mal'akh no era ajeno al poder de la tecnología; él mismo había llevado a cabo su propia variedad de ciencia en el sótano de su casa, y la noche anterior parte de esa ciencia había dado sus frutos.

«La verdad.»

La especial reclusión de Peter Solomon —atrapado a solas en la zona intermedia— había dejado al descubierto todos sus secretos. «Puedo ver su alma.» Mal'akh descubrió ciertos aspectos que había anticipado y otros que no, como por ejemplo todo lo relativo al laboratorio de Katherine y sus sorprendentes hallazgos. «La ciencia se está acercando —se dio cuenta Mal'akh—. Pero yo no permitiré que ilumine el camino a quienes no son dignos de ello.»

Katherine había comenzado a utilizar la ciencia moderna para responder a antiguas preguntas filosóficas. «¿Oye alguien nuestras oraciones? ¿Hay vida después de la muerte? ¿Tiene alma el ser humano?» Aunque pudiera parecer increíble, Katherine había respondido a todas esas preguntas, y a muchas más. Científicamente. Conclusivamente. Los métodos que había utilizado eran irrefutables. Incluso a los más escépticos los convencerían los resultados de sus experimentos. Si esa información se publicaba y salía a la luz, habría un cambio fundamental en la conciencia del ser humano. «Empezará a encontrar el camino.» La última tarea que Mal'akh tenía esa noche, antes de su transformación, era asegurarse de que eso no sucediera.

Una vez dentro del laboratorio, localizó la sala de datos de la que Peter le había hablado. Miró a través de las gruesas paredes de vidrio las dos unidades de almacenamiento de datos holográficos. «Exactamente donde ha dicho que estaban.» A Mal'akh le costaba creer que el contenido de esas dos pequeñas cajas pudiera cambiar el curso del desarrollo humano, y sin embargo la Verdad siempre había sido el más potente de los catalizadores.

Con los ojos puestos en las unidades de almacenamiento de datos holográficos, Mal'akh extrajo la tarjeta de Trish y la insertó en el panel de seguridad de la puerta. Para su sorpresa, el panel no se encendió. Al parecer, el acceso a esa sala era un privilegio que no se extendía a Trish Dunne. Buscó la tarjeta que había encontrado en la bata de laboratorio de Katherine. Cuando la insertó, el panel sí se encendió.

Pero ahora Mal'akh tenía un problema. «No he llegado a averiguar el número de identificación de Katherine.» Probó con el de Trish, pero no funcionó. Acariciándose la barbilla, retrocedió unos pasos y examinó la puerta de plexiglás, de unos ocho centímetros de grosor. Sabía que ni siquiera con un hacha sería capaz de romperla para llegar a las unidades que necesitaba destruir.

Mal'akh había previsto esa contingencia.

Dentro del cuarto de suministro eléctrico, exactamente tal y como Peter le había dicho, localizó el anaquel sobre el que descansaban varios cilindros de metal parecidos a botellas de buceo. En los cilindros se podían leer las letras «HL», el número 2 y el símbolo de inflamable. Una de las bombonas estaba conectada a la batería de hidrógeno del laboratorio.

Mal'akh dejó una bombona conectada y con mucho cuidado sacó uno de los cilindros de reserva y lo depositó sobre una carretilla que había junto al estante. Llevó el cilindro fuera del cuarto de suministro eléctrico y cruzó el laboratorio hasta llegar a la puerta de la sala de almacenamiento de datos. Aunque sin duda ya estaba suficientemente cerca, había advertido un punto débil en la gruesa puerta de plexiglás: el pequeño espacio entre la parte inferior y la jamba.

En el umbral, dejó con mucho cuidado la bombona en el suelo y deslizó el flexible tubo de goma por debajo de la puerta. Le llevó un momento retirar los precintos de seguridad y acceder a la válvula del cilindro, pero cuando por fin lo hizo, abrió esta última. A través del plexiglás pudo ver cómo un transparente y burbujeante líquido empezaba a salir del tubo y se propagaba por el suelo de la sala de almacenamiento. El efervescente y humeante charco se fue haciendo cada vez más grande. Mientras estaba frío, el hidrógeno permanecía en forma líquida. Al calentarse, empezaba a hervir. El gas resultante era incluso más inflamable que el líquido.

«Recordemos el *Hindenburg.*»

Mal'akh regresó corriendo al laboratorio y cogió la jarra Pyrex llena con combustible para el mechero Bunsen, un aceite viscoso altamente inflamable. Lo llevó hasta la puerta de plexiglás, donde el hidrógeno líquido seguía extendiéndose: el charco de líquido hirviente dentro de la sala de almacenamiento de datos cubría ahora todo el suelo, rodeando los pedestales sobre los que descansaban las unidades holográficas. Al convertirse en gas, el charco emanaba una neblina blancuzca que lo cubría todo.

Mal'akh alzó la jarra con el combustible del mechero Bunsen y vertió una buena cantidad sobre la bombona de hidrógeno, el tubo, y en la pequeña ranura bajo la puerta. Luego, cuidadosamente, empezó a retroceder hasta el laboratorio, dejando tras de sí un reguero de combustible en el suelo.

La noche de la operadora de la centralita que se encargaba de las llamadas al 911 en Washington había sido más movida de lo habitual. «Fútbol, cerveza y luna llena», pensó mientras otra llamada de emergencia más aparecía en su monitor, ésta proveniente de la cabina de una gasolinera situada en Suitland Parkway, en Anacostia. «Un accidente de tránsito, seguramente.»

—Nueve, uno, uno —contestó—. ¿Cuál es su emergencia?

—¡Acaban de atacarme en los depósitos del museo Smithsonian! —dijo la voz de una alterada mujer—. ¡Envíe a la policía, por favor! ¡4210 de Silver Hill Road!

—Un momento, tranquilícese —le pidió la operadora—. Tiene que...

—¡También necesito que envíe unos agentes a una mansión de Kalorama Heights donde puede que mi hermano esté cautivo!

Capítulo 53

−Como he intentado explicarle −le dijo Bellamy a Langdon−, la pirámide esconde más cosas de las que se ven a simple vista.

«Eso parece.» Langdon tenía que admitir que la pirámide de piedra que contemplaban en su bolsa abierta ahora le parecía más misteriosa. Al desencriptar el cifrado masónico había obtenido una cuadrícula de letras aparentemente sin sentido.

«Caos.»

```
S   O   E   U

A   T   U   N

C   S   A   S

V   U   N   J
```

Langdon examinó la cuadrícula durante largo rato, en busca de algo que le indicara el significado oculto de esas letras −palabras ocultas, anagramas, cualquier pista−, pero no encontró nada.

−La pirámide masónica −explicó Bellamy− esconde sus secretos bajo muchos velos. Cada vez que se retira una cortina, aparece otra. Ha descubierto estas letras, pero no le dirán nada hasta que retire otra capa. El modo de hacer esto, claro está, sólo lo conoce quien posee el vértice. En este vértice, sospecho, hay también una inscripción que indica cómo descifrar la pirámide.

Langdon le echó un vistazo al paquete con forma de cubo que descansaba sobre el escritorio. A partir de lo que Bellamy acababa de decirle, Langdon dedujo que el vértice y la pirámide eran un «cifrado segmentado», es decir, un código dividido en varias partes. Los criptólogos modernos utilizaban cifrados segmentados continuamente, si bien ese sistema de seguridad provenía de la antigua Grecia. Cuando querían almacenar información secreta, los griegos la inscribían en una tablilla de barro que luego dividían en varias piezas, cada una de las cuales guardaban por separado. Sólo al unir todas las piezas se podían leer sus secretos. De hecho, ese tipo de tablilla de arcilla –llamada *symbolon*– era el origen de la palabra moderna «símbolo».

–Robert –dijo Bellamy–, la pirámide y su vértice han permanecido separados durante generaciones para salvaguardar su secreto –su tono se ensombreció–. Esta noche, sin embargo, las piezas se han acercado peligrosamente. Estoy seguro de que no hace falta que se lo diga..., pero es nuestro deber asegurarnos de que esta pirámide no llegue a ser montada.

A Langdon el dramatismo de Bellamy le pareció algo exagerado. «¿Está describiendo el vértice y la pirámide... o un detonador y una bomba nuclear?» Seguía sin aceptar las afirmaciones de Bellamy, pero a éste no parecía importarle.

–Aunque ésta fuera la pirámide masónica, y aunque su inscripción efectivamente revelara el paradero de un antiguo saber, ¿cómo podría ese saber conferir el tipo de poder que, se supone, otorga?

–Peter siempre me dijo que era usted un hombre difícil de convencer. Un académico que prefiere las pruebas a la especulación.

–¿Me está diciendo que usted sí lo cree? –inquirió Langdon con impaciencia–. Con todo mi respeto..., es usted un hombre moderno y culto. ¿Cómo puede creer algo así?

Bellamy le sonrió pacientemente.

–El ejercicio de la masonería me ha imbuido de un profundo respeto por aquello que trasciende el entendimiento humano. He aprendido a no cerrar nunca mi mente a una idea sólo porque parezca milagrosa.

Capítulo 54

El guardia que patrullaba el perímetro del SMSC corría frenéticamente por el sendero de gravilla que rodeaba el edificio. Acababa de recibir una llamada de un agente del interior informándole de que el teclado numérico de la nave 5 había sido saboteado, y la luz de seguridad indicaba que la compuerta de la nave había sido abierta.

«¿Qué diablos está pasando?»

Al llegar a la compuerta comprobó que efectivamente estaba abierta medio metro. «Qué raro —pensó—. Sólo se puede abrir desde dentro.» Cogió la linterna de su cinturón e iluminó la negra oscuridad de la nave. Nada. No sentía deseo alguno de internarse en lo desconocido, así que se quedó en el umbral y desde ahí enfocó su linterna primero a la izquierda y luego a la...

Unas poderosas manos lo agarraron de la cintura y lo empujaron hacia la oscuridad. El guardia sintió cómo una fuerza invisible lo zarandeaba. Olía a etanol. La linterna salió volando, y antes de que pudiera llegar a procesar lo que estaba ocurriendo, sintió un fuerte puñetazo en el esternón. Tras soltar un grito de dolor, el guardia cayó al suelo de cemento... mientras veía cómo una oscura silueta se alejaba de él.

El guardia quedó tirado de costado, jadeando y respirando con dificultad. La linterna no había quedado lejos y su haz de luz iluminaba lo que parecía ser una especie de lata de metal. En la etiqueta pudo leer que se trataba de combustible para mecheros Bunsen.

De repente se encendió un mechero, y la llama anaranjada iluminó una figura que apenas parecía humana. «¡Dios mío!» Antes de que el guardia pudiera siquiera procesar lo que veía, la criatura con el pecho descubierto se arrodilló y acercó la llama al suelo.

Al instante, prendió una franja de fuego que se alejó de ellos en dirección al vacío. Perplejo, el guardia se volvió, pero la criatura ya estaba saliendo por la compuerta hacia la noche.

El guardia consiguió incorporarse, retorciéndose de dolor mientras sus ojos seguían la delgada veta de fuego. «¿Qué diablos...?» La llama parecía demasiado pequeña para ser realmente peligrosa, hasta que vio algo aterrador. El fuego ya no iluminaba únicamente la vacía oscuridad. Había llegado hasta la pared del fondo, donde ahora alumbraba una gran estructura de hormigón. El guardia nunca había tenido acceso a la nave 5, pero sabía muy bien lo que era esa estructura.

«El Cubo.

»El laboratorio de Katherine Solomon.»

La llama se dirigía a toda velocidad hacia la puerta exterior del laboratorio. El guardia consiguió ponerse en pie, consciente de que la franja de combustible seguramente seguía bajo la puerta del laboratorio..., y pronto provocaría un incendio dentro. Al volverse para pedir ayuda, sin embargo, sintió que lo golpeaba una inesperada ráfaga de aire.

Por un breve instante, toda la nave 5 quedó bañada en luz.

El guardia no llegó a ver cómo la bola de fuego de hidrógeno ascendía a los cielos, arrancando el tejado de la nave 5 y elevándose decenas de metros. Tampoco la lluvia de fragmentos de piezas de titanio, restos de equipos electrónicos y gotitas de silicio fundida proveniente de las unidades de almacenamiento de datos holográficos.

Katherine Solomon se dirigía en auto hacia el norte cuando vio un repentino destello de luz en el espejo retrovisor. Un potente estruendo retumbó en medio de la noche, sobresaltándola.

«¿Fuegos artificiales? —se preguntó—. ¿Han organizado los Redskins un espectáculo para el medio tiempo?»

Volvió su atención a la carretera al tiempo que sus pensamientos regresaban a la llamada al 911 que había hecho desde la cabina de una solitaria gasolinera.

Había conseguido convencer a la operadora de que enviara a la policía al SMSC para capturar al intruso tatuado y –esperaba Katherine– encontrar a su asistente, Trish. También instó a la operadora para que enviara a alguien a la dirección del doctor Abaddon en Kalorama Heights, donde creía que Peter podía estar retenido.

Desafortunadamente, Katherine no había podido obtener el número de teléfono de Robert Langdon, pues no figuraba en la lista telefónica. No tenía otro modo de ponerse en contacto con él, así que ahora se dirigía a toda velocidad hacia la biblioteca del Congreso, donde Langdon le había dicho que estaría.

La aterradora revelación de la verdadera identidad del doctor Abaddon lo había cambiado todo. Katherine ya no sabía qué creer. Lo único de lo que estaba segura era de que ese hombre era el mismo que años atrás había asesinado a su madre y a su sobrino, y que asimismo ahora había capturado a su hermano y quería matarla a ella. «¿Quién es ese perturbado? ¿Qué es lo que quiere?» La única respuesta que se le ocurría carecía de sentido. «¿Una pirámide?» Igualmente confusa era la razón por la que ese hombre había ido esa noche a su laboratorio. Si quería hacerle daño, ¿por qué no lo había hecho en la privacidad de su propia casa? ¿Por qué molestarse en enviar un mensaje de texto y arriesgarse a entrar en su laboratorio?

Inesperadamente, los fuegos artificiales que veía por el retrovisor se hicieron todavía más brillantes. Al destello inicial lo siguió una sobrecogedora imagen: una gigantesca bola de fuego naranja se elevó por encima de los árboles. «¿Qué diablos...?» A la bola de fuego la acompañaba un oscuro humo negro..., y entonces se percató de que en realidad el estadio FedEx de los Redskins no quedaba cerca. Desconcertada, intentó determinar qué fábrica estaba situada al otro lado de esos árboles..., justo al sureste de la carretera.

Entonces, como si algo la golpeara fuertemente en la cabeza, cayó en la cuenta.

Capítulo 55

Warren Bellamy pulsó con urgencia las teclas de su teléfono celular, intentando de nuevo ponerse en contacto con alguien que pudiera ayudarlos, quienquiera que fuera éste.

Langdon observaba a Bellamy, pero sus pensamientos los ocupaba Peter, a quien quería encontrar cuanto antes. «Descifre la inscripción —le había ordenado el captor de Peter—, y ésta le indicará el lugar en el que se esconde el mayor tesoro de la humanidad... Iremos juntos... y haremos el intercambio.»

Bellamy colgó, frunciendo el ceño. Seguía sin localizarlo.

—Hay algo que no entiendo —dijo Langdon—. Aunque pueda aceptar que esa sabiduría secreta existe..., y que de algún modo esa pirámide señala su paradero subterráneo..., ¿qué estoy buscando? ¿Una cripta? ¿Un búnker?

Bellamy permaneció largo rato en silencio. Luego dejó escapar un suspiro y cautelosamente contestó:

—Robert, según lo que he oído a lo largo de los años, al parecer la pirámide conduce a una escalera de caracol.

—¿Una escalera?

—Eso es. Una escalera que desciende bajo tierra... decenas de metros.

Langdon no podía creer lo que estaba oyendo. Se inclinó un poco más hacia Bellamy.

—Según se dice, el saber antiguo está enterrado en el fondo.

Robert Langdon se puso en pie y empezó a deambular de un lado para otro. «Una escalera de caracol que desciende decenas de metros bajo tierra... en Washington.»

—¿Y nadie ha visto nunca esa escalera?

—Supuestamente, la entrada está oculta bajo una enorme piedra.

Langdon suspiró. La idea de una tumba oculta bajo una enorme piedra parecía salida directamente de las descripciones bíblicas sobre la tumba de Jesús. Ese híbrido arquetípico era el abuelo de todos los demás.

—Warren, ¿de veras crees que esa secreta escalera mística existe?

—Yo nunca la he visto personalmente, pero algunos de los masones más viejos juran que así es. Ahora mismo estaba intentando llamar a uno.

Langdon continuó dando vueltas, sin saber muy bien qué contestar.

—Robert, me dejas en una difícil posición respecto a esta pirámide —Warren Bellamy endureció su mirada bajo el suave resplandor de la lámpara de lectura—. No conozco ningún modo de obligar a un hombre a creer lo que no quiere creer. Y, sin embargo, espero que comprendas tu deber para con Peter Solomon.

«Sí, tengo el deber de ayudarlo», pensó Langdon.

—No necesito que creas en el poder que esta pirámide puede revelar, ni en la escalera que supuestamente conduce a él. Pero sí necesito que creas que estás moralmente obligado a proteger este secreto..., sea cual sea. —Bellamy señaló el pequeño paquete—. Peter te confió el vértice a ti porque tenía fe en que obedecerías sus deseos y lo mantendrías en secreto. Y ahora debes hacer exactamente eso, aunque ello suponga sacrificar la vida de Peter.

Langdon se detuvo en seco y se volvió.

—¡¿Qué?!

Bellamy permanecía sentado, con expresión afligida pero decidida.

—Es lo que él querría. Tienes que olvidarte de Peter. Él ya no está. Peter ha cumplido con su deber y ha hecho todo lo que ha podido para proteger la pirámide. Ahora es *nuestro* deber asegurarnos de que sus esfuerzos no han sido en vano.

—¡No puedo creer que estés diciendo eso! —exclamó Langdon, explotando—. Aunque esta pirámide sea lo que dices que es, Peter es tu hermano masón. ¡Juraste protegerla por encima de cualquier otra cosa, incluso de tu país!

—No, Robert. Un masón debe proteger a otro masón por encima de todas las cosas... excepto una: el gran secreto que nuestra hermandad protege para toda la humanidad. Más allá de que yo crea que ese saber perdido tiene el potencial que la historia sugiere, he jurado mantenerlo fuera del alcance de los que no son dignos de él. Y no se lo entregaría a nadie..., ni siquiera a cambio de la vida de Peter.

—Conozco a muchos masones —dijo Langdon, furioso—, entre ellos, algunos hay avanzados, y estoy seguro de que esos hombres no han jurado sacrificar sus vidas por una pirámide de piedra. Y también estoy seguro de que ninguno de ellos cree en una escalera secreta que desciende a un tesoro enterrado.

—Hay círculos dentro de círculos, Robert. No todo el mundo lo sabe todo.

Langdon dio un resoplido e intentó controlar sus emociones. Él, como todo el mundo, había oído los rumores acerca de círculos de élite dentro de los masones. Si era o no verdad parecía irrelevante a la vista de la situación.

—Warren, si esta pirámide y su vértice realmente pueden revelar el secreto masón, ¿por qué Peter me querría implicar a mí? Ni siquiera soy un hermano..., y mucho menos parte de ningún círculo interior.

—Lo sé, y sospecho que ésa es precisamente la razón por la que Peter te escogió a ti para custodiarlo. En el pasado, algunas personas ya han intentado quedarse con la pirámide, incluso algunos se han llegado a infiltrar en nuestra hermandad con motivos indignos. La decisión de Peter de esconderlo fuera de la hermandad fue inteligente.

—¿Tú sabías que yo tenía el vértice? —preguntó Langdon.

—No. Y si Peter se lo hubiera dicho a alguien, habría sido únicamente a un hombre. —Bellamy cogió su teléfono celular y pulsó el botón de rellamada—. Y hasta el momento, no he podido localizarlo. —Escuchó el mensaje del contestador automático y volvió a colgar—. Bueno, Robert, parece que de momento estamos tú y yo solos. Y tenemos que tomar una decisión.

Langdon miró la hora en su reloj de Mickey Mouse: las 21:42.

—¿Eres consciente de que el captor de Peter está esperando a que le descifre esta pirámide esta misma noche y le diga qué mensaje oculta?

Bellamy frunció el ceño.

—Grandes hombres a lo largo de la historia han realizado grandes sacrificios personales para proteger los antiguos misterios. Tú y yo debemos hacer lo mismo. —Se puso en pie—. Debemos ponernos en marcha. Tarde o temprano Sato averiguará dónde estamos.

—¡¿Y qué hay de Katherine?! —inquirió Langdon, que no quería marcharse—. No puedo localizarla, y no me ha llamado.

—Está claro que le pasó algo.

—¡Pero no podemos abandonarla!

—¡Olvídate de Katherine! —dijo Bellamy, ahora con un tono autoritario—. ¡Olvídate de Peter! ¡Olvídate de todo el mundo! ¿Es que no entiendes, Robert, que la responsabilidad que se te ha confiado es más grande que todos nosotros..., que tú, Peter, Katherine o yo mismo? —Miró fijamente a los ojos de Langdon—. Debemos encontrar un lugar seguro para esconder esta pirámide y su vértice lejos de...

De repente, un estruendo metálico resonó en el gran vestíbulo.

Bellamy se volvió con los ojos llenos de terror.

Langdon se volvió a su vez hacia la puerta. El ruido debía de haberlo causado el cubo de metal que Bellamy había colocado encima de la escalera que bloqueaba las puertas del túnel. «Vienen por nosotros.»

Entonces, inesperadamente, el estruendo se volvió a oír.

Y luego otra vez.

Y otra.

El vagabundo que estaba sentado en el banco enfrente de la biblioteca del Congreso se frotó los ojos y observó la extraña escena que se desarrollaba ante él.

Un Volvo blanco acababa de subirse al andén, se había abierto paso a bandazos por la acera desierta y finalmente se había detenido al pie de la entrada principal de la biblioteca. Del vehículo había salido una atractiva mujer de pelo negro que, tras inspeccionar con inquietud la zona y ver al vagabundo, le había gritado:

—¿Tiene un teléfono?

«Señorita, no tengo siquiera un zapato izquierdo.»

Dándose cuenta de ello, la mujer subió corriendo la escalinata en dirección a las puertas de la biblioteca. Al llegar a lo alto, cogió el tirador e intentó desesperadamente abrir cada una de las tres gigantescas puertas.

«La biblioteca está cerrada, señorita.»

Pero a la mujer parecía no importarle. Agarró uno de los pesados picaportes de forma circular, tiró de él hacia atrás y lo dejó caer con fuerza contra la puerta. Luego lo volvió a hacer. Y luego otra vez. Y otra.

«Caray —pensó el vagabundo—, realmente debe de necesitar un libro.»

Capítulo 56

Al ver que las enormes puertas de bronce de la biblioteca se abrían ante ella, Katherine Solomon sintió como si una compuerta emocional se reventara. Todo el miedo y la confusión que había ido acumulando durante la noche salieron finalmente a la superficie.

La persona que le había abierto la puerta era Warren Bellamy, amigo y confidente de su hermano. Pero era el hombre que permanecía detrás de Bellamy, en las sombras, a quien Katherine más se alegraba de ver. Y, al parecer, el sentimiento era mutuo. Una oleada de alivio recorrió el cuerpo de Robert Langdon cuando ella entró por la puerta... directamente a sus brazos.

Mientras Katherine se fundía en un reconfortante abrazo con su viejo amigo, Bellamy cerró la puerta principal. Al oír cómo echaba el cerrojo, se sintió por fin a salvo. Tenía ganas de llorar, pero contuvo las lágrimas.

Langdon la estrechó contra sí.

—Tranquila —le susurró—. Estás bien.

«Porque tú me has salvado —quería decirle Katherine—. Ha destruido mi laboratorio..., todo mi trabajo. Años de investigación... convertidos en humo.» Quería contárselo todo, pero apenas podía respirar.

—Encontraremos a Peter —la profunda voz de Robert resonó contra su pecho, algo que de algún modo le pareció consolador—. Lo prometo.

«¡Sé quién ha hecho eso! —quería gritar Katherine—. ¡El mismo hombre que asesinó a mi madre y a mi sobrino!» Antes de poder explicar nada, sin embargo, un inesperado ruido rompió el silencio de la biblioteca.

El estruendo provenía de un piso inferior; parecía que un objeto de metal hubiera caído al suelo embaldosado. Katherine sintió cómo los músculos de Langdon se ponían tensos al instante.

Bellamy dio un paso adelante y, con expresión grave, dijo:

—Tenemos que irnos. Ahora.

Desconcertada, Katherine se puso en marcha y cruzó el gran vestíbulo detrás del Arquitecto y de Langdon, en dirección a la afamada sala de lectura de la biblioteca, cuyas luces estaban todas encendidas. Bellamy cerró detrás de ellos los dos juegos de puertas, primero las exteriores, luego las interiores.

Después los llevó a empujones hasta el centro de la sala. El trío llegó finalmente a una mesa de lectura en la que había una bolsa de cuero bajo una luz. Al lado de la bolsa había un pequeño paquete con forma de cubo, que Bellamy recogió y metió en la bolsa junto a...

Katherine se quedó estupefacta. «¿Una pirámide?»

Aunque era la primera vez que veía esa pirámide de piedra, tuvo la sensación de que la reconocía. De algún modo instintivo sabía la verdad. Katherine Solomon acababa de encontrarse cara a cara con el objeto que tan profundamente había perjudicado su vida. «La pirámide.»

Bellamy cerró la cremallera de la bolsa y se la dio a Langdon.

—No pierdas esto de vista.

Una explosión hizo que las puertas exteriores de la sala se estremecieran, y luego siguió un ruido de cristales haciéndose añicos.

—¡Por aquí!

Asustado, Bellamy dio media vuelta y los condujo a toda prisa hacia el mostrador de préstamos: ocho mesas dispuestas alrededor de un enorme armario octogonal. Los hizo pasar detrás de las mesas y luego señaló una abertura en el armario.

—¡Métanse ahí!

—¿Ahí dentro? —inquirió Langdon—. ¡Seguro que nos encontrarán!

—Confía en mí —dijo Bellamy—. No es lo que piensas.

Capítulo 57

Mal'akh conducía su limusina hacia el norte, en dirección a Kalorama Heights. La explosión del laboratorio de Katherine había sido mayor de lo que había esperado, y había tenido suerte de escapar ileso.

«Tengo que salir de la carretera», pensó. Incluso en el caso de que Katherine no hubiera telefoneado aún a la policía, sin duda la explosión los habría alertado. «Y un hombre con el pecho descubierto conduciendo una limusina es algo que llama la atención.»

Tras años de preparación, Mal'akh no podía apenas creer que esa noche al fin hubiera llegado. El viaje hasta alcanzar ese momento había sido largo y difícil. «Lo que empezó hace años en la adversidad... terminará esta noche en la gloria.»

La noche en que todo empezó él todavía no se llamaba Mal'akh. De hecho, la noche en que todo empezó, él aún no tenía nombre. «Recluso 37.» Como la mayoría de los prisioneros de la brutal prisión de Soganlik, en las afueras de Estambul, el Recluso 37 estaba encerrado por un asunto de drogas.

Estaba echado en su litera de la celda de cemento, hambriento y aterido en la oscuridad, preguntándose cuánto tiempo más seguiría encarcelado. Su nuevo compañero de celda, a quien había conocido apenas veinticuatro horas antes, dormía en la litera de arriba. El director de la prisión, un obeso alcohólico que odiaba su trabajo y se desquitaba con los reclusos, acababa de apagar las luces.

Eran casi las diez cuando el Recluso 37 oyó una conversación por el conducto de ventilación. La primera voz estaba clara, tenía el penetrante y beligerante acento del director, quien obviamente no apreciaba que lo despertara un visitante de última hora.

—Sí, sí, ya veo que viene de muy lejos —estaba diciendo—, pero el primer mes no están permitidas las visitas. Es el reglamento. Sin excepciones.

La voz que le contestó era suave y refinada, llena de dolor.

—¿Está bien mi hijo?

—Es un drogadicto.

—¿Lo están tratando bien?

—Suficientemente bien —contestó el director—. Esto no es un hotel.

Hubo una pausa.

—¿Es usted consciente de que el Departamento de Estado norteamericano solicitará la extradición?

—Sí, sí, siempre lo hacen. Se concederá, aunque el papeleo puede que nos lleve un par de semanas..., o un mes..., depende.

—¿Depende de qué?

—Bueno —dijo el director—, andamos cortos de personal. —Hizo una pausa—. Aunque, claro, a veces partes interesadas como usted realizan donaciones al personal de la prisión para ayudarnos a acelerar las cosas.

El visitante no contestó.

—Señor Solomon —prosiguió el director de la prisión, bajando el tono de su voz—, para un hombre como usted, el dinero no es ningún obstáculo y siempre hay opciones. Conozco a algunas personas en el gobierno. Si usted y yo trabajamos juntos, quizá podríamos sacar a su hijo de aquí... mañana, y retirar todos los cargos. No tendría siquiera que afrontar un juicio en casa.

La respuesta fue inmediata.

—Dejando de lado las ramificaciones legales de su sugerencia, me niego a enseñarle a mi hijo que el dinero resuelve todos los problemas o que en la vida uno no es responsable de sus actos, especialmente en un asunto tan serio como éste.

—¿Prefiere dejarlo aquí?

—Me gustaría hablar con él. Ahora.

—Como he dicho, tenemos reglas. No puede visitar a su hijo..., a no ser que quiera negociar su inmediata liberación.

Se hizo un silencio entre ambos durante varios segundos.

—El Departamento de Estado se pondrá en contacto con usted. Asegúrese de que a Zachary no le pase nada malo. Confío en que la semana que viene esté en un avión de vuelta a casa. Buenas noches.

Y se marchó con un portazo.

El Recluso 37 no podía creer lo que acababa de oír. «¿Qué tipo de padre deja a su propio hijo en este agujero para enseñarle una lección?» Peter Solomon había rechazado incluso limpiar los antecedentes de Zachary.

Esa misma noche, mientras permanecía echado en su litera, al Recluso 37 se le ocurrió cómo podía salir libre. Si el dinero era lo único que separaba a un prisionero de la libertad, se podía decir que él ya estaba prácticamente libre. Podía ser que Peter Solomon no tuviera intención de echar mano de su bolsillo, pero como sabía cualquiera que leyera los tabloides, su hijo Zachary también tenía mucho dinero. Al día siguiente, el Recluso 37 habló en privado con el director y le sugirió un plan, una atrevida e ingeniosa estratagema que les proporcionaría a ambos exactamente lo que querían.

—Para que esto funcione, Zachary Solomon tendrá que morir —le explicó el Recluso 37 al director—. Pero ambos podríamos desaparecer inmediatamente. Usted podría retirarse a las islas griegas. Nunca volvería a ver este lugar.

Tras comentar los detalles un poco más, los dos hombres llegaron a un acuerdo.

«Pronto Zachary Solomon estará muerto», pensó el Recluso 37, sonriendo al imaginar lo fácil que resultaría todo.

Dos días después, el Departamento de Estado se puso en contacto con la familia Solomon para darle la terrible noticia. Las fotografías de la prisión mostraban el cuerpo brutalmente apaleado de su hijo, que yacía hecho un ovillo y sin vida en el suelo de su celda. Le habían golpeado la cabeza con una barra de acero, y el resto de su cuerpo había sido linchado y retorcido más allá de lo humanamente imaginable. Lo habían torturado y finalmente asesinado. El principal sospechoso era el mismo director de la prisión, que había desaparecido, seguramente con todo el dinero del muchacho. Zachary había trasladado su vasta fortuna a una cuenta privada que había sido vaciada inmediatamente después de su muerte. No había forma de saber dónde estaba el dinero ahora.

Peter Solomon viajó a Turquía en un avión privado y regresó con el ataúd de su hijo, que fue enterrado en el cementerio familiar de los Solomon. Al director de la prisión no lo encontraron nunca. Ni lo encontrarían, sabía el Recluso 37. El voluminoso cuerpo del turco descansaba ahora en el fondo del mar de Mármara, alimentando a los cangrejos azules que migraban a través del estrecho del Bósforo. La vasta fortuna de Zachary Solomon había sido trasladada por completo a una cuenta irrastreable. El Recluso 37 volvía a ser un hombre libre; un hombre libre con muchísimo dinero.

Las islas griegas eran un paraíso. La luz, el agua, las mujeres...

No había nada que el dinero no pudiera comprar; nuevas identidades, nuevos pasaportes, nueva esperanza. Escogió un nombre griego, Andros Dareios: *Andros* significaba «guerrero», y *Dareios*, «rico». Durante las oscuras noches en prisión lo había pasado muy mal, y Andros se juró que nunca volvería a ellas. Se afeitó su greñudo pelo y se apartó por completo del mundo de la droga. Empezó una nueva vida, explorando placeres nunca antes imaginados. La serenidad de navegar a solas por el azulado mar Egeo se convirtió en su nueva inyección de heroína; la sensualidad de saborear un húmedo *arni souvlakia* directamente de la brocheta, en su nuevo éxtasis; y el efecto de lanzarse a la espumosa agua desde los escarpados acantilados de Mykonos, en su nueva cocaína.

«He vuelto a nacer.»

Andros se compró una enorme villa en la isla de Syros y empezó a codearse con la *bella gente* del exclusivo pueblo de Posidonia. La comunidad de ese nuevo mundo no sólo era rica, sino también perfecta cultural y físicamente. Sus vecinos se enorgullecían de sus cuerpos y de sus mentes, lo que resultó contagioso. Al poco tiempo, el recién llegado empezó a hacer *footing* por la playa, a broncear su pálido cuerpo y a leer libros. Andros leyó la *Odisea*, de Homero, cautivado por las imágenes de poderosos y bronceados hombres que luchaban en esas islas. Al día siguiente empezó a levantar pesas, y le sorprendió comprobar lo rápidamente que crecían sus pectorales y sus brazos. Poco a poco, comenzó a advertir que las mujeres lo miraban, y esa admiración resultaba embriagadora. Sintió el deseo de hacerse todavía más fuerte. Y lo hizo. Con la ayuda de largos ciclos de esteroides mezclados con hormonas de crecimiento compradas en el mercado negro e interminables horas levantando pesas, Andros se transformó en algo que nunca hubiera imaginado que podría llegar a ser: un perfecto espécimen masculino. Aumentó tanto la estatura como la musculatura, desarrolló sus pectorales y unas enormes y poderosas piernas, que él mantenía bronceadas.

Para entonces, todo el mundo lo miraba.

Tal y como le habían advertido, el gran consumo de esteroides y hormonas le cambió no sólo el cuerpo, sino también la voz, que se volvió un inquietante susurro, lo que lo hacía todavía más misterioso. Esa suave y enigmática voz, combinada con su nuevo cuerpo, su riqueza y la negativa a hablar de su misterioso pasado, terminaba por conquistar a las mujeres que conocía. Se entregaban a él sin reservas, y él las satisfacía a todas: desde las modelos de visita a las islas para una sesión fotográfica, a núbiles universitarias norteamericanas de vacaciones, pasando por las solitarias esposas de sus vecinos, o incluso algún joven ocasional.

«Soy una obra maestra.»

Al pasar de los años, sin embargo, las aventuras sexuales de Andros empezaron a perder emoción. Y lo mismo sucedía con todo lo demás. La suntuosa cocina de la isla perdió su sabor, los libros su interés, e incluso las deslumbrantes puestas de sol que podía ver desde su villa comenzaron a parecerle insulsas. ¿A qué se debía? No había cumplido los treinta y ya se sentía viejo. ¿Qué más le quedaba por hacer? Había esculpido su cuerpo hasta convertirlo en una obra maestra; se había educado a sí mismo y había nutrido su mente con cultura; vivía en el paraíso, y tenía el amor de todo aquél que deseaba.

Y, sin embargo, por increíble que pareciera, se sentía tan vacío como cuando estaba en la prisión turca.

«¿Qué es lo que me falta?»

Obtuvo la respuesta unos meses después. Andros estaba solo en su villa, cambiando distraídamente de canal en medio de la noche, cuando de repente dio con un programa acerca de los secretos de la francmasonería. No era un documental muy bueno, y ofrecía más preguntas que respuestas, pero Andros no pudo evitar sentirse intrigado por la plétora de teorías conspiratorias que rodeaban la hermandad. El narrador iba describiendo leyenda tras leyenda.

«Los francmasones y el Nuevo Orden Mundial...»

«El Gran Sello masónico de Estados Unidos...»

«La logia masónica P2...»

«El secreto perdido de la francmasonería...»

«La pirámide masónica...»

Andros se incorporó, sobresaltado. «Pirámide». El narrador empezó a contar la historia de una misteriosa pirámide de piedra cuya inscripción encriptada prometía otorgar un saber perdido y un inconmensurable poder. A pesar de su aparente inverosimilitud, la historia trajo a su mente un lejano recuerdo... de una época mucho más oscura. Andros recordó lo que Zachary Solomon había oído de su padre acerca de una misteriosa pirámide.

«¿Es posible?» Andros se esforzó para recordar los detalles.

Cuando el programa terminó, salió al balcón para dejar que el aire fresco le aclarara las ideas. Empezó a recordar más cosas, y a medida que todo iba volviendo a él, tuvo la sensación de que quizá detrás de la leyenda se ocultaba una verdad. Y si ése era el caso, Zachary Solomon –aunque muerto hacía mucho– todavía tenía algo que ofrecerle.

«¿Qué tengo que perder?»

Tan sólo tres semanas después, tras planear cuidadosamente el momento oportuno, Andros se encontraba delante del invernadero de la finca que los Solomon tenían en Potomac. A través del vidrio pudo ver a Peter Solomon charlando y riendo con su hermana, Katherine. «No parece que les haya costado demasiado olvidarse de Zachary», pensó.

Antes de ponerse un pasamontañas en la cabeza, Andros tomó un poco de cocaína. Era la primera que probaba desde hacía mucho. Sintió el familiar efecto y la ausencia de miedo. Sacó una pistola, abrió la puerta con una vieja llave y entró.

–Hola, familia Solomon.

Lamentablemente, la noche no fue como Andros había planeado. En vez de obtener la pirámide a por la que había ido, le dispararon una perdigonada y tuvo que huir por el césped cubierto de nieve en dirección al bosque. Para su sorpresa, tras él fue Peter Solomon, en cuya mano pudo vislumbrar además el brillo de una pistola. Andros corrió hacia los árboles y cogió un sendero que seguía el borde de un profundo barranco. Abajo, el ruido de una cascada resonaba en el límpido aire invernal. Pasó por delante de un grupo de robles y dobló un recodo hacia la izquierda. Segundos después, el repentino final del sendero hizo que tuviera que detenerse en seco, escapando por poco de la muerte.

«¡Dios mío!»

A unos pocos metros tenía la pendiente del barranco, bajo la cual se podía ver el río congelado. En la roca que había a un lado del camino, una torpe mano infantil había tallado una inscripción:

PuEntE de Zach

Al otro lado del barranco el sendero continuaba. «¡¿Dónde está el puente?! –El efecto de la cocaína se le había pasado–. ¡Estoy atrapado!» Dejándose llevar por el pánico, Andros se volvió para recorrer de vuelta el sendero, pero se encontró de cara con Peter Solomon, que permanecía de pie ante él, sin aliento y con una pistola.

Andros miró el arma y retrocedió un paso. La caída que tenía detrás era de al menos quince metros y daba a un río cubierto de hielo. La neblina de la cascada que los rodeaba le había helado hasta los huesos.

–El puente de Zach se pudrió hace mucho –dijo Solomon, jadeante–. Él era el único que venía hasta aquí. –Solomon mantenía la pistola sorprendentemente firme–. ¿Por qué mató a mi hijo?

–No era nadie –respondió Andros–. Un drogadicto. Le hice un favor.

Solomon se acercó, apuntando la pistola directamente al pecho de Andros.

–Quizá yo debería hacerle a usted el mismo favor –su tono era especialmente virulento–. Mató a mi hijo de una paliza..., ¿cómo puede un hombre hacer algo así?

–Los hombres hacen cosas impensables cuando están al límite.

–¡Asesinó a mi hijo!

–No –respondió Andros, exaltándose–. *Usted* asesinó a su hijo. ¿Qué tipo de hombre deja a su hijo en prisión cuando tiene la opción de sacarlo de ahí? ¡Usted asesinó a su hijo! No yo.

–¡No sabe nada! –exclamó Solomon, con dolor en la voz.

«Está equivocado –pensó Andros–. Lo sé todo.»

Peter Solomon se acercó todavía más, estaba apenas a cinco metros, con la pistola en alto. A Andros le ardía el pecho, y podía notar que estaba sangrando profusamente. La calidez se extendía hasta su estómago. Miró la caída por encima del hombro. Imposible. Se volvió hacia Solomon.

–Sé mucho más de lo que piensa –susurró–. Sé que no es usted el tipo de persona que asesina a sangre fría.

Solomon dio un paso adelante y lo apuntó con el arma.

–Se lo advierto –dijo Andros–, si aprieta ese gatillo, lo atormentaré el resto de su vida.

—Ya lo hace.

Y tras decir eso, Solomon disparó.

Mientras conducía a toda velocidad de vuelta a Kalorama Heights, el que se llamaba a sí mismo Mal'akh reflexionó acerca de los milagrosos acontecimientos que lo salvaron de una muerte segura en lo alto de aquel barranco helado. Lo transformaron para siempre. El disparo apenas resonó un instante, pero sus efectos reverberarían durante décadas. Su cuerpo, antaño bronceado y perfecto, estaba ahora lleno de cicatrices de aquella noche..., cicatrices que ocultaba bajo los símbolos tatuados de su nueva identidad.

«Soy Mal'akh.

»Ése fue siempre mi destino.»

Había atravesado el fuego, había sido reducido a cenizas, para finalmente volver a emerger, transformado una vez más. Esa noche daría el último paso de su largo y magnífico viaje.

Capítulo 58

El explosivo *Key 4* había sido desarrollado por las fuerzas especiales para abrir puertas cerradas con el mínimo daño colateral. Consistente básicamente en ciclotrimetilenetrinitramina con plastificante dietilhexil, se trataba en realidad de un pedazo de C-4 comprimido hasta formar láminas del grosor de un papel para poder así insertarlo en las jambas de una puerta. En el caso de las de la sala de lectura de la biblioteca, el explosivo había funcionado a la perfección.

El agente Turner Simkins, jefe de la operación, pasó por entre los escombros de las puertas y examinó la enorme sala octogonal en busca de algún movimiento. Nada.

—Apaga las luces —dijo Simkins.

Un segundo agente encontró el panel de interruptores y sumió la sala en la oscuridad. Al mismo tiempo, los cuatro hombres se pusieron sus cascos de visión nocturna y se ajustaron los visores a los ojos. Permanecieron inmóviles, inspeccionando la sala de lectura, que ahora veían en luminiscentes formas verdes.

La escena siguió siendo la misma.

Nadie se movió en la oscuridad.

Seguramente los fugitivos iban desarmados, y sin embargo el equipo había entrado en la sala con sus fusiles en alto. En la oscuridad, sus armas de fuego proyectaban cuatro amenazadores haces de luz láser. Los hombres los apuntaban en todas direcciones, buscando en la negrura: el suelo, lo más alto de las paredes, los balcones. A menudo, la simple visión de un arma con punto de mira láser en la oscuridad era suficiente para provocar una rendición inmediata.

«Al parecer, esta noche no.»

El agente Simkins levantó la mano y les hizo un gesto a sus hombres. Silenciosamente, éstos se dispersaron. Mientras avanzaba con cautela por el pasillo central, Simkins se llevó la mano al visor y activó la última adición al arsenal de la CIA. Hacía años que existían los visores termales, pero recientes avances en miniaturización, sensibilidad diferencial e integración dual habían facilitado la aparición de una nueva generación de equipos que proporcionaban a los agentes una visión que rayaba en lo sobrehumano.

«Podemos ver en la oscuridad. Podemos ver a través de las paredes. Y ahora... podemos ver además el pasado.»

Los equipos de visualización termal se habían vuelto tan sensibles a los cambios térmicos que no sólo podían detectar la ubicación actual de una persona, sino también sus ubicaciones anteriores. Con frecuencia, la capacidad de ver el pasado había demostrado ser la más valiosa de todas. Y esa noche, una vez más, estaba demostrando su valía. El agente Simkins examinó las señales térmicas que había en una de las mesas de lectura. Las dos sillas de madera aparecían en su visor con un color rojizo-purpúreo, lo que le indicaba que esas sillas estaban más calientes que las otras de la sala. La lámpara de la mesa emitía un color naranja. Estaba claro que los dos hombres habían estado sentados a esa mesa, pero la pregunta ahora era qué dirección habían tomado.

Encontró la respuesta en el mostrador central que rodeaba la gran consola de madera del centro de la sala. En ella podía ver el brillo de una fantasmal huella carmesí.

Con el arma en alto, Simkins se dirigió hacia el armario octogonal, apuntando su punto de mira láser a su superficie. Lo rodeó hasta que vio una abertura a un lado. «¿De verdad se han encerrado dentro de un armario?» El agente examinó el reborde que había alrededor de la abertura y vio otra huella brillante. Alguien se había agarrado de la jamba mientras se metía en la consola.

El silencio había terminado.

—¡Señal térmica! —exclamó Simkins, apuntando hacia la abertura—. ¡Convergencia de flancos!

Sus dos flancos se acercaron por lados opuestos, rodeando la consola octogonal.

Simkins se acercó a la abertura. A tres metros de distancia pudo ver que dentro había una fuente de luz.

—¡Hay luz en la consola! —gritó, esperando que el sonido de su voz convenciera al señor Bellamy y al señor Langdon de que salieran del armario con los brazos en alto.

No pasó nada.

«Está bien, lo haremos del otro modo.»

Al acercarse a la abertura, oyó un inesperado zumbido que provenía de su interior. Parecía una maquinaria. Se detuvo, intentando imaginar qué podía hacer un ruido semejante dentro de un espacio tan pequeño. Se acercó más y pudo oír unas voces por encima del ruido de la maquinaria. Entonces, justo cuando llegó a la abertura, las luces del interior desaparecieron.

«Gracias —pensó, ajustándose el casco de visión nocturna—. La ventaja es nuestra.»

Ya en el umbral, Simkins miró por la abertura. Lo que vio dentro no se lo esperaba. La consola no era tanto un armario como el techo elevado de una empinada escalera que descendía a una habitación inferior. El agente apuntó su arma hacia la escalera y empezó a bajarla. El zumbido de la maquinaria se iba haciendo más fuerte a cada peldaño que descendía.

«¿Qué diablos es este sitio?»

La habitación que había debajo de la sala de lectura era un espacio pequeño y de aspecto industrial. El zumbido que oía provenía efectivamente de una maquinaria, pero no estaba seguro de si estaba encendida porque Bellamy y Langdon la habían activado o porque permanecía siempre en funcionamiento. En cualquier caso, no importaba. Los fugitivos habían dejado sus reveladoras señales térmicas en la única salida de la habitación: una gruesa puerta de acero en cuyo teclado numérico se podían ver claramente cuatro marcas relucientes sobre las teclas. Una franja anaranjada brillaba alrededor de la puerta, indicando que al otro lado las luces estaban encendidas.

—Tumben la puerta —dijo Simkins—. Es por donde se escaparon.

A sus hombres les llevó ocho segundos insertar y detonar una lámina de *Key 4*. Cuando el humo se disipó, los agentes se encontraron ante un extraño mundo subterráneo conocido allí como «las estanterías».

La biblioteca del Congreso tenía kilómetros y kilómetros de estantes, la mayoría de ellos bajo tierra. Las interminables hileras daban la impresión de ser una especie de ilusión óptica «infinita» creada con espejos.

Un letrero indicaba:

ENTORNO DE TEMPERATURA CONTROLADA
MANTENGAN ESTA PUERTA CERRADA EN TODO MOMENTO

Al cruzar las puertas destrozadas, Simkins sintió el aire fresco. No pudo evitar sonreír. «¿Puede ponerse más fácil la cosa?» Las señales térmicas en los entornos de temperatura controlada se veían cual erupciones solares. Efectivamente, en su visor apareció un brillante manchón rojo sobre un pasamanos que había más adelante y al que Bellamy o Langdon debían de haberse cogido al pasar.

—Pueden correr —susurró para sí—, pero no se pueden ocultar.

Mientras Simkins y su equipo avanzaban por el laberinto de estanterías, se dio cuenta de que la balanza estaba tan inclinada a su favor que ni siquiera necesitaba el visor para seguir a su presa. Bajo circunstancias normales, ese laberinto de estanterías hubiera sido un digno escondite, pero para ahorrar energía, las luces de la biblioteca del Congreso funcionaban con sensores de movimiento, y la ruta de huida de los fugitivos estaba iluminada como si de una pista de aterrizaje se tratara. Una estrecha y serpenteante guirnalda de luces se perdía en la distancia.

Todos los hombres se quitaron los visores y el equipo siguió el rastro de luz, que iba de un lado a otro por un laberinto de libros aparentemente interminable. Pronto Simkins empezó a ver luces parpadeantes ante sí. «Nos estamos acercando.» Apretó todavía más el ritmo, hasta que de repente oyó pasos y una respiración jadeante. Entonces vio a uno de los objetivos.

—¡Contacto visual! —exclamó.

La desgarbada figura de Warren Bellamy debía ir detrás. El atildado afroamericano avanzaba tambaleante junto a las estanterías, obviamente ya sin aliento. «De nada sirve, señor.»

—¡Deténgase, señor Bellamy! —exclamó Simkins.

Bellamy siguió corriendo, doblando esquinas y zigzagueando por entre las hileras de libros. A cada giro, las luces se iban encendiendo.

—¡Derríbenlo! —ordenó Simkins.

El agente que portaba el rifle no letal apuntó y disparó. Al proyectil que salió volando por el pasillo y se envolvió alrededor de las piernas de Bellamy se lo apodaba «cuerda boba», pero de boba no tenía nada. Ese «incapacitante» no letal era una tecnología inventada en los laboratorios nacionales Sandia, y consistía en una pegajosa hebra de poliuretano que se volvía sólida al entrar en contacto con el blanco, creando una rígida red de plástico que se enroscaba en las rodillas del fugitivo. El efecto en un objetivo móvil era el mismo que el de insertar un palo en los radios de una bicicleta en movimiento. Las piernas del hombre quedaban inmovilizadas a media zancada, salía despedido hacia adelante y caía finalmente al suelo. Bellamy resbaló otros tres metros por un pasillo a oscuras antes de detenerse del todo.

—Yo me encargo de Bellamy —gritó Simkins—. ¡Vayan por Langdon! Debe de andar por delante de... —El jefe de equipo se interrumpió al ver que las estanterías de libros que tenía enfrente permanecían a oscuras. Estaba claro que nadie más iba corriendo por delante de Bellamy. «¿Está solo?»

El Arquitecto seguía boca abajo, respirando con dificultad, con las piernas y los tobillos envueltos en un plástico endurecido. Simkins se acercó y le dio media vuelta con el pie.

—¡¿Dónde está?! —inquirió el agente.

A Bellamy le sangraba el labio por culpa de la caída.

—¿Dónde está quién?

El agente Simkins levantó el pie y colocó su bota encima de la inmaculada corbata de seda de Bellamy. Luego se inclinó, aplicando una ligera presión.

—Créame, señor Bellamy: no querrá jugar a esto conmigo.

Capítulo 59

Langdon se sentía como un cadáver.

Yacía echado en posición supina con las manos sobre el pecho, en la más absoluta oscuridad, encerrado en el más reducido de los espacios. Aunque Katherine estaba por encima de su cabeza en una posición similar, Langdon no podía verla. Mantenía los ojos cerrados para así no comprobar, siquiera fugazmente, la aterradora situación en la que se encontraba.

El espacio en el que estaba era pequeño.

Muy pequeño.

Sesenta segundos antes, mientras las puertas dobles de la sala de lectura se venían abajo, él y Katherine habían seguido a Bellamy dentro de la consola octogonal y habían descendido un tramo de escaleras por el que se accedía a la inesperada habitación que había debajo.

Langdon se dio cuenta inmediatamente de dónde estaban. «El corazón del sistema circulatorio de la biblioteca.» De un modo parecido a la sala de equipajes de un aeropuerto, la sala de distribución contaba con numerosas cintas transportadoras que tomaban distintas direcciones. Como la biblioteca del Congreso estaba repartida en tres edificios distintos, muchos de los libros que la gente solicitaba en la sala de lectura tenían que ser trasladados de uno a otro. Y eso se hacía mediante un sistema de cintas transportadoras que formaban una red subterránea de túneles.

Bellamy cruzó la habitación en dirección a una puerta de acero. Insertó su tarjeta de acceso, pulsó una serie de botones y la abrió. El espacio que había detrás estaba a oscuras, pero al abrirse la puerta, se activaron los sensores de movimiento y las luces se encendieron con un parpadeo.

Cuando Langdon vio lo que había más allá, se dio cuenta de que se encontraba ante algo que muy poca gente llegaba a ver nunca. «Las estanterías de la biblioteca del Congreso.» De repente se sintió animado por el plan de Bellamy. «¿Qué mejor lugar para ocultarse que un laberinto gigante?»

Pero Bellamy no los llevó hacia las estanterías. En vez de eso, apoyó un libro en la puerta para mantenerla abierta y se volvió hacia ellos.

—Me hubiera gustado poder explicarte muchas más cosas, pero no tenemos tiempo. —Le dio a Langdon su tarjeta de acceso—. Necesitarás esto.

—¿No vienes con nosotros? —preguntó Robert.

Bellamy negó con la cabeza.

—Nunca conseguirán escapar a no ser que nos separemos. Lo más importante es mantener la pirámide y el vértice a salvo.

Langdon no veía otra salida aparte de la escalera que subía a la sala de lectura.

—¿Y adónde vas a ir tú?

—Yo haré que me sigan hacia las estanterías, así los alejaré de ustedes —dijo Bellamy—. Es lo único que puedo hacer para ayudarles a escapar.

Antes de que Langdon pudiera preguntar adónde se suponía que irían él y Katherine, Bellamy empezó a retirar una caja de libros que había encima de una de las cintas transportadoras.

—Acuéstense en la cinta —dijo—. Mantengan las manos pegadas al cuerpo.

Langdon se quedó mirándolo fijamente. «¡No lo dirás en serio!» La cinta transportadora recorría una corta distancia en la habitación y luego desaparecía por un oscuro agujero que había en la pared. La abertura parecía suficientemente grande para una caja de libros, pero no mucho más. Langdon volvió la cabeza hacia las estanterías.

—Olvídalo —dijo Bellamy—. Las luces se activan con sensores de movimiento. Es imposible esconderse ahí.

—¡Señal térmica! —oyeron que gritaba alguien arriba—. ¡Convergencia de flancos!

Katherine tuvo más que suficiente. Se subió inmediatamente a la cinta transportadora. La cabeza le quedó a apenas unos centímetros de la abertura en la pared. Cruzó los brazos sobre el cuerpo, como si fuera una momia dentro de un sarcófago.

Langdon estaba paralizado.

—Robert —lo instó Bellamy—, si no lo quieres hacer por mí, hazlo por Peter.

Las voces del piso de arriba se oían cada vez más cerca.

Moviéndose como si estuviera en un sueño, Langdon se acercó finalmente a la cinta transportadora. Dejó la bolsa encima y luego se subió él, colocando la cabeza bajo los pies de Katherine. Notó en la parte posterior de la cabeza la fría y dura goma de la cinta. Se quedó mirando el techo y se sintió como un paciente de un hospital preparándose para una resonancia magnética.

—Mantén tu celular encendido —dijo Bellamy—. Alguien te llamará dentro de poco... y te ofrecerá ayuda. Confía en él.

«¿Alguien me llamará?» Langdon sabía que antes Bellamy había estado intentando localizar en vano a alguien y que le había dejado un mensaje en el contestador. Y que hacía apenas unos minutos, mientras bajaban por la escalera de caracol, Bellamy finalmente lo había localizado y habían hablado brevemente y en voz baja.

—Sigan la cinta hasta el final —dijo Bellamy—. Y salten rápidamente antes de que dé la vuelta. Utiliza mi tarjeta de acceso para salir.

—¡¿Salir de dónde?! —inquirió Langdon.

Pero Bellamy ya estaba accionando las palancas. De repente, todas las cintas transportadoras cobraron vida y, tras una leve sacudida, Langdon advirtió que el techo que tenía encima comenzaba a moverse.

«Que Dios se apiade de mí.»

Antes de internarse por la abertura de la pared, Langdon volvió un momento la cabeza y pudo ver cómo Warren Bellamy se dirigía a toda prisa hacia las estanterías y cerraba la puerta tras de sí. Un instante después, la biblioteca engulló a Langdon y todo quedó en total oscuridad..., justo cuando un pequeño y brillante láser rojo empezaba a bajar la escalera.

Capítulo 60

La mal pagada guardia de seguridad de la compañía Preferred Security volvió a comprobar la dirección de Kalorama Heights en su hoja de llamadas. «¿Es aquí?» El camino de entrada con verja que tenía delante pertenecía a una de las fincas más grandes y tranquilas del barrio, y le parecía extraño que el 911 hubiera recibido una llamada urgente para que acudiera alguien.

Tal y como era habitual con las llamadas sin confirmar, el 911 se había puesto en contacto con la compañía de seguridad local antes de molestar a la policía. La guardia solía pensar que el lema de la compañía −«Tu primera línea de defensa»− bien podría cambiarse por «Falsas alarmas, bromas, mascotas perdidas y quejas de vecinos chiflados».

Esa noche, como siempre, la guardia había llegado sin más información acerca del supuesto problema. «Por encima de mi salario.» Su trabajo era simplemente aparecer con la luz de la sirena amarilla encendida, evaluar la propiedad e informar de cualquier cosa inusual que viera. Normalmente, algo inocuo había hecho saltar la alarma y ella utilizaba su llave maestra para volver a apagarla. Esa casa, sin embargo, estaba en silencio. No sonaba ninguna alarma. Desde la carretera todo parecía oscuro y tranquilo.

La guardia llamó al interfono de la puerta de la verja, pero no obtuvo respuesta. Tecleó su código maestro para abrirla y estacionó en el camino de entrada. Dejando el motor en marcha y la luz de la sirena encendida, se dirigió a la puerta principal y llamó al timbre. Nadie le contestó. No veía ninguna luz ni movimiento alguno.

Siguiendo a regañadientes el procedimiento habitual, encendió su linterna para inspeccionar el perímetro de la casa y comprobar que no hubieran forzado alguna puerta o ventana. Al doblar la esquina, una larga limusina negra pasó por delante de la casa, aminorando la marcha antes de proseguir su camino. «Vecinos fisgones.»

Poco a poco, fue revisando la casa, pero no vio nada fuera de lugar. Era más grande de lo que había imaginado, y para cuando llegó al patio trasero, estaba temblando de frío. Obviamente no había nadie dentro.

—¿Central? —llamó desde su radio—. Estoy en Kalorama Heights. No parece haber ningún problema. He terminado de inspeccionar el perímetro. Ninguna señal de intrusos. Falsa alarma.

—Conforme —contestó el operador—. Que tengas una buena noche.

La guardia se volvió a poner la radio en el cinturón y empezó a deshacer el camino, impaciente por volver a entrar en calor en su vehículo. Mientras regresaba, sin embargo, divisó algo que antes no había advertido: un pequeño punto de luz azulada en la parte trasera de la casa.

Extrañada, se acercó y vio de dónde provenía: una ventana baja, seguramente del sótano. El vidrio de la ventana estaba tintado por la parte interior con una pintura opaca. «¿Alguna especie de cuarto oscuro, quizá?» El resplandor azulado que había visto salía por un pequeño punto de la ventana en el que la pintura había saltado.

Se arrodilló para intentar ver algo por el agujero, pero por esa diminuta abertura no se veía demasiado. Dio unos golpecitos al vidrio, preguntándose si habría alguien trabajando ahí abajo.

—¿Hola? —gritó.

No contestó nadie, pero al volver a llamar a la ventana, un pedacito de la capa de pintura cayó, permitiéndole ver mejor. Se inclinó, pegando casi la cara a la ventana mientras examinaba el sótano. Al instante, deseó no haberlo hecho.

«¡¿Qué diablos…?!»

Paralizada, la mujer permaneció un momento allí de rodillas, mirando fijamente la escena que tenía ante sí. Finalmente, temblando, intentó volver a coger la radio de su cinturón.

Nunca llegó a hacerlo.

Los chisporroteantes dardos de un arma de electrochoque impactaron en la parte posterior de su cuello, provocándole un abrasador dolor por todo el cuerpo. Se le agarrotaron los músculos y cayó hacia adelante sin poder siquiera cerrar los ojos antes de que su cara se golpeara contra el frío suelo.

Capítulo 61

Ésa no era la primera vez que a Warren Bellamy le vendaban los ojos. Al igual que todos sus hermanos masones, había llevado la «venda de terciopelo» ritual durante su ascenso a los escalones más altos de la masonería. Eso, sin embargo, había tenido lugar entre amigos de confianza. Lo de esa noche era distinto. Esos bruscos tipos lo habían atado, luego le habían colocado una bolsa en la cabeza y ahora se lo llevaban preso por entre las estanterías de la biblioteca.

Los agentes habían amenazado físicamente al Arquitecto para que les develara el paradero de Robert Langdon. Consciente de que su envejecido cuerpo no aguantaría demasiado sus maltratos, Bellamy les dijo rápidamente la mentira que tenía preparada.

—¡Langdon no llegó a bajar aquí conmigo! —les contó, todavía jadeante—. ¡Le dije que subiera al balcón y se escondiera detrás de la estatua de Moisés, pero ahora no sé dónde está!

Al parecer, la historia había resultado convincente, porque dos de los agentes habían salido corriendo en su busca. Los dos hombres restantes lo escoltaban en silencio.

El único consuelo de Bellamy era saber que Langdon y Katherine pondrían la pirámide a salvo. Pronto Langdon recibiría la llamada de un hombre que podría ofrecerle santuario. «Confía en él.» El hombre a quien Bellamy había llamado sabía mucho acerca de la pirámide masónica y el secreto que contenía: el paradero de una escalera de caracol oculta que conducía bajo tierra al lugar en el que una potente sabiduría antigua permanecía enterrada desde hacía mucho tiempo. Finalmente Bellamy había conseguido ponerse en contacto con ese hombre mientras escapaban de la sala de lectura, y estaba seguro de que había entendido su breve mensaje a la perfección.

Ahora, mientras avanzaba por la biblioteca en total oscuridad, Bellamy visualizó mentalmente la pirámide de piedra y el vértice de oro que Langdon llevaba en la bolsa. «Hacía muchos años que esas dos piezas no estaban juntas.»

El Arquitecto nunca olvidaría aquella fatídica noche. «La primera de muchas para Peter.» Lo habían invitado a la finca de los Solomon en Potomac para la celebración del cumpleaños dieciocho de Zachary. A pesar de ser un muchacho problemático, era un Solomon, lo que quería decir que esa noche, siguiendo la tradición familiar, recibiría su herencia. Bellamy era uno de los mejores amigos de Peter y también un hermano masón, razón por la cual le había pedido que ejerciera de testigo. No era únicamente la entrega del dinero lo que debía presenciar. Esa noche había mucho más que dinero en juego.

Bellamy llegó pronto y Peter le pidió que esperara en su estudio privado. La maravillosa y vieja habitación olía a cuero, a leña y a hojas de té. Warren ya estaba sentado, cuando Peter condujo a su hijo Zachary a la habitación. Al ver a Bellamy, el escuálido adolescente frunció el ceño.

—¿Y usted qué hace aquí?

—Levantar testimonio —le respondió Bellamy—. Feliz cumpleaños, Zachary

El muchacho masculló algo y apartó la mirada.

—Siéntate, Zach —dijo Peter.

Zachary se sentó en la solitaria silla que había delante del enorme escritorio de madera de su padre. Solomon echó el pestillo de la puerta del estudio. Bellamy permaneció sentado en un lateral de la habitación.

Solomon se dirigió a su hijo en un tono solemne:

—¿Sabes por qué estás aquí?

—Creo que sí —respondió Zachary.

Solomon dejó escapar un profundo suspiro.

—Sé que hace tiempo que tú y yo no nos llevamos demasiado bien, Zach. He hecho todo lo posible para ser un buen padre y prepararte para este momento.

Zachary no dijo nada.

—Como sabes, al llegar a la mayoría de edad, a todos los descendientes de los Solomon se les hace entrega de su patrimonio (una parte de la fortuna familiar) con la intención de que sea una *semilla*..., una semilla para que la cultives, la hagas crecer y la utilices para alimentar a la humanidad.

Solomon se acercó a una caja fuerte que había en la pared, la abrió y extrajo una carpeta negra.

—Hijo, este portafolio contiene todo lo que necesitas para que esta herencia pase legalmente a tu nombre —la dejó sobre el escritorio—. La idea es que utilices este dinero para construir una vida de productividad, prosperidad y filantropía.

Zachary extendió el brazo para coger la carpeta.

—Gracias.

—Un momento —dijo su padre, colocando una mano sobre el portafolio—. Hay otra cosa que debo explicarte.

Zachary le lanzó a su padre una mirada despectiva y volvió a sentarse en su silla.

—Hay aspectos de la herencia de los Solomon que todavía desconoces —ahora Peter miraba directamente a los ojos de su hijo—. Eres mi primogénito, Zachary, lo que significa que tienes derecho a realizar una elección.

Intrigado, el adolescente se enderezó en la silla.

—Es una elección que puede determinar el rumbo que tome tu futuro, de modo que te recomiendo que la sopeses con detenimiento.

—¿Qué elección?

Su padre respiró profundamente.

—La elección... entre la riqueza o la sabiduría.

Zachary se lo quedó mirando sin expresión.

—¿La riqueza o la sabiduría? No lo entiendo.

Solomon se puso en pie, volvió a acercarse a su caja fuerte y extrajo una pirámide de piedra con símbolos masónicos grabados en ella. La depositó en el escritorio junto al portafolio.

—Esta pirámide fue creada hace mucho tiempo y le fue confiada a nuestra familia hace generaciones.

—¿Una pirámide? —Zachary no parecía muy emocionado.

—Hijo, esta pirámide es un mapa..., un mapa que revela la ubicación de uno de los mayores tesoros de la humanidad. Este mapa fue creado para que el tesoro pudiera ser redescubierto algún día —dijo Peter con la voz llena de orgullo–. Y esta noche, siguiendo la tradición, te la ofrezco a ti..., bajo ciertas condiciones.

Zachary contemplaba la pirámide con recelo.

–¿Cuál es el tesoro?

Bellamy sabía que esa impertinente pregunta no era lo que Peter esperaba. Aun así, éste mantuvo la calma.

–Zachary, es difícil de explicar sin entrar en detalles. Pero este tesoro..., en esencia, es algo que llamamos los antiguos misterios.

Creyendo al parecer que su padre le estaba gastando una broma, Zachary se rio.

Bellamy advirtió cómo la mirada de Peter se iba volviendo más melancólica.

–Me resulta muy difícil de describir, Zach. Tradicionalmente, cuando un Solomon cumple los dieciocho, está a punto de iniciar sus años de educación superior en...

–¡Ya te lo he dicho! –prorrumpió Zachary–. ¡No estoy interesado en ir a la universidad!

–No me refiero a la universidad –dijo su padre, manteniendo su tono de voz tranquilo–. Me refiero a la hermandad de la francmasonería. Me refiero a una educación en los misterios de la ciencia humana. Si tuvieras intención de unirte a mí en sus filas, estarías en disposición de recibir la educación necesaria para comprender la importancia de la decisión que tomes esta noche.

Zachary puso los ojos en blanco.

–Te puedes ahorrar la charla masónica. Ya sé que soy el primer Solomon que no quiere unirse. ¿Y qué? ¿Es que no lo entiendes? ¡No tengo ningún interés en jugar a los disfraces con un montón de vejestorios!

Su padre se quedó largo rato callado, y Bellamy advirtió que habían empezado a aparecer finas arrugas alrededor de sus todavía juveniles ojos.

–Sí, lo entiendo –dijo finalmente Peter–. Ahora las cosas son distintas. Comprendo que la masonería te pueda parecer una cosa extraña, o quizá incluso aburrida. Pero quiero que sepas que la puerta siempre estará abierta para ti en caso de que cambies de opinión.

–No cuentes con ello –refunfuñó Zach.

–¡Ya basta! –dijo bruscamente Peter, poniéndose en pie–. Soy consciente de que no has tenido una vida fácil, Zachary, pero yo no soy tu único guía. Hay hombres buenos esperándote, hombres que te recibirán con los brazos abiertos dentro del redil masónico y te mostrarán tu verdadero potencial.

Zachary soltó una risa ahogada y se volvió hacia Bellamy.

—¿Por eso está usted aquí, señor Bellamy? ¿Para que los dos puedan unirse en mi contra en nombre de la masonería?

Warren no dijo nada. Se limitó a dirigirle una respetuosa mirada a Peter Solomon, un recordatorio a Zachary de quién era la máxima autoridad en esa habitación.

El chico se volvió hacia su padre.

—Zach —dijo Peter—, no estamos llegando a ninguna parte, de modo que deja que te diga esto. Comprendas o no la responsabilidad que se te ofrece esta noche, es mi obligación familiar planteártela. —Señaló la pirámide—. Proteger esta pirámide es un raro privilegio. Te recomiendo que consideres esta oportunidad durante unos días antes de tomar tu decisión.

—¿Oportunidad? —replicó Zachary—. ¿Hacer de niñera de una piedra?

—Hay grandes misterios en este mundo, Zach —dijo Peter con un suspiro—. Secretos que van más allá de lo que te puedas imaginar. Esta pirámide protege esos secretos. Y lo que es más importante, llegará un día, seguramente a lo largo de tu vida, en el que esta pirámide será al fin interpretada y sus secretos develados. Será el momento de una gran transformación humana..., y tú tienes la posibilidad de desempeñar un papel en ese momento. Quiero que lo consideres cuidadosamente. La riqueza es algo común y corriente; la sabiduría, en cambio, es rara. —Señaló el portafolio y luego la pirámide—. Te suplico que recuerdes que con frecuencia la riqueza sin sabiduría puede terminar en desastre.

Zachary miró a su padre como si estuviera loco.

—Lo que tú digas, papá, pero no tengo la menor intención de renunciar a mi herencia por esto —dijo, haciendo un gesto con la mano hacia la pirámide.

Peter se cruzó de brazos.

—Si optas por aceptar la responsabilidad, te guardaré el dinero y la pirámide hasta que hayas completado exitosamente tu educación con los masones. Te llevará años, pero alcanzarás la madurez suficiente para recibir tanto el dinero como esta pirámide. Riqueza y sabiduría. Una poderosa combinación.

Zachary se puso bruscamente en pie.

—¡Por el amor de Dios, papá! No te rindes, ¿eh? ¿Es que no te das cuenta de que no me interesan lo más mínimo la masonería o las pirámides de piedra y sus antiguos misterios? —Estiró el brazo, cogió el portafolio negro y lo agitó delante de la cara de su padre—. ¡Éste es mi patrimonio! ¡El mismo patrimonio de los Solomon que me han precedido! ¡No puedo creer que pretendas escamotearme la herencia con lamentables historias sobre antiguos mapas del tesoro! —Se metió el portafolio debajo del brazo y, pasando por delante de Bellamy, se dirigió hacia la puerta del estudio que daba al patio.

—¡Zachary, espera! —Su padre fue corriendo tras él mientras el chico salía a la noche—. ¡Hagas lo que hagas, no le hables nunca a nadie acerca de la pirámide que acabas de ver! —La voz de Peter se quebró—. ¡A nadie! ¡Nunca!

Pero Zachary lo ignoró y desapareció en la noche.

Peter Solomon regresó a su escritorio y se sentó en su sillón de cuero con los ojos llenos de dolor. Tras un largo silencio, levantó la mirada hacia Bellamy y forzó una triste sonrisa.

—No estuvo tan mal.

Bellamy suspiró, sintiendo propio el dolor de su amigo.

—Peter, no quiero parecer insensible, pero... ¿confías en él?

Solomon permanecía con la mirada perdida.

—Quiero decir... —insistió Bellamy—, ¿crees que no dirá nada a nadie sobre la pirámide?

Su rostro seguía carente de expresión.

—No sé qué decir, Warren. No estoy seguro de conocerlo.

Bellamy se puso en pie y empezó a dar vueltas de acá para allá por delante del gran escritorio.

—Peter, has cumplido con tus obligaciones familiares, pero ahora, teniendo en cuenta lo que acaba de pasar, creo que debemos tomar precauciones. Debería devolverte el vértice para que le encuentres un nuevo hogar. Es mejor que lo cuide alguna otra persona.

—¿Por qué? —preguntó Solomon.

—Si Zachary le habla a alguien acerca de la pirámide y menciona que yo estaba presente esta noche...

—Pero no sabe nada acerca del vértice, y es demasiado inmaduro para entender la significación de la pirámide. No necesitamos cambiar de sitio. Guardaré la pirámide en mi caja fuerte. Y tú el vértice donde siempre lo guardes. Como siempre hemos hecho.

Tres años después, en Navidad, cuando la familia todavía se recuperaba de la muerte de Zachary, el hombre que decía haberlo asesinado en prisión asaltó la finca de los Solomon. El intruso iba en busca de la pirámide, pero lo único que se llevó consigo fue la vida de Isabel Solomon.

Días después, Peter convocó a Bellamy a su oficina. Cerró la puerta y, tras extraer la pirámide de su caja fuerte, la depositó en el escritorio.

—Debería haberte escuchado.

Bellamy sabía que a Peter lo atormentaba la culpa.

—Eso no hubiera cambiado las cosas.

Solomon dejó escapar un cansino suspiro.

—¿Trajiste el vértice?

Bellamy sacó del bolsillo un pequeño paquete con forma de cubo. El desvaído papel marrón estaba atado con un cordel, y éste sujeto con el sello del anillo de Solomon. Bellamy dejó el paquete en el escritorio, consciente de que las dos mitades de la pirámide masónica estaban más cerca de lo que deberían.

—Busca a alguien que cuide de esto. No me digas de quién se trata.

Solomon asintió.

—Y yo sé dónde puedes esconder la pirámide —dijo Bellamy. A continuación le habló a Solomon del subsótano del edificio del Capitolio—. No hay lugar más seguro en Washington.

Bellamy recordaba que Solomon inmediatamente estuvo de acuerdo con la idea porque le parecía adecuado esconder la pirámide en el corazón simbólico de la nación. «Típico de Peter —pensó Bellamy—. Idealista incluso durante las crisis.»

Ahora, diez años después, mientras lo trasladaban a empujones y a ciegas por la biblioteca del Congreso, Bellamy supo que la crisis de esa noche no había hecho más que empezar. Se había enterado, además, de quién había sido la persona elegida por Solomon para guardar el vértice..., y le pidió a Dios que Robert Langdon estuviera a la altura de la tarea encomendada.

Capítulo 62

«Estoy debajo de Second Street.»

Langdon seguía con los ojos completamente cerrados mientras la cinta transportadora retumbaba en la oscuridad en dirección al edificio Adams. Intentaba no pensar en las toneladas de tierra que tenía encima y el estrecho tubo por el que viajaba. Podía oír la respiración de Katherine unos metros más allá, pero hasta el momento ella no había pronunciado una sola palabra.

«Está en *shock*.» Langdon no tenía demasiadas ganas de contarle lo de la mano cercenada de su hermano. «Tienes que hacerlo, Robert. Necesita saberlo.»

—¿Katherine? —dijo finalmente Langdon sin abrir los ojos—. ¿Estás bien?

Le respondió una voz trémula e incorpórea.

—Robert, esa pirámide que llevas... es de Peter, ¿verdad?

—Sí —respondió Langdon.

Hubo un largo silencio.

—Creo... que esa pirámide es la razón por la que asesinaron a mi madre.

Langdon sabía que Isabel Solomon había sido asesinada diez años antes, pero no conocía los detalles, y Peter nunca había mencionado nada acerca de una pirámide en relación con el suceso.

—¿De qué estás hablando?

Afligida, Katherine le contó los horrendos acontecimientos de aquella noche, cuando el hombre tatuado los atacó en su finca.

—Sucedió hace mucho tiempo, pero nunca olvidaré que venía en busca de una pirámide. Nos dijo que mi sobrino, Zachary, le había hablado de ella en prisión, justo antes de morir asesinado.

Langdon la escuchó asombrado. La tragedia de la familia Solomon era desgarradora. Katherine prosiguió su historia y le contó a Langdon que ella siempre había creído que el intruso había sido asesinado aquella noche..., hasta su reaparición ese mismo día haciéndose pasar por el psiquiatra de Peter y consiguiendo que ella fuera a su casa.

—Sabía cosas privadas sobre mi hermano, la muerte de mi madre, e incluso de mi trabajo —dijo con inquietud—; cosas que sólo podría haberle contado Peter. De modo que confié en él..., y así es como logró entrar en los depósitos del museo Smithsonian. —Katherine respiró profundamente y le dijo a Langdon que estaba prácticamente segura de que el hombre había destrozado su laboratorio.

Él la escuchó completamente horrorizado. Durante unos instantes, ambos permanecieron en silencio en la cinta transportadora. Langdon sabía que tenía la obligación de contarle a Katherine el resto de los terribles acontecimientos de esa noche. Tan delicadamente como pudo le contó que años antes su hermano le había confiado un pequeño paquete, y que esa noche lo habían engañado para que lo llevara a Washington. Finalmente le explicó que habían encontrado la mano cercenada de su hermano en la Rotonda del Capitolio.

Katherine reaccionó con un estremecedor silencio.

Langdon sabía que estaba asimilando los hechos, y deseó poder abrazarla y consolarla, pero estar echados en esa estrecha oscuridad lo hacía imposible.

—Peter está bien —susurró—. Está vivo y lo encontraremos —Langdon intentó darle esperanzas—. Katherine, su captor me prometió que tu hermano viviría... siempre que le descifrara la pirámide.

Ella siguió sin decir nada.

Langdon continuó hablando. Le contó lo de la pirámide de piedra, su cifrado masónico, el paquete con el vértice y, por supuesto, la creencia de Bellamy de que esa pirámide era la masónica de la leyenda, un mapa que revelaba la ubicación de una larga escalera de caracol que conducía a un antiguo tesoro místico que había sido escondido hacía mucho tiempo decenas de metros bajo tierra, allí, en Washington.

Cuando Katherine finalmente habló, lo hizo con voz apagada y fría.

—Robert, abre los ojos.

«¿Que abra los ojos?» Langdon no sentía deseo alguno de ver lo estrecho que era ese espacio.

—¡Robert! —insistió Katherine, ahora ya con urgencia—. ¡Abre los ojos! ¡Ya hemos llegado!

Langdon los abrió justo cuando su cuerpo salía por una abertura parecida al hueco por el que se habían internado en el túnel. Katherine bajó inmediatamente de la cinta. Una vez en el suelo cogió la bolsa de Langdon mientras éste se volvía y saltaba justo a tiempo, antes de que la cinta diera media vuelta y deshiciera el camino en dirección al lugar del que venían. El lugar en el que se encontraban era una sala muy parecida a la del edificio del que procedían. En un pequeño letrero se podía leer: EDIFICIO ADAMS: SALA DE DISTRIBUCIÓN 3.

Langdon se sentía como si acabara de salir de una especie de conducto de nacimiento subterráneo. «He vuelto a nacer.» Se volvió inmediatamente hacia Katherine.

—¿Estás bien?

Ella tenía los ojos rojos. Estaba claro que había estado llorando, pero asintió con resoluto estoicismo. Agarró la bolsa de Langdon y cruzó con ella la habitación sin decir una palabra. La dejó encima de un desordenado escritorio, encendió la lámpara halógena que había encima, abrió la cremallera y dejó la pirámide al descubierto.

La pirámide de granito se veía casi austera bajo la luz halógena. Katherine pasó los dedos por la inscripción masónica y Langdon advirtió la agitación que sentía ella en su interior. Moviéndose con lentitud, metió el brazo en la bolsa y extrajo el pequeño paquete. Lo sostuvo bajo la luz, examinándolo atentamente.

—Como puedes ver —dijo Langdon en voz baja—, el sello de cera es el relieve del anillo masónico de Peter. Él mismo me contó que su anillo había sido utilizado para sellar el paquete hacía más de un siglo.

Katherine no dijo nada.

—Cuando tu hermano me confió este paquete —le contó Langdon—, me dijo que con él se podía obtener orden del caos. No estoy muy seguro de qué quería decir con eso, pero asumo que este vértice revela algo importante, porque Peter insistió en lo peligroso que podía ser en las manos equivocadas. Y Warren me acaba de decir lo mismo, instándome a que escondiera la pirámide y no dejara abrir a nadie el paquete.

Katherine se volvió; parecía enfadada.

—¿Bellamy te dijo que no abrieras el paquete?

—Sí. Fue muy insistente.

Katherine respondió con incredulidad.

—Pero tú me acabas de decir que este vértice es el único modo mediante el cual podemos descifrar la pirámide, ¿no?

—Seguramente, sí.

Katherine fue levantando la voz.

—Y me dijiste que descifrar la pirámide es lo que te pidieron que hicieras. Es el único modo de recuperar a Peter, ¿no?

Langdon asintió.

—¡¿Entonces, Robert, por qué razón no deberíamos abrir el paquete y descifrar esta cosa ahora mismo?!

Langdon no supo qué responder.

—Katherine, mi reacción fue exactamente la misma, pero Bellamy me dijo que mantener el secreto de esta pirámide era más importante que ninguna otra cosa..., incluida la vida de tu hermano.

Los hermosos rasgos de Katherine se endurecieron, y se acomodó un mechón de pelo detrás de la oreja. Cuando finalmente habló, lo hizo con resolución.

—Sea lo que sea, esta pirámide de piedra me ha costado toda la familia. Primero mi sobrino, Zachary, luego mi madre, y ahora mi hermano. Y afrontémoslo, Robert, si no me hubieras llamado para avisarme...

Langdon se sentía atrapado entre la lógica de Katherine y la firme insistencia de Bellamy.

—Puede que sea una científica —dijo ella—, pero también provengo de una familia de conocidos masones. Créeme, he oído todas las historias sobre la pirámide masónica y su promesa de un gran tesoro que iluminará a la humanidad. Honestamente, me cuesta creer que algo así exista. Sin embargo, en caso de que sea cierto, quizá haya llegado el momento de develarlo.

Katherine metió un dedo por debajo del viejo cordel del paquete.

—¡Katherine, no! ¡Espera!

Ella se detuvo, manteniendo sin embargo el dedo debajo del cordel.

—Robert, no voy a permitir que mi hermano muera por esto. Lo que este vértice diga..., los tesoros perdidos que revele su inscripción..., esos secretos dejarán de serlo esta noche.

Tras decir eso, Katherine tiró desafiantemente del cordel, haciendo añicos el quebradizo sello de cera.

Capítulo 63

En un tranquilo vecindario al oeste de Embassy Row, en Washington, existe un jardín tapiado de estilo medieval cuyas rosas, se dice, nacen de plantas que datan del siglo XII. El cenador del jardín, conocido como Shadow House, se yergue con elegancia en medio de meándricos senderos de piedra extraída de la cantera privada de George Washington.

De repente, el silencio de los jardines se vio roto por un joven que atravesó corriendo la puerta de madera.

—¿Hola? —exclamó, intentando ver algo a la luz de la luna—. ¿Está usted ahí?

La voz que contestó era frágil, apenas audible.

—En el cenador..., tomando un poco el fresco.

El joven encontró a su debilitado superior sentado en el banco de piedra, bajo una manta. El encorvado anciano era pequeño y de facciones élficas. Los años lo habían doblado por la mitad y robado la vista, pero su alma seguía siendo una fuerza con la que se podía contar.

Todavía jadeante, el joven se dirigió a él:

—Acabo... de recibir una llamada... de su amigo... Warren Bellamy.

—¿Ah, sí? —el anciano se animó—. ¿Qué quería?

—No lo dijo, pero parecía estar muy apurado. Me dijo que le había dejado un mensaje en el contestador, y que debía usted escucharlo cuanto antes.

—¿Eso es todo?

—No... —El joven se quedó un momento callado—. Me pidió que le hiciera una pregunta. —«Una pregunta muy extraña»—. Y ha dicho que necesitaba su respuesta inmediatamente.

El anciano se inclinó hacia el joven.

—¿Cuál era la pregunta?

Al repetirle la cuestión del señor Bellamy, la turbada expresión del anciano fue visible incluso a la luz de la luna. Inmediatamente, éste se quitó la manta de encima y, con dificultad, se puso en pie.

—Ayúdame a entrar. Ahora.

Capítulo 64

«Basta de secretos», pensó Katherine Solomon.

En la mesa que tenía ante sí se podían ver restos del sello de cera que había permanecido intacto durante generaciones. Terminó de retirar el desvaído papel marrón que envolvía el valioso paquete de su hermano. A su lado estaba Langdon, visiblemente inquieto.

Del envoltorio, Katherine extrajo una pequeña caja de piedra gris. Parecía un cubo de granito pulido: la caja no tenía bisagras, ni cierre, ni modo alguno visible de abrirla. A Katherine le recordaba un rompecabezas chino.

—Parece un bloque sólido —dijo mientras pasaba los dedos por los bordes—. ¿Estás seguro de que en los rayos X se veía hueco? ¿Con un vértice dentro?

—Sí —repuso Langdon, acercándose a ella y examinando la misteriosa caja.

Tanto él como Katherine la observaron desde distintos ángulos, en busca de alguna forma de abrirla.

—Aquí —dijo Katherine al localizar con la uña la ranura oculta que había en uno de los bordes superiores.

Dejó la caja en la mesa y con mucho cuidado abrió la tapa, que se deslizó suavemente, como si fuera la parte superior de un buen joyero.

Al retirar la tapa, tanto Langdon como Katherine dejaron escapar un grito ahogado. El interior brillaba. Su refulgencia parecía casi sobrenatural. Katherine nunca había visto una pieza de oro de ese tamaño, y le llevó un instante darse cuenta de que el metal precioso simplemente reflejaba la luz de la lámpara.

—Es espectacular —susurró.

A pesar de haber estado sellado en un oscuro cubo de piedra desde hacía más de un siglo, el vértice no se había descolorido ni deslustrado lo más mínimo. «El oro resiste las leyes entrópicas de la descomposición; ésa es una de las razones por las que en la antigüedad se consideraba mágico.» Katherine pudo sentir cómo se le aceleraba el pulso al inclinarse hacia adelante y observar desde arriba la pequeña punta de oro.

—Hay una inscripción.

Robert se acercó. Los hombros de ambos se tocaban. Un destello de curiosidad iluminó los ojos de Langdon. Le había hablado a Katherine acerca de la antigua práctica griega de los *symbola* —códigos divididos en varias partes—, y de que ese vértice, tanto tiempo separado de la pirámide, sería la clave para descifrar la pirámide. Supuestamente, lo que apareciera en esa inscripción traería orden del caos.

Katherine acercó la pequeña caja a la luz y observó detenidamente el vértice.

Aunque pequeña, la inscripción era perfectamente visible: un breve texto grabado en una de las caras. Katherine leyó las siete palabras.

Luego las volvió a leer.

—¡No! —se lamentó—. ¡No puede ser eso lo que dice!

Al otro lado de la calle, la directora Sato cruzó a toda velocidad la extensa acera frente al Capitolio en dirección a su punto de encuentro en First Street. Las noticias que había recibido de sus hombres eran inaceptables. Ni Langdon. Ni pirámide. Ni vértice. Bellamy estaba retenido, pero no les había dicho la verdad. De momento.

«Yo lo haré hablar.»

Miró por encima del hombro una de las nuevas vistas de Washington: la cúpula del Capitolio por encima del centro de visitantes. La cúpula iluminada no hacía sino acentuar la importancia de lo que estaba en juego esa noche. «Ésta es una época peligrosa.»

Sato se sintió aliviada al oír que la llamaban al celular y ver en el identificador de llamadas que se trataba de su analista.

—Nola —contestó Sato—. ¿Qué tienes?

Nola Kaye le dio las malas noticias. Los rayos X de la inscripción del vértice eran demasiado borrosos, y los filtros de mejora de imagen no habían funcionado.

«Mierda.» Sato se mordió el labio.

—¿Y la cuadrícula de dieciséis caracteres?

—Todavía estoy en ello —dijo Nola—, pero de momento no he encontrado ningún sistema secundario de encriptado. Tengo un computador reorganizando las letras de la cuadrícula en busca de algo identificable, pero hay más de veinte billones de posibilidades.

—Sigue en ello. Y manténme informada. —Sato colgó; tenía el ceño fruncido.

Las esperanzas que tenía de descifrar la pirámide utilizando únicamente una fotografía y rayos X se desvanecían rápidamente. «Necesito la pirámide y el vértice..., y se agota el tiempo.»

Sato llegó a First Street justo cuando un todoterreno Escalade negro con las ventanillas oscuras se detenía delante de ella con un frenazo del auto. Del auto salió un único agente.

—¿Alguna novedad sobre Langdon? —inquirió Sato.

—La confianza es alta —dijo el hombre con frialdad—. Acabamos de recibir refuerzos. Todas las salidas de la biblioteca están rodeadas. Y en breve llegará apoyo aéreo. Lanzaremos gas lacrimógeno y no tendrá dónde ocultarse.

—¿Y Bellamy?

—Atado en el asiento de atrás.

«Bien.» El hombro todavía le escocía.

El agente le dio a Sato una bolsita transparente de plástico con un teléfono celular, unas llaves y una cartera dentro.

—Los efectos personales de Bellamy.

—¿Nada más?

—No, señora. La pirámide y el paquete debe de tenerlos todavía Langdon.

—Está bien —dijo Sato—. Bellamy sabe cosas que no nos está contando. Me gustaría interrogarlo personalmente.

—Sí, señora. ¿Vamos a Langley, entonces?

Sato respiró profundamente y se puso a dar vueltas de acá para allá por delante del todoterreno. Los interrogatorios de civiles norteamericanos estaban regidos por estrictos protocolos, e interrogar a Bellamy era altamente ilegal a no ser que lo hiciera en Langley con testigos, abogados, lo grabara en video, bla, bla, bla...

—No —repuso, intentando pensar en algún lugar cercano.

«Y más privado.»

El agente no dijo nada, permanecía en posición de firmes junto al todoterreno, a la espera de órdenes.

Sato se encendió un cigarrillo, le dio una larga aspirada y bajó la mirada hacia la bolsita de plástico transparente con los objetos de Bellamy. En su llavero, advirtió, había una llave electrónica adornada con cuatro letras: USBG. Sato sabía, claro está, qué edificio gubernamental abría esa llave. El lugar estaba muy cerca y, a esas horas, sería muy privado.

Sonrió y se metió la llave en el bolsillo. «Perfecto.»

Cuando le dijo adónde quería llevar a Bellamy, esperaba que el agente se sorprendiera, pero se limitó a asentir y a abrirle la puerta del asiento del acompañante; su fría mirada no revelaba ninguna emoción.

A Sato le encantaban los profesionales.

En el sótano del edificio Adams, Langdon observaba con incredulidad la elegante inscripción de una de las caras del vértice.

«¿Eso es todo lo que dice?»

A su lado, Katherine sostenía el vértice bajo la luz y negaba con la cabeza.

—Tiene que haber algo más —insistió, sintiéndose engañada—. ¿Esto es lo que mi hermano ha estado protegiendo todos estos años?

Langdon tenía que admitir que se sentía desconcertado. Según lo que le habían dicho Peter y Bellamy, se suponía que ese vértice iba a ayudarlos a descifrar la pirámide de piedra. A la luz de tales afirmaciones, Langdon esperaba algo iluminador y útil. «En vez de obvio e inútil.» Leyó una vez más las siete palabras delicadamente inscritas en la cara del vértice.

El
secreto está
dentro de Su Orden

«¿El secreto está dentro de Su Orden?»

A simple vista, la inscripción parecía afirmar una obviedad: que las letras de la pirámide no estaban en «orden», y que su secreto estaba en dar con la secuencia adecuada. Esa lectura, sin embargo, además de ser manifiesta, parecía improbable por otra razón.

—Las iniciales de las palabras «Su» y «Orden» están escritas en mayúscula.

Katherine asintió, mirando sin expresión.

—Ya lo veo.

«El secreto está dentro de Su Orden». A Langdon sólo se le ocurría una explicación lógica.

—«Orden» debe de hacer referencia a la orden masónica.

—Estoy de acuerdo —dijo Katherine—, pero sigue sin ser de ayuda. No nos dice nada nuevo.

Langdon pensaba igual. Al fin y al cabo, toda la historia de la pirámide masónica giraba alrededor de un secreto oculto dentro del orden masónico.

—Robert, ¿no te dijo mi hermano que este vértice te daría el poder de ver *orden* donde los demás sólo veían *caos*?

Él asintió, frustrado. Por segunda vez esa noche, Robert Langdon sentía que no era digno.

Capítulo 65

Cuando Mal'akh terminó con la inesperada visita –una guardia de seguridad de Preferred Security–, reparó los desperfectos de la ventana por la que la mujer había vislumbrado su sagrada zona de trabajo.

A continuación dejó atrás la tenue luz azulada del sótano y salió al salón por una puerta oculta. Una vez allí se detuvo a admirar su impresionante cuadro de *Las tres Gracias* y a recrearse con los familiares olores y sonidos de su hogar.

«Pronto me iré para siempre.» Mal'akh sabía que después de esa noche no podría volver allí. «Después de esta noche –pensó, risueño–, no me hará falta este lugar.»

Se preguntó si Robert Langdon comprendería ya el verdadero poder de la pirámide..., o la importancia que desempeñaba el papel para el que el destino lo había escogido. «Langdon todavía no me ha llamado –consideró Mal'akh tras comprobar de nuevo si había algún mensaje en su teléfono de usar y tirar. Ya eran las 22:02–. Le quedan menos de dos horas.»

Subió al baño de mármol italiano y abrió la ducha para que fuera calentándose. Después se fue quitando metódicamente la ropa, deseoso de comenzar su ritual purificador.

Bebió dos vasos de agua para acallar su hambriento estómago y a continuación se acercó hasta el espejo de cuerpo entero para examinar su desnudo cuerpo. Los dos días de ayuno habían acentuado su musculatura, y no pudo evitar admirar aquello en lo que se había convertido. «Antes de que amanezca seré mucho más.»

Capítulo 66

—Deberíamos salir de aquí —propuso Langdon a Katherine—. Sólo es cuestión de tiempo que averigüen dónde estamos.

Esperaba que Bellamy hubiese logrado escapar.

Katherine aún parecía obsesionada con el vértice de oro, incapaz de creer que la inscripción fuese de tan poca ayuda. Había sacado el vértice para examinar cada uno de los lados y ahora lo devolvía a la caja con sumo cuidado.

«El secreto está dentro de Su Orden —pensó Langdon—. Menuda ayuda.»

Se sorprendió preguntándose si Peter no estaría equivocado acerca del contenido de la caja. La pirámide y el vértice habían sido creados mucho antes de que su amigo naciera, y éste no hacía sino lo que sus antepasados le habían pedido: guardar un secreto que probablemente fuese un misterio para él, como lo era para Langdon y Katherine.

«¿Qué esperaba?», se dijo Langdon. Cuanto más aprendía esa noche sobre la leyenda de la pirámide masónica, menos plausible se le antojaba todo. «¿Estoy buscando una escalera de caracol oculta situada bajo una piedra enorme?» Algo le decía que perseguía sombras. No obstante, descifrar la pirámide parecía la mejor opción para salvar a Peter.

—Robert, ¿te dice algo el año 1514?

«¿Mil quinientos catorce?» La pregunta no venía mucho al caso. Él se encogió de hombros.

—No. ¿Por qué?

Katherine le entregó la caja de piedra.

—Mira: la caja tiene una fecha. Échale un vistazo a la luz.

Langdon se sentó a la mesa y escrutó el cubo bajo la lámpara. Katherine le puso una mano en el hombro con suavidad y se inclinó para señalar la pequeña inscripción que había descubierto en el exterior de la caja, cerca de la esquina inferior de uno de los lados.

—Mil quinientos catorce A. D. —leyó, al tiempo que señalaba la caja.

No cabía duda de que se trataba del número 1514 seguido de las letras «A» y «D» representadas de un modo poco común.

1514 🄰🄳

—Esta fecha —dijo Katherine, de repente con voz esperanzada— tal vez sea el nexo que nos faltaba, ¿no? El cubo se parece mucho a una piedra angular masónica, así que quizá nos indique el camino hasta una piedra angular real. O hasta un edificio construido en 1514 *Anno Domini*.

Langdon apenas la oía.

«Mil quinientos catorce A.D. no es una fecha.»

El símbolo 🄰🄳, como cualquier experto en arte medieval reconocería, era una conocida rúbrica: un símbolo utilizado en lugar de una firma. Muchos de los primeros filósofos, artistas y escritores firmaban su obra con un símbolo único o monograma en lugar de con su nombre, práctica ésta que añadía un halo de misterio a su creación y además evitaba que fuesen perseguidos en caso de que sus escritos u obras de arte fueran considerados subversivos.

En esa rúbrica en concreto, las letras «A» y «D» no querían decir *Anno Domini*..., sino que eran alemanas y correspondían a algo totalmente distinto.

Langdon vio en el acto que las piezas encajaban. En tan sólo unos segundos tuvo claro que sabía cómo descifrar la pirámide a ciencia cierta.

—Bien hecho, Katherine —alabó al tiempo que cogía sus cosas—. Eso es todo lo que necesitábamos. Vamos, te lo explicaré por el camino.

Ella no daba crédito.

—Entonces esta fecha, 1514 A. D., ¿te dice algo?

Él le guiñó un ojo y se dirigió a la puerta.

—A. D. no es una fecha, Katherine. Es una persona.

Capítulo 67

Al oeste de Embassy Row volvía a reinar el silencio en el interior del jardín tapiado con sus rosas del siglo XII y su cenador de piedra, el Shadow House. Al otro lado del camino de entrada, el joven ayudaba a su encorvado superior a recorrer la amplia extensión de césped.

«¿Me deja que lo guíe?»

Por regla general, el anciano, ciego, se negaba a aceptar ayuda, prefería caminar solo por el santuario, valiéndose de su memoria. Sin embargo, esa noche por lo visto tenía prisa por entrar y devolver la llamada de Warren Bellamy.

—Gracias —dijo el anciano cuando entraron en la construcción que albergaba su despacho—. Desde aquí ya puedo solo.

—Señor, si me necesita no me importa...

—Es todo por hoy —lo interrumpió su superior. Y, tras zafarse del brazo de su acompañante, se sumió en la oscuridad arrastrando los pies a buen ritmo—. Buenas noches.

El joven salió del edificio y enfiló el gran jardín hacia la humilde morada que tenía en el recinto. Una vez allí se dio cuenta de que lo carcomía la curiosidad. Era evidente que el anciano se había alterado con la pregunta que le había planteado el señor Bellamy..., y sin embargo la pregunta era rara, casi no tenía sentido: «¿No hay ayuda para el hijo de la viuda?»

Por más vueltas que le dio, fue incapaz de adivinar a qué se refería. Perplejo, encendió el computador y se puso a buscar la frase.

Para su sorpresa, ante sí vio página tras página de referencias, todas ellas con esa misma frase. Leyó la información asombrado. Al parecer, Warren Bellamy no era el primero a lo largo de la historia en hacer tan extraña pregunta. Esas mismas palabras habían sido pronunciadas siglos atrás... por el rey Salomón, cuando lloraba la muerte de un amigo. Supuestamente dicha pregunta todavía la formulaban los masones y era una especie de grito de socorro en clave. Por lo visto, Warren Bellamy pedía ayuda a un hermano masón.

Capítulo 68

«¿Alberto Durero?»

Katherine intentaba hacer encajar las piezas mientras recorría a toda prisa con Langdon el sótano del edificio Adams. «¿A. D. significa Alberto Durero?» El famoso grabador y pintor alemán del siglo XVI era uno de los artistas preferidos de su hermano, y a Katherine su obra le resultaba ligeramente familiar. Así y todo, no acertaba a imaginar cómo podía serles de ayuda Durero en el caso que los ocupaba. «Para empezar, porque lleva muerto más de cuatrocientos años.»

—Desde el punto de vista simbólico, Durero es perfecto —explicaba Langdon mientras seguían la estela de letreros iluminados que indicaban «Salida»—. Fue el hombre renacentista por excelencia: artista, filósofo, alquimista y estudioso durante toda su vida de los antiguos misterios. Hasta el día de hoy nadie entiende del todo los mensajes que se ocultan en las manifestaciones artísticas de Durero.

—Puede que sea cierto —objetó ella—, pero ¿cómo explica «1514 Alberto Durero» la forma de descifrar la pirámide?

Llegaron a una puerta cerrada, y Langdon utilizó la tarjeta de acceso de Bellamy para franquearla.

—El número 1514 nos lleva hasta un cuadro muy concreto de Durero —aclaró él mientras subían corriendo la escalera, que desembocaba en un gran pasillo. Langdon echó una ojeada y señaló a la izquierda—. Por aquí. —Echaron a andar de nuevo a buen paso—. Lo cierto es que Alberto

Durero ocultó el número 1514 en su obra de arte más misteriosa, *Melancolía I*, que completó en 1514 y es considerada la pieza más influyente del Renacimiento del norte de Europa.

En una ocasión Peter le enseñó a Katherine *Melancolía I* en un viejo libro sobre misticismo antiguo, pero ella no recordaba haber visto escondido el número 1514.

—Como tal vez sepas —prosiguió Langdon con nerviosismo—, *Melancolía I* representa los esfuerzos de la humanidad para comprender los antiguos misterios. El simbolismo de esta obra es tan complejo que hace que Leonardo da Vinci parezca asequible.

Katherine se detuvo en seco y miró a Langdon.

—Robert, *Melancolía I* está aquí, en Washington, en la Galería Nacional.

—Sí —replicó él con una sonrisa—, y algo me dice que no se trata de una coincidencia. El museo está cerrado a esta hora, pero conozco al director y...

—Olvídalo, Robert, ya sé lo que pasa cuando vas a un museo.

Katherine se dirigió hacia una sala cercana, donde vio una mesa con un computador.

Él la siguió con cara de pena.

—Hagamos esto de la forma más sencilla. —Por lo visto, al profesor Langdon, el experto en arte, se le planteaba el dilema ético de utilizar Internet cuando tenía el original tan cerca. Katherine se situó tras la mesa y encendió el computador. Cuando el aparato por fin cobró vida ella se dio cuenta de que tenía otro problema—. No veo el ícono del navegador.

—Es una red interna. —Langdon le señaló un ícono del escritorio—. Prueba ahí.

Katherine hizo clic en el ícono COLECCIONES DIGITALES y el computador accedió a otra pantalla. A instancias de Langdon, hizo clic en otro ícono: COLECCIÓN GRABADOS. Ante sus ojos surgió una pantalla nueva. GRABADOS: BUSCAR.

—Teclea Alberto Durero.

Escribió el nombre y a continuación inició la búsqueda. Al cabo de unos segundos la pantalla les ofreció una serie de pequeñas imágenes, todas ellas de estilo parecido: intrincados grabados en blanco y negro. Por lo visto, Durero había realizado docenas de grabados similares.

Katherine recorrió el listado alfabético de obras:

Adán y Eva.
El prendimiento de Cristo.
La gran pasión.
La última cena.
Los cuatro jinetes del Apocalipsis.

Al ver todos esos títulos bíblicos, Katherine recordó que Durero practicaba algo denominado cristianismo místico, una fusión de cristianismo primitivo, alquimia, astrología y ciencia.

«Ciencia...»

Le vino a la cabeza la imagen de su laboratorio en llamas. Difícilmente podía concebir cuáles serían las repercusiones a largo plazo, pero por el momento sus pensamientos se centraron en su ayudante, Trish. «Espero que haya logrado escapar.»

Langdon estaba diciendo algo sobre la versión de Durero de *La última cena*, pero Katherine casi no escuchaba. Acababa de ver el link de *Melancolía I*.

Hizo clic con el ratón y se cargó una página con información general:

Melancolía I, 1514
Alberto Durero
(grabado en papel verjurado)
Colección Rosenwald
Galería Nacional de Arte
Washington

Cuando terminó de cargarse, apareció en todo su esplendor una imagen digital en alta resolución de la obra maestra de Durero.

Katherine la miró desconcertada, había olvidado lo extraña que era, y Langdon soltó una risita comprensiva.

—Ya te dije que era críptica.

En *Melancolía I*, una figura pensativa provista de enormes alas estaba sentada ante una construcción de piedra, rodeada de la más dispar y extraña colección de objetos imaginable: una balanza, un perro famélico, instrumentos de carpintero, un reloj de arena, varios cuerpos geométricos, una campana, un angelote, un cuchillo, una escalera.

Katherine recordaba vagamente que su hermano le había dicho que el personaje alado era una representación del genio humano: un gran pensador con la mano apoyada en el mentón, abatido, que aún no es capaz de alcanzar la iluminación. Está rodeado de todos los símbolos del intelecto humano —objetos pertenecientes a los campos de la ciencia, las matemáticas, la filosofía, la naturaleza, la geometría e incluso la carpintería—, y sin embargo todavía no puede subir la escalera que lo conducirá a la verdadera iluminación. «Hasta al genio humano le cuesta entender los antiguos misterios.»

—Simbólicamente esto representa el intento fallido por parte del hombre de transformar el intelecto humano en poder divino —explicó Langdon—. En términos alquímicos, plasma nuestra incapacidad de convertir el plomo en oro.

—No es que sea un mensaje muy alentador —convino Katherine—. Así que, ¿cómo va a ayudarnos?

No veía el 1514, el número escondido del que hablaba Langdon.

—Orden del caos —repuso él, esbozando una media sonrisa—. Justo lo que prometió tu hermano. —Introdujo la mano en el bolsillo y sacó la cuadrícula de letras que había escrito antes a partir de la clave masónica—. Ahora mismo esta cuadrícula no tiene sentido.

Extendió el papel en la mesa.

S O E U

A T U N

C S A S

V U N J

Katherine le echó un vistazo. «Ningún sentido.»

—Pero Durero obrará el milagro.

—Y ¿cómo va a hacerlo?

—Alquimia lingüística. —Langdon señaló la pantalla del computador—. Mira atentamente: oculto en esta obra de arte hay algo que dotará de sentido estas dieciséis letras. —Permaneció a la espera—. ¿Es que no lo ves? Busca el número 1514.

Katherine no estaba de humor para juegos.

—Robert, no veo nada. Una esfera, una escalera, un cuchillo, un poliedro, una balanza... Me rindo.

—Mira ahí, al fondo. Grabado en la construcción, detrás del ángel, bajo la campana. Durero grabó un cuadrado repleto de números.

Katherine reparó en el cuadrado y los números, entre los cuales se encontraba el 1514.

—Ese cuadrado es la clave para descifrar la pirámide.

Ella lo miró sorprendida.

—No es un cuadrado cualquiera —añadió él, risueño—. Ése, señora Solomon, es un cuadrado mágico.

Capítulo 69

«¿Adónde diablos me llevan?»

Bellamy seguía con los ojos vendados en la parte trasera del Escalade negro. Tras una breve pausa en algún lugar próximo a la biblioteca del Congreso, el vehículo continuó avanzando..., si bien durante sólo un minuto. El auto se detuvo de nuevo, después de recorrer una manzana aproximadamente.

Bellamy oyó voces apagadas.

—Lo siento..., imposible —decía una voz autoritaria—... cerrado a esta hora...

El conductor del todoterreno replicó con idéntica autoridad:

—Investigación de la CIA..., seguridad nacional...

Al parecer, el intercambio de palabras y credenciales surtió efecto, ya que el tono cambió de inmediato.

—Sí, naturalmente..., por la entrada de servicio... —Se oyó el chirrido estridente de lo que parecía la puerta de un garaje y, cuando ésta se abrió, la voz añadió—: ¿Quieren que los acompañe? Una vez dentro no podrán pasar...

—No. Tenemos acceso.

Si el guardia se sorprendió, fue demasiado tarde: el vehículo volvía a moverse. Avanzó unos cincuenta metros y paró. La pesada puerta se cerró tras ellos con gran estruendo.

Silencio.

Bellamy se dio cuenta de que temblaba.

La portezuela trasera del todoterreno se abrió ruidosamente. Bellamy notó un dolor intenso en los hombros cuando alguien tiró de él por los brazos y después lo obligó a ponerse de pie. Sin mediar palabra, una poderosa fuerza lo condujo a través de una amplia zona pavimentada. Había un extraño olor a tierra que él no era capaz de ubicar. Se oían las pisadas de alguien más, pero quienquiera que fuese aún no había abierto la boca.

Se detuvieron ante una puerta y Bellamy oyó un pitido electrónico. La puerta se abrió con un clic. Llevaron a Bellamy de malos modos por varios corredores, y éste no pudo evitar percatarse de que el aire era más cálido y húmedo. «¿Una piscina climatizada? No.» No olía a cloro..., sino a algo mucho más térreo y primario.

«¿Dónde diablos estamos?» Bellamy sabía que no podía encontrarse a más de una manzana o dos del Capitolio. Se detuvieron de nuevo y volvió a oírse el pitido electrónico de una puerta de seguridad, que se deslizó con un siseo. Cuando lo hicieron entrar de un empujón, el olor que lo recibió le resultó inconfundible.

Bellamy ahora sabía dónde se hallaban. «¡Dios mío!» Acudía allí a menudo, aunque nunca por la entrada de servicio. El espléndido edificio de vidrio sólo estaba a unos trescientos metros del Capitolio, y técnicamente formaba parte del complejo del mismo. «¡Yo dirijo este sitio!» Bellamy cayó en la cuenta de que el acceso se lo estaba proporcionando su propia llave electrónica.

Unos brazos fuertes lo obligaron a cruzar el umbral y lo guiaron por un familiar sendero serpenteante. El calor pesado y húmedo de ese sitio solía proporcionarle consuelo. Esa noche, en cambio, estaba sudando.

«¿Qué hacemos aquí?»

De pronto su avance se vio interrumpido y lo sentaron en un banco. El hombre musculoso le quitó las esposas sólo lo bastante para volver a afianzarlas al banco, a la espalda.

—¿Qué quieren de mí? —exigió Bellamy, el corazón desbocado.

Por toda respuesta recibió el sonido de unas botas que se alejaban y la puerta de vidrio que se cerraba.

Luego se hizo el silencio.

Un silencio absoluto.

«¿Es que van a dejarme aquí? —El Arquitecto del Capitolio sudaba más profusamente ahora mientras forcejeaba para desasirse—. ¿Ni siquiera puedo quitarme la venda?»

—¡Auxilio! —exclamó—. ¡Que alguien me ayude!

Aunque gritaba presa del pánico, sabía que nadie lo oiría. La ingente habitación de vidrio —conocida como «la Jungla»— era completamente hermética cuando se cerraban las puertas.

«Me han dejado en la Jungla —pensó—. No me encontrarán hasta mañana.»Entonces lo oyó.

Algo apenas perceptible, pero que aterrorizó a Bellamy más que cualquier otra cosa que hubiese oído en su vida. «Algo respira. Muy cerca.»

No estaba solo en el banco.

Notó tan cerca del rostro el repentino siseo de un fósforo que hasta sintió el calor. Bellamy se echó hacia atrás, tirando instintivamente de las cadenas con todas sus fuerzas.

Entonces, sin previo aviso, una mano le quitó la venda.

La llama que tenía delante se reflejó en los negros ojos de Inoue Sato cuando ésta acercó el fósforo al cigarrillo que le colgaba de los labios, a escasos centímetros del rostro de Bellamy.

La mujer lo fulminó con la mirada bajo la luz de la luna que se colaba por el techo de vidrio. Parecía encantada de verlo aterrorizado.

—Bueno, señor Bellamy —dijo Sato mientras sacudía el fósforo para apagarlo—. ¿Por dónde empezamos?

Capítulo 70

«Un cuadrado mágico.» Katherine asintió mientras observaba el recuadro numérico del grabado de Durero. La mayoría de la gente hubiera pensado que Langdon había perdido el juicio, pero ella no tardó en darse cuenta de que tenía razón.

La locución «cuadrado mágico» no hacía referencia a algo místico, sino a algo matemático: era el nombre que recibía una cuadrícula de números consecutivos dispuestos de tal forma que la suma de todas las filas, las columnas y las diagonales arrojaba el mismo resultado. Creados hacía unos cuatro mil años por matemáticos egipcios e indios, hay quien todavía pensaba que los cuadrados mágicos poseían poderes. Katherine había leído que incluso en la actualidad indios devotos dibujaban cuadrados mágicos de tres por tres llamados *kubera kolam* en los altares de sus casas. Aunque, básicamente, el hombre moderno había relegado los cuadrados mágicos a la categoría de matemática recreativa, y a algunos todavía les satisfacía buscar nuevas configuraciones mágicas. «Sudokus para genios.»

Katherine analizó a toda prisa el cuadrado de Durero y sumó los números de varias filas y columnas.

16	3	2	13
5	10	11	8
9	6	7	12
4	15	14	1

—Treinta y cuatro —dijo—. Todas las sumas dan treinta y cuatro.

—Exacto —apuntó Langdon—. Pero ¿sabías que este cuadrado mágico es famoso porque Durero consiguió lo que parecía imposible? —Sin pérdida de tiempo le demostró a Katherine que, además de lograr que las filas, las columnas y las diagonales sumasen treinta y cuatro, Durero también dio con el modo de hacer que los cuatro cuadrantes, el cuadrado central e incluso las cuatro esquinas dieran ese mismo número—. Sin embargo, lo más asombroso es que Durero fue capaz de situar los números 15 y 14 juntos en la fila inferior para dejar constancia del año en que consiguió tan increíble proeza.

Katherine revisó los números y se quedó atónita al confirmar todas aquellas combinaciones.

El nerviosismo de Langdon iba en aumento.

—Lo increíble de *Melancolía I* es que es la primera vez en la historia que aparecía un cuadrado mágico en el arte europeo. Algunos historiadores creen que así fue como Durero expresó, de forma codificada, que los antiguos misterios habían salido de las escuelas de misterios de Egipto y se hallaban en poder de las sociedades secretas europeas. —Langdon hizo una pausa—. Lo que nos trae de vuelta a... esto.

Señaló el papel con la cuadrícula de letras de la pirámide.

S	O	E	U
A	T	U	N
C	S	A	S
V	U	N	J

—Supongo que ahora te resultará familiar, ¿no? —inquirió él.

—Un cuadrado de cuatro por cuatro.

Langdon cogió el lápiz y trasladó con cuidado el cuadrado mágico de Durero al papel, justo al lado de las letras. Katherine observaba; aquello iba a ser muy fácil. Él estaba sereno, el lápiz en la mano, y sin embargo..., por extraño que pareciese, tras todo aquel entusiasmo dio la impresión de vacilar.

—¿Robert?

Él se volvió hacia ella, la preocupación reflejada en su rostro.

—¿Estás segura de que queremos hacer esto? Peter pidió expresamente...

—Robert, si no quieres descifrar la inscripción, lo haré yo. —Extendió la mano para que él le diese el lápiz.

Langdon supo que no habría forma de detenerla, de modo que se dio por vencido y volvió a centrar su atención en la pirámide. Con suma cautela, colocó el cuadrado mágico sobre la cuadrícula de letras de la pirámide y asignó a cada uno de los caracteres un número. Después trazó otra cuadrícula y dispuso las letras de la clave masónica en el orden que definía la secuencia del cuadrado mágico de Durero.

Cuando terminó, ambos observaron el resultado.

J E O V

A S A N

C T U S

U N U S

El desconcierto de Katherine fue inmediato.

—Sigue siendo un galimatías.

Langdon permaneció callado largo rato.

—Lo cierto es que no. —Sus ojos brillaron de nuevo con la emoción del descubrimiento—. Es... latín.

En un largo y oscuro pasillo, un anciano ciego se dirigía a su despacho todo lo rápido que podía. Cuando por fin llegó se desplomó en su silla, los viejos huesos agradeciendo el alivio. El contestador automático emitía un pitido. Pulsó un botón y escuchó el mensaje.

—«Soy Warren Bellamy —dijo su amigo y hermano masón en un susurro—. Me temo que tengo muy malas noticias...»

Los ojos de Katherine Solomon volvieron a clavarse en la cuadrícula de letras, analizando de nuevo el texto. Sí, sin duda, allí había una palabra en latín: «*Jeova.*»

```
J   E   O   V

A   S   A   N

C   T   U   S

U   N   U   S
```

Katherine no había estudiado latín, pero esa palabra le resultaba familiar por sus lecturas de antiguos textos hebreos: *Jeova*, Jehová. Al seguir la cuadrícula con la vista como si de la página de un libro se tratara, le sorprendió darse cuenta de que era capaz de leer todo el texto de la pirámide.

«*Jeova Sanctus Unus.*»

Supo de inmediato lo que significaba: la locución era omnipresente en las traducciones modernas de las Escrituras hebreas. En la Torá, el Dios de los hebreos recibía muchos nombres –Jeova, Jehová, Joshua, Yavé, la Fuente, Elohim–, pero numerosas traducciones latinas habían fundido la confusa nomenclatura en una única locución latina: «*Jeova Sanctus Unus.*»

–¿Un único Dios? –musitó ella para sí. Sin duda no daba la impresión de que eso les fuese a ayudar a encontrar a su hermano–. ¿Éste es el mensaje secreto de la pirámide? ¿Un único Dios? Yo creía que se trataba de un mapa.

Langdon parecía igualmente perplejo, la emoción de sus ojos desvaneciéndose.

–A todas luces, la decodificación es correcta, pero...

–El hombre que tiene a mi hermano quiere un lugar. –Se colocó el pelo tras la oreja–. Esto no le va a hacer ninguna gracia.

–Katherine –dijo él, lanzando un suspiro–. Ya me lo temía. Llevo toda la noche con la sensación de que estamos tratando como reales una serie de mitos y alegorías. Puede que esta inscripción nos remita a un lugar metafórico; es posible que nos esté diciendo que el verdadero potencial del hombre sólo se puede alcanzar a través de un único Dios.

–Pero no tiene sentido –objetó ella, la mandíbula apretada en señal de frustración–. Mi familia ha protegido esta pirámide durante generaciones. ¿Un único Dios? ¿Ése es el secreto? ¿Y la CIA considera que este asunto es de seguridad nacional? O ellos mienten o a nosotros se nos escapa algo.

Langdon, de acuerdo con ella, se encogió de hombros.

Justo entonces sonó el teléfono.

En un despacho desordenado y lleno de libros antiguos, el anciano se encorvó sobre la mesa, sosteniendo un teléfono en la artrítica mano.

El aparato sonó y sonó.

Finalmente una voz vacilante repuso:

—¿Sí?

La voz era grave, pero insegura.

El anciano musitó:

—Me dijeron que solicita usted asilo.

Al otro lado de la línea, el hombre pareció sobresaltarse.

—¿Quién es usted? ¿Lo llamó Warren Bell...?

—Nada de nombres, por favor —pidió el anciano—. Dígame, ¿ha podido proteger el mapa que le fue confiado?

A la sorpresa inicial siguió una pausa.

—Sí..., pero creo que da igual: no dice gran cosa. Si es un mapa, parece más metafórico que...

—No, el mapa es real, se lo aseguro. Y apunta a un lugar muy real. Tiene que mantenerlo a salvo. No sé cómo decirle lo importante que es. Lo están siguiendo, pero si es capaz de llegar hasta aquí sin que nadie lo vea yo le daré asilo... y respuestas.

El hombre titubeó, al parecer indeciso.

—Amigo mío —empezó el anciano, escogiendo las palabras con cuidado—. Existe un refugio en Roma, al norte del Tíber, que alberga diez piedras del monte Sinaí, una del mismísimo cielo y una que tiene el rostro del siniestro padre de Luke. ¿Sabe dónde me encuentro?

Tras una larga pausa, el hombre contestó:

—Sí, lo sé.

El anciano sonrió. «Eso creía, profesor.»

—Venga inmediatamente. Y asegúrese de que no lo siguen.

Capítulo 71

Mal'akh estaba desnudo en medio del calor de la ducha. Volvía a sentirse puro, tras haberse desprendido del olor a etanol. A medida que el vapor de eucalipto iba impregnando su piel, sentía que sus poros se abrían. Entonces comenzó el ritual.

En primer lugar se extendió una crema depilatoria por el tatuado cuerpo y el cuero cabelludo, eliminando cualquier rastro de pelo. «Los dioses de las siete islas de las Helíades no tenían vello.» A continuación se masajeó la ablandada y receptiva piel con aceite de Abramelín. «El Abramelín es el aceite sagrado de los grandes magos.» Después giró el mando de la ducha hacia la izquierda y el agua salió fría. Permaneció bajo la congelada agua un minuto entero para cerrar los poros y retener el calor y la energía en su interior. El frío le servía para recordar el río helado donde comenzó su transformación.

Cuando salió de la ducha tiritaba, pero al cabo de unos segundos el calor acumulado fue atravesando las capas de su cuerpo hasta reconfortarlo. Era como si tuviese un horno dentro. Mal'akh se plantó desnudo delante del espejo y admiró sus formas..., tal vez fuera la última vez que se vería siendo un simple mortal.

Sus pies eran las garras de un halcón; sus piernas −Boaz y Jachin−, los antiguos pilares de la sabiduría; sus caderas y su abdomen, el arco del poder místico, y, colgando debajo de éste, su enorme órgano sexual lucía los símbolos tatuados de su destino. En otra vida esa poderosa verga había sido su fuente de placer carnal, pero ya no era así.

«Me he purificado.»

Al igual que los monjes eunucos místicos cátaros, Mal'akh se había extirpado los testículos. Había sacrificado la potencia física por una más encomiable. «Los dioses no tienen sexo.» Tras despojarse de la imperfección humana del sexo, así como del furor terrenal que iba unido a la tentación carnal, Mal'akh había pasado a ser como Urano, Atis, Esporo y los grandes magos castrados de la leyenda artúrica. «Toda metamorfosis espiritual va precedida de una física.» Ésa era la lección aprendida de todos los grandes dioses..., de Osiris a Tamuz, Jesús, Shiva o al propio Buda.

«He de despojarme del hombre que me viste.»

De repente miró hacia arriba, más allá del fénix bicéfalo del pecho, del *collage* de antiguos sigilos que ornaba su rostro, directamente a la parte superior de su anatomía. Bajó la cabeza en dirección al espejo, apenas capaz de ver el círculo de piel lisa que aguardaba justo en la coronilla. Ese lugar del cuerpo era sagrado. Se lo conocía como fontanela, y era el único espacio del cráneo humano que permanecía abierto al nacer. «El ojo del cerebro.» Aunque este portal fisiológico se cierra en cuestión de meses, sigue siendo un vestigio simbólico de la conexión perdida entre los mundos exterior e interior.

Mal'akh examinó el sagrado redondel de piel virginal, que estaba circundado, a modo de corona, por un uróboros, una serpiente mística que engulle su propia cola. La carne desnuda parecía devolverle la mirada..., una mirada radiante, cargada de promesas.

Robert Langdon no tardaría en descubrir el gran tesoro que necesitaba Mal'akh. Y una vez fuera suyo, ese vacío que se abría en lo alto de su cabeza sería cubierto y él finalmente estaría preparado para la transformación definitiva.

Mal'akh cruzó el dormitorio y sacó una larga tira de seda blanca del cajón inferior. Como tantas otras veces, cubrió con ella las ingles y las nalgas y fue abajo.

Ya en el despacho vio en el computador que acababa de recibir un correo electrónico.

Era de su contacto.

LO QUE NECESITA ESTÁ CERCA.

ME PONDRÉ EN CONTACTO CON USTED ANTES DE UNA HORA. PACIENCIA.

Mal'akh sonrió: había llegado el momento de hacer los últimos preparativos.

Capítulo 72

El agente de la CIA estaba de un humor de perros cuando bajó del balcón de la sala de lectura. «Bellamy nos ha mentido.» El agente no había visto ni una sola señal térmica en la parte de arriba, cerca de la estatua de Moisés, ni ahí ni en ningún otro sitio.

«Entonces, ¿adónde diablos ha ido Langdon?»

El agente volvió sobre sus pasos hasta el único sitio en que habían detectado señales térmicas: la consola de la biblioteca. Descendió de nuevo la escalera, situándose bajo el eje octogonal. El ruido sordo de las cintas transportadoras resultaba enervante. Mientras avanzaba por el lugar se puso las gafas de visión térmica y escudriñó la habitación. Nada. Miró hacia las estanterías, donde la malparada puerta todavía reflejaba calor debido a la explosión. Aparte de eso no vio...

«¡Maldita sea!»

El agente dio un salto atrás cuando una luminiscencia inesperada entró en su campo de visión. Como si de un par de fantasmas se tratase, de la pared, en una cinta transportadora, acababan de aparecer las huellas tenuemente brillantes de dos humanoides. «Señales térmicas.»

Pasmado, el agente vio que las dos apariciones daban la vuelta a la habitación en la cinta y desaparecían cabeza arriba por un angosto orificio que se abría en la pared. «¿Salieron por la cinta? Qué locura.»

Además de caer en la cuenta de que acababan de perder a Robert

Langdon por un agujero practicado en la pared, el agente comprendió que ahora tenía otro problema. «¿Langdon no está solo?»

Iba a encender el transmisor para avisar al jefe de equipo, pero éste se le adelantó.

—A todas las unidades, tenemos un Volvo abandonado en la plaza, delante de la biblioteca. A nombre de una tal Katherine Solomon. Un testigo ocular dice que la mujer ha entrado en la biblioteca no hace mucho. Sospechamos que está con Robert Langdon. La directora Sato ordenó que demos con ellos inmediatamente.

—¡Tengo señales térmicas de los dos! —gritó el agente en la sala de distribución. Y acto seguido explicó cómo estaban las cosas.

—Por el amor de Dios —replicó el jefe de equipo—. ¿Adónde diablos va la cinta?

El agente ya estaba consultando el plano de referencia para los empleados que figuraba en el tablón de anuncios.

—Al edificio Adams —contestó—. A una manzana de aquí.

—A todas las unidades: diríjanse al edificio Adams. ¡Inmediatamente!

Capítulo 73

«Asilo. Respuestas.»

Las palabras resonaban en la cabeza de Langdon cuando Katherine y él salieron del edificio Adams por una puerta lateral para ser recibidos por la fría noche invernal. El autor de la misteriosa llamada había revelado su ubicación enigmáticamente, pero Langdon lo había entendido. La reacción de Katherine al saber adónde se dirigían había sido de lo más optimista: «¿Qué mejor sitio para encontrar a un único Dios?»

Ahora la cuestión era cómo llegar hasta allí.

Langdon giró sobre sus talones para intentar orientarse. Reinaba la oscuridad, pero por suerte el cielo se había despejado. Se encontraban en un pequeño patio. A lo lejos, la cúpula del Capitolio parecía asombrosamente distante, y Langdon se percató de que era la primera vez que salía al exterior desde que llegó al Capitolio hacía varias horas.

«Pues vaya con la conferencia.»

—Robert, mira —Katherine señaló la silueta del edificio Jefferson.

Al verlo, la primera reacción de Langdon fue de asombro por haber llegado tan lejos bajo tierra en una cinta transportadora. La segunda, sin embargo, fue de alarma: el edificio Jefferson bullía de actividad, con furgonetas y autos que entraban, hombres que gritaban. «¿Es eso un reflector?»

Langdon cogió de la mano a Katherine.

—Vamos.

Cruzaron el patio a la carrera en dirección nordeste, ocultándose rápidamente tras una elegante construcción en forma de U que Langdon reconoció: la biblioteca Folger Shakespeare. Esa noche el edificio en cuestión parecía el escondite perfecto para ellos, ya que albergaba el manuscrito original en latín de *Nueva Atlántida*, de Francis Bacon, la visión utópica según la cual los padres de la nación supuestamente forjaron un nuevo mundo basándose en los conocimientos de la antigüedad. Así y todo, Langdon no tenía intención de detenerse.

«Necesitamos un taxi.»

Llegaron a la esquina de Third Street con East Capitol. El tráfico era escaso, y Langdon sintió que sus esperanzas se desvanecían cuando se puso a buscar un taxi. Echaron a correr hacia el norte por la Third Street, alejándose de la biblioteca del Congreso. Por fin, después de recorrer una manzana entera, Langdon divisó un taxi que daba la vuelta a la esquina. Lo llamó y el vehículo se detuvo a su lado.

En la radio sonaba música de Oriente Medio, y el joven taxista árabe les dedicó una sonrisa amistosa.

—¿Adónde los llevo? —inquirió éste cuando ellos se subieron al auto.

—Vamos a...

—Al noroeste —intervino Katherine al tiempo que señalaba a Third Street en dirección contraria al edificio Jefferson—. Vaya hacia Union Station y gire a la izquierda en Massachusetts Avenue. Allí ya le indicaremos.

El taxista se encogió de hombros, cerró la mampara de plexiglás y volvió a poner música.

Katherine lanzó una mirada reprobadora a Langdon, como diciendo: «No dejes pistas.» A continuación indicó la ventanilla, haciendo que Langdon reparara en un helicóptero negro que volaba bajo, aproximándose a la zona. «Mierda.» Por lo visto, Sato iba muy en serio en lo que respectaba a recuperar la pirámide de Solomon.

Mientras observaban cómo el helicóptero tomaba tierra entre los edificios Jefferson y Adams, Katherine se volvió hacia él, cada vez más preocupada.

—¿Me dejas un segundo el celular?

Él se lo dio.

—Peter me dijo que tienes memoria eidética, ¿es cierto? —quiso saber ella mientras bajaba la ventanilla—. Y que recuerdas cada número de teléfono que marcas.

—Es verdad, pero...

Katherine lanzó el teléfono a la noche, y Langdon volvió la cabeza a tiempo de ver cómo el celular salía rodando para romperse en mil pedazos en medio de la calzada.

—¿Por qué has hecho eso?

—Para desaparecer del mapa —replicó ella, la mirada grave—. Esa pirámide es nuestra única esperanza de dar con mi hermano, y no tengo intención de dejar que la CIA nos la quite.

En el asiento delantero, Omar Amirana meneaba la cabeza y canturreaba. La noche había sido muy tranquila, y daba gracias por tener al fin pasajeros. Justo cuando pasaba por Stanton Park oyó por radio el crepitar de la familiar voz de la operadora de su compañía.

—Aquí central. A todos los vehículos que se encuentren en las proximidades del National Mall. Acabamos de recibir un comunicado de las autoridades en el que se informa de la presencia de dos fugitivos en el área del edificio Adams...

Omar escuchó asombrado mientras la central describía precisamente a la pareja que iba en su taxi. Echó una ojeada intranquila por el retrovisor y pensó que aquel tipo alto le sonaba. «¿Lo habré visto en la tele, en el programa ese de los delincuentes más buscados?»

Omar agarró la radio con cautela.

—¿Central? —dijo, hablando en voz baja—. Aquí uno, tres, cuatro. Las dos personas de las que habla están en mi taxi... ahora mismo.

La operadora se apresuró a decirle lo que tenía que hacer, y a Omar le temblaban las manos cuando marcó el número de teléfono que le había proporcionado la central. La voz que contestó era tensa y eficiente, como la de un soldado.

—Le habla el agente Turner Simkins, de la CIA. ¿Quién es usted?

—Esto... ¿el taxista? —replicó Omar—. Me han dicho que llamara por las dos...

—¿Están los fugitivos en su vehículo en este momento? Responda únicamente sí o no.

—Sí.

—¿Pueden oír esta conversación? ¿Sí o no?

—No, la mampara...

—¿Adónde los lleva?

—Al noroeste, por Massachusetts Avenue.

—¿La dirección concreta?

—No me la han dicho.

El agente vaciló.

—¿Lleva el hombre una bolsa de cuero?

Omar miró por el espejo retrovisor y abrió unos ojos como platos.

—¡Sí! Esa bolsa, ¿no tendrá explosivos o...?

—Escuche con atención —ordenó el agente—. Usted no correrá ningún peligro siempre y cuando siga mis instrucciones al pie de la letra, ¿está claro?

—Sí, señor.

—¿Cómo se llama?

—Omar —contestó sudando el taxista.

—Escuche, Omar —dijo el agente con calma—. Lo está haciendo muy bien. Quiero que conduzca lo más despacio posible mientras sitúo a mi equipo delante de usted, ¿entendido?

—Sí, señor.

—¿Lleva el taxi un intercomunicador para hablar con ellos en el asiento trasero?

—Sí, señor.

—Bien. Esto es lo que quiero que haga.

Capítulo 74

La Jungla, tal y como se la conoce, constituye el eje del Jardín Botánico de Washington (USBG) —el museo vivo de América—, situado junto al Capitolio. Estrictamente hablando una selva tropical, la Jungla se integra en un imponente invernadero del que forman parte altísimos cauchos, higuerones y una pasarela elevada para los turistas más osados.

Por lo general, Warren Bellamy se sentía reconfortado con los olores a tierra de la Jungla y el sol que se colaba a través de la bruma que generaban los inyectores de vapor instalados en el techo de vidrio. Esa noche, sin embargo, iluminada únicamente por la luna, la Jungla se le antojaba aterradora. Sudaba a mares y se retorcía para combatir los calambres que sentía en los brazos, todavía sujetos dolorosamente a la espalda.

La directora Sato caminaba ante él dando tranquilas aspiradas al cigarrillo, algo que en ese entorno tan mimado equivalía a un acto de ecoterrorismo. Su rostro casi parecía demoníaco bajo la luz ahumada de la luna, que entraba por el techo de vidrio que se alzaba sobre sus cabezas.

—Entonces —prosiguió Sato—, cuando llegó usted al Capitolio esta noche y descubrió que yo ya estaba allí... tomó una decisión. En lugar de advertirme de su presencia, bajó al subsótano sin hacer ruido y, corriendo un gran riesgo, atacó al jefe Anderson y a mí y ayudó a escapar a Langdon con la pirámide y el vértice. —Se frotó el hombro—. Una decisión interesante.

«Una decisión que volvería a tomar», pensó Bellamy.

—¿Dónde está Peter? —preguntó él, enfadado.

—¿Cómo voy a saberlo yo? —repuso Sato.

—Parece saberlo todo —espetó Bellamy, sin preocuparse lo más mínimo por ocultar sus sospechas de que, de alguna manera, ella estaba detrás de aquel enredo—. Supo que debía ir al Capitolio, supo dar con Robert Langdon, e incluso supo que tenía que pasar la bolsa de Langdon por el control de rayos X para encontrar el vértice. Es evidente que alguien le está proporcionando mucha información confidencial.

Sato soltó una fría risotada y se acercó a él.

—Señor Bellamy, ¿por eso me atacó usted? ¿Cree que soy el enemigo? ¿Cree que estoy intentando robarle la pirámide de marras? —Sato dio una aspirada al cigarrillo y expulsó el humo por la nariz—. Escúcheme bien: nadie entiende mejor que yo la importancia de guardar secretos. Creo, igual que usted, que existe cierta información de la que no debería hacerse partícipe a las masas. Esta noche, sin embargo, han entrado en juego unos factores que me temo usted todavía no ha entendido. El hombre que secuestró a Peter Solomon posee un enorme poder..., un poder del que por lo visto usted aún no es consciente. Créame, es una bomba de relojería andante..., capaz de desencadenar una serie de acontecimientos que cambiarán profundamente el mundo tal y como usted lo conoce.

—No comprendo.

Bellamy se revolvió en el banco, los brazos doloridos por culpa de las esposas.

—No es necesario que comprenda. Es necesario que obedezca. Ahora mismo mi única esperanza de evitar una catástrofe de proporciones colosales reside en cooperar con ese tipo..., y en darle exactamente lo que quiere. Lo que significa que va usted a llamar al señor Langdon para pedirle que se entregue, junto con la pirámide y su vértice. Cuando Langdon esté bajo mi custodia descifrará la inscripción de la pirámide, obtendrá la información que exige ese hombre y le facilitará exactamente lo que desea.

«¿La ubicación de la escalera de caracol que conduce a los antiguos misterios?»

—No puedo hacerlo. He jurado guardar el secreto.

Sato estalló.

—¡Me importa una mierda lo que haya jurado! Lo meteré en la cárcel en menos que canta...

—Amenáceme cuanto quiera —replicó Bellamy con tono desafiante—. No pienso ayudarla.

Sato respiró hondo y dijo en un susurro intimidatorio:

—Señor Bellamy, no tiene ni la más remota idea de lo que está pasando esta noche, ¿no es así?

El tenso silencio se prolongó varios segundos, interrumpido finalmente por el sonido del teléfono de Sato. Ella metió la mano en el bolsillo y lo sacó con impaciencia.

—Habla —repuso, escuchando atentamente la respuesta—. ¿Dónde está ahora el taxi? ¿Cuánto tiempo? Vale, bien. Tráelos al Jardín Botánico. Por la entrada de servicio. Y asegúrate de que tienes la maldita pirámide y el vértice.

Sato colgó y se dirigió a Bellamy con una sonrisa de suficiencia en los labios.

—Bueno..., me parece que ya no me es usted de ninguna utilidad.

Capítulo 75

Robert Langdon miraba al vacío con cara inexpresiva, demasiado cansado para instar al lento taxista a que acelerara. A su lado, Katherine también había caído en el mutismo, frustrada al no poder entender qué tenía de tan especial la pirámide. Habían vuelto a repasar todo cuanto sabían de la pirámide, el vértice y los extraños acontecimientos que habían sucedido a lo largo de la noche, y seguían sin tener idea de cómo esa pirámide podía considerarse un mapa que llevase a ninguna parte.

«¿"*Jeova Sanctus Unus*"? ¿El secreto está dentro de Su Orden?»

Su misterioso contacto les había prometido respuestas si lograban reunirse con él en un lugar concreto. «Un refugio en Roma, al norte del Tíber.» Langdon sabía que la «nueva Roma» de los padres fundadores había sido rebautizada Washington en una etapa temprana de su historia, y sin embargo aún se conservaban vestigios de aquel sueño inicial: las aguas del Tíber seguían afluyendo al Potomac, los senadores todavía se reunían bajo una réplica de la cúpula de la basílica de San Pedro, y Vulcano y Minerva aún velaban por la llama de la Rotonda, extinguida hacía tiempo.

Supuestamente, las respuestas que buscaban Langdon y Katherine los aguardaban tan sólo unos kilómetros más adelante. «Noroeste por Massachusetts Avenue.» Su destino ciertamente era un refugio... al norte del Tíber, el riachuelo que discurría por Washington. A Langdon le habría gustado que el conductor fuese a mayor velocidad.

De pronto, Katherine se irguió en el asiento, como si de repente hubiera caído en la cuenta de algo.

—¡Dios mío, Robert! —Se volvió hacia él, palideciendo. Titubeó un instante y a continuación afirmó con contundencia—: ¡Vamos mal!

—No, vamos bien —aseguró él—. Está al noroeste por Massachu...

—¡No! Me refiero a que no vamos al sitio adecuado.

Langdon se quedó perplejo. Ya le había explicado cómo sabía cuál era el lugar descrito por el autor de la misteriosa llamada. «Alberga diez piedras del monte Sinaí, una del mismísimo cielo y una que tiene el rostro del siniestro padre de Luke.» Sólo había un edificio en el mundo que respondiera a esa descripción. Y allí era exactamente adonde se dirigía el taxi.

—Katherine, estoy seguro de que el lugar es ése.

—¡No! —exclamó ella—. Ya no hace falta que vayamos hasta allí. Descifré la pirámide y el vértice. Sé de qué se trata todo esto.

Langdon estaba asombrado.

—¿Lo has desentrañado?

—¡Sí! Y tenemos que ir a Freedom Plaza.

Ahora sí que estaba perdido. La Freedom Plaza, aunque cercana, no parecía venir al caso.

—«*Jeova Sanctus Unus*» —insistió Katherine—. El único Dios de los hebreos. El símbolo sagrado de los hebreos es la estrella de David, el sello de Salomón, un símbolo importante para los masones. —Sacó un billete de un dólar del bolsillo—. Préstame tu estilógrafo.

Perplejo, Langdon lo sacó de la chaqueta.

—Mira. —Ella extendió el billete en el muslo, cogió el estilógrafo y señaló el Gran Sello del dorso—. Si superpones el sello de Salomón al Gran Sello de Estados Unidos... —Dibujó una estrella de David justo sobre la pirámide—. ¡Mira lo que sale!

Él miró el billete y luego a Katherine como si se hubiese vuelto loca.

—Robert, mira bien. ¿Es que no ves lo que estoy señalando?

Él observó de nuevo el dibujo.

«¿Adónde diablos quiere llegar?» Langdon ya había visto esa imagen. Gozaba de popularidad entre los teóricos de la conspiración como prueba de que los masones influían secretamente en su joven nación. Cuando la estrella de seis puntas coincidió con el Gran Sello de Estados Unidos, el vértice superior de la estrella encajaba perfectamente en el ojo que todo lo ve masónico... y, de manera bastante inquietante, los otros cinco vértices claramente apuntaban a las letras M-A-S-O-N.

—Katherine, no es más que una coincidencia, y sigo sin entender qué tiene que ver con Freedom Plaza.

—¡Vuelve a mirar! —urgió ella, ahora casi enfadada—. No estás mirando a donde señalo. Justo ahí. ¿Es que no lo ves?

Lo vio un segundo después.

Turner Simkins, el agente de la CIA, se hallaba a la puerta del edificio Adams, el celular pegado a la oreja en un esfuerzo por escuchar la conversación que se había entablado en la parte posterior del taxi. «Algo pasó.» Su equipo estaba a punto de subirse al helicóptero Sikorsky UH-60 modificado para dirigirse al noroeste y montar un control, pero por lo visto la situación había cambiado de pronto.

Hacía unos segundos, Katherine Solomon había empezado a insistir en que iban mal. Su explicación —algo relacionado con el billete de un dólar y la estrella de David— no tenía ningún sentido para el jefe de equipo, como al parecer tampoco lo tenía para Robert Langdon. Por lo menos al principio. Ahora, sin embargo, éste parecía haber entendido a qué se refería ella.

—¡Dios mío, es cierto! —exclamó—. ¿Cómo no lo he visto antes?

De pronto Simkins oyó que alguien golpeaba la mampara del taxi y ésta se descorría.

—Cambio de planes —informó Katherine al taxista—. Llévenos a Freedom Plaza.

—¿A Freedom Plaza? —repitió el hombre, sonando nervioso—. ¿No al noroeste por Massachusetts Avenue?

—¡Olvídelo! —gritó Katherine—. A Freedom Plaza. Gire a la izquierda aquí. ¡Aquí! ¡AQUÍ!

El agente Simkins oyó el chirriar de las ruedas al tomar la curva. Katherine hablaba de nuevo con Langdon, presa de los nervios; decía algo sobre el famoso Gran Sello de bronce que había incrustado en la plaza.

—Señora, sólo para confirmar —interrumpió el taxista, la voz tensa—. Vamos a Freedom Plaza, en la esquina de Pennsylvania Avenue y Thirteenth Street, ¿no?

—Sí —repuso ella—. Dese prisa.

—Está muy cerca. A dos minutos.

Simkins sonrió. «Bien hecho, Omar.» Mientras salía disparado hacia el ocioso helicóptero, gritó a su equipo:

—¡Ya son nuestros! ¡A Freedom Plaza! ¡Muévanse!

Capítulo 76

Freedom Plaza es un mapa.

Ubicada en la esquina de Pennsylvania Avenue con Thirteenth Street, la plaza de la libertad refleja en su vasta superficie de piedra las calles de Washington según fueron concebidas en su día por Pierre l'Enfant. La plaza es un popular destino turístico no sólo porque es divertido caminar sobre el gigantesco mapa, sino también porque Martin Luther King hijo, por quien recibe el nombre el lugar, escribió gran parte de su discurso «Tengo un sueño» en el cercano Willard Hotel.

El taxista Omar Amirana no paraba de llevar turistas allí, pero esa noche estaba claro que sus dos pasajeros no eran visitantes normales y corrientes. «¿Los persigue la CIA?» Omar apenas se había detenido junto a la acera cuando el hombre y la mujer se bajaron de un salto.

—No se vaya —pidió el hombre de la chaqueta de tweed a Omar—. Ahora mismo volvemos.

El taxista vio que los dos se lanzaban a los abiertos espacios del enorme mapa, señalando con el dedo y hablando a voces mientras escudriñaban la geometría de las distintas calles. Omar cogió el celular del tablero.

—Señor, ¿sigue ahí?

—¡Sí, Omar! —vociferó el aludido al otro lado de la línea por encima de un estruendo que hacía que apenas se lo oyera—. ¿Dónde están ahora?

—Fuera, en el mapa. Es como si buscaran algo.

—No los pierda de vista —ordenó el agente—. Ya casi estoy ahí.

Omar vio que los dos fugitivos encontraban rápidamente el famoso Gran Sello de la plaza, uno de los medallones de bronce de mayor tamaño del mundo. Permanecieron allí un instante y después empezaron a señalar al suroeste. Acto seguido, el de la chaqueta de tweed volvió al taxi a la carrera. Omar se apresuró a dejar el celular en el tablero cuando el hombre llegó, sin aliento.

—¿Por dónde queda Alexandria, Virginia? —preguntó.

—¿Alexandria?

Omar señaló en dirección suroeste, justo hacia donde ellos acababan de apuntar.

—Lo sabía —susurró, jadeante, el hombre. Dio media vuelta y le gritó a la mujer—: Tienes razón. ¡Alexandria!

Entonces ella hizo que su acompañante fijara su atención en el otro lado de la plaza, en un letrero iluminado que decía «Metro» y no estaba muy lejos de allí.

—La línea azul va directa. Es la estación de King Street.

A Omar le entró el pánico. «Oh, no.»

El hombre se volvió hacia el taxista y le dio unos billetes, demasiados, por la carrera.

—Gracias. Es todo.

Cogió la bolsa y salió pitando.

—Esperen. ¡Puedo llevarlos! Sé dónde es.

Pero era demasiado tarde. El hombre y la mujer ya cruzaban la plaza a toda velocidad. Desaparecieron por la escalera que bajaba a la estación de Metro Center.

Omar echó mano del celular.

—¡Señor! Han bajado corriendo al metro. No he podido impedírselo. Van a coger la línea azul en dirección a Alexandria.

—No se mueva de ahí —gritó el agente—. Llegaré dentro de quince segundos.

Omar miró el fajo de billetes que le había entregado el hombre. Por lo visto, el que quedaba encima era el que habían utilizado: se veía una estrella de David sobre el Gran Sello de Estados Unidos. En efecto, las puntas de la estrella señalaban unas letras: MASON.

Sin previo aviso, Omar sintió a su alrededor una vibración ensordecedora, como si un volquete estuviese a punto de chocar contra su taxi.

Alzó la vista, pero la calle estaba desierta. El ruido fue en aumento y, de pronto, un helicóptero negro de líneas depuradas salió de la noche y aterrizó con contundencia en mitad del mapa de la plaza.

De él se bajó un grupo de hombres vestidos de negro, la mayoría de los cuales echaron a correr hacia la estación de metro. Sin embargo, uno fue disparado al taxi de Omar. Abrió la puerta con brusquedad.

—¿Omar? ¿Es usted?

El aludido asintió, atónito.

—¿Han dicho adónde se dirigían? —inquirió el agente.

—A Alexandria, a la estación de King Street —respondió el taxista—. Me ofrecí a llevarlos, pero...

—¿Han dicho a qué lugar de Alexandria?

—No. Estuvieron mirando el medallón del Gran Sello de la plaza, preguntaron dónde quedaba Alexandria y me pagaron con esto. —Le entregó al agente el billete de un dólar con el extraño dibujo. Mientras éste estudiaba el billete, Omar cayó en la cuenta. «¡Los masones! ¡Alexandria!» Uno de los edificios masónicos más famosos de Norteamérica se encontraba en Alexandria—. ¡Lo tengo! —espetó—. El George Washington Masonic Memorial. Está justo enfrente de la estación de King Street.

—Es verdad —convino el agente, que al parecer había llegado a la misma conclusión cuando el resto de sus hombres regresaba de la estación a toda marcha.

—Los hemos perdido —informó uno de ellos—. El tren de la línea azul acaba de salir. No están abajo.

El agente Simkins consultó el reloj y se dirigió de nuevo a Omar.

—¿Cuánto tarda en llegar el metro a Alexandria?

—Por lo menos, diez minutos. Probablemente más.

—Omar, ha hecho un trabajo excelente. Gracias.

—Claro. ¿De qué se trata todo esto?

Pero el agente Simkins ya corría hacia el helicóptero, gritando por el camino.

—¡Estación de King Street! Llegaremos antes que ellos.

Desconcertado, Omar vio cómo levantaba el vuelo el gran aparato negro, que se ladeó para enfilar hacia el sur por Pennsylvania Avenue y acto seguido se perdió en la noche.

Bajo los pies del taxista, un tren subterráneo cobraba velocidad a medida que se alejaba de Freedom Plaza. A bordo iban Robert Langdon y Katherine Solomon, resoplando, sin decir palabra mientras el tren los acercaba a su destino.

Capítulo 77

El recuerdo siempre empezaba de la misma manera.

Caía..., se precipitaba de espaldas hacia un río helado que corría por el cauce de un profundo barranco. En lo alto, los crueles ojos grises de Peter Solomon miraban más allá del cañón de la pistola de Andros. Mientras caía, el mundo se iba alejando, todo desaparecía a medida que a él lo iba envolviendo la nube neblinosa formada por la cascada que se derramaba río arriba.

Durante un instante todo fue blanco, como el cielo.

Entonces impactó contra el hielo.

Frío. Negrura. Dolor.

Caía en picada, arrastrado por una fuerza poderosa que lo estrellaba sin piedad contra las piedras en un vacío de una frialdad insoportable. Sus pulmones necesitaban aire y, sin embargo, los músculos del pecho se habían contraído de tal forma con el frío que él ni siquiera era capaz de respirar.

«Estoy debajo del hielo.»

Cerca del salto de agua, al parecer, el hielo era fino debido a las turbulencias, y Andros lo había atravesado. Ahora era barrido corriente abajo, atrapado bajo un techo transparente. Arañó el hielo por debajo para intentar romperlo, pero carecía de punto de apoyo. El agudo dolor que le producía el orificio de bala que se abría en su hombro empezaba a desvanecerse, al igual que el de las perdigonadas; ambos eran anulados por el paralizante cosquilleo del entumecimiento.

La corriente era cada vez más veloz, lo empujaba hacia un recodo del río. Su cuerpo pedía oxígeno a gritos. De pronto se enredó en unas ramas y quedó encajado en un árbol que había caído al agua. «¡Piensa!» Palpó una rama con desesperación hasta llegar a la superficie y dar con el punto en que la rama perforaba el hielo. Sus dedos hallaron el minúsculo espacio abierto que rodeaba la rama y él tiró de los bordes tratando de agrandar el orificio; una vez, dos, la abertura se ensanchaba, ahora medía varios centímetros de lado a lado.

Tras apoyarse en la rama, echó atrás la cabeza y pegó la boca a la abertura. El invernal aire que entró en sus pulmones se le antojó caliente. La repentina irrupción de oxígeno alimentó sus esperanzas. Plantó los pies en el tronco e hizo fuerza hacia arriba con la espalda y los hombros. El hielo que rodeaba el árbol caído, atravesado por ramas y rocalla, ya estaba debilitado, y cuando él clavó las poderosas piernas en el tronco, su cabeza y sus hombros rompieron el hielo y emergieron a la noche de invierno. El aire inundó sus pulmones. Todavía sumergido en su mayor parte, se retorció con vehemencia, impulsándose con las piernas, tirando con los brazos, hasta que finalmente salió del agua y se vio acostado en el desnudo hielo, jadeante.

Andros se quitó el empapado pasamontañas y se lo guardó en el bolsillo. Acto seguido volvió la cabeza hacia donde suponía que se encontraba Peter Solomon, pero el recodo del río le impedía ver nada. El pecho le ardía de nuevo. Sin hacer ruido, acercó una rama pequeña y la tendió sobre el orificio para ocultarlo. La abertura volvería a estar congelada por la mañana.

Mientras Andros se adentraba en el bosque, comenzó a nevar. No tenía la menor idea de lo que llevaba andando cuando salió del arbolado y se vio ante un terraplén contiguo a una carretera estrecha. Deliraba y presentaba señales de hipotermia. La nieve caía con más ganas, y a lo lejos distinguió unos faros que se aproximaban. Andros se puso a hacer señales como un loco, y la solitaria camioneta se detuvo en el acto. La matrícula era de Vermont. Del vehículo salió un anciano con una camisa de cuadros roja.

Andros se acercó a él tambaleándose, las manos en el ensangrentado pecho.

—Un cazador... me ha disparado. Necesito un... hospital.

Sin vacilar, el anciano de Vermont ayudó a Andros a entrar en la camioneta y subió la calefacción.

—¿Dónde está el hospital más cercano?

Andros lo desconocía, pero señaló en dirección sur.

—La próxima salida.

«No vamos a ningún hospital.»

Al día siguiente se denunció la desaparición del anciano de Vermont, pero nadie sabía en qué punto del viaje había podido producirse la desaparición con aquella tormenta de nieve cegadora. Tampoco se relacionó dicha desaparición con la otra noticia que salió en primera plana al día siguiente: el sobrecogedor asesinato de Isabel Solomon.

Cuando Andros despertó, estaba tendido en la desolada habitación de un motel barato que estaba cerrado y entablado durante la temporada. Recordaba haber entrado, haberse vendado las heridas con unas tiras de sábana y haberse acurrucado en una endeble cama bajo un montón de mantas que olían a humedad. Estaba muerto de hambre.

Fue al baño como pudo y vio en el lavamanos los perdigones llenos de sangre. Se acordaba vagamente de habérselos sacado del pecho. Tras alzar la vista al sucio espejo, se retiró de mala gana los sanguinolentos vendajes para calibrar los daños. Los endurecidos músculos del pecho y el abdomen habían impedido que los perdigones penetraran demasiado, y sin embargo su cuerpo, antes perfecto, parecía un colador. La única bala disparada por Peter Solomon al parecer le había atravesado el hombro limpiamente y había dejado un cráter ensangrentado.

Para colmo, Andros no había logrado obtener aquello para lo que se había desplazado hasta allí: la pirámide. Las tripas le sonaban, y se acercó con dificultad hasta la camioneta con la esperanza de encontrar algo de comida. El vehículo estaba cubierto de una gruesa capa de nieve, y Andros se preguntó cuánto tiempo habría estado durmiendo en el viejo motel. «Menos mal que me he despertado.» En el asiento delantero no encontró nada que comer, pero sí unos analgésicos para la artritis en la guantera. Se tomó un puñado, que tragó con ayuda de varios montones de nieve.

«Necesito comer.»

Unas horas después, la camioneta que salió de detrás del viejo motel no se parecía en nada a la que había entrado en él dos días antes. Le faltaban la capota, los tapacubos, las pegatinas del parachoques y toda la demás parafernalia. La matrícula de Vermont también había desaparecido, sustituida por la de una vieja camioneta de mantenimiento que Andros encontró estacionada junto al contenedor del motel, en el que se deshizo de las sábanas ensangrentadas, los perdigones y todo lo que apuntaba a su presencia allí.

No había renunciado a la pirámide, pero por el momento tendría que esperar. Debía esconderse, curarse y, sobre todo, comer. Dio con un restaurante de carretera en el que se dio un atracón de huevos, tocineta, papas fritas y tres vasos de jugo de naranja. Cuando terminó, pidió más comida para llevar. De nuevo en la carretera, Andros estuvo escuchando la vieja radio de la camioneta. Llevaba sin ver la televisión y leer un periódico desde que sufrió aquella dura prueba, y cuando finalmente oyó una emisora local, las noticias lo dejaron pasmado.

—«Investigadores del FBI continúan en la búsqueda del intruso armado que asesinó a Isabel Solomon en su casa de Potomac hace dos días —informaba el locutor—. Se cree que el asesino atravesó el hielo y fue arrastrado hasta el mar.»

Andros se quedó helado. «¿Que asesinó a Isabel Solomon?» Continuó conduciendo callado, perplejo, escuchando la noticia entera.

Era hora de alejarse, y mucho, de ese lugar.

El apartamento del Upper West Side ofrecía una vista imponente del Central Park. Andros se había decidido por él porque el mar de verdura que se extendía bajo su ventana le recordaba las vistas del Adriático a las que había renunciado. Aunque sabía que debía alegrarse de estar vivo, no era ése el caso. El vacío no lo había abandonado, y se dio cuenta de que estaba obsesionado con el fallido intento de robarle la pirámide a Peter Solomon.

Había pasado muchas horas investigando la leyenda de la pirámide masónica, y aunque nadie parecía ponerse de acuerdo en si la pirámide era o no real, todo el mundo coincidía en la famosa promesa de sabiduría y poder inmensos. «La pirámide masónica es real —se dijo Andros—. La información privilegiada de que dispongo es irrefutable.»

El destino había situado la pirámide al alcance de Andros, y él sabía que cerrar los ojos ante ese hecho era como tener un billete de lotería premiado y no cobrarlo. «Soy el único no masón vivo que sabe que la pirámide es real... y que conoce la identidad de su custodio.»

Habían transcurrido meses, y aunque su cuerpo había sanado, Andros ya no era el gallito que había sido en Grecia. Había dejado de hacer ejercicio y de admirarse desnudo ante el espejo. Tenía la sensación de que su cuerpo empezaba a mostrar los estragos de la edad. Su piel, otrora perfecta, era un mosaico de cicatrices, lo que no hacía sino aumentar su abatimiento. Seguía dependiendo de los analgésicos que lo habían acompañado a lo largo de su recuperación, y sentía que volvía al estilo de vida que lo había llevado hasta la prisión de Soganlik. Le daba lo mismo. «El cuerpo quiere lo que quiere.»

Una noche estaba en Greenwich Village comprándole drogas a un hombre que exhibía en el antebrazo un largo rayo dentado. Andros se interesó por él, y el tipo le dijo que el tatuaje tapaba una gran cicatriz que le había dejado un accidente de tránsito. «Ver la cicatriz todos los días me recordaba el accidente —explicó el *dealer*—, así que me tatué encima un símbolo de poder personal. Recuperé el control.»

Esa noche, drogado con la nueva remesa, Andros entró haciendo eses en el local de un tatuador y se quitó la camiseta.

—Quiero tapar las cicatrices —informó.

«Quiero recuperar el control.»

—¿Taparlas? —El hombre le echó un vistazo al pecho—. ¿Con qué?

—Con tatuajes.

—Ya..., me refiero a qué tatuajes.

Andros se encogió de hombros, sólo quería esconder aquellos desagradables recuerdos del pasado.

—No sé. Elígelos tú.

El artista sacudió la cabeza y le entregó un folleto sobre la antigua y sagrada tradición del tatuaje.

—Vuelve cuando estés listo.

Andros descubrió que en la biblioteca pública de Nueva York había cincuenta y tres libros sobre el arte del tatuaje, y en unas pocas semanas ya los había leído todos. Tras redescubrir su pasión por la lectura, empezó a sacar mochilas enteras de libros de la biblioteca, que se llevaba a casa y leía con voracidad en su apartamento con vista al Central Park.

Los libros de tatuajes le abrieron una puerta a un mundo extraño cuya existencia Andros desconocía: un mundo de símbolos, misticismo, mitología y magia. Cuanto más leía, más cuenta se daba de lo ciego que había estado. Empezó a llevar libretas con sus ideas, sus bocetos y sus peculiares sueños. Cuando ya no fue capaz de encontrar lo que quería en la biblioteca, pagó a libreros especializados para que adquirieran algunos de los textos más esotéricos del planeta para él.

De Praestigiis Daemonum, Lemegeton, Ars Almadel, Grimorium

Verum, Ars Notoria… Los leyó todos y fue convenciéndose cada vez más de que el mundo todavía tenía muchos tesoros que ofrecerle. «Ahí fuera hay secretos que van más allá de la comprensión humana.»

Entonces descubrió los textos de Aleister Crowley, un místico visionario de principios de la década de 1900 al que la Iglesia consideró «el hombre más malvado del mundo». «Los grandes cerebros siempre son temidos por los inferiores.» Andros estudió el poder del ritual y el conjuro. Aprendió que las palabras sagradas, si se pronunciaban correctamente, funcionaban como llaves que abren puertas a otros mundos. «Hay un universo en las sombras más allá de éste…, un mundo que puede proporcionarme poder.» Y aunque Andros deseaba aprovechar ese poder, sabía que existían reglas y cometidos que había que desempeñar primero.

«Santifícate –escribió Crowley–. Hazte sagrado.»

En su día, el antiguo rito de «hacerse sagrado» había sido la ley imperante. Desde los primeros hebreos, que ofrecían holocaustos en el templo, hasta los mayas, que decapitaban humanos en la cúspide de las pirámides de Chichén Itzá, y hasta Jesucristo, que ofreció su cuerpo en la cruz, los antiguos entendían la necesidad de sacrificio de su dios. El sacrificio era el ritual primitivo mediante el cual los seres humanos recibían el favor de los dioses y se santificaban.

Sacra: sagrado.

Face: hacer.

Aunque el rito del sacrificio había sido abandonado hacía una eternidad, su poder persistía. En su día existió un puñado de místicos modernos, incluido Aleister Crowley, que practicaban ese Arte, que lo habían ido perfeccionando a lo largo del tiempo y que poco a poco se habían transformado en algo más. Andros anhelaba transformarse igual que ellos. Y, sin embargo, para hacerlo sabía que tendría que cruzar un puente peligroso.

«La sangre es lo único que separa la luz de la oscuridad.»

Una noche, un cuervo entró por la ventana abierta de su baño y se quedó atrapado en el apartamento. Andros vio que el pájaro estuvo aleteando durante un tiempo y finalmente se detuvo, al parecer aceptando que no podía escapar. Él había aprendido lo bastante para reconocer una señal. «Se me insta a avanzar.»

Con el ave en una mano, se situó ante el improvisado altar de la cocina y alzó un cuchillo afilado mientras pronunciaba en voz alta el conjuro que había memorizado: «Camiach, Eomiahe, Emial, Macbal, Emoii,

Zazean..., por estos santos nombres y los otros nombres de ángeles que están escritos en el libro Assamaian, te conjuro a que me asistas en esta operación, por Dios el verdadero, Dios el santo.»

A continuación, Andros bajó el cuchillo y pinchó con cuidado la gran vena del ala derecha del aterrorizado pájaro. El cuervo empezó a sangrar, y mientras él contemplaba el reguero de líquido rojo que caía en la copa de metal que había dispuesto como receptáculo, notó una repentina ráfaga de aire frío. Así y todo, continuó.

«Poderoso Adonai, Arathron, Ashai, Elohim, Elohi, Elión, Asher, Eheieh, Shaddai..., sean de mi ayuda para que esta sangre tenga poder y eficacia en todo lo que desee y en todo lo que demande.»

Esa noche soñó con aves..., con un fénix gigantesco que surgía de un fuego humeante. A la mañana siguiente despertó con una energía que no sentía desde la infancia. Salió a correr al parque, más rápidamente y durante más tiempo de lo que nunca creyó posible. Cuando ya no pudo más, se detuvo para hacer flexiones y abdominales. Un sinfín de repeticiones. Y seguía teniendo energía.

Esa noche, de nuevo, soñó con el fénix.

El otoño había vuelto a llegar a Central Park, y los animales iban de un lado a otro en busca de alimento para el invierno. Andros despreciaba el frío, y sin embargo sus trampas, ocultas con sumo cuidado, ahora rebosaban de ratas y ardillas vivas. Él las llevaba a casa en la mochila y realizaba rituales cada vez más complejos.

«Emanuel, Messiach, Yod, He, Vau..., estimadme digno.»

Los rituales de sangre le insuflaban vitalidad. Andros se sentía cada día más joven. Seguía leyendo a todas horas —textos antiguos místicos, poemas épicos medievales, los primeros filósofos—, y cuanto más estudiaba la verdadera naturaleza de las cosas, más consciente era de que no había esperanza posible para la humanidad. «Están ciegos..., deambulan sin rumbo por un mundo que jamás comprenderán.»

Andros todavía era un hombre, pero tenía la sensación de que se estaba convirtiendo en algo más. En algo mayor. «En algo sagrado.» Su imponente físico había salido de su letargo, era más poderoso que nunca. Finalmente comprendió cuál era su verdadero propósito. «Mi cuerpo no es más que el receptáculo de mi tesoro más valioso: mi cerebro.»

Andros sabía que aún no había desarrollado su verdadero potencial, y continuó profundizando. «¿Cuál es mi destino?» Todos los textos antiguos hablaban del bien y el mal, y de la necesidad del hombre de escoger entre ambos. «Yo elegí hace tiempo», lo sabía, y sin embargo no sentía remordimientos. «¿Qué es el mal, sino una ley natural?» La luz seguía a la oscuridad. El orden seguía al caos. La entropía era esencial. Todo decaía. El cristal, cuya estructura era ordenada, acababa convirtiéndose en partículas de polvo aleatorias.

«Están los que crean... y los que destruyen.»

Hasta que leyó *El paraíso perdido,* de John Milton, no vio materializarse su destino ante sus ojos. Supo del gran ángel caído..., el demonio guerrero que combatía la luz..., el valiente..., el ángel llamado Moloc.

«Moloc caminó por la tierra como un dios.» El nombre del ángel, según averiguó Andros después, traducido a la lengua antigua pasaba a ser Mal'akh.

«Eso mismo haré yo.»

Al igual que todas las grandes transformaciones, ésa tenía que empezar con un sacrificio..., pero no de ratas ni aves. No, esa transformación necesitaba un sacrificio de verdad.

«Sólo existe un sacrificio digno de llamarse así.»

De pronto lo vio todo con una claridad que nunca antes había experimentado en su vida. Su destino se había materializado. Estuvo tres días seguidos dibujando en una enorme hoja de papel. Cuando acabó, tenía una copia de aquello en lo que se convertiría.

Colgó de la pared aquel dibujo de tamaño natural y lo miró como si se tratara de un espejo.

«Soy una obra maestra.»

Al día siguiente llevó el dibujo al tatuador.

Estaba listo.

Capítulo 78

El George Washington Masonic Memorial corona la colina de Shuter's Hill, en Alexandria, Virginia. Construida en tres niveles distintos de creciente complejidad arquitectónica a medida que asciende –dórica, jónica y corintia–, su estructura es un símbolo físico del crecimiento intelectual del hombre. Inspirada en el antiguo faro de Alejandría, en Egipto, esta imponente torre está rematada por una pirámide egipcia con un pináculo flamígero.

En el espectacular vestíbulo de mármol se encuentra un enorme bronce de George Washington con todos los atributos masónicos, además de la llana que utilizó para colocar la piedra angular del Capitolio. Sobre el vestíbulo se alzan nueve pisos diferentes que reciben nombres como la Gruta, la Cripta o la Capilla de los Templarios. Entre los tesoros que albergan estos espacios se encuentran más de veinte mil volúmenes de textos masónicos, una deslumbrante réplica del Arca de la Alianza e incluso una maqueta de la sala del trono del templo del rey Salomón.

El agente de la CIA Simkins consultó el reloj cuando el helicóptero UH-60 modificado pasaba rozando el Potomac. «Seis minutos para que llegue el tren.» Profirió un suspiro y miró por la ventanilla el radiante monumento, que se recortaba contra el horizonte. Había de admitir que la brillante torre era tan impresionante como cualquier edificio del National Mall. Simkins nunca había entrado en el monumento, un hecho que no cambiaría esa noche: si todo iba según lo previsto, Robert Langdon y Katherine Solomon no llegarían a salir de la estación de metro.

—¡Por allí! —le gritó al piloto mientras señalaba la estación de metro de King Street, frente al monumento. El piloto ladeó el aparato y aterrizó en una zona herbosa al pie de Shuter's Hill.

Los transeúntes alzaron la vista sorprendidos al ver salir a Simkins y a su equipo, cruzar la calle a la carrera y bajar corriendo al metro. En la escalera, varios pasajeros que salían se apartaron de un salto, pegándose a la pared cuando el grupo de hombres armados vestidos de negro pasó haciendo ruido ante ellos.

La estación de King Street era más grande de lo que Simkins había previsto; al parecer, en ella confluían varias líneas distintas: la azul, la amarilla, y los ferrocarriles Amtrak. Se acercó hasta un mapa del metro que había en la pared y localizó la Freedom Plaza y la línea directa que llevaba hasta el lugar donde se hallaban.

—¡Línea azul, andén sur! —exclamó Simkins—. Bajen y saquen a todo el mundo.

Su equipo salió disparado.

Simkins se dirigió hacia la taquilla, mostró sus credenciales y le preguntó a voz en grito a la mujer que la ocupaba:

—El tren que viene de Metro Center, ¿a qué hora está prevista la llegada?

La aludida puso cara de susto.

—No estoy segura. La línea azul llega cada once minutos. No hay un horario fijo.

—¿Cuánto hace que pasó el último tren?

—Unos cinco..., seis minutos. No más.

Turner hizo sus cálculos. «Perfecto.» El próximo tren tenía que ser el de Langdon.

Dentro del rápido tren, Katherine Solomon se removía con inquietud en el duro asiento de plástico. Los vivos fluorescentes del techo le hacían daño en los ojos, y ella luchaba contra el impulso de dejar que sus párpados se cerraran, aunque sólo fuera un segundo. Langdon iba sentado a su lado en el desierto vagón, la mirada fija en la bolsa de cuero que descansaba a sus pies. También a él le pesaban los párpados, como si el rítmico balanceo del tren lo sumiera en un estado de trance.

A Katherine le vino a la cabeza el contenido de la bolsa de Langdon. «¿Por qué quiere la CIA esa pirámide?» Bellamy había dicho que quizá Sato deseaba apoderarse de ella porque conocía su verdadero potencial. Pero aunque la pirámide revelara de un modo u otro el lugar donde se escondían antiguos secretos, a Katherine le costaba creer que esa promesa de sabiduría mística primigenia le interesase a la CIA.

Por otra parte, hubo de recordarse, a la CIA la habían pillado en varias ocasiones poniendo en marcha programas parapsicológicos o relacionados con fenómenos paranormales que rayaban en la magia antigua y el misticismo. En 1995, el escándalo Stargate/Scannate sacó a la luz una tecnología clasificada de la CIA llamada «visión remota», una especie de viaje telepático que permitía a un observador trasladarse mentalmente a cualquier lugar del mundo y verlo sin estar físicamente presente. Claro estaba que esa tecnología no era nada nuevo. Los místicos la denominaban «proyección astral», y los yoguis, «experiencia extracorporal». Por desgracia, los horrorizados contribuyentes americanos la denominaron «absurdo», y el programa fue abandonado. Al menos, de cara al público.

Por paradójico que pudiera resultar, Katherine veía asombrosas conexiones entre los programas fallidos de la CIA y sus propios avances en ciencia noética.

A Katherine le entraron ganas de llamar a la policía para averiguar si habían descubierto algo en Kalorama Heights, pero ni ella ni Langdon tenían teléfono, y en cualquier caso ponerse en contacto con las autoridades probablemente fuera un error: no había manera de saber hasta dónde llegaban los tentáculos de Sato.

«Paciencia, Katherine.» En el plazo de unos minutos se encontrarían a salvo, acogidos por un hombre que les había asegurado que podía facilitarles respuestas. Katherine esperaba que esas respuestas, fueran las que fuesen, la ayudaran a salvar a su hermano.

—¿Robert? —musitó, alzando la vista al mapa del metro—. La siguiente parada es la nuestra.

Langdon salió despacio de su ensueño.

—Ah, gracias. —Mientras el tren traqueteaba rumbo a la estación, cogió la bolsa y miró con incertidumbre a Katherine—. Esperemos que no haya ningún contratiempo.

Cuando Turner Simkins bajó para unirse a sus hombres, el andén estaba totalmente despejado y su equipo comenzaba a desplegarse en abanico, tomando posiciones tras los pilares de sustentación que discurrían a lo largo de la plataforma. Un retumbar lejano resonó en el túnel, por el otro extremo del andén, y a medida que fue cobrando intensidad Simkins sintió una bocanada de aire viciado y caliente a su alrededor.

«No hay escapatoria, señor Langdon.»

Simkins se dirigió a los dos agentes a los que había ordenado que lo acompañaran en la plataforma.

—Saquen la credencial y el arma. Estos trenes son automatizados, pero en todos hay un revisor que abre las puertas. Localícenlo.

El faro del tren apareció en el túnel, y el chirrido de los frenos desgarró el aire. Cuando el vehículo entró en la estación y empezó a aminorar la velocidad, Simkins y sus dos hombres se asomaron a la vía mientras enseñaban su acreditación de la CIA y pugnaban por establecer contacto visual con el revisor antes de que éste abriera las puertas.

El tren se aproximaba de prisa. En el tercer vagón, Simkins por fin distinguió el rostro sorprendido del revisor, que al parecer intentaba dilucidar por qué tres tipos vestidos de negro le mostraban sus respectivas placas. Simkins corrió hacia el tren, que estaba a punto de detenerse por completo.

—¡CIA! —gritó, la identificación en alto—. ¡No abra las puertas! —Cuando el tren se deslizó despacio ante él, fue directo al vagón del revisor e insistió—: No abra las puertas, ¿entendió? ¡No abra las puertas!

El tren se detuvo, el asombrado revisor asintiendo sin cesar.

—¿Qué ocurre? —inquirió el hombre por una ventanilla.

—Que no se mueva el tren —ordenó Simkins—. Y no abra las puertas.

—De acuerdo.

—¿Puede dejarnos entrar en el primer vagón?

El aludido asintió con la cabeza. Se bajó del tren con cara de susto, cerró la puerta tras él, y a continuación acompañó a Simkins y a sus hombres al primer vagón, donde abrió la puerta de forma manual.

—Ciérrela cuando hayamos entrado —pidió Simkins al tiempo que sacaba el arma. Él y sus hombres se vieron inmersos en la intensa luz del primer vehículo, y acto seguido el revisor afianzó la puerta.

Sólo iban cuatro pasajeros —tres adolescentes y una anciana—, los cuales, como era de esperar, se asustaron al ver entrar a tres hombres armados. Simkins mostró en alto su acreditación.

—No pasa nada. No se levanten.

Después los tres comenzaron el barrido, recorriendo el sellado tren vagón por vagón: «estrujar la pasta de dientes», como lo llamaban durante su período de entrenamiento en la Granja. No había muchos pasajeros en ese tren, y a mitad de camino los agentes aún no habían visto a nadie que se pareciera remotamente a Robert Langdon ni a Katherine Solomon. No obstante, Simkins no perdía la confianza. En un vagón de metro no había ningún lugar donde esconderse: ni baño, ni espacio de almacenamiento ni salidas alternativas. Aunque los objetivos los hubieran visto subir al tren y hubieran huido atrás del todo, no había escapatoria. Forzar la puerta resultaba prácticamente imposible, y Simkins tenía a hombres vigilando la plataforma y ambos lados del tren.

«Paciencia.»

Sin embargo, cuando el jefe de equipo llegó al penúltimo vagón tenía los nervios de punta: en él sólo iba un pasajero, un chino. Simkins y sus agentes siguieron avanzando, sin descuidar cualquier posible escondrijo: no había ninguno.

—El último —observó el jefe, y alzó el arma mientras el trío se aproximaba a las puertas de la sección final del tren.

Cuando entraron en el vagón, los tres pararon en seco y se quedaron atónitos.

«¿Qué diablos...?» Simkins fue hasta el fondo del auto vacío, mirando tras todos los asientos. A continuación se volvió hacia sus hombres, haciéndose mala sangre.

—¿Adónde rayos han ido?

Capítulo 79

A unos doce kilómetros al norte de Alexandria, Virginia, Robert Langdon y Katherine Solomon cruzaban con parsimonia una gran extensión de césped cubierto de escarcha.

—Deberías ser actriz —sugirió él, todavía impresionado con la rapidez mental y la capacidad de improvisación de su amiga.

—Tú tampoco has estado nada mal —le sonrió.

Al principio Langdon se quedó desconcertado con la repentina pantomima que montó Katherine en el taxi. Exigió ir a Freedom Plaza sin más ni más, basándose en algo que se le había ocurrido sobre la estrella de David y el Gran Sello de Estados Unidos. Trazó una imagen de la conocida teoría de la conspiración en un billete de un dólar y después insistió en que Robert mirara atentamente adonde ella señalaba.

Langdon finalmente se dio cuenta de que Katherine no apuntaba al billete, sino a un minúsculo piloto situado en la parte de atrás del asiento del taxista. El indicador estaba tan mugriento que ni siquiera había reparado en él. Sin embargo, al echarse hacia adelante vio que estaba iluminado, desprendía un tenue brillo rojo. También vio las dos desvaídas palabras que había justo debajo del piloto: «Intercomunicador encendido.»

Miró con cara de sorpresa a Katherine, cuyos inquietos ojos le pedían que echase un vistazo al asiento delantero. Él obedeció y miró de reojo al otro lado de la mampara: el celular del taxista descansaba en el tablero, bien abierto, iluminado, de cara al intercomunicador. Justo entonces Langdon comprendió lo que hacía Katherine.

«Saben que estamos en este taxi..., nos han estado escuchando.»

Langdon no sabía de cuánto tiempo disponían antes de que detuvieran el auto y lo rodearan, pero sí sabía que tenían que actuar de prisa. Así que se puso a seguirle el juego en el acto, consciente de que el deseo de Katherine de ir a Freedom Plaza no tenía nada que ver con la pirámide, sino más bien con que en ella se hallaba una gran estación de metro –Metro Center– desde la cual podían tomar las líneas roja, azul o naranja en seis direcciones distintas.

Cuando se bajaron del taxi en Freedom Plaza, él se hizo cargo de la situación y se lanzó a improvisar, proporcionando pistas que llevaran hasta el monumento masónico de Alexandria antes de meterse en la estación de metro. Una vez allí, dejaron atrás los andenes de la línea azul y se dirigieron a la roja, donde tomaron un tren que iba en la dirección contraria.

Tras seis paradas al norte, hacia Tenleytown, se vieron a solas en un tranquilo vecindario de clase alta. Su destino, la estructura más elevada en kilómetros a la redonda, se hizo visible en el acto, cerca de Massachusetts Avenue, sobre un amplio y cuidado césped.

Una vez «desaparecidos del mapa», como había dicho Katherine, ambos echaron a andar por la mojada hierba. A su derecha había un jardín de estilo medieval, famoso por sus antiguos rosales y su cenador, el llamado Shadow House. Dejaron atrás el jardín y fueron directo al magnífico edificio al que habían sido convocados. «Un refugio que alberga diez piedras del monte Sinaí, una del mismísimo cielo y una que tiene el rostro del siniestro padre de Luke.»

–No había estado aquí nunca de noche –aseguró ella mientras contemplaba las torres, vivamente iluminadas–. Es espectacular.

Eso mismo pensaba Langdon, que había olvidado cuán impresionante era el lugar. La obra maestra neogótica se erguía en el extremo septentrional de Embassy Row. Hacía años que no la visitaba, desde que escribió un artículo sobre ella para una revista infantil con la esperanza de despertar cierto entusiasmo entre los jóvenes norteamericanos para que se acercaran a ver el increíble monumento. El artículo –«Moisés, rocas lunares y *La guerra de las galaxias*»– formaba parte de los folletos turísticos desde hacía años.

«La catedral de Washington –pensó Langdon, sintiendo una ilusión inesperada al volver después de tanto tiempo–. ¿Qué mejor sitio para preguntar por un único Dios?»

—¿De verdad hay diez piedras del monte Sinaí? —inquirió Katherine, los ojos fijos en los campanarios gemelos.

Él asintió.

—Cerca del altar mayor. Simbolizan los diez mandamientos que le fueron entregados a Moisés en el Sinaí.

—¿Y una roca lunar?

«Una roca del mismísimo cielo.»

—Sí. A una de las vidrieras se la llama el vitral del espacio, y en ella hay incrustada una roca lunar.

—Vale, pero lo último es broma, ¿no? —Katherine observó la construcción, el escepticismo escrito en sus bellos ojos—. ¿Una estatua de... Darth Vader?

Langdon soltó una risita.

—¿El siniestro padre de Luke Skywalker? No es ninguna broma. Vader es una de las rarezas más populares de la catedral. —Señaló la parte superior de las torres occidentales—. Cuesta verlo de noche, pero está ahí.

—¿Qué diablos hace Darth Vader en la catedral de Washington?

—Fue a raíz de un concurso infantil para tallar una gárgola que representara el rostro del mal. Ganó Darth.

Llegaron a la majestuosa escalera que conducía hasta la entrada principal, enmarcada por un arco de más de veinte metros bajo un imponente rosetón. Cuando iniciaron el ascenso a Langdon le vino a la cabeza el misterioso desconocido que lo había llamado. «Nada de nombres, por favor... Dígame, ¿ha logrado proteger el mapa que le fue confiado?» El hombro le dolía de cargar con la pesada pirámide de piedra, y se moría de ganas de soltarla. «Asilo y respuestas.»

Al llegar arriba se toparon con dos regias puertas de madera.

—¿Llamamos sin más? —preguntó Katherine.

Eso mismo se preguntaba él, pero en ese instante una de las puertas se abrió.

—¿Quién hay ahí? —inquirió una frágil voz. Acto seguido, asomó el rostro de un anciano apergaminado. Iba vestido de sacerdote y su mirada era vacía, los ojos opacos y blancos, nublados por cataratas.

—Me llamo Robert Langdon —repuso él—. Katherine Solomon y yo venimos en busca de asilo.

El anciano ciego suspiró aliviado.

—Gracias a Dios. Los estaba esperando.

Capítulo 80

De pronto Warren Bellamy sintió un rayo de esperanza.

Dentro de la Jungla, la directora Sato acababa de recibir una llamada telefónica de un agente y se había puesto a despotricar. «¡Pues será mejor que los encuentres, maldita sea! –dijo a grito pelado por teléfono–. Se nos agota el tiempo.» Luego había colgado y ahora se paseaba arriba y abajo por delante de Bellamy como si intentara decidir qué hacer a continuación.

Al cabo, se detuvo justo ante él y se volvió.

–Señor Bellamy, le voy a formular esta pregunta una vez, una sola vez. –Lo miró fijamente a los ojos–. Sí o no, ¿tiene alguna idea de adónde ha podido ir Robert Langdon?

Sí, sí que la tenía, pero negó con la cabeza.

–No.

La penetrante mirada de Sato seguía clavada en sus ojos.

–Por desgracia, parte de mi trabajo consiste en saber cuándo miente la gente.

Bellamy la rehuyó.

–Lo siento, no puedo ayudarla.

–Arquitecto Bellamy –empezó ella–, esta tarde, poco después de las siete, estaba usted cenando en un restaurante situado a las afueras de la ciudad cuando recibió una llamada de un hombre que aseguró haber secuestrado a Peter Solomon.

Bellamy sintió un repentino escalofrío y la miró de nuevo. «¿Cómo es que sabe eso?»

—El hombre en cuestión —prosiguió ella— le dijo que había enviado a Robert Langdon al Capitolio y le había confiado una tarea..., una tarea que precisaba su ayuda. Le advirtió que si Langdon no salía airoso, su amigo Peter Solomon moriría. Presa del pánico, llamó usted a Peter a todos sus números, pero no pudo dar con él. Después, lo cual es comprensible, fue usted corriendo al Capitolio.

Bellamy era incapaz de imaginar cómo sabía Sato lo de esa llamada.

—Cuando salió huyendo del Capitolio envió un mensaje de texto al secuestrador de Solomon en el que le aseguraba que usted y Langdon se hallaban en poder de la pirámide masónica —continuó Sato tras el cigarrillo, que se consumía poco a poco.

«¿De dónde saca la información? —se preguntó Bellamy—. Ni siquiera Langdon sabe que mandé ese mensaje.» Justo después de entrar en el túnel que conducía a la biblioteca del Congreso, Bellamy se había metido en el cuarto de contadores para encender las luces. Aprovechando la privacidad que le brindaba el momento, decidió enviar un mensaje rápido al captor de Solomon en el que le mencionaba la participación de Sato, pero le garantizaba que él y Langdon tenían la pirámide masónica y estaban dispuestos a satisfacer sus exigencias. Era mentira, por supuesto, pero Bellamy esperaba ganar tiempo con ello, tanto por el bien de Peter Solomon como para esconder la pirámide.

—¿Quién le ha dicho que envié un mensaje? —inquirió Bellamy.

Sato arrojó el celular del Arquitecto al banco, a su lado.

—No hace falta ser muy listo.

Bellamy recordó ahora que los agentes que lo capturaron le habían quitado el teléfono y las llaves.

—En cuanto al resto de la información que poseo —aclaró la directora—, la Ley Patriótica me da derecho a intervenir el teléfono de cualquiera a quien yo considere una amenaza para la seguridad nacional. Considero que Peter Solomon lo es, y la noche pasada tomé medidas.

Bellamy apenas entendía lo que estaba oyendo.

—¿Que intervino el teléfono de Peter Solomon?

—Sí. Así fue como me enteré de que el secuestrador lo llamó a usted al restaurante. Usted llamó a Peter al celular y le dejó un mensaje en el que le explicaba con nerviosismo lo que acababa de suceder.

Bellamy comprendió que la mujer tenía razón.

—También interceptamos una llamada de Robert Langdon, que se encontraba en el Capitolio, sin saber a qué atenerse al saber que lo habían engañado para que acudiera allí. Me desplacé hasta el edificio del Capitolio inmediatamente y llegué antes que usted porque estaba más cerca. En cuanto a cómo supe que había que comprobar el contenido de la bolsa de Langdon..., al darme cuenta de que él estaba involucrado hice que mis hombres examinaran de nuevo una llamada aparentemente inofensiva de primera hora de la mañana entre Langdon y Peter Solomon, en la que el secuestrador, haciéndose pasar por el ayudante de Solomon, convenció a Langdon para que viniera a dar una charla y de paso trajera un paquetito que Peter le había confiado. Cuando vi que Langdon no me hablaba del paquete que llevaba, pedí que pasaran la bolsa por rayos X.

A Bellamy le costaba ordenar sus ideas. Cierto, todo cuanto decía Sato era verosímil, y sin embargo había algo que no cuadraba.

—Pero... ¿cómo se le pudo pasar por la cabeza que Peter es una amenaza para la seguridad nacional?

—Créame, Peter Solomon es una seria amenaza para la seguridad nacional —aseveró ella—. Y francamente, señor Bellamy, usted también lo es.

El aludido dio un respingo, las esposas rozándole las muñecas.

—¿Cómo dice?

Ella esbozó una sonrisa forzada.

—Ustedes, los masones, practican un juego arriesgado. Guardan un secreto muy, pero muy peligroso.

«¿Se referirá a los antiguos misterios?»

—Por suerte, siempre se les ha dado bien ocultar sus secretos, pero últimamente, por desgracia, no han sido muy prudentes, y esta noche el más peligroso de sus secretos está a punto de ser revelado al mundo. Y a menos que evitemos que eso suceda, le aseguro que las consecuencias serán catastróficas.

Bellamy la miró perplejo.

—Si no me hubiese atacado, se habría dado cuenta de que usted y yo estamos en el mismo equipo —afirmó ella.

«El mismo equipo.» Las palabras hicieron que en su mente germinara una idea casi imposible de abrigar. «¿Será Sato miembro de la Estrella de Oriente?» La Orden de la Estrella de Oriente, con frecuencia considerada una organización afín a la masonería, abrazaba una filosofía mística similar de benevolencia, sabiduría secreta y apertura espiritual. «¿El mismo equipo? ¡Si estoy esposado! ¡Y ha interceptado el teléfono de Peter!»

—Me ayudará a detener a ese hombre —exigió ella—. Posee la capacidad de provocar un cataclismo del que tal vez no pueda recuperarse este país. —Su rostro era pétreo.

—Entonces, ¿por qué no le sigue la pista a él?

Sato lo miró con incredulidad.

—¿Acaso cree que no lo estoy intentando? La señal que emitía el celular de Solomon se perdió antes de que pudiéramos localizarlo; su otro número parece ser de un teléfono de usar y tirar, lo que hace que rastrearlo sea prácticamente imposible; la compañía de aviones privados nos dijo que el vuelo de Langdon fue reservado por el ayudante de Solomon, utilizando el celular del propio Solomon y su tarjeta Marquis Jet. No tenemos ninguna pista. Bien es verdad que da igual: aunque averigüemos dónde está exactamente, no puedo arriesgarme a intervenir para intentar cogerlo.

—¿Por qué no?

—Preferiría no responder esa pregunta, se trata de información clasificada —contestó Sato, su paciencia agotándose claramente—. Le estoy pidiendo que confíe en mí.

—Pues lo siento, pero no.

Los ojos de Sato eran fríos como el hielo. De pronto dio media vuelta y gritó:

—¡Hartmann! El maletín, por favor.

Bellamy oyó el siseo de la puerta electrónica y a continuación un agente entró en la Jungla. Llevaba un elegante maletín de titanio, que depositó en el suelo, junto a la directora.

—Déjanos solos —ordenó ella.

Cuando el agente se retiró, volvió a oírse el siseo de la puerta y después reinó de nuevo el silencio.

Sato cogió el maletín, lo apoyó en el regazo y lo abrió. Luego miró despacio a Bellamy.

—No quería hacer esto, pero el tiempo se agota y no me deja usted otra elección.

El aludido observó el extraño maletín y sintió que el miedo se apoderaba de él. «¿Irá a torturarme?» Volvió a tirar de las esposas.

—¿Qué hay en el maletín?

Sato esbozó una sonrisa afectada.

—Algo que le hará ver las cosas como yo las veo. Se lo aseguro.

Capítulo 81

El espacio subterráneo donde Mal'akh cultivaba el Arte estaba ingeniosamente oculto. El sótano de su casa, para quienes entraban en él, tenía un aspecto de lo más normal: el típico sitio con su caldera, su caja de fusibles, su leña y sus trastos. Sin embargo, ese sótano visible no era más que una parte del espacio subterráneo. Una porción considerable había sido aislada para llevar a cabo sus prácticas clandestinas.

La zona de trabajo privada de Mal'akh se componía de una serie de pequeñas habitaciones, cada una de las cuales servía a un propósito concreto. La única entrada era una empinada rampa a la que se accedía secretamente por el salón, con lo cual era prácticamente imposible descubrir dicho espacio.

Esa noche, mientras bajaba por la rampa, los sigilos y símbolos tatuados en su carne parecieron cobrar vida con el brillo cerúleo de la iluminación especial del sótano. En su avance hacia la bruma azulada, pasó por delante de varias puertas cerradas y fue directo a la habitación de mayor tamaño, situada al fondo del pasillo.

El «sanctasanctórum», como gustaba llamarlo Mal'akh, era un cuadrado perfecto de doce pies por doce.[1] «Doce son los signos del zodíaco; doce, las horas del día; doce, las puertas del cielo.» En el centro del cuarto había una mesa de piedra, un cuadrado de siete pies por siete.[2] «Siete

1. Unos tres metros y medio. (*N. de los t.*)
2. Aproximadamente dos metros. (*N. de los t.*)

son los sellos del Apocalipsis; siete, los escalones del Templo.» Centrada sobre la mesa pendía una fuente luminosa cuidadosamente calibrada que emitía una gama de colores predeterminados, cuyo ciclo se completaba cada seis horas de conformidad con la sagrada tabla de horas planetarias. «Yanor es azul; Nasnia, roja; Salam, blanca.»

Ahora era la hora de Cäerra, lo que significaba que la luz de la habitación había pasado a ser de un tenue púrpura. Ataviado únicamente con un taparrabos de seda que le cubría las nalgas y el castrado órgano sexual, Mal'akh comenzó sus preparativos.

Mezcló con cuidado las sustancias químicas de la sufumigación que más tarde encendería para santificar el aire. Acto seguido dobló la túnica de seda virgen que vestiría después en lugar del taparrabos y, por último, purificó un recipiente de agua para el ungimiento de su ofrenda. Cuando terminó, lo colocó todo en una mesita auxiliar.

Luego se acercó a una estantería y echó mano de un pequeño estuche de marfil, que llevó hasta la mesita y depositó junto a las demás cosas. Aunque todavía no estaba preparado para utilizarlo, no pudo resistirse a abrir la tapa y admirar su tesoro.

«El cuchillo.»

Dentro de la caja de marfil, sobre un lecho de terciopelo negro, brillaba el cuchillo ritual que Mal'akh había estado reservando para esa noche. Lo había adquirido el año anterior en el mercado negro de antigüedades de Oriente Medio por 1,6 millones de dólares.

«El cuchillo más famoso de la historia.»

Increíblemente antiguo y dado por perdido, el precioso utensilio tenía la hoja de hierro y el mango de asta. A lo largo de los siglos había estado en poder de un sinfín de individuos poderosos, aunque en décadas recientes había desaparecido, cayendo en el olvido de una colección privada secreta. A Mal'akh le había costado lo suyo conseguirlo. Sospechaba que el cuchillo no había derramado sangre en décadas..., posiblemente en siglos. Esa noche la hoja saborearía de nuevo el poder del sacrificio para el que había sido afilada.

Sacó el cuchillo con delicadeza de su mullida cama y limpió reverentemente la hoja con una seda humedecida en agua purificada. Su técnica había mejorado sobremanera desde que realizó los primeros experimentos rudimentarios en Nueva York. El oscuro Arte que practicaba Mal'akh era conocido por muchos nombres en muchas lenguas, pero, se le diera el nombre que se le diese, era una ciencia exacta. En su día, esa tecnología primitiva había sido la llave que abría los portales del poder, pero había sido desterrada hacía tiempo, relegada a las sombras del ocultismo y la magia. A los pocos que todavía practicaban ese Arte se les tenía por dementes, pero Mal'akh sabía que la realidad era otra. «Esto no es para los que tienen las facultades mermadas.» El oscuro Arte antiguo, al igual que la ciencia moderna, era una disciplina que requería fórmulas precisas, ingredientes concretos y un sentido de la oportunidad escrupuloso.

Ese Arte no era la impotente magia negra del presente, a menudo practicada con desgana por almas curiosas. Ese Arte, al igual que la física nuclear, poseía el potencial de desatar un enorme poder. Las advertencias eran serias: «El practicante inexperto corre el riesgo de ser golpeado por el reflujo y aplastado.»

Mal'akh terminó de admirar el sagrado cuchillo y centró su atención en una solitaria lámina de grueso pergamino que descansaba en la mesa que tenía delante. Lo había elaborado él mismo con la piel de un cordero. Siguiendo el protocolo, el animal era puro, todavía no había alcanzado la madurez sexual. Junto al papel había una péñola que había hecho a partir de la pluma de un cuervo, un platillo de plata y tres velas de trémula llama dispuestas en torno a un cuenco de latón macizo. El cuenco contenía unos dos centímetros de denso líquido carmesí.

El líquido era sangre de Peter Solomon.

«La sangre es la tinta de la eternidad.»

Mal'akh cogió la péñola, apoyó la mano izquierda en el pergamino y, tras introducir la punta de la pluma en la sangre, trazó con sumo cuidado el contorno de la mano abierta. Cuando finalizó, añadió los cinco símbolos de los antiguos misterios, uno en el extremo de cada uno de los dedos del dibujo.

«La corona... en representación del rey que voy a ser.

»La estrella... en representación del firmamento que ha decretado mi destino.

»El sol... en representación de la iluminación de mi alma.

»La linterna... en representación de la débil luz del entendimiento humano.

»Y la llave... en representación de la pieza que falta, la pieza que por fin conseguiré esta noche.»

Mal'akh completó el dibujo de sangre y sostuvo en alto el pergamino, admirando su obra a la luz de las tres velas. Esperó a que la sangre estuviera seca y a continuación dobló en tres la gruesa piel. Mientras salmodiaba un antiguo conjuro etéreo, hizo que el papel rozara la tercera vela y se prendiera. Después depositó el pergamino en llamas en el platillo de plata y dejó que se consumiera. A medida que lo hacía, el carbono que contenía la piel del animal se fue convirtiendo en un polvo negro. Cuando la llama se extinguió, Mal'akh incorporó las cenizas con delicadeza al cuenco de latón con la sangre y removió la mezcla con la pluma de cuervo.

El líquido se tornó de un carmesí más subido, casi negro.

Sosteniendo el cuenco con ambas manos, Mal'akh lo elevó por encima de su cabeza y dio gracias entonando el *eucharistos* de los antiguos. A continuación vertió con tiento la ennegrecida mezcla en un frasquito de cristal que cerró con un tapón de corcho. Ésa sería la tinta con la que grabaría la carne sin tatuar de su cabeza y completaría su obra maestra.

Capítulo 82

La catedral de Washington es la sexta más grande del mundo y su altura supera la de un rascacielos de treinta pisos. Ornada con más de doscientas vidrieras, un carillón de cincuenta y tres campanas y un órgano con 10.647 tubos, esta obra maestra gótica puede acoger a más de tres mil fieles.

Esa noche, sin embargo, la gran catedral se hallaba desierta.

El reverendo Colin Galloway, deán de la catedral, daba la impresión de llevar vivo desde el principio de los tiempos. Encorvado y marchito, vestía una sencilla sotana negra y avanzaba ciegamente sin decir palabra. Langdon y Katherine lo seguían en silencio por la negrura del pasillo central de la nave, que medía más de cien metros de longitud y presentaba una ligera curvatura a la izquierda para crear una ilusión óptica de suavidad de líneas. Cuando llegaron al gran crucero, el deán los condujo al otro lado del cancel, la simbólica mampara que separaba la zona pública del presbiterio.

Un aroma a incienso flotaba en el aire. El sagrado espacio estaba a oscuras, iluminado únicamente por reflejos de luz indirecta en las bóvedas laminadas. Sobre el coro, ornamentado con varios retablos tallados que representaban escenas bíblicas, pendían banderas de los cincuenta estados. El deán Galloway continuó recorriendo un camino que al parecer conocía de memoria. Por un instante, Langdon pensó que iban directo al altar mayor, donde se hallaban las diez piedras del monte Sinaí, pero el anciano finalmente giró a la izquierda y avanzó a tientas hasta llegar a una puerta oculta discretamente que daba al anejo destinado a administración.

Enfilaron un pasillo corto que desembocaba en un despacho en cuya puerta se veía una placa de latón:

REVERENDO COLIN GALLOWAY
DEÁN

Galloway abrió y encendió las luces, por lo visto acostumbrado a no saltarse dicha muestra de deferencia hacia sus invitados. Tras hacerlos pasar, cerró la puerta.

El despacho era pequeño pero elegante, con altas estanterías, un escritorio, un gran armario tallado y un baño propio. De las paredes colgaban tapices del siglo XVI y varios cuadros de temática religiosa. El deán señaló las dos sillas de cuero que había delante de la mesa. Langdon se sentó junto a Katherine, agradecido de poder dejar por fin en el suelo, a sus pies, la pesada bolsa.

«Asilo y respuestas», pensó Langdon mientras se arrellanaba en el confortable asiento.

El religioso rodeó la mesa y se acomodó en su silla de respaldo alto. Después, suspirando cansado, levantó la cabeza y les dirigió una mirada inexpresiva con sus nublados ojos. Cuando habló, su voz era inesperadamente clara y firme.

—Soy consciente de que es la primera vez que nos vemos —afirmó— y, sin embargo, es como si los conociera a los dos. —Sacó un pañuelo y se limpió la boca—. Profesor Langdon, estoy familiarizado con sus escritos, incluido el ingenioso artículo que redactó sobre el simbolismo de esta catedral. En cuanto a usted, señora Solomon, su hermano, Peter, y yo somos hermanos masones desde hace ya muchos años.

—Peter tiene serios problemas —aseguró ella.

—Eso me han dicho. —El anciano lanzó un suspiro—. Y haré cuanto esté en mi mano para ayudarlos.

Langdon no vio el anillo masónico en el dedo del deán, y sin embargo sabía que muchos masones, sobre todo los que formaban parte del clero, preferían no anunciar su afiliación.

Cuando empezaron a hablar, se hizo patente que el deán Galloway ya estaba al tanto de parte de los acontecimientos de la noche gracias al mensaje telefónico de Warren Bellamy. Cuando Langdon y Katherine le contaron el resto, la preocupación fue en aumento en el rostro del anciano.

—Y ese hombre que se ha llevado a nuestro querido Peter, ¿insiste en que descifre usted la pirámide a cambio de su vida? —quiso saber el deán.

—Sí —contestó Langdon—. Cree que es un mapa que lo conducirá hasta el lugar donde se esconden los antiguos misterios.

El religioso volvió sus inquietantes y opacos ojos hacia él.

—Mis oídos me dicen que no cree usted en tales cosas.

Langdon no quería perder el tiempo siguiendo esos derroteros.

—Lo que yo crea o no carece de importancia. Tenemos que ayudar a Peter. Por desgracia, cuando desciframos la pirámide no llevaba a ninguna parte.

El anciano se irguió.

—¿Han descifrado la pirámide?

Katherine se apresuró a explicar que, a pesar de las advertencias de Bellamy y la petición de su hermano de que Langdon no abriera el paquete, ella lo había abierto, sintiendo que su prioridad era ayudar a Peter como fuera. Le habló al deán del vértice de oro, del cuadrado mágico de Alberto Durero y de cómo habían resuelto con él el código masónico de dieciséis letras, cuyo resultado había sido «*Jeova Sanctus Unus*».

—¿Eso es todo lo que dice? —preguntó el anciano—. ¿Un único Dios?

—Sí, señor —replicó Langdon—. Al parecer, la pirámide es un mapa más metafórico que geográfico.

El aludido extendió las manos.

—Déjeme tocarla.

Langdon abrió la bolsa y sacó la pirámide, que colocó con sumo cuidado en la mesa, justo delante del reverendo.

Langdon y Katherine vieron que las frágiles manos del anciano examinaban cada centímetro de la piedra: la cara grabada, la lisa base y la parte superior truncada. Cuando terminó, volvió a extender las manos.

—¿Y el vértice?

Langdon recuperó la cajita de piedra, la depositó en el escritorio y abrió la tapa. A continuación sacó el vértice y lo acomodó en las anhelantes manos del religioso, que realizó una operación similar, palpando cada centímetro, deteniéndose en la inscripción; al parecer, le costaba un tanto leer el breve y elegante texto.

—«El secreto está dentro de Su Orden» —lo ayudó Langdon—. Y las palabras «Su» y «Orden» comienzan con mayúscula.

El rostro del anciano era hermético cuando coronó la pirámide con el vértice y alineó ambas partes guiándose por el tacto. Pareció hacer una breve pausa, como si rezara, y después pasó las manos varias veces por la pirámide entera. Luego estiró el brazo y localizó el cubo, lo cogió y lo tocó con cuidado, sus dedos recorriéndolo por dentro y por fuera.

Al finalizar dejó la caja y se retrepó en su silla.

—Y, díganme, ¿por qué acudieron a mí? —inquirió, la voz repentinamente severa.

La pregunta pilló desprevenido a Langdon.

—Hemos venido, señor, porque usted nos lo dijo. Y el señor Bellamy nos aseguró que podíamos confiar en usted.

—Y, sin embargo, no se fiaron de él.

—¿Cómo dice?

Los blancos ojos del deán miraron la nada.

—El paquete que contenía el vértice estaba sellado. El señor Bellamy les pidió que no lo abrieran y, sin embargo, lo abrieron. Además, el propio Peter Solomon le dijo a usted que no lo abriera y, sin embargo, lo hizo.

—Señor —terció Katherine—, intentábamos ayudar a mi hermano. El hombre que lo tiene exigió que descifráramos...

—Eso lo entiendo —cortó el deán—, pero ¿qué han conseguido abriendo el paquete? Nada. El captor de Peter busca un lugar, y no quedará satisfecho con la respuesta «*Jeova Sanctus Unus*».

—Tiene razón —convino Langdon—, pero por desgracia es lo único que indica la pirámide. Como ya le he dicho, el mapa parece ser más metafórico que...

—Se equivoca usted, profesor —arguyó el anciano—. La pirámide masónica es un mapa real, que apunta a un lugar real. Es algo que no comprende porque aún no ha descifrado la pirámide en su totalidad. Ni siquiera una mínima parte.

Langdon y Katherine se miraron con cara de asombro.

El anciano volvió a tocar la pirámide, casi acariciándola.

—Este mapa, al igual que los antiguos misterios en sí, posee varias lecturas. Aún no han descubierto su verdadero secreto.

—Deán Galloway, hemos escrutado cada centímetro de la pirámide y el vértice y no hay nada más —repuso Langdon.

—No en su estado actual, no. Pero los objetos cambian.

—¿Señor?

—Profesor, como usted bien sabe, la pirámide promete un poder milagroso y transformador. Según la leyenda, esta pirámide puede modificar su aspecto..., alterar su forma física para revelar sus secretos. Al igual que la famosa piedra de la que el rey Arturo sacó a Excalibur, la pirámide masónica se puede transformar si así lo desea... para develar su secreto a quien sea digno de ello.

A Langdon le dio la sensación de que la provecta edad del religioso tal vez lo hubiese privado de sus facultades.

—Discúlpeme, señor, pero ¿está diciendo que esta pirámide puede experimentar una transformación física literal?

—Profesor, si extendiera la mano y cambiara la pirámide ante sus propios ojos, ¿creería lo que ha visto?

Langdon no sabía cómo responder.

—Supongo que no me quedaría más remedio.

—Muy bien. Lo haré dentro de un momento. —Volvió a secarse la boca con el pañuelo—. Permítame que le recuerde que hubo un tiempo en que hasta las mentes más brillantes creían que la Tierra era plana, ya que si era redonda los océanos se derramarían. Imagine cómo se habrían burlado de usted si hubiese anunciado a los cuatro vientos: el mundo no sólo es esférico, sino que además existe una fuerza mística, invisible, que hace que todo se mantenga en su superficie.

—Hay una diferencia entre la existencia de la fuerza de la gravedad... y la capacidad de transformar objetos tocándolos con la mano —objetó Langdon.

—¿Ah, sí? ¿No es posible que sigamos viviendo en la Edad Media, que sigamos mofándonos de la teoría de que existen unas fuerzas *místicas* que no podemos ver ni entender? Si algo nos ha enseñado la historia es que las ideas peregrinas que ridiculizamos hoy un día serán verdades célebres. Yo afirmo poder transformar esta pirámide con un dedo y usted pone en duda mi cordura. Esperaba más de un historiador. La historia está llena de grandes cerebros que proclamaron lo mismo..., mentes brillantes que insistieron en que el hombre es poseedor de capacidades místicas de las que no es consciente.

Langdon sabía que el anciano tenía razón. El famoso aforismo hermético —«¿Acaso no sabéis que sois dioses?»— era uno de los pilares de los antiguos misterios. «Como es arriba es abajo... Dios creó al hombre a su imagen y semejanza... Apoteosis.» El mensaje, repetido hasta la saciedad, de la naturaleza divina del hombre —de su potencial oculto— era un tema recurrente en los textos antiguos de un sinfín de tradiciones. Hasta la Biblia proclamaba en Salmos 82, 6: «Sois dioses.»

—Profesor —dijo Galloway—, me doy perfecta cuenta de que usted, al igual que mucha gente cultivada, vive atrapado entre dos mundos: un pie en el espiritual y otro en el físico. Su corazón anhela creer..., pero su intelecto se niega a permitirlo. Como docente que es, haría bien en aprender de los cerebros privilegiados de la historia. —Hizo una pausa y carraspeó—. Si mal no recuerdo, una de las mentes más lúcidas de todos los tiempos declaró: «Intente penetrar con nuestros medios limitados en los secretos de la naturaleza y encontrará que, más allá de todas las leyes discernibles y sus conexiones, permanece algo sutil, intangible, inexplicable. Venerar esa fuerza que está más allá de todo lo que podemos comprender es mi religión.»

—¿Quién lo dijo? —se interesó Langdon—. ¿Gandhi?

—No —respondió Katherine—. Albert Einstein.

A Katherine Solomon, que había leído cada palabra que había escrito Einstein, le sorprendió el profundo respeto que sentía el científico por lo místico, así como su predicción de que llegaría el día en que las masas sintieran lo mismo. «La religión del futuro —vaticinó Einstein— será cósmica. Una religión basada en la experiencia y que rehúya los dogmatismos.»

Robert Langdon parecía resistirse a esa idea. Katherine notaba su creciente frustración con el reverendo episcopaliano, y lo entendía. Después de todo, habían ido allí en busca de respuestas, y en lugar de ello habían encontrado a un hombre ciego que aseguraba poder transformar objetos con sus manos. Así y todo, a Katherine, la manifiesta pasión del sacerdote por las fuerzas místicas le recordó a su hermano.

—Padre Galloway —dijo ella—, Peter se encuentra en un aprieto, la CIA nos persigue y Warren Bellamy nos ha enviado a usted para que nos ayude. No sé qué dice esta pirámide ni a qué hace referencia, pero si descifrarla implica que podemos ayudar a Peter, hemos de hacerlo. Quizá el señor Bellamy hubiese preferido sacrificar la vida de mi hermano para esconder esta pirámide, pero mi familia no ha experimentado sino dolor debido a ella. Sea cual sea el secreto que encierra, terminará esta noche.

—Muy cierto —replicó el anciano con gravedad—. Todo terminará esta noche, gracias a ustedes. —Profirió un suspiro—. Señora Solomon, cuando rompió el sello de esa caja puso en marcha una serie de acontecimientos a partir de los cuales ya no habrá vuelta atrás. Esta noche se han desatado unas fuerzas que todavía no comprende. Hemos llegado a un punto sin retorno.

Katherine, muda de asombro, clavó la vista en el deán. Había algo apocalíptico en su tono, como si se estuviera refiriendo a los siete sellos del Apocalipsis o a la caja de Pandora.

—Con todos mis respetos, señor —dijo Langdon—, soy incapaz de imaginar cómo una pirámide de piedra ha podido poner en marcha nada.

—Naturalmente, profesor —el anciano miró de nuevo al vacío—. Sus ojos aún no pueden ver.

Capítulo 83

En el húmedo aire de la Jungla, el Arquitecto del Capitolio notó que ahora el sudor le corría por la espalda. Las muñecas le dolían por culpa de las esposas, pero toda su atención permanecía centrada en el inquietante maletín de titanio que Sato acababa de abrir en el banco, entre ambos.

«El contenido de este maletín —le había asegurado ella— le hará ver las cosas como yo las veo. Se lo aseguro.»

La menuda asiática había abierto la maleta metálica hacia sí, de forma que Bellamy todavía no había visto qué contenía, pero su imaginación se había desatado. Sato manipulaba algo en el interior del maletín, y a él no le habría extrañado nada que sacara una serie de relucientes instrumentos afilados.

De pronto parpadeó una luz en la maleta, cada vez más brillante, que iluminó el rostro de Sato desde abajo. Sus manos seguían moviéndose dentro, y la luz cambió de matiz. Al cabo de unos instantes la mujer sacó las manos, cogió el maletín y lo volvió hacia Bellamy para que éste pudiera ver su contenido.

El Arquitecto se sorprendió entornando los ojos para protegerse del brillo que despedía una especie de computador portátil futurista que incorporaba un teléfono de mano, dos antenas y un teclado doble. Su sensación inicial de alivio se tornó rápidamente en perplejidad.

En la pantalla se veían el logotipo de la CIA y un texto:

CONEXIÓN SEGURA

USUARIO: INOUE SATO

SEGURIDAD: NIVEL 5

Bajo la ventana de inicio de sesión del computador, un ícono de estado giraba:

UN MOMENTO, POR FAVOR...

DECODIFICANDO ARCHIVO...

Bellamy miró de nuevo a Sato, cuyos ojos seguían sin apartarse de él.

—No quería enseñarle esto —aseguró—, pero no tengo más remedio.

La pantalla volvió a parpadear, y Bellamy se centró en ella cuando se abría el archivo, su contenido llenando por completo la superficie.

Durante unos instantes el Arquitecto clavó la vista en el monitor intentando entender lo que tenía delante. Poco a poco, cuando empezó a caer en la cuenta, notó que se demudaba. Miraba horrorizado, incapaz de apartar la vista.

—Pero esto es... ¡imposible! —exclamó—. ¿Cómo... puede ser?

El semblante de Sato era adusto.

—Dígamelo usted, señor Bellamy. Dígamelo usted.

Cuando el Arquitecto del Capitolio comenzó a asimilar las repercusiones de lo que estaba viendo, sintió que todo su mundo se hallaba peligrosamente al borde del desastre.

«Dios mío..., he cometido un tremendo error, un tremendísimo error.»

Capítulo 84

El deán Galloway se sentía vivo.

Como todos los mortales, sabía que se aproximaba el momento en que tendría que despojarse de su envoltorio terrenal, pero ésa no era la noche. Su corazón corpóreo latía con fuerza, de prisa..., y sentía su inteligencia aguda. «Hay cosas que hacer.»

Mientras pasaba las artríticas manos por las pulidas superficies de la pirámide apenas podía creer lo que estaba tocando. «Nunca imaginé que viviría para ver este momento.» Durante generaciones, las piezas del *symbolon* se habían mantenido separadas y a buen recaudo. Ahora por fin estaban juntas. Galloway se preguntó si ése sería el momento previsto.

Por extraño que pudiera resultar, el destino había escogido a dos no masones para unir la pirámide. De algún modo, parecía apropiado. «Los misterios salen de los círculos interiores..., de la oscuridad... a la luz.»

—Profesor —empezó el anciano, volviendo la cabeza hacia donde notaba la respiración de Langdon—. ¿Le confió Peter por qué quería que cuidara usted del paquetito?

—Dijo que había gente poderosa que quería robárselo —repuso él.

El deán asintió.

—Sí, a mí me dijo eso mismo.

—¿Ah, sí? —inquirió de pronto Katherine, a su izquierda—. ¿Usted y mi hermano hablaron de la pirámide?

—Desde luego —contestó Galloway—. Su hermano y yo hemos hablado de muchas cosas. En su día fui el venerable maestro de la Casa del Templo, y a veces él acude a mí en busca de consejo. Hace alrededor de un año vino profundamente atribulado. Se sentó exactamente donde está usted ahora y me preguntó si creía en premoniciones sobrenaturales.

—¿Premoniciones? —repitió su hermana, inquieta—. ¿Se refiere a... visiones?

—No exactamente. Era más visceral. Peter dijo que notaba cada vez más la presencia de una fuerza oscura en su vida. Tenía la sensación de que algo lo vigilaba... acechante..., con la intención de inferirle un gran daño.

—Es evidente que estaba en lo cierto —apuntó Katherine—, teniendo en cuenta que el hombre que mató a nuestra madre y al hijo de Peter es el mismo que vino a Washington y se convirtió en hermano masón del propio Peter.

—Cierto —convino Langdon—, pero ello no explica la participación de la CIA.

Galloway no estaba tan seguro.

—A quienes ejercen el poder siempre les interesa adquirir más poder.

—Pero... ¿la CIA? —insistió Langdon—. Y ¿secretos místicos? Hay algo que no cuadra.

—Sí que cuadra —terció ella—. La CIA progresa gracias a los avances tecnológicos y siempre ha experimentado con lo místico: percepción extrasensorial, visión remota, privación sensorial, estados mentales provocados mediante fármacos... Todo tiene que ver con lo mismo: explotar el potencial oculto del cerebro humano. Si hay algo que he aprendido de Peter es que ciencia y misticismo guardan una estrecha relación; tan sólo se diferencian por sus planteamientos. Los objetivos son idénticos..., los métodos, distintos.

—Peter me contó que su campo de estudio es una suerte de ciencia mística moderna —observó Galloway.

—La ciencia noética —repuso Katherine al tiempo que asentía—. Y está demostrando que el hombre posee poderes inimaginables. —Señaló una vidriera que representaba la conocida imagen del Jesús luminoso, la de Cristo irradiando luz de la cabeza y las manos—. A decir verdad, tan sólo utilicé un dispositivo electrónico superenfriado para fotografiar las manos de un curandero en acción. Las fotos se parecían mucho a esa imagen de Jesús de su vidriera..., energía a raudales que emanaba de la punta de los dedos del sanador.

«Las mentes educadas —pensó Galloway, reprimiendo una sonrisa—. ¿Cómo crees que curaba Jesús a los enfermos?»

—Soy consciente de que la medicina moderna ridiculiza a sanadores y chamanes, pero yo lo vi con mis propios ojos —añadió ella—. Mis cámaras CCD fotografiaron claramente a ese hombre mientras transmitía un campo energético inmenso desde la punta de sus dedos... y modificaba literalmente la estructura celular de su paciente. Si eso no es poder divino, a ver qué es.

El deán Galloway se permitió esbozar una sonrisa. Katherine era igual de fogosa que su hermano.

—En una ocasión, Peter comparó a los especialistas en ciencia noética con los primeros exploradores, que se convirtieron en blanco de burlas por abrazar la herética noción de que la Tierra era redonda. Prácticamente de la noche a la mañana, esos exploradores pasaron de ser necios a ser héroes, y descubrieron mundos desconocidos y ampliaron el horizonte de todos los seres del planeta. Peter piensa que usted hará eso mismo. Está muy esperanzado con su trabajo. Al fin y al cabo, todos los grandes cambios filosóficos de la historia nacieron de una idea osada.

Ni que decir tiene que Galloway sabía que no era preciso entrar en un laboratorio para ser testigo de esa idea osada, de esa propuesta del potencial sin explotar del hombre. Sin ir más lejos, en su catedral se reunían grupos de oración sanadora para los enfermos, y en repetidas ocasiones se habían visto resultados auténticamente milagrosos, transformaciones físicas refrendadas por la medicina. La cuestión no era si Dios había insuflado grandes poderes al hombre..., sino más bien cómo liberar esos poderes.

El anciano rodeó respetuosamente con las manos la pirámide masónica y habló en voz muy baja.

—Amigos míos, no sé a qué hace referencia exactamente esta pirámide..., pero sí sé esto: existe un tesoro de gran calado espiritual oculto en alguna parte..., un tesoro que ha aguardado pacientemente en la oscuridad durante generaciones. Creo que se trata de un catalizador capaz de transformar el mundo. —A continuación tocó la dorada punta del vértice—. Y ahora que la pirámide está completa..., la hora de la verdad se acerca a toda prisa. Y ¿por qué no iba a ser así? La promesa de una gran iluminación transformadora siempre ha estado presente en las profecías.

—Padre —dijo Langdon en tono desafiante—, todos estamos familiarizados con el Apocalipsis de san Juan, y con lo que éste significa literalmente, pero las profecías bíblicas difícilmente...

—Santo cielo, el Apocalipsis es un auténtico lío —aseveró el deán—. No hay quien lo interprete. Yo estoy hablando de mentes claras que escriben en un idioma claro: las predicciones de san Agustín, sir Francis Bacon, Newton, Einstein, y la lista sigue y sigue. Todos ellos anticiparon un momento de iluminación transformadora. El propio Jesús afirmó: «Nada hay oculto que no haya de descubrirse ni secreto que no haya de conocerse y salir a la luz.»

—Es una predicción segura —convino Langdon—. El conocimiento crece de forma exponencial: cuanto más sabemos, mayor es nuestra capacidad de aprendizaje y con más rapidez ampliamos nuestra base de conocimientos.

—Sí —añadió Katherine—. Eso es algo que se ve continuamente en la ciencia. La nueva tecnología se convierte en una herramienta con la que desarrollar otras tecnologías..., y así sucesivamente. Por eso la ciencia ha avanzado más en los últimos cinco años que en los cinco mil anteriores. Crecimiento exponencial. Matemáticamente, con el tiempo la curva exponencial del progreso pasa a ser casi vertical, y los nuevos avances se producen a una velocidad vertiginosa.

El silencio se hizo en el despacho del deán, que presintió que sus dos invitados seguían sin tener la menor idea de cómo podía ayudarlos la pirámide a continuar adelante. «Ésa es la razón de que el destino los haya traído hasta mí —pensó—. Tengo un papel que desempeñar.»

Durante muchos años, el reverendo Colin Galloway, junto con sus hermanos masones, había hecho las veces de guardián. Ahora todo estaba cambiando.

«Ya no soy guardián..., ahora soy guía.»

—Profesor Langdon —dijo al tiempo que extendía el brazo—. Deme la mano, se lo ruego.

Robert Langdon titubeó mientras miraba fijamente la mano abierta del anciano.

«¿Vamos a rezar?»

Finalmente alargó el brazo con cortesía y posó su mano derecha en la apergaminada palma del deán. Éste la asió con fuerza, pero no se puso a rezar, sino que localizó el índice de Langdon y lo guió hacia el interior de la caja de piedra que antes albergaba el dorado vértice.

—Sus ojos no le han dejado ver —aseguró Galloway—. Si viera con los dedos, como yo, se daría cuenta de que esta caja todavía tiene algo que enseñarle.

Obediente, Langdon pasó el dedo por dentro de la caja, pero no notó nada: el interior era completamente liso.

—Siga buscando —instó el deán.

Al cabo, el dedo de Langdon dio con algo, un minúsculo círculo en relieve, un punto diminuto en el centro de la base de la caja. Sacó la mano y echó un vistazo: el pequeño círculo era prácticamente invisible al ojo humano. «¿Qué es esto?»

—¿Reconoce ese símbolo? —inquirió el religioso.

—¿Símbolo? —repitió Langdon—. Pero si casi no veo nada.

—Apriételo.

Langdon así lo hizo: presionó el punto con el dedo. «¿Qué cree que va a suceder?»

—No retire el dedo —advirtió el deán—. Haga fuerza.

Langdon miró a Katherine, que, perpleja, se acomodaba un mechón de cabello tras la oreja.

A los pocos segundos el anciano asintió.

—Muy bien, saque la mano. La alquimia ha surtido efecto.

«¿Alquimia?» Robert Langdon apartó la mano de la caja de piedra y permaneció sentado en silencio, desconcertado. No había cambiado nada. El cubo seguía en su sitio, sobre la mesa.

—Nada —afirmó.

—Mírese el dedo —pidió el anciano—. Debería ver una transformación.

Langdon obedeció, pero la única transformación que vio fue que ahora tenía en la piel la marca del círculo: un redondel minúsculo con un punto en el centro.

—Y ahora, ¿reconoce ese símbolo? —preguntó Galloway.

Aunque Langdon lo reconocía, estaba más impresionado por el hecho de que el deán hubiese podido notar el detalle. Por lo visto, ver con los dedos era todo un arte.

—Es alquímico —apuntó Katherine mientras acercaba la silla y escrutaba el dedo de su amigo—. El antiguo símbolo del oro.

—En efecto. —El religioso sonrió y le dio unos golpecitos a la caja—.

Profesor, enhorabuena, acaba de lograr lo que perseguían todos los alquimistas de la historia: ha convertido en oro algo sin ningún valor.

El aludido frunció el ceño, nada convencido. El truquito de aficionado no parecía ser de ninguna ayuda.

—Una idea interesante, señor, pero me temo que este símbolo (un círculo con un punto en el medio) posee docenas de significados. Se denomina «circumpunto», y es uno de los símbolos más utilizados en la historia.

—¿De qué está hablando? —preguntó el deán, el escepticismo tiñendo su voz.

A Langdon le asombró que un masón no estuviese más familiarizado con la importancia espiritual de dicho símbolo.

—Señor, el circumpunto tiene un montón de significados. En el Antiguo Egipto era el símbolo de Ra, el dios del sol, y la astronomía moderna todavía lo utiliza para representar a ese astro. En la filosofía oriental encarna la visión espiritual del tercer ojo, la rosa divina y el signo de la iluminación. Los cabalistas lo utilizan para simbolizar la corona, Kether, la sefira superior y «el secreto de los secretos». Los primeros místicos lo llamaban el ojo de Dios, y es el origen del ojo que todo lo ve que aparece en el Gran Sello. Los pitagóricos lo usaban para representar la mónada, la divina verdad, la *prisca sapientia*, la unión de mente y alma y...

—Es suficiente. —Ahora el deán se reía—. Profesor, gracias. Tiene usted razón, naturalmente.

Langdon cayó en la cuenta de que se la había jugado. «Él ya sabía todo eso.»

—El circumpunto es, básicamente, el símbolo de los antiguos misterios —resumió Galloway, todavía risueño—. Por ese motivo me atrevería a decir que su presencia en esta caja no es mera coincidencia. Según la leyenda, los secretos de este mapa se hallan ocultos en el más nimio de los detalles.

—Muy bien —accedió Katherine—, pero aunque ese símbolo fuera tallado ahí a propósito, no nos es de mucha ayuda a la hora de descifrar el mapa, ¿no es así?

—Antes ha mencionado usted que el sello de cera que rompió tenía grabado el anillo de Peter.

—Ajá.

—Y ha dicho que tiene consigo el anillo.

—Lo tengo. —Langdon se metió la mano en el bolsillo, lo encontró y, después de sacarlo de la bolsa de plástico, lo depositó en la mesa, delante del deán.

Éste cogió el anillo y comenzó a palparlo.

—Esta pieza única fue creada a la vez que la pirámide masónica, y tradicionalmente lo lleva el hermano encargado de proteger la pirámide. Esta noche, cuando he notado el pequeño círculo en el fondo de la caja, he comprendido que el anillo, de hecho, forma parte del *symbolon*.

—¿Sí?

—Estoy seguro. Peter es mi mejor amigo, y lució este anillo muchos años. Estoy bastante familiarizado con él. —Se lo entregó a Langdon—. Compruébelo usted mismo.

Él lo cogió y lo examinó, pasando los dedos por el fénix bicéfalo, el número 33, la leyenda «*Ordo ab chao*» y también las palabras «Todo será revelado en el trigésimo tercer grado». No reparó en nada útil. Luego, cuando sus dedos bajaban por la cara exterior del aro, se detuvo en seco. Sorprendido, le dio la vuelta al anillo y observó la parte de abajo.

—¿Lo ha encontrado? —quiso saber Galloway.

—Eso creo, sí —repuso él.

Katherine acercó más la silla.

—¿Qué?

—El signo del grado en la tira —contestó Langdon al tiempo que se lo enseñaba—. Es tan pequeño que no se ve, pero si lo tocas notas la marca, como una pequeña incisión circular.

El signo del grado se hallaba centrado en la parte inferior de la banda..., y había que reconocer que parecía del mismo tamaño que la marca en relieve del fondo de la caja.

—¿Tiene el mismo tamaño? —Katherine se pegó más todavía, la emoción reflejada en su voz.

—Sólo hay un modo de averiguarlo.

Langdon tomó el anillo y lo introdujo en el cubo, haciendo coincidir ambos círculos. Al presionar, la marca de la caja se acopló al corte del anillo y se oyó un tenue pero categórico clic.

Los tres dieron un salto.

Langdon esperó, pero no pasó nada.

—¿Qué fue eso? —se interesó el religioso.

—Nada —replicó Katherine—. El anillo se ha encajado..., pero no ha sucedido nada más.

—¿Ninguna gran transformación? —Galloway parecía confuso.

«No hemos terminado», comprendió Langdon mientras centraba su atención en la insignia de la joya: un fénix bicéfalo y el número 33. «Todo será revelado en el trigésimo tercer grado.» Le vinieron a la cabeza Pitágoras, la geometría sagrada y ángulos, y se preguntó si los grados no serían matemáticos.

Despacio, el corazón latiendo más a prisa, metió la mano y agarró el anillo, que estaba sujeto a la base del cubo. Después, lentamente, comenzó a girar el anillo a la derecha. «Todo será revelado en el trigésimo tercer grado.»

Hizo girar el anillo diez grados... veinte grados... treinta...

Lo que pasó a continuación tomó por sorpresa a Langdon.

Capítulo 85

«Transformación.»

El deán Galloway lo oyó, de manera que no tuvo necesidad de verlo.

Frente a él, al otro lado de la mesa, Langdon y Katherine guardaban un silencio absoluto, sin duda con la vista clavada en mudo asombro en el cubo de piedra, que acababa de sufrir una ruidosa transformación ante sus propios ojos.

Galloway no pudo por menos de sonreír. Ya se lo olía, y aunque seguía sin saber de qué manera los ayudaría ese cambio a resolver el enigma de la pirámide, estaba disfrutando con la rara oportunidad de enseñarle algo sobre símbolos a un experto en simbología de Harvard.

—Profesor —dijo el anciano—, no son muchos los que saben que los masones veneran la forma del cubo (o sillar, como lo llamamos nosotros) por ser una representación tridimensional de otro símbolo..., un símbolo mucho más antiguo, bidimensional.

A Galloway no le hizo falta preguntar si el profesor reconocía el antiguo símbolo que ahora tenían delante en el escritorio. Se trataba de uno de los más famosos del mundo.

Robert Langdon se devanaba los sesos mientras miraba la caja transformada que tenía delante, en la mesa. «No tenía ni idea...»

Hacía unos instantes había metido la mano en el cubo de piedra para coger el anillo masónico y moverlo en sentido circular. Cuando lo hizo girar treinta y tres grados, la caja cambió de repente delante de sus narices. Los cuadrados que conformaban sus lados se soltaron cuando los goznes ocultos se abrieron. El cubo se deshizo de pronto, los laterales y la tapa cayeron ruidosamente en la mesa.

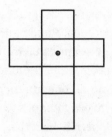

«El cubo se convierte en una cruz —pensó Langdon—. Alquimia simbólica.»

Katherine puso cara de asombro al ver el cubo desmontado.

—La pirámide masónica está relacionada con... ¿el cristianismo?

Durante un momento, Langdon se planteó eso mismo. Después de todo, el crucifijo cristiano era un símbolo que gozaba de respeto entre los masones, y sin lugar a dudas eran muchos los masones cristianos. Sin embargo, también los había judíos, musulmanes, budistas, hinduistas y otros cuyo dios no tenía nombre. La presencia de un símbolo exclusivamente cristiano parecía restrictiva. Entonces cayó en cuál era el verdadero significado del símbolo.

—No es un crucifijo —aseguró, poniéndose de pie—. La cruz con el circumpunto en el centro es un símbolo binario: dos símbolos en uno.

—¿De qué estás hablando?

Los ojos de Katherine lo seguían mientras él caminaba arriba y abajo.

—La cruz —explicó él— no fue un símbolo cristiano hasta el siglo IV. Mucho antes era utilizada por los egipcios para representar la intersección de dos dimensiones: la humana y la celestial. Como es arriba es abajo. Era una representación visual de la unión entre el hombre y Dios.

—Entiendo.

—El circumpunto —prosiguió Langdon—, como ya sabemos, posee numerosos significados, y uno de los más esotéricos es la rosa, el símbolo alquímico de la perfección. Sin embargo, cuando se sitúa una rosa en el centro de una cruz, se crea otro símbolo: la rosacruz.

Galloway se echó hacia atrás en su silla, sonriendo.

—Vaya, vaya, esto ya es otra cosa.

Katherine también se levantó.

—¿Qué es lo que me estoy perdiendo?

—La rosacruz —se dispuso a aclarar su amigo— es un símbolo habitual en la masonería. De hecho, dentro del Rito Escocés, caballero rosacruz es un grado que honra a los primeros rosacruces, los cuales contribuyeron a crear la filosofía mística masónica. Puede que Peter te haya mencionado a los rosacruces; docenas de grandes científicos eran miembros de esa orden: John Dee, Elias Ashmole, Robert Fludd...

—Claro —repuso Katherine—. He leído todos los manifiestos de los rosacruces como parte de mi investigación.

«Todos los científicos deberían hacerlo», pensó Langdon. La orden rosacruz —o más formalmente, la Antigua y Mística Orden Rosae Crucis— tenía una enigmática historia que había ejercido una gran influencia en la ciencia y era muy similar a la leyenda de los antiguos misterios..., sabios de la antigüedad poseedores de una sabiduría secreta que fue transmitida a lo largo de los siglos y estudiada sólo por las mentes más brillantes. Había que admitir que la lista de rosacruces famosos en la historia era un quién es quién de las lumbreras renacentistas europeas: Paracelso, Bacon, Fludd, Descartes, Pascal, Spinoza, Newton, Leibniz.

De acuerdo con la doctrina de los rosacruces, la orden estaba «basada en verdades esotéricas del pasado», unas verdades que habían de ser «ocultadas al hombre de a pie» y que prometían un gran conocimiento del «mundo espiritual». Con los años, el símbolo de la hermandad había acabado siendo una rosa en flor sobre una cruz ornada, pero en un principio era más modesto: un círculo con un punto en el centro sobre una sobria cruz, la manifestación más simple de la rosa sobre la manifestación más simple de la cruz.

—Peter y yo solíamos hablar de la filosofía de los rosacruces —contó el deán a Katherine.

Cuando el anciano comenzó a explicar a grandes rasgos la relación existente entre los masones y los rosacruces, Langdon sintió que su atención volvía a centrarse en algo a lo que no había parado de darle vueltas en toda la noche. «"*Jeova Sanctus Unus*." Estoy seguro de que guarda relación con la alquimia.» Seguía sin poder recordar exactamente qué le había dicho Peter de esa locución, pero por algún motivo la mención de la rosacruz parecía haber reavivado esa idea. «Piensa, Robert.»

—Supuestamente, el fundador de la orden —relataba Galloway— fue un místico alemán que se hacía llamar Christian Rosenkreuz, a todas luces un seudónimo; tal vez incluso se tratase de Francis Bacon, fundador de dicha organización según algunos historiadores, aunque no hay ninguna prueba de...

—¡Un seudónimo! —exclamó de repente Langdon, asustándose incluso él—. ¡Eso es! ¡«*Jeova Sanctus Unus*» es un seudónimo!

—¿De qué estás hablando? —inquirió ella.

Langdon estaba acelerado.

—Llevo toda la noche intentando acordarme de lo que me dijo Peter sobre «*Jeova Sanctus Unus*» y su relación con la alquimia. Y acabo de recordarlo, aunque no tiene que ver con la alquimia, sino más bien con un alquimista, uno muy famoso.

Galloway soltó una risita.

—Ya era hora, profesor. He mencionado su nombre dos veces y también la palabra seudónimo.

Langdon clavó la vista en el anciano.

—¿Usted lo sabía?

—Abrigué mis sospechas cuando me dijo usted que las letras decían «*Jeova Sanctus Unus*» y las habían descifrado con ayuda del cuadrado mágico alquímico de Durero, pero cuando encontró la rosacruz no me cupo ninguna duda. Como probablemente sepa, entre los papeles personales del científico en cuestión había una copia de los manifiestos rosacruces repleta de anotaciones.

—¿Quién es? —quiso saber Katherine.

—Uno de los mejores científicos del mundo —contestó Langdon—. Era alquimista, miembro de la Royal Society londinense y rosacruz, y firmó algunos de sus documentos científicos más herméticos con un seudónimo: «*Jeova Sanctus Unus.*»

—¿Un único Dios? —dijo ella—. Un tipo modesto.

—Un tipo brillante, a decir verdad —corrigió Galloway—. Firmaba así porque, al igual que los antiguos maestros, se consideraba divino. Y, además, porque las dieciséis letras que componen «*Jeova Sanctus Unus*» se podían reordenar para formar su nombre en latín, lo que lo convertía en un seudónimo perfecto.

Katherine estaba perpleja.

—¿«*Jeova Sanctus Unus*» es el anagrama del nombre en latín de un famoso alquimista?

Langdon cogió papel y lápiz de la mesa del deán y se puso a escribir mientras hablaba.

—En latín, las letras «J» e «I» y «V» y «U» son intercambiables, lo que significa que con «*Jeova Sanctus Unus*» se puede formar el nombre de ese personaje.

Langdon reorganizó las dieciséis letras: Isaacus Neutonuus.

A continuación le entregó el papel a Katherine y observó:

—Creo que has oído hablar de él.

—¿Isaac Newton? —dijo ella sin apartar la vista del papel—. Así que eso es lo que la pirámide intentaba revelarnos.

Por un instante Langdon se vio en la abadía de Westminster, junto a la tumba piramidal de Newton, donde en su día experimentó una epifanía similar. «Y esta noche vuelvo a toparme con el gran científico.» No era ninguna coincidencia, claro estaba... Las pirámides, los misterios, la ciencia, el conocimiento oculto..., todo estaba relacionado. El nombre de Newton siempre había sido una guía recurrente para quienes buscaban conocimientos secretos.

—Seguro que Isaac Newton tiene algo que ver con la forma de descifrar el significado de la pirámide —apuntó el anciano—. No acierto a imaginar qué, pero...

—¡Ingenio! —exclamó Katherine, los ojos muy abiertos—. Así es como transformaremos la pirámide.

—¿Lo has adivinado? —preguntó Langdon.

—Sí —aseguró ella—. No puedo creer que no lo hayamos visto antes. Lo hemos tenido delante de las mismísimas narices. Se trata de un sencillo proceso alquímico. Puedo transformar la pirámide por medio de la ciencia. ¡De la ciencia newtoniana!

Langdon pugnaba por comprender sus palabras.

—Deán Galloway —dijo ella—, en el anillo pone...

—¡Alto! —El anciano alzó de pronto un dedo en el aire para pedirles que guardaran silencio. Acto seguido ladeó la cabeza con suavidad, como si escuchara algo. Al cabo de un momento se puso de pie sin ceremonias—. Amigos míos, es evidente que esta pirámide aún tiene secretos que revelar. No sé adónde quiere llegar la señora Solomon, pero si sabe cuál es el siguiente paso que hay que dar, mi papel ha terminado. Cojan sus cosas y no me digan más. Déjenme a oscuras por ahora. Preferiría no tener ninguna información que me vea obligado a compartir con nuestros visitantes en caso de que intentaran forzarme a hacerlo.

—¿Visitantes? —repitió Katherine, aguzando el oído—. Yo no oigo nada.

—Lo oirá —aseveró el religioso mientras se dirigía a la puerta—. Dense prisa.

Al otro lado de la ciudad, una torre de telefonía intentaba establecer contacto con un celular hecho trizas que estaba tirado en Massachusetts Avenue. Al no encontrar señal, redirigió la llamada al buzón de voz.

«¡Robert! —gritó la aterrorizada voz de Warren Bellamy—. ¿Dónde estás? Llámame. Está ocurriendo algo terrible.»

Capítulo 86

Bañado por el brillo cerúleo de las luces del sótano, Mal'akh se hallaba junto a la mesa de piedra, inmerso en sus preparativos. Mientras trabajaba, oía los rugidos de su vacío estómago, pero no les prestaba atención. Sus días de servidumbre de los caprichos de la carne habían terminado.

«Toda transformación requiere sacrificio.»

Al igual que muchos de los hombres más avanzados de la historia desde el punto de vista espiritual, Mal'akh se había comprometido a seguir su camino realizando el más noble de los sacrificios de la carne. La castración había resultado menos dolorosa de lo que imaginaba. Y, según había averiguado, era muy habitual. Cada año miles de hombres se sometían a la esterilización quirúrgica –u orquiectomía, como se denominaba el proceso–, ya fuera por cuestiones de cambio de sexo, para dominar adicciones sexuales o motivados por creencias espirituales profundamente arraigadas. En el caso de Mal'akh, las razones eran de lo más elevado. Como el ser mitológico Atis, cuya castración llevó a cabo él mismo, Mal'akh, sabía que alcanzar la inmortalidad requería romper por completo con el mundo material de lo masculino y lo femenino.

«El andrógino es uno.»

En la actualidad, los eunucos eran rechazados, aunque los antiguos entendían el poder inherente a ese sacrificio transmutatorio. Hasta los primeros cristianos habían oído al propio Jesús ensalzar sus virtudes en

Mateo 19, 12: «Y hay eunucos que a sí mismos se han hecho tales por amor del reino de los cielos. El que pueda entender, que entienda.»

Peter Solomon había realizado un sacrificio de carne, aunque una mano era un pequeño precio que pagar dentro del ambicioso plan. No obstante, antes de que terminara esa noche, Solomon sacrificaría más, mucho más.

«Para crear, he de destruir.»

Ésa era la naturaleza de la polaridad.

Peter Solomon, desde luego, merecía el destino que le aguardaba esa noche. Sería un final adecuado. Tiempo atrás había desempeñado un papel fundamental en la vida mortal de Mal'akh, motivo por el cual Peter había sido escogido para desempeñar el papel fundamental en su gran transformación. Ese hombre se había ganado todo el horror y el dolor que estaba a punto de sufrir. Peter Solomon no era la persona que el mundo creía.

«Sacrificó a su propio hijo.»

En su día, Peter Solomon planteó a su hijo Zachary una elección imposible: riqueza o sabiduría. «Zachary escogió mal.» La decisión que tomó desencadenó una serie de acontecimientos que acabaron arrastrándolo a las profundidades del infierno. «La prisión de Soganlik.» Zachary Solomon murió en esa cárcel turca. El mundo entero conocía la historia..., pero lo que no sabía era que Peter Solomon pudo salvar a su hijo.

«Yo estaba allí —pensó Mal'akh—. Lo oí todo.»

Mal'akh no había olvidado aquella noche. La brutal decisión de Solomon acarreó el final de su hijo Zach, pero supuso el nacimiento de Mal'akh.

«Unos han de morir para que otros puedan vivir.»

Cuando la luz cenital empezó a cambiar de color de nuevo, Mal'akh supo que era tarde. Terminó sus preparativos y fue hacia la rampa. Era hora de ocuparse de asuntos del mundo mortal.

Capítulo 87

«Todo será revelado en el trigésimo tercer grado —pensó Katherine mientras corría—. Sé cómo transformar la pirámide.» La respuesta la habían tenido delante toda la noche.

Katherine y Langdon ahora estaban solos, atravesaban de prisa el anejo de la catedral guiándose por los letreros en los que se leía «Claustro». Al poco, tal y como les había prometido el anciano, salieron de la catedral y se vieron en un inmenso patio tapiado.

El claustro de la catedral era un jardín pentagonal porticado en el que se alzaba una posmoderna fuente de bronce. A Katherine le sorprendió la intensidad con que parecía resonar en el patio el agua que manaba de la fuente, pero poco después cayó en la cuenta de que lo que oía no era la fuente.

—¡Un helicóptero! —gritó cuando un haz de luz hendió el cielo nocturno—. ¡Métete bajo ese pórtico!

La deslumbrante luz de un reflector inundó el patio justo cuando Langdon y ella llegaron al otro lado, poniéndose a cubierto bajo un arco gótico y enfilando un túnel que comunicaba con la explanada de fuera. Se mantuvieron a la espera, acurrucados en el túnel, mientras el helicóptero sobrevolaba el lugar y comenzaba a dar vueltas alrededor de la catedral describiendo amplios círculos.

—Creo que Galloway tenía razón con lo de los visitantes —reconoció Katherine, impresionada.

«La ceguera hace que se afinen los oídos.» Ella ahora sentía en los suyos un martilleo que seguía el ritmo de su acelerado pulso.

—Por aquí —urgió Langdon al tiempo que asía con fuerza la bolsa y echaba a correr por el pasadizo.

El deán Galloway les había dado una única llave e instrucciones claras. Por desgracia, cuando llegaron al final del breve túnel se encontraron con que un espacio abierto de césped, que en ese momento bañaba la luz del helicóptero, los separaba de su destino.

—No podremos cruzar —comentó ella.

—Espera... mira. —Langdon señaló una sombra negra que empezaba a materializarse a su izquierda, en la hierba. En un principio era un manchón amorfo, pero aumentaba de tamaño rápidamente, avanzaba hacia ellos, cada vez más definido, más y más de prisa, se ensanchaba y finalmente se convertía en un enorme rectángulo negro coronado por dos agujas altísimas—. ¡La fachada de la catedral bloquea el reflector! —exclamó.

—Están aterrizando delante.

Langdon cogió a Katherine de la mano.

—¡Corre! ¡Ahora!

En el interior de la catedral, el deán Galloway sintió una ligereza al caminar que hacía años que no sentía. Dejó atrás el gran crucero y echó a andar por la nave hacia el nártex y las puertas principales.

Oía el helicóptero, que ahora se hallaba delante de la catedral, e imaginó que su luz inundaría el rosetón que se alzaba ante sí, tiñendo el santuario de espectaculares colores. Recordó los días en que veía los colores. Por irónico que pudiera parecer, el vacío de oscuridad que se había convertido en su mundo había arrojado luz sobre muchas cosas. «Ahora veo mejor que nunca.»

Galloway había sentido la llamada del Señor cuando era joven, y durante toda su vida había amado la Iglesia tanto como el que más. Al igual que muchos de sus colegas que habían entregado su vida a Dios sin reservas, él estaba cansado. Había pasado sus días esforzándose para hacerse oír por encima del ruido de la ignorancia.

«¿Qué esperaba?»

Desde las cruzadas hasta la Inquisición o la política norteamericana, las gentes se habían apropiado del nombre de Jesús, llamándolo aliado en toda suerte de luchas por el poder. Desde el inicio de los tiempos, los ignorantes siempre habían sido los que más alto gritaban, aglutinando a las confiadas masas y obligándolas a hacer su voluntad. Defendían sus deseos mundanos citando unas Sagradas Escrituras que no comprendían, celebraban su intolerancia como prueba de sus convicciones. Ahora, después de tantos años, la humanidad finalmente había logrado socavar por completo todo lo bueno que había en Jesús.

Encontrar la rosacruz esa noche le había hecho concebir grandes esperanzas, le había traído a la memoria las profecías que figuraban en los manifiestos de los rosacruces, que Galloway había leído un sinfín de veces en el pasado y todavía recordaba.

Capítulo uno: «Jehová redimirá a la humanidad revelando los secretos que antes reservaba únicamente a los elegidos.»

Capítulo cuatro: «El mundo entero se convertirá en un único libro, y asistiremos a la conciliación de todas las contradicciones de la ciencia y la teología.»

Capítulo siete: «Antes de que llegue el fin del mundo, Dios inundará el planeta de luz espiritual para aliviar el sufrimiento de la humanidad.»

Capítulo ocho: «Antes de que se produzca este apocalipsis, el mundo habrá de librarse de la intoxicación ocasionada por su envenenado cáliz, que se llenó con la falsa vida de la vid teológica.»

Galloway sabía que la Iglesia había perdido el rumbo hacía mucho tiempo, y él había consagrado su vida a enderezarlo. Ahora, comprendió, se acercaba el momento, y de prisa.

«La mayor oscuridad siempre es la que precede al alba.»

El agente de la CIA Turner Simkins se hallaba encaramado al patín del Sikorsky cuando éste tomó tierra en la helada hierba. Tras bajarse de un salto, seguido de sus hombres, Simkins le hizo señas al piloto del helicóptero para que alzara de nuevo el vuelo y vigilara las salidas del edificio.

«De aquí no sale nadie.»

Cuando el aparato se hubo elevado en el cielo nocturno, el agente y su equipo subieron corriendo la escalera que llevaba a la entrada principal de la catedral. Antes de que pudiera decidir cuál de las seis puertas aporrear, una de ellas se abrió.

—¿Sí? —Se oyó una voz serena entre las sombras.

Simkins apenas podía distinguir la encorvada figura vestida de sacerdote.

—¿Es usted el deán Colin Galloway?

—Así es —confirmó el anciano.

—Busco a Robert Langdon. ¿Lo ha visto?

El religioso dio un paso adelante y miró al infinito con sus inquietantes ojos inexpresivos.

—Eso sería un milagro, la verdad.

Capítulo 88

«El tiempo se agota.»

La analista de seguridad informática Nola Kaye tenía ya los nervios de punta, y el tercer café que se estaba tomando había empezado a circular por su cuerpo como una corriente eléctrica.

«Y sigo sin saber nada de Sato.»

Al final, el teléfono sonó y Nola se apresuró a cogerlo.

—Oficina de Seguridad —respondió—. Soy Nola.

—Nola, soy Rick Parrish, de seguridad de sistemas.

Nola se vino abajo. «No es Sato.»

—Hola, Rick. ¿En qué puedo ayudarte?

—Quería decirte que es posible que nuestro departamento tenga información relevante sobre lo que te traes entre manos esta noche.

Nola dejó la taza de café en la mesa. «¿Cómo diablos sabes tú lo que me traigo entre manos esta noche?»

—¿Cómo dices?

—Lo siento, se trata del nuevo programa de contraespionaje que estamos probando —explicó Parrish—. No para de señalar tu número.

Nola supo ahora a qué se refería. La CIA estaba ejecutando un nuevo programa informático de integración diseñado para avisar en tiempo real a distintos departamentos de la organización cuando en éstos se procesaban campos de datos afines. En una época de amenazas terroristas que había que atajar con rapidez, la clave para evitar el desastre a menudo residía en algo tan simple como saber que el tipo que trabajaba al final del pasillo estaba analizando precisamente los datos que uno necesitaba. En lo que a Nola respectaba, ese programa de CE había resultado ser más una distracción que una auténtica ayuda; «Continuo Engorro», lo llamaba ella.

—Claro, lo había olvidado —respondió—. ¿Qué tienes?

Estaba segura de que nadie más en el edificio estaba al tanto de esa crisis, y menos aún podía estar trabajando en ella. Lo único que Nola había hecho esa noche en el computador era una investigación histórica para Sato sobre temas masónicos esotéricos. Así y todo, tenía que seguirle el juego a su compañero.

—Bueno, probablemente no sea nada —replicó Parrish—, pero anoche interceptamos a un pirata, y el programa de contraespionaje no para de sugerir que comparta la información contigo.

«¿Un pirata?» Nola bebió un sorbo de café.

—Soy toda oídos.

—Hace alrededor de una hora pillamos a un tipo llamado Zoubianis intentando acceder a un archivo de una de nuestras bases de datos internas —contó Parrish—. El tipo asegura que lo contrataron para hacer ese trabajo y que no tiene ni idea de por qué iban a pagarle para entrar en ese archivo en concreto ni de que éste se encontrara en un servidor de la CIA.

—Ajá.

—Terminamos de interrogarlo y está limpio, pero lo curioso del caso es que ese mismo archivo que él buscaba apareció señalado antes por un motor de búsqueda interno. Da la impresión de que alguien entró en nuestro sistema, inició una búsqueda específica con palabras clave y generó un documento censurado. La cosa es que las palabras clave que utilizaron son muy raras, y hay una en particular que el programa etiquetó de coincidencia de máxima prioridad, una palabra que es exclusiva de nuestros dos conjuntos de datos. —Hizo una pausa—. ¿Conoces la palabra... «*symbolon*»?

Nola pegó un salto, derramando el café en la mesa.

—Las otras palabras clave son igual de raritas —continuó Parrish—. «Pirámide», «portal»...

—Ven ahora mismo —ordenó Nola mientras limpiaba la mesa—. Y tráeme todo lo que tengas.

—Pero ¿te dicen algo esas palabras?

—¡Ahora!

Capítulo 89

El colegio catedralicio es una elegante construcción similar a un castillo contigua a la catedral. El College of Preachers, tal y como lo concibió originalmente el primer obispo episcopaliano de Washington, fue fundado para proporcionar educación continuada al clero tras su ordenación. Actualmente ofrece un amplio abanico de programas sobre teología, justicia global, sanación y espiritualidad.

Langdon y Katherine consiguieron cruzar la explanada y utilizaron la llave de Galloway para deslizarse en su interior justo cuando el helicóptero se cernía de nuevo sobre la catedral, sus focos convirtiendo la noche en día. Ya en el vestíbulo, sin aliento, echaron un vistazo al lugar. Por las ventanas entraba bastante claridad, de modo que Langdon no vio la necesidad de encender las luces y arriesgarse a anunciar su paradero al helicóptero. A medida que avanzaban por el pasillo central, iban dejando atrás salones de actos, aulas y salas de estar. El interior le recordó a Langdon los edificios neogóticos de la Universidad de Yale: imponentes por fuera y sorprendentemente funcionales por dentro, su elegancia de época actualizada para resistir el intenso trasiego.

—Por aquí —propuso Katherine al tiempo que señalaba el extremo del pasillo.

Todavía no había compartido con Langdon lo que había descubierto con respecto a la pirámide, pero por lo visto la referencia a Isaacus Neutonuus había sido el detonante. Lo único que había dicho cuando corrían por el césped era que la pirámide se podía transformar por medio de un sencillo procedimiento científico. Todo lo que necesitaba, creía, probablemente se encontrara en ese edificio. Langdon no sabía qué necesitaba ni cómo tenía pensado transformar un bloque macizo de granito y oro, pero considerando que acababa de ver cómo se convertía un cubo en una cruz, estaba dispuesto a tener fe.

Llegaron al final del pasillo y Katherine frunció el ceño, ya que al parecer no veía lo que buscaba.

—Dijiste que este edificio cuenta con instalaciones, ¿no?

—Sí, para las conferencias que se celebran.

—Así que ha de haber una cocina en alguna parte, ¿no crees?

—¿Tienes hambre?

Ella lo miró, ceñuda.

—No. Necesito un laboratorio.

«Claro, cómo no he caído.» En una escalera de bajada Langdon vio un símbolo prometedor. «El pictograma preferido de América.»

La cocina del sótano tenía un aire industrial: montones de acero inoxidable y grandes recipientes, a todas luces diseñada para cocinar para grandes grupos. Carecía de ventanas. Katherine cerró la puerta y encendió las luces. Los extractores se pusieron en marcha automáticamente.

Ella comenzó a revolver en los armarios en busca de lo que fuera que necesitara.

—Robert, pon la pirámide en la isla, ¿quieres? —pidió.

Sintiéndose como el nuevo segundo de cocina que recibe órdenes del chef Daniel Boulud, Langdon obedeció: sacó la pirámide de la bolsa y la colocó encima el vértice. Cuando terminó, vio que Katherine estaba en la pila, llenando una enorme cazuela de agua caliente.

—¿Te importaría ponerla al fuego?

Él cogió la cazuela con el turbulento líquido y la depositó en la cocina cuando Katherine abrió el gas y lo subió al máximo.

—¿Vamos a hacer langostas? —preguntó, esperanzado.

—Muy gracioso. No, vamos a hacer alquimia. Y, para que conste, ésta es una cazuela de pasta, no de langostas. —Le señaló el escurridor que traía incorporado, que había retirado y dejado en la isla, junto a la pirámide.

«Si seré tonto…»

—¿Y preparar pasta nos va a ayudar a descifrar la pirámide?

Katherine pasó por alto el comentario y su tono cobró seriedad.

—Como sin duda sabrás, existe un motivo histórico y simbólico por el cual los masones escogieron el grado trigésimo tercero como el más elevado.

—Claro —respondió él. En la época de Pitágoras, seis siglos antes de Cristo, la tradición de la numerología elevó el número 33 a la máxima categoría de los números maestros. Era la cifra más sagrada, simbolizaba la divina verdad. Esa tradición se perpetuó en el seno de los masones… y en otras partes. No era ninguna coincidencia que a los cristianos les enseñaran que Jesús fue crucificado a los treinta y tres años, a pesar de que no existen pruebas históricas reales de ello. Como tampoco lo era que José supuestamente se casara con la Virgen María a los treinta y tres años de edad, que Jesús realizara treinta y tres Milagros, que el nombre de Dios se mencionara treinta y tres veces en el Génesis o que, en el islam, todos los moradores del cielo siempre tuvieran treinta y tres años.

—El treinta y tres es un número sagrado en numerosas tradiciones místicas —contó Katherine.

—Cierto.

Él seguía sin tener idea de qué tenía que ver eso con una cazuela de pasta.

—Así que no debería sorprenderte que un alquimista, rosacruz y místico como Isaac Newton también creyera que ese número era especial.

—Estoy seguro de que era así —contestó su amigo—. Newton tenía profundos conocimientos de numerología, profecías y astrología, pero ¿qué tiene…?

—«Todo será revelado en el trigésimo tercer grado.»

Langdon se sacó el anillo de Peter del bolsillo y leyó la inscripción. Después miró de nuevo la cacerola.

—Lo siento, me he perdido.

—Robert, antes todos pensamos que el «trigésimo tercer grado» hacía referencia al grado masónico y, sin embargo, cuando giramos el anillo treinta y tres grados, el cubo se convirtió en una cruz. En ese momento nos dimos cuenta de que la palabra «grado» se estaba empleando en otro sentido.

—Sí, en grados de circunferencia.

—Exacto. Pero la palabra «grado» también posee un tercer significado. Él miró la cazuela con agua puesta al fuego.

—Temperatura.

—¡Bingo! —exclamó ella—. Ha estado toda la noche delante de nuestras narices. «Todo será revelado en el trigésimo tercer grado.» Si elevamos la temperatura de la pirámide a treinta y tres grados... es posible que nos devele algo.

Langdon sabía que Katherine Solomon era brillante, y sin embargo parecía pasar por alto algo bastante obvio.

—Si no me equivoco, treinta y tres grados Fahrenheit se acerca al punto de congelación. ¿No tendríamos que meter la pirámide en el congelador? Ella sonrió.

—No, si queremos seguir la receta que escribió el gran alquimista y místico rosacruz que firmaba sus papeles como «*Jeova Sanctus Unus*».

«¿Que Isaacus Neutonuus escribía recetas?»

—Robert, la temperatura es el catalizador alquímico por excelencia, y no siempre se medía en grados Fahrenheit o Celsius. Hay escalas de temperatura mucho más antiguas, una de las cuales la inventó Isaac...

—¡La escala Newton! —dijo Langdon, comprendiendo que ella tenía razón.

—Sí. Isaac Newton inventó todo un sistema de medición de la temperatura basado exclusivamente en fenómenos naturales. Como referencia tomó la temperatura de fusión de hielo, a la que denominó grado cero. —Hizo una pausa—. Supongo que adivinarás qué grado asignó a la temperatura de ebullición del agua, la estrella de todos los procesos alquímicos, ¿no?

—Treinta y tres.

—Treinta y tres, sí. El trigésimo tercer grado. En la escala Newton, la temperatura de ebullición del agua es de treinta y tres grados. Recuerdo que una vez le pregunté a mi hermano por qué escogió Newton ese número, es decir, parecía tan aleatorio... ¿La ebullición del agua es el proceso alquímico por antonomasia y había escogido treinta y tres? ¿Por qué no cien? ¿Por qué no algo más elegante? Peter me explicó que para un místico como Isaac Newton no había un número más elegante que el treinta y tres.

«Todo será revelado en el trigésimo tercer grado.» Langdon dirigió la vista a la cazuela y después a la pirámide.

—Katherine, la pirámide es de granito y oro macizo. ¿De verdad crees que el calor del agua hirviendo bastará para transformarla?

La sonrisa que afloró a su rostro le dijo a Langdon que su amiga sabía algo que él desconocía. Katherine se acercó a la isla con seguridad, levantó la pirámide de granito con su vértice de oro y la introdujo en el escurridor. Luego, con sumo cuidado, depositó el escurridor en la borboteante agua.

—Vamos a probar, ¿no?

Sobrevolando la catedral de Washington, el piloto de la CIA activó el modo estacionario y escudriñó el perímetro del edificio y los alrededores. «Ningún movimiento.» Los infrarrojos no podían atravesar la piedra de la catedral, de forma que él ignoraba lo que hacía dentro el equipo, pero si alguien intentaba escabullirse, las cámaras lo detectarían.

Sesenta segundos después se oyó el pitido de un sensor térmico. Basado en los mismos principios que los sistemas de seguridad que se instalaban en los hogares, el detector había identificado una diferencia importante de temperaturas. Por regla general, eso correspondía a una forma humana moviéndose en un espacio frío, pero lo que aparecía en el monitor era más bien una nube térmica, una masa de aire caliente que se elevaba al otro lado del césped. El piloto localizó la fuente: un respiradero activo en un lateral del colegio catedralicio.

«Probablemente no sea nada —pensó. Estaba acostumbrado a ver esa clase de gradientes—. Alguien que cocina o que lava la ropa.» Sin embargo, cuando estaba a punto de dejarlo, vio algo que no acababa de cuadrar: en el estacionamiento no había autos y en el edificio no se veía ninguna luz.

Tras estudiar el sistema de imágenes del UH-60 durante largo rato se puso en contacto con su jefe de equipo.

—Simkins, probablemente no sea nada, pero...

—¡Un indicador de incandescencia!

Langdon tuvo que admitir que era bueno.

—No es más que ciencia —observó ella—. Las distintas sustancias presentan un estado incandescente a distintas temperaturas. Las llamamos marcadores térmicos. La ciencia los utiliza todo el tiempo.

Langdon miró la pirámide y el vértice sumergidos. La borboteante agua empezaba a desprender volutas de vapor, aunque él no se hacía muchas ilusiones. Consultó el reloj y el corazón se le aceleró: las 23:45.

—¿Crees que vamos a ver algo luminiscente cuando se caliente?

—Luminiscente no, Robert, *incandescente*. Son dos cosas muy diferentes. La incandescencia la produce el calor y se da a una temperatura concreta. Por ejemplo, cuando los fabricantes de acero templan vigas, pulverizan en ellas una plantilla dotada de un recubrimiento transparente que presenta un estado incandescente a una temperatura concreta para que sepan cuándo están listas las vigas. Piensa en uno de esos anillos del humor: te lo pones en el dedo y cambia de color con el calor corporal.

—Katherine, esta pirámide data del siglo XIX. Que un artesano incluyera resortes ocultos en una caja de piedra, vale, pero ¿aplicar un revestimiento térmico transparente?

—Es perfectamente factible —objetó ella, mirando esperanzada la pirámide sumergida—. Los primeros alquimistas utilizaban fósforos orgánicos como marcadores térmicos, los chinos fabricaban fuegos artificiales de colores, y hasta los egipcios... —Katherine dejó la frase a la mitad y clavó la vista en la agitada agua.

—¿Qué? —Langdon dirigió la mirada hacia el turbulento líquido, pero no vio nada.

Ella inclinó la cabeza y miró con más atención. De repente dio media vuelta y echó a correr hacia la puerta.

—¿Adónde vas? —le preguntó él.

Katherine se detuvo en seco junto al interruptor y lo accionó. Las luces y el extractor se apagaron, sumiendo la habitación en una oscuridad y un silencio absolutos. Langdon se centró en la pirámide y miró el sumergido vértice a través del vapor. Cuando Katherine se situó a su lado, estaba boquiabierto.

Tal y como ella había predicho, una pequeña sección del metálico vértice comenzaba a brillar bajo el agua. Comenzaban a formarse unas letras y el brillo aumentaba de intensidad a medida que la temperatura del agua era mayor.

—¡Un texto! —susurró ella.

Langdon asintió, mudo de asombro. Las fosforescentes palabras se estaban materializando justo bajo la inscripción del vértice. Parecía que eran sólo tres, y aunque Langdon todavía no podía distinguirlas, se preguntó si darían a conocer todo lo que llevaban buscando esa noche. «La pirámide es un mapa real —les había dicho Galloway—, que apunta a un lugar real.»

Cuando las letras brillaron con más fuerza, Katherine apagó el fuego y el agua dejó de hervir poco a poco. El vértice cobró nitidez bajo la calma superficie del líquido.

Tres palabras se leían con absoluta claridad.

Capítulo 90

En la tenue luz de la cocina del colegio catedralicio, Langdon y Katherine inclinaban la cabeza sobre la cazuela y miraban fijamente el transformado vértice bajo la superficie. En una cara del dorado remate brillaba un mensaje incandescente.

Langdon leyó el texto, casi sin dar crédito a lo que veían sus ojos. Conocía el rumor según el cual la pirámide revelaría un lugar específico..., pero jamás imaginó que dicho lugar fuera tan específico.

Ocho de Franklin Square

—Una dirección —musitó, pasmado.

Katherine parecía igualmente atónita.

—No sé qué hay ahí, ¿y tú?

Él negó con la cabeza. Sabía que Franklin Square era una de las partes más antiguas de Washington, pero no conocía la dirección. Miró la punta del vértice y empezó a leer hacia abajo el texto entero.

El
secreto está
dentro de Su Orden
Ocho de Franklin Square

«¿Habrá alguna orden en Franklin Square?

»¿Habrá algún edificio que oculte el arranque de una larga escalera de caracol?»

Langdon ignoraba si habría o no algo enterrado en esa dirección. Lo importante en ese momento era que él y Katherine habían descifrado la pirámide y se hallaban en poder de la información necesaria para negociar la liberación de Peter.

«Y no muy sobrados de tiempo.»

Las fosforescentes manecillas del reloj de Mickey Mouse de Langdon indicaban que les quedaban menos de diez minutos.

—Llama —pidió ella, y le mostró un teléfono que había en la pared de la cocina—. Ya.

La repentina llegada de ese momento sobresaltó a Langdon, que se vio titubeando.

—¿Estamos seguros de esto?

—Yo, desde luego, sí.

—No le diré nada hasta que sepamos que Peter está sano y salvo.

—Por supuesto. Recuerdas el número, ¿no?

Él asintió y caminó hacia el teléfono. Lo cogió y marcó el celular del captor. Katherine se acercó y pegó la cabeza a la de él para poder escuchar la conversación. Cuando el teléfono empezó a sonar, Langdon se preparó para oír el inquietante susurro del hombre que lo había engañado antes.

Finalmente contestaron el teléfono.

Sin embargo, nadie dijo nada. No se oyó voz alguna, tan sólo la respiración de alguien al otro lado de la línea.

Langdon esperó un instante y finalmente dijo:

—Tengo la información que desea, pero si la quiere tendrá que entregarnos a Peter.

—¿Quién es usted? —respondió una voz de mujer.

Langdon pegó un salto.

—Robert Langdon —contestó sin pensarlo—. ¿Y usted? —Por un momento creyó que se había equivocado de número.

—¿Se llama usted Langdon? —La mujer parecía sorprendida—. Aquí hay alguien que pregunta por usted.

—¿Cómo? Lo siento, pero ¿quién es usted?

—Agente Paige Montgomery, de Preferred Security. —Su voz sonaba temblorosa—. Tal vez pueda usted ayudarnos. Hace alrededor de una hora mi compañera respondió a una llamada del 911 y acudió a Kalorama Heights por... una posible toma de rehenes. Perdí el contacto con ella, así que solicité refuerzos y vine a comprobar el lugar. Encontramos a mi compañera muerta en el jardín posterior. El propietario no estaba, de manera que forzamos la entrada. En la mesa del vestíbulo sonaba un celular y...

—¿Está usted dentro? —inquirió él.

—Sí, y la llamada del 911... no era una falsa alarma —balbució la mujer—. Lo siento si parezco nerviosa, pero mi compañera está muerta y hemos hallado a un hombre retenido en contra de su voluntad. No se encuentra bien, y nos estamos ocupando de él. No para de preguntar por dos personas, una llamada Langdon y otra Katherine.

—¡Es mi hermano! —exclamó Katherine, pegando aún más la cabeza a la de Robert—. Fui yo quien llamó al 911. ¿Está bien?

—Lo cierto, señora, es que... —La voz de la mujer se quebró—. No se encuentra muy bien. Le falta la mano derecha...

—Por favor, déjeme hablar con él —urgió Katherine.

—En este momento lo están tratando. Vuelve en sí y se desmaya. Si no están muy lejos, deberían acercarse. Es evidente que él quiere verlos.

—Estamos a unos seis minutos —replicó ella.

—En ese caso, les sugiero que se den prisa. —Se oyó un ruido apagado de fondo y después, de nuevo, a la mujer—: Perdonen, creo que me necesitan. Ya hablaremos cuando lleguen.

La comunicación se cortó.

Capítulo 91

En el sótano del colegio catedralicio, Langdon y Katherine subieron corriendo la escalera y enfilaron un pasillo a oscuras en busca de una salida en la parte delantera. Ya no oían el rotor del helicóptero, y Langdon pensó que tal vez pudieran salir sin que los vieran y llegar hasta Kalorama Heights para reunirse con Peter.

«Lo encontraron. Está vivo.»

Treinta segundos antes, cuando dejaron de hablar con la guardia de seguridad, Katherine corrió a sacar del agua la humeante pirámide con su vértice. La pirámide todavía chorreaba cuando la introdujo en la bolsa de cuero de Langdon, y ahora él notaba el calor que la traspasaba.

La emoción provocada por la buena noticia había hecho que dejaran de pensar en el fosforescente mensaje del vértice −«Ocho de Franklin Square»−, pero ya tendrían tiempo de hacerlo cuando llegaran hasta Peter.

Cuando doblaron al subir la escalera, Katherine se detuvo bruscamente y señaló una sala de estar al otro lado del pasillo. A través del mirador, Langdon distinguió un aerodinámico helicóptero negro que aguardaba silencioso en el césped. A su lado estaba el piloto, de espaldas a ellos, hablando por radio. También había un Escalade negro con los vidrios oscuros estacionado no muy lejos.

Sin abandonar las sombras, Langdon y Katherine avanzaron hacia la sala y miraron por la ventana para ver si andaba por allí el resto del equipo. Por suerte, la enorme extensión de césped de la catedral estaba desierta.

—Deben de estar en la catedral —aventuró él.

—Pues no —dijo una voz grave detrás de ellos.

Ambos giraron sobre sus talones para ver de quién se trataba. En la puerta de la sala de estar, dos figuras vestidas de negro los apuntaban con sendos fusiles con mira láser. Langdon vio un punto rojo que bailoteaba en su pecho.

—Me alegro de volver a verlo, profesor —saludó una ronca voz familiar. Los agentes se apartaron, y el menudo bulto de la directora Sato se abrió paso con facilidad, cruzó la habitación y se detuvo justo delante de Langdon—. Esta noche ha tomado unas decisiones muy poco afortunadas.

—La policía ha encontrado a Peter Solomon —repuso él con vehemencia—. No se encuentra bien, pero vivirá. Todo ha terminado.

Si a Sato le sorprendió que hubieran dado con Peter, no se le notó. Su expresión era hierática cuando se acercó a Langdon y se detuvo a escasos centímetros de él.

—Profesor, le garantizo que esto no ha terminado. Y si ahora está involucrada la policía, el asunto reviste tanta mayor gravedad. Como ya le dije antes, se trata de una situación extremadamente delicada. No debería haber salido usted corriendo con esa pirámide.

—Señora —explotó Katherine—, necesito ver a mi hermano. Puede quedarse con la pirámide, pero tiene que dejarnos...

—¿*Tengo*? —espetó Sato, volviéndose hacia ella—. La señora Solomon, supongo. —Clavó la mirada en ella, los ojos encendidos, y a continuación se dirigió nuevamente a Langdon—. Deje la bolsa en la mesa.

Langdon se miró los dos puntos rojos del pecho y obedeció. Un agente se aproximó con cautela, abrió la bolsa y la ahuecó. De ella salió una pequeña bocanada de vapor atrapado. Acto seguido la iluminó, miró perplejo largo rato y asintió con la cabeza en dirección a Sato.

Ésta fue a echar un vistazo. La mojada pirámide y su vértice resplandecían con la luz de la linterna. Sato se agachó e inspeccionó de cerca el dorado vértice, el cual, como cayó en la cuenta Langdon, no había visto más que por rayos X.

—La inscripción. ¿Les dice algo? —preguntó Sato—. «El secreto está dentro de Su Orden.»

—No estamos seguros, señora.

—¿Por qué está caliente la pirámide?

—La metimos en agua hirviendo —respondió Katherine sin vacilar—. Formaba parte del proceso para descifrar el código. Se lo contaremos todo, pero, por favor, déjenos ir a ver a mi hermano. Lo ha pasado...

—¿Que han hervido la pirámide? —exigió saber la directora.

—Apague la linterna —pidió Katherine—. Mire el vértice. Probablemente se vea todavía.

El agente hizo caso, y Sato se arrodilló ante el vértice. Incluso desde donde se hallaba Langdon se veía que el texto seguía desprendiendo un leve brillo.

—«¿Ocho de Franklin Square?» —leyó Sato, el asombro patente en su voz.

—Sí, señora. Ese texto fue escrito con un barniz incandescente o algo por el estilo. El trigésimo tercer grado se...

—¿Y la dirección? —inquirió la mujer—. ¿Es esto lo que quiere ese tipo?

—Sí —contestó Langdon—. Cree que la pirámide es un mapa que lo llevará hasta un gran tesoro, que es la clave para descubrir los antiguos misterios.

Sato miró de nuevo el vértice con cara de incredulidad.

—Díganme —empezó, el miedo aflorando a su voz—, ¿se pusieron ya en contacto con el hombre en cuestión? ¿Ya le dieron esta dirección?

—Lo intentamos. —Langdon explicó lo que había sucedido cuando llamaron al celular del tipo.

Sato escuchó, pasándose la lengua por los amarillos dientes mientras él hablaba. A pesar de que parecía a punto de montar en cólera debido a la situación, se volvió hacia uno de los agentes y susurró con comedimiento:

—Que entre. Está en el auto.

El aludido asintió y utilizó el transmisor.

—Que entre, ¿quién? —se interesó Langdon.

—La única persona que tiene la posibilidad de arreglar el tremendo lío que han armado.

—¿Qué lío? —soltó Langdon—. Ahora que Peter está a salvo, todo...

—¡Por el amor de Dios! —estalló Sato—. Esto no tiene nada que ver con Peter. Intenté decírselo en el Capitolio, profesor, pero usted decidió ir contra mí en lugar de trabajar conmigo y armó tremendo lío. Cuando se cargó su teléfono celular, cuya pista, dicho sea de paso, seguíamos nosotros, cortó la comunicación con ese tipo. Y esa dirección que han descubierto, sea lo que diablos quiera que sea…, esa dirección era nuestra única oportunidad de pillar a ese lunático. Necesitaba que le siguieran el juego, que le facilitaran esa dirección para que nosotros supiéramos dónde rayos cogerlo.

Antes de que Langdon pudiera replicar, Sato lanzó el resto de su ira contra Katherine.

—En cuanto a usted, señora Solomon, ¿sabía dónde vivía ese maníaco? ¿Por qué no me lo dijo? ¿Envió a un policía de juguete a su casa? ¿Es que no ve que se ha cargado todas las posibilidades que teníamos de agarrarlo allí? Me alegro de que su hermano esté sano y salvo, pero deje que le diga una cosa: esta noche nos enfrentamos a una crisis cuyas repercusiones van mucho más allá de su familia. Se dejarán sentir en el mundo entero. El tipo que secuestró a su hermano posee un enorme poder, y debemos cogerlo inmediatamente.

Cuando terminó la parrafada, la alta y elegante silueta de Warren Bellamy surgió de las sombras y entró en la sala de estar. Estaba despeinado, magullado y conmocionado..., como si hubiera pasado las de Caín.

—¡Warren! —Langdon se levantó—. ¿Estás bien?

—No —respondió él—. La verdad es que no.

—¿Te has enterado? Peter está a salvo.

Bellamy asintió, pero parecía aturdido, como si ya nada importara.

—Sí, acabo de oír la conversación entre ustedes. Me alegro.

—Warren, ¿qué diablos está pasando?

Sato intervino.

—Ustedes dos ya se pondrán al corriente dentro de un minuto. Ahora mismo el señor Bellamy va a ponerse en contacto con ese lunático. Como lleva haciendo toda la noche.

Langdon estaba perdido.

—¡Bellamy no se ha puesto en contacto con ese tipo esta noche! Pero ¡si él ni siquiera sabe que Bellamy está metido en todo esto!

Sato se volvió hacia el Arquitecto y arqueó las cejas.

Bellamy suspiró.

—Robert, me temo que esta noche no he sido del todo franco contigo.

Langdon miraba estupefacto.

—Creía que hacía lo correcto... —se excusó Bellamy con cara de susto.

—Bueno, pues ahora hará lo correcto —espetó Sato—. Y será mejor que recemos para que funcione. —Como para corroborar la solemnidad de su tono, el reloj de la chimenea comenzó a dar la hora. La mujer sacó una bolsa de plástico con distintos artículos y se la lanzó a Bellamy—. Éstas son sus cosas. ¿Tiene cámara su celular?

—Sí, señora.

—Bien. Fotografíe el vértice.

El mensaje que Mal'akh acababa de recibir era de su contacto –Warren Bellamy–, el masón que él había enviado antes al Capitolio para ayudar a Robert Langdon. Bellamy, igual que Langdon, quería recuperar a Peter Solomon con vida, y le había asegurado a Mal'akh que ayudaría a Langdon a apoderarse de la pirámide y descifrarla. A lo largo de la noche, Mal'akh había estado recibiendo correos electrónicos que le habían sido remitidos automáticamente a su celular.

«Seguro que éste es interesante», pensó mientras abría el mensaje.

De: Warren Bellamy

Me separé de Langdon
pero ya tengo la
información que quería.
Adjunto la prueba.
Llame por lo que
falta. WB

archivo adjunto (.jpeg)

«¿"Llame por lo que falta"?», se preguntó. Abrió el archivo.

El archivo adjunto era una foto.

Al verla, Mal'akh profirió un grito ahogado y notó que el corazón comenzaba a latir con nerviosismo. Ante sus ojos tenía un primer plano de una minúscula pirámide dorada. «¡El legendario vértice!» La ornada inscripción en una de las caras transmitía un mensaje prometedor: «El secreto está dentro de Su Orden.»

Debajo de la inscripción, Mal'akh vio algo que lo dejó anonadado. El vértice parecía relucir. Incrédulo, clavó la vista en el fosforescente texto y cayó en la cuenta de que la leyenda era cierta: «La pirámide masónica se transforma para develar su secreto a quien sea digno de ello.»

Cómo se había producido la mágica conversión era algo que él ignoraba, y además le daba lo mismo. El luminoso texto apuntaba claramente a un lugar concreto de Washington, tal y como anunciaba la profecía.

«Franklin Square.» Por desgracia, en la foto del vértice también aparecía el dedo índice de Warren Bellamy, situado estratégicamente para tapar una parte esencial de la información:

El
secreto está
dentro de Su Orden
███ de Franklin Square

«"Llame por lo que falta."» Ahora entendía a qué se refería Bellamy.

El Arquitecto del Capitolio había estado colaborando toda la noche, pero ahora había decidido jugar a un juego muy peligroso.

Capítulo 92

Bajo la vigilante mirada de varios agentes armados de la CIA, Langdon, Katherine y Bellamy esperaban con Sato en la sala de estar del colegio catedralicio. En la mesa que tenían delante, la bolsa de cuero de Langdon seguía abierta, y el dorado vértice asomaba por ella. Las palabras «Ocho de Franklin Square» ya se habían borrado, ahora era como si nunca hubieran existido.

Katherine había suplicado a Sato que la dejara ir a ver a su hermano, pero la asiática se limitó a negar con la cabeza, los ojos fijos en el celular de Bellamy, que descansaba en la mesa y todavía no había sonado.

«¿Por qué no me dijo Bellamy la verdad?», se preguntó Langdon. Por lo visto, el Arquitecto había estado toda la noche en contacto con el captor de Peter, asegurándole que Robert estaba haciendo progresos con la pirámide. Era una coartada, un intento de ganar tiempo para Peter. Lo cierto es que Bellamy estaba haciendo todo lo posible por pararle los pies a cualquiera que amenazara con develar el secreto de la pirámide. Ahora, sin embargo, daba la impresión de que Bellamy había cambiado de opinión. Él y Sato estaban dispuestos a arriesgar el secreto con la esperanza de atrapar a ese hombre.

—¡Quíteme las manos de encima! —gritó una voz anciana en el pasillo—. Soy ciego, no inepto. Sé moverme por el colegio. —El deán Galloway seguía protestando a voz en grito cuando un agente de la CIA lo hizo entrar en la sala de estar y lo obligó a sentarse en una de las sillas—. ¿Quién hay aquí? —exigió saber, los inexpresivos ojos mirando al vacío—. Parecen muchos. ¿A cuántas personas necesitan para detener a un viejo? ¿A cuántas?

—Somos siete —respondió Sato—. Incluidos Robert Langdon, Katherine Solomon y su hermano masón Warren Bellamy.

Galloway se desinfló y dejó la pataleta de lado.

—Estamos bien —lo tranquilizó Langdon—. Y acabamos de enterarnos de que Peter se encuentra a salvo, aunque no demasiado bien. Pero la policía está con él.

—Gracias a Dios —musitó el anciano—. Y la...

Un ruidoso tamborileo hizo que todo el mundo se sobresaltara. Era el celular del Arquitecto, que vibraba en la mesa. La habitación entera guardó silencio.

—Muy bien, señor Bellamy —dijo Sato—. No fastidie. Ya sabe lo que está en juego.

Después de respirar profundamente y expulsar el aire, el aludido alargó el brazo y activó el altavoz.

—Soy Bellamy —dijo, gritando en dirección al teléfono, que seguía en la mesa.

La voz crepitante que devolvió el altavoz era familiar, un susurro displicente. Era como si el hombre llamara desde el manos libres de un vehículo.

—Es más de medianoche, señor Bellamy. Estaba a punto de poner fin al sufrimiento de Peter.

En la habitación flotaba un silencio incómodo.

—Déjeme hablar con él.

—Imposible —contestó el hombre—. Voy conduciendo; él está atado en el maletero.

Langdon y Katherine se miraron y empezaron a sacudir la cabeza. «Es una coartada, ya no tiene a Peter.»

Sato indicó a Bellamy que continuara presionando.

—Quiero que me demuestre que Peter sigue con vida —exigió—. No tengo la menor intención de darle el resto de...

—Su venerable maestro necesita un médico. No malgaste el tiempo con negociaciones. Dígame el número de Franklin Square y le llevaré a Peter allí.

—Ya se lo he dicho, quiero...

—¡Ahora! —lo interrumpió el otro—. O paro y Peter Solomon muere ahora mismo.

—Escúcheme bien —espetó un convincente Bellamy—, si quiere el resto de la dirección, tendrá que seguir mis reglas. Vaya a Franklin Square. Cuando me devuelva a Peter sano y salvo le diré el número del edificio.

—¿Cómo sé que no me echará encima a la policía?

—Porque no puedo arriesgarme a engañarlo. La vida de Peter no es el único as que guarda en la manga. Sé lo que hay en juego esta noche.

—¿Es consciente de que si tengo la más mínima sensación de que hay alguien con usted en Franklin Square seguiré adelante y usted no encontrará ni rastro de Peter Solomon? —inquirió el hombre por teléfono—. Y desde luego..., ésa será la menor de sus preocupaciones.

—Iré solo —aseguró Bellamy con gravedad—. Cuando usted entregue a Peter, le daré todo cuanto necesita.

—En el centro de la plaza —puntualizó el otro—. Tardaré al menos veinte minutos en llegar. Le sugiero que me espere lo que haga falta.

Y colgó.

Acto seguido, la habitación cobró vida. Sato empezó a dar órdenes a grito pelado, y varios agentes cogieron sus respectivas radios y se dirigieron a la puerta.

—¡Muévanse! ¡Muévanse!

En medio del caos reinante Langdon miró a Bellamy para que le explicara qué estaba pasando en realidad esa noche, pero el Arquitecto ya salía por la puerta a la fuerza.

—¡Tengo que ver a mi hermano! —gritó Katherine—. ¡Tiene que dejarnos ir!

Sato se acercó a ella.

—Yo no tengo que hacer nada, señora Solomon. ¿Está claro?

Katherine se mantuvo firme y miró con desesperación a los pequeños ojos de la mujer.

—Señora Solomon, mi máxima prioridad es detener a ese hombre en Franklin Square, y usted se quedará aquí con uno de mis hombres hasta que yo lleve a cabo ese objetivo. Entonces, y sólo entonces, nos ocuparemos de su hermano.

—Me parece que no lo entiende —espetó Katherine—. Sé exactamente dónde vive ese hombre. Está a tan sólo cinco minutos, en Kalorama Heights, y allí seguro que hay pruebas que le sirvan de ayuda. Además, dijo que no quería que esto se aireara, pero a saber qué les dice Peter a las autoridades cuando se estabilice.

Sato frunció la boca, al parecer cayendo en la cuenta de lo que quería decir Katherine. Afuera, la hélice del helicóptero empezó a girar. La directora arrugó el entrecejo y le dijo a uno de sus hombres:

—Hartmann, coge el Escalade y lleva a la señora Solomon y al señor Langdon a Kalorama Heights. Que Peter Solomon no hable con nadie, ¿entendido?

—Sí, señora —repuso el agente.

—Llámame cuando llegues allí y dime qué hay. Y no pierdas a estos dos de vista.

El agente Hartmann asintió de prisa, sacó las llaves del todoterreno y echó a andar hacia la puerta.

Katherine iba justo detrás.

Sato se dirigió a Langdon.

—Lo veré dentro de un rato, profesor. Sé que piensa que soy el enemigo, pero le aseguro que no es así. Vayan a ver a Peter inmediatamente. Esto aún no ha terminado.

A un lado de Langdon, algo apartado, el deán Galloway permanecía sentado en silencio ante la mesa. Había encontrado la pirámide de piedra, que seguía en la bolsa abierta de Langdon, encima de la mesa, delante de él. El anciano pasaba las manos por la cálida superficie de granito.

—Padre, ¿viene usted a ver a Peter? —quiso saber Langdon.

—Sólo los retrasaría. —El religioso sacó las manos y cerró la bolsa—. Me quedaré aquí rezando por su recuperación. Ya hablaremos todos más tarde. Pero, cuando le enseñe la pirámide a Peter, ¿le importaría decirle algo de mi parte?

—Desde luego que no. —Langdon se echó la bolsa al hombro.

—Dígale esto —Galloway se aclaró la garganta—: la pirámide masónica siempre ha guardado su secreto... sinceramente.

—No comprendo.

El anciano le guiñó un ojo.

—Usted dígaselo. Él lo entenderá.

Acto seguido el deán bajó la cabeza y comenzó a rezar.

Perplejo, Langdon lo dejó allí y salió a la carrera. Katherine ya estaba en el asiento delantero del todoterreno, dándole indicaciones al agente. Él montó atrás y, apenas cerró la puerta, el enorme vehículo salió disparado por el césped en dirección norte, a Kalorama Heights.

Capítulo 93

Franklin Square se encuentra en el cuadrante noroeste del centro de Washington, flanqueada por K y Thirteenth Street. En la plaza hay numerosos edificios históricos, en particular la Franklin School, desde la cual Alexander Graham Bell envió el primer mensaje fotofónico del mundo en 1881.

Sobrevolando la plaza, un rápido helicóptero UH-60 se aproximó por el oeste tras haber cubierto el trayecto desde la catedral en cuestión de minutos. «Tenemos mucho tiempo —pensó Sato mientras oteaba el lugar. Sabía que era de vital importancia que sus hombres ocuparan sus respectivas posiciones sin que fueran descubiertos antes de que se presentara su objetivo—. Dijo que tardaría al menos veinte minutos en llegar.»

Por orden de Sato, el piloto rozó el tejado de la construcción más elevada del lugar —el famoso One[1] Franklin Square—, un impresionante y prestigioso edificio de oficinas rematado por dos agujas doradas. La maniobra era ilegal, sin duda, pero el aparato sólo se detuvo unos segundos, los patines apenas tocando la gravilla de la azotea. Cuando todo el mundo terminó de bajar, el piloto levantó el vuelo de inmediato, ladeándose hacia el este, donde se situaría a la altura necesaria para proporcionar apoyo invisible desde el aire.

Sato esperó a que su equipo recogiera sus cosas y preparó a Bellamy

1. Uno. (*N. de los t.*)

para lo que tenía que hacer. El Arquitecto todavía parecía aturdido tras haber visto el archivo del computador protegido de la directora. «Como ya le dije..., un asunto de seguridad nacional.» Bellamy entendió de prisa a qué se refería Sato, y ahora se mostraba completamente dispuesto a ayudar.

—Todo listo, señora —informó el agente Simkins.

Obedeciendo la orden de Sato, los agentes cruzaron la azotea con Bellamy y desaparecieron escaleras abajo para tomar posiciones.

Sato se aproximó al borde del edificio y echó un vistazo. Abajo, el arbolado parque rectangular se extendía a lo largo de la manzana entera. «Hay muchos sitios para ponerse a cubierto.» Su equipo entendía muy bien la importancia de cerrarle el paso a aquel hombre sin que se diera cuenta. Si éste presentía que había alguien y decidía poner pies en polvorosa... La directora no quería ni pensar en ello.

Allí arriba el viento era frío y racheado. Sato se rodeó el pecho con los brazos y plantó los pies con firmeza para no salir volando. Desde semejante atalaya, Franklin Square parecía más pequeña de lo que ella recordaba, con menos edificios. Se preguntó cuál sería el número ocho, una información que había solicitado a Nola, su analista de seguridad de sistemas, y que esperaba recibir de un momento a otro.

Bellamy y los agentes aparecieron abajo, cual hormigas desplegándose en abanico por la oscuridad de la zona arbolada. Simkins situó a Bellamy en un claro próximo al centro del desierto parque, y a continuación él y su equipo se fundieron con la vegetación y se perdieron de vista. Al cabo de unos segundos Bellamy se hallaba a solas, caminando arriba y abajo y tiritando bajo la luz de una farola cercana al corazón del parque.

A Sato no le daba ninguna pena.

Se encendió un cigarrillo y dio una profunda aspirada, saboreando la tibieza del humo a medida que entraba en sus pulmones. Satisfecha al comprobar que abajo todo iba bien, se apartó del borde a esperar las dos llamadas telefónicas que tenía pendientes: una de su analista y la otra del agente Hartmann, al que había enviado a Kalorama Heights.

Capítulo 94

«¡Más despacio!» Langdon se agarró al asiento del Escalade mientras éste cogía una curva a toda velocidad, amenazando con ponerse sobre dos ruedas. El agente de la CIA Hartmann o bien deseaba presumir de su destreza al volante ante Katherine o tenía órdenes de llegar hasta donde estaba Peter Solomon antes de que éste se hallara lo bastante recuperado para decir algo que no debiera a las autoridades.

Lo de ir a toda velocidad para evitar los semáforos en rojo por Embassy Road ya había sido bastante preocupante, pero ahora cruzaban embalados el serpenteante barrio residencial de Kalorama Heights. Katherine no paraba de dar indicaciones, pues ya había estado en la casa del hombre esa misma tarde.

Con cada giro, la bolsa de cuero, que Langdon había dejado a sus pies, se movía de un lado a otro, y él podía oír el vaivén del vértice, que a todas luces se había separado de la pirámide y no paraba quieto en la bolsa. Temiendo que sufriera algún daño, se puso a hurgar con la mano hasta dar con él. Aún estaba caliente, pero el texto se había borrado, y lo único que quedaba era la inscripción original.

«El secreto está dentro de Su Orden.»

Cuando Langdon estaba a punto de meterse el vértice en un bolsillo, reparó en que la elegante superficie se hallaba repleta de minúsculos pegotes blancos. Perplejo, trató de limpiarlos, pero se encontraban pegados y eran duros al tacto..., como si fueran de plástico. «¿Qué diablos...?» Vio que la superficie de la pirámide de piedra también presentaba los mismos puntitos blancos. Langdon rascó con una uña uno de ellos y le dio vueltas entre los dedos.

—¿Cera? —dijo en voz alta.

Katherine volvió la cabeza.

—¿Qué?

—Hay trocitos de cera en la pirámide y el vértice. No lo entiendo. ¿De dónde han podido salir?

—¿Algo que tenías en la bolsa?

—No lo creo.

Al doblar una esquina, Katherine apuntó al otro lado del parabrisas e informó al agente Hartmann:

—¡Es ésa! Hemos llegado.

Langdon alzó la vista y vio las luces giratorias de un vehículo de seguridad estacionado en el camino de entrada. La verja estaba abierta de par en par, y el agente entró como una flecha en el recinto.

La casa era una mansión espectacular. Dentro estaban todas las luces encendidas, y la puerta principal, abierta. En la entrada, estacionados de cualquier modo y desperdigados por el césped, había media docena de vehículos, que a todas luces habían llegado apresuradamente. Algunos seguían con el motor en marcha y los faros encendidos, la mayoría apuntando a la casa, salvo uno que estaba de lado y prácticamente los cegó al entrar.

El agente Hartmann paró en el césped, junto a un sedán blanco que exhibía un distintivo de vivos colores en el que se leía: PREFERRED SECURITY. Con las luces giratorias y las que les daban en plena cara costaba ver algo.

Katherine se bajó de un salto y corrió hacia la casa. Langdon se colgó la bolsa del hombro, pero no se detuvo a cerrarla. Cruzó el jardín al trote, detrás de Katherine, directo a la puerta. Dentro se oían voces. Detrás de él, el todoterreno emitió un pitido cuando el agente Hartmann lo cerró y salió corriendo.

Katherine subió la escalera del porche a toda prisa, entró y desapareció en la casa. Por su parte, Langdon cruzó el umbral poco después y la vio atravesando el vestíbulo y enfilando el pasillo principal en dirección a las voces. Más allá, al fondo del pasillo, se distinguía una mesa de comedor y una mujer de uniforme sentada de espaldas a ellos.

—¡Agente! —exclamó Katherine sin detenerse—. ¿Dónde está Peter Solomon?

Langdon fue tras ella, pero al hacerlo un movimiento inesperado llamó su atención. A su izquierda, por la ventana del salón, vio que la verja se estaba cerrando. «Qué extraño.» También se fijó en algo más..., algo en lo que no había reparado debido a las deslumbrantes luces giratorias y a los cegadores haces que los recibieron: la media docena de vehículos estacionados sin orden ni concierto en la entrada no se parecían en nada a las radiopatrullas y los vehículos de emergencia que él había supuesto que eran.

«¿Un Mercedes?... ¿Un Hummer?... ¿Un Tesla Roadster?»

En ese preciso instante Langdon también se dio cuenta de que las voces que se oían en la casa no eran sino un televisor que sonaba a todo volumen en dirección al comedor.

Entonces giró sobre sus talones en cámara lenta y gritó por el pasillo:

—¡Katherine, espera!

Sin embargo, al hacerlo, vio que Katherine Solomon ya no corría.

Estaba suspendida en el aire.

Capítulo 95

Katherine supo que estaba cayendo..., pero fue incapaz de entender la razón.

Momentos antes corría por el pasillo hacia la guardia de seguridad del salón cuando, de pronto, sus pies se enredaron en un obstáculo invisible y todo su cuerpo se inclinó hacia adelante y se elevó.

Ahora volvía a la tierra..., en este caso, a un suelo de dura madera.

Katherine aterrizó sobre el estómago, el aire saliendo violentamente de sus pulmones. Sobre su cabeza, un pesado perchero se tambaleó con precariedad y se vino abajo, muy cerca de donde ella se encontraba. Levantó la vista, aún sin aliento, y le sorprendió ver que la guardia de seguridad no había movido un músculo en la silla. Y, lo que era todavía más extraño, el perchero derribado tenía un fino alambre atado a la base, que alguien había tensado en el pasillo.

«¿Por qué diablos iba alguien a...?»

—¡Katherine! —Langdon la llamaba, y cuando ella se colocó de lado para mirarlo, sintió que la sangre se le helaba en las venas.

«¡Robert! Detrás de ti», intentó gritar, pero aún le costaba respirar. Lo único que pudo hacer fue ver con aterradora lentitud cómo Langdon corría por el pasillo para ayudarla sin darse cuenta de que, a su espalda, el agente Hartmann cruzaba el umbral tambaleándose, agarrándose el cuello. Sus dedos chorrearon sangre al palpar el mango de un gran destornillador que le salía del mismo.

Cuando el agente se inclinó hacia adelante, su atacante quedó al descubierto.

«¡Dios mío..., no!»

Desnudo, a excepción de una extraña prenda interior que parecía un taparrabos, aquel ser enorme por lo visto había permanecido oculto en el vestíbulo. Tenía el musculoso cuerpo cubierto de extraños tatuajes de la cabeza a los pies. La puerta principal se estaba cerrando, y él avanzaba por el pasillo a la carrera detrás de Langdon.

El agente Hartmann se desplomó justo cuando la puerta se cerró de un portazo. Robert se sobresaltó y dio media vuelta, pero el tatuado ya se había abalanzado sobre él, hundiéndole algo en la espalda. Hubo un destello y un claro chisporroteo eléctrico y Katherine vio que Langdon se ponía rígido. Con los ojos muy abiertos, congelados, Robert se tambaleó y fue a parar al suelo, paralizado. Cayó encima de su bolsa, y la pirámide se salió.

Sin pararse siquiera a echar un vistazo a su víctima, el gigante pasó por encima de Langdon y fue directo a Katherine, que retrocedía a rastras hacia el comedor, donde chocó contra una silla. La guardia de seguridad, que antes ocupaba el asiento, se balanceó y cayó pesadamente, en el inerte rostro una expresión de terror. Tenía un trapo metido en la boca.

El hombre le dio alcance antes de que pudiera reaccionar. La levantó por los hombros con una fuerza hercúlea. Su cara, desprovista de maquillaje, era pavorosa. Sus músculos se contrajeron y ella sintió que la ponían boca abajo como una muñeca de trapo. Una pesada rodilla se hundió en su espalda, y por un instante creyó que se partiría en dos. Él le agarró los brazos y se los puso a la espalda.

Con la cabeza ladeada y la mejilla contra la alfombra, Katherine logró ver a Langdon, el cuerpo aún convulsionado, el rostro vuelto hacia el lado contrario. Detrás de él, el agente Hartmann yacía inmóvil en el vestíbulo.

Un metal frío se le clavó en las muñecas, y se dio cuenta de que la estaban atando con alambre. Aterrorizada, trató de zafarse, pero al hacerlo no hizo sino causarse un agudo dolor en las manos.

—Este alambre lo cortará si se mueve —informó él mientras acababa con las muñecas y pasaba a los tobillos con una eficacia aterradora.

Katherine le dio una patada, y él respondió propinándole un tremendo puñetazo en el muslo derecho, paralizando su pierna. Al cabo de unos segundos, tenía los tobillos atados.

—¡Robert! —pudo exclamar al fin.

Él gemía en el suelo del pasillo, retorcido sobre la bolsa de cuero, con la pirámide al lado, cerca de la cabeza. Katherine comprendió que esa pirámide era su última esperanza.

—Hemos descifrado la pirámide —informó a su agresor—. Se lo contaré todo.

—Ya lo creo que lo hará.

Diciendo eso, sacó el trapo de la boca de la mujer muerta y se lo introdujo con fuerza en la suya.

Sabía a mil demonios.

El cuerpo de Robert Langdon no era suyo. Se hallaba tendido, entumecido e inmóvil, la mejilla contra el duro piso de madera. Había oído lo suficiente sobre armas paralizantes para saber que inutilizaban a sus víctimas sobrecargando temporalmente el sistema nervioso. Su efecto —algo denominado incapacitación electromuscular— podría haber sido perfectamente el de un rayo. Fue como si el insoportable dolor se colara en cada molécula de su cuerpo. Ahora, a pesar de que su cerebro así lo quería, sus músculos se negaban a obedecer la orden que él les enviaba.

«¡Levanta!»

Boca abajo, paralizado en el suelo, su respiración era superficial, apenas le llegaba aire. Todavía no había visto al que lo había atacado, pero sí al agente Hartmann, tendido en medio de un charco de sangre cada vez mayor. Langdon había oído a Katherine forcejear y hablar, pero hacía un momento su voz se había ahogado, como si el hombre le hubiera metido algo en la boca.

«Levanta, Robert. Tienes que ayudarla.»

Ahora las piernas le hormigueaban, la sensación ardiente, dolorosa, que anticipaba la recuperación, pero seguían negándose a colaborar. «¡Muévanse!» Sus brazos se crisparon cuando empezó a notarlos de nuevo, al igual que el rostro y el cuello. Haciendo un gran esfuerzo consiguió volver la cabeza, arrastrando a duras penas la mejilla por la madera, para poder ver el comedor.

Sin embargo, se lo impidió la pirámide de piedra, que se había salido de la bolsa y descansaba de lado en el suelo, la base a escasos centímetros de su cara.

Por un instante Langdon no supo qué era lo que miraba. A todas luces, el cuadrado que tenía delante era la base de la pirámide, pero, de alguna manera, parecía distinto. Muy distinto. Seguía siendo cuadrado y de piedra..., pero ya no era liso y uniforme. La base de la pirámide estaba repleta de marcas. «¿Cómo es posible?» Clavó la vista en ella unos segundos, preguntándose si no sufriría alucinaciones. «La he mirado una docena de veces... ¡y no había nada!»

Entonces cayó en la cuenta.

Su respiración se activó involuntariamente y se volvió trabajosa al entender que la pirámide masónica aún guardaba secretos que compartir. «He sido testigo de otra transformación.»

En un abrir y cerrar de ojos, Langdon supo a qué se refería Galloway con su última petición. «Dígale esto: la pirámide masónica siempre ha guardado su secreto... sinceramente.» En su momento las palabras le resultaron extrañas, pero ahora comprendía que el deán le estaba enviando a Peter un mensaje en clave. Irónicamente, esa misma clave había sido la causante de que el argumento de una novela de suspenso mediocre que él había leído hacía años diera un giro inesperado.

«Sin cera.»

Desde los tiempos de Miguel Ángel, los escultores ocultaban las imperfecciones en sus obras introduciendo cera caliente en las grietas para después frotarla con polvo de piedra pómez. El método se consideraba tramposo y, por tanto, las esculturas sin cera —literalmente, *sine cera*— se tenían por una obra de arte sincera. La locución perduró, y a día de hoy continuamos utilizando el adverbio «sinceramente» para expresar que algo carece de artificio.

Las inscripciones que figuraban en la base de la pirámide habían sido ocultadas empleando ese mismo método. Cuando Katherine, siguiendo las instrucciones marcadas por el vértice, hirvió la pirámide, la cera se derritió, dejando al descubierto las inscripciones de la base. Galloway pasó las manos por la pirámide en la sala de estar, al parecer notando dichas incisiones.

Aunque sólo fuera por un instante, Langdon había olvidado el peligro que corrían Katherine y él. Observaba el increíble conjunto de símbolos que quedaba a la vista en la base de la pirámide. No sabía qué significaban... ni qué develarían en último término, pero había algo más que claro: «La pirámide masónica aún guarda secretos. Ocho de Franklin Square no es la respuesta definitiva.»

Ya fuera por esa revelación, que le insufló una buena dosis de adrenalina, o sencillamente por los segundos de más que pasó allí acostado, de pronto Langdon sintió que recuperaba el control de su cuerpo.

Movió como pudo un brazo hacia un lado, apartando la bolsa para poder ver el comedor.

Descubrió, horrorizado, que Katherine estaba atada y tenía un enorme trapo metido en la boca. Dobló las articulaciones, procurando ponerse de rodillas, pero acto seguido se quedó helado, sin dar crédito a lo que veía. En el umbral del comedor acababa de surgir una visión escalofriante: una forma humana que no se parecía a nada de lo que había visto en su vida.

«Pero ¿qué diablos...?»

Rodó sobre sí mismo, sacudiendo las piernas, tratando de retroceder, pero el gigante tatuado lo agarró, le dio media vuelta y se sentó a horcajadas sobre su pecho. A continuación le sujetó los bíceps con las rodillas, clavando su cuerpo contra el suelo. El torso del hombre lucía un ondulante fénix bicéfalo; el cuello, el rostro y la afeitada cabeza se hallaban cubiertos de un increíble despliegue de símbolos de lo más intrincado —Langdon sabía que eran sigilos— que se utilizaban en rituales de magia ceremonial negra.

Antes de que pudiera asimilar nada más, el gigante le agarró la cabeza con ambas manos, se la levantó y, con una fuerza increíble, se la estrelló contra el suelo.

Todo se volvió negro.

Capítulo 96

Mal'akh estaba en el pasillo examinando la carnicería. Su casa parecía un campo de batalla.

Robert Langdon yacía inconsciente a sus pies.

Katherine Solomon estaba maniatada y amordazada en el comedor.

El cadáver de una guardia de seguridad descansaba no muy lejos, tras caer de la silla que lo sostenía. La mujer, deseosa de salvar la vida, había hecho exactamente lo que le había ordenado Mal'akh. Con un cuchillo contra el cuello, había cogido el teléfono de Mal'akh y había contado la mentira que había inducido a Langdon y a Katherine a acudir corriendo a su casa. «No tenía ninguna compañera, y desde luego Peter Solomon no se encontraba bien.» En cuanto la mujer terminó de representar su papel, Mal'akh la estranguló con toda tranquilidad.

Para reforzar la impresión de que Mal'akh no estaba en casa, él mismo había telefoneado a Bellamy desde el manos libres de uno de sus coches. «Voy conduciendo –le dijo a Bellamy y a quien quisiera que estuviese escuchando–. Llevo a Peter en el maletero.» Lo cierto es que tan sólo había ido en auto del garaje al jardín delantero, donde había dejado sus numerosos coches estacionados al azar con las luces encendidas y el motor en marcha.

El engaño había salido a la perfección.

Casi.

La única pega era el ensangrentado bulto negro del vestíbulo con el destornillador clavado en el cuello. Mal'akh lo requisó y soltó una risita al dar con un puntero transmisor y un celular que exhibía el logotipo de la CIA. «Por lo visto, hasta ellos están al tanto de mi poder.» Les sacó la batería y aplastó ambos dispositivos con un pesado tope de bronce.

Mal'akh sabía que ahora había de moverse de prisa, sobre todo si la CIA andaba por medio. Se acercó a Langdon. El profesor estaba inconsciente, y así seguiría durante un buen rato. Después los ojos de Mal'akh se centraron, inquietos, en la pirámide de piedra que reposaba en el suelo, junto a la bolsa abierta del profesor. Contuvo la respiración, el corazón desbocado.

«Llevo años esperando...»

Sus manos temblaron ligeramente cuando extendió los brazos para coger la pirámide masónica. Al pasar los dedos despacio por las marcas, se sintió sobrecogido por la promesa que encerraban. Antes de que se quedara demasiado extasiado, metió la pirámide y el vértice de nuevo en la bolsa de Langdon y la cerró.

«La recompondré dentro de poco..., en un lugar mucho más seguro.»

Se echó la bolsa al hombro y después trató de cargar con su dueño, pero el cuerpo en forma del profesor pesaba mucho más de lo que había supuesto, de manera que decidió cogerlo por las axilas y arrastrarlo por el suelo. «No le va a gustar nada a donde lo llevo», pensó Mal'akh.

Mientras tiraba de Langdon, el televisor de la cocina sonaba a todo volumen. Las voces televisivas habían formado parte del engaño, y Mal'akh aún no había tenido tiempo de apagar el aparato. El canal mostraba ahora a un telepredicador que rezaba el padrenuestro con sus fieles. Mal'akh se preguntó si alguno de sus hipnotizados espectadores tendría idea de cuál era el verdadero origen de esa oración.

—«... así en el cielo como en la tierra...» —entonaba el grupo.

«Sí —pensó Mal'akh—, como es arriba es abajo.»

—«... no nos dejes caer en la tentación...»

«Ayúdanos a dominar las debilidades de la carne.»

—«... mas líbranos del mal...» —rogaban.

Mal'akh sonrió. «Eso podría ser difícil. La oscuridad va en aumento.» Así y todo, había de reconocer que tenían mérito por intentarlo. Los humanos que hablaban con fuerzas invisibles y solicitaban ayuda eran una especie en extinción en este mundo moderno.

Mal'akh arrastraba a Langdon por el salón cuando los fieles dijeron «amén».

«Amón —corrigió él—. Egipto es la cuna de vuestra religión.» El dios Amón fue el prototipo de Zeus..., de Júpiter..., y de todos los rostros modernos de Dios. Al día de hoy, todas las religiones del planeta pronunciaban variantes de ese nombre. «Amén, *amin, aum*.»

El telepredicador comenzó a citar versículos de la Biblia que describían jerarquías de ángeles, demonios y espíritus que regían tanto en el cielo como en el infierno.

—«Proteged vuestra alma de las fuerzas del mal —les advertía—. Elevad vuestro corazón en oración. Dios y sus ángeles os oirán.»

«Tiene razón. —Como bien sabía Mal'akh—. Pero también lo harán los demonios.»

Mal'akh había aprendido hacía tiempo que si se aplicaba como era debido el Arte, un practicante podía abrir un portal al mundo espiritual. Las fuerzas invisibles que existían allí, más o menos como sucedía con el hombre, adoptaban numerosas formas, tanto buenas como malas. Las de la luz sanaban, protegían y tenían por objetivo instaurar el orden en el universo; las de la oscuridad funcionaban justo al revés..., sembrando la destrucción y el caos.

Si eran llamadas debidamente, se podía convencer a las fuerzas invisibles para que cumplieran las órdenes del practicante en la tierra..., infundiéndole un poder aparentemente sobrenatural. A cambio de ayudar al peticionario, dichas fuerzas exigían sacrificios: oraciones y alabanzas para las de la luz... y derramamiento de sangre para las de la oscuridad.

«Cuanto mayor el sacrificio, mayor el poder transferido.» Mal'akh había comenzado su práctica vertiendo la sangre de animales sin importancia. Pero con el tiempo la elección de sus víctimas se había tornado más osada. «Esta noche daré el paso final.»

—«¡Cuidado! —gritó el predicador, que advertía de la llegada del Apocalipsis—. La batalla final por el alma de los hombres se librará muy pronto.»

«Ya lo creo —pensó él—. Y yo seré el mejor guerrero.»

Esa batalla, naturalmente, había comenzado hacía mucho, mucho tiempo. En el Antiguo Egipto, quienes perfeccionaron el Arte se convirtieron en los grandes maestros de la historia, destacándose de las masas para ser auténticos practicantes en busca de la luz. Se movieron por la tierra como si fueran dioses y construyeron grandes templos de iniciación a los cuales acudían neófitos del mundo entero para beber de su sabiduría. Nació una raza de hombres excelsos. Durante un breve espacio de tiempo la humanidad pareció estar lista para elevarse y trascender de los límites terrenales.

«La época dorada de los antiguos misterios.»

Y sin embargo el hombre, al ser de carne, era propenso a los pecados del orgullo desmedido, el odio, la impaciencia y la avaricia. Con el tiempo hubo quienes corrompieron el Arte, pervirtiéndolo y abusando de su poder en beneficio propio. Comenzaron a utilizar esa versión distorsionada para convocar a fuerzas de la oscuridad. Surgió un nuevo Arte..., una influencia más poderosa, inmediata y embriagadora.

«Así es mi Arte.»

«Así es mi Gran Obra.»

Los maestros iluminados y sus hermandades esotéricas fueron testigos de la creciente presencia del mal y vieron que el hombre no estaba empleando los recién adquiridos conocimientos en pro del bien de su especie, de manera que ocultaron su sabiduría para mantenerla fuera del alcance de quienes no eran dignos de ella. Al final se perdió en la historia.

Con ello llegó la gran caída del hombre.

Y una oscuridad eterna.

En la actualidad, los nobles descendientes de los maestros seguían al pie del cañón, buscando ciegamente la luz, intentando reconquistar el poder perdido del pasado, intentando mantener a raya la oscuridad. Eran los sacerdotes y las sacerdotisas de las iglesias, los templos y los santuarios de todas las religiones de la tierra. El tiempo había borrado los recuerdos..., los había separado del pasado. Ya no conocían la fuente de la que un día manó su poderosa sabiduría. Cuando se les preguntaba por los divinos misterios de sus antepasados, los nuevos custodios de la fe renegaban de ellos a voz en grito, tachándolos de herejía.

«¿De verdad lo han olvidado?», se preguntó Mal'akh.

Ecos del antiguo Arte resonaban aún en todos los rincones del universo, de los cabalistas místicos del judaísmo a los sufís esotéricos del islam. Se conservaban vestigios en los rituales arcanos del cristianismo; en el rito del Santísimo Sacramento, mediante el cual el pan se convertía en el cuerpo de Cristo; en sus jerarquías de santos, ángeles y demonios; en sus cantos y sus ensalmos; en los cimientos astrológicos de su santoral; en sus vestiduras consagradas y en su promesa de vida eterna. Incluso ahora sus sacerdotes ahuyentaban a los malos espíritus haciendo oscilar incensarios, tañendo campanas sagradas y asperjando agua bendita. Los cristianos todavía practicaban el sobrenatural arte del exorcismo, una práctica primigenia de su fe que requería la capacidad no sólo de expulsar demonios, sino también de convocarlos.

«Y, sin embargo, ¿no son capaces de ver su pasado?»

En ningún lugar era más palpable el pasado místico de la Iglesia que en su epicentro. En el Vaticano, en el corazón de la plaza de San Pedro, se alzaba el gran obelisco egipcio. Tallado mil trescientos años antes de que Cristo viniera al mundo, ese monolito pagano no tenía nada que hacer allí, no guardaba relación alguna con el cristianismo moderno. Y sin embargo allí estaba, en el centro de la Iglesia católica. Un faro de piedra que clamaba ser escuchado, una memoria para los pocos sabios que recordaban dónde empezó todo. Esa iglesia, nacida del seno de los antiguos misterios, todavía conservaba sus ritos y sus símbolos.

«Un símbolo sobre todo.»

Adornando sus altares, vestimentas, chapiteles y Sagradas Escrituras, se hallaba la imagen por excelencia del cristianismo: la de un ser humano querido sacrificado. El cristianismo, más que cualquier otro credo, comprendía el poder transformador del sacrificio. Incluso en la actualidad, para honrar el sacrificio efectuado por Jesús, sus seguidores ofrecían sus pobres gestos de sacrificio personal: el ayuno, la vigilia de cuaresma, el diezmo...

«Todos esos sacrificios son impotentes, claro está. Sin sangre... no hay sacrificio que valga.»

Los poderes de la oscuridad habían abrazado hacía tiempo los sacrificios de sangre, y al hacerlo habían cobrado tanta fuerza que los poderes del bien ahora pugnaban por contenerlos. Pronto la luz se extinguiría por completo, y los practicantes de la oscuridad se moverían a su antojo por la mente de los hombres.

Capítulo 97

−El ocho de Franklin Square tiene que existir −insistió Sato−. Vuelve a comprobarlo.

Nola Kaye se sentó a su mesa y se puso los audífonos.

−Señora, he mirado por todas partes... Esa dirección no existe en Washington.

−Sin embargo, estoy en el uno de Franklin Square −objetó la directora−. Tiene que haber un ocho.

«¿La directora Sato en un tejado?»

−Un momento. −Nola inició una búsqueda nueva. Se estaba planteando contarle a la directora lo del pirata informático, pero ésta parecía obsesionada con el ocho de Franklin Square. Además, a Nola le faltaba información. «A todo esto, ¿dónde diablos está Parrish?»−. Vale −dijo Nola sin quitar los ojos de la pantalla−, ya veo cuál es el problema. Uno Franklin Square es el nombre del edificio..., no la dirección. Lo cierto es que la dirección es 1301 de K Street.

La noticia pareció confundir a la directora.

−Nola, no tengo tiempo para explicaciones: la pirámide claramente remite a una dirección, el ocho de Franklin Square.

La analista pegó un bote en la silla. «¿La pirámide apunta a un lugar concreto?»

−La inscripción dice −continuó Sato−: «El secreto está dentro de Su Orden / Ocho de Franklin Square.»

Nola no era capaz de hacerse una idea.

—¿Una orden como... los masones o una hermandad?

—Me figuro que sí —contestó Sato.

Nola se paró a pensar un instante y a continuación comenzó a teclear de nuevo.

—Señora, tal vez los números de la plaza hayan cambiado a lo largo de los años. Es decir, que si esa pirámide es tan antigua como asegura la leyenda, puede que los números de Franklin Square fueran distintos cuando se construyó la pirámide. Ahora estoy introduciendo una búsqueda sin el número ocho... con las palabras... «su orden»..., «Franklin Square»... y «Washington», y de este modo es posible que averigüemos si... —Se interrumpió a mitad de frase, cuando aparecieron los resultados de la búsqueda.

—¿Qué tienes? —inquirió Sato.

Nola clavó la mirada en el primer resultado de la lista —una espectacular imagen de la Gran Pirámide de Egipto—, que servía de telón de fondo temático de la página principal dedicada a un edificio de Franklin Square. El edificio no se parecía a ningún otro de la plaza.

«Ni de la ciudad, la verdad.»

Lo que dejó patidifusa a Nola no fue la singular arquitectura de la construcción, sino más bien la descripción de su función: según el sitio web, ese edificio tan poco corriente nació como sagrado santuario y fue diseñado por... y para... una antigua orden secreta.

Capítulo 98

Robert Langdon recobró el conocimiento con un dolor de cabeza atroz.

«¿Dónde estoy?»

Estuviera donde estuviese reinaba la oscuridad. Una oscuridad cavernosa y un silencio sepulcral.

Yacía boca arriba, con los brazos pegados a los costados. Confundido, trató de mover los dedos de las manos y los pies, y se sintió aliviado al comprobar que podía hacerlo y sin dolor. «¿Qué ha pasado?» Aparte del dolor de cabeza y de la profunda negrura, todo parecía más o menos normal.

Casi todo.

Langdon cayó en la cuenta de que estaba tendido sobre algo duro e inusitadamente suave al tacto, como un vidrio. Y, lo que era más extraño aún, notaba que la lisa superficie se hallaba en contacto directo con su piel..., los hombros, la espalda, las nalgas, los muslos, las pantorrillas. «¿Estoy desnudo?» Perplejo, se pasó las manos por el cuerpo.

«¡Santo Dios! ¿Dónde diablos está mi ropa?»

En medio de la oscuridad empezó a sacudirse las telarañas y comenzaron a asaltarlo algunos recuerdos..., unas instantáneas espeluznantes..., un agente de la CIA muerto..., el rostro de una bestia tatuada..., su propia cabeza golpeando el suelo... Las imágenes se atropellaban, y ahora recordaba algo terrible: a Katherine Solomon atada y amordazada en el comedor.

«¡Dios mío!»

Se incorporó de súbito y, al hacerlo, su frente se estrelló contra algo que quedaba a escasos centímetros por encima. El dolor le invadió la cabeza y volvió a tenderse, al borde del desmayo. Atontado, levantó las manos, palpando en la oscuridad para dar con el obstáculo. Lo que encontró no tenía sentido: daba la impresión de que el techo de la habitación se hallaba a menos de treinta centímetros de él. «¿Qué diablos...» Cuando abrió los brazos hacia los lados en un intento por darse la vuelta, ambas manos se toparon con sendas paredes laterales.

Entonces cayó en la cuenta. Robert Langdon no estaba en ninguna habitación.

«¡Estoy en una caja!»

En la negrura de aquel pequeño espacio similar a un ataúd, Langdon comenzó a dar frenéticos puñetazos mientras gritaba una y otra vez pidiendo ayuda. El terror que lo atenazaba fue en aumento, hasta tornarse insoportable.

«Me han enterrado vivo.»

La tapa del extraño ataúd no se movía lo más mínimo, ni siquiera cuando, presa del pánico, él empujó hacia arriba con todas sus fuerzas valiéndose de los brazos y las piernas. La caja, dedujo, era de gruesa fibra de vidrio. Hermética. Insonorizada. Impenetrable a la luz. A prueba de fugas.

«Voy a morir ahogado y solo en esta caja.»

Le vinieron a la memoria el profundo pozo en el que cayó cuando era un muchacho y la espantosa noche que pasó solo en la oscuridad de aquel hoyo sin fondo, con los pies metidos en el agua. Ese trauma lo marcó de por vida, provocándole una insoportable fobia a los espacios cerrados.

Esa noche, enterrado vivo, Robert Langdon se enfrentaba a su peor pesadilla.

Katherine Solomon temblaba en silencio en el comedor de Mal'akh. El cortante alambre que rodeaba sus muñecas y sus tobillos ya le había lacerado la carne, y el más mínimo movimiento no hacía sino apretar sus ataduras.

Aquel lunático tatuado había dejado inconsciente a Langdon sin piedad y lo había arrastrado por el suelo tras coger su bolsa de cuero y la pirámide. Katherine ignoraba adónde habían ido. El agente que los había acompañado estaba muerto. Ella llevaba un buen rato sin oír nada, y se preguntó si el de los tatuajes y Langdon seguirían en la casa. Había intentado gritar pidiendo ayuda, pero cada vez que lo hacía el trapo avanzaba peligrosamente hacia la tráquea.

Oyó unos pasos que se aproximaban y volvió la cabeza, esperando en vano que alguien acudiera en su auxilio. La ingente mole de su captor apareció en el pasillo, y Katherine reculó al recordarlo en su casa, diez años antes.

«Mató a mi familia.»

Se acercó a ella en dos zancadas. A Langdon no se lo veía por ninguna parte. El tipo se puso en cuclillas, la cogió por la cintura y se la echó al hombro sin miramientos. El alambre le cortaba las muñecas, y la mordaza ahogaba sus gritos de dolor. El gigante enfiló con ella el pasillo en dirección al salón, donde ese mismo día ambos habían tomado tranquilamente té.

«¿Adónde me lleva?»

Cruzó el salón y se detuvo justo delante del gran óleo de *Las tres Gracias* que ella admiró esa misma tarde.

—Mencionó que le gustaba este cuadro —musitó él, sus labios casi tocando su oreja—. Me alegro. Puede que sea la última cosa bella que vea.

Dicho eso, extendió el brazo y apoyó la mano en la parte derecha del inmenso marco. Para sorpresa de Katherine, el cuadro rotó en la pared sobre un eje central, como si fuese una puerta giratoria. «Una puerta oculta.»

Katherine trató de zafarse, pero el hombre la agarró con fuerza y la llevó al otro lado del lienzo. Cuando *Las tres Gracias* se cerraron tras ellos, Katherine reparó en el grueso aislamiento que protegía el revés del cuadro. Era evidente que lo que quisiera que se hiciera allí detrás no debía oírlo el mundo exterior.

El espacio que se abría al otro lado del lienzo era angosto, parecía más un pasillo que una habitación. El tipo la llevó hasta el fondo, donde abrió una pesada puerta que daba a un descanso de reducidas dimensiones. Katherine se vio ante una rampa que descendía hasta un sótano situado a bastante profundidad. Trató de gritar, pero la mordaza la estaba ahogando.

La rampa era empinada y estrecha; las paredes de ambos lados, de cemento, bañadas en una luz azulada que parecía venir de abajo. El aire que subía era cálido y acre, en él flotaba una misteriosa mezcla de olores..., la mordacidad de sustancias químicas, la delicadeza del incienso, el primitivismo del sudor humano e, impregnándolo todo, el aura inconfundible de un miedo visceral, animal.

—Su ciencia me impresionó —musitó él al final de la rampa—. Espero que la mía la impresione a usted.

Capítulo 99

El agente de la CIA Turner Simkins aguardaba agazapado en la oscuridad del parque, sin perder de vista a Warren Bellamy. Aún no había mordido nadie el anzuelo, pero todavía era pronto.

El transmisor de Simkins emitió un pitido y él lo activó con la esperanza de que alguno de sus hombres hubiera visto algo. Pero era Sato. Con nueva información.

Simkins permaneció a la escucha, compartía su preocupación.

—Un momento —pidió—. Veré si puedo distinguirlo.

Avanzó reptando entre los arbustos donde estaba a cubierto y echó un vistazo hacia el lugar por el que había entrado en la plaza. Después de maniobrar un tanto consiguió establecer una línea de visión.

«¡Maldita sea!»

A lo lejos se alzaba una construcción que parecía una mezquita del Viejo Continente. Flanqueada por dos edificios mucho más altos, la fachada morisca era de brillantes azulejos de terracota que formaban intrincados dibujos multicolores. Por encima de las tres enormes puertas, dos niveles de ventanas ojivales daban la impresión de que de un momento a otro podían asomar unos arqueros árabes que dispararían si alguien se aproximaba sin haber sido invitado.

—Lo veo —afirmó el agente.

—¿Hay actividad?

—Nada.

—Bien. Necesito que cambies de posición y lo vigiles atentamente. Se trata del Almas Shrine Temple, y es la sede de una orden mística.

Simkins había trabajado en el área metropolitana durante mucho tiempo, pero no estaba familiarizado con ese templo ni con ninguna antigua orden mística cuya sede estuviera en esa plaza.

—Ese edificio —explicó Sato— pertenece a un grupo llamado Antigua Orden Árabe de los Nobles del Relicario Místico.

—No he oído hablar de ellos.

—No lo dudo —repuso ella—. Se trata de una organización masónica más conocida como *shriners*.

Simkins miró con recelo el ornado edificio. «¿Los *shriners*? ¿Los tipos que construyen hospitales infantiles?» Era incapaz de imaginar una «orden» menos siniestra que una hermandad de filántropos que se tocaban con un pequeño fez rojo y desfilaban por la ciudad.

Así y todo, la preocupación de Sato era legítima.

—Señora, si nuestro objetivo cae en la cuenta de que ese edificio es «Su Orden» de Franklin Square, no necesitará la dirección; sencillamente se olvidará de la cita e irá directamente al lugar adecuado.

—Eso mismo pensaba yo. Vigila la entrada.

—Sí, señora.

—¿Se sabe algo del agente Hartmann en Kalorama Heights?

—No, señora. Le dijo que la llamara directamente a usted.

—Pues no lo ha hecho.

«Qué raro —pensó Simkins, y consultó el reloj—. Ya tendría que estar allí.»

Capítulo 100

Robert Langdon tiritaba, desnudo y solo en medio de la oscuridad más absoluta. Paralizado por el miedo, había dejado de aporrear y gritar. Prefirió cerrar los ojos y hacer todo lo posible para controlar el martilleo de su corazón y sus aterrorizados resuellos.

«Estás acostado bajo un vasto cielo nocturno –trató de convencerse–. Sobre tu cabeza no hay nada salvo kilómetros de espacio abierto.»

Sólo gracias a esa imagen tranquilizadora había conseguido superar el reciente encierro en la unidad de resonancia magnética..., a eso y a tres Valium. Esa noche, no obstante, la visualización no estaba surtiendo efecto alguno.

A Katherine Solomon la mordaza se le había deslizado hacia atrás y prácticamente la estaba ahogando. Su captor la había bajado por una angosta rampa que desembocaba en un oscuro pasillo subterráneo. Al fondo de dicho corredor ella había vislumbrado una habitación de la que salía una inquietante luz entre rojiza y púrpura, pero no habían llegado tan lejos. El hombre escogió un pequeño cuarto lateral, donde entró y la depositó a ella en una silla de madera. La sentó con los brazos por fuera del respaldo, de forma que no pudiera moverse.

Ahora Katherine notaba que el alambre de las muñecas cada vez se le hundía más en la carne. El dolor casi no era nada en comparación con el creciente pánico que le estaba entrando al no poder respirar. El trapo que tenía metido en la boca cada vez se le resbalaba más adentro, y a ella le daban arcadas, un acto reflejo.

A su espalda, el gigante tatuado cerró la única puerta de la habitación y encendió la luz. A Katherine le lloraban los ojos profusamente, y ya no distinguía los objetos que tenía a su alrededor. Todo se había vuelto borroso.

Ante ella surgió una visión distorsionada de piel colorida, y sintió que sus ojos parpadeaban, a punto de desmayarse. Un brazo cubierto de escamas le sacó el trapo de la boca.

Katherine jadeó y respiró profundamente unas cuantas veces, tosiendo y atragantándose cuando sus pulmones se llenaron de preciado aire. Poco a poco empezó a ver claro de nuevo, y sus ojos se toparon con el rostro de aquel demonio, un semblante que apenas era humano. Un asombroso tapiz de extraños símbolos cubría su cuello, su cara y su afeitada cabeza. A excepción de un pequeño círculo en la coronilla, cada centímetro de su cuerpo parecía estar tatuado. Un enorme fénix bicéfalo en el pecho le dirigía una mirada feroz desde unos ojos que se situaban en los pezones, como si fuera una especie de buitre voraz que aguardara pacientemente a que ella muriera.

—Abra la boca —ordenó él.

Ella miró al monstruo con repugnancia. «¿Qué?»

—Abra la boca —repitió—. O vuelvo a meterle el trapo.

Temblorosa, Katherine obedeció, y él estiró el grueso y tatuado dedo índice y se lo introdujo entre los labios. Cuando le tocó la lengua, ella creyó que vomitaría. A continuación el gigante sacó el dedo, húmedo, y se lo llevó a la parte superior de la rasurada cabeza, cerró los ojos y extendió la saliva en el pequeño círculo de piel sin tatuar.

Asqueada, Katherine apartó la vista.

El cuarto en el que se hallaba parecía una suerte de caldera: tuberías en las paredes, borboteos, fluorescentes. Sin embargo, antes de que pudiera observar detenidamente el lugar, su mirada se posó en algo que había a su lado, en el suelo. Un montón de ropa: un suéter de cuello alto, una chaqueta de tweed, unos mocasines, un reloj de Mickey Mouse.

—¡Dios mío! —Se volvió hacia el animal tatuado que tenía delante—. ¿Qué le ha hecho a Robert?

—Chsss —musitó el hombre—. De lo contrario, la oirá. —Se hizo a un lado y le señaló algo situado detrás.

Allí no estaba Langdon. Lo único que vio Katherine fue una enorme urna de fibra de vidrio negra cuya forma guardaba un inquietante parecido con los pesados ataúdes en los que se repatriaba a los caídos en combate. Dos inmensos cierres la mantenían cerrada a cal y canto.

—¿Está ahí dentro? —preguntó ella—. Pero... ¡se va a asfixiar!

—No lo creo —aseguró el hombre al tiempo que señalaba una serie de tubos transparentes que discurrían a lo largo de la pared y desaparecían en el interior de la caja—. Pero lo deseará con todas sus fuerzas.

En medio de aquella oscuridad absoluta, Langdon aguzó el oído al percibir las sordas vibraciones que le llegaban del mundo exterior. «¿Voces?» Empezó a aporrear la urna y a dar gritos.

—¡Ayuda! ¿Hay alguien ahí?

A lo lejos, una voz apagada repuso:

—¡Robert! Dios mío, no. ¡NO!

Langdon conocía esa voz: era Katherine, y sonaba aterrorizada. Así y todo, era un sonido grato. Cogió aire para decirle algo, pero se paró en seco al notar una sensación inesperada en la nuca. Del fondo de la caja parecía emanar una leve brisa. «¿Cómo es posible?» Permaneció inmóvil, evaluando la situación. «Sí, no me cabe la menor duda.» Sentía un cosquilleo en los pelillos de la nuca.

Instintivamente empezó a palpar la caja en busca de la fuente de aire. Sólo tardó un segundo en encontrarla. «¡Hay un respiradero minúsculo!» La pequeña abertura perforada era similar al desagüe de un lavaplatos o una bañera, salvo por el hecho de que por ella subía un hilillo continuo de aire.

Está insuflando aire. No quiere que me ahogue.»

Su alivio fue efímero, pues acto seguido, por los orificios del respiradero, empezó a oírse un sonido terrorífico: se trataba del borboteo inconfundible de un líquido... que estaba a punto de invadir el espacio que él ocupaba.

Katherine observó con incredulidad el fluido transparente que avanzaba por uno de los tubos en dirección a la urna. La escena parecía una suerte de retorcido truco de magia.

«¿Está introduciendo agua en la caja?»

Tiró de sus ataduras, desoyendo el intenso daño que le infligían los alambres en las muñecas. Lo único que podía hacer era contemplar despavorida el espectáculo. Oía a Langdon dar golpes, presa de la desesperación, pero cuando el agua inundó la parte inferior del contenedor, los golpes cesaron. Tras un instante de silencio aterrador, los porrazos comenzaron de nuevo con renovada impaciencia.

—Sáquelo de ahí —suplicó ella—. Por favor. No puede hacer esto.

—Morir ahogado es horrible, ¿sabe? —El hombre hablaba con toda tranquilidad mientras daba vueltas a su alrededor—. Su ayudante, Trish, podría decírselo.

Katherine oía sus palabras, pero apenas podía asimilarlas.

—Quizá recuerde que yo estuve a punto de ahogarme —susurró el gigante—. Sucedió en la casa que su familia posee en Potomac. Su hermano me disparó y yo caí al río y atravesé el hielo, en el puente de Zach.

Katherine le lanzó una mirada feroz, rebosante de odio. «La noche que mató a mi madre.»

—Esa noche los dioses me protegieron —afirmó él—. Y me mostraron el camino... para ser uno de ellos.

El agua que entraba a borbotones en la caja, a la altura de la cabeza de Langdon, era tibia, se hallaba a la temperatura del cuerpo. La profundidad ya era de varios centímetros, y el líquido había engullido por completo parte de su desnudo cuerpo. Cuando empezó a subirle por el tórax, Langdon comprendió la triste realidad que se avecinaba de prisa.

«Voy a morir.»

Un nuevo ataque de pánico le hizo levantar los brazos y comenzar a dar puñetazos de nuevo.

Capítulo 101

—Tiene que dejarlo salir —imploró Katherine, ahora llorando—. Haremos lo que usted quiera. —Oía a Langdon aporrear con frenesí mientras el agua afluía a la caja.

El hombre tatuado se limitó a sonreír.

—Es usted más dócil que su hermano. Ni se imagina lo que tuve que hacer para arrancarle sus secretos...

—¿Dónde está? —espetó ella—. ¿Dónde está Peter? ¡Dígamelo! Hicimos exactamente lo que usted quería, desciframos la pirámide y...

—No, no descifraron la pirámide. Decidieron jugar. Ocultaron información y trajeron a un agente del gobierno a mi casa. Un comportamiento que no pienso recompensar.

—No teníamos elección —explicó Katherine, tragándose las lágrimas—. La CIA lo busca. Nos obligaron a venir con un agente. Se lo contaré todo, pero deje salir a Robert.

Oyó que Langdon gritaba y daba golpes a la urna, y vio que el agua seguía fluyendo por el tubo. Sabía que a su amigo no le quedaba mucho tiempo.

Ante ella, aquella bestia tatuada hablaba sin alterarse, acariciándose el mentón.

—Supongo que habrá agentes esperándome en Franklin Square, ¿no es así?

Cuando Katherine no respondió, él le apoyó las manazas en los hombros y empezó a tirar de ella hacía sí, despacio. Con los brazos aún atados tras el respaldo de la silla, sus hombros acusaron la presión, experimentando un dolor intenso, amenazando con dislocarse.

—¡Sí! —exclamó al cabo—. Sí hay agentes en Franklin Square.

Él tiró con más fuerza.

—¿Cuál es el número que figura en el vértice?

El dolor que sentía en las muñecas y los hombros se tornó insoportable, pero ella no soltó prenda.

—Puede decírmelo ahora o después de que le parta los brazos.

—¡Ocho! —confesó en medio del sufrimiento—. El número que falta es el ocho. El vértice dice: «El secreto está dentro de Su Orden / Ocho de Franklin Square.» Lo juro. No sé qué más puedo decirle. Es el ocho de Franklin Square.

Él no la soltó aún.

—Es todo lo que sé —aseguró Katherine—. Ésa es la dirección. ¡Déjeme! ¡Saque a Robert de ahí!

—Lo haría... —contestó el monstruo—, pero hay un problema: no puedo ir al ocho de Franklin Square sin que me cojan. Dígame, ¿qué hay en esa dirección?

—No lo sé.

—¿Y los símbolos de la base de la pirámide? ¿En la parte inferior? ¿Sabe qué significan?

—¿Qué símbolos en la base? —Katherine no sabía de qué le estaba hablando—. Ahí no hay ningún símbolo, esa parte es lisa, no hay nada.

Al parecer insensible a los ahogados gritos de ayuda que salían del remedo de ataúd, el hombre fue con parsimonia hasta donde estaba la bolsa de Langdon y sacó la pirámide de piedra. Después volvió con Katherine y la sostuvo a la altura de sus ojos para que pudiera verle la base.

Cuando ella lo hizo, abrió la boca perpleja.

«Pero... es imposible.»

La parte inferior de la pirámide estaba cubierta de intrincados símbolos. «Ahí no había nada antes, estoy segura.» Katherine ignoraba cuál podía ser su significado. Los símbolos parecían beber de todas las tradiciones místicas, incluidas algunas que ella ni siquiera era capaz de ubicar.

«Un caos absoluto.»

—No... no tengo ni idea de lo que significan —aseveró.

—Tampoco yo —replicó su captor—. Por suerte tenemos a un experto a

nuestra disposición. —Echó un vistazo a la caja—. Preguntémosle, ¿no? —Llevó la pirámide a la urna.

Durante un breve instante Katherine creyó, esperanzada, que el hombre levantaría la tapa. Sin embargo, lo que hizo fue sentarse tranquilamente encima, alargar el brazo y descorrer un pequeño panel que dejó al descubierto una ventana de plexiglás en la parte superior del receptáculo.

«¡Luz!»

Langdon se tapó los ojos y los entornó al percibir el rayo de luz que entraba por arriba. Cuando sus pupilas terminaron de adaptarse, la esperanza se tornó confusión. Estaba mirando por lo que parecía ser una ventanilla practicada en la parte superior de la caja. Al otro lado vio un techo blanco y un fluorescente.

Sin previo aviso, sobre él se cernió el rostro tatuado, mirándolo.

—¿Dónde está Katherine? —gritó Langdon—. ¡Déjeme salir!

El otro sonrió.

—Su amiga Katherine está aquí, conmigo —repuso—. En mi mano está salvarle la vida. Y salvar también la de usted. Pero el tiempo apremia, de manera que le sugiero que escuche atentamente.

Langdon apenas lo oía a través del vidrio, y el nivel del agua había aumentado, ahora le cubría el pecho.

—¿Está usted al tanto de que en la base de la pirámide hay símbolos? —le preguntó el lunático.

—¡Sí! —exclamó él, que los había visto cuando la pirámide descansaba en el suelo, en el piso de arriba—. Pero no sé qué significan. Tendrá que ir al ocho de Franklin Square. La respuesta está ahí. Eso es lo que dice el vértice...

—Profesor, usted y yo sabemos que la CIA me está esperando allí. No tengo la menor intención de caer en una trampa. Además, no me hacía falta saber el número. Sólo hay un edificio en esa plaza que pudiera venir al caso: el Almas Shrine Temple. —Hizo una pausa, sin dejar de mirar a Langdon—. La Antigua Orden Árabe de los Nobles del Relicario Místico.

Langdon estaba confuso. Conocía ese templo, pero había olvidado que se encontraba en Franklin Square. «¿Los *shriners* son... "Su Orden"? ¿Su templo se asienta sobre una escalera secreta?» Aquello no tenía ningún sentido desde el punto de vista histórico, pero Langdon no estaba en situación de ponerse a hablar de historia.

—¡Sí! —gritó—. Eso debe de ser. «El secreto está dentro de Su Orden.»

—¿Conoce usted el edificio?

—Sin duda. —Robert levantó la dolorida cabeza para mantener las orejas fuera del líquido, cuyo nivel subía de prisa—. Puedo ayudarlo, déjeme salir.

—Así que cree que puede decirme qué tiene que ver ese templo con los símbolos de la base de la pirámide...

—Sí. Deje que les eche un vistazo.

—Muy bien. Veamos qué se le ocurre.

«¡De prisa!» Con la tibia agua remansándose a su alrededor, Langdon empujó la tapa, deseando con todas sus fuerzas que el hombre la abriera. «Por favor, dese prisa.» Sin embargo, la tapa no se abrió, sino que de repente vio ante sus ojos la base de la pirámide, suspendida al otro lado de la ventana de plexiglás.

Langdon clavó la vista en ella, aterrorizado.

—¿Ve bien así? —El hombre sostenía la pirámide con las tatuadas manos—. Piense, profesor, piense. Yo diría que le quedan menos de sesenta segundos.

Capítulo 102

Robert Langdon había oído decir a menudo que un animal acorralado era capaz de hacer gala de un increíble despliegue de fuerza. No obstante, cuando puso todo su empeño en abrir la caja, ésta no cedió lo más mínimo. A su alrededor, el líquido seguía subiendo a un ritmo constante. Con no más de quince centímetros de espacio libre, Langdon había alzado la cabeza para introducirla en la bolsa de aire que quedaba. Ahora tenía la cara prácticamente pegada a la ventana de plexiglás, sus ojos a tan sólo unos centímetros de la base de la pirámide y sus desconcertantes dibujos.

«No tengo ni idea de lo que significa.»

Oculta durante más de un siglo bajo una mezcla endurecida de cera y polvo de piedra, ahora la última inscripción de la pirámide masónica estaba al descubierto. Se trataba de un cuadrado perfecto repleto de símbolos pertenecientes a distintas tradiciones: alquímica, astrológica, heráldica, angélica, mágica, numérica, sigílica, griega, latina. En su conjunto aquello era pura anarquía simbólica, una sopa de letras cuyos caracteres procedían de docenas de idiomas, culturas y períodos distintos.

«Un caos absoluto.»

El experto en simbología Robert Langdon ni siquiera barajando las más descabelladas interpretaciones era capaz de entender cómo podía descifrarse aquella cuadrícula de símbolos de forma que tuviera algún sentido. «¿Orden de este caos? Imposible.»

El líquido se aproximaba a su nuez, y sintió que su grado de espanto aumentaba con él. Continuó dando golpes en el tanque mientras la pirámide se mofaba de él.

Después, a la desesperada, concentró toda su energía mental en el tablero de símbolos. «¿Qué pueden significar? —Por desgracia, la mezcolanza era tal que no sabía por dónde empezar—. Ni siquiera forman parte de los mismos períodos históricos.»

Fuera de la urna, la voz ahogada pero así y todo audible, Katherine suplicaba al gigante que lo soltara con lágrimas en los ojos. A pesar de que no veía la solución, la posibilidad de morir parecía alentar a cada una de las células de su cuerpo para que dieran con una. Langdon sentía una extraña claridad de juicio, muy distinta de todo cuanto había experimentado antes. «¡Piensa!» Escrutó el cuadrado con atención en busca de alguna pista —un patrón, una palabra escondida, un ícono especial, cualquier cosa—, pero sólo vio un recuadro de símbolos que no guardaban ninguna relación entre sí. «Un caos.»

Con cada segundo que pasaba, Langdon había empezado a notar que un inquietante entumecimiento se apoderaba de su cuerpo. Era como si su carne se estuviese preparando para proteger al cerebro del sufrimiento de la muerte. El agua ahora amenazaba con entrarle en los oídos, y él levantó la cabeza todo lo que pudo, pegándola contra la tapa de la caja. Ante sus ojos comenzaron a desfilar imágenes aterradoras: un niño en Nueva Inglaterra con los pies sumergidos en el agua de un oscuro pozo, un hombre en Roma atrapado bajo el esqueleto de un ataúd volcado…

Los gritos de Katherine eran más desesperados. A juzgar por lo que oía él, su amiga intentaba razonar con un demente, insistía en que no podía esperar que Langdon descifrara la pirámide sin acudir al templo de los *shriners*.

—Es evidente que en ese edificio se encuentra la pieza que falta en este rompecabezas. ¿Cómo va a descifrar Robert la pirámide sin tener toda la información?

Langdon agradecía los esfuerzos, pero estaba seguro de que «Ocho de Franklin Square» no hacía referencia a ese templo. «La línea temporal no es lógica.» Según la leyenda, la pirámide masónica fue creada a mediados del siglo XIX, decenios antes de que existieran los *shriners*. Ahora que lo pensaba, a decir verdad probablemente antes incluso de que la plaza se llamara Franklin Square. Era imposible que el vértice hiciese referencia a un edificio que no había sido construido y se ubicaba en una dirección inexistente. Se refiriera a lo que se refiriese, «Ocho de Franklin Square» había de existir en 1850.

Por desgracia no conseguía llegar a ninguna parte.

Rebuscó en su memoria algo que pudiera encajar en esa cronología. ¿«Ocho de Franklin Square? ¿Algo que ya existía en 1850?» No se le ocurrió nada. Ahora un hilillo de líquido le entraba en los oídos. Luchando contra el terror que lo atenazaba, fijó la vista en la cuadrícula, al otro lado del vidrio. «No entiendo la relación.» Frenético, muerto de miedo, su cerebro empezó a escupir todas las analogías que fue capaz de generar.

«Ocho de Franklin Square..., *square* puede hacer referencia a una plaza... pero también a un cuadrado..., esa cuadrícula de símbolos es un cuadrado..., aunque asimismo puede significar escuadra, y la escuadra y el compás son distintivos masónicos..., los altares masónicos son cuadrados..., los ángulos de los cuadrados tienen noventa grados. —El agua seguía subiendo, pero Langdon la apartó de sus pensamientos—. Ocho de Franklin..., ocho..., ese recuadro mide ocho por ocho..., "Franklin" tiene ocho letras..., un 8 acostado es ∞, el símbolo del infinito..., en numerología ocho es el número de la destrucción...»

Langdon estaba perdido.

Fuera del tanque, Katherine seguía suplicando, pero ahora Robert sólo oía parte de sus frases, ya que el agua le rodeaba la cabeza.

—...imposible sin saber..., el mensaje del vértice decía claramente... «El secreto está dentro...»

Dejó de oírla.

El agua inundó sus oídos, impidiéndole oír la voz de Katherine. De repente se vio inmerso en un silencio similar al del útero materno, y Langdon supo que iba a morir.

«El secreto está dentro...»

Las últimas palabras de Katherine resonaron en su silente tumba.

«El secreto está dentro...»

Curiosamente Langdon cayó en la cuenta de que había oído esas mismas palabras muchas veces antes.

«El secreto está... dentro.»

Incluso en un momento así daba la impresión de que los antiguos misterios se mofaban de él. «El secreto está dentro» era el principio fundamental de los misterios, que exhortaba al hombre a buscar a Dios no arriba, en el cielo..., sino más bien dentro de sí mismo. «El secreto está dentro.» Ése era el mensaje de todos los grandes maestros místicos.

«El reino de Dios está en tu interior», dijo Jesucristo.

«Conócete a ti mismo», aconsejó Pitágoras.

«¿Acaso no sabéis que sois dioses?», aseguró Hermes Trimegisto.

Y la lista seguía y seguía...

Todas las enseñanzas místicas de todos los tiempos habían intentado transmitir esa idea. «El secreto está dentro.» Aun así, la humanidad continuaba mirando al cielo para ver el rostro de Dios.

En el caso de Langdon ello había acabado siendo el colmo de la ironía. En ese preciso instante, con la mirada dirigida al cielo igual que tantos otros ciegos antes que él, Robert Langdon de pronto vio la luz.

Lo asaltó con la contundencia de un rayo.

El
secreto está
dentro de Su Orden
Ocho de Franklin Square

Entonces lo comprendió.

De repente el mensaje del vértice era de una claridad meridiana. Lo había tenido toda la noche delante de las mismísimas narices. El texto, al igual que la pirámide masónica en sí, era un *symbolon* —un código troceado—, un mensaje escrito por partes. El significado del vértice se ocultaba de una manera tan simple que Langdon apenas podía creer que Katherine y él no lo hubieran visto.

Más asombroso incluso era el hecho de que ahora él sabía que el mensaje que transmitía el vértice ciertamente decía cómo descifrar la cuadrícula de símbolos que ocultaba la base de la pirámide. Todo era de lo más sencillo. Justo como había prometido Peter Solomon, el dorado vértice era un poderoso talismán capaz de generar orden del caos.

Langdon comenzó a pegarle a la tapa y a gritar:

—¡Lo tengo! ¡Lo tengo!

Al otro lado, la pirámide de piedra se elevó y desapareció, y su lugar lo ocupó el gigante tatuado, el escalofriante rostro escudriñando la ventanilla.

—Lo he resuelto —insistió él—. Déjeme salir.

Cuando el hombre habló, el líquido impidió que Langdon oyera nada. Sus ojos, sin embargo, vieron que los labios del demente dibujaban una palabra: «Dígamelo.»

—Se lo diré —prometió él, el agua casi a la altura de los ojos—. Déjeme salir. Se lo explicaré todo.

«Es tan sencillo.»

Los labios del otro volvieron a moverse: «Dígamelo... o morirá.»

Con el agua invadiendo el último centímetro de espacio restante, Langdon echó la cabeza atrás para que no le tapara la boca. Al hacerlo, el cálido líquido le entró en los ojos, borrando su visión. Acto seguido arqueó la espalda y pegó la boca a la ventana de plexiglás.

Después, aprovechando los últimos segundos de aire, Robert Langdon compartió el secreto de cómo descifrar la pirámide masónica.

Cuando terminó de hablar, el agua le subió por los labios. Movido por el instinto, el profesor respiró por última vez y cerró la boca. Al momento el fluido lo cubrió por completo, alcanzando la parte superior de su tumba y extendiéndose por el plexiglás.

«Lo ha conseguido —comprendió Mal'akh—. Langdon ha averiguado cómo descifrar la pirámide.»

La respuesta era tan sencilla..., tan evidente.

Al otro lado de la ventana, el rostro sumergido de Robert Langdon lo miraba desesperado, con ojos suplicantes.

Mal'akh negó con la cabeza y, muy despacio, formó unas palabras: «Gracias, profesor. Disfrute del más allá.»

Capítulo 103

Como nadador experto que era, Robert Langdon se había preguntado a menudo qué se sentiría al ahogarse. Ahora sabía que iba a averiguarlo de primera mano. Aunque podía aguantar la respiración más que la mayoría, ya notaba la reacción de su cuerpo a la falta de aire. El dióxido de carbono empezaba a acumularse en su sangre, y ello traía consigo el impulso instintivo de aspirar. «No respires.» El acto reflejo de hacerlo aumentaba en intensidad con cada minuto que pasaba. Langdon sabía que no tardaría en alcanzar el punto crítico de la denominada apnea voluntaria, el momento en el que una persona no podía aguantar más la respiración.

«¡Abra la tapa!» Su instinto le decía que se pusiera a dar golpes y a forcejear, pero él sabía que no debía malgastar un oxígeno valioso. Lo único que podía hacer era mirar a través del borrón de agua que lo cubría y no perder la esperanza. Ahora el mundo exterior no era más que un brumoso recuadro de luz al otro lado de la ventana de plexiglás. Los músculos principales le ardían, y él sabía que la hipoxia no tardaría en llegar.

De pronto contempló un rostro bello y fantasmal. Era Katherine, sus delicados rasgos casi etéreos a través del velo líquido. Se miraron a los ojos y, por un instante, Langdon creyó que se había salvado. «¡Katherine!» Pero en seguida oyó sus ahogados gritos de horror y supo que era su captor quien la había llevado hasta allí. El monstruo tatuado la estaba obligando a presenciar lo que estaba a punto de suceder.

«Katherine, lo siento...»

En aquel lugar extraño, oscuro, atrapado bajo el agua, Langdon se esforzaba por digerir que ésos serían sus últimos instantes de vida. Dentro de poco dejaría de existir... Todo lo que era... o había sido... o sería... se acababa. Cuando su cerebro muriese, todos los recuerdos almacenados en su materia gris, junto con todos los conocimientos que había adquirido, se desvanecerían sin más en un mar de reacciones químicas.

En ese momento Robert Langdon se dio cuenta de cuán insignificante era dentro del universo. Era la sensación más solitaria y humilde que había experimentado en su vida. Notó que el punto crítico se aproximaba y casi dio gracias a Dios.

Había llegado su hora.

Sus pulmones expulsaron los últimos restos de aire viciado y se hundieron, dispuestos a aspirar. Así y todo, Langdon aguantó un instante más, su último segundo. Entonces, como quien ya no es capaz de resistir con la mano sobre una llama, se abandonó al destino.

El acto reflejo se impuso a la razón.

Sus labios se abrieron.

Sus pulmones se dilataron.

Y el líquido entró a borbotones.

El dolor que sintió en el pecho era mayor de lo que jamás había imaginado. El líquido abrasaba a su paso hacia los pulmones. De ahí se irradió en el acto hasta el cerebro, y fue como si le estrujaran la cabeza en un torno. Sintió un ruido atronador en los oídos, y a lo largo de todo el proceso Katherine Solomon no paró de gritar.

Percibió un destello de luz cegador.

Seguido de negrura.

Y Robert Langdon dejó de existir.

Capítulo 104

«Se acabó.»

Katherine Solomon paró de gritar. Lo que acababa de presenciar la había dejado catatónica, prácticamente paralizada de pura conmoción y desesperanza.

Bajo la ventana de plexiglás, los ojos sin vida de Langdon miraban al vacío. Su expresión, congelada, era de dolor y pesar. De su inerte boca escaparon las últimas burbujas de aire y después, como si consintiera en renunciar a su espíritu, el profesor de Harvard empezó a hundirse despacio, hacia el fondo del tanque..., donde se fundió con las sombras.

«Ha muerto.» Katherine no podía reaccionar.

El monstruo tatuado alargó el brazo y cerró la ventanita de manera terminante, despiadada, sellando en el interior de la urna el cuerpo de Langdon.

Luego le dedicó una sonrisa a ella.

—¿Me acompaña?

Antes de que Katherine pudiera responder, él se echó su apesadumbrado cuerpo al hombro, apagó la luz y la sacó del cuarto. De dos poderosas zancadas la llevó hasta el fondo del pasillo, a un amplio espacio que parecía estar bañado en una luz entre rojiza y púrpura. La habitación olía a incienso. Cargó con ella hasta una mesa cuadrada que ocupaba el centro del lugar y allí la soltó de espaldas sin miramientos, cortándole la respiración. La superficie era áspera y fría. «¿Será piedra?»

Katherine apenas pudo ubicarse antes de que el hombre le retirara el alambre de las muñecas y los tobillos. Reaccionó instintivamente, tratando de defenderse de él, pero sus agarrotados brazos y piernas casi no le respondían. A continuación el gigante comenzó a sujetarla a la mesa con unas fuertes correas de cuero: una por las rodillas; otra por la cadera, obligándola a pegar los brazos a los costados; por ultimo, una tercera de lado a lado del esternón, justo por encima de los senos.

En sólo cuestión de minutos, Katherine volvía a estar inmovilizada. Ahora sentía un dolor punzante en las muñecas y los tobillos, a medida que la circulación volvía a ellos.

—Abra la boca —musitó él mientras se pasaba la lengua por los tatuados labios.

Asqueada, Katherine apretó los dientes.

El hombre volvió a extender el dedo índice y lo pasó despacio por los labios de ella, poniéndole la carne de gallina. Katherine apretó los dientes con más fuerza y su captor soltó una risita y, valiéndose de la otra mano, localizó un punto de presión en su cuello y apretó. La mandíbula de Katherine se abrió en el acto, y ella notó que el dedo entraba en su boca y recorría su lengua. Le entraron arcadas e intentó morderlo, pero el dedo ya no estaba allí. Aún sonriendo, el gigante levantó el humedecido dedo ante los ojos de Katherine, cerró los ojos y, de nuevo, se frotó el círculo sin tatuar con la saliva.

Después profirió un suspiro y abrió los ojos despacio. A continuación, con una calma inquietante, dio media vuelta y se fue.

En medio del repentino silencio, Katherine sintió el martilleo de su corazón. Justo encima de ella una extraña secuencia de luces pasaba del rojo púrpura al carmesí subido, iluminando el bajo techo de la habitación. Cuando reparó en este último, no pudo por menos de clavar la vista en él: cada centímetro del techo estaba cubierto de dibujos. El alucinante *collage* parecía representar la bóveda celeste: estrellas, planetas y constelaciones convivían con símbolos astrológicos, mapas y fórmulas. Había flechas que predecían órbitas elípticas, símbolos geométricos que indicaban ángulos de ascensión y criaturas zodiacales que la miraban. Era como si hubieran soltado a un científico loco en la capilla Sixtina.

Katherine volvió la cabeza para no tener que ver aquello, pero la pared que tenía a su izquierda no era mucho mejor. Una serie de velas en candeleros de pie medievales derramaban una luz titilante sobre una pared oculta por completo bajo textos, fotos y dibujos. Algunas de las páginas parecían papiros o vitelas arrancados de libros antiguos, mientras que otras, a todas luces, eran de volúmenes más recientes. Y, entremedio, fotografías, dibujos, mapas y diagramas. Todo ello daba la impresión de haber sido pegado con minuciosidad. Una red de hilos afianzados con chinches cubría el conjunto, enlazando unas cosas con otras en un sinfín de caóticas posibilidades.

Katherine apartó la mirada de nuevo, volviendo la cabeza al otro lado.

Por desgracia, lo que vio entonces fue lo más aterrador.

Junto a la losa a la que la habían atado había un pequeño mueble que le recordó en el acto a la mesa de instrumental de un quirófano. En él se exhibían diversos objetos, entre otros, una jeringuilla, un vial con un líquido oscuro... y un gran cuchillo con el mango de asta y una hoja de hierro bruñida hasta límites insospechados.

«Dios mío... ¿qué va a hacer conmigo?»

Capítulo 105

Cuando Rick Parrish, especialista de la CIA en seguridad de sistemas, entró por fin a grandes zancadas en el despacho de Nola Kaye, sólo llevaba una hoja en la mano.

—¿Por qué tardaste tanto? —preguntó ella.

«¡Te dije que vinieras de inmediato!», pensó.

—Lo siento —se disculpó él mientras se ajustaba las gruesas gafas sobre la voluminosa nariz—. Estaba intentando encontrar más información para ti, pero...

—Enséñame lo que tengas.

Parrish le entregó la página impresa.

—Está censurado, pero se capta lo esencial.

Nola recorrió la página con la mirada sin salir de su asombro.

—Todavía estoy tratando de averiguar cómo hizo el pirata para acceder —dijo Parrish—, pero supongo que lo habrá hecho con una araña de búsqueda, para aprovecharse de uno de nuestros motores de...

—¡Olvídate de eso! —le soltó Nola—. ¿Qué diablos pinta en la CIA un archivo secreto sobre pirámides, portales antiguos y *symbola* tallados?

—Eso es lo que me llevó tanto tiempo. Para ver cuál era el documento de destino, me puse a rastrear la ruta del archivo. —Parrish hizo una pausa y carraspeó—. Parece ser que el documento está en una partición asignada personalmente... al director de la CIA, nada menos.

Nola giró en la silla, con los ojos desorbitados por el asombro.

«¿El superior de Sato tiene un archivo que habla de la pirámide masónica?»

Sabía que el actual director, lo mismo que otros muchos altos cargos de la CIA, era un masón destacado, pero no podía imaginar que ninguno de ellos guardara secretos masónicos en un computador de la CIA.

Aun así, considerando lo que había visto en las últimas veinticuatro horas, tenía que admitir que todo era posible.

El agente Simkins estaba acostado boca abajo, oculto entre los arbustos de Franklin Square. Tenía los ojos fijos en el pórtico del Almas Temple. «Nada.» No se había encendido ninguna luz en el interior, ni se había acercado nadie a la puerta. Volvió la cabeza y miró a Bellamy, que iba y venía en medio de la plaza, con aspecto de estar pasando frío, mucho frío. Simkins lo veía temblar y estremecerse.

Sonó el teléfono. Era Sato.

—¿Qué retraso lleva nuestro objetivo? —preguntó la directora.

Simkins consultó el cronógrafo.

—Dijo que tardaría veinte minutos. Han pasado casi cuarenta. Algo va mal.

—No vendrá —replicó Sato—. Se acabó.

Simkins sabía que tenía razón.

—¿Alguna noticia de Hartmann?

—No, no ha llamado desde Kalorama Heights. Tampoco consigo contactarme con él.

Simkins enderezó la espalda. Si era cierto lo que decía Sato, entonces era evidente que algo iba muy mal.

—Acabo de llamar al equipo de apoyo externo —dijo Sato—. Tampoco han podido dar con él.

«Mierda.»

—¿Pueden localizar al Escalade por GPS?

—Sí. Está en una finca privada en Kalorama Heights —dijo Sato—. Reúne a tus hombres. Nos vamos.

Sato cerró el teléfono con un chasquido y contempló el paisaje majestuoso de la capital. El viento helado era como un latigazo a través de la chaqueta ligera y ella se rodeó el pecho con los brazos para conservar el calor. La directora Inoue Sato no era una persona que normalmente sintiera frío... o miedo. En ese momento, sin embargo, sentía ambas cosas.

Capítulo 106

Mal'akh sólo llevaba puesto el taparrabos de seda cuando subió velozmente por la rampa, franqueó la puerta de acero y pasó al salón de la
casa a través del cuadro. «Tengo que prepararme a toda prisa. –Echó una
mirada al agente de la CIA que yacía muerto en el vestíbulo–. Esta casa
ya no es segura.»

Con la pirámide de piedra en la mano, entró directamente en el estudio de la planta baja y se sentó delante del computador portátil. Mientras
tecleaba la contraseña, imaginó a Langdon en la urna y se preguntó cuántos días o incluso semanas pasarían antes de que alguien descubriera el
cadáver sumergido en el sótano secreto. Daba lo mismo. Para entonces,
haría mucho tiempo que Mal'akh se habría marchado.

«Langdon ha cumplido su función... de manera brillante.»

El profesor no sólo había reunido las piezas de la pirámide masónica,
sino que había encontrado la manera de interpretar la arcana cuadrícula
de símbolos de la base. A primera vista, los símbolos parecían indescifra-
bles, pero la respuesta era sencilla... y estaba ante sus propios ojos.

El portátil de Mal'akh volvió a la vida y apareció en la pantalla el mismo mensaje de correo electrónico que había recibido antes: una fotografía del vértice reluciente de la pirámide, parcialmente tapado por un dedo
de Warren Bellamy.

El
secreto está
dentro de Su Orden
███ de Franklin Square

«Ocho de Franklin Square», le había dicho Katherine. También había admitido que los agentes de la CIA estaban vigilando la plaza, con la esperanza de capturar a Mal'akh y averiguar de paso cuál era la orden a la que hacía referencia el vértice. ¿Los masones? ¿Los *shriners*? ¿Los rosacruces?

«Ninguna. –Ahora Mal'akh lo sabía–. Langdon vio la verdad.»

Diez minutos antes, mientras subía el nivel del líquido en torno a su cara, el profesor de Harvard había dado con la clave para resolver la pirámide:

–¡Orden Ocho de Franklin Square! –había gritado, con el terror pintado en los ojos–. ¡El cuadrado de Franklin de orden ocho!

Al principio, Mal'akh no entendió lo que quería decir.

–¡Franklin Square no es la plaza, sino el cuadrado![1] –aulló Langdon con la boca aplastada contra la ventana de plexiglás–. ¡El cuadrado de Franklin de orden ocho es un cuadrado mágico!

Después dijo algo a propósito de Alberto Durero y de cómo el primer código de la pirámide era una pista para descifrar el último.

Mal'akh conocía bien los cuadrados mágicos o *kameas*, como los llamaban los místicos del pasado. El antiguo texto *De occulta philosophia* describía con lujo de detalles el poder místico de los cuadrados mágicos y los métodos para crear sellos poderosos, basados en esas enigmáticas cuadrículas numéricas. ¿Y ahora Langdon le estaba diciendo que un cuadrado mágico era la clave para descifrar la base de la pirámide?

–¡Hace falta un cuadrado mágico de orden ocho! –había vociferado el profesor, cuando los labios eran la única parte del cuerpo que aún sobresalía por encima de la superficie del líquido–. ¡Los cuadrados mágicos se clasifican en órdenes! ¡Un cuadrado de tres por tres es de orden tres! ¡Y uno de cuatro por cuatro es de orden cuatro! ¡Se necesita uno de orden ocho!

El líquido estaba a punto de cubrir por completo a Langdon, que inha-

1. En inglés, *square* significa tanto «plaza» como «cuadrado». (*N. de los t.*)

ló una última bocanada desesperada de aire y gritó algo acerca de un masón famoso..., uno de los padres fundadores de la nación..., un científico, místico, matemático, inventor... y creador de la *kamea* mística que aún llevaba su nombre.

Franklin.

En un destello de entendimiento, Mal'akh supo que Langdon tenía razón.

Ahora, jadeante de expectación, estaba delante de su portátil. Una búsqueda rápida en Internet arrojó docenas de resultados. Eligió uno y empezó a leer.

EL CUADRADO DE FRANKLIN DE ORDEN OCHO

Uno de los cuadrados mágicos más conocidos de la historia es el de orden ocho publicado en 1769 por el científico estadounidense Benjamin Franklin, notable sobre todo porque fue el primero en sumar también las «diagonales quebradas». La obsesión de Franklin con esa mística forma de arte fue probablemente producto de su amistad con algunos de los alquimistas y místicos más destacados de la época, así como de su creencia en la astrología, que dio pie a las predicciones formuladas en su *Almanaque del pobre Richard*.

52	61	4	13	20	29	36	45
14	3	62	51	46	35	30	19
53	60	5	12	21	28	37	44
11	6	59	54	43	38	27	22
55	58	7	10	23	26	39	42
9	8	57	56	41	40	25	24
50	63	2	15	18	31	34	47
16	1	64	49	48	33	32	17

Mal'akh estudió la famosa creación de Franklin: una singular cuadrícula con los números del 1 al 64, en la que todas las filas, todas las columnas y todas las diagonales sumaban la misma constante mágica. «El secreto está dentro del cuadrado de Franklin de orden ocho.»

Sonrió. Temblando de emoción, aferró la pirámide de piedra y le dio la vuelta para examinar la base.

Había que reorganizar los sesenta y cuatro símbolos y disponerlos en otro orden, respetando la secuencia marcada por los números del cuadrado mágico de Franklin. Aunque no imaginaba cómo podía adquirir repentinamente sentido esa cuadrícula caótica de signos con sólo cambiarles el orden, Mal'akh tenía fe en la antigua promesa.

«*Ordo ab chao.*»

Con el corazón desbocado, cogió una hoja y trazó rápidamente una cuadrícula vacía de ocho filas por ocho columnas. Después empezó a colocar los símbolos, uno a uno, en sus nuevas posiciones. Casi de inmediato, para su sorpresa, el cuadrado comenzó a tener sentido.

«¡Orden del caos!»

Terminó de descifrar la cuadrícula y se quedó mirando incrédulo la solución que se ofrecía a sus ojos. Una imagen clara y definida había cobrado forma. La enmarañada cuadrícula había sido transformada, reorganizada..., y aunque Mal'akh no logró captar el significado del mensaje completo, comprendió lo suficiente..., lo suficiente para saber hacia adónde dirigirse a continuación.

«La pirámide indica el camino.»

El cuadrado apuntaba hacia uno de los grandes lugares místicos del mundo. Increíblemente, era el mismo donde Mal'akh siempre había situado, en su imaginación, el fin de su viaje.

«Es el destino.»

Capítulo 107

La mesa de piedra estaba fría bajo la espalda de Katherine.

Imágenes horripilantes de la muerte de Robert se arremolinaban aún en su mente, acompañadas del recuerdo de su hermano.

«¿También Peter habrá muerto?»

El extraño cuchillo que yacía sobre la mesa cercana no dejaba de traerle a la mente destellos de lo que el futuro podía depararle.

«¿De verdad será esto el fin?»

Curiosamente, sus pensamientos se encaminaron de forma abrupta hacia su investigación, hacia la ciencia noética y sus descubrimientos recientes.

«Todo perdido..., consumido por las llamas.»

Ya nunca podría compartir con el mundo todo lo aprendido. Su hallazgo más portentoso se había producido apenas unos meses antes, y sus resultados tenían el potencial de redefinir las ideas de la humanidad sobre la muerte. Extrañamente, el recuerdo de aquel experimento le estaba ofreciendo un consuelo inesperado.

Cuando era niña, Katherine Solomon solía preguntarse a menudo si habría vida después de la muerte. «¿Existe el cielo? ¿Qué pasa cuando morimos?»

A medida que fue creciendo, sus estudios de ciencia borraron rápidamente sus ideas fantasiosas sobre el cielo, el infierno y la vida de ultratumba, y la convencieron de que el concepto de «vida después de la muerte» era una invención humana, un cuento de hadas destinado a suavizar la terrible verdad de nuestra condición mortal.

«O al menos eso creía yo.»

Un año antes, Katherine y su hermano habían estado hablando de una de las interrogantes más perennes de la filosofía: la existencia del alma humana y, más concretamente, la cuestión de si el ser humano posee o no algún tipo de conciencia capaz de persistir fuera del cuerpo.

Los dos creían que probablemente existía algo así. Casi todas las filosofías antiguas coincidían. Las tradiciones budista y brahmánica aceptaban la metempsicosis, es decir, la transmigración del alma a otro cuerpo después de la muerte; los platónicos definían el cuerpo como una «cárcel» de la que el alma escapaba, y los estoicos llamaban al alma *apospasma tou theu* («partícula de Dios») y creían que volvía al Ser Supremo después de la muerte.

Katherine había afirmado con cierta frustración que probablemente la ciencia nunca llegaría a demostrar la existencia del alma humana. Confirmar la persistencia de la conciencia después de la muerte era como exhalar una bocanada de humo y confiar en encontrarla varios años más tarde.

Después de aquella conversación, Katherine concibió una idea extraña. Su hermano había mencionado que el *Génesis* se refería al alma como *nesemá*, una especie de «inteligencia» espiritual, separada del cuerpo. Katherine pensó que la palabra «inteligencia» sugería la presencia de «pensamiento». Ahora bien, la ciencia noética indicaba claramente que los pensamientos tenían masa, por lo que resultaba lógico concluir que también el alma humana debía de tenerla.

«¿Puedo pesar el alma humana?»

Era una idea descabellada, por supuesto; incluso considerarla era una tontería.

Tres días después, Katherine despertó bruscamente de un sueño profundo y se sentó en la cama como impulsada por un resorte. Se levantó de un salto, condujo su auto hasta el laboratorio y de inmediato se puso a trabajar en la preparación de un experimento que era a la vez sencillo... e increíblemente audaz.

No sabía qué probabilidades de éxito tenía el proyecto, y decidió no decirle nada a Peter hasta que hubiera completado el trabajo. Tardó cuatro meses, pero al final llevó a su hermano al laboratorio. Nada más llegar, sacó un aparato enorme que tenía escondido en el almacén del fondo, empujándolo sobre las ruedas de la base.

—Yo misma lo diseñé y construí —le dijo a Peter, mostrándole su invento—. ¿Adivinas qué es?

Su hermano fijó la mirada en la extraña máquina.

—¿Una incubadora?

Katherine rio y negó con la cabeza, aunque la suposición había sido razonable. Era cierto que el aparato se parecía un poco a las incubadoras transparentes que hay en los hospitales para los bebés prematuros. Su máquina, sin embargo, era del tamaño de un adulto: una cápsula alargada y hermética de plástico transparente, como la cama de una nave espacial, montada encima de una serie de aparatos electrónicos.

—Veamos si esto te ayuda a averiguarlo —añadió Katherine mientras conectaba el aparato a una toma de corriente.

Se encendió en la máquina un indicador digital, cuyos números empezaron a saltar cuando ella se puso a calibrar minuciosamente los botones.

Al terminar, la pantalla mostró la siguiente lectura:

$$0,0000000000 \text{ kg}$$

—¿Una báscula? —preguntó Peter con expresión de perplejidad.

—Pero no una báscula cualquiera.

Katherine recogió en una mesa cercana un trozo diminuto de papel y lo depositó con delicadeza sobre la cápsula. Los números del indicador empezaron a saltar otra vez, hasta quedar fijos en un nuevo número:

$$0,0008194325 \text{ kg}$$

—Una microbáscula de enorme precisión —añadió—, con una resolución de unos pocos microgramos.

Peter aún parecía desconcertado.

—¿Has construido una báscula de precisión para... pesar personas?

—Exacto. —Levantó la tapa transparente de la máquina—. Si meto a una persona en la cápsula y cierro la tapa, el sujeto queda dentro de un sistema completamente hermético, del que no sale ni entra nada: ni gases, ni líquidos, ni partículas de polvo. Nada escapa del interior: ni el aliento del sujeto, ni la transpiración, ni los fluidos corporales. Nada.

Peter se pasó la mano por la densa melena plateada, en un gesto nervioso semejante al que solía hacer Katherine.

–Hum... Obviamente, una persona moriría ahí dentro con bastante rapidez.

Ella asintió.

–Unos seis minutos, más o menos, según la frecuencia respiratoria.

Su hermano se volvió hacia ella.

–No acabo de entenderlo.

Katherine sonrió.

–Lo entenderás.

Dejando atrás la máquina, condujo a Peter a la sala de control del Cubo y le indicó que se sentara delante de la pared de plasma. Empezó a teclear y accedió a una serie de archivos de video almacenados en los discos holográficos. Cuando el plasma cobró vida con un parpadeo, les presentó unas imágenes que parecían de videoaficionado.

La cámara mostraba una panorámica de un dormitorio modesto, donde había una cama sin hacer, varios frascos de medicinas, un respirador y un monitor cardíaco. Mientras Peter observaba perplejo, la cámara continuó su recorrido hasta revelar, casi en el centro de la habitación, la báscula ideada por Katherine.

Los ojos de Peter se ensancharon.

–¿Qué diablos...?

La cápsula transparente tenía la tapa abierta y en su interior había un hombre muy viejo, con mascarilla de oxígeno. A su lado estaban su mujer, ya mayor, y un empleado del hospital para enfermos terminales. El anciano respiraba con dificultad y tenía los ojos cerrados.

–El hombre de la cápsula fue profesor mío de ciencias en Yale –dijo Katherine–. Seguimos en contacto a lo largo de los años. Estaba muy enfermo. Siempre había dicho que quería donar su cuerpo a la ciencia, y cuando le expliqué mi idea para este experimento, en seguida quiso participar.

Peter quedó aparentemente mudo de la impresión, al ver la escena que se desarrolló ante ellos.

El empleado del hospital para desahuciados se volvió hacia la mujer del enfermo.

–«Ha llegado el momento. Está preparado.»

La anciana se enjugó los ojos llenos de lágrimas y asintió con serena resolución.

–«De acuerdo.»

Con gran suavidad, el empleado se inclinó sobre la cápsula y le retiró al hombre la mascarilla de oxígeno. El anciano se estremeció levemente pero no abrió los ojos. Entonces el empleado apartó a un lado el respirador y el resto del equipo, dejando completamente aislado en el centro de la habitación al hombre en el interior de la cápsula.

La mujer del moribundo se acercó al aparato, se inclinó y besó con delicadeza la frente de su marido. El anciano mantuvo los ojos cerrados, pero movió sutilmente los labios, que formaron una leve sonrisa afectuosa.

Sin la mascarilla de oxígeno, su respiración no tardó en volverse más trabajosa. Era evidente que se acercaba su hora. Con una fuerza y una calma admirables, su mujer bajó con lentitud la tapa transparente de la cápsula y la selló herméticamente, tal como Katherine le había enseñado a hacer.

Peter reaccionó con un gesto de alarma.

—¡En nombre de Dios, Katherine! ¿Qué...?

—No te preocupes —susurró ella—. Hay oxígeno de sobra dentro de la cápsula.

Había visto esa película docenas de veces, pero todavía se le aceleraba el pulso en cada ocasión. Señaló la báscula debajo de la cápsula hermética donde yacía el moribundo. La lectura del indicador digital era la siguiente:

51,4534644 kg

—Es su peso corporal —explicó.

La respiración del anciano se volvió más superficial, y Peter se inclinó hacia la imagen, electrizado.

—Actuamos según su voluntad —susurró Katherine—. Ahora mira lo que pasa.

La mujer del moribundo había retrocedido unos pasos y estaba sentada en la cama, contemplando la escena en silencio, junto al empleado del hospital.

En el transcurso de los sesenta segundos siguientes, el enfermo siguió respirando de manera superficial y cada vez más rápida, hasta que de pronto, como si él mismo hubiese elegido el momento, simplemente exhaló el último suspiro. Todo se detuvo.

Era el fin.

La mujer y el empleado del hospital se consolaron mutuamente en silencio.

No pasó nada más.

Al cabo de unos segundos, Peter se volvió hacia Katherine con expresión confusa.

«Espera y verás», pensó ella, dirigiendo la mirada de su hermano hacia el indicador digital de la cápsula, que aún relucía, mostrando el peso del hombre muerto.

Entonces sucedió.

Cuando Peter lo vio, dio un respingo y estuvo a punto de caerse de la silla.

—Pero... eso es... —Se tapó la boca, impresionado—. No puedo...

No era frecuente que el gran Peter Solomon se quedara sin habla. La reacción de Katherine había sido similar las primeras veces que había visto lo sucedido.

Unos instantes después de la muerte del hombre, la lectura de la báscula había disminuido de forma súbita. El hombre se había vuelto más ligero inmediatamente después de la muerte. El cambio de peso era minúsculo, pero se podía medir..., y las implicaciones eran de un alcance abrumador.

Katherine recordaba haber escrito con mano temblorosa en su cuaderno de notas: «Esto apunta a la existencia de una "materia" invisible que abandona el cuerpo humano en el momento de la muerte. Su masa es cuantificable, pero no la detienen las barreras físicas. Debo suponer que se mueve en una dimensión que aún no podemos percibir.»

Por la conmocionada expresión en la cara de su hermano, Katherine supo que comprendía las potenciales repercusiones del experimento.

—Katherine —tartamudeó él mientras abría y cerraba los ojos grises como para asegurarse de no estar soñando—, creo que has pesado el alma humana.

Se hizo un largo silencio.

Katherine intuyó que su hermano estaba intentando procesar las poderosas y fantásticas ramificaciones del hallazgo.

«Le llevará tiempo.»

Si lo que acababan de presenciar era verdaderamente lo que parecía (es decir, la prueba de que un alma, o una conciencia, o una fuerza vital podía moverse fuera de los límites del cuerpo), entonces los hechos arrojaban una luz nueva y asombrosa sobre multitud de interrogantes místicas: la transmigración, la conciencia cósmica, las experiencias cercanas a la muerte, la proyección astral, la visión a distancia, los sueños lúcidos y mucho más. Las revistas médicas estaban llenas de casos de pacientes muertos en la mesa de operaciones que habían visto su cuerpo desde arriba y después habían sido reanimados.

Peter estaba en silencio y Katherine vio entonces que tenía lágrimas en los ojos. Lo comprendió. Ella también había llorado. Peter y Katherine habían perdido a seres queridos, y para cualquiera en su situación, el indicio más leve de que el espíritu humano podía persistir después de la muerte era un destello de esperanza.

«Se está acordando de Zachary», pensó Katherine al reconocer en los ojos de su hermano una melancolía profunda. Durante años, Peter había cargado el peso de la responsabilidad por la muerte de su hijo. Muchas veces le había dicho a su hermana que dejar a su hijo en la prisión había sido el peor error de su vida, y que jamás se lo perdonaría.

Un portazo sacó a Katherine de su ensoñación y la devolvió súbitamente al sótano, donde yacía sobre una fría mesa de piedra. La puerta metálica en lo alto de la rampa se había cerrado con estruendo y el hombre tatuado estaba bajando. Lo oyó entrar en una de las habitaciones del final del pasillo y hacer algo dentro, para luego continuar por el corredor hasta la sala donde estaba ella. Cuando entró, Katherine notó que venía empujando algo. Algo pesado..., sobre ruedas. En cuanto le dio la luz, ella se lo quedó mirando fijamente, sin dar crédito a sus ojos. El hombre tatuado traía a una persona en silla de ruedas.

Intelectualmente, el cerebro de Katherine reconoció al hombre de la silla, pero emocionalmente, su mente se negaba a aceptar lo que estaba viendo.

«¿Peter?»

No sabía si sentirse eufórica por ver a su hermano con vida... o lisa y llanamente aterrada. Peter tenía el cuerpo completamente rasurado. La espesa cabellera plateada había desaparecido, lo mismo que las cejas, y la piel lisa brillaba como si se la hubieran untado con aceite. Llevaba puesta una túnica negra de seda. En el lugar de la mano derecha, no tenía más que un muñón, envuelto en un vendaje limpio y reciente. Los ojos transidos de dolor de su hermano buscaron su mirada, cargada de tristeza.

—¡Peter! —articuló ella con voz quebrada.

Su hermano intentó hablar, pero sólo emitió amortiguados sonidos guturales. Entonces ella comprendió que estaba atado a la silla de ruedas y había sido amordazado.

El hombre de los tatuajes extendió un brazo y acarició con suavidad la cabeza rapada de Peter.

—He preparado a tu hermano para un gran honor. Tiene un papel que desempeñar esta noche.

Todo el cuerpo de Katherine se puso rígido.

«¡No...!»

—Peter y yo saldremos dentro de un momento, pero pensé que te gustaría despedirte de él.

—¿Adónde lo llevas? —preguntó ella con voz débil.

El hombre sonrió.

—Peter y yo tenemos que partir hacia la montaña sagrada. Allí está el tesoro. La pirámide masónica ha revelado su localización. Su amigo Robert Langdon ha sido de gran ayuda.

Katherine miró a su hermano a los ojos.

—Él mató... a Robert.

Peter hizo una mueca de agónico dolor y sacudió la cabeza con violencia, como si ya no pudiera soportar más el sufrimiento.

—Tranquilo, Peter —dijo el hombre, acariciándole una vez más el cuero cabelludo—. No dejes que ese detalle te arruine el momento. Ésta es tu última reunión familiar.

Katherine sintió que la desesperación inundaba su mente.

—¡¿Por qué haces esto?! —gritó—. ¡¿Qué mal te hemos hecho?! ¡¿Por qué odias tanto a mi familia?!

El hombre tatuado se le acercó y le habló pegándole la boca a la oreja.

—Tengo mis razones, Katherine.

Después fue hasta la mesa auxiliar y cogió el extraño cuchillo. Lo llevó hasta donde estaba ella y le pasó la bruñida hoja por la mejilla.

—Éste es probablemente el cuchillo más famoso de la historia.

Katherine no sabía de ningún cuchillo famoso, pero el objeto tenía un aspecto antiguo y siniestro. Al tacto, la hoja parecía afilada como una navaja de afeitar.

—No te preocupes. No tengo intención de desperdiciar su poder en ti. Me lo reservo para un sacrificio más valioso... en un lugar más sagrado. —Se volvió hacia su hermano—. Reconoces este cuchillo, ¿verdad, Peter?

Los ojos del prisionero se ensancharon con una mezcla de horror e incredulidad.

—Sí, Peter, esta antigua pieza aún existe. Me costó una fortuna conseguirla... y la he estado reservando para ti. Por fin podremos poner punto final, tú y yo, a nuestro doloroso viaje juntos.

Dicho esto, envolvió cuidadosamente el cuchillo en un trapo, con los otros objetos: incienso, frascos con líquidos, paños de satén blanco y otros elementos ceremoniales. Después, guardó los objetos envueltos en la bolsa de viaje de Langdon, con la pirámide masónica y el vértice. Katherine se quedó mirando, impotente, mientras el hombre cerraba la cremallera y se volvía hacia su hermano.

—Hazme el favor de llevar esto, Peter —dijo mientras le depositaba sobre las rodillas la pesada bolsa de cuero.

A continuación abrió un cajón y se puso a rebuscar en su interior. Katherine oyó un tintineo de pequeños objetos metálicos. Cuando el hombre volvió a su lado, le cogió el brazo derecho y lo estabilizó en posición horizontal. Katherine no podía ver lo que estaba haciendo, pero aparentemente Peter sí podía, porque una vez más empezó a agitarse con violencia en la silla.

Katherine sintió de pronto un aguijonazo agudo en el interior del codo derecho y un calor espectral que empezaba a fluir en torno a la zona del pinchazo. Peter emitía extraños sonidos ahogados e intentaba en vano liberarse de la pesada silla. Un frío entumecimiento empezó a extenderse por el antebrazo y los dedos de ella, por debajo del codo.

Cuando el hombre se apartó, Katherine descubrió el motivo del horror de su hermano. El hombre tatuado le había insertado una aguja intravenosa, como si fuera a extraerle sangre para una donación. Sin embargo, la aguja no estaba conectada a ningún tubo, sino que dejaba fluir libremente la sangre... que se derramaba por el codo y el antebrazo y caía sobre la mesa de piedra.

—Una clepsidra humana —dijo el hombre, volviéndose hacia Peter—. Dentro de poco, cuando te pida que desempeñes tu papel, quiero que visualices la imagen de Katherine... muriendo sola, aquí, en la oscuridad.

La expresión de Peter fue de absoluto tormento.

—Se mantendrá viva —añadió el hombre— durante una hora, más o menos. Si colaboras conmigo rápidamente, tendré tiempo de salvarla. Por el contrario, si me opones la menor resistencia, tu hermana morirá aquí, sola, en la oscuridad.

Peter lanzó un aullido ininteligible bajo la mordaza.

—Sí, ya lo sé —dijo el hombre tatuado mientras apoyaba una mano sobre su hombro—. Esto es muy duro para ti; pero no debería serlo. Después de todo, no será la primera vez que abandones a un miembro de tu familia. —Hizo una pausa, se inclinó y susurró al oído de Peter—: Me refiero, como ya sabrás, a tu hijo Zachary, en la prisión de Soganlik.

Peter volvió a sacudirse en sus ataduras y dejó escapar otro grito ahogado a través del trapo que tenía en la boca.

—¡Basta! —gritó Katherine.

—Recuerdo muy bien aquella noche —dijo el hombre con sarcasmo, mientras terminaba de guardar sus cosas—. Lo oí todo. El director de la prisión te ofreció dejar a tu hijo en libertad, pero tú preferiste enseñar una lección a Zachary... abandonándolo. Tu hijo aprendió muy bien la lección, ¿verdad? —El hombre sonrió—. Su desgracia... ha sido mi fortuna.

El hombre cogió entonces un trapo y lo introdujo lo más profundamente que pudo en la boca de Katherine.

——La muerte —le susurró— debe ser silenciosa.

Peter se debatió con violencia. Sin decir una palabra más, el hombre tatuado sacó lentamente de la habitación la silla de ruedas, arrastrándola hacia atrás. De ese modo, Peter pudo ver a su hermana durante un largo instante final.

Katherine y Peter se miraron a los ojos por última vez.

Después, ella se quedó sola.

Los oyó mientras subían la rampa y franqueaban la puerta metálica. Cuando salieron, oyó que el hombre de los tatuajes cerraba la puerta tras él y atravesaba el cuadro de *Las tres Gracias*. Poco después, distinguió el ruido de un auto que arrancaba.

Entonces, el silencio se apoderó de la mansión.

Katherine yacía sola en la oscuridad, desangrándose.

Capítulo 108

La mente de Robert Langdon flotaba en un abismo ilimitado.

Sin luz, sin sonidos, sin sensaciones.

Sólo un vacío infinito y silencioso.

Suavidad.

Ingravidez.

Se había liberado de su cuerpo; ya no sentía ataduras.

El mundo físico había dejado de existir. El tiempo, también.

Se había convertido en conciencia pura..., en sustancia pensante inmaterial, suspendida en el vacío de un vasto universo.

Capítulo 109

El UH-60 modificado pasó en vuelo rasante sobre los extensos tejados de Kalorama Heights, atronando en dirección a las coordenadas indicadas por el equipo de apoyo externo. El agente Simkins fue el primero en localizar el Escalade negro, estacionado de cualquier manera sobre el césped, delante de una de las mansiones. La verja de hierro forjado estaba cerrada, y la casa se veía oscura y en silencio.

Sato hizo la señal para aterrizar.

El aparato se posó con una fuerte sacudida sobre la hierba, delante de la casa, en medio de otros varios vehículos, entre ellos la radiopatrulla de una empresa de seguridad privada con una luz giratoria en el techo.

Simkins y sus hombres saltaron a tierra, sacaron las armas y corrieron al porche. Al encontrar cerrada la puerta principal, Simkins miró por una ventana, haciéndose pantalla con las manos. Aunque el vestíbulo estaba a oscuras, pudo distinguir la sombra tenue de un cuerpo tendido en el suelo.

—Mierda —susurró—. Es Hartmann.

Uno de sus hombres agarró una silla del porche y la arrojó al ventanal. El ruido del vidrio haciéndose añicos casi no se oyó por el estruendo del helicóptero a sus espaldas. Unos segundos más tarde, todos estaban dentro de la casa. Simkins corrió al vestíbulo y se arrodilló junto a Hartmann para tomarle el pulso. Nada. Había sangre por todas partes. Entonces vio el destornillador clavado en el cuello del agente.

«¡Dios mío!» Se puso de pie e indicó a sus hombres que iniciaran un registro completo de la casa.

Los agentes se abrieron en abanico por la planta baja, sondeando la oscuridad de la lujosa mansión con sus visores láser. No encontraron nada en el salón, ni en el estudio, pero en el comedor, para su sorpresa, hallaron el cadáver de una guardia de seguridad estrangulada. Las esperanzas de Simkins de que Robert Langdon y Katherine Solomon estuvieran aún con vida empezaron a esfumarse con rapidez. Era evidente que el brutal asesino les había tendido una trampa y, si había sido capaz de matar a un agente de la CIA y a una guardia de seguridad armada, no parecía que un profesor de universidad y una científica hubieran podido correr mejor suerte.

Una vez registrada la planta baja, Simkins envió a dos agentes a inspeccionar el piso de arriba. Mientras tanto, encontró la escalera del sótano, que descendía desde la cocina, y bajó. Al pie de la escalera, encendió la luz. El sótano era un espacio amplio y pulcro que aparentemente se utilizaba poco. Entre los muros de hormigón, sólo se veían las calderas de la calefacción y unas cuantas cajas de cartón. «Aquí no hay nada.» Simkins volvió a subir a la cocina mientras sus hombres bajaban de la planta alta. Todos negaban con la cabeza.

No había nadie en la casa, ni tampoco más cadáveres.

Simkins llamó por radio a Sato para informarle de que tenía luz verde para entrar y comunicarle las siniestras noticias.

Cuando llegó al vestíbulo, Sato ya estaba subiendo los peldaños del porche. Detrás de ella podía verse la figura de Warren Bellamy sentado en el helicóptero, aturdido y solo, con el maletín de titanio de Sato junto a los pies. El portátil protegido de la directora proporcionaba acceso al sistema informático de la CIA desde cualquier lugar del mundo, a través de una red de enlaces encriptados por satélite. Esa noche, Sato había utilizado ese mismo computador para revelar a Bellamy una información que lo había sobrecogido hasta el punto de volverlo totalmente dócil y dispuesto a colaborar. Simkins no tenía la menor idea de lo que había visto Bellamy, pero fuera lo que fuese, el Arquitecto había quedado visiblemente perturbado desde entonces.

Al entrar en el vestíbulo, Sato se detuvo un momento para inclinar respetuosamente la cabeza ante el cadáver de Hartmann. Transcurrido un instante, levantó la mirada y la fijó en Simkins.

—¿Ningún rastro de Langdon o de Katherine? ¿O de Peter Solomon?

Simkins negó con la cabeza.

—Si aún viven, se los ha llevado consigo.

—¿Has visto algún computador en la casa?

—Sí. En el estudio.

—Muéstramelo.

Simkins condujo a Sato del vestíbulo al salón. La alfombra estaba sembrada de pedazos de vidrio del ventanal destrozado. Pasaron delante de la chimenea, junto a un cuadro de grandes dimensiones y al lado de varias estanterías, hasta llegar a la puerta del estudio. El despacho tenía las paredes revestidas de madera y en su interior había una mesa de escritorio antigua y un monitor grande de computador. Sato rodeó el escritorio, miró la pantalla y en seguida hizo una mueca de disgusto.

—¡Maldición! —dijo entre dientes.

Simkins rodeó también la mesa y miró el monitor. La pantalla estaba en blanco.

—¿Cuál es el problema?

Sato le indicó la plataforma de conexión que había sobre la mesa.

—Usa un portátil. Se lo ha llevado.

Simkins no acababa de entender.

—¿Tiene información que usted quiera ver?

—No —replicó Sato con gravedad—. Tiene información que no quiero que nadie vea.

Abajo, en el sótano secreto, Katherine Solomon había oído el ruido del rotor del helicóptero, seguido de vidrios rotos y de pesados pasos de botas en el suelo, sobre su cabeza. Intentó gritar para pedir ayuda, pero la mordaza se lo impidió. Casi no podía emitir ningún sonido. Cuanto más se esforzaba, más rápidamente le manaba la sangre del interior del codo.

Empezaba a faltarle el aliento y a sentirse mareada.

Sabía que tenía que serenarse. «Usa la cabeza, Katherine.» Con toda su fuerza de voluntad, se obligó a entrar en estado meditativo.

La mente de Robert Langdon flotaba en la inmensidad del espacio y escrutaba el vacío infinito, buscando puntos de referencia. No encontró ninguno.

Oscuridad total. Silencio absoluto. Paz perfecta.

Ni siquiera sentía el tirón de la gravedad para distinguir lo que estaba arriba de lo que estaba abajo.

Su cuerpo había desaparecido.

«Esto debe de ser la muerte.»

El tiempo le parecía elástico, y lo sentía estirarse y comprimirse, como si allí donde estaba no tuviera ningún sentido. Había perdido la sensación del tiempo transcurrido.

«¿Diez segundos? ¿Diez minutos? ¿Diez días?»

Sin embargo, súbitamente, como explosiones violentas en galaxias remotas, los recuerdos comenzaron a materializarse y avanzaron en oleadas hacia él, como ondas de choque a través de la vastedad de la nada.

De pronto, Robert Langdon empezó a recordar. Las imágenes, vívidas y perturbadoras, lo desgarraron por dentro. Había mirado hacia arriba y había visto una cara cubierta de tatuajes. Un par de manos de fuerza descomunal le habían levantado la cabeza para estrellarla contra el suelo.

Una erupción de dolor... y después, la oscuridad.

Luz gris.

Dolor palpitante.

Retazos de memoria. Alguien lo arrastraba, medio inconsciente, y lo llevaba hacia abajo. Su captor salmodiaba algo.

«*Verbum significatium... Verbum omnificum... Verbum perdo...*»

Capítulo 110

La directora Sato estaba sola en el estudio, a la espera de que la división de imágenes por satélite de la CIA procesara su solicitud. Uno de los lujos de trabajar en Washington era la cobertura por satélite. Con suerte, uno de éstos habría estado esa noche en la posición exacta para tomar fotos de la casa..., y quizá hubiera captado el vehículo que había salido de allí hacía menos de media hora.

—Lo siento, señora —dijo el técnico—, pero esta noche no tenemos cobertura para esas coordenadas. ¿Quiere repetir la solicitud?

—No, gracias. Ya no hay tiempo.

Cortó la comunicación y exhaló un suspiro, sin saber cómo hacer para localizar a su objetivo. Salió al vestíbulo, donde sus hombres habían metido el cuerpo del agente Hartmann en una bolsa y lo estaban llevando al helicóptero. Sato había ordenado a Simkins que reuniera al equipo y preparara el regreso a Langley, pero el agente estaba en el salón, apoyado a cuatro patas en el suelo. Parecía enfermo.

—¿No te sientes bien?

Cuando Simkins levantó la mirada, tenía una expresión extraña.

—¿Ha visto esto? —preguntó, señalando el suelo del salón.

Sato se acercó y observó atentamente la alfombra, pero negó con la cabeza. No veía nada.

—Agáchese —dijo Simkins—. Fíjese en el pelo de la alfombra.

Ella lo hizo y, al cabo de un momento, lo vio. Las fibras parecían aplastadas..., hundidas a lo largo de dos líneas rectas, como si alguien hubiera transportado por la habitación un objeto pesado sobre ruedas.

—Lo más curioso —añadió el agente— es el sitio donde termina el rastro. Lo señaló.

La mirada de Sato siguió el recorrido de las tenues líneas paralelas a través de la alfombra del salón. El rastro parecía desaparecer bajo un cuadro enorme que cubría la pared desde el suelo hasta el techo, junto a la chimenea.

«Pero ¿qué diablos...?»

Simkins se acercó al lienzo e intentó separarlo de la pared por debajo. El cuadro no se movió.

—Está fijo —anunció mientras pasaba los dedos por los bordes—. Un momento, creo que aquí debajo hay algo...

El dedo tocó una pequeña palanca bajo el borde inferior y se oyó un chasquido.

Sato dio un paso al frente, al tiempo que Simkins empujaba el marco y hacía rotar lentamente el cuadro sobre su eje central, como una puerta giratoria.

El agente levantó la linterna e iluminó el espacio oscuro que se abría al otro lado.

Sato entornó los ojos.

«¡Vamos!»

Al final de un breve pasillo había una pesada puerta metálica.

Los recuerdos que habían avanzado en oleadas por la negrura de la mente de Langdon se habían marchado como habían venido. A su estela se arremolinaba un rastro de chispas al rojo, junto con el mismo susurro distante y espectral.

«*Verbum significatium... Verbum omnificum... Verbum perdo.*»

La salmodia continuaba como el zumbido monótono de las voces de un cántico medieval.

«*Verbum significatium... Verbum omnificum...*» Las palabras cayeron rodando por el espacio vacío y a su alrededor comenzaron a oírse ecos de voces nuevas.

«Apocalipsis... Franklin... Apocalipsis... *Verbum*... Apocalipsis...»

De pronto, una campana fúnebre empezó a doblar a lo lejos, en algún lugar, y siguió sonando sin parar, cada vez con más fuerza y urgencia, como si esperara que Langdon comprendiera, como incitando a su mente a seguirla.

Capítulo 111

La solemne campana de la torre del reloj sonó durante tres minutos completos, haciendo temblar la araña de cristal suspendida sobre la cabeza de Langdon. Varias décadas atrás, Langdon había asistido a conferencias en ese querido salón de actos de la Academia Phillips Exeter. Esa vez, sin embargo, había acudido para escuchar el discurso que un buen amigo iba a dirigir a los estudiantes. Cuando se atenuaron las luces, se sentó junto a la pared del fondo, bajo un panteón de retratos de antiguos directores.

Los asistentes guardaron silencio.

En completa oscuridad, una figura alta y sombría atravesó el escenario y subió al estrado.

—Buenos días —susurró al micrófono la voz sin rostro.

Todos se irguieron en las sillas para ver quién les hablaba.

Un proyector de diapositivas cobró vida y reveló una desvaída fotografía en sepia de un imponente castillo con fachada de arenisca roja, altas torres de planta cuadrada y ornamentación gótica.

La sombra volvió a hablar.

—¿Alguien puede decirme dónde se encuentra esto?

—¡En Inglaterra! —exclamó una chica en la oscuridad—. Esa fachada es una mezcla de gótico temprano y románico tardío, ejemplo paradigmático de castillo normando, lo que lo sitúa en Inglaterra, en torno al siglo XII.

—¡Vaya! —replicó la voz sin cara—. Veo que alguien se ha aprendido bien las lecciones de arquitectura.

Se oyeron gruñidos amortiguados en toda la sala.

—Por desgracia —añadió la sombra—, su respuesta ha fallado en casi cinco mil kilómetros y medio milenio.

La sala pareció reanimarse.

El proyector presentó entonces una fotografía moderna, a todo color, del mismo castillo, visto desde otro ángulo. Las torres, construidas con arenisca de las canteras de Seneca Creek, ocupaban el primer plano; pero al fondo, a una distancia asombrosamente breve, se erguía la majestuosa cúpula con el doble tambor de columnas del Capitolio de Washington.

—¡¿Qué?! —exclamó la chica que había intervenido—. ¿Hay un castillo normando en Washington?

—Desde 1855 —replicó la voz—, el año en que fue tomada la siguiente fotografía.

Apareció entonces una nueva diapositiva: un interior en blanco y negro, que mostraba un extenso salón de baile de techo abovedado, poblado de esqueletos de animales, vitrinas con objetos científicos, frascos de cristal con especímenes biológicos, piezas arqueológicas y moldes de yeso de reptiles prehistóricos.

—Este castillo maravilloso —dijo la voz— fue el primer auténtico museo de ciencias de Estados Unidos. Fue un regalo hecho a nuestro país por un acaudalado científico británico, que al igual que los padres fundadores estaba convencido de que este joven país iba a convertirse en tierra de la iluminación espiritual. Ese hombre legó a nuestros antepasados una fortuna enorme y les pidió que levantaran en el corazón de la nación «un establecimiento para el incremento y la difusión del conocimiento». —Hizo una larga pausa—. ¿Quién puede decirme el nombre de ese generoso científico?

Una voz tímida, en las primeras filas, arriesgó una respuesta.

—¿James Smithson?

Un susurro de reconocimiento se extendió entre los asistentes.

—Smithson, en efecto —replicó el orador. Peter Solomon dejó entonces que lo iluminaran los focos, revelando un destello de picardía en los ojos grises—. Buenos días. Soy Peter Solomon, secretario de la institución Smithsonian.

Los estudiantes prorrumpieron en entusiastas aplausos.

En la penumbra, Langdon observaba con admiración mientras Peter guiaba a las jóvenes mentes en un recorrido fotográfico por los primeros años de la Smithsonian. La presentación empezaba por el castillo, los laboratorios de ciencia del sótano, los pasillos flanqueados por piezas de museo, un salón lleno de moluscos, unos científicos que se hacían llamar «los conservadores de crustáceos», e incluso una fotografía antigua de los inquilinos más famosos del castillo, una pareja de búhos ya desaparecidos, llamados *Difusión* e *Incremento*. La proyección de diapositivas, de media hora de duración, terminaba con una impresionante vista de satélite del National Mall de Washington, donde ahora se concentraban varios museos enormes de la Smithsonian.

—Como dije al principio —añadió Solomon para concluir—, James Smithson y los fundadores de la nación aspiraban a que nuestro país fuera una tierra de iluminación intelectual. Estoy seguro de que hoy se sentirían orgullosos. La gran institución Smithsonian se yergue como un símbolo de la ciencia y el conocimiento, en el corazón mismo de Estados Unidos. Es un tributo vivo, dinámico y activo a la visión que nuestros predecesores tuvieron de este país, un país fundado en los principios del conocimiento, la razón y la ciencia.

Solomon apagó el proyector mientras una estruendosa salva de aplausos resonaba a su alrededor. Se encendieron las luces de la sala y docenas de manos se levantaron para hacer preguntas.

El conferenciante dio la palabra a un joven pelirrojo de aspecto frágil, sentado en una de las filas del centro.

—Señor Solomon —empezó el joven con una nota de desconcierto en la voz—, acaba de decir que los padres fundadores huyeron de la opresión religiosa de Europa y establecieron un país sobre los principios del progreso científico.

—Así es.

—Pero... yo tenía la impresión de que nuestros antepasados eran hombres muy religiosos, que fundaron este país como una nación cristiana.

Solomon sonrió.

—Amigos míos, no me malinterpreten. Los padres de la nación fueron hombres profundamente religiosos, sí, pero deístas, lo que significa que creían en Dios pero de una manera universal, amplia y tolerante. El único principio religioso que defendieron fue la libertad de culto. —Separó el micrófono del soporte y se alejó del estrado, hasta el borde del escenario—. Los fundadores de este país soñaban con una utopía de iluminación espiritual, en la que la libertad de pensamiento, la educación del pueblo y el progreso científico desplazaran la oscuridad de las viejas supersticiones religiosas.

Una muchacha rubia, al fondo, levantó la mano.

—¿Sí?

—Señor Solomon —dijo la joven, mostrando el teléfono celular—, lo he estado investigando por Internet, y veo en la Wikipedia que es usted un importante miembro de la masonería.

Solomon le mostró el anillo masónico.

—Yo mismo podría haberle ahorrado el costo de la bajada de datos.

Los estudiantes se echaron a reír.

—Bueno, verá —prosiguió la joven en tono dubitativo—, acaba usted de mencionar las «viejas supersticiones religiosas», y yo tengo la impresión de que si hay alguien culpable de propagar viejas supersticiones... son precisamente los masones.

La observación no pareció perturbar a Solomon.

—¿Ah, sí? ¿Y cómo es eso?

—He leído mucho sobre masonería y sé que tienen ustedes muchos rituales raros y creencias antiguas. Este artículo de la Wikipedia dice incluso que los masones creen en el poder de una especie de sabiduría mágica de la antigüedad..., capaz de elevar a los hombres a la estatura de dioses...

Todos se volvieron y miraron a la joven como si se hubiera vuelto loca.

—En realidad —dijo Solomon—, lo que dice es cierto.

Los estudiantes se giraron otra vez para mirar al frente con expresión de asombro.

Reprimiendo una sonrisa, Solomon preguntó a la joven:

—¿Hay en el artículo alguna nota más de sabiduría wikipédica sobre ese conocimiento mágico?

Aunque para entonces parecía algo incómoda, la muchacha empezó a leer de la página web.

—«Para que esa sabiduría poderosa no cayera en manos de personas indignas, los primeros iniciados cifraron sus conocimientos... y ocultaron la potente verdad bajo un lenguaje metafórico de símbolos, mitos y alegorías. Hasta hoy, esa sabiduría cifrada se encuentra a nuestro alrededor..., codificada en la mitología, el arte y los textos de ocultismo de las diferentes épocas. Por desgracia, el hombre moderno ya no tiene la capacidad de descifrar esa compleja red de simbolismos... y la gran verdad se ha perdido.»

Solomon aguardó un instante.

—¿Eso es todo?

La joven se movió inquieta en su asiento.

—En realidad, sigue un poco más.

—No esperaba otra cosa. Continúe leyendo, por favor.

La muchacha pareció vacilar, pero se aclaró la garganta y prosiguió.

—«Según la leyenda, los sabios que cifraron hace mucho tiempo los antiguos misterios dejaron una especie de clave..., una contraseña que puede utilizarse para descifrar los secretos escondidos. Se dice que esa contraseña mágica, conocida como *"verbum significatium"*, tiene el poder de disipar la oscuridad y liberar los antiguos misterios, volviéndolos accesibles al entendimiento humano.»

Solomon esbozó una sonrisa nostálgica.

—Ah, sí... El *verbum significatium*. —Dejó que su mirada se perdiera en el vacío por un momento y después bajó la vista otra vez hacia la joven rubia—. ¿Y dónde está ahora esa palabra maravillosa?

La joven parecía nerviosa y se notaba claramente que hubiera preferido no discutir con el conferenciante invitado. Aun así, terminó de leer.

—«Cuenta la leyenda que el *verbum significatium* está sepultado en un lugar profundo, donde aguarda pacientemente un momento decisivo de la historia..., un punto de inflexión en el que la humanidad ya no pueda sobrevivir sin la verdad, el conocimiento y la sabiduría del pasado. En esa oscura encrucijada, el hombre descubrirá por fin la Palabra y abrirá las puertas a una nueva era de luz.»

La joven cerró el teléfono y se hundió en la butaca.

Después de un largo silencio, otro estudiante levantó la mano.

—Señor Solomon, usted no cree de verdad en esas cosas, ¿no?

Solomon sonrió.

—¿Por qué no? Nuestras mitologías tienen una dilatada tradición de palabras mágicas que abren la mente y proporcionan poderes divinos. Incluso hoy, los niños dicen «abracadabra» con la esperanza de crear algo de la nada. Hemos olvidado, claro está, que esa palabra no es un juguete, sino una fórmula que hunde sus raíces en el antiguo misticismo arameo, en el que *avrah kadabra* significaba «crearé lo que nombre».

Hubo un silencio.

—Pero, señor Solomon —insistió el estudiante—, seguramente no creerá que una sola palabra... ese *verbum significatium*..., sea lo que sea..., tiene el poder de sacar a la luz la sabiduría antigua... y traer una era de iluminación espiritual, ¿o sí lo cree?

La expresión de Peter Solomon era impenetrable.

—Mis creencias personales no deben preocuparles. Lo que sí debe interesarles es que esa profecía de una futura era de iluminación encuentra eco prácticamente en todas las confesiones religiosas y tradiciones filosóficas del mundo. Los hindúes la llaman la era Krita; los astrólogos, la era de Acuario; los judíos la hacen coincidir con el advenimiento del Mesías; los teósofos la llaman la Nueva Era, y los cosmólogos hablan de la Convergencia Armónica e incluso predicen su fecha.

—¡El 21 de diciembre de 2012! —exclamó alguien.

—Sí, en un futuro inquietantemente próximo..., si damos crédito a las matemáticas de los mayas.

Langdon rio entre dientes, recordando que diez años antes Solomon había pronosticado con acierto el torrente de programas especiales de televisión que ya empezaban a hablar de 2012 como el año del fin del mundo.

—Fechas aparte —prosiguió Solomon—, me parece fascinante observar que las filosofías más dispares de la humanidad, a lo largo de la historia, han coincidido en una sola cosa: el advenimiento futuro de una era de iluminación. En todas las culturas, en todas las épocas y en todos los rincones del mundo, los sueños de la humanidad se han concentrado en un mismo concepto: la apoteosis del hombre, la futura elevación de la mente humana hasta alcanzar su verdadero potencial —sonrió—. ¿Qué explicación puede haber para una coincidencia tan absoluta?

—La verdad —dijo una voz serena en medio de la audiencia.

Solomon se volvió.

—¿Quién ha dicho eso?

La mano que se levantó era la de un joven asiático de físico menudo, cuyas facciones suaves sugerían un origen nepalí o tibetano.

—Puede que haya una verdad universal presente en el alma de todos —dijo el muchacho—. Quizá todos tengamos la misma historia escondida en nuestro interior, como una constante compartida o como el ADN. Tal vez esa verdad colectiva sea la causa de que todas nuestras historias se parezcan.

Solomon estaba radiante cuando unió las manos y dedicó al joven una respetuosa reverencia.

—Gracias.

Todos guardaron silencio.

—La verdad —repitió Solomon, dirigiéndose a la sala—. La verdad es poderosa. Si todos gravitamos hacia ideas similares, es quizá porque esas ideas son verdaderas... y están inscritas en lo más profundo de nuestro ser. Cuando oímos la verdad, aunque no podamos comprenderla, la sentimos resonar en nuestro interior, la sentimos vibrar al unísono con nuestro saber inconsciente. Posiblemente la verdad no se aprende, sino que se recuerda..., se rememora..., se reconoce... como aquello que ya llevamos dentro.

El silencio en la sala era total.

Solomon dejó que se prolongara un buen rato y después dijo, con voz serena:

—Para terminar, quiero advertirles de que nunca es fácil encontrar la verdad. A lo largo de la historia, en todos los períodos de iluminación ha habido una corriente de oscuridad que empujaba en sentido contrario. Así son las leyes de la naturaleza y del equilibrio. Si hoy vemos avanzar la oscuridad en el mundo, hemos de comprender que eso significa que también la luz avanza en igual medida. Estamos en el umbral de una era verdaderamente grandiosa de iluminación, y tenemos la enorme fortuna de vivir en esta época decisiva de la historia. Todos ustedes tienen esa suerte. De todas las personas que han vivido en las diferentes épocas de la historia, nosotros nos encontramos en el breve período que nos permitirá ser testigos de nuestro renacimiento definitivo. Tras milenios de oscuridad, veremos el día en que nuestras ciencias, nuestras mentes e incluso nuestras religiones descubran la verdad.

Solomon estaba a punto de recibir una entusiasta salva de aplausos cuando levantó una mano para pedir silencio.

—¿Señorita? —Su mano apuntaba directamente a la rubia polemista del teléfono celular, sentada al fondo—. Ya sé que usted y yo no coincidimos en muchas cosas, pero quiero darle las gracias. Su pasión es un importante catalizador para los cambios que vendrán. La oscuridad se alimenta de la apatía... y nuestro antídoto más potente es la convicción. Siga estudiando su fe. Estudie la Biblia —añadió con una sonrisa—, sobre todo las últimas páginas.

—¿El Apocalipsis? —dijo ella.

—En efecto. El libro de las Revelaciones es un ejemplo vibrante de nuestra verdad compartida. El último libro de la Biblia cuenta una historia idéntica a la de otras innumerables tradiciones. Todas predicen la revelación de una gran sabiduría.

Otra persona intervino.

—¿Pero no trata el Apocalipsis del fin del mundo? El Anticristo, el Armagedón, la batalla final entre el bien y el mal...

Solomon rio entre dientes.

—¿Quién de ustedes estudia griego?

Se levantaron varias manos.

—¿Qué significa literalmente la palabra «apocalipsis»?

—Significa... —empezó un estudiante, pero en seguida hizo una pausa, como sorprendido—. «Apocalipsis» significa «quitar el velo», «revelar».

Solomon inclinó la cabeza en señal de aprobación.

—Exacto. «Apocalipsis» significa, literalmente, «revelación». El libro de las Revelaciones, en la Biblia, predice la manifestación de una gran verdad de inimaginable sabiduría. El apocalipsis no es el fin del mundo, sino más bien el fin del mundo tal como lo conocemos. La profecía del Apocalipsis es uno de los maravillosos mensajes de la Biblia que han sido tergiversados. —Solomon avanzó hacia el frente del escenario—. El apocalipsis se acerca, créanme..., pero no se parecerá en nada a lo que nos han enseñado.

En lo alto, sobre su cabeza, la campana empezó a sonar.

Los estudiantes prorrumpieron en entusiastas y atronadores aplausos.

Capítulo 112

Katherine Solomon se estaba tambaleando al borde de la inconsciencia cuando la sacudió la onda de choque de una explosión ensordecedora.

Instantes después, olió humo.

Le pitaron los oídos.

Oyó voces amortiguadas a lo lejos. Gritos. Pasos. De pronto, notó que respiraba mejor. Le habían quitado el trapo de la boca.

—Está a salvo —susurró una voz masculina—. Resista.

Esperaba que el hombre le retirara la aguja del brazo, pero en lugar de eso, se puso a gritar órdenes.

—Traigan el equipo médico... Conecten un tubo intravenoso a la aguja... Preparen la infusión con lactato de Ringer... Que alguien le tome la presión...

Mientras comprobaba los signos vitales de Katherine, el hombre le dijo:

—Señora Solomon, ¿sabe adónde ha ido la persona que le ha hecho esto?

Ella se esforzó por mantener los ojos abiertos, pero se sentía desfallecer.

—Necesitamos saber adónde ha ido —insistió el hombre.

Por toda respuesta, Katherine susurró tres palabras, aunque sabía que no tenían sentido:

—La... montaña... sagrada.

La directora Sato pasó entre los restos de la puerta de acero y bajó la rampa de madera que conducía al sótano secreto. Uno de sus agentes salió a su encuentro al pie de la misma.

—Directora, creo que le interesará ver esto.

Sato siguió al agente por el estrecho pasillo hasta una pequeña habitación bien iluminada y vacía, excepto por algunas prendas de ropa apiladas en el centro. La directora reconoció la chaqueta de tweed y los mocasines de Langdon.

El agente señaló, sobre la pared del fondo, un contenedor grande con aspecto de ataúd.

«¿Qué diablos es eso?»

Sato avanzó unos pasos y observó que la urna estaba conectada a un tubo transparente de plástico adosado a la pared. Con precaución, se acercó un poco más. Entonces descubrió un panel corredero en la parte superior. Se agachó y lo deslizó a un lado, dejando al descubierto una pequeña ventana.

En seguida se echó atrás.

Debajo de la lámina de plexiglás... flotaba sumergido el rostro inexpresivo del profesor Robert Langdon.

«¡Luz!»

El vacío ilimitado donde Langdon estaba suspendido se vio inundado de pronto por un sol cegador. Rayos de blanca luz calcinante se difundieron por la negrura del espacio y le quemaron la mente.

La luz estaba en todas partes.

Súbitamente, en medio de la nube radiante que tenía ante sí, apareció una imagen muy bella. Era una cara... borrosa e indefinida. Dos ojos lo miraban a través del vacío. Torrentes de luz rodeaban la cara, y Langdon se preguntó si estaría contemplando el rostro de Dios.

Mirándolo desde arriba, Sato se preguntaba, por su parte, si Langdon tendría la menor idea de lo que le había sucedido. Lo dudaba. Después de todo, el propósito de esa técnica era la desorientación.

Los tanques de privación sensorial se conocían desde los años cincuenta y seguían siendo una forma de retiro muy apreciada en los círculos de la Nueva Era, sobre todo entre los ricos ávidos de nuevas experiencias. La «flotación», como la llamaban, ofrecía una trascendental experiencia de regreso al vientre materno y podía considerarse un instrumento de ayuda a la meditación, que atenuaba la actividad cerebral, eliminando todos los estímulos sensoriales: la luz, el sonido, el tacto e incluso la fuerza de la gravedad. En los tanques tradicionales, el sujeto flotaba de espaldas en una solución salina de hiperflotación, que le mantenía la cara por encima del agua, para que pudiera respirar.

En los últimos años, sin embargo, la tecnología de los tanques había dado un salto de gigante.

«Perfluorocarbonos oxigenados.»

La nueva técnica, llamada ventilación líquida total (VLT), era tan contraria al sentido común que pocos creían en su existencia.

«Líquido respirable.»

La respiración líquida era una realidad desde 1966, cuando Leland C. Clark consiguió mantener con vida a un ratón sumergido durante varias horas en perfluorocarbono oxigenado. En 1989, la VLT había hecho una aparición espectacular en la película *Abyss*, pero fueron pocos los espectadores que sospecharon entonces que estaban viendo ciencia auténtica.

La ventilación líquida total era fruto de los esfuerzos de la medicina moderna para facilitar la respiración de los bebés prematuros, devolviéndolos a un medio acuoso semejante al del vientre materno. Tras nueve meses en el útero, los pulmones humanos no encuentran extraño estar llenos de líquido. Al principio, los perfluorocarbonos resultaban demasiado viscosos para ser plenamente respirables, pero los últimos avances habían conseguido líquidos respirables con una consistencia muy semejante a la del agua.

La Dirección de Ciencia y Tecnología de la CIA («los magos de Langley», como la llamaban en los círculos de la inteligencia militar) había trabajado extensamente con perfluorocarbonos oxigenados, a fin de desarrollar técnicas para las Fuerzas Armadas. Los cuerpos de élite de submarinistas de aguas profundas de la Marina descubrieron que respirar líquido oxigenado, en lugar de los habituales héliox o trímix, les permitía bucear hasta profundidades mayores, sin riesgo de padecer síndrome de descompresión. Del mismo modo, la NASA y su fuerza aérea habían comprobado que los pilotos provistos de un aparato de respiración líquida, en lugar de la botella de oxígeno tradicional, podían resistir mayores fuerzas gravitatorias de lo habitual, porque el líquido repartía de manera más uniforme que el gas la fuerza de la gravedad entre todos los órganos internos.

Sato había oído hablar de los nuevos «laboratorios de experiencias extremas», donde era posible probar los tanques de ventilación líquida total, o «máquinas de meditar», como los llamaban. El tanque que tenía ante sí probablemente había sido instalado por su dueño para su experimentación privada, aunque el añadido de robustos pasadores con cerrojo le dejaban pocas dudas en cuanto a su uso para otras aplicaciones más nefastas..., como las técnicas de interrogatorio que la CIA conocía bien.

La siniestra técnica consistente en dejar que el nivel del líquido aumentara poco a poco era particularmente eficaz, porque la víctima se convencía de estar ahogándose. Sato tenía noticias de varias operaciones secretas en las que se habían utilizado tanques de privación sensorial como el que tenía delante, para llevar esa sensación ilusoria hasta niveles aterradores. Un sujeto sumergido en líquido respirable podía vivir con particular realismo toda la experiencia del ahogamiento. Por lo general, el pánico asociado con la situación le impedía darse cuenta de que el líquido que estaba respirando era ligeramente más viscoso que el agua. Cuando el perfluorocarbono irrumpía en los pulmones, la víctima solía desmayarse de terror, para luego despertar en la más radical de las «celdas de aislamiento».

Agentes anestésicos de uso tópico, fármacos paralizantes y alucinógenos se mezclaban con el tibio líquido oxigenado para crear en el prisionero una sensación de total separación del cuerpo. Cuando la mente enviaba a las extremidades la orden de moverse, éstas no respondían. El estado de «muerte» era suficientemente aterrador por sí solo, pero la verdadera desorientación se producía tras el proceso de «renacimiento», que con el uso de luces deslumbrantes, corrientes de aire frío y ruido ensordecedor podía resultar particularmente traumático y doloroso. Tras una sucesión de renaceres seguidos de nuevos ahogamientos, el prisionero llegaba a tal grado de desorientación que ya no sabía si estaba vivo o muerto..., y revelaba al interrogador absolutamente todo lo que éste quisiera.

Sato se preguntó si debía esperar a un equipo médico para sacar a Langdon de su estado, pero se dijo que no disponía de mucho tiempo.

«Necesito averiguar lo que sabe.»

—Apaguen las luces —ordenó—, y traigan unas mantas.

El sol cegador ya no estaba.

También el rostro había desaparecido.

Había vuelto la negrura, pero Langdon empezaba a oír susurros distantes que reverberaban a través de años luz de vacío. Voces amortiguadas..., palabras ininteligibles. Sintió vibraciones..., como si el mundo entero estuviera a punto de desmoronarse.

Entonces, sucedió.

Sin previo aviso, el universo se desgarró por la mitad. Una brecha enorme se abrió en la nada..., como si el espacio mismo se hubiera roto por las costuras. Una neblina grisácea se derramó por la grieta y Langdon vio una imagen espeluznante. Manos sin cuerpo lo buscaban, lo aferraban e intentaban arrancarlo de su mundo.

«¡No!»

Intentó oponerles resistencia, pero no tenía brazos... ni puños. ¿O sí los tenía? De pronto sintió que el cuerpo se le materializaba alrededor de la mente. Había recuperado la carne y unas manos poderosas lo estaban agarrando y lo arrastraban hacia arriba.

«¡No! ¡Por favor!»

Pero era tarde.

El dolor le laceró el pecho mientras las manos lo alzaban a través de la abertura. Sentía los pulmones llenos de arena.

«¡No puedo respirar!»

Súbitamente se encontró acostado de espaldas, sobre la superficie más fría y dura que podría haber imaginado. Algo le apretaba el pecho, una y otra vez, con dolorosa brusquedad. Estaba expulsando la tibieza por la boca.

«Quiero volver.»

Se sentía como un niño que acabara de salir del vientre materno.

Entre toses y convulsiones, empezó a escupir líquido. Le dolía el pecho y el cuello. El sufrimiento era insoportable y la garganta le quemaba. A su alrededor, había gente que hablaba intentando susurrar, pero el ruido era ensordecedor. Tenía la vista nublada y sólo distinguía formas borrosas. Había perdido la sensibilidad de la piel, que parecía cuero muerto.

De pronto sintió una opresión mayor en el pecho.

«¡No puedo respirar!»

Tosió y escupió más líquido.

Incapaz de resistirse al abrumador reflejo de respirar, inhaló con todas sus fuerzas y el aire frío irrumpió en sus pulmones. Se sintió como un bebé recién nacido que hubiese inhalado la primera bocanada de aire de su vida. El mundo era un lugar atroz. Lo único que quería era volver a entrar en el vientre materno.

Robert Langdon no tenía noción del tiempo transcurrido. Percibía que estaba acostado de lado, envuelto en mantas y toallas, sobre un suelo duro. Una cara familiar lo estaba mirando..., pero los gloriosos rayos de luz habían desaparecido. El eco de un cántico distante aún flotaba en su mente.

Verbum significatium... Verbum omnificum...

—Profesor Langdon —susurró alguien—, ¿sabe dónde está?

Él asintió débilmente con la cabeza, tosiendo todavía.

Más importante aún, empezó a recordar lo que estaba pasando esa noche.

Capítulo 113

Envuelto en mantas de lana, Langdon se irguió sobre las piernas temblorosas y bajó la vista para contemplar el tanque de líquido, con la tapa abierta. Había recuperado el cuerpo, aunque hubiese preferido no hacerlo. La garganta y los pulmones le quemaban. El mundo le resultaba duro y cruel.

Sato acababa de explicarle lo sucedido en el tanque de privación sensorial, y había añadido que, de no haberlo sacado a tiempo, probablemente habría muerto de inanición o algo peor. Langdon estaba casi convencido de que Peter había sufrido una experiencia similar. «El señor Solomon se encuentra en la zona intermedia –le había dicho esa misma noche el hombre de los tatuajes–. En el purgatorio... Hamistagan.» Robert estaba convencido de que, si su amigo se había visto obligado a pasar por más de uno de esos procesos de renacimiento, probablemente le habría contado a su captor todo lo que éste hubiera querido saber.

Sato le indicó a Langdon que la siguiera y así lo hizo él, arrastrando lentamente los pies por un pasillo estrecho que se adentraba en las profundidades de aquella extraña guarida que ahora veía por primera vez. Entraron en una habitación cuadrada, con una mesa de piedra y una iluminación espectral. Al ver a Katherine, Langdon dejó escapar un suspiro de alivio. Aun así, la escena era inquietante.

La mujer estaba acostada boca arriba sobre la mesa de piedra. En el suelo había varias toallas empapadas en sangre. Un agente de la CIA sostenía en alto una bolsa para infusión intravenosa con el tubo conectado al brazo de Katherine, que sollozaba en silencio.

—¿Katherine? —articuló Langdon, casi incapaz de hablar.

Ella volvió la cabeza, con expresión desorientada y confusa.

—¡¿Robert?! —Sus ojos reflejaron primero incredulidad y después alegría—. ¡Pero si he visto cómo te ahogabas!

Él se acercó a la mesa de piedra.

Katherine hizo un esfuerzo y se sentó, sin hacer caso del tubo intravenoso ni de las objeciones médicas del agente. Langdon se inclinó sobre la mesa y ella le tendió los brazos para rodear su cuerpo envuelto en mantas y estrecharlo contra su pecho.

—Gracias a Dios —murmuró, besándole la mejilla.

Lo besó una vez más y lo estrechó contra sí, como si no pudiera creer que fuera real.

—No entiendo... cómo...

Sato empezó a explicar algo acerca de tanques de privación sensorial y perfluorocarbonos oxigenados, pero era evidente que Katherine no le estaba prestando atención. Sólo quería sentir a Langdon a su lado.

—Robert —dijo—, Peter está vivo.

Con voz temblorosa, le contó el terrible encuentro y le describió el estado físico de su hermano. Mencionó la silla de ruedas, el extraño cuchillo, las alusiones a algún tipo de «sacrificio», y le contó que el hombre de los tatuajes la había dejado desangrándose, a modo de clepsidra humana, para convencer a Peter de que debía colaborar cuanto antes.

A Langdon le costaba hablar.

—¿Tienes... alguna idea... de dónde han podido ir?

Se apartó para mirarla.

Katherine tenía los ojos llenos de lágrimas.

—Dijo que había descifrado la cuadrícula de la base de la pirámide y que ésta le había indicado que fuera a la montaña sagrada.

—¿Tiene eso algún sentido para usted, profesor? —lo apremió Sato.

Langdon negó con la cabeza.

—Ninguno. —Aun así, le quedaba una esperanza—. Sin embargo, si él encontró la información en la base de la pirámide, nosotros también podemos encontrarla.

La cuadrícula de símbolos era una de las últimas imágenes que había visto antes de ahogarse, y las experiencias traumáticas suelen grabar en la mente los recuerdos con particular fuerza. Era capaz de recordar una parte de la misma; no toda, desde luego, y se preguntaba si sería suficiente.

Se volvió hacia Sato y dijo en tono perentorio:

—Quizá lo que recuerdo baste para averiguar lo que queremos, pero necesito consultar algo en Internet.

La directora sacó su BlackBerry del bolsillo.

—Busque «cuadrado de Franklin de orden ocho».

Ella lo miró con asombro, pero empezó a teclear sin hacer preguntas.

Langdon aún tenía la vista nublada y sólo entonces empezaba a procesar el extraño lugar donde se encontraba. Se dio cuenta de que la mesa de piedra donde se apoyaban estaba cubierta de manchas antiguas de sangre, y que la pared de la derecha estaba totalmente empapelada con textos, fotografías, dibujos y mapas, todo ello conectado con una gigantesca red de líneas.

«Dios mío.»

Se acercó al extraño *collage*, sujetando aún contra el cuerpo las mantas que lo envolvían. En la pared, colgada con chinches, había una extrañísima colección de información: hojas de textos antiguos, desde manuales de magia negra hasta textos sagrados del cristianismo; dibujos de símbolos y sellos; páginas impresas de webs que difundían teorías conspiratorias, e imágenes de Washington captadas por satélite, marcadas con notas y signos de interrogación. En una de las hojas había una larga lista de palabras en muchos idiomas, entre las que reconoció varios términos sagrados masónicos, así como fórmulas mágicas y encantamientos rituales.

«¿Es eso lo que busca? ¿Una palabra? ¿Es así de simple?»

El escepticismo que desde hacía tiempo profesaba Langdon respecto a la pirámide masónica se debía sobre todo a su pretendida revelación: la localización de los antiguos misterios. Supuestamente, la pista debía conducir a una especie de enorme cámara subterránea, repleta de miles y miles de volúmenes, que de algún modo habrían sobrevivido a la desaparición de las antiguas bibliotecas que alguna vez los habían albergado. Todo eso le parecía imposible.

«¿Una cámara tan grande? ¿En el subsuelo de Washington?»

En ese momento, sin embargo, el recuerdo de la conferencia de Peter en la Academia Phillips Exeter, combinado con las listas de palabras que tenía delante, le abrió otra asombrosa posibilidad.

Langdon no creía ni por asomo en el poder de las palabras mágicas..., sin embargo, parecía bastante evidente que el hombre tatuado sí creía en ellas. Se le aceleró el pulso mientras volvía a repasar con la vista las notas garabateadas, los mapas, los textos, las páginas impresas y todas las líneas interconectadas y las notas adhesivas.

Era indudable que había un tema recurrente.

«Dios mío, ese hombre está buscando el *verbum significatium*... la Palabra Perdida...»

Langdon dejó que cobrara forma la idea, recordando fragmentos de la conferencia de Peter.

«Lo que busca es la Palabra Perdida. ¡Eso es lo que cree que está sepultado aquí en Washington!»

Sato se situó a su lado.

—¿Es esto lo que ha pedido? —preguntó mientras le pasaba la Black-Berry.

Langdon vio la cuadrícula numérica de ocho filas por ocho columnas que aparecía en la pantalla.

—Exacto. —Cogió un trozo de papel—. Necesitaré un bolígrafo.

Sato le dio el que tenía en el bolsillo.

—Dese prisa, por favor.

En la oficina del sótano de la Dirección de Ciencia y Tecnología, Nola Kaye estaba estudiando una vez más el documento censurado que le había llevado Rick Parrish, el especialista en seguridad de sistemas.

«¿Qué diablos hará el director de la CIA con un archivo sobre pirámides antiguas y localizaciones subterráneas secretas?»

Cogió el teléfono y marcó un número.

Sato respondió al instante, con voz tensa.

—¿Sí, Nola? Estaba a punto de llamarte.

—Tengo información nueva —dijo Nola—. No sé muy bien cómo encaja en todo esto, pero he descubierto que hay un documento censu...

—Sea lo que sea, olvídalo —la interrumpió Sato—. No tenemos tiempo. No hemos podido capturar al objetivo y tengo todos los motivos para pensar que está a punto de hacer efectiva su amenaza.

Nola se estremeció.

—El aspecto positivo es que sabemos exactamente adónde se dirige. —Sato hizo una profunda inspiración—. El negativo es que se ha llevado el portátil.

Capítulo 114

A poco más de quince kilómetros de distancia, Mal'akh arropó a Peter Solomon con la manta y lo empujó sobre la silla de ruedas a través de un estacionamiento iluminado por la luna, hacia la sombra de un edificio enorme. La estructura tenía exactamente treinta y tres columnas exteriores, cada una de las cuales medía treinta y tres pies exactos de altura.[1] El colosal edificio estaba vacío a esa hora de la noche y no había nadie que pudiera verlos, aunque en realidad daba lo mismo. Desde cierta distancia, nadie habría reparado en un hombre alto de aspecto gentil, con abrigo negro largo, que llevaba a dar un paseo nocturno a un inválido calvo.

Cuando llegaron a la entrada trasera, Mal'akh acercó la silla de Peter al teclado numérico de seguridad. Peter miró las teclas con expresión desafiante, evidenciando que no tenía la menor intención de marcar el código.

Mal'akh se echó a reír.

—¿Crees que te he traído para que me dejes entrar? ¿Tan pronto se te ha olvidado que soy un miembro de tu hermandad?

Tendió la mano y tecleó el código de acceso que le había sido revelado tras su iniciación al grado trigésimo tercero.

La pesada puerta se abrió con un chasquido.

Peter emitió un gruñido y empezó a debatirse en la silla de ruedas.

1. Unos diez metros. (*N. de los t.*)

—¡Ay, Peter, Peter…! –suspiró Mal'akh–. Piensa en Katherine. Si colaboras, ella vivirá; está en tu mano salvarla. Te doy mi palabra.

Empujó la silla de su prisionero hacia el interior del edificio y cerró la puerta por dentro, con el corazón desbocado por la expectación. Tras recorrer con Peter varios pasillos, llegó a un ascensor y pulsó el botón. Las puertas se abrieron y Mal'akh entró de espaldas, tirando de la silla de ruedas. Después, procurando que Solomon viera lo que hacía, tendió la mano y pulsó el botón más alto.

Una expresión de creciente temor surcó el rostro atormentado de su prisionero.

—Tranquilo –susurró Mal'akh, acariciando suavemente la cabeza rapada de Peter mientras las puertas del ascensor se cerraban–. Ya sabes... El secreto es cómo morir.

«¡No puedo recordar todos los símbolos!»

Langdon cerró los ojos, empeñado en rememorar la ubicación exacta de los símbolos grabados en la base de la pirámide de piedra, pero ni siquiera su memoria eidética alcanzaba semejante grado de precisión. Anotó entonces los pocos símbolos que conseguía recordar, colocándolos en las posiciones indicadas por el cuadrado mágico de Franklin.

Aun así, no logró ver nada que tuviera sentido.

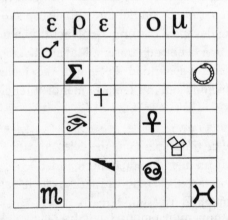

—¡Mira! –exclamó Katherine–. La pista que estás siguiendo debe de ser buena. Todos los símbolos de la primera fila son letras griegas. ¡Los símbolos del mismo tipo se disponen juntos!

Langdon también lo había observado, pero no se le ocurría ninguna palabra griega que coincidiera con aquella configuración de letras y espacios.

«¡Necesito la primera letra!»

Volvió a contemplar el cuadrado mágico, esforzándose por recordar la letra que había visto en el lugar correspondiente al número uno, junto a la esquina inferior izquierda.

«¡Piensa!»

Cerró los ojos y trató de visualizar la base de la pirámide.

«La fila inferior... Junto a la esquina inferior izquierda... ¿Qué letra había?»

Durante un instante, Langdon estuvo de vuelta en el tanque, transido de terror, mirando la base de la pirámide a través de la ventana de plexiglás.

Súbitamente, la vio. Abrió los ojos, respirando ruidosamente.

—¡La primera letra es una «H»!

Volvió a la cuadrícula y escribió la primera letra. La palabra aún estaba incompleta, pero había visto suficiente. De pronto, comprendió cuál podía ser la palabra.

«Ηερεδομ»

Sintiendo que el pulso le latía con fuerza, tecleó una búsqueda en la BlackBerry, con el equivalente en caracteres latinos de la conocida palabra griega. El primero de los resultados que aparecieron en la pantalla enlazaba con el artículo de una enciclopedia. En cuanto lo leyó, supo que había dado con la respuesta.

Heredom. n. m. Palabra importante en los grados más altos de la masonería, en particular, la del Rito Rosacruz francés, donde alude a una mítica montaña de Escocia, sede legendaria de su primera agrupación. Deriva del griego Ηερεδομ, que a su vez tiene su origen en *hieros-domos,* «casa sagrada» en griego.

—¡Eso es! —exclamó Langdon, sin salir de su asombro—. ¡Allí es adonde han ido!

Sato, que había estado leyendo por encima de su hombro, parecía confusa.

—¿Adónde? ¿A una mítica montaña de Escocia?

Langdon negó con la cabeza.

—No, a un edificio de Washington cuyo nombre cifrado es Heredom.

Capítulo 115

La Casa del Templo, conocida como Heredom por los miembros de la hermandad, siempre había sido el orgullo de los masones del Rito Escocés de Estados Unidos. Con su cubierta piramidal de lados empinados, el edificio llevaba el nombre de una imaginaria montaña escocesa. Sin embargo, Mal'akh sabía que el tesoro oculto en su interior no tenía nada de imaginario.

«Éste es el lugar. —Lo sabía—. La pirámide masónica ha mostrado el camino.»

Mientras el antiguo ascensor subía lentamente al tercer piso, Mal'akh sacó el papel donde había reorganizado la cuadrícula de símbolos, siguiendo el orden del cuadrado de Franklin. Todas las letras griegas se habían desplazado a la primera fila... junto con un sencillo símbolo.

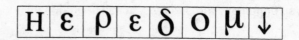

El mensaje no podía ser más claro.

«Bajo la Casa del Templo.»

Heredom↓

«La Palabra Perdida está aquí..., en algún sitio.»

Aunque Mal'akh no sabía exactamente cómo localizarla, estaba convencido de que la respuesta estaba oculta en los restantes símbolos de la cuadrícula. Para su gran conveniencia, no había nadie más capacitado que Peter Solomon para descifrar los secretos de la pirámide masónica y del edificio donde se encontraban.

«¡El venerable maestro en persona!»

Peter seguía agitándose en la silla de ruedas y emitiendo sonidos ahogados a través de la mordaza.

—Sé muy bien que estás preocupado por Katherine —dijo Mal'akh—, pero ya casi hemos terminado.

Para Mal'akh, la llegada del final había sido repentina. Después de tantos años de sufrimiento y preparación, de investigación y espera, por fin había llegado el momento.

Cuando el ascensor empezó a detenerse, sintió que lo atenazaba la emoción.

El cubículo se detuvo.

Las puertas de bronce se abrieron y Mal'akh contempló la gloriosa cámara que se abría ante ellos. El vasto espacio cuadrado, adornado con diversos símbolos, resplandecía a la luz de la luna, que se derramaba por el óculo abierto en lo más alto de la cubierta.

«He vuelto al punto de partida», pensó.

La Sala del Templo era el mismo lugar donde Peter Solomon y sus hermanos habían cometido la ingenuidad de iniciar a Mal'akh en sus misterios, como si fuera uno de los suyos. Ahora, el secreto más sublime de los masones, un secreto en cuya existencia la mayor parte de la hermandad ni siquiera creía, estaba a punto de ser revelado.

—No encontrará nada —dijo Langdon, todavía algo confuso y desorientado, mientras subía con Sato y los demás por la rampa de madera que conducía a la salida del sótano—. Esa palabra no existe. Es una metáfora, un símbolo de los antiguos misterios.

Katherine iba detrás de ellos, dejando que dos agentes sostuvieran por la rampa su cuerpo debilitado.

Mientras el grupo pasaba cautelosamente entre los restos de la puerta metálica destrozada y a través del cuadro giratorio en dirección al salón, Langdon iba explicando a Sato que la Palabra Perdida era uno de los símbolos más perdurables de la francmasonería: una sola palabra, escrita en una lengua arcana que el hombre ya no podía descifrar. Se suponía que la Palabra, lo mismo que los antiguos misterios, sólo revelaría su poder oculto a aquellos que tuvieran suficiente lucidez para descifrarla.

—Se dice —añadió Langdon para terminar— que sólo aquel que posea y comprenda la Palabra Perdida podrá descifrar los antiguos misterios.

Sato lo miró.

—¿Entonces usted cree que ese hombre busca una palabra?

Langdon tuvo que reconocer que su sugerencia podía parecer absurda a primera vista, pero resolvía muchas cuestiones.

—Verá, yo no soy ningún especialista en magia ritual —insistió—, pero después de ver los documentos que hay en la pared del sótano y de saber por Katherine que ese hombre tiene en la cabeza una zona sin tatuar..., diría que su propósito es encontrar la Palabra Perdida y grabársela en la piel.

Sato condujo al grupo al comedor. Fuera, el helicóptero estaba calentando motores y las aspas atronaban con fuerza creciente.

Langdon no dejaba de hablar, pensando en voz alta.

—Si ese individuo cree realmente que está a punto de desatar el poder de los antiguos misterios, no habrá para él ningún símbolo más poderoso que la Palabra Perdida. Si pudiera encontrarla y grabársela en la coronilla (que en sí misma es un punto sagrado del cuerpo), entonces se creería sin duda perfectamente ornamentado y ritualmente preparado para...

Se interrumpió al ver que Katherine palidecía ante la idea del destino que aguardaba a Peter.

—Pero, Robert —dijo ella con voz débil, casi inaudible en medio del estruendo del rotor del helicóptero—, eso que dices tiene su aspecto positivo, ¿no crees? Si pretende grabarse la Palabra Perdida en la coronilla antes de sacrificar a Peter, entonces tenemos tiempo. No lo matará hasta que encuentre la palabra. Y si la palabra no existe...

Langdon intentó mostrarse esperanzado mientras los agentes ayudaban a Katherine a sentarse.

—Por desgracia, Peter cree que todavía te estás desangrando. Cree que la única manera de salvarte es cooperar con ese lunático..., probablemente ayudándolo a encontrar la Palabra Perdida.

—¿Y qué más da? —insistió ella—. Si la palabra no existe...

—Katherine —dijo Langdon, mirándola a los ojos—, si yo creyera que te estás muriendo y alguien me prometiera salvarte a cambio de que yo le encontrara la Palabra Perdida, entonces le daría una palabra a ese hombre, cualquier palabra, y después le rogaría a Dios que cumpliera su promesa.

—¡Directora! —gritó un agente desde la habitación contigua—. ¡Tiene que ver esto!

Sato salió apresuradamente del comedor y vio a uno de sus agentes que venía bajando la escalera desde el dormitorio. En la mano llevaba una peluca rubia.

«¿Qué diablos...?»

—El postizo que usaba el hombre —dijo, al tiempo que se lo entregaba—. Lo encontré en el vestidor. Mírelo bien.

La peluca pesaba mucho más de lo que Sato esperaba. El casquete parecía moldeado con un gel espeso. Curiosamente, del revés sobresalía un cable.

—La batería de gel se adapta a la forma del cráneo —dijo el agente—, y alimenta una cámara espía de fibra óptica, oculta entre el pelo.

—¿Qué? —replicó Sato, rebuscando con los dedos hasta dar con el diminuto objetivo de la cámara, alojado de manera invisible entre los rizos rubios—. ¿Esta cosa es una cámara oculta?

—Una cámara de video —especificó el agente—. Guarda lo que graba en esta minúscula tarjeta de memoria de estado sólido —añadió, señalando un cuadrado de silicio del tamaño de un sello postal, adherido al casquete de la peluca—. Probablemente se activa con el movimiento.

«¡Dios santo! —pensó ella—. ¡Entonces fue así como lo hizo!»

Aquella versión actualizada de la cámara espía disimulada en la flor de la solapa había desempeñado un papel crucial en la crisis a la que la directora de la Oficina de Seguridad tenía que hacer frente esa noche. La estuvo observando un minuto más y después se la devolvió al agente.

—Sigan registrando la casa —dijo—. Quiero toda la información que puedan reunir sobre ese tipo. Sabemos que se llevó el portátil y necesito saber cómo piensa conectarse con el resto del mundo mientras esté fuera. Busquen en su estudio manuales de instrucciones, cables y cualquier cosa que pueda darnos pistas acerca del material que tiene a su disposición.

—Sí, señora —respondió el agente, aprestándose a cumplir sus órdenes.

«Ahora hay que salir.»

Sato oía el gemido de las aspas girando a la máxima potencia. Volvió rápidamente al comedor, donde para entonces ya se encontraba Warren Bellamy, al que Simkins había hecho pasar desde el helicóptero para interrogarlo acerca del edificio adonde pensaban que se había dirigido el sujeto.

«La Casa del Templo.»

—Las puertas delanteras están cerradas por dentro —estaba diciendo Warren Bellamy, temblando visiblemente y envuelto aún en una manta térmica de rescate, tras su estancia a la intemperie en Franklin Square—. Sólo podrán entrar por detrás. Hay un teclado de seguridad, con un número de acceso que sólo conocemos los miembros de la hermandad.

—¿Cuál es el número? —preguntó Simkins mientras tomaba notas.

Bellamy se sentó, demasiado débil para mantenerse de pie, y pese al castañeteo de los dientes, recitó el código de acceso y después añadió:

—La dirección es Sixteenth Street, número 1733; pero tendrán que buscar la entrada del garaje, detrás del edificio. No es fácil de encontrar, pero...

—Yo sé dónde está —intervino Langdon—. Se la mostraré cuando lleguemos.

Simkins negó con la cabeza.

—Usted no viene, profesor. Es una misión estrictamente...

—¡Claro que voy! —lo interrumpió Langdon con ferocidad—. ¡Peter está allí! ¡Y ese edificio es un laberinto! ¡Sin nadie que los guíe, tardarían por lo menos diez minutos en encontrar el camino a la Sala del Templo!

—Tiene razón —dijo Bellamy—. Es un laberinto. Hay un ascensor, pero es viejo, ruidoso, y está a plena vista de la Sala del Templo. Si quieren entrar sin que los oigan, tendrán que subir por la escalera.

—No podrán encontrar el camino sin ayuda —advirtió Langdon—. Desde la puerta de atrás, hay que pasar por la Sala de las Vestiduras, la Galería del Honor, el entresuelo, el vestíbulo central, la escalinata...

—Es suficiente —dijo Sato—. Langdon viene con nosotros.

Capítulo 116

La energía iba en aumento.

Mal'akh la sentía palpitar en su interior, la sentía subir y bajar por su cuerpo, mientras empujaba la silla de Peter Solomon hacia el altar.

«Saldré de este edificio infinitamente más poderoso de lo que he entrado.»

Sólo le faltaba localizar el último ingrediente.

–*Verbum significatium* –susurró para sus adentros–, *verbum omnificum*.

Colocó la silla de ruedas de Peter junto al altar, rodeó la estructura y abrió la cremallera de la pesada bolsa de viaje que su prisionero cargaba sobre las rodillas. Buscó en su interior, sacó la pirámide de piedra y la levantó a la luz de la luna, directamente a la vista de Peter, para enseñarle la cuadrícula de símbolos grabados en la base.

–¡Tantos años –le dijo con sorna–, y todavía no sabías cómo guardaba sus secretos la pirámide!

Mal'akh la depositó con cuidado en una esquina del altar y volvió a la bolsa.

–Y este talismán –prosiguió mientras extraía el vértice de oro– en verdad ha puesto orden en el caos, tal como prometía.

Colocó con esmero el vértice de metal sobre la pirámide de piedra y se apartó para que Peter pudiera observar el resultado.

–¡Mira! ¡He aquí tu *symbolon* completo!

Con expresión torturada, Peter intentó vanamente hablar.

—Bien, veo que tienes algo que decirme —dijo Mal'akh, arrancándole bruscamente la mordaza.

Antes de conseguir hablar, Peter Solomon estuvo varios segundos tosiendo y combatiendo la sensación de ahogo.

—Katherine... —dijo por fin.

—A Katherine le queda muy poco tiempo. Si quieres salvarla, te sugiero que hagas exactamente lo que yo te diga.

Mal'akh suponía que probablemente ya estaría muerta, o casi. Le daba lo mismo. Había tenido suerte de vivir el tiempo suficiente para despedirse de su hermano.

—Por favor —suplicó Peter—, envíale una ambulancia...

—Eso mismo haré, pero antes tienes que decirme cómo acceder a la escalera secreta.

La expresión de Peter fue de incredulidad.

—¡¿Qué?!

—La escalera. La leyenda masónica habla de una escalera que desciende decenas de metros, hasta el lugar secreto donde está enterrada la Palabra Perdida.

Ahora el pánico pareció adueñarse de Peter.

—Ya sabes: la leyenda —insistió Mal'akh—, una escalera secreta oculta debajo de una piedra.

Señaló el altar central, un bloque enorme de mármol negro con una inscripción dorada en hebreo: DIOS DIJO: «HÁGASE LA LUZ», Y LA LUZ SE HIZO.

—Obviamente, éste es el lugar. El acceso a la escalera debe de estar oculto en uno de los pisos de abajo.

—¡En este edificio no hay ninguna escalera secreta! —gritó Peter.

Mal'akh sonrió pacientemente e hizo un gesto indicando el techo.

—Este edificio tiene forma de pirámide.

Señaló los cuatro lados de la bóveda, que se afinaban hasta confluir en el óculo cuadrado del centro.

—Sí, la Casa del Templo es una pirámide, pero ¿qué tiene que ver eso con...?

—Peter, yo tengo toda la noche —lo interrumpió Mal'akh, alisándose la túnica blanca de seda sobre su cuerpo perfecto—. Katherine, en cambio, no. Si quieres que viva, tienes que decirme cómo encontrar la escalera.

—¡Ya te lo he dicho! —exclamó Peter—. ¡No hay ninguna escalera secreta en este edificio!

–¿No?

Con mucha calma, Mal'akh sacó el papel donde había reorganizado la cuadrícula de símbolos grabados en la base de la pirámide.

–Éste es el mensaje definitivo de la pirámide masónica. Tu amigo Robert Langdon me ayudó a descifrarlo.

Mal'akh levantó la hoja y la sostuvo delante de los ojos de Peter. El venerable maestro contuvo una exclamación. No sólo los sesenta y cuatro símbolos se habían reorganizado en grupos con significado claro, sino que a partir del caos se había materializado un dibujo.

El dibujo de una escalera... debajo de una pirámide.

Peter Solomon se quedó mirando con incredulidad la cuadrícula de símbolos que tenía delante. La pirámide masónica había guardado su secreto durante generaciones, y ahora, de pronto, lo revelaba. Una sensación de oscuro presagio le encogió el estómago.

«El código final de la pirámide.»

A primera vista, el verdadero significado de los símbolos seguía siendo un misterio para él. Sin embargo, de inmediato comprendió el motivo de que el hombre tatuado hubiera sacado una conclusión errónea.

«Cree que hay una escalera oculta debajo de la pirámide llamada Heredom. Ha interpretado mal los símbolos.»

–¿Dónde está? –preguntó el hombre tatuado–. Dime cómo encontrar la escalera y salvaré a Katherine.

«Ojalá pudiera –pensó Peter–, pero la escalera no es real.»

El mito de la escalera era puramente simbólico; formaba parte de las grandes alegorías de los masones. La escalera de caracol, como la llamaban, aparecía en los tableros de dibujo del segundo grado, y representaba el ascenso intelectual del hombre hacia la verdad divina. Al igual que la escalera de Jacob, la escalera de caracol masónica era un símbolo del camino hacia el cielo, de la ruta del hombre hacia Dios, de la conexión entre el mundo terrenal y el plano espiritual. Sus peldaños representaban las múltiples virtudes de la mente.

«Él debería saberlo —pensó Peter—. Ha sido iniciado en todos los grados.»

Todos los iniciados de la masonería oían hablar de la escalera simbólica que les permitiría ascender y «participar en los misterios de la ciencia humana». La francmasonería, como la ciencia noética y los antiguos misterios, tenía en muy alta estima el potencial inexplotado de la mente humana, y muchos símbolos masones guardaban relación con su fisiología.

«La mente es un vértice dorado en la cima del cuerpo físico; es la piedra filosofal. Por la escalera de la columna vertebral, la energía asciende y desciende, circula y conecta la mente celestial con el cuerpo físico.»

No era coincidencia, como Peter bien sabía, que la columna tuviera exactamente treinta y tres vértebras.

«Treinta y tres son los grados de la masonería.»

La base de la columna era el sacro, es decir, el «hueso sagrado».

«El cuerpo es en verdad un templo.»

La ciencia humana que los masones veneraban era la antigua sabiduría que enseñaba a usar ese templo para su fin más noble y poderoso.

Por desgracia, explicar la verdad a ese hombre no iba a servirle para ayudar a Katherine. Peter echó un vistazo a la cuadrícula de símbolos y lanzó un suspiro resignado.

—Tienes razón —mintió—. Es cierto que hay una escalera secreta debajo de este edificio; en cuanto le envíes una ambulancia a Katherine, te la enseñaré.

El hombre de los tatuajes se limitó a mirarlo fijamente.

Solomon le devolvió la mirada, desafiante:

—¡Puedes salvar a mi hermana y averiguar la verdad... o matarnos a los dos y vivir para siempre en la ignorancia!

Con tranquilidad, el hombre bajó el papel y meneó la cabeza.

—No estoy contento contigo, Peter. No has pasado la prueba. Todavía me tomas por tonto. ¿De verdad piensas que no sé lo que estoy buscando? ¿Crees que aún no conozco mi verdadero potencial?

Tras decir eso, el hombre le dio la espalda y dejó caer la túnica. Mientras la seda blanca se deslizaba y caía al suelo con un susurro, Peter vio por primera vez el largo tatuaje que le recorría al hombre toda la columna.

«Dios mío...»

Subiendo en espiral desde el taparrabos blanco, una elegante escalera de caracol dividía por la mitad la musculosa espalda. Cada peldaño correspondía a una vértebra. Sin habla, Peter dejó que sus ojos subieran por la escalera hasta la base del cráneo del hombre.

Sólo podía mirar, asombrado.

Entonces, el hombre de los tatuajes inclinó hacia atrás la cabeza rapada, dejando al descubierto el círculo de piel en blanco, en la coronilla. En torno a la piel virgen, había una serpiente enroscada en círculo, consumiéndose a sí misma.

«La unión.»

Más lentamente ahora, el hombre bajó la cabeza y se volvió en dirección a Peter. El enorme fénix bicéfalo del pecho miró al prisionero con ojos vacíos.

—Estoy buscando la Palabra Perdida —dijo el hombre—. ¿Vas a ayudarme... o van a morir tu hermana y tú?

«Tú sabes cómo encontrarla —pensó Mal'akh—. Sabes algo que no me quieres decir.»

Durante los interrogatorios, Peter Solomon había revelado información que probablemente ahora ni siquiera recordaba. Las repetidas sesiones dentro y fuera del tanque de privación sensorial lo habían sumido en un estado de delirante docilidad. Increíblemente, cuando había confesado, todo cuanto había dicho confirmaba la leyenda de la Palabra Perdida.

«La Palabra Perdida no es una metáfora; es real. Está escrita en una lengua antigua... y lleva muchos siglos escondida. Es capaz de conferir un poder inimaginable a aquel que comprenda su verdadero significado. Aún sigue oculta..., y la pirámide masónica tiene el poder de revelarla.»

—Peter —dijo Mal'akh, mirando a los ojos a su prisionero—, cuando miraste esa cuadrícula de símbolos..., viste algo. Tuviste una revelación. Esa cuadrícula significa algo para ti. Dime qué es.

—¡No te diré nada mientras no envíes ayuda a Katherine!

Mal'akh le sonrió.

—Aunque no lo creas, la perspectiva de perder a tu hermana es ahora el menor de tus problemas.

Sin una palabra más, se volvió hacia la bolsa de viaje de Langdon y empezó a sacar el material que había guardado antes, en el sótano. Después, comenzó a disponer cuidadosamente los objetos encima del altar del sacrificio.

Una sábana de seda doblada, de color blanco inmaculado.

Un incensario de plata con mirra egipcia.

Un frasco con la sangre de Peter, mezclada con cenizas.

Una pluma negra de cuervo, su sagrado instrumento de escritura.

El cuchillo ritual, forjado con el hierro de un meteorito caído en el desierto de Canaán.

—¿Crees que me da miedo la muerte? —gritó Peter con la voz transida de angustia—. ¡Si no tengo a Katherine, ya no me queda nada! ¡Has matado a toda mi familia! ¡Me lo has quitado todo!

—No, todo no —replicó Mal'akh—. Todavía no.

De la bolsa de viaje, sacó el computador portátil de su estudio. Se volvió y miró a su prisionero.

—Me temo que aún no has comprendido el verdadero alcance de tu problema.

Capítulo 117

Langdon sintió el tirón de la gravedad en el estómago mientras el helicóptero de la CIA despegaba del césped, se ladeaba pronunciadamente y aceleraba más de lo que nunca hubiera imaginado que podía hacerlo un helicóptero. Katherine se había quedado con Bellamy en la casa para recuperarse, mientras uno de los agentes de la CIA seguía registrando la mansión y esperaba la llegada del equipo de apoyo.

Antes de despedirse de Langdon, Katherine lo había besado en la mejilla y le había susurrado:

—Cuídate, Robert.

Ahora Langdon se agarraba para no salir despedido del asiento, mientras el helicóptero militar se nivelaba y ponía rumbo a la Casa del Templo a velocidad máxima.

Sentada a su lado, Sato gritaba órdenes al piloto.

—¡Dirígete a Dupont Circle! —aulló por encima del ruido ensordecedor—. ¡Nos posaremos allí!

Sorprendido, Langdon se volvió hacia ella.

—¿Dupont? ¡Eso está a varias calles de distancia! ¡Podemos aterrizar en el estacionamiento de la Casa del Templo!

Sato negó con la cabeza.

—Tenemos que entrar en el edificio sin hacer ruido. Si nuestro objetivo nos oye llegar...

—¡No tenemos tiempo! —objetó Langdon—. ¡Ese lunático está a punto de asesinar a Peter! ¡Quizá el ruido del helicóptero lo asuste y lo haga desistir!

Sato lo miró con absoluta frialdad.

—Como ya le dije antes, la seguridad de Peter Solomon no es mi objetivo prioritario. Creo que ya lo he dejado suficientemente claro.

Langdon no estaba de humor para otro discurso sobre la seguridad nacional.

—Escuche, yo soy el único a bordo que sabe moverse por ese edificio...

—Tenga cuidado, profesor —le advirtió la directora—. Usted está aquí como miembro de mi equipo y le exijo la más completa cooperación.

Hizo una breve pausa y después añadió:

—De hecho, quizá sea conveniente que le revele el alcance de la crisis de esta noche en toda su gravedad.

Buscó bajo el asiento y sacó de allí un reluciente maletín de titanio, que procedió a abrir para revelar un computador de aspecto inusualmente complicado. Cuando lo encendió, el logo de la CIA se materializó en la pantalla, junto con la solicitud de una contraseña.

Mientras la tecleaba, Sato preguntó:

—Profesor, ¿recuerda la peluca rubia que encontramos en la casa?

—Sí.

—Bien. Escondida dentro de esa peluca, había una cámara diminuta de fibra óptica..., oculta entre el pelo.

—¿Una cámara escondida? No lo entiendo...

La expresión de Sato era sombría.

—Lo entenderá —dijo mientras abría un archivo.

UN MOMENTO, POR FAVOR...
DECODIFICANDO ARCHIVO...

Se abrió una ventana de video que ocupó toda la pantalla. Sato levantó el maletín y lo colocó sobre las rodillas de Langdon para que disfrutara de una cómoda localidad de primera fila.

Una imagen muy poco habitual apareció en la pantalla.

Langdon se echó atrás, sobresaltado.

«¡¿Qué diablos...?!»

La película, borrosa y oscura, mostraba a un hombre con los ojos vendados, vestido como un hereje medieval de camino al cadalso: una soga al cuello, la pernera izquierda del pantalón enrollada hasta la rodilla, la manga derecha remangada hasta el codo y la camisa abierta, dejando al descubierto el pecho desnudo.

Langdon miraba con incredulidad. Había leído suficientes textos sobre rituales masónicos para reconocer perfectamente lo que estaba viendo.

«Un iniciado masónico... preparándose para ingresar en el primer grado.»

El hombre, alto y musculoso, llevaba puesta una peluca rubia que le resultó familiar. Tenía la piel muy bronceada. Langdon reconoció los rasgos de inmediato. Era evidente que el hombre había disimulado los tatuajes bajo una capa de maquillaje bronceador. Estaba de pie delante de un espejo de cuerpo entero, grabando en video su propia imagen, con la cámara que llevaba escondida dentro de la peluca.

«Pero... ¿por qué?»

Tras un fundido en negro, aparecieron nuevas escenas.

Se veía un pequeño recinto rectangular, tenuemente iluminado, con un vistoso damero de baldosas blancas y negras en el suelo. En un altar bajo de madera, flanqueado de columnas por tres de sus lados, había varios cirios encendidos.

Langdon sintió una repentina aprensión.

«Oh, no.»

Moviéndose al estilo errático de las grabaciones de aficionado, la cámara tomó una panorámica de la sala, que reveló a un pequeño grupo de hombres, vestidos con el traje ritual de los masones, observando al iniciado. En la penumbra, sus caras no se distinguían, pero Langdon no tuvo la menor duda acerca del lugar donde se celebraba el ritual.

Por su disposición tradicional, aquella sala podría haber estado en cualquier lugar del mundo, pero el frontón triangular de color azul pastel sobre la silla del maestro la delataba como la sala de la logia masónica más antigua de Washington: la Logia Potomac N.º 5, a la que habían pertenecido George Washington y los padres fundadores masones que colocaron las piedras fundamentales de la Casa Blanca y el Capitolio.

La logia aún seguía activa.

Además de dirigir la Casa del Templo, Peter Solomon era el maestro de su agrupación masónica local, y era precisamente allí, en las logias locales, donde solía comenzar el recorrido del iniciado masónico. Allí ingresaba en los tres primeros grados de la masonería.

—«¡Hermanos —anunció la voz familiar de Peter—, en nombre del

Gran Arquitecto del Universo, declaro abierta esta logia para la práctica del primer grado de la masonería!»

Se oyó un fuerte martillazo.

Langdon miraba con incredulidad, mientras se desplegaba ante sus ojos una sucesión de escenas, en las que Peter Solomon protagonizaba algunos de los momentos más truculentos del ritual.

«Ahora apoya una daga reluciente contra el pecho desnudo del iniciado... Lo amenaza con empalamiento si "revela a oídos indebidos los misterios de la masonería"... Describe el damero blanco y negro del suelo como una representación de "los vivos y los muertos"... Menciona castigos entre los que figuran «el degüello, el arrancamiento de la lengua de raíz y el enterramiento en las ásperas arenas de mar...»

Langdon no daba crédito a sus ojos.

«¿De verdad estoy siendo testigo de esta ceremonia?»

Durante siglos, los ritos de iniciación masónicos habían permanecido envueltos en el más absoluto de los secretos. Las únicas descripciones que se habían filtrado habían sido escritas por unos pocos hermanos enemistados con la organización. Langdon las había leído, por supuesto, pero contemplar una iniciación con sus propios ojos era algo completamente diferente.

«Sobre todo, con este montaje.»

Desde el principio se dio cuenta de que la película era un injusto libelo propagandístico que omitía los aspectos más nobles de la iniciación, para hacer hincapié únicamente en los más desconcertantes. Si la película se hacía pública, no cabía duda de que pronto se convertiría en la gran sensación de Internet.

«Los enemigos de los masones y los defensores de las teorías conspiratorias se lanzarán como buitres sobre esta carnaza.»

La organización masónica y muy especialmente Peter Solomon se verían involucrados en una conflagración de grandes proporciones y tendrían que participar en los debates en un desesperado intento por reducir los daños, aun cuando el ritual fuera inocuo y puramente simbólico.

La película incluía una siniestra referencia bíblica al sacrificio humano.

«La sumisión de Abraham al Ser Supremo, aviniéndose a sacrificar a Isaac, su hijo primogénito...»

Langdon pensó en Peter y deseó que el helicóptero pudiera volar más a prisa.

Entonces la película pasó a otra escena.

Era la misma sala, pero otra noche. Un grupo más numeroso de masones asistía a la ceremonia. Peter Solomon observaba el ritual desde la silla del maestro. Era el segundo grado, más intenso que el anterior.

«Ahora el iniciado se arrodilla ante el altar... Promete "guardar para siempre el secreto de los enigmas de la francmasonería"... Acepta que el castigo a los infractores sea "desgarrarles la cavidad torácica, arrancarles el corazón aún palpitante y arrojarlo al suelo para que sirva de alimento a las bestias famélicas".»

Para entonces, el corazón de Langdon latía desbocado. La escena volvió a cambiar. Era otra noche y los asistentes eran aún más numerosos. En el suelo había un cuadro de logia en forma de ataúd.

«El tercer grado.»

Era el ritual de la muerte, el más riguroso de todos los grados, el momento en que el iniciado se veía obligado a «hacer frente al desafío final de la aniquilación personal». De hecho, el penoso interrogatorio que formaba parte de la ceremonia era el origen de la expresión «someter a alguien al tercer grado». Si bien Langdon estaba familiarizado con las descripciones académicas del ritual, no estaba preparado para lo que vio a continuación.

«El asesinato.»

En un vertiginoso montaje de tomas breves, la película ofrecía un escalofriante relato del brutal asesinato del iniciado desde el punto de vista de la víctima. Había golpes simulados en la cabeza, uno de ellos con un mazo masónico de piedra. Paralelamente, un ayudante recitaba con voz lúgubre la historia del «hijo de la viuda», Hiram Abiff, el maestro constructor del templo de Salomón, que prefirió morir antes que revelar la sabiduría secreta que poseía.

La agresión era simulada, desde luego, pero su efecto en la pantalla no dejaba de ser espeluznante. Tras el golpe mortal recibido, el iniciado (que para entonces estaba «muerto en su ser anterior») era depositado en un simbólico ataúd, donde le cerraban los ojos y le cruzaban los brazos sobre el pecho como a un cadáver. Los hermanos masones se ponían de pie y rodeaban su cuerpo en actitud doliente, mientras sonaba en un órgano la marcha fúnebre.

La macabra escena resultaba profundamente perturbadora.

Pero aun fue peor lo que vino a continuación.

Cuando los hombres se reunieron en torno al hermano fallecido, la cámara mostró claramente sus facciones. Langdon descubrió entonces que

Solomon no era el único famoso presente en la sala. Una de las caras que contemplaban al iniciado en su ataúd aparecía casi a diario en televisión.

Un importante senador.

«¡Dios mío!»

La escena volvió a cambiar.

«Exterior noche... El mismo estilo de grabación, a sacudidas... Ahora el hombre va caminando por una calle. Mechones de pelo rubio se interponen delante del objetivo. Dobla una esquina y la cámara baja para enfocar lo que lleva en la mano... Un billete de un dólar... Primer plano del Gran Sello: el ojo que todo lo ve, la pirámide inconclusa... Después, abruptamente, la cámara se aparta para revelar una forma similar a lo lejos..., un gran edificio piramidal..., con lados inclinados que confluyen en una cima truncada.»

«La Casa del Templo.»

Un temor profundo le heló la sangre.

La película siguió avanzando.

«El hombre se dirige apresuradamente al edificio... Sube la escalera... hasta llegar a las gigantescas puertas de bronce, entre las dos esfinges de diecisiete toneladas que montan guardia a la entrada. El neófito ingresa en la pirámide de la iniciación.»

Después, oscuridad.

Se oía a lo lejos el potente sonido de un órgano... y se materializaba una nueva imagen.

«La Sala del Templo.»

Langdon tragó saliva.

En la pantalla, el espacio cavernoso palpitaba de manera electrizante. Bajo el óculo, el altar de mármol negro resplandecía a la luz de la luna. Congregados a su alrededor, sentados en sillas fabricadas a mano y tapizadas de cuero, aguardaban los miembros de un sombrío consejo de distinguidos masones del trigésimo tercer grado, reunidos para actuar como testigos. La cámara recorrió las caras con lenta y deliberada intencionalidad.

Langdon miró espantado los rostros.

Aunque no lo esperaba, lo que estaba viendo le pareció perfectamente lógico. La reunión de los masones más distinguidos de la ciudad más poderosa del mundo tenía que incluir por fuerza a muchas personalidades famosas e influyentes. Y en efecto, en torno al altar, ataviados con guantes largos de seda, delantales masónicos y joyas relucientes, se habían reunido algunos de los hombres más poderosos del país.

«Dos jueces del Tribunal Supremo..., el secretario de Defensa..., el presidente de la Cámara de Representantes... y, por último..., el director de la CIA.»

Langdon hubiese querido apartar la vista, pero no pudo. La escena resultaba fascinante y profundamente inquietante, incluso para él. Comprendió en un momento la causa de la preocupación y la ansiedad de Sato.

Mientras tanto, en la pantalla, la imagen se disolvía para dar paso a una escena particularmente chocante.

«Un cráneo humano... lleno de un oscuro líquido escarlata.»

El famoso *caput mortuum* se ofrecía al iniciado en las manos huesudas de Peter Solomon, cuyo anillo masónico de oro refulgía a la luz de los cirios. El líquido rojo era vino..., pero reverberaba como la sangre. El efecto visual era escalofriante.

«La quinta libación», pensó Langdon, que había leído descripciones de testigos de ese sacramento en las *Cartas sobre la institución masónica* de John Quincy Adams. Aun así, verla con sus propios ojos y observar cómo algunos de los hombres más poderosos de Estados Unidos contemplaban con toda calma la ceremonia era para Langdon una experiencia fascinante como pocas.

El iniciado cogió el cráneo entre las manos... y su cara se reflejó en la quieta superficie del vino.

—«Que este vino que ahora bebo se torne veneno mortífero en mis labios —declaró— si alguna vez, consciente e intencionadamente, quebranto mi juramento.»

Obviamente, ese iniciado se proponía quebrantar el juramento más allá de todo lo concebible.

Langdon no se atrevía a imaginar lo que podía suceder si la película llegaba a hacerse pública.

«Nadie lo entendería.»

El gobierno se sumiría en el caos. Inundarían la prensa los portavoces de los grupos antimasónicos, los fundamentalistas y los defensores de las teorías conspiratorias, que escupirían odio y miedo, y pondrían en marcha otra vez una caza puritana de brujas.

«Se tergiversará la verdad. —Langdon lo sabía—. Siempre pasa lo mismo con los masones.»

En realidad, la atención que la hermandad prestaba a la muerte era una forma de centrarse en la vida. El ritual masónico tenía por objeto despertar al hombre dormido, sacarlo de su oscuro ataúd de ignorancia, guiarlo hacia la luz y darle ojos para ver. Sólo la experiencia de la muerte permitía al hombre comprender en todo su alcance la experiencia de la vida. Sólo al darse cuenta de que sus días en la tierra estaban contados, podía el hombre comprender la importancia de vivir esos días con honor e integridad, al servicio de sus congéneres.

Las iniciaciones masónicas eran desconcertantes y sorprendentes porque su propósito era obrar una transformación. Los votos masónicos eran implacables, porque eran un recordatorio de que el honor y la palabra de un hombre son lo único que puede llevarse de este mundo. Las enseñanzas masónicas eran arcanas porque estaban destinadas a ser universales y a impartirse en el lenguaje de los símbolos y las metáforas, que trasciende las religiones, las culturas y las razas..., para crear una «conciencia mundial» unificada de amor fraternal.

Durante un breve instante, Langdon percibió un destello de esperanza. Intentó convencerse de que, si la película llegaba a filtrarse, la opinión pública la recibiría con mentalidad abierta y tolerante; al fin y al cabo, era bien sabido que todos los rituales espirituales incluían aspectos que, tomados fuera de contexto, podían resultar alarmantes, como las representaciones de la Pasión de Cristo, los ritos de circuncisión de los judíos, el bautismo de los muertos practicado por los mormones, los exorcismos católicos, el *niqab* islámico, las curaciones obradas por los chamanes en estado de trance o incluso el consumo figurado de la carne y la sangre de Cristo.

«Soy un iluso —reconoció Langdon, que no se engañaba—. Esa película sembrará el caos.»

Imaginó lo que sucedería si apareciera un video en el que los dirigentes de Rusia o del mundo islámico amenazaran con cuchillos el pecho desnudo de una víctima, pronunciaran juramentos violentos, practicaran ejecuciones simuladas, se acostaran en ataúdes simbólicos o bebieran vino en un cráneo humano. El clamor mundial sería instantáneo y abrumador.

«Que Dios nos ayude...»

En la pantalla, el iniciado se estaba llevando el cráneo a los labios. Echó atrás la cabeza para apurar el vino rojo sangre, sellando así su juramento. Después, bajó el recipiente y miró a la congregación reunida a su alrededor. Los hombres más poderosos y respetados de Estados Unidos le hicieron un gesto afirmativo con la cabeza, en señal de aceptación.

—«Bienvenido, hermano» —dijo Peter Solomon.

Mientras la imagen se fundía en negro, Langdon se dio cuenta de que se le había cortado la respiración.

Sin decir nada, Sato se inclinó hacia él, cerró el maletín y se lo retiró de las rodillas. Langdon la miró y trató de hablar, pero no encontró palabras. No importaba. Por su expresión, era evidente que había comprendido. Sato tenía razón. La crisis de esa noche era de alcance nacional... y de proporciones inimaginables.

Capítulo 118

Vestido únicamente con el taparrabos, Mal'akh iba y venía delante de la silla de ruedas de Peter Solomon.

—Peter —susurró, disfrutando cada minuto del terror de su prisionero—, has olvidado a tu segunda familia: tus hermanos masones. A ellos también los destruiré, si no colaboras.

Solomon parecía casi catatónico, iluminado por el fulgor del computador portátil que tenía sobre las rodillas.

—¡Por favor!—tartamudeó finalmente, levantando la vista—. Si esa película llegara a hacerse pública...

—¿Si llegara...? —Mal'akh se echó a reír—. ¿Si llegara a hacerse pública? —Señaló el pequeño módem USB enchufado en un costado del computador—. Estoy conectado con el mundo.

—No serías capaz...

«Claro que sí», pensó Mal'akh, saboreando el horror de Solomon.

—Está en tu mano detenerme —dijo— y salvar a tu hermana. Pero tienes que decirme lo que quiero saber. La Palabra Perdida está oculta en alguna parte, Peter, y yo sé que esa cuadrícula revela exactamente dónde encontrarla.

Peter volvió a mirar la cuadrícula de signos, sin que sus ojos dejaran entrever nada.

—Quizá esto te ayude a inspirarte.

Mal'akh alargó la mano por encima de los hombros de Solomon y pulsó varias teclas del portátil. Se abrió un programa de correo electrónico y Peter se puso visiblemente tenso. La pantalla mostraba el borrador de un mensaje que Mal'akh había preparado horas antes: un archivo de video, dirigido a una larga lista de destinatarios, entre los que figuraban las principales cadenas de televisión.

Mal'akh sonrió.

—Creo que ha llegado el momento de darla a conocer, ¿no te parece?

—¡No!

Mal'akh se inclinó y pulsó el botón de envío. Peter se agitó violentamente bajo las ataduras, intentando derribar el computador.

—Tranquilo, Peter —susurró Mal'akh—. Es un archivo enorme. La transmisión durará varios minutos.

Le señaló la barra de progreso.

ENVIANDO MENSAJE: 2 % COMPLETADO

—Si me dices lo que quiero saber, detendré el envío y nadie verá nunca la película.

Con expresión espectral, Peter contemplaba el lento avance de la barra.

ENVIANDO MENSAJE: 4 % COMPLETADO

Mal'akh levantó el computador de las rodillas de Peter, lo colocó sobre una de las sillas cercanas tapizadas de cuero y giró la pantalla para que su prisionero pudiera seguir el progreso de la transmisión. Después, volvió al lado de Solomon y depositó sobre sus rodillas la hoja con los símbolos.

—Según la leyenda, la pirámide masónica revelará la Palabra Perdida. Muy bien, éste es el código final de la pirámide, y estoy seguro de que tú sabes leerlo.

Mal'akh echó un vistazo al portátil.

ENVIANDO MENSAJE: 8 % COMPLETADO

Después, volvió la vista hacia Peter. Solomon lo miraba fijamente, con los ojos grises refulgentes de odio.

«Ódiame —pensó Mal'akh—. Cuanto más intensa sea la emoción, más potente será la energía liberada cuando celebremos el ritual.»

En Langley, Nola Kaye se apretó el auricular del teléfono contra la oreja. Casi no distinguía la voz de Sato por encima del ruido del helicóptero.

—¡Dijeron que es imposible detener la transmisión del archivo! —gritó—. Clausurar los proveedores locales de Internet llevaría al menos una hora y, si tiene acceso a un proveedor de telefonía móvil, tampoco serviría de nada inutilizar la red terrestre porque conseguiría enviar el mensaje de todos modos.

La circulación de la información digital se había vuelto prácticamente imposible de parar. Había demasiadas rutas de acceso a Internet. Entre las redes de cable, los puntos de WiFi, los módems USB, los teléfonos por satélite, los superteléfonos y las PDA con función de correo electrónico, la única manera de aislar una potencial filtración de datos era destruir la máquina donde podía originarse.

—Encontré la hoja de especificaciones del UH-60 en el que viajan ustedes —dijo Nola— y, por lo visto, está equipado con PEM.

Desde hacía cierto tiempo, los cañones de pulso electromagnético o PEM formaban parte del equipo habitual de los cuerpos de seguridad, que los usaban sobre todo para detener a distancia la huida de un vehículo. Mediante la emisión de un pulso superconcentrado de radiación electromagnética, un cañón PEM podía inutilizar los circuitos electrónicos de cualquier aparato al que se dirigiera: coches, teléfonos celulares, computadores... Según la hoja de especificaciones que estaba consultando Nola, el UH-60 llevaba montado en el bastidor un magnetrón de seis gigahercios, con mirilla láser y bocina amplificadora de cincuenta decibelios, que generaba un pulso de diez gigavatios. Una de sus descargas, orientada directamente a un portátil, podía freír la placa madre del computador y borrar instantáneamente el disco duro.

—No podemos usar el PEM —gritó a su vez Sato—. Nuestro objetivo está dentro de un edificio de piedra, sin línea visual y con protección electromagnética de muchos centímetros de grosor. ¿Hay algún indicio de que la película haya empezado a circular?

Nola echó un vistazo al segundo monitor, donde aparecían los resultados de una búsqueda continua de noticias recientes acerca de los masones.

—Todavía no. Pero si empieza a circular, lo sabremos en cuestión de segundos.

—Manténme informada —dijo Sato antes de cerrar la comunicación.

Langdon contuvo el aliento mientras el helicóptero caía del cielo a Dupont Circle. Unos cuantos peatones se dispersaron mientras el aparato descendía a través de una abertura entre las copas de los árboles y se posaba bruscamente en el césped, justo al sur de la famosa fuente en dos niveles diseñada por los dos creadores del Lincoln Memorial.

Treinta segundos después, Langdon viajaba a toda velocidad a bordo de un Lexus todoterreno confiscado, subiendo por New Hampshire Avenue en dirección a la Casa del Templo.

Peter Solomon estaba intentando desesperadamente determinar qué hacer. Lo único que podía conjurar en su mente eran imágenes de Katherine desangrándose en el sótano... y de la película que acababa de ver. Volvió lentamente la cabeza hacia el computador situado a varios metros de distancia, sobre la silla tapizada de cuero, y vio que casi un tercio de la barra de progreso se había rellenado.

ENVIANDO MENSAJE: 29% COMPLETADO

Para entonces, el hombre tatuado caminaba en amplios círculos en torno al altar cuadrado, balanceando un incensario encendido y salmodiando entre dientes. Densos penachos de humo blanco se arremolinaban en su ascenso hacia la claraboya del techo. El hombre tenía los ojos dilatados y parecía haber entrado en un trance demoníaco. Peter volvió la mirada hacia el cuchillo antiguo, que aguardaba junto a la sábana de seda blanca extendida sobre el altar.

Peter Solomon no tenía la menor duda de que moriría en el templo esa misma noche. La cuestión era cómo morir. ¿Encontraría la manera de salvar a su hermana y a sus compañeros? ¿O moriría completamente en vano?

Bajó la vista hacia la cuadrícula de símbolos. La primera vez que había visto el cuadrado, la impresión del momento lo había cegado y le había impedido atravesar el velo del caos para contemplar la asombrosa verdad. Ahora, sin embargo, el auténtico significado de los símbolos se reveló ante sus ojos, claro como el agua. Veía la cuadrícula bajo una luz totalmente nueva.

Peter Solomon supo con exactitud lo que tenía que hacer.

Inspiró profundamente y miró la luna a través del óculo que se abría sobre su cabeza. Después, empezó a hablar.

«Todas las grandes verdades son simples.»

Mal'akh lo había aprendido mucho tiempo atrás.

La solución que Peter Solomon le estaba explicando era tan elegante y sencilla que sólo podía ser verdad. Increíblemente, la solución del código final de la pirámide era mucho más simple de lo que nunca podría haber imaginado.

«¡Tenía la Palabra Perdida delante de mis propios ojos!»

En un instante, un brillante rayo de luz atravesó las tinieblas de los mitos y la historia que rodeaban a la Palabra Perdida. Como prometía la leyenda, la Palabra Perdida estaba escrita en una lengua antigua y revestía un gran poder místico en todas las filosofías, las religiones y las ciencias conocidas por el hombre.

«En la alquimia, la astrología, la Cábala, el cristianismo, el budismo, el rosacrucianismo, la masonería, la astronomía, la física, la ciencia noética...»

De pie en la cámara donde había sido iniciado, en la cima de la gran pirámide de Heredom, Mal'akh contempló el tesoro que llevaba tantos años buscando y supo que su preparación no podría haber sido más perfecta.

«Pronto estaré completo.

»La Palabra Perdida ha sido hallada.»

Mientras tanto, en Kalorama Heights, un agente solitario de la CIA hablaba por teléfono entre un mar de basura, después de volcar los cubos encontrados en el garaje.

—¿Señorita Kaye? —dijo a la analista de Sato—. Ha sido buena idea lo de buscar en la basura. Creo que he descubierto algo interesante.

Dentro de la casa, Katherine Solomon recuperaba las fuerzas con cada instante que pasaba. La infusión con lactato de Ringer había conseguido subirle la tensión sanguínea y le había calmado el palpitante dolor de cabeza. Ahora estaba descansando, sentada en el comedor, con instrucciones estrictas de no moverse. Sin embargo, era un manojo de nervios y esperaba con creciente ansiedad noticias de su hermano.

«¿Dónde están todos?»

El equipo de la policía científica de la CIA aún no había llegado, y el agente que se había quedado en la casa seguía fuera, registrando la finca. Hasta pocos minutos antes, Bellamy había estado con ella en el comedor, envuelto en la manta de rescate, pero él también se había ido en busca de alguna información que pudiera ayudar a la CIA a salvar a Peter.

Incapaz de estarse sentada sin hacer nada, Katherine se incorporó, caminó con paso titubeante y se dirigió lentamente al salón. Encontró a Bellamy en el estudio. El Arquitecto del Capitolio estaba de espaldas, de pie ante un cajón abierto y aparentemente tan absorto en su contenido que no la oyó entrar.

Katherine se le acercó por detrás.

—¿Warren?

El hombre dio un respingo y se volvió, cerrando rápidamente el cajón con la cadera. Su expresión reflejaba asombro y dolor, y tenía lágrimas en las mejillas.

—¿Qué pasa, Warren? —Katherine echó una mirada al cajón—. ¡Dímelo!

Bellamy parecía incapaz de hablar. Tenía todo el aspecto de haber descubierto algo que deseaba profundamente no haber visto.

—¿Qué hay en el cajón? —exigió ella.

Con los ojos llenos de lágrimas, Bellamy sostuvo su mirada durante un largo y doloroso momento. Finalmente, habló.

—Tú y yo nos preguntábamos por qué ese hombre odiaba tanto a tu familia...

Katherine arrugó la frente.

—¿Y bien?

—Verás... —respondió Bellamy con voz quebrada—. Acabo de encontrar la respuesta.

Capítulo 119

En la cámara situada en lo más alto de la Casa del Templo, el hombre que se hacía llamar Mal'akh, de pie ante el grandioso altar, se masajeó suavemente la piel intacta de la coronilla.

—*Verbum significatium* —salmodió, preparándose—, *verbum omnificum.*

El último ingrediente por fin había sido hallado.

«Con frecuencia, los tesoros más valiosos son los más simples.»

Sobre el altar flotaban fragantes volutas de humo, que escapaban del incensario. Los sahumerios atravesaban el haz de rayos lunares, despejando un camino al cielo que haría posible el ascenso sin ningún impedimento de un alma liberada.

Había llegado el momento.

Mal'akh cogió el frasco con la sangre de Peter y le quitó el tapón. Ante la mirada de su prisionero, mojó la punta de la pluma de cuervo en la tinta escarlata y se la llevó al sagrado círculo de piel en lo alto de la cabeza. Hizo una breve pausa para pensar en lo mucho que había esperado esa noche. Por fin tenía la gran transformación al alcance de la mano.

«Cuando la Palabra Perdida se inscriba en su mente, el hombre estará listo para recibir un poder inimaginable.»

Era la antigua promesa de la apoteosis. Hasta ese momento, la humanidad había sido incapaz de cumplirla, y Mal'akh había hecho cuanto había podido para asegurarse de que siguiera siendo así.

Con mano firme, apoyó sobre la piel la punta de la pluma. No necesitaba espejo, ni ayuda, sino únicamente el sentido del tacto y la visión mental. Con lenta minuciosidad, empezó a inscribirse la Palabra Perdida en el interior del círculo del uróboros tatuado en la cabeza.

Peter Solomon lo contemplaba con expresión de horror.

Al terminar, Mal'akh cerró los ojos, dejó la pluma y exhaló todo el aire contenido en los pulmones. Por primera vez en su vida, experimentaba una sensación que nunca había conocido.

«Estoy completo. He completado el proceso.»

Mal'akh había trabajado durante años forjando el instrumento que era su cuerpo, y ahora, cuando se acercaba el momento de su transformación final, podía sentir cada una de las líneas que llevaba inscritas en la piel.

«Soy una auténtica obra de arte. Una obra perfecta y completa.»

Mal'akh abrió los ojos y sonrió.

—Te he dado lo que pedías —la voz de Peter interrumpió sus pensamientos—. Ahora envíale ayuda a Katherine y detén la transmisión del archivo.

Mal'akh abrió los ojos y sonrió.

—Tú y yo todavía no hemos terminado. —Se volvió hacia el altar, cogió el cuchillo ritual y pasó un dedo por la reluciente hoja de hierro—. Este antiguo cuchillo —dijo— fue encargado por Dios para la ejecución de un sacrificio humano. Ya lo habías reconocido antes, ¿verdad?

Los ojos grises de Solomon parecían de piedra.

—Es una pieza singular y conozco la leyenda.

—¿Leyenda? El relato aparece en las Sagradas Escrituras. ¿No crees que sea verdad?

Peter se limitó a mirarlo sin hablar.

Mal'akh se había gastado una fortuna en localizar y conseguir la pieza, conocida como cuchillo del Akedá y fabricada más de tres mil años antes con el hierro de un meteorito caído a la Tierra.

«Hierro celeste, como lo llamaban los antiguos místicos.»

Se consideraba el cuchillo auténtico utilizado para el Akedá, el acto por el cual Abraham había estado a punto de inmolar a su hijo en la cima del monte Moriá, según la narración del Génesis. A lo largo de su historia extraordinaria, el cuchillo había sido propiedad de papas, místicos nazis, alquimistas europeos y coleccionistas particulares.

«Lo cuidaban y lo admiraban —pensó Mal'akh—, pero ninguno se atrevió a liberar su verdadero poder utilizándolo para su auténtico propósito.»

Esa noche, el cuchillo del Akedá cumpliría la función para la que estaba destinado.

El Akedá siempre había sido sagrado en el ritual masónico. Ya en el primer grado, los masones celebraban «la más excelsa de las ofrendas entregadas a Dios, la sumisión de Abraham a la voluntad del Ser Supremo, ofreciéndole a Isaac, su hijo primogénito».

La sensación del peso de la hoja era estimulante en las manos de Mal'akh, que se agachó y usó el cuchillo recién afilado para cortar las sogas que ataban a Peter a la silla de ruedas. Las ligaduras cayeron al suelo.

Peter Solomon hizo una mueca de dolor, intentando mover las extremidades entumecidas.

—¿Por qué me haces esto? ¿Qué crees que conseguirás?

—Tú, entre todas las personas, deberías entenderlo —replicó Mal'akh—. Has estudiado la sabiduría de los antiguos y sabes que el poder de los misterios se basa en el sacrificio, en la liberación del alma humana de su envoltorio mortal. Siempre ha sido así, desde el comienzo.

—Tú no sabes nada de sacrificios —dijo Peter con una voz que destilaba odio y dolor.

«¡Excelente! —pensó Mal'akh—. ¡Alimenta tu odio! ¡Así me lo pondrás más fácil!»

El estómago vacío de Mal'akh produjo un gruñido mientras él iba y venía delante de su prisionero.

—Hay un poder enorme en el derramamiento de la sangre humana. Todos lo han sabido, desde los antiguos egipcios y los druidas celtas, hasta los chinos y los aztecas. Hay magia en el sacrificio humano, pero el hombre moderno se ha vuelto demasiado débil, demasiado medroso para entregar verdaderas ofrendas, demasiado enclenque para entregar la vida que exige la transformación espiritual. Sin embargo, los textos antiguos son inequívocos: sólo ofreciendo lo más sagrado podrá un hombre acceder al poder definitivo.

—¿Me consideras a mí una ofrenda sagrada?

Mal'akh prorrumpió en sonoras carcajadas.

—Todavía no lo has entendido, ¿verdad?

Peter lo miró con extrañeza.

—¿Sabes por qué tengo un tanque de privación sensorial en casa? —Mal'akh se apoyó las manos sobre las caderas y flexionó el cuerpo minuciosamente ornamentado, sólo cubierto por el breve taparrabos–. He estado practicando..., preparándome..., adelantándome al momento en que sea mente pura..., al instante en que me libere de este envoltorio mortal..., tras haber ofrecido este hermoso cuerpo a los dioses en sacrificio. ¡Yo soy la ofrenda más valiosa! ¡El cordero blanco soy yo!

La boca de Peter se abrió, pero de sus labios no salió ninguna palabra.

–Sí, Peter, un hombre debe brindar a los dioses aquello que más valora: la más blanca de sus palomas, la ofrenda más valiosa y digna. Tú no eres valioso para mí, Peter. Tú no eres una ofrenda digna –Mal'akh lo miró con ojos centelleantes–. ¿No lo ves? Tú no eres el sacrificio, Peter. Lo soy yo. Mía es la carne del sacrificio; yo soy la ofrenda. Mírame. Me he preparado para hacerme merecedor del viaje final. ¡Yo soy la ofrenda!

Peter seguía sin habla.

–El secreto es cómo morir –añadió Mal'akh–. Ustedes, los masones, lo saben. –Señaló el altar–. Veneran las antiguas verdades y, sin embargo, son cobardes. Conocen el poder del sacrificio y, aun así, se mantienen a una distancia prudente de la muerte, con sus asesinatos simulados y sus rituales de muerte sin derramamiento de sangre. Esta noche, su altar simbólico conocerá su verdadero poder... y servirá para su auténtico propósito.

Mal'akh extendió el brazo, aferró la mano izquierda de Peter Solomon y le depositó en la palma la empuñadura del cuchillo del Akedá.

«La mano izquierda es servidora de la oscuridad.»

También había planeado ese detalle; Peter no tendría elección al respecto. Mal'akh no podía concebir un sacrificio más potente y simbólico que el practicado en ese altar, por ese hombre y con ese cuchillo, que se hincaría en el corazón de una víctima cuya carne mortal estaba envuelta como un regalo, en un sudario de símbolos místicos.

Con la ofrenda de su ser, Mal'akh dejaría establecido su rango en la jerarquía de los demonios. El verdadero poder residía en la oscuridad y la sangre. Los antiguos lo sabían, y los maestros debían elegir bando, según su naturaleza individual. La elección de Mal'akh había sido sabia. El caos era la ley natural del universo, y la indiferencia, el motor de la entropía. La apatía del hombre era el terreno abonado donde los espíritus de la oscuridad plantaban su simiente.

«Los he servido y ellos me recibirán como a un dios.»

Peter no se movió. Tenía la mirada fija en el cuchillo antiguo que aferraba su mano.

–Harás lo que yo diga –declaró Mal'akh–. Me entrego voluntariamente al sacrificio. Tu papel definitivo está escrito. Tú me transformarás; me liberarás de mi cuerpo. Lo harás, porque de lo contrario perderás a Katherine y a tus hermanos. Entonces sí que estarás solo. –Hizo una pausa y bajó la vista, sonriendo a su prisionero–. Ése será tu castigo final.

Los ojos de Peter se levantaron lentamente para encontrar la mirada de Mal'akh.

–¿Matarte a ti? ¿Un castigo? ¿Crees que vacilaría? ¡Eres el asesino de mi hijo! ¡De mi madre! ¡De toda mi familia!

–¡No! –estalló Mal'akh con una fuerza que incluso a él lo sorprendió–. ¡Te equivocas! ¡Yo no maté a tu familia! ¡Lo hiciste tú! ¡Tú decidiste dejar a Zachary en la prisión! ¡A partir de ahí, los engranajes se pusieron en movimiento! ¡Tú mataste a tu familia, Peter, no yo!

Los nudillos de Peter se volvieron blancos por la fuerza con que apretaba el cuchillo.

–¡Tú no sabes por qué dejé a Zachary en la prisión! ¡No sabes nada!

–¡Lo sé todo! –replicó Mal'akh con ferocidad–. Yo estaba allí. Dijiste que lo hacías por su bien. ¿También lo hiciste por su bien cuando le diste a elegir entre la riqueza y la sabiduría? ¿Lo hiciste por su bien cuando le diste el ultimátum para que se uniera a los masones? ¿Qué clase de padre obliga a su hijo a elegir entre la riqueza y la sabiduría y espera que sepa tomar una decisión acertada? ¿Qué clase de padre abandona a su hijo en la prisión, en lugar de meterlo en un avión y llevarlo a la seguridad de su casa? –Mal'akh se situó delante de Peter y se agachó, colocando su cara tatuada a escasos centímetros del rostro de su prisionero–. Y lo más importante de todo..., ¿qué clase de padre puede mirar a los ojos a su propio hijo..., incluso después de tantos años..., y no reconocerlo?

Las palabras de Mal'akh resonaron durante varios segundos en la cámara de piedra.

Después, se hizo el silencio.

En la repentina quietud, Peter Solomon parecía haber salido bruscamente de su trance. Tenía la cara nublada por una expresión de total incredulidad.

«Sí, padre. Soy yo.»

Mal'akh llevaba años esperando ese momento..., el momento de vengarse del hombre que lo había abandonado..., de mirar fijamente esos ojos grises y decir la verdad que durante todos esos años había estado oculta. Ahora, el momento había llegado y él habló con lentitud, ansioso de ver cómo el peso de sus palabras aplastaba poco a poco el alma de Peter Solomon.

—Deberías estar contento. Tu hijo pródigo ha regresado.

La cara de Peter se había vuelto de una palidez mortal.

Mal'akh paladeaba cada segundo de su sufrimiento.

—Mi propio padre tomó la decisión de dejarme en la prisión..., y en ese instante juré que nunca más volvería a abandonarme. Ya no volvería a ser su hijo. Zachary Solomon dejó de existir.

Dos lágrimas brillantes se formaron en los ojos de su padre, y Mal'akh pensó que eran lo más hermoso que había visto en su vida.

Peter sofocó el llanto sin dejar de mirar fijamente la cara de Mal'akh, como si la estuviera viendo por primera vez.

—El director de la prisión sólo quería dinero —dijo Mal'akh—, pero tú se lo negaste. No te paraste a pensar que mi dinero era tan bueno como el tuyo. A él no le preocupaba quién le pagara, sino sólo recibir su paga. Cuando le ofrecí una buena retribución, eligió a un recluso enfermizo más o menos de mi talla, lo vistió con mi ropa y lo molió a palos hasta dejarlo irreconocible. Las fotos que viste... y el ataúd sellado que enterraste... no eran míos. Eran de un desconocido.

La cara de Peter, surcada por las lágrimas, se contrajo entonces en una mueca de angustia e incredulidad.

—¡Oh, Dios mío! ¡Zachary!

—Ya no. Cuando Zachary salió de esa prisión, lo hizo transformado.

Su físico adolescente y su cara aniñada habían experimentado una metamorfosis radical, cuando inundó su joven organismo con hormonas del crecimiento y esteroides experimentales. Incluso sus cuerdas vocales habían sufrido alteraciones radicales que habían transformado su voz juvenil en un susurro permanente.

«Zachary se convirtió en Andros.

»Andros se convirtió en Mal'akh.

»Y esta noche, Mal'akh se convertirá en la más grandiosa de todas sus encarnaciones.»

En ese momento, en Kalorama Heights, Katherine Solomon estaba de pie, delante del cajón abierto del escritorio, contemplando lo que sólo podía describirse como la colección de un fetichista, compuesta por fotografías y viejos recortes de prensa.

—No lo entiendo —dijo, volviéndose hacia Bellamy—. Es evidente que ese lunático estaba obsesionado con mi familia, pero...

—Sigue mirando... —la instó Bellamy mientras tomaba asiento, sin perder la expresión de honda conmoción.

Katherine continuó el recorrido por la pila de recortes, todos los cuales guardaban relación con la familia Solomon: los numerosos éxitos de Peter, las investigaciones de Katherine, el terrible asesinato de Isabel, su madre, los problemas de Zachary Solomon con las drogas, su encarcelamiento y su brutal asesinato en una prisión turca.

La fijación de ese hombre con la familia Solomon iba más allá del fanatismo, y sin embargo Katherine no veía nada que explicara su obsesión.

Entonces encontró las fotografías. La primera mostraba a Zachary, metido hasta las rodillas en el mar azul intenso de una playa bordeada de blancas casas encaladas.

«¿Grecia?»

Supuso que la foto sólo podía corresponder a la temporada de drogas y escándalos que Zach había pasado en Europa. Curiosamente, el muchacho tenía un aspecto mucho más saludable que en las imágenes captadas por los *paparazzi*, en las que se veía a un jovencito demacrado, de fiesta permanente con otros depravados. En ésa, sin embargo, parecía más en forma, más fuerte y maduro. Katherine no recordaba haberlo visto nunca tan saludable.

Extrañada, buscó la fecha impresa en la foto.

«Pero esto es... imposible.»

La fotografía estaba fechada casi un año después de la muerte de Zachary en la cárcel.

De pronto, Katherine empezó a pasar desesperadamente las fotos de la pila. En todas aparecía Zachary Solomon..., que poco a poco se iba volviendo mayor. La colección parecía una especie de autobiografía en imágenes, la crónica de una lenta transformación. A medida que avanzaba en la pila, Katherine notó un cambio repentino y espectacular. Vio con horror cómo empezaba a transmutarse el cuerpo de Zachary. Los músculos se volvían protuberantes y los rasgos faciales se metamorfoseaban, como probable consecuencia del abuso de esteroides. El físico parecía duplicar su masa y los ojos adquirían una ferocidad escalofriante.

«¡Ni siquiera lo reconozco!»

No se parecía en nada al recuerdo que Katherine tenía de su sobrino.

Cuando llegó a la fotografía del hombre con la cabeza rapada, sintió que las rodillas se le aflojaban. Entonces vio una imagen del cuerpo desnudo... adornado con los primeros tatuajes.

Sintió que se le paralizaba el corazón.

«¡Dios santo, no!»

Capítulo 120

—¡Gire a la derecha! —gritó Langdon desde el asiento trasero del todoterreno Lexus confiscado.

Simkins irrumpió en S Street y condujo el vehículo como una exhalación a través de un barrio residencial de calles arboladas. Cuando estuvieron cerca de Sixteenth Street la Casa del Templo surgió a su derecha como una montaña.

El agente contempló impresionado la enorme estructura. Parecía como si alguien hubiera construido una pirámide sobre el Panteón de Roma. Se dispuso a girar a la derecha en Sixteenth Street con la intención de detenerse a la entrada del edificio.

—¡No, no gire! —le ordenó Langdon—. ¡Siga recto! ¡No se aparte de esta calle!

Simkins obedeció y siguió adelante, a lo largo del lado este del edificio.

—Cuando llegue a la esquina —le indicó Robert—, gire a la derecha.

Simkins siguió las instrucciones del GPS y, poco después, Langdon le señaló un acceso sin pavimentar, casi imposible de ver, que dividía en dos el jardín trasero de la Casa del Templo. El agente giró para entrar en el sendero y condujo el Lexus hacia la fachada trasera del edificio.

—¡Miren! —exclamó Langdon, señalando un vehículo solitario estacionado cerca de la puerta de atrás. Era una furgoneta grande—. Están aquí.

Simkins estacionó el todoterreno y apagó el motor. Los ocupantes del vehículo se apearon en silencio y se prepararon para entrar. Simkins levantó la vista y contempló la monolítica estructura.

—¿Ha dicho que la Sala del Templo está allá arriba?

Langdon asintió, señalando con el dedo la cúspide del edificio.

—Esa parte plana en lo alto de la pirámide es en realidad una claraboya.

Simkins se volvió súbitamente hacia Langdon.

—¿La Sala del Templo tiene una claraboya?

Langdon lo miró con extrañeza.

—Por supuesto, un óculo abierto al cielo, directamente sobre el altar.

El UH-60 estaba posado en Dupont Circle, con el motor en marcha.

En uno de los asientos de pasajeros, Sato se mordisqueaba las uñas, a la espera de noticias de su equipo.

Finalmente, la voz de Simkins crepitó en la radio.

—¿Directora?

—Aquí Sato —repuso ella.

—Estamos entrando en el edificio, pero tengo un dato adicional para usted.

—Adelante.

—El señor Langdon acaba de informarme de que la sala donde probablemente se encuentra el objetivo tiene una claraboya muy grande.

Sato consideró la información durante unos segundos.

—Entendido, gracias.

Simkins cortó la comunicación.

Sato escupió una uña y se volvió hacia el piloto.

—Despega.

Capítulo 121

Como cualquier padre que ha perdido a un hijo, Peter Solomon solía pensar con frecuencia en la edad que tendría su muchacho..., y se preguntaba a menudo cómo habría sido y lo que habría llegado a ser.

Ahora tenía sus respuestas.

La enorme bestia tatuada que tenía delante había empezado su vida como una criatura pequeña y frágil. Peter recordaba a Zach de bebé, acurrucado en su moisés de mimbre..., o dando los primeros pasos tambaleantes por su estudio..., o aprendiendo a decir las primeras palabras. El hecho de que la maldad pudiera nacer de un niño inocente, criado en el seno de una familia atenta y cariñosa, seguía siendo una de las grandes paradojas del alma humana. Mucho antes, Peter se había visto obligado a aceptar que, si bien la sangre que corría por las venas de su hijo era suya, el corazón que latía en su pecho sólo le pertenecía a él. Y ese corazón era único y singular, como elegido al azar por el universo.

«Mi hijo... es el asesino de mi madre, de mi amigo Robert Langdon y posiblemente también de mi hermana.»

Una helada insensibilidad inundó el corazón de Peter mientras buscaba en los ojos de su hijo alguna conexión..., cualquier cosa que le resultara familiar. Sin embargo, los ojos del hombre que tenía ante sí, aunque grises como los suyos, eran los de un completo desconocido y estaban llenos de odio y de un rencor de dimensiones casi sobrenaturales.

—¿Tienes suficiente fuerza? —le preguntó su hijo con voz desafiante, fijando la vista en el cuchillo del Akedá, que Peter tenía en la mano–. ¿Eres capaz de terminar lo que empezaste hace tantos años?

–Hijo... –Solomon casi no reconoció su propia voz–. Yo... yo te quería...

–Dos veces intentaste matarme. Me abandonaste en la prisión y me disparaste en el puente de Zach. ¡Ahora termina lo que has empezado!

Por un instante, Solomon se sintió flotar fuera de su cuerpo. No se reconoció. Había perdido una mano, tenía la cabeza completamente rapada, vestía una túnica negra y estaba sentado en una silla de ruedas, aferrado a un cuchillo antiguo.

–¡Termínalo! –volvió a gritar el hombre, y el grito hizo ondular los tatuajes que le cubrían el pecho–. ¡Matarme es la única manera de salvar a Katherine! ¡La única manera de salvar a tus hermanos!

Solomon sintió que la mirada se le desplazaba hacia el computador portátil y el módem USB, colocados sobre la silla con tapizado de cuero.

ENVIANDO MENSAJE: 92 % COMPLETADO

Su mente no conseguía apartar las imágenes de Katherine desangrándose, ni de sus hermanos masones.

–Todavía hay tiempo –susurró el hombre–. Sabes bien que es tu única oportunidad. Líbrame de mi envoltorio mortal.

–Por favor –suplicó Solomon–, no hagas esto...

–¡Lo has hecho tú! –escupió el hombre–. ¡Tú obligaste a tu hijo a tomar una decisión imposible! ¿Recuerdas aquella noche? ¿Riqueza o sabiduría? Esa noche me apartaste de ti para siempre. Pero he vuelto, padre... Y esta noche te toca elegir a ti: ¿Zachary o Katherine? ¿Cuál de los dos? ¿Matarás a tu hijo para salvar a tu hermana? ¿Matarás a tu hijo para salvar a tu hermandad y a tu país? ¿O esperarás a que sea demasiado tarde? ¿A que Katherine haya muerto y el video haya empezado a circular... y tú tengas que vivir el resto de tu vida sabiendo que podrías haber impedido las dos tragedias? El tiempo se agota. Ya sabes lo que tienes que hacer.

A Peter le dolía el corazón.

«Tú no eres Zachary –se dijo–. Zachary murió hace tiempo, hace mucho tiempo. Seas quien seas..., y vengas de donde vengas..., no eres mío.»

Y aunque Peter Solomon no creía sus propias palabras, sabía que debía elegir.

Se estaba quedando sin tiempo.

«¡Encuentra la escalinata!»

Robert Langdon corría por los pasillos oscuros, tratando de hallar el tortuoso camino hacia el centro del edificio. Turner Simkins lo seguía, pisándole los talones. Tal como Langdon esperaba, su carrera desembocó en el vasto vestíbulo central.

Dominado por ocho columnas dóricas de granito verde, el vestíbulo parecía un sepulcro híbrido (medio grecorromano y medio egipcio), con estatuas de mármol negro, lámparas colgantes en forma de cáliz, cruces teutónicas, medallones con fénix bicéfalos y candelabros de pared adornados con la cara de Hermes.

Langdon giró y se encaminó hacia la amplia escalinata de mármol al otro extremo del vestíbulo.

—Esa escalera conduce directamente a la Sala del Templo —susurró mientras los dos hombres subían tan a prisa y en silencio como les era posible.

En el primer rellano, Langdon se encontró cara a cara con el busto de bronce de un destacado masón, Albert Pike, con su frase más célebre grabada en la base: «Lo que hacemos sólo para nosotros muere con nosotros; lo que hacemos para los demás y para el mundo permanece y es inmortal.»

Mal'akh percibió un cambio palpable en la atmósfera de la Sala del Templo, como si toda la frustración y el dolor experimentados alguna vez por Peter Solomon hubieran aflorado a la superficie... para concentrarse con la fuerza de un láser sobre el hombre tatuado.

«Sí..., ha llegado el momento.»

Peter Solomon se había levantado de la silla de ruedas y estaba de pie, de cara al altar y con el cuchillo en la mano.

—Salva a Katherine —lo desafió Mal'akh para que se acercara al altar, mientras él mismo retrocedía y finalmente se acostaba sobre el blanco sudario que había preparado—. Haz lo que tienes que hacer.

Como moviéndose en medio de una pesadilla, Peter empezó a avanzar, centímetro a centímetro.

Mal'akh terminó de acostarse y contempló a través del óculo la luna invernal.

«El secreto es cómo morir.»

El momento no podía ser más perfecto.

«Adornado con la Palabra Perdida de los siglos, doy en ofrenda mi propio cuerpo, inmolado por la mano izquierda de mi padre.»

Mal'akh hizo una inspiración profunda.

«Recíbanme, demonios, porque éste es mi cuerpo, y a ustedes se lo ofrezco.»

De pie junto a Mal'akh, Peter Solomon estaba temblando. Sus ojos anegados de lágrimas brillaban de desesperación, indecisión y angustia. Miró por última vez en dirección al módem y el computador portátil, al otro lado del recinto.

—Decídete —susurró Mal'akh—. Líbrame de la carne. Dios lo quiere y tú también lo quieres.

Apoyó las manos a los lados del cuerpo y arqueó el pecho hacia adelante, ofreciendo al cuchillo el magnífico fénix bicéfalo.

«Ayúdame a deshacerme del cuerpo que envuelve mi alma.»

Los ojos llorosos de Peter parecían mirar a través de Mal'akh, mirándolo sin verlo.

—¡Yo maté a tu madre! —musitó Mal'akh—. ¡Asesiné a Robert Langdon! ¡Ahora mismo estoy matando a Katherine! ¡Estoy destruyendo a tus hermanos! ¡Haz lo que tienes que hacer!

Para entonces, el rostro de Peter era una máscara de dolor y sufrimiento. Peter Solomon echó atrás la cabeza, lanzó un grito angustiado y levantó el cuchillo.

Robert Langdon y el agente Simkins llegaron sin aliento a las puertas cerradas de la Sala del Templo, en el preciso instante en que un grito escalofriante brotaba del interior del recinto. Era la voz de Peter, Langdon estaba seguro.

Fue un grito de absoluta agonía.

«¡He llegado tarde!»

Sin prestar atención a Simkins, aferró los tiradores y, con una fuerte sacudida, abrió las puertas de par en par. La horripilante escena que se abrió ante sus ojos confirmó sus peores temores. Allí, en el centro de la cámara tenuemente iluminada, la figura de un hombre con la cabeza rapada se erguía delante del grandioso altar. Llevaba puesta una túnica negra y en sus manos refulgía la hoja de un cuchillo de grandes dimensiones.

Antes de que Langdon pudiera moverse, el hombre comenzó a bajar el cuchillo hacia el cuerpo que yacía en el altar.

Mal'akh había cerrado los ojos.

«¡Tan hermoso! ¡Tan perfecto!»

La antigua hoja del cuchillo del Akedá había resplandecido a la luz de la luna mientras describía un arco hacia él. Fragantes volutas de humo habían ascendido en espiral sobre su cabeza, preparando el camino para su alma a punto de ser liberada. El solitario grito de tormento y desesperación que había lanzado su verdugo aún resonaba en el sagrado recinto, mientras caía el cuchillo.

«Estoy ungido con sangre de sacrificios humanos y lágrimas de progenitores.»

Mal'akh se preparó para el golpe glorioso.

El momento de su transformación había llegado.

Increíblemente, no sintió ningún dolor.

Una vibración atronadora le inundó el cuerpo, ensordecedora y profunda. La cámara empezó a sacudirse y una blanca luz brillante lo cegó desde lo alto. El cielo rugía.

Mal'akh supo entonces que había sucedido exactamente tal como lo había planeado.

Langdon no recordaba haber corrido hacia el altar cuando el helicóptero apareció sobre sus cabezas. Tampoco recordaba haber saltado con los brazos extendidos para abalanzarse sobre el hombre de la túnica negra e intentar derribarlo antes de que pudiera asestar un segundo golpe con el cuchillo.

Pero sus cuerpos chocaron, y Langdon vio una potente luz que se derramaba por el recinto a través del óculo e iluminaba el altar. Esperaba ver el cuerpo ensangrentado de Peter Solomon sobre la superficie de piedra, pero en el pecho desnudo que resplandecía bajo el foco de luz no había ni rastro de sangre, sino únicamente un denso entramado de tatuajes. El cuchillo yacía roto a su lado, aparentemente tras haberse hincado en la piedra del altar, en lugar de hundirse en la carne.

Mientras caía con el hombre de la túnica negra hacia el duro suelo de piedra, Langdon reparó en el muñón vendado en el extremo de su brazo derecho y comprendió, para su sorpresa, que acababa de derribar a Peter Solomon.

Cuando ya rodaban juntos por el suelo, los faros del helicóptero los iluminaron desde arriba. El aparato atronaba a escasa distancia, con los patines prácticamente en contacto con el extenso panel de la claraboya.

Al frente del helicóptero giraba un cañón de aspecto extraño que apuntaba hacia abajo, a través del vidrio. El rayo rojo de la mirilla láser atravesó la claraboya y se puso a recorrer el suelo, directamente hacia Langdon y Solomon.

«¡No!»

Pero no resonó ningún disparo en el cielo..., sino únicamente el ruido del rotor del helicóptero.

Langdon sólo sintió una extraña oleada de energía que reverberaba a través de sus células. Detrás de su cabeza, sobre la silla con tapizado de cuero, el computador portátil emitió un raro siseo. Se volvió justo a tiempo para ver que la pantalla lanzaba un último destello, antes de quedar en blanco. Por desgracia, el último mensaje visible había sido inequívoco.

ENVIANDO MENSAJE: 100 % COMPLETADO

«¡Arriba! ¡Maldición! ¡Tiene que ascender!»

El piloto del UH-60 forzó el rotor para intentar que los patines no tocaran ninguna parte de la vasta claraboya. Sabía que los dos mil kilopondios de fuerza de sustentación que generaba el rotor ya estaban sometiendo al vidrio a una tensión cercana al punto de ruptura. Por desgracia, la inclinación de los lados de la pirámide, por debajo del helicóptero, distribuía con singular eficacia el empuje y restaba sustentación al aparato.

«¡Arriba! ¡Ahora!»

Bajó el morro intentando alejarse de la pirámide, pero el patín derecho golpeó el centro del vidrio. Fue sólo un instante, pero no hizo falta más.

El óculo gigantesco de la Sala del Templo estalló en un remolino de viento y cristales rotos que envió un diluvio de añicos a la sala de abajo.

«Están lloviendo estrellas.»

Mal'akh levantó la mirada hacia la maravillosa luz blanca y vio una nube de joyas refulgentes que bajaba hacia él cada vez más de prisa, como si quisiera envolverlo cuanto antes en su esplendor.

De pronto, sintió dolor.

En todas partes.

Pinchazos, cortes, latigazos. Cuchillos afilados como navajas se le hundían en la carne blanda. En el pecho, el cuello, los muslos, la cara. Todo el cuerpo se le tensó en un segundo, como si quisiera encogerse. La boca llena de sangre lanzó un grito mientras el dolor lo arrancaba del trance. La luz blanca en lo alto se transformó y, súbitamente, como por arte de magia, un helicóptero oscuro apareció suspendido sobre su cabeza, con su estruendoso rotor difundiendo por la Sala del Templo un viento gélido que a Mal'akh le heló los huesos y dispersó las volutas de incienso hacia los rincones más apartados de la habitación.

Mal'akh volvió la cabeza y vio el cuchillo del Akedá, roto a su lado, partido sobre el altar de granito, cubierto a su vez por una alfombra de cristales rotos.

«Incluso después de todo lo que le he hecho, Peter Solomon desvió el cuchillo y se negó a derramar mi sangre.»

Con horror creciente, Mal'akh levantó la cabeza y miró a lo largo de su cuerpo. Ese instrumento vivo creado por él y destinado a ser su ofrenda más grandiosa yacía en el altar, hecho jirones. Estaba empapado en sangre y grandes fragmentos de vidrio sobresalían de la carne, apuntando en todas direcciones.

Débilmente, Mal'akh volvió a apoyar la cabeza en el altar de granito y fijó la mirada en el espacio abierto del techo. El helicóptero se había marchado, dejando en su lugar una silenciosa luna invernal.

Con los ojos muy abiertos y jadeando para poder respirar, Mal'akh se encontró solo en el altar enorme.

Capítulo 122

El secreto es cómo morir.

Mal'akh sabía que todo había salido mal. No había ninguna luz brillante, ni ninguna recepción fabulosa. Sólo oscuridad y un dolor insoportable, incluso en los ojos. No veía nada y, sin embargo, percibía movimiento a su alrededor. Había voces..., voces humanas..., y una de ellas, increíblemente, era la de Robert Langdon.

«¿Cómo es posible?»

—Está bien —repetía Langdon sin cesar—, Katherine está bien. Tu hermana está a salvo, Peter.

«No —pensó Mal'akh—. Katherine está muerta. No puede ser de otra forma.»

Ya no podía ver; ni siquiera sabía si tenía los ojos abiertos, pero percibió el ruido del helicóptero que se inclinaba antes de alejarse. Una calma repentina inundó la Sala del Templo. Mal'akh sintió que los suaves ritmos de la tierra se volvían entrecortados y discontinuos, como cuando el régimen natural de las mareas se ve alterado por una tempestad inminente.

«*Chao ab ordo.*»

Ahora había voces desconocidas que gritaban y formulaban a Langdon preguntas perentorias acerca del computador portátil y el archivo de video.

«Demasiado tarde. —Mal'akh lo sabía—. El daño está hecho.»

Para entonces, la película se estaría propagando como un incendio forestal por todos los rincones de un mundo escandalizado, destruyendo para siempre el futuro de la hermandad.

«Los más capaces de difundir la sabiduría han de ser destruidos.»

La ignorancia del hombre hacía crecer al caos. La ausencia de luz en la Tierra alimentaba la oscuridad que aguardaba a Mal'akh.

«He cumplido grandes hazañas y pronto seré recibido como un rey.»

Mal'akh sintió que alguien se le había acercado en silencio. Sabía quién era. Podía oler los óleos sagrados con que había ungido el cuerpo afeitado de su padre.

—No sé si puedes oírme —le susurró al oído Peter Solomon—, pero quiero que sepas una cosa. —Le tocó con un dedo el punto sagrado, en la coronilla—. Lo que escribiste aquí... —Hizo una pausa—. Eso no es la Palabra Perdida.

«Claro que lo es —pensó Mal'akh—. Me convenciste más allá de toda duda.»

Según la leyenda, la Palabra Perdida estaba escrita en una lengua tan antigua y arcana que la humanidad había olvidado cómo leerla. Esa lengua misteriosa —le había revelado Peter— era en realidad la más antigua del mundo.

«El lenguaje de los símbolos.»

En el idioma de la simbología, había un símbolo que reinaba supremo sobre todos los demás. Ese símbolo, el más antiguo y universal de todos, fundía todas las tradiciones antiguas en una única imagen solitaria que representaba la luz del dios del sol egipcio, el triunfo del oro de los alquimistas, la sabiduría de la piedra filosofal, la pureza de la rosa de los rosacruces, el momento de la Creación, el Todo, el dominio del sol astrológico e incluso el ojo omnisciente que todo lo ve, suspendido sobre la pirámide inconclusa.

«El circumpunto. El símbolo de la Fuente, el origen de todas las cosas.»

Era lo que Peter le había dicho un momento antes. Al principio, Mal'akh se había mostrado escéptico, pero después había mirado otra vez la cuadrícula y había notado que la imagen de la pirámide apuntaba directamente al símbolo del circumpunto: un círculo con un punto en el centro.

«La pirámide masónica es un mapa —pensó entonces, recordando la leyenda—, un mapa que apunta a la Palabra Perdida.»

Parecía que su padre le estaba diciendo la verdad, después de todo.

«Todas las grandes verdades son simples.

»La Palabra Perdida no es una palabra..., sino un símbolo.»

Ansiosamente, Mal'akh se había inscrito el gran símbolo del circumpunto en la coronilla y, mientras lo hacía, había experimentado en su interior una sensación de poder y satisfacción crecientes.

«Mi obra maestra y mi ofrenda están completas.»

Las fuerzas de la oscuridad lo estaban esperando. Su trabajo tendría recompensa. Iba a ser su momento de gloria...

Sin embargo, en el último instante, todo había salido terriblemente mal.

Peter seguía tras él, diciendo palabras que Mal'akh apenas podía comprender.

—Te mentí —le estaba diciendo—. No me dejaste otra opción. Si te hubiera revelado la verdadera Palabra Perdida, no me habrías creído, ni la habrías entendido.

«Pero entonces..., ¿el circumpunto no es la Palabra Perdida?»

—La verdad —declaró Peter— es que la Palabra Perdida está a la vista de todos..., pero pocos la reconocen.

Sus palabras resonaban en la mente de Mal'akh.

—Todavía estás incompleto —dijo Peter, apoyando con delicadeza la palma de la mano sobre la cabeza de Mal'akh—. Tu obra aún no está concluida. Pero, vayas a donde vayas, quiero que sepas una cosa... Yo te quise.

Por alguna razón, el suave tacto de la mano de su padre pareció quemarlo por dentro, como un potente catalizador que desencadenara una reacción química en su interior. Sin nada que lo anunciara, sintió una erupción de energía abrasadora que ascendió con fuerza por su envoltorio físico, como si cada célula de su cuerpo se estuviera disolviendo.

En un instante, todo su dolor terrenal se esfumó.

«Es la transformación. Está sucediendo.»

«Miro hacia abajo y me veo a mí mismo: un guiñapo de carne sanguinolenta sobre la sagrada losa de granito. Mi padre está de rodillas a mi lado, sosteniéndome la cabeza sin vida con la única mano que aún conserva.

»Siento una marea de rabia... y de confusión.

»No es momento para la compasión..., sino para la venganza y la transformación... Aun así, mi padre se niega a someterse y cumplir su papel, se resiste a canalizar su odio y su ira a través de la hoja del cuchillo, hincándola en mi corazón.

»Estoy atrapado aquí, suspendido..., atado a mi envoltorio terreno.

»Mi padre me pasa con suavidad la palma de la mano por la cara para cerrarme los ojos, que se desvanecen.

»Siento soltarse las ataduras.

»Se materializa ante mí un velo ondulante, que nubla y debilita la luz, y oculta al mundo de mi vista. De pronto, el tiempo se acelera y me precipito en un abismo mucho más oscuro de lo que podría haber imaginado. Aquí, en el vacío inhóspito, oigo un murmullo... Percibo una energía que cobra fuerza. Se vuelve cada vez más fuerte, aumenta a un ritmo sorprendente y me rodea. Siniestra y poderosa. Oscura y dominante.

»Aquí, no estoy solo.

»Éste es mi triunfo, mi gran recepción. Y, sin embargo, por alguna causa, no me embarga la dicha, sino un terror sin límites.

»Nada es como esperaba.

»La fuerza gira y se arremolina a mi alrededor con potencia arrolladora, amenazando con desgarrarme. Súbitamente y sin previo aviso, la negrura se condensa como una gran bestia prehistórica y se yergue ante mí en toda su inmensa estatura.

»Estoy viendo todas las almas oscuras que han existido antes que yo.

»Grito con terror infinito mientras la oscuridad me consume entero y me devora.»

Capítulo 123

En la catedral de Washington, el deán Galloway percibió un cambio extraño en el aire. Sin saber con seguridad por qué, sintió como si una sombra espectral se hubiera evaporado, como si un peso hubiera sido levantado... muy lejos de allí y, sin embargo, allí mismo.

Estaba en su escritorio, sumido en sus pensamientos. No podría haber dicho cuántos minutos pasaron hasta que sonó el teléfono. Era Warren Bellamy.

—Peter está vivo —dijo su hermano masón—. Acabo de enterarme y pensé que querrías saberlo en seguida. Se pondrá bien.

—Gracias a Dios —suspiró Galloway—. ¿Dónde está?

El deán escuchó de labios de Bellamy el extraordinario relato de lo sucedido desde que se habían marchado del colegio catedralicio.

—Pero ¿están todos bien?

—Nos estamos recuperando, sí —replicó Bellamy—. Sin embargo, hay una cosa.

Hizo una pausa.

—¿Sí?

—La pirámide masónica... Creo que Langdon la ha resuelto.

Galloway no pudo reprimir una sonrisa. Por alguna causa, no se sorprendió.

—Y dime, ¿logró descubrir Langdon si la pirámide ha cumplido su promesa? ¿Sabe si realmente ha revelado lo que la leyenda siempre ha dicho que revelaría?

–Todavía no lo sé.

«Lo sabrás», pensó Galloway.

–Ahora tienes que descansar.

–Y tú también.

«No, yo tengo que rezar.»

Capítulo 124

Cuando se abrió la puerta del ascensor, todas las luces de la Sala del Templo estaban encendidas.

Katherine Solomon aún sentía las piernas entumecidas mientras caminaba apresuradamente para reunirse con su hermano. El aire de la enorme cámara era frío y olía a incienso, y la escena que se desplegó ante sus ojos la hizo pararse en seco.

En el centro del magnífico recinto, sobre un altar bajo de piedra, yacía un cadáver tatuado y ensangrentado, acribillado por fragmentos de vidrio roto. Arriba, una brecha enorme se abría hacia el cielo.

«¡Dios mío!»

Katherine desvió de inmediato la mirada y sus ojos recorrieron la habitación en busca de Peter. Encontró a su hermano sentado al otro lado de la sala, atendido por un médico, mientras hablaba con Langdon y la directora Sato.

—¡Peter! —gritó, corriendo a su lado—. ¡Peter!

Cuando su hermano levantó la mirada, su expresión fue de alivio. Se puso de pie como movido por un resorte y fue hacia ella. Llevaba puestos una sencilla camisa blanca y unos pantalones oscuros, que probablemente le habrían ido a buscar a su oficina, en el piso de abajo. Tenía el brazo derecho en cabestrillo, por lo que el afectuoso abrazo resultó algo extraño, aunque Katherine casi no reparó en ello. Una familiar sensación de bienestar la envolvió como un capullo, como pasaba siempre, desde que era niña, cada vez que su hermano mayor la rodeaba con sus brazos protectores.

Permanecieron un momento abrazados, en silencio.

Por fin, Katherine susurró:

—¿Estás bien? ¿Bien de verdad?

Se apartó de él y bajó la mirada hacia el cabestrillo y las vendas que cubrían el muñón de la mano derecha. Al verlo, los ojos se le volvieron a llenar de lágrimas.

—Cuánto lo siento... por ti.

Peter se encogió de hombros, como si el detalle no tuviera ninguna trascendencia.

—Carne mortal. El cuerpo no es eterno. Lo importante es que tú estás bien.

La respuesta despreocupada de su hermano emocionó a Katherine y le recordó las muchas razones del gran afecto que sentía por él. Le acarició la cabeza, sintiendo los inquebrantables lazos familiares y la fuerza de la sangre que corría por las venas de ambos.

Trágicamente, esa noche había un tercer Solomon en la sala. El cuerpo que yacía en el altar atrajo su mirada, y Katherine sintió un profundo estremecimiento mientras intentaba bloquear el recuerdo de las fotos que había visto en la casa.

Desvió la vista y su mirada se cruzó con la de Robert Langdon. Había compasión en sus ojos, un sentimiento hondo y consciente, como si Langdon hubiera adivinado de alguna manera lo que ella estaba pensando.

«Peter lo sabe.»

La emoción se apoderó de Katherine: alivio, simpatía, tristeza... Sintió que el cuerpo de su hermano empezaba a temblar, como el de un niño. Nunca lo había visto así en toda su vida.

—Desahógate si lo necesitas —susurró—. Adelante, llora.

El temblor de Peter se volvió más intenso.

Katherine volvió a abrazarlo y le acarició la cabeza.

—Tú siempre has sido el más fuerte, Peter... Siempre has estado ahí para apoyarme. Pero ahora yo estoy aquí para ayudarte a ti. No te preocupes. Estoy aquí.

Suavemente, Katherine le guió la cabeza hasta apoyársela en el hombro... y entonces el gran Peter Solomon se derrumbó sollozando en sus brazos.

La directora Sato se apartó para atender una llamada.

Era Nola Kaye. Para variar, tenía buenas noticias.

—Todavía no hay indicios de circulación, señora. —Su voz sonaba esperanzada—. Estoy segura de que a estas alturas ya habríamos detectado algo. Parece que han conseguido detenerlo.

«Gracias a ti, Nola —pensó Sato, bajando la vista hacia el computador portátil donde Langdon había visto terminada la transmisión—. ¡Qué poco ha faltado!»

A instancias de Nola, el agente que estaba registrando la mansión había buscado en los cubos de basura, donde había encontrado la caja de un módem USB recién comprado. Con el número exacto del modelo, Nola había podido cruzar los datos de los proveedores compatibles, los anchos de banda y las redes de servicio, hasta dar con el nodo de acceso más probable del portátil a Internet: una pequeña estación en la esquina de Sixteenth y Corcoran Street, a tres calles de la Casa del Templo.

Rápidamente, había transmitido la información a Sato, que en ese momento viajaba a bordo del helicóptero. Mientras el aparato se acercaba a la Casa del Templo, el piloto había realizado una maniobra de aproximación a baja altitud sobre la estación y había bombardeado el nodo de relés con un pulso concentrado de energía electromagnética que lo había hecho saltar de la red, apenas segundos antes de que el computador portátil completara la transmisión.

—Hiciste un gran trabajo esta noche —dijo Sato—. Ahora vete a dormir. Te lo mereces.

—Gracias, directora —respondió Nola con voz titubeante.

—¿Hay algo más?

Nola se quedó un momento en silencio, como sopesando si debía hablar o no.

—Nada que no pueda esperar hasta mañana. Buenas noches.

Capítulo 125

En el silencio del elegante cuarto de baño de la planta baja de la Casa del Templo, Robert Langdon dejó correr el agua caliente en un lavamanos de mosaico y se miró al espejo. Incluso a la luz tenue del ambiente, se vio exactamente tal como se sentía: total y completamente extenuado.

Volvía a llevar colgada del hombro la bolsa de viaje, aunque mucho más ligera que antes y prácticamente vacía, a excepción de unos pocos efectos personales y las notas arrugadas para una conferencia. No pudo reprimir una risa entre dientes. Su visita de esa noche a Washington había resultado bastante más complicada de lo previsto.

Aun así, Langdon tenía muchos motivos para sentirse satisfecho.

«Peter está vivo.

»Y se ha detenido la transmisión del video.»

Mientras se arrojaba agua a la cara, sintió que volvía poco a poco a la vida. Todo seguía envuelto en una neblina confusa, pero la adrenalina que le inundaba el cuerpo se estaba disipando..., y él volvía a ser el mismo de siempre. Después de secarse las manos, consultó su reloj.

«¡Qué tarde es!»

Salió del baño y siguió la curva de la Galería del Honor, un pasillo que describía un gracioso arco, flanqueado por retratos de masones destacados: presidentes de Estados Unidos, filántropos, celebridades y otros estadounidenses influyentes. Se detuvo delante de una pintura al óleo de Harry S. Truman e intentó imaginarlo estudiando y celebrando los ritos y ceremonias necesarios para convertirse en masón.

«Hay un mundo oculto detrás de lo que está a la vista de todos. Para todos nosotros.»

—Te habías escabullido —dijo una voz al final de la galería.

Langdon se volvió.

Era Katherine. Había vivido un infierno esa noche y, aun así, de pronto parecía radiante e incluso rejuvenecida.

Langdon le dedicó una sonrisa cansada.

—¿Cómo está Peter?

Katherine fue hacia él y lo abrazó con afecto.

—No sé cómo podré agradecértelo.

Él se echó a reír.

—¡Pero si yo no hice nada, y tú lo sabes!

Katherine lo retuvo entre sus brazos un largo rato.

—Peter se repondrá... —Se apartó de él y lo miró a los ojos—. Además, acaba de decirme algo increíble..., algo verdaderamente maravilloso. —La voz le temblaba de expectante emoción—. Necesito ir a verlo con mis propios ojos. Volveré dentro de un rato.

—¿Qué es? ¿Adónde vas?

—No tardaré mucho. Ahora Peter quiere hablar contigo... a solas. Te está esperando en la biblioteca.

—¿Ha dicho por qué?

Katherine se echó a reír y negó con la cabeza.

—Ya sabes... ¡Peter y sus secretos!

—Pero...

—Nos vemos dentro de un rato.

Entonces se marchó.

Langdon lanzó un sonoro suspiro. Ya había tenido suficientes secretos por esa noche. Todavía quedaban preguntas sin responder, desde luego, como la pirámide masónica o la Palabra Perdida, pero sentía que las respuestas, si es que existían, no eran de su incumbencia.

«Yo no soy masón.»

Reuniendo los últimos restos de energía, se encaminó a la biblioteca masónica. Cuando llegó, Peter estaba sentado solo ante una mesa, con la pirámide de piedra delante.

—¿Robert? —Peter le sonrió y lo saludó con la mano—. Me gustaría tener una palabra contigo.

Langdon consiguió esbozar una sonrisa.

—Sí, me han dicho que se te ha perdido una.

Capítulo 126

La biblioteca de la Casa del Templo era la sala de lectura abierta al público más antigua de Washington. Sus elegantes estanterías albergaban casi un cuarto de millón de volúmenes, entre los que figuraba un valioso ejemplar del *Ahiman Rezon o Los secretos de un hermano preparado*. Además, la biblioteca tenía expuesta una interesante colección de joyas masónicas y objetos ceremoniales, que incluía un raro volumen impreso a mano por Benjamin Franklin.

Aun así, la pieza favorita de Langdon entre los muchos tesoros de la biblioteca era una que no solía recibir mucha atención.

«La ilusión óptica.»

Solomon le había enseñado mucho tiempo atrás que, desde la perspectiva adecuada, la mesa de lectura de la biblioteca y la dorada lámpara de mesa creaban la inequívoca ilusión de una pirámide, rematada por un reluciente vértice de oro. Solomon siempre decía que aquella ilusión óptica era para él un silencioso recordatorio de que los misterios de la masonería estaban a la vista de todos, siempre que se contemplaran desde el punto de vista adecuado.

Esa noche, sin embargo, los misterios de la masonería se habían materializado de manera particularmente visible. Langdon estaba sentado frente al venerable maestro Peter Solomon, con la pirámide masónica entre ambos.

Peter le sonrió.

—La «palabra» a la que aludes, Robert, no es una leyenda, sino una realidad.

Langdon lo miró un momento con gesto extrañado a través de la mesa, y al final habló.

—No entiendo... ¿Qué quieres decir?

—¿Qué es lo que te parece tan difícil de aceptar?

«¡Todo!», habría querido decir Langdon mientras buscaba en la mirada de su viejo amigo algún rastro de sentido común.

—¿Me estás diciendo que crees que la Palabra Perdida es real... y que tiene verdadero poder?

—Un poder enorme —dijo Peter—. Tiene el poder de transformar a la humanidad, mediante la revelación de los antiguos misterios.

—¿Una palabra? —preguntó Robert con escepticismo—. ¡Peter, no puedo creer que una palabra...!

—Creerás —afirmó Peter con calma.

Langdon le sostuvo la mirada en silencio.

—Como sabes —prosiguió Solomon, que para entonces se había puesto de pie y caminaba alrededor de la mesa—, hace mucho se profetizó que algún día la Palabra Perdida volvería a descubrirse..., volvería a salir a la luz..., y entonces la humanidad tendría acceso una vez más a su poder olvidado.

Langdon recordó de pronto la conferencia de Peter sobre el Apocalipsis. Aunque mucha gente interpretaba erróneamente el Apocalipsis como el cataclismo que pondría fin al mundo, el término significaba literalmente «quitar el velo», y los antiguos lo habían profetizado como la revelación de una gran sabiduría.

«La inminente era de la luz.»

Aun así, Langdon no imaginaba que un cambio de tan vastas repercusiones pudiera ser el producto de... una palabra.

Peter hizo un gesto en dirección a la pirámide de piedra, depositada sobre la mesa junto a su vértice de oro.

—La pirámide masónica —dijo—. El *symbolon* legendario. Esta noche vuelve a estar unido... y completo.

Cogió el vértice dorado y lo colocó con reverencia sobre la cúspide de la pirámide. La pesada pieza se acopló suavemente en su sitio, con un chasquido.

—Esta noche, amigo mío, lograste algo que nunca se había hecho. Ensamblaste la pirámide masónica, descifraste todos sus códigos y, finalmente, revelaste... esto.

Solomon sacó una hoja de papel y la dejó sobre la mesa. Langdon reconoció la cuadrícula de símbolos, reorganizados según las indicaciones del cuadrado de Franklin de orden ocho. La había estudiado brevemente en la Sala del Templo.

—Me pregunto —dijo Peter— si serás capaz de interpretar esta disposición particular de los símbolos. Después de todo, tú eres el especialista.

Langdon contempló la cuadrícula.

«Heredom, circumpunto, pirámide, escalera...»

Hizo una inspiración profunda.

—Bien, Peter, como probablemente habrás notado, se trata de un pictograma alegórico. Evidentemente, el lenguaje no es literal, sino más bien metafórico y simbólico.

Solomon rio entre dientes.

—¡Hazle una pregunta sencilla a un experto en símbolos y verás lo que te responde! Muy bien, dime qué ves.

«¿Realmente quieres saberlo?»

Langdon se acercó la hoja.

—Verás, ya había estudiado antes la cuadrícula y, en términos sencillos, veo que es una imagen... que representa el cielo y la tierra.

Peter arqueó las cejas con expresión de asombro.

—¿Ah, sí?

—Por supuesto. En lo alto de la imagen tenemos la palabra *Heredom*, la «casa sagrada», que yo interpreto como la casa de Dios... o el cielo.

—Muy bien.

—La flecha orientada hacia abajo, después de *Heredom*, significa que el resto del pictograma corresponde a todo aquello que está por debajo del cielo, es decir..., la tierra. —Los ojos de Langdon se desplazaron entonces hasta la base de la cuadrícula—. Las dos filas inferiores, las que están debajo de la pirámide, representan la tierra propiamente dicha, el reino inferior. Muy adecuadamente, ese reino más bajo contiene los doce signos astrológicos, que representan la religión primordial de las primeras almas humanas que levantaron la vista al cielo y vieron la mano de Dios en el movimiento de las estrellas y los planetas.

Solomon acercó la silla para ver mejor la cuadrícula.

—De acuerdo. ¿Qué más?

—Sobre la base de la astrología —prosiguió Langdon—, la gran pirámide se alza desde la tierra... y sube hacia el cielo..., el símbolo permanente de la sabiduría perdida. En su interior vemos las grandes filosofías y religiones de la historia: egipcia, pitagórica, budista, hindú, islámica, judeocristiana..., y todas ellas ascienden y se acercan entre sí, en su camino hacia la puerta transformadora de la pirámide..., donde finalmente se funden en una sola filosofía humana unificada. —Hizo una pausa—. Se unen en una sola conciencia universal..., una visión mundial común de Dios..., representada por el antiguo símbolo suspendido sobre el vértice.

—El circumpunto —dijo Peter—, símbolo universal de Dios.

—Exacto. A lo largo de la historia, el circumpunto lo ha sido todo para todos los pueblos: el dios del sol Ra, el oro de los alquimistas, el ojo que todo lo ve, la singularidad anterior al Big Bang, el...

—El Gran Arquitecto del Universo.

Langdon asintió, intuyendo que quizá había sido ése el argumento esgrimido por Peter en la Sala del Templo para fundamentar la idea de que el circumpunto era la Palabra Perdida.

—¿Y por último? —preguntó Peter—. ¿Qué me dices de la escalera?

Langdon contempló la imagen de la escalera bajo la pirámide.

—Tú sabes mejor que nadie, Peter, que éste es el símbolo de la escalera de caracol de la francmasonería... La escalera que asciende de la oscuridad terrenal a la luz..., como la escalera de Jacob, que sube al cielo..., o la columna vertebral escalonada del ser humano, que conecta el cuerpo mortal del hombre con su mente eterna. —Hizo una pausa—. En cuanto al resto, parece ser una combinación de símbolos celestiales, masónicos y científicos, confirmación todos ellos de los antiguos misterios.

Solomon se acarició la barbilla.

–Elegante interpretación, profesor. Naturalmente, coincido contigo en que esta cuadrícula puede leerse como una alegoría, y aun así... –Sus ojos brillaron con un destello misterioso–. Esta colección de símbolos también cuenta otra historia, una historia mucho más reveladora.

–¿Ah, sí?

Solomon empezó a caminar otra vez por la habitación, alrededor de la mesa.

–Hace unas horas, esta noche, en la Sala del Templo, cuando creía que iba a morir, miré esta cuadrícula y, de alguna manera, vi más allá de la metáfora y de la alegoría y llegué al corazón de lo que nos dicen estos símbolos. –Hizo una pausa y se volvió bruscamente hacia Langdon–. Esta cuadrícula revela el lugar exacto donde está enterrada la Palabra Perdida.

–¿Qué?

Langdon se movió con incomodidad en la silla, temiendo de pronto que las traumáticas experiencias de la noche hubieran hecho mella en la serenidad mental de su amigo.

–Robert, la leyenda siempre ha dicho que la pirámide masónica es un mapa, y no uno cualquiera, sino un mapa muy específico, capaz de guiar a aquellos que sean dignos hasta el lugar secreto donde se esconde la Palabra Perdida. –Solomon golpeó con el dedo índice la cuadrícula de símbolos que Langdon tenía delante–. Te aseguro que estos símbolos son exactamente lo que afirma la leyenda. Son un mapa, un diagrama concreto que revela el sitio exacto donde encontraremos la escalera que desciende hasta la Palabra Perdida.

Langdon dejó escapar un risita incómoda y se propuso actuar con cautela.

–Verás, Peter, aunque yo creyera en la leyenda de la pirámide masónica, esta cuadrícula de símbolos jamás podría ser un mapa. Mírala. No se parece en nada a uno.

Solomon sonrió.

–A veces sólo se necesita un ligerísimo cambio de perspectiva para ver algo conocido bajo una luz completamente nueva.

Langdon volvió a mirar, pero no vio nada diferente.

–Déjame que te haga una pregunta –dijo Peter–. ¿Tú sabes por qué los masones colocamos la piedra angular en la esquina nororiental de los edificios?

–Sí, claro que sí. Porque la esquina nororiental es la que recibe los primeros rayos del sol por la mañana. Es un símbolo del poder de la arquitectura para ascender de la tierra a la luz.

–Correcto –repuso Peter–. Entonces quizá deberíamos buscar allí los primeros rayos de luz. –Señaló la cuadrícula–. En el ángulo nororiental.

Langdon volvió a mirar la hoja, dirigiendo ahora la vista a la esquina superior derecha, o ángulo nororiental. El símbolo en esa esquina era ↓.

–Una flecha que apunta hacia abajo –dijo Langdon, tratando de comprender adónde quería llegar Solomon–. Eso significa... «bajo» Heredom.

–No, Robert, «bajo», no –replicó Solomon–. Piensa. La cuadrícula no es un laberinto metafórico, sino un mapa. En un mapa, cualquier flecha direccional que indique hacia abajo significa...

–¡El sur! –exclamó Langdon, sorprendido.

–¡Exactamente! –respondió Solomon sonriendo ahora de entusiasmo–. ¡El sur! En un mapa, «abajo» es el sur. Además, en un mapa, la palabra «Heredom» no es una metáfora del cielo, sino el nombre de un lugar geográfico específico.

–¿La Casa del Templo? ¿Estás diciendo que este mapa apunta... al sur de este edificio?

–¡Alabado sea Dios! –exclamó Solomon entre risas–. ¡Por fin ves la luz!

Langdon se puso a estudiar la cuadrícula.

–Pero, Peter..., aunque tengas razón, un punto al sur de este edificio podría ser cualquier lugar, sobre un meridiano que mide más de treinta y ocho mil kilómetros de largo.

–No, Robert. Se te olvida la leyenda, según la cual la Palabra Perdida está enterrada en Washington, lo que acota considerablemente el segmento de meridiano que nos interesa. Además, la leyenda también asegura que hay una piedra enorme sobre la abertura de la escalera... y que en esa piedra hay un mensaje grabado, un mensaje escrito en una lengua antigua, a modo de señal, para los que sean dignos de encontrarla.

A Langdon le costaba tomar en serio lo que estaba oyendo, y aunque no conocía Washington lo suficiente como para recordar lo que había al sur del lugar donde se encontraban, estaba bastante seguro de no haber visto nunca una piedra enorme con un mensaje grabado, colocada encima de una escalera subterránea.

–El mensaje grabado en la piedra –dijo Peter– está aquí mismo, ante nuestros ojos. —Golpeó con el índice la tercera fila de la cuadrícula, delante de Langdon—. ¡Ésta es la inscripción, Robert! ¡Has resuelto el enigma!

Sin salir de su perplejidad, Langdon estudió los siete símbolos.

«¿Resuelto?»

No tenía la menor idea de lo que podían significar esos símbolos completamente dispares entre sí, y estaba seguro de que no estaban grabados en ningún lugar de la capital..., ni menos aún en una piedra gigantesca depositada encima de una escalera.

—Peter —dijo—, no veo qué conclusión podemos sacar de todo esto. No sé de ninguna piedra en Washington que tenga grabado este... mensaje.

Solomon le dio unas palmadas en el hombro.

—Has pasado muchas veces a su lado, sin verla. Todos lo hemos hecho. Está completamente a la vista, lo mismo que los misterios. Y esta noche, cuando vi los siete símbolos, comprendí en un instante que la leyenda era cierta. La Palabra Perdida está sepultada en Washington..., y es cierto que reposa al pie de una larga escalera, bajo una piedra enorme con un mensaje grabado.

Extrañado, Langdon guardó silencio.

—Robert, creo que esta noche te ganaste el derecho a conocer la verdad.

Langdon miró fijamente a Peter, intentando asimilar lo que acababa de oír.

—¿Vas a decirme dónde está enterrada la Palabra Perdida?

—No —respondió Solomon mientras se ponía de pie con una sonrisa—. Te lo voy a enseñar.

Cinco minutos después, Langdon se estaba abrochando el cinturón de seguridad en el asiento trasero del Escalade, junto a Peter Solomon. Simkins se sentó al volante mientras Sato iba hacia ellos por el estacionamiento.

—¿Señor Solomon? —dijo la directora al llegar, al tiempo que encendía un cigarrillo—. Acabo de hacer la llamada que me pidió.

—¿Y bien? —preguntó Peter a través de la ventana abierta.

—Ordené que les den libre acceso para una visita breve.

—Gracias.

Sato lo miró con expresión de extrañeza.

—Debo decir que es una solicitud sumamente inusual.

Solomon se limitó a encogerse enigmáticamente de hombros.

Sin insistir más, la directora rodeó el vehículo, se acercó a la ventana de Langdon y golpeó la luna con los nudillos.

Langdon bajó la ventanilla.

—Profesor —dijo Sato sin la menor amabilidad en la voz—, la ayuda que nos ha brindado esta noche, aunque lo haya hecho a disgusto, ha sido esencial para el éxito de nuestra misión, y por lo tanto debo agradecérsela. —Dio una larga aspirada al cigarrillo y exhaló el humo hacia un costado—. Sin embargo, voy a darle un consejo. La próxima vez que un alto funcionario de la CIA le diga que está ante una crisis que afecta a la seguridad nacional —dijo con un destello en los ojos—, déjese todas las imbecilidades en Cambridge.

Langdon abrió la boca para decir algo, pero la directora Inoue Sato ya se había vuelto y se encaminaba a través del estacionamiento hacia el helicóptero que la estaba esperando.

Simkins miró por encima del hombro con expresión impenetrable.

—¿Están listos, caballeros?

—A decir verdad —dijo Solomon—, falta un pequeño detalle. —Sacó una prenda doblada, de tela negra, y se la entregó a Langdon—. Robert, antes de salir, quiero que te pongas esto.

Perplejo, Langdon examinó el trozo de tela. Era terciopelo negro. Al desplegarlo, comprendió que tenía en las manos la tradicional capucha masónica, utilizada para tapar los ojos a los iniciados al primer grado.

«¿Qué diablos...?»

—Prefiero que no veas adónde nos dirigimos —dijo Peter.

Langdon se volvió hacia su amigo.

—¿Quieres hacerme viajar con los ojos tapados?

—Es mi secreto y yo pongo las normas —respondió Peter, sonriendo.

Capítulo 127

Una brisa fría soplaba fuera de la sede de la CIA, en Langley. Nola Kaye tiritaba mientras seguía a Rick Parrish, el especialista en seguridad de sistemas, a través del patio central de la agencia, iluminado por la luna.

«¿Adónde me llevará Rick?»

La crisis del video masónico se había conseguido evitar, gracias a Dios, pero Nola aún estaba inquieta. El archivo censurado hallado en la partición del director de la CIA seguía siendo un misterio que no dejaba de atormentarla. A la mañana siguiente, iba a reunirse con Sato para cerrar la misión y quería presentarle todos los datos. Finalmente, se había decidido y había llamado a Rick Parrish para que la ayudara.

Ahora, mientras seguía a Rick hacia algún lugar desconocido fuera del edificio, no conseguía apartar de su memoria las extrañas frases:

«...lugar secreto subterráneo donde la... punto de Washington cuyas coordenadas... descubrió un antiguo portal que conducía... que la pirámide acarrearía peligrosas... descifren ese *symbolon* grabado para develar...»

—Tú y yo estamos de acuerdo —dijo Parrish mientras caminaban— en que el pirata que mandó la araña a buscar esas palabras clave estaba intentando encontrar información sobre la pirámide masónica.

«Es obvio que sí», pensó Nola.

—Sin embargo, me parece que dio con una faceta del misterio masónico que no esperaba.

—¿Qué quieres decir?

—Nola, tú ya sabes que el director de la CIA ha organizado un foro interno de debate para que el personal de la agencia intercambie ideas acerca de toda clase de temas, ¿verdad?

—Por supuesto.

Los foros proporcionaban al personal de la agencia un lugar seguro donde conversar sobre temas diversos, y ofrecían al director un acceso virtual a todos sus empleados.

—Los foros del director están hospedados en su partición privada; sin embargo, para que puedan acceder a ellos los empleados de todos los niveles de confidencialidad, están por fuera del cortafuegos de la información confidencial.

—¿Adónde quieres llegar? —preguntó ella mientras doblaban una esquina, cerca de la cafetería de la agencia.

—En una palabra —dijo Parrish, señalando un punto en la oscuridad—: aquí.

Nola levantó la vista. Al otro lado de la explanada, frente a ellos, una gran escultura de metal resplandecía a la luz de la luna.

En una institución que se enorgullecía de poseer más de quinientas obras de arte originales, la escultura titulada *Kryptos* (palabra que en griego significa «oculto») era, con diferencia, la más famosa de todas. Era obra del artista estadounidense James Sanborn y se había convertido en toda una leyenda dentro de la CIA.

La obra consistía en un extenso panel de cobre en forma de «S» apoyado sobre uno de los lados, a modo de curvilíneo muro metálico. Sobre la vasta superficie del panel, había casi dos mil letras grabadas, organizadas según un código desconcertante. Por si eso no fuera suficientemente enigmático, en torno al área que rodeaba al muro cifrado en forma de «S» había otros muchos elementos escultóricos, dispuestos con cuidada premeditación: losas de granito que formaban ángulos extraños, una rosa de los vientos, una calamita magnética y hasta una leyenda en código Morse que hacía referencia a la «memoria lúcida» y a las «fuerzas de la sombra». La mayoría de los admiradores de la escultura estaban convencidos de que esos objetos eran pistas para poder descifrarla.

Nola nunca había prestado excesiva atención a la escultura, ni tampoco le había preocupado jamás que estuviera total o parcialmente descifrada. En ese momento, sin embargo, quería respuestas.

—¿Por qué me trajiste a ver el *Kryptos*?

Parrish la miró con una sonrisa conspiradora y, con gesto teatral, sacó del bolsillo una hoja de papel doblada.

—*Voilà!* ¡El misterioso documento censurado que tanto te preocupaba! Logré acceder al texto completo.

Nola dio un respingo.

—¿Espiaste la partición secreta del director?

—No. Es lo que intentaba decirte antes. Echa un vistazo.

Le entregó el documento.

Nola cogió la hoja plegada y la abrió. Cuando vio el encabezamiento corriente de la agencia en lo alto de la página, ladeó la cabeza, asombrada.

Ese documento no era secreto. Ni por asomo.

> Foro de debate para empleados: Kryptos
> Almacenamiento comprimido: hilo núm. 2456282,5

Nola se encontró leyendo una serie de mensajes que habían sido comprimidos en una sola página para almacenarlos con más eficiencia.

—Tu documento con todas las palabras clave —dijo Rick— es una conversación entre unos cuantos fanáticos de los códigos que especulan acerca del *Kryptos*.

Nola recorrió con la vista el documento hasta localizar una de las frases que ya había leído.

> Jim, la escultura dice que fue transmitida a un lugar secreto SUBTERRÁNEO, donde la información estaba escondida.

—El autor de esas líneas es el director del foro acerca del *Kryptos* —explicó Rick—, un foro que funciona desde hace años y que ha recibido literalmente miles de mensajes. No me extraña que una de las páginas contuviera por casualidad todas las palabras clave.

Nola siguió bajando la vista por el documento hasta descubrir otro mensaje con los términos buscados.

> Aunque Mark ya dijo que los códigos de latitud/longitud del encabezamiento indican algún punto de WASHINGTON cuyas coordenadas señaló, debo decir que se equivocó en un grado, porque el *Kryptos* apunta básicamente a sí mismo.

Parrish se acercó a la escultura y pasó la palma de la mano por el críptico mar de letras.

—Todavía queda una buena parte de ese código sin descifrar, y bastante gente cree que el mensaje puede tener algo que ver con los antiguos secretos masónicos.

Nola recordó entonces haber oído rumores acerca del vínculo entre los masones y el *Kryptos*, pero normalmente no prestaba atención a elucubraciones de grupos marginales. Sin embargo, al mirar a su alrededor y ver los diversos elementos de la escultura distribuidos por la explanada, se dio cuenta de que tenía ante sí un código fragmentado, un *symbolon* comparable a la pirámide masónica.

«Curioso.»

Por un momento, Nola llegó a pensar que el *Kryptos* podía ser una moderna pirámide masónica: un código fragmentado compuesto por varias piezas fabricadas con distintos materiales, cada una con una función propia.

—¿Crees que de algún modo el *Kryptos* y la pirámide masónica pueden estar guardando el mismo secreto?

—¿Quién sabe? —Parrish lanzó al *Kryptos* una mirada de frustración—. Dudo que alguna vez podamos descifrar el mensaje completo. Bueno, a menos que alguien convenza al director para que abra la caja fuerte y eche un vistazo a la solución.

Nola asintió. Ya empezaba a recordarlo todo. En el momento de su instalación, la escultura llegó con un sobre lacrado que contenía una descripción completa de todos los códigos utilizados. La solución del enigma fue confiada al entonces director de la CIA, William Webster, que la guardó en la caja fuerte de su despacho. Se suponía que el documento aún seguía ahí, tras ser transmitido de un director a otro a lo largo de los años.

Curiosamente, el nombre de William Webster le refrescó la memoria a Nola, que de pronto recordó otro pasaje descifrado del texto:

ESTÁ ENTERRADO AHÍ FUERA, EN ALGÚN LUGAR.
¿QUIÉN SABE EL LUGAR EXACTO?
SÓLO W W.

Aunque nadie sabía qué era exactamente lo que estaba enterrado, casi todos pensaban que las iniciales «W. W.» correspondían a William Webster. Nola había oído decir que en realidad aludían a un hombre llamado William Whiston, teólogo de la Royal Society, pero ni siquiera se había molestado en pararse a pensar al respecto.

Rick le estaba hablando otra vez.

—Tengo que reconocer que no entiendo mucho de arte, pero para mí ese Sanborn es un auténtico genio. Hace un momento estaba viendo en Internet otra obra suya, el *Proyector cirílico*, con unos focos para proyectar a su alrededor unas letras rusas enormes, sacadas de un documento de la KGB sobre control mental. ¡Qué tipo tan raro!

Nola ya no lo escuchaba. Estaba examinando la hoja, donde acababa de encontrar la tercera frase, en otro mensaje del foro.

> En efecto. Todo ese pasaje es una cita literal del diario de
> un arqueólogo famoso, donde cuenta la excavación y el
> momento en que descubrió un ANTIGUO PORTAL que
> conducía a la tumba de Tutankamón.

El arqueólogo citado en el *Kryptos*, como bien sabía Nola, era el célebre egiptólogo Howard Carter. El siguiente mensaje mencionaba su nombre.

> Acabo de repasar el resto de las notas de campo de Carter,
> en Internet, y parece ser que encontró una tablilla de arcilla,
> con la advertencia de que la PIRÁMIDE acarrearía peligrosas
> consecuencias para todo aquel que perturbara el reposo
> del faraón. ¡Una maldición! ¿Deberíamos preocuparnos? ☺

Nola frunció el ceño.

—¡Rick, por favor! ¡Esa estúpida mención de la pirámide ni siquiera es correcta! Tutankamón no estaba sepultado en una pirámide, sino en el Valle de los Reyes. ¿Esos criptólogos no ven nunca el Discovery Channel?

Parrish se encogió de hombros.

—Ya sabes. ¡Gente de ciencias!

Nola localizó entonces la última de las frases.

> Ya saben que no me gustan las teorías conspiratorias,
> pero será mejor que Jim y Dave se den prisa y descifren

ese SYMBOLON GRABADO para develar su secreto final antes de que llegue el fin del mundo en 2012.
Saludos a todos.

—En cualquier caso —dijo Parrish—, pensé que querrías enterarte de la existencia del foro sobre el *Kryptos,* antes de acusar al director de la CIA de poseer documentación secreta sobre una antigua leyenda masónica. No creo que un hombre tan poderoso como él tenga tiempo para ese tipo de cosas.

Nola recordó la película de las ceremonias masónicas y las imágenes de aquellos hombres influyentes participando en un antiguo ritual.

«Si Rick supiera...»

En definitiva, fuera cual fuese el mensaje que finalmente encerrara el *Kryptos,* las connotaciones místicas eran evidentes. Nola levantó la vista para contemplar la resplandeciente obra de arte —un código tridimensional plantado en el corazón de una de las principales agencias de inteligencia del país—, y se preguntó si alguna vez revelaría su secreto final.

Mientras volvía con Rick al interior del edificio, no pudo reprimir una sonrisa.

«Está enterrado ahí fuera, en algún lugar.»

Capítulo 128

«Esto es una locura.»

Como llevaba los ojos vendados, Robert Langdon no veía por dónde iban, mientras el Escalade avanzaba a gran velocidad hacia el sur, por las calles desiertas. Sentado a su lado, Peter Solomon guardaba silencio.

«¿Adónde me lleva Peter?»

La curiosidad de Langdon era una mezcla de intriga y aprensión, mientras su mente trabajaba a marchas forzadas, tratando por todos los medios de hacer encajar las piezas del enigma.

«¿La Palabra Perdida? ¿Enterrada al pie de una escalera, cubierta por una piedra enorme con símbolos grabados?»

Le parecía imposible.

Aún recordaba los símbolos supuestamente grabados en la piedra, pero al menos desde su punto de vista, su encadenamiento no parecía tener ningún sentido.

«La escuadra de cantero, símbolo de honestidad y autenticidad.

»El dígrafo Au, símbolo científico del oro como elemento químico.

»La letra sigma, que además de ser la "S" griega es el símbolo matemático que indica la suma de todas las partes.

»La letra delta, la "D" de los griegos, símbolo matemático de la variación.

»El mercurio, representado por su símbolo alquímico más antiguo.

»El uróboros, símbolo de la unión y de todo aquello que está completo.»

Solomon todavía insistía en que los siete símbolos eran un «mensaje». Pero si en efecto era así, entonces Langdon no sabía interpretarlo.

El todoterreno redujo súbitamente la marcha, giró con brusquedad a la derecha y empezó a rodar sobre una superficie diferente, como si acabara de entrar en un sendero de acceso. Langdon irguió la espalda, prestando atención al menor indicio que pudiera darle una pista del lugar donde se encontraban. Habían viajado menos de diez minutos, y aunque al principio intentó seguir mentalmente el recorrido, no había tardado en perderse. Ni siquiera le habría sorprendido estar de vuelta en la Casa del Templo.

El Escalade se detuvo y Langdon oyó bajar una de las ventanillas.

—Agente Simkins, de la CIA —anunció el conductor—. Creo que nos están esperando.

—Así es —respondió una voz firme de militar—. La directora Sato nos ha telefoneado. Aguarde un momento mientras retiro la barrera de seguridad.

Langdon escuchaba con creciente confusión, convencido de estar entrando en una base militar. En cuanto el auto empezó a moverse otra vez, rodando por un tramo de pavimento inusualmente uniforme y liso, volvió la mirada ciega en dirección a Solomon.

—¿Dónde estamos, Peter? —quiso saber.

—No te quites la capucha —respondió su amigo con severidad.

Tras cubrir una breve distancia, el vehículo volvió a reducir la marcha y se detuvo. Simkins apagó el motor. Se oyeron más voces, que también parecían militares. Alguien pidió a Simkins su identificación. El agente la enseñó y habló un momento con los hombres, en voz baja.

De pronto Langdon sintió que se abría su puerta y unas manos fuertes lo ayudaban a bajar del auto. Hacía frío y soplaba el viento.

Solomon estaba a su lado.

—Robert, deja que el agente Simkins te guíe hasta el interior.

Langdon oyó el ruido de unas llaves metálicas en un cerrojo... y después, el crujido de una pesada puerta de hierro que se abría. Sonó como el mamparo de un buque antiguo.

«¿Adónde diablos me están llevando?»

Las manos de Simkins condujeron a Langdon en dirección a la puerta metálica. Juntos, franquearon un umbral.

—Siga adelante, profesor.

De pronto, lo rodeó el silencio. Todo estaba muerto, vacío. El aire del interior del recinto olía esterilizado y artificial.

Simkins y Solomon se situaron a los lados de Langdon y lo llevaron, sin permitirle ver nada, a lo largo de un pasillo reverberante de ecos. El suelo bajo sus mocasines parecía de piedra.

Detrás de ellos, la puerta de metal se cerró con un estruendo que sobresaltó a Langdon. Las llaves giraron en los cerrojos. Para entonces, Robert estaba sudando bajo la capucha. Habría querido arrancársela.

De pronto, dejaron de caminar.

Simkins le soltó el brazo y se oyeron una serie de pitidos electrónicos, seguidos de un zumbido inesperado, justo delante de ellos, que Langdon interpretó como la apertura automática de una puerta de seguridad.

—Señor Solomon, a partir de este punto, el señor Langdon y usted continuarán solos. Los esperaré aquí —dijo Simkins—. Llévese mi linterna.

—Gracias —repuso Peter—. No tardaremos mucho.

«¡¿Una linterna?!»

El corazón de Langdon palpitaba aceleradamente.

Peter lo cogió del brazo y avanzó un poco.

—Ven conmigo, Robert.

Los dos atravesaron lentamente otro umbral, y la puerta de seguridad se cerró con un zumbido tras ellos.

Peter se paró en seco.

—¿Algún problema?

De pronto, Langdon sintió un mareo que amenazaba con hacerle perder el equilibrio.

—Creo que necesito quitarme esta capucha.

—Ya te lo dije. Ya casi llegamos.

—¿Adónde?

Langdon sentía una pesadez creciente en la boca del estómago.

—Te lo he dicho. Te estoy llevando a ver la escalera que baja hasta la Palabra Perdida.

—¡Peter, esto no me hace ninguna gracia!

—No intento ser gracioso, sino abrirte la mente, Robert. Intento recordarte que en este mundo aún hay misterios que ni siquiera tú has visto. Y antes de dar un solo paso más contigo, quiero que me hagas un favor. Quiero que creas, que solamente por un momento creas en la leyenda. Convéncete de que vas a ver una escalera de caracol que desciende decenas de metros, hasta uno de los mayores tesoros perdidos de la humanidad.

Langdon estaba mareado. Por mucho que hubiese querido creer a su estimado amigo, era incapaz de hacerlo.

—¿Está mucho más lejos?

Tenía la capucha de terciopelo empapada en sudor.

—No, sólo unos pasos más, al otro lado de una última puerta, que abriré ahora mismo.

Solomon lo soltó un momento y, cuando lo hizo, Langdon se tambaleó, sintiendo que la cabeza le daba vueltas. Notó que le costaba mantenerse en pie y alargó una mano en busca de estabilidad, pero Peter no tardó en volver a su lado. El zumbido de una pesada puerta automática se oyó delante de ellos. Peter cogió a Langdon por el brazo y los dos volvieron a avanzar.

—Por aquí.

Franquearon cautelosamente otro umbral y la puerta se deslizó tras ellos, cerrándose.

Frío y silencio.

Langdon sintió de inmediato que el lugar donde se encontraban, fuera lo que fuese, no tenía nada que ver con el mundo al otro lado de las puertas de seguridad. El aire era húmedo, gélido, y olía a encierro, como el de un sepulcro. Tenía la sensación de estar en un espacio pequeño, rodeado de gruesas paredes. Sintió avecinarse un acceso irracional de claustrofobia.

—Sólo unos pasos más.

A ciegas, Solomon lo hizo doblar una esquina y lo situó con cuidado en una posición precisa.

—Ahora quítate la capucha.

Langdon aferró el terciopelo y se lo arrancó de la cara. Miró a su alrededor para ver dónde estaba, pero seguía ciego. Se frotó los ojos. Nada.

—¡Peter, esto está oscuro como boca de lobo!

—Sí, ya lo sé. Alarga la mano. Delante de ti hay una barandilla. Cógela.

Langdon buscó a tientas en la oscuridad hasta encontrar una barandilla de metal.

—Ahora mira.

Oyó que Peter movía algo y, de pronto, el haz resplandeciente de una linterna perforó la oscuridad. Estaba orientado al suelo y, antes de que Langdon pudiera ver lo que había a su alrededor, Peter asomó la linterna por encima de la barandilla y apuntó el haz de luz directamente hacia abajo.

De pronto, Langdon se vio contemplando un pozo sin fondo..., una interminable escalera de caracol que descendía hacia las profundidades de la tierra.

«¡Dios mío!»

Sintiendo que le fallaban las rodillas, se agarró a la barandilla para no caer. Era una escalera de caracol cuadrada tradicional, en cuya caída Langdon pudo ver al menos treinta rellanos, antes de que la luz de la linterna se desvaneciera en la nada.

«¡Ni siquiera puedo distinguir el fondo!»

—Peter... —tartamudeó—, ¿qué sitio es éste?

—Te llevaré al pie de esa escalera dentro de un momento, pero antes tienes que ver otra cosa.

Demasiado anonadado para protestar, Langdon dejó que su amigo lo apartara del hueco de la escalera y lo guiara a través de la extraña y reducida cámara. Peter mantenía la linterna orientada hacia el desgastado suelo de piedra bajo sus pies, por lo que Langdon no podía hacerse una idea cabal del espacio a su alrededor, del que sólo intuía las escasas dimensiones.

«Una pequeña cámara de piedra.»

No tardaron en llegar a la pared opuesta del recinto, donde había un rectángulo de vidrio incrustado. Langdon pensó que podía ser una ventana a otra habitación, y sin embargo, desde donde estaba, no vio más que oscuridad al otro lado.

—Adelante —dijo Peter—. Echa un vistazo.

—¿Qué hay ahí?

Por un breve instante, volvieron a la mente de Langdon la imagen de la cámara de reflexión en el sótano del Capitolio y su momentánea idea de que podía contener un portal hacia una gigantesca caverna subterránea.

—Solamente mira, Robert —Solomon lo empujó hacia el vidrio—. Y prepárate, porque estoy seguro de que vas a llevarte una sorpresa.

Sin saber qué esperar, Langdon avanzó hacia el vidrio. Mientras se acercaba, Peter apagó la linterna, sumiendo la pequeña cámara en la más completa oscuridad.

A la espera de que sus ojos se adaptaran, Langdon buscó a tientas la pared y el vidrio y, cuando los halló, acercó un poco más la cara al portal transparente.

Al otro lado, seguía sin distinguir nada más que oscuridad.

Se aproximó un poco más y apretó la cara contra el vidrio.

Entonces, lo vio.

La oleada de conmoción y desorientación que le azotó el organismo le llegó hasta la médula y volvió del revés su brújula interna. Estuvo a punto de caer de espaldas, mientras su mente se esforzaba por aceptar la visión completamente inesperada que se abría ante sus ojos. Ni siquiera dando rienda suelta a toda su fantasía habría sido capaz Robert Langdon de adivinar lo que había al otro lado del vidrio.

Tenía ante sí un espectáculo glorioso.

Allí, en la oscuridad, una brillante luz blanca resplandecía como una gema reluciente.

De pronto, Langdon lo comprendió todo: la barrera en el sendero de acceso, los guardias en la entrada principal, la pesada puerta metálica de la entrada, las puertas automáticas que zumbaban al abrirse o cerrarse, la desagradable sensación en la boca del estómago, la pérdida de equilibrio y la diminuta cámara de piedra donde ahora se encontraban.

—Robert —susurró Peter tras él—, a veces un cambio de perspectiva es lo único que se necesita para ver la luz.

Sin poder articular palabra, Langdon miraba fascinado por la ventana. Su mirada viajó por la oscuridad de la noche, atravesando casi dos kilómetros de espacio vacío, y descendió más... y todavía más..., a través de la oscuridad..., hasta posarse sobre la cúpula refulgente y blanquísima del Capitolio de Washington.

Nunca había visto el Capitolio desde esa perspectiva, a ciento setenta metros de altura, en la cúspide del gran obelisco egipcio de la capital estadounidense. Esa noche, por primera vez en su vida, había montado en el ascensor que sube hasta el minúsculo mirador..., situado en la cima del Monumento a Washington.

Capítulo 129

Robert Langdon quedó electrizado ante el portal de vidrio, asimilando la fuerza del paisaje que se extendía a sus pies. Tras ascender más de cien metros sin saberlo, estaba admirando una de las vistas más espectaculares que había contemplado en su vida.

La reluciente cúpula del Capitolio se levantaba como una montaña en el extremo oriental del National Mall. A ambos lados del edificio, dos líneas paralelas de luz se extendían hacia él; eran las fachadas iluminadas de los museos de la Smithsonian, faros del arte, la historia, la ciencia y la cultura.

Langdon comprendió entonces, para su asombro, que gran parte de lo que Peter le había asegurado era literalmente cierto.

«Es verdad que hay una escalera de caracol que desciende decenas de metros, bajo una piedra enorme.»

El colosal vértice del obelisco se encontraba justo sobre su cabeza, y Langdon recordó entonces un dato sin importancia, que de pronto le pareció investido de una misteriosa relevancia: el vértice del Monumento a Washington pesaba exactamente tres mil trescientas libras.[1]

«Treinta y tres centenas. Otra vez el mismo número.»

Más sorprendente, sin embargo, fue recordar que el remate del vértice, en lo alto del obelisco, era una diminuta y lustrosa punta de aluminio, metal que en su día había sido más valioso que el oro. El refulgente ápice

---

1. 1.485 kilogramos. (*N. de los t.*)

del Monumento a Washington medía apenas unos treinta centímetros de altura, lo mismo que la pirámide masónica. Y por increíble que pudiera parecer, esa pequeña pirámide de metal tenía grabada una famosa inscripción: *Laus Deo*. Súbitamente, Langdon lo comprendió todo.

«Ése es el verdadero mensaje inscrito en la base de la pirámide de piedra.»

«¡Los siete símbolos son una transliteración!»

El más sencillo de los códigos.

«Los símbolos son letras.»

La escuadra de cantero – L
El símbolo del oro – AU
La sigma griega – S
La delta griega – D
El mercurio de los alquimistas – E
El uróboros – O

—*Laus Deo* —murmuró Langdon.

La conocida frase latina, que significaba «alabado sea Dios», estaba inscrita en el remate del Monumento a Washington, en caracteres cursivos de menos de tres centímetros de altura. «A la vista de todos y, aun así, invisibles.»

Laus Deo.

—Alabado sea Dios —dijo Peter tras él mientras encendía la luz tenue del mirador—. El mensaje final de la pirámide masónica.

Langdon se volvió. Al ver que su amigo lo miraba con una ancha sonrisa, recordó que Peter incluso había llegado a usar esas mismas palabras —«¡alabado sea Dios!»— cuando estaban en la biblioteca masónica. «Y ni siquiera entonces lo comprendí.»

Sintió un estremecimiento al reparar en lo apropiado que resultaba que la pirámide masónica los hubiera guiado precisamente hasta allí, hasta el gran obelisco de la capital estadounidense, el símbolo de la antigua sabiduría mística, tendido hacia el cielo en el corazón de la nación.

Completamente fascinado, Langdon empezó a desplazarse en sentido antihorario en torno al perímetro del diminuto recinto cuadrado, hasta llegar a una segunda ventana panorámica.

«El norte.»

Por la ventana orientada al norte descubrió la familiar silueta de la Casa Blanca, justo delante de él. Levantó los ojos al horizonte, donde Sixteenth Street discurría rectilínea, al norte de la Casa del Templo.

«Estoy al sur de Heredom.»

Siguió recorriendo el perímetro hasta la ventana siguiente. Mirando al oeste, sus ojos trazaron el largo rectángulo del estanque del Lincoln Memorial, cuyas aguas reflejaban la arquitectura griega clásica del edificio, inspirada en el Partenón de Atenas, el templo de Atenea, la diosa de las empresas heroicas.

«*Annuit coeptis* –pensó Langdon–. Dios aprueba nuestra empresa.»

Prosiguió hasta la última ventana y miró hacia el sur, a través de las aguas oscuras del Tidal Basin, donde el Jefferson Memorial brillaba intensamente en la noche. Como bien sabía Langdon, su cúpula de suave pendiente tomaba como modelo el Panteón, la casa original de los grandes dioses de la mitología romana.

Después de mirar en las cuatro direcciones, Langdon pensó en las fotografías aéreas que había visto del National Mall, con los cuatro brazos extendidos desde el Monumento a Washington, en el centro, hacia los cuatro puntos cardinales. «Estoy en el punto donde se cruzan los caminos de este país.»

Langdon siguió su recorrido por el perímetro del recinto hasta volver adonde estaba Peter. Su mentor se veía radiante.

—Bueno, Robert, aquí es. Aquí está sepultada la Palabra Perdida. La pirámide masónica nos ha conducido hasta aquí.

Langdon lo miró asombrado. Había olvidado por completo la Palabra Perdida.

—No conozco a nadie que me merezca más confianza que tú, Robert, y después de una noche como ésta, creo que tienes derecho a saberlo todo. Tal como promete la leyenda, la Palabra Perdida está enterrada al pie de una escalera de caracol.

Indicó con un gesto el hueco de la larga escalera del monumento.

Langdon por fin empezaba a recuperarse, pero no pudo evitar una expresión de desconcierto.

Rápidamente, Peter se metió una mano en el bolsillo y sacó un pequeño objeto.

—¿Reconoces esto?

Langdon cogió la caja de piedra que Peter le había confiado mucho tiempo atrás.

—Sí, pero me temo que no cumplí muy bien la promesa de protegerla. Solomon rio entre dientes.

—Quizá haya llegado el momento de que vea la luz.

Langdon miró el cubo de piedra, preguntándose para qué se lo habría dado Peter.

—¿A qué te recuerda?

Robert contempló la inscripción –1514 đ̄ – y recordó su primera impresión, cuando Katherine había desenvuelto el paquete.

—Parece una piedra angular.

—Exacto —replicó Peter—. Verás, quizá haya algunas cosas que ignores acerca de las piedras angulares. En primer lugar, la idea misma de colocar una piedra angular viene del Antiguo Testamento.

Langdon asintió.

—Del libro de los Salmos.

—Correcto. Además, una auténtica piedra angular siempre ha de estar sepultada en el subsuelo, como símbolo del primer paso que da el edificio, de la tierra a la luz celestial.

Langdon dirigió la vista al Capitolio y recordó que su piedra angular estaba enterrada tan profundamente en los cimientos que hasta entonces ninguna excavación había conseguido localizarla.

—Y por último —añadió Solomon—, al igual que la caja de piedra que tienes en la mano, muchas piedras angulares tienen en su interior pequeñas cavidades abovedadas, donde se guardan y entierran tesoros (o talismanes, si prefieres llamarlos así), que son símbolos de esperanza en el futuro del edificio que está a punto de ser construido.

Langdon conocía bien la tradición. Sabía que los masones seguían colocando piedras angulares, en cuyo interior guardaban objetos llenos de significado: cápsulas del tiempo, fotografías, proclamas e incluso cenizas de personas importantes.

—El propósito de que te hable de todo esto —dijo Peter, mirando al hueco de la escalera— debería resultarte claro.

—¿Crees que la Palabra Perdida está enterrada en la piedra angular del Monumento a Washington?

—No lo creo, Robert; lo sé. La Palabra Perdida fue sepultada en la piedra angular de este monumento, el 4 de julio de 1848, con un completo ritual masónico.

Langdon lo miró asombrado.

—¿Nuestros antepasados masones enterraron una palabra?

Peter asintió.

—Así es, y lo hicieron porque conocían bien el poder de lo que estaban enterrando.

Durante toda la noche, Langdon había intentado amoldar la mente a conceptos vaporosos y ambiguos: los antiguos misterios, la Palabra Perdida, los secretos de los siglos... Ahora necesitaba algo sólido, y por más que Peter dijera que la clave de todo estaba enterrada en una piedra angular ciento setenta metros más abajo, le costaba mucho aceptarlo.

«Hay gente que dedica toda una vida al estudio de los misterios y ni siquiera así es capaz de acceder al poder que supuestamente encierran.»

Langdon recordó de pronto el grabado de Durero, *Melancolía I*, la imagen del sabio desalentado, sentado en medio de los instrumentos de sus vanos esfuerzos por develar los secretos místicos de la alquimia. «Si es cierto que los secretos se pueden develar, es imposible que la clave esté en un solo lugar.»

Langdon siempre había creído que la respuesta, fuera cual fuese, debía de estar dispersa por el mundo en miles de volúmenes, codificada en los textos de Pitágoras, Hermes, Heráclito, Paracelso y cientos de autores más. Tenía que estar en multitud de tomos polvorientos y olvidados de alquimia, misticismo, magia y filosofía. Debía de estar oculta en la antigua biblioteca de Alejandría, en las tablillas de arcilla de Sumer y en los jeroglíficos de Egipto.

—Lo siento, Peter —dijo Langdon, negando con la cabeza—. La comprensión de los antiguos misterios es un proceso que debe llevar toda la vida. No me parece concebible que la clave pueda residir en una sola palabra.

Peter le apoyó la mano sobre el hombro.

—Robert, la Palabra Perdida no es una «palabra» —sonrió—. La llamamos de ese modo porque así es como la llamaban los antiguos..., en el principio.

Capítulo 130

«En el principio fue el Verbo.»

El deán Galloway se arrodilló en el crucero mayor de la catedral de Washington y rezó por la nación. Rezó para que su amado país comprendiera pronto el verdadero poder del Verbo, el poder de la Palabra: la colección de textos que resumían la sabiduría de todos los maestros antiguos, las verdades espirituales que habían enseñado los grandes sabios.

La historia había bendecido a la humanidad con los maestros más sabios, almas profundamente iluminadas cuya comprensión de los misterios espirituales y psíquicos superaba todo entendimiento. Las valiosas palabras de aquellos sabios —Buda, Jesús, Mahoma, Zoroastro y muchos más— habían sido transmitidas a lo largo de la historia en los vehículos más antiguos y valiosos.

En los libros.

Todas las culturas del planeta tenían su libro sagrado, su Palabra, que, aun siendo diferente, era igual que las demás. Para los cristianos, la Palabra era la Biblia; para los musulmanes, el Corán; para los judíos, la Torá; para los hindúes, los vedas, y así hasta el infinito.

«La Palabra iluminará el camino.»

Para los masones fundadores de Estados Unidos, la Palabra era la Biblia. «Sin embargo, poca gente en la historia ha comprendido su verdadero mensaje.»

Esa noche, arrodillado a solas en la grandiosa catedral, Galloway colocó las manos sobre la Palabra: un gastado ejemplar de la Biblia masónica. Ese preciado libro, como todas las Biblias de los masones, contenía el Viejo y el Nuevo Testamento, así como una valiosa recopilación de escritos filosóficos masónicos.

Aunque sus ojos ya no podían leer el texto, el deán se sabía de memoria el prefacio. Su glorioso mensaje había sido leído por millones de hermanos suyos, en innumerables idiomas y en todo el mundo.

Decía así:

EL TIEMPO ES UN RÍO... Y LOS LIBROS SON BARCOS. MUCHOS VOLÚMENES PARTEN POR ESA CORRIENTE, PERO ENCALLAN Y SE PIERDEN EN SUS ARENAS. SÓLO UNOS POCOS, MUY POCOS, RESISTEN LA PRUEBA DEL TIEMPO Y VIVEN PARA BENDECIR LOS SIGLOS SUCESIVOS.

«Hay una razón para que esos volúmenes sobrevivan, mientras que otros se pierden.» Como estudioso de la fe, al deán Galloway siempre le había sorprendido que los antiguos textos espirituales (los libros más estudiados del planeta) fueran en realidad los menos comprendidos.

«Sus páginas ocultan un secreto maravilloso.»

En un día no muy lejano, se haría la luz y la humanidad comenzaría a entender por fin la verdad simple y transformadora de las antiguas enseñanzas. Entonces daría un salto de gigante en la comprensión de su propia naturaleza extraordinaria.

Capítulo 131

La escalera de caracol que desciende a lo largo del eje del Monumento a Washington consta de 896 peldaños de piedra que bajan en espiral, alrededor del hueco del ascensor. Langdon y Solomon estaban bajando, y el profesor aún no acababa de asimilar el hecho sorprendente que su amigo le había revelado apenas unos momentos antes: «Robert, en el interior de la piedra angular hueca de este monumento, nuestros antepasados sepultaron un ejemplar solitario de la Palabra, una Biblia que aguarda en la oscuridad, al pie de esta escalera.»

Durante el descenso, Peter se detuvo repentinamente en un rellano y balanceó el haz de la linterna hasta iluminar un gran medallón de piedra incrustado en la pared.

«¡¿Qué es esto?!» Langdon se sobresaltó al ver la figura grabada.

El medallón representaba a un temible personaje enfundado en una capa, con una guadaña en la mano y de rodillas junto a un reloj de arena. Tenía un brazo levantado, con el dedo índice extendido, apuntando directamente a una gran Biblia abierta, como diciendo: «Ahí está la respuesta.»

Langdon contempló el grabado y luego se volvió hacia Peter.

Los ojos de su mentor relucían de misterio.

—Quiero que pienses bien una cosa, Robert. —Su voz despertó ecos en el hueco vacío de la escalera—. ¿Por qué crees que la Biblia ha sobrevivido a miles de años de historia tumultuosa? ¿Por qué sigue ahí? ¿Quizá porque sus historias ofrecen una lectura apasionante? Desde luego que no. Pero hay una razón. Hay una razón para que los monjes cristianos pasen toda la vida tratando de descifrar la Biblia, y para que los místicos y cabalistas judíos se empeñen en analizar el Antiguo Testamento. Y esa razón, Robert, es que existen poderosos secretos escondidos en las páginas de esos libros antiguos, secretos que son una vasta reserva de sabiduría inexplotada, a la espera de ser descubierta.

No era la primera vez que Langdon oía la teoría de que las Sagradas Escrituras ocultaban un significado secreto, un mensaje escondido tras un velo de alegorías, simbolismo y parábolas.

—Los profetas nos advierten —continuó Peter— de que el lenguaje utilizado para dar a conocer sus misterios es críptico. El Evangelio de san Marcos nos dice: «A vosotros es dado saber el misterio..., pero todas las cosas están en parábolas.» Proverbios advierte de que los sabios hablan en «enigmas», mientras que la Epístola a los Corintios habla de «sabiduría oculta», y el Evangelio de san Juan anuncia: «Os hablaré en parábolas... y usaré palabras oscuras.»

«Palabras oscuras», repitió mentalmente Langdon, sabedor de que esa extraña frase aparecía en repetidas ocasiones en Proverbios, así como en el salmo 78.

«Abriré mi boca en parábolas y evocaré palabras oscuras del pasado.»

El concepto de «palabra oscura», según había estudiado Langdon, no guardaba ninguna relación con una posible «maldad» de la palabra, sino que indicaba que su verdadero significado estaba escondido, oculto a la luz.

—Por si te quedara alguna duda —añadió Peter—, Corintios nos dice abiertamente que las parábolas tienen dos capas de significado: «leche para los bebés y alimento sólido para los hombres», donde la «leche» es una enseñanza simplificada, destinada a las mentes infantiles, mientras que el «alimento sólido» es el mensaje verdadero, sólo accesible a las mentes maduras.

Peter levantó la linterna y volvió a iluminar el grabado del personaje de la capa, que señalaba con mano firme la Biblia

—Conozco tu escepticismo, Robert, pero piensa un momento. Si no hay un significado oculto en la Biblia, ¿entonces cómo explicas que su estudio haya obsesionado a tantas de las grandes mentes de la historia, entre ellas a varios científicos brillantes de la Royal Society? Sir Isaac Newton escribió más de un millón de palabras en su intento de descifrar el verdadero significado de las Escrituras, incluido un manuscrito de

1704 en el que afirmaba haber hallado información *científica* oculta en la Biblia.

Langdon sabía que era cierto.

—Y sir Francis Bacon —prosiguió Peter—, la eminencia contratada por el rey Jacobo para crear literalmente la Biblia en lengua vernácula que quería el monarca, estaba tan convencido de que las Escrituras contenían un mensaje cifrado que no vaciló en añadirle sus propios códigos, que aún hoy se estudian. Por supuesto, como bien sabes, Bacon era rosacruz y escribió *La sabiduría de los antiguos*. —Peter sonrió—. Incluso un iconoclasta como el poeta William Blake insinuó que debemos leer entre líneas.

Langdon conocía sus versos:

AMBOS LEEMOS LA BIBLIA POR LA NOCHE Y LA MAÑANA,
MAS TÚ LEES LO QUE DICE Y YO LEO LO QUE CALLA.

—Y no fueron sólo las eminencias europeas —continuó Peter, bajando ahora más velozmente—. También aquí, Robert, en el corazón de esta joven nación, los más brillantes de nuestros predecesores, como John Adams, Ben Franklin y Thomas Paine, nos advirtieron de los peligros de interpretar literalmente la Biblia. De hecho, Thomas Jefferson estaba tan convencido de que el verdadero significado de la Biblia estaba oculto que recortó literalmente las páginas y reeditó el libro, con la esperanza, según sus propias palabras, «de eliminar todo andamiaje artificial y restaurar las doctrinas auténticas».

Langdon ya conocía ese curioso dato. La Biblia de Jefferson, que aún se seguía vendiendo, incluía muchas de sus controvertidas revisiones, entre ellas, la eliminación del nacimiento virginal y la resurrección. Increíblemente, durante la primera mitad del siglo XIX, todos los miembros del Congreso de Estados Unidos recibían una Biblia de Jefferson como regalo, después de su elección.

—Peter, ya sabes que este tema me resulta fascinante, y comprendo que para una mente brillante pueda ser tentador imaginar que las Escrituras encierran algún significado oculto, pero nada de eso me parece lógico. Cualquier profesor mínimamente capaz te dirá que la enseñanza nunca se imparte en clave.

—¿Qué quieres decir?

—Los profesores enseñamos, Peter; hablamos con claridad. Los profetas fueron los maestros más grandes de la historia. ¿Para qué iban a oscurecer deliberadamente su lenguaje? Si esperaban cambiar el mundo, ¿qué sentido tenía que hablaran en clave? ¿Por qué no hablar abiertamente, para que todos pudieran entender?

Peter volvió la cabeza y miró a su amigo por encima del hombro mientras bajaba la escalera; parecía sorprendido por la pregunta.

—Robert, la Biblia no habla con claridad por la misma razón que las antiguas escuelas de misterios se ocultaban, por la misma razón que los neófitos tenían que ser iniciados antes de aprender las enseñanzas secretas de los siglos, y por la misma razón que los científicos del Colegio Invisible se negaban a compartir sus conocimientos con los demás. Esa información es poderosa, Robert. Los antiguos misterios no se pueden vocear desde los tejados. Los misterios son una antorcha flamígera, que en manos de un sabio puede iluminar el camino, pero en manos de un lunático puede incendiar el mundo.

Langdon se detuvo en seco. «¿Qué me está diciendo?»

—Yo te estoy hablando de la Biblia, Peter. ¿Qué tienen que ver los antiguos misterios?

Peter se volvió.

—¿No lo ves, Robert? Los antiguos misterios y la Biblia son la misma cosa.

Langdon se lo quedó mirando, perplejo.

Su amigo guardó silencio durante unos segundos, esperando a que Robert asimilara la idea.

—La Biblia es uno de los libros que han transmitido los antiguos misterios a lo largo de la historia. Sus páginas intentan desesperadamente contarnos el secreto. ¿No lo entiendes? Las «palabras oscuras» de la Biblia son los susurros de los maestros de la antigüedad, que nos revelan en voz baja toda su sabiduría secreta.

Langdon no dijo nada. Los antiguos misterios, tal como él los entendía, eran una especie de manual de instrucciones para dominar el poder latente de la mente humana, una receta para la apoteosis personal. Nunca había podido aceptar que los misterios encerraran un poder especial y, ciertamente, la idea de que la Biblia contuviera la clave para acceder a ellos le parecía imposible de admitir.

—Peter, la Biblia y los antiguos misterios son dos cosas completamente opuestas. Los misterios hablan del dios que tienes en tu interior, del hombre como ser divino. La Biblia, en cambio, habla del dios que está por encima de ti..., y presenta al hombre como un pecador sin ningún poder.

—¡Así es! ¡Correcto! ¡Señalaste exactamente el problema! En el instante en que el hombre se separó de Dios, el verdadero significado de la Palabra se perdió. Hoy las voces de los antiguos maestros han quedado sofocadas, perdidas en medio del alboroto caótico de quienes se autoproclaman portadores de la Palabra, de aquellos que vociferan que sólo ellos la comprenden..., y que la Palabra está escrita única y exclusivamente en su idioma.

Peter siguió bajando la escalera.

—Robert, tú y yo sabemos que los antiguos se espantarían si vieran lo mucho que se han tergiversado sus enseñanzas..., si vieran que la religión se presenta como una especie de peaje para acceder al cielo..., si supieran que los soldados marchan a la guerra convencidos de que Dios está de su parte. Hemos perdido la Palabra y, sin embargo, su verdadero significado aún está a nuestro alcance, justo delante de nuestros ojos. Está presente en todos los textos perdurables, desde la Biblia y el Bhagavad Gita, hasta el Corán y muchos otros. Todos esos textos son venerados en el altar de la masonería porque los masones comprendemos lo que el mundo parece haber olvidado: que cada uno de esos textos, a su manera, nos susurra exactamente el mismo mensaje. —La voz de Peter se inflamó de emoción—: «¿Acaso no sabéis que sois dioses?»

Langdon estaba sorprendido por la forma en que esa conocida frase de la antigüedad parecía empeñada en salir a relucir esa noche. Había reflexionado al respecto mientras hablaba con el deán Galloway, y también en el Capitolio, mientras intentaba explicar *La apoteosis de Washington.*

Peter redujo el volumen de la voz a un murmullo.

—Buda dijo: «Dios eres tú.» Jesús nos enseñó que el reino de los cielos está en nosotros, y hasta nos prometió que podríamos obrar los mismos milagros que él, e incluso mayores. El primer antipapa, Hipólito de Roma, mencionó el mismo mensaje, que formuló por primera vez el maestro gnóstico Monoimo: «Abandona la búsqueda de Dios y tómate a ti mismo como punto de partida.»

Langdon recordó de pronto una imagen de la Casa del Templo, donde el sitial del vigilante tenía un consejo grabado en el respaldo: CONÓCETE A TI MISMO.

—Un hombre sabio me dijo una vez —prosiguió Peter con voz apenas audible– que la única diferencia entre Dios y nosotros es que nosotros hemos olvidado nuestra naturaleza divina.

–Peter, te entiendo, de verdad que te entiendo. Y me encantaría creer que somos dioses, pero no veo ningún dios en este mundo. No veo ningún superhombre. Puedes hablarme de los supuestos milagros de la Biblia, o de cualquier otro texto religioso, pero no son más que viejas historias inventadas por el hombre y exageradas con el paso del tiempo.

–Quizá –replicó Solomon–, o quizá simplemente necesitemos nuestra ciencia para recuperar la sabiduría de los antiguos. –Hizo una pausa–. Lo curioso es que... tengo la sensación de que la investigación de Katherine podría conducir precisamente a eso.

Langdon recordó de repente que Katherine había salido apresuradamente de la Casa del Templo, horas antes.

–Por cierto, ¿adónde iba?

–Volverá pronto –respondió Peter con una sonrisa–. Ha ido a confirmar un maravilloso golpe de suerte.

Afuera, al pie del monumento, Peter Solomon se sintió revitalizado al inhalar el aire frío de la noche y se puso a observar, divertido, cómo Langdon miraba fijamente el suelo, rascándose la cabeza y buscando en torno a la base del obelisco.

–Profesor –dijo en tono burlón–, la piedra angular que contiene la Biblia está bajo tierra. El libro no se puede ver ni tocar, pero te aseguro que está ahí.

–Te creo –repuso Langdon, que parecía perdido en sus pensamientos–. Es sólo que... acabo de ver algo.

Retrocedió unos pasos y se puso a inspeccionar la gigantesca plaza donde se erguía el Monumento a Washington. La explanada circular estaba revestida en su totalidad de piedra blanca, a excepción de dos líneas decorativas de piedra oscura que formaban dos anillos concéntricos alrededor del monumento.

–Un círculo dentro de otro círculo –dijo–. Nunca había notado que el Monumento a Washington se levanta en el centro de dos círculos concéntricos.

Peter sofocó una carcajada. «No se le escapa nada.»

–Así es, el gran circumpunto..., el símbolo universal de Dios..., en la encrucijada de Estados Unidos. —Se encogió de hombros con fingida timidez—. Seguramente es una coincidencia.

Langdon parecía abstraído mientras ascendía con la vista a lo largo del obelisco iluminado, que refulgía blanquísimo sobre el negro profundo del cielo invernal.

Peter intuía que su amigo estaba empezando a ver el monumento como lo que realmente era: un recordatorio silencioso de la antigua sabiduría, el ícono de un hombre ilustrado, en el corazón de una gran nación. Aunque Peter no podía ver el diminuto ápice de aluminio de la cúspide, sabía que estaba ahí: la mente iluminada del hombre, esforzándose por llegar al cielo.

Laus Deo.

—¿Peter? —Langdon se acercó a él con la expresión demudada de alguien que acabara de experimentar una iniciación mística—. Casi se me olvida —dijo mientras se metía la mano en el bolsillo y sacaba su anillo masónico—. Llevo toda la noche queriendo devolverte esto.

—Gracias, Robert.

Peter alargó la mano izquierda y cogió con admiración el anillo.

—¿Sabes? —añadió—. Todo el secreto y el misterio en torno a este anillo y la pirámide masónica han obrado un poderoso efecto en mi vida. Cuando era joven recibí la pirámide con la promesa de que ocultaba secretos místicos. Su mera existencia me hizo creer que verdaderamente había grandes misterios en el mundo. Azuzó mi curiosidad, alimentó mi capacidad de maravilla y me inspiró para que abriera la mente a los antiguos misterios. —Sonrió con serenidad mientras se deslizaba el anillo en el bolsillo—. Ahora me doy cuenta de que el verdadero propósito de la pirámide masónica no era revelar las respuestas, sino inspirar fascinación por ellas.

Los dos hombres permanecieron un largo rato en silencio al pie del monumento.

Cuando por fin Langdon habló, lo hizo en tono grave.

—Tengo que pedirte un favor, Peter, un favor de amigo.

—Por supuesto, lo que quieras.

En tono firme, Langdon le pidió lo que quería.

Solomon asintió, sabiendo que su amigo tenía razón.

—Lo haré.

—Ahora mismo —añadió Robert, dirigiéndose al Escalade, que los estaba esperando.

—De acuerdo, pero con una condición.

Robert Langdon levantó la vista al cielo, riendo entre dientes.

—No sé cómo lo haces, pero siempre acabas teniendo la última palabra.

—Sí, y todavía hay una última cosa que quiero que Katherine y tú vean.

—¿A esta hora?

Solomon sonrió con afecto a su viejo amigo.

—Es el tesoro más espectacular de Washington... y algo que muy pocas personas han visto.

Capítulo 132

Katherine se sentía flotar de dicha mientras subía velozmente la colina, hacia la base del Monumento a Washington. Esa noche había vivido experiencias terribles y trágicas, pero sus pensamientos se concentraban ahora, aunque sólo fuera momentáneamente, en la maravillosa noticia que le había dado Peter momentos antes, una noticia que acababa de confirmar con sus propios ojos.

«Mi investigación está a salvo. En su totalidad.»

Los datos almacenados en los discos holográficos del laboratorio habían sido destruidos esa noche, pero antes, en la Casa del Templo, Peter le había revelado que había hecho copias de seguridad secretas de toda su investigación noética, y que las conservaba en las oficinas ejecutivas de los depósitos del Smithsonian. «Ya sabes que me fascina tu trabajo —le había explicado—. Quería seguir tus progresos sin molestarte.»

—¿Katherine? —la llamó una voz grave.

Ella levantó la vista.

Una figura solitaria se recortaba a contraluz sobre la base iluminada del monumento.

—¡Robert!

Corrió hacia él y lo abrazó.

—Ya me enteré —le susurró Langdon—. Debe de haber sido un gran alivio para ti.

La voz de Katherine se quebró por la emoción.

—Un alivio increíble.

La investigación que Peter había salvado era una proeza científica, una vasta colección de experimentos que demostraban que el pensamiento humano era una fuerza real y mensurable, capaz de interactuar con el mundo físico. Los experimentos de Katherine demostraban el efecto del pensamiento humano sobre los más diversos objetos, desde cristales de hielo hasta generadores de eventos aleatorios, pasando por el movimiento de las partículas subatómicas. Los resultados eran concluyentes e irrefutables, con el potencial de convertir en creyentes a los escépticos y de afectar la conciencia mundial a una escala gigantesca.

—Todo cambiará, Robert. Todo.

—Peter está convencido de que así será.

Katherine buscó a su hermano con la mirada.

—Fue al hospital —dijo Langdon—. Le insistí para que fuera, como un favor personal.

Katherine suspiró aliviada.

—Gracias.

—Me pidió que te esperara aquí.

Ella asintió mientras su mirada ascendía por el reluciente obelisco blanco.

—A mí me dijo que pensaba traerte aquí y algo referente a *Laus Deo*... No me explicó mucho más.

Langdon soltó una risita cansada.

—Tampoco yo estoy seguro de haberlo entendido del todo. —Miró la cúspide del monumento—. Tu hermano ha dicho unas cuantas cosas esta noche que no acabo de asimilar.

—Espera, déjame que adivine —dijo Katherine—. ¿Algo sobre los antiguos misterios, la ciencia y las Sagradas Escrituras?

—¡Premio!

—Bienvenido al club —replicó ella con un guiño—. Peter empezó a hablarme de todo eso hace mucho tiempo. En buena medida, él ha inspirado mi investigación.

—Desde un punto de vista puramente intuitivo, algunas de las cosas que dijo parecían tener sentido. —Langdon meneó la cabeza—. Pero intelectualmente...

Katherine sonrió y le pasó un brazo por la espalda.

—¿Sabes, Robert? Quizá yo pueda ayudarte en ese aspecto.

En las entrañas del Capitolio, el Arquitecto Warren Bellamy caminaba por un pasillo desierto.

«Esta noche sólo queda una cosa por hacer», pensó.

Cuando llegó a su despacho, sacó una llave muy antigua del cajón de su escritorio. Era una llave negra de hierro, fina y alargada, con marcas desdibujadas. Bellamy se la guardó en el bolsillo y se preparó para recibir a sus invitados.

Robert Langdon y Katherine Solomon iban de camino al Capitolio. Tal como Peter le había pedido, Bellamy iba a ofrecerles una experiencia muy poco frecuente: la oportunidad de contemplar el secreto más maravilloso del edificio, uno que sólo el Arquitecto podía revelarles.

Capítulo 133

Muy por encima del suelo de la Rotonda del Capitolio, Robert Langdon avanzaba nervioso, centímetro a centímetro, por la pasarela circular que se extendía justo debajo de la cúpula. Probó a mirar más allá de la barandilla, mareado por la altura, sin poder creer todavía que hubieran pasado menos de diez horas desde el hallazgo de la mano de Peter en el punto central del suelo que se extendía allá abajo.

En ese mismo suelo, a cincuenta y cinco metros de distancia, el Arquitecto del Capitolio no era más que una mancha diminuta, que atravesó la Rotonda y se perdió de vista. Bellamy había acompañado a Langdon y a Katherine hasta la pasarela y los había dejado allí, con instrucciones muy concretas.

«Instrucciones de Peter.»

Langdon echó un vistazo a la vieja llave de hierro que Bellamy le había dado. Después, miró la estrecha escalerilla que subía a partir del nivel donde se encontraban... y seguía subiendo. «Que Dios me asista.» Aquella angosta escalera, según el Arquitecto, conducía a una pequeña puerta metálica cuya cerradura se abría con la llave que Langdon tenía en la mano.

Al otro lado de la puerta había algo que Peter estaba empeñado en que Langdon y Katherine vieran. No había dicho qué era exactamente, pero había dejado instrucciones precisas acerca de la hora en que debían abrir la puerta.

«¿Tenemos que esperar para abrir la puerta? ¿Por qué?»

Langdon volvió a consultar el reloj y soltó un gruñido.

Se metió la llave en el bolsillo y contempló el vacío inmenso que se abría ante él, al otro lado de la barandilla. Katherine había echado a andar sin miedo, imperturbable al parecer por las alturas, y para entonces había cubierto la mitad de la circunferencia y contemplaba con admiración cada centímetro de *La apoteosis de Washington* de Brumidi, que se cernía justo sobre sus cabezas. Desde su poco habitual punto de vista, los personajes de cinco metros de altura que decoraban los casi quinientos metros cuadrados de la cúpula del Capitolio se veían con sorprendente detalle.

Langdon le dio la espalda a Katherine, se volvió hacia la pared y susurró en voz muy baja:

—Katherine, te habla la voz de tu conciencia: ¿por qué has abandonado a Robert?

Obviamente, ella ya conocía las asombrosas propiedades acústicas de la cúpula, por lo que la pared no tardó en susurrarle una respuesta:

—Porque Robert es un gallina. Tendría que venir aquí conmigo. Nos queda mucho tiempo, antes de poder abrir la puerta.

Langdon sabía que tenía razón y, aunque a disgusto, empezó a recorrer el balcón, pegándose cuanto podía a la pared.

—Este techo es absolutamente asombroso —se maravilló Katherine mientras estiraba el cuello para abarcar en todo su enorme esplendor la *Apoteosis* que se desplegaba más arriba—. ¡Dioses de la mitología, mezclados con científicos e inventores y con sus creaciones! ¡Y pensar que ésta es la imagen que ocupa el centro de nuestro Capitolio!

Langdon levantó la vista hacia las vastas figuras de Franklin, Fulton, Morse y sus inventos tecnológicos. Partiendo de esos personajes, un refulgente arco iris trazaba una curva para guiar la mirada del observador hacia George Washington, que ascendía al cielo sentado en una nube. «La gran promesa del hombre convertido en dios.»

—Es como si toda la esencia de los antiguos misterios flotara sobre la Rotonda —dijo Katherine.

Langdon tuvo que admitir que no había en el mundo muchos frescos que combinaran los inventos científicos, los dioses de la mitología y la apoteosis humana. La espectacular colección de imágenes de ese techo era, sin duda alguna, un mensaje inspirado en los antiguos misterios, puesto ahí por alguna razón. Los padres fundadores veían la nación como un lienzo en blanco, como un campo fértil donde sembrar la simiente de los misterios. Siglos después, ese ícono que planeaba en las alturas (el padre de la nación en su ascenso al cielo) flotaba silencioso sobre los legisladores, los gobernantes y los presidentes, como un audaz recordatorio, como un mapa del futuro, una promesa de que algún día el hombre evolucionaría hasta alcanzar la completa madurez espiritual.

—Robert —murmuró Katherine con la mirada fija todavía en las colosales figuras de los grandes inventores de América, acompañados de Minerva—, esto es profético. Actualmente, los inventos más avanzados del hombre se están utilizando para estudiar sus ideas más antiguas. Puede que la noética sea una ciencia nueva, pero en el fondo es la más antigua del mundo: el estudio del pensamiento humano. —Se volvió hacia él con ojos maravillados—. Y estamos averiguando que los antiguos tenían una comprensión del pensamiento más profunda que la nuestra en la actualidad.

—Es lógico —replicó Langdon—. La mente humana era la única tecnología de que disponían los antiguos. Los primeros filósofos la estudiaron sin descanso.

—¡Así es! Los textos antiguos reflejan la obsesión por el poder de la mente humana. Los Vedas describen la circulación de la energía mental, y el *Pistis Sophia*, la conciencia universal. El *Zohar* analiza la naturaleza del espíritu-mente, y los textos chamánicos predicen la «influencia a distancia» de Einstein en el ámbito de la curación a distancia. ¡Todo está ahí! ¡Y eso por no hablar de la Biblia!

—¿Tú también? —dijo Langdon, riendo—. Tu hermano intentó convencerme de que la Biblia está llena de información científica codificada.

—Lo está —replicó ella—. Y si no crees a Peter, lee algunos de los textos esotéricos de Newton sobre la Biblia. ¿Sabes, Robert?, cuando empiezas a entender sus parábolas crípticas te das cuenta de que la Biblia es un estudio de la mente humana.

Langdon se encogió de hombros.

—Supongo que tendré que volver a leerla.

—Voy a hacerte una pregunta —dijo ella, que obviamente no apreciaba su escepticismo—. Cuando la Biblia nos dice que construyamos nuestro templo..., un templo que debemos «construir sin herramientas y sin ruido», ¿a qué templo crees que se refiere?

—Bueno, el texto dice que nuestro cuerpo es un templo.

—Sí, Corintios 3, 16, pero lo que dice en realidad es que el templo de

Dios somos nosotros. —Katherine le sonrió—. Y el Evangelio de Juan dice exactamente lo mismo. Robert, las Escrituras aluden claramente al poder latente en nuestro interior, y nos instan a dominarlo... Nos animan a construir el templo de nuestra mente.

—Por desgracia, creo que gran parte del mundo religioso está esperando la reconstrucción de un templo real. Es parte de la profecía mesiánica.

—Sí, pero ese punto de vista pasa por alto un aspecto importante. La Segunda Venida es el advenimiento del hombre, el momento en que la humanidad construye por fin el templo de su mente.

—No sé —dijo Langdon, rascándose la barbilla—. No soy un experto en estudios bíblicos, pero estoy bastante seguro de que las Escrituras describen detalladamente un templo material, que es preciso construir. La estructura que describen consta de dos partes: un templo exterior, llamado sancta, y otro interior, el sanctasanctórum, separado del otro por un delgado velo.

Katherine sonrió.

—Para ser un escéptico de la Biblia, tienes muy buena memoria. Por cierto, ¿has visto alguna vez un cerebro humano? Consta de dos partes: una exterior, llamada duramadre, y otra interior, la piamadre. Ambas están separadas por la aracnoides, un velo semejante a una tela de araña.

Él hizo un gesto de sorpresa.

Suavemente, Katherine alargó la mano y la apoyó en la sien de Langdon.

—Éste es tu templo, Robert.

Mientras Langdon intentaba procesar lo que Katherine acababa de decirle, recordó inesperadamente un pasaje del Evangelio gnóstico de María: «Donde está la mente, está el tesoro.»

—Quizá hayas oído hablar —dijo Katherine, bajando la voz— de los escáneres cerebrales realizados a yoguis durante la meditación. En estados avanzados de concentración, el cerebro humano crea una sustancia física similar a la cera, secretada por la glándula pineal. Esa secreción cerebral no se parece a ninguna otra del cuerpo. Tiene increíbles efectos curativos, puede regenerar las células, y quizá sea una de las razones por las que los yoguis son tan longevos. Te estoy hablando de auténtica ciencia, Robert. Esa sustancia tiene propiedades inconcebibles y sólo puede ser generada por una mente absolutamente enfocada en un estado de concentración profunda.

—Recuerdo haber leído algo al respecto, hace varios años.

–Sí, probablemente. Y a propósito, supongo que recordarás la narración bíblica del maná que cae del cielo.

Langdon no veía la conexión.

–¿Te refieres a la sustancia mágica que cayó del cielo para dar de comer a los hambrientos?

–Exacto. Se decía que curaba a los enfermos, otorgaba larga vida y, curiosamente, no producía deyecciones en quienes la consumían. –Katherine hizo una pausa, como esperando a que Langdon comprendiera–. ¡Robert! –lo aguijoneó–. ¡Un alimento que cae del cielo! –Se golpeó la sien con un dedo–. ¡Que cura mágicamente! ¡Que no produce deyecciones! ¿No lo ves? ¡Es un código, Robert! «Templo» significa «cuerpo», «cielo» significa «mente», la «escalera de Jacob» es la columna vertebral, y el «maná» es esa rara secreción cerebral. Cuando veas esas palabras en la Biblia, presta atención, porque a menudo son marcadores que señalan un significado más profundo, oculto bajo la superficie.

Katherine siguió explicándole con elocuente vehemencia que esa misma sustancia mágica aparecía en todas las manifestaciones de los antiguos misterios: era el néctar de los dioses, el elixir de la vida, la fuente de la eterna juventud, la piedra filosofal, la ambrosía, el rocío, el *ojas* y el soma. Después, su amiga se embarcó en una exhaustiva descripción de la glándula pineal, como representación del ojo de Dios, que todo lo ve.

–En Mateo 6, 22 –dijo con entusiasmo–, el Evangelio no habla de los ojos, sino del ojo. Dice: «Si tu ojo está sano, entonces todo tu cuerpo estará lleno de luz.» Ese concepto está representado también por el *ajna* o sexto chakra, y por el punto que los hindúes se marcan en la frente, que...

Katherine se detuvo en seco con expresión avergonzada.

–Oh, lo siento... Estoy divagando. ¡Es que me entusiasma tanto todo esto! Llevo muchos años estudiando lo que dijeron los antiguos acerca del increíble poder mental del hombre, y ahora la ciencia nos demuestra que es posible acceder a ese poder mediante un proceso físico. Bien utilizado, nuestro cerebro puede desplegar poderes literalmente sobrehumanos. La Biblia, como muchos textos antiguos, es una exposición detallada de la máquina más compleja jamás creada: la mente humana. –Lanzó un suspiro–. Increíblemente, hasta ahora la ciencia no ha hecho más que rascar la superficie de la enorme potencialidad de la mente.

–Y tu trabajo en el campo de la noética será un salto gigantesco hacia el futuro...

–O hacia el pasado –replicó ella–. Los antiguos ya conocían muchas de las verdades científicas que ahora estamos redescubriendo. En cuestión de años, el hombre moderno se verá obligado a aceptar lo que ahora es impensable: nuestros cerebros podrán generar energía capaz de transformar el mundo físico. —Hizo una pausa—. Las partículas reaccionan con nuestros pensamientos..., lo que significa que nuestros pensamientos tienen el poder de cambiar el mundo.

Langdon esbozó una sonrisa.

—Las conclusiones de mi investigación son éstas —prosiguió Katherine—. Dios es algo muy real: una energía mental que lo impregna todo. Y nosotros, los seres humanos, hemos sido creados a su imagen y semejanza...

—¿Cómo? —la interrumpió él—. ¿Dices que hemos sido creados a imagen y semejanza de una energía mental?

—Exactamente. Nuestros cuerpos físicos han evolucionado a través del tiempo, pero nuestra mente fue creada a imagen y semejanza de Dios. Nuestra lectura de la Biblia es demasiado literal. Decimos que Dios nos creó a su imagen, pero no es nuestro cuerpo físico lo que se parece a Dios, sino nuestra mente.

Langdon guardó silencio, completamente absorbido por la idea.

—Ése es el gran don, Robert, y Dios está esperando a que lo comprendamos. En el mundo entero, levantamos la vista al cielo y esperamos a Dios..., sin darnos cuenta de que Él nos está esperando a nosotros. —Katherine hizo una pausa para dar tiempo a que Langdon asimilara sus palabras—. Somos creadores, pero ingenuamente asumimos el papel de «creados». Nos vemos como corderos indefensos, manipulados y zarandeados por el Dios que nos creó. Nos arrodillamos como niños asustados y le suplicamos que nos ayude, que nos perdone y que nos conceda suerte. Pero cuando por fin entendamos que verdaderamente hemos sido creados a su imagen y semejanza, entonces empezaremos a comprender que también nosotros debemos ser creadores. Cuando entendamos eso, se abrirán todas las puertas para la realización del potencial humano.

Langdon recordó un pasaje de la obra del filósofo Manly P. Hall que siempre lo había impresionado: «Si el infinito no hubiera deseado que el hombre fuera sabio, no le habría otorgado la facultad de conocer.» Volvió a levantar la vista para contemplar *La apoteosis de Washington*, el ascenso simbólico del hombre a la categoría de dios. «El creado... convertido en Creador.»

—Lo más asombroso de todo —dijo Katherine— es que, en cuanto los humanos comencemos a explotar nuestro verdadero poder, tendremos un enorme control sobre todo nuestro mundo. Seremos capaces de diseñar la realidad, en lugar de reaccionar simplemente a sus dictados.

Langdon bajó la mirada.

—Creo que eso es bastante peligroso.

Katherine pareció sorprendida e impresionada.

—¡Sí, exactamente! Si los pensamientos afectan al mundo, entonces debemos tener mucho cuidado con lo que pensamos. Los pensamientos destructivos también tienen su influencia, y todos sabemos que es mucho más fácil destruir que crear.

Langdon pensó en todas las tradiciones que insistían en la necesidad de proteger la antigua sabiduría de aquellos que no la merecían y de compartirla únicamente con los iluminados. Pensó en el Colegio Invisible y en el gran científico Isaac Newton, que había pedido a Robert Boyle la mayor discreción respecto a su investigación secreta. «No se puede comunicar —escribió Newton en 1676— sin un daño inmenso para el mundo.»

—Hay un aspecto interesante en todo eso —dijo Katherine—. La gran ironía es que todas las religiones del mundo, durante siglos, han instado a sus fieles a abrazar los conceptos de «fe» y «creencia». Ahora la ciencia, que durante siglos ha tachado a la religión de superstición infundada, debe admitir que su próxima gran frontera es literalmente la ciencia de la «fe» y de la «creencia»: el poder de la convicción y la intención concentradas. La misma ciencia que erosionó nuestra fe en los milagros ahora está construyendo un puente para salvar el abismo que creó.

Langdon consideró durante un buen rato sus palabras. Después, lentamente, volvió a levantar la vista hacia la *Apoteosis*.

—Tengo una objeción —dijo, mirando otra vez a Katherine—. Aunque acepte por un instante, sólo por un instante, que tengo el poder de cambiar el mundo físico con la fuerza de la mente y de hacer que se manifieste todo aquello que deseo..., me temo que no encuentro nada en mi vida que me haga pensar que estoy en posesión de semejante poder.

Ella se encogió de hombros.

—Eso es que no has buscado con suficiente empeño.

—¡Vamos! Quiero una respuesta de verdad. Ésa es la respuesta de un sacerdote y yo quiero la de una científica.

—¿Quieres una respuesta de verdad? La tendrás. Si te doy un violín y te digo que tienes la capacidad de producir una música maravillosa, no te estaré mintiendo. Es cierto que tienes esa capacidad, pero necesitarás muchísimo tiempo y esfuerzo para ponerla en práctica. Con el uso de la mente pasa lo mismo, Robert. El pensamiento bien dirigido es una habilidad que se aprende. Para materializar una intención, hace falta una concentración con la intensidad de un láser, una visualización que abarque todos los sentidos y una fe profunda. Lo hemos demostrado en el laboratorio. Y al igual que sucede con el violín, hay gente con más talento natural que otra. Piensa en la historia. Piensa en las vidas de todos los iluminados que obraron milagros.

—Por favor, Katherine, no me digas que de verdad crees en milagros. ¿Realmente crees en lo de transformar el agua en vino y curar a los enfermos con sólo tocarlos?

Ella hizo una inspiración profunda y exhaló lentamente el aire.

—He visto a gente transformar células cancerosas en células sanas sólo con pensar en ellas. He visto cómo la mente humana puede transformar el mundo físico de mil maneras diferentes. Cuando has sido testigo de algo así, Robert, cuando esas cosas han pasado a formar parte de tu realidad, entonces creer en algunos de los milagros que aparecen en los libros es sólo cuestión de grado.

Langdon estaba pensativo.

—Es una manera muy estimulante de contemplar el mundo, Katherine, pero a mí me exigiría un esfuerzo de fe del que no me siento capaz. Como sabes, la fe nunca ha sido mi fuerte.

—Entonces no pienses que es fe. Piensa sólo en cambiar de perspectiva y en aceptar que el mundo no es exactamente como lo imaginas. A lo largo de la historia, todos los grandes avances científicos comenzaron con una simple idea que amenazaba con derribar todas nuestras convicciones. Una aseveración tan sencilla como que la Tierra es redonda fue ridiculizada como algo imposible porque la mayoría de la gente pensaba que, si así hubiera sido, se habría derramado el agua de todos los océanos. El heliocentrismo fue tildado de herejía. Las mentes pequeñas siempre atacan lo que no entienden. Hay gente que crea y gente que destruye. Esa dinámica existe desde el principio de los tiempos. Pero, al final, los creadores encuentran creyentes y, cuando el número de creyentes alcanza una masa crítica, entonces el mundo se vuelve redondo, y el sistema solar, heliocéntrico. La percepción se transforma y nace una nueva realidad.

Langdon asintió mientras sus pensamientos empezaban a divagar.

—Tienes una expresión curiosa —le dijo ella.

—Sí, quizá. No sé por qué, pero me estaba acordando de cuando salía por la noche con la canoa y remaba hasta el centro del lago, para acostarme bajo las estrellas y pensar en esas cosas.

Ella asintió porque sabía de qué hablaba Langdon.

—Todos tenemos un recuerdo similar. Por alguna razón, acostarse en el suelo para contemplar el cielo... abre la mente. —Levantó la vista al techo y pidió—: Dame tu chaqueta.

—¿Qué?

Él se la quitó y se la dio.

Katherine la dobló un par de veces y la depositó sobre la pasarela, a modo de almohada.

—Acuéstate.

Langdon se echó de espaldas y Katherine le apoyó la cabeza sobre la mitad de la chaqueta doblada. Después se acostó a su lado. Parecían dos niños acostados hombro con hombro en la estrecha pasarela, contemplando el enorme fresco de Brumidi.

—Muy bien —susurró ella—. Ahora intenta recuperar aquella actitud mental. Eres un chico acostado en una canoa, mirando las estrellas, con la mente abierta y llena de asombro y maravilla.

Langdon trató de obedecer, aunque en ese momento, cómodamente acostado, empezó a sentir que el cansancio lo invadía. Cuando la vista se le empezó a volver borrosa, percibió sobre su cabeza una forma vaga, que de inmediato lo hizo despertar.

«¿Será posible?»

Le parecía mentira no haberlo visto antes, pero las figuras de *La apoteosis de Washington* estaban claramente dispuestas en dos anillos concéntricos: un círculo dentro de otro círculo.

«¿También la *Apoteosis* es un circumpunto?»

Se preguntó qué otras cosas le habrían pasado inadvertidas esa noche.

—Quiero decirte algo importante, Robert. Hay otro aspecto en todo esto, un aspecto que, según creo, es el más sorprendente de mi investigación.

«¿Todavía hay más?»

Katherine se incorporó sobre un codo.

—Y te aseguro que si nosotros, los seres humanos, fuéramos capaces de asumir con sinceridad esa única y sencilla verdad, el mundo cambiaría de la noche a la mañana.

Para entonces Langdon la escuchaba con toda su atención.

—Como preámbulo de lo que voy a decirte —prosiguió ella—, me gustaría recordarte los mantras masónicos de «reunir lo que está disperso», obtener «orden del caos» y lograr la «unión».

—Continúa —dijo Langdon, intrigado.

Katherine bajó los ojos y le sonrió.

—Hemos demostrado científicamente que el poder de cada pensamiento humano crece exponencialmente con el número de mentes que lo comparten.

Langdon guardó silencio mientras se preguntaba adónde querría llegar ella con esa idea.

—Lo que intento decir es que... dos cabezas son mejor que una, pero no son el doble de buenas, sino mucho más que el doble. Cuando muchas mentes trabajan a la vez, el efecto de sus pensamientos se multiplica exponencialmente. Es el poder inherente de los grupos de oración, de los círculos de curación, de los cánticos entonados al unísono y del culto practicado en masa. La idea de «conciencia universal» no es un vago concepto de la Nueva Era, sino una firme realidad científica. Si conseguimos controlarla y utilizarla, transformaremos el mundo. Ése es el hallazgo fundamental de la ciencia noética. ¿Y sabes algo más? Ya está pasando. Puedes sentirlo a tu alrededor. La tecnología nos está interconectando de maneras que nunca habríamos creído posibles: Twitter, Google, la Wikipedia y mil cosas más se combinan para crear una red de mentes interconectadas. —Se echó a reír—. Y te aseguro que en cuanto publique mi obra, el *tweet* más corriente de todo el Twitter será «estoy aprendiendo ciencia noética», y estallará el interés por la materia.

Langdon sentía los párpados increíblemente pesados.

—¿Puedes creer que todavía no he aprendido a mandar un *tweeter*?

—Un *tweet* —lo corrigió ella, riendo.

—¿Perdón?

—Nada, no importa. Cierra los ojos. Te despertaré cuando sea la hora.

Langdon se dio cuenta de que había olvidado por completo la vieja llave que les había dado el Arquitecto... y la razón por la que habían subido hasta allí. Mientras una nueva oleada de cansancio lo invadía, cerró los ojos y, en la oscuridad de su mente, se sorprendió pensando en la «conciencia universal», en los escritos de Platón sobre la «mente del mundo» o la «reunión de Dios», y en el «inconsciente colectivo» de Jung. El concepto era tan sencillo como asombroso.

«Dios está en la unión de Muchos... y no en Uno.»

—Elohim —dijo de pronto Langdon, abriendo súbitamente los ojos por lo inesperado de la conexión que acababa de establecer.

—¿Qué has dicho? —preguntó Katherine, que no había dejado de mirarlo.

—Elohim —repitió él—. ¡La palabra hebrea que designa a Dios en el Antiguo Testamento! Siempre me había intrigado.

Katherine le sonrió porque sabía lo que quería decir.

—Es plural, ¿verdad?

«¡Exacto!»

Langdon nunca había entendido por qué los primeros pasajes de la Biblia se referían a Dios como un ser plural. Elohim. En el Génesis, Dios Todopoderoso no aparecía descrito como Uno, sino como Muchos.

—Dios es plural —susurró Katherine— porque las mentes de la humanidad son plurales.

Los pensamientos de Langdon se arremolinaban para entonces en una gran espiral: sueños, recuerdos, esperanzas, temores, revelaciones... Todo giraba por encima de su cabeza en la cúpula de la Rotonda. Cuando ya empezaban a cerrársele los ojos por segunda vez, se encontró contemplando fijamente tres palabras en latín, pintadas en el fresco de la *Apoteosis*.

E PLURIBUS UNUM.

«De muchos, uno. De la pluralidad, la unidad», pensó, poco antes de quedarse dormido.

Epílogo

Robert Langdon tardó en despertarse.

Unos rostros lo miraban desde arriba.

«¿Dónde estoy?»

En seguida recordó dónde estaba. Se sentó lentamente bajo la *Apoteosis*. Tenía la espalda dolorida por haber dormido sobre la dura pasarela.

«¿Dónde está Katherine?»

Consultó el reloj de Mickey Mouse.

«Ya casi es la hora.»

Se puso de pie, mirando con cuidado por encima del pasamanos hacia el vacío que se abría a sus pies.

—¿Katherine? —llamó.

El nombre despertó ecos en el silencio de la Rotonda desierta.

Recogió del suelo la chaqueta de tweed, la sacudió y se la puso. Miró en los bolsillos. La llave de hierro que le había dado el Arquitecto había desaparecido.

Volvió sobre sus pasos por la pasarela y se encaminó hacia la abertura que les había enseñado Bellamy: una empinada escalera metálica que ascendía por un estrecho espacio oscuro. Empezó a subir. Siguió subiendo, más y más alto. La escalera se hacía cada vez más angosta y empinada, pero aun así Langdon continuó.

«Sólo un poco más.»

A partir de cierto punto, los peldaños casi se transformaban en las traviesas de una escalera de mano, y el pasadizo se constreñía hasta extremos alarmantes. Finalmente, la escalera terminó y Langdon llegó a un pequeño rellano con una pesada puerta de metal. La llave de hierro estaba en la cerradura. Langdon empujó la puerta entreabierta y los goznes crujieron. Al otro lado, el aire parecía frío. Cuando franqueó el umbral hacia la lóbrega oscuridad, se dio cuenta de que estaba a la intemperie.

–Estaba a punto de bajar a buscarte –le dijo Katherine, sonriendo–. Ya casi es la hora.

Cuando reconoció el lugar, Langdon sofocó una exclamación de sorpresa. Se encontraba sobre una diminuta pasarela alrededor del pináculo de la cúpula del Capitolio. Justo encima de él, la estatua de bronce de la Libertad contemplaba desde lo alto la capital que dormía. La imagen miraba al este, donde las primeras pinceladas rojizas del alba empezaban a colorear el horizonte.

Katherine guió a Langdon por la pasarela hasta situarse ambos mirando al oeste, perfectamente alineados con el National Mall. A lo lejos, la silueta del Monumento a Washington se erguía a la luz del amanecer. Desde esa perspectiva, el gigantesco obelisco les pareció aún más impresionante que antes.

–Cuando lo construyeron –susurró Katherine– era la estructura más alta del planeta.

Langdon recordó las viejas fotografías en sepia de los canteros que trabajaban en los andamios, a más de ciento cincuenta metros de altura, y colocaban manualmente, uno a uno, todos los bloques.

«Somos constructores –pensó–, somos creadores.»

Desde el principio de los tiempos, el hombre había sentido en su interior algo más, algo superior. Había anhelado poseer poderes que no tenía. Había soñado con volar, con sanar y con transformar el mundo de todas las maneras imaginables.

Y lo había conseguido.

Ahora los santuarios de las proezas humanas adornaban el National Mall. Los museos de la Smithsonian florecían con nuestros inventos, nuestro arte, nuestra ciencia, y las ideas de nuestros grandes pensadores. Contaban la historia del hombre como creador, desde los utensilios de piedra del Museo de Historia de los Indígenas Norteamericanos, hasta los reactores y los cohetes del Museo Nacional del Aire y el Espacio.

«Si nuestros antepasados nos vieran ahora, seguramente nos tomarían por dioses.»

Mientras miraba a través de la niebla que precede al alba la vasta geometría de museos y monumentos que se extendía ante él, Langdon volvió a contemplar una vez más el Monumento a Washington. Imaginó el ejemplar solitario de la Biblia, dentro de la piedra angular enterrada, y pensó que la Palabra de Dios era en realidad la palabra del hombre.

Pensó en el gran circumpunto y en su presencia en la explanada circular, bajo el monumento que se levantaba en la encrucijada de la nación, y recordó de pronto la pequeña caja de piedra que Peter le había confiado. Se dio cuenta entonces de que el cubo, al desplegarse, había formado exactamente la misma figura geométrica que tenía ante sí: una cruz con un circumpunto en el centro. Langdon se echó a reír.

«Incluso la caja apuntaba hacia este lugar.»

—¡Mira, Robert! —Katherine le señaló la cúspide del monumento.

Entonces, fijando más la vista, consiguió ver lo que ella le indicaba.

Al otro lado del Mall, un destello diminuto de dorada luz solar resplandecía reflejado en la cúspide del gigantesco obelisco. El punto reluciente no tardó en volverse aún más brillante, centelleando en la punta de aluminio del vértice. Langdon siguió mirando, maravillado, mientras la luz se transformaba en el haz de un faro, que se proyectaba sobre la ciudad sumida en la penumbra. Imaginó las letras diminutas grabadas en la cara oriental del remate de aluminio y comprendió asombrado que el primer rayo de sol que cada mañana incidía sobre la capital del país, día tras día, iluminaba antes que nada dos palabras: «*Laus Deo.*»

—Robert —susurró Katherine—, aquí nunca sube nadie al amanecer. Esto es lo que mi hermano quería que viéramos.

Langdon sintió que se le aceleraba el pulso, mientras el fulgor de la cúspide del monumento se volvía más intenso.

—Según Peter, ésta es la razón por la que los fundadores de la nación levantaron un monumento tan alto. No sé si eso es cierto, pero sé que hay una ley muy antigua que prohíbe construir en la capital un monumento más alto que éste.

La luz siguió bajando centímetro a centímetro por el vértice del obelisco mientras el sol trepaba por el horizonte, a sus espaldas. Contemplando el paisaje, Langdon casi podía sentir a su alrededor el movimiento de las esferas celestiales, que trazaban sus órbitas eternas a través del espacio vacío. Pensó en el Gran Arquitecto del Universo y recordó que Peter le había dicho que sólo el Arquitecto podía revelarle el tesoro que quería enseñarle. Langdon había supuesto que se refería a Warren Bellamy.

«Pero hablaba de otro Arquitecto.»

A medida que los rayos de sol cobraban fuerza, el resplandor dorado envolvió en su totalidad el vértice del obelisco.

«La mente del hombre, recibiendo la iluminación.»

Después, la luz comenzó a bajar poco a poco por el monumento, iniciando el mismo descenso que repetía cada mañana.

«El cielo baja a la tierra... Dios conecta con el hombre.»

Langdon se dio cuenta de que el mismo proceso se repetiría a la inversa al atardecer. El sol se pondría al oeste, y la luz subiría otra vez de la tierra al cielo..., como preparación para un nuevo día.

Junto a él, Katherine se estremeció y se le acercó un poco más. Langdon le pasó un brazo por los hombros. Mientras los dos permanecían juntos y en silencio, Robert pensó en todo lo que había aprendido esa noche, en la creencia de Katherine de que todo estaba a punto de cambiar, y en la fe de Peter en una era de iluminación inminente. Recordó también las palabras de un gran profeta, que había dicho: «Porque no hay cosa oculta que no haya de ser manifestada, ni cosa escondida que no haya de ser conocida y venida a la luz.»

Mientras el sol salía sobre Washington, Langdon levantó la vista al cielo, donde las últimas estrellas de la noche se estaban apagando. Pensó en la ciencia, en la fe y en el hombre. Pensó que todas las culturas, en todos los países y en todas las épocas, habían coincidido en algo. Todos habíamos tenido siempre al Creador. Usábamos diferentes nombres, diferentes rostros y diferentes plegarias, pero Dios era la constante universal para el hombre. Dios era el símbolo que todos compartíamos, el símbolo de todos los misterios de la vida que no podíamos comprender. Los antiguos habían visto en Dios el símbolo de nuestro ilimitado potencial humano, pero ese símbolo antiguo se había ido perdiendo con el paso del tiempo. Hasta ese momento.

En ese instante, de pie en la cima del Capitolio, percibiendo a su alrededor la calidez de los rayos del sol, Robert Langdon sintió que una poderosa fuerza comenzaba a expandirse en su interior. Era una emoción que nunca en toda su vida había sentido con tanta intensidad.

Era la esperanza.

Agradecimientos

Mi más profundo agradecimiento a tres queridos amigos con los que he tenido el gran lujo de trabajar: mi editor, Jason Kaufman; mi agente, Heide Lange, y mi abogado, Michael Rudell. Asimismo, me gustaría expresar mi inmensa gratitud a Doubleday, a mis editoriales de todo el mundo y, por supuesto, a mis lectores.

Esta novela no podría haberse escrito sin la generosa ayuda de incontables individuos que han compartido conmigo sus conocimientos y su competencia. Extiendo a todos ustedes mi profundo aprecio.

Planeta

España
Av. Diagonal, 662-664
08034 Barcelona (España)
Tel. (34) 93 492 80 00
Fax (34) 93 492 85 65
Mail: info@planetaint.com
www.planeta.es

Paseo Recoletos, 4, 3.ª planta
28001 Madrid (España)
Tel. (34) 91 423 03 00
Fax (34) 91 423 03 25
Mail: info@planetaint.com
www.planeta.es

Argentina
Av. Independencia, 1668
C1100 Buenos Aires
(Argentina)
Tel. (5411) 4124 91 00
Fax (5411) 4124 91 90
Mail: info@eplaneta.com.ar
www.editorialplaneta.com.ar

Brasil
Av. Francisco Matarazzo,
1500, 3.º andar, Conj. 32
Edificio New York
05001-100 São Paulo (Brasil)
Tel. (5511) 3087 88 88
Fax (5511) 3087 88 90
Mail: ventas@editoraplaneta.com.br
www.editoriaplaneta.com.br

Chile
Av. 11 de Septiembre, 2353, piso 16
Torre San Ramón, Providencia
Santiago (Chile)
Tel. Gerencia (562) 652 29 43
Fax (562) 652 29 12
www.planeta.cl

Colombia
Calle 73, 7-60, pisos 7 al 11
Bogotá, D.C. (Colombia)
Tel. (571) 607 99 97
Fax (571) 607 99 76
Mail: info@planeta.com.co
www.editorialplaneta.com.co

Ecuador
Whymper, N27-166,
y Francisco de Orellana
Quito (Ecuador)
Tel. (5932) 290 89 99
Fax (5932) 250 72 34
Mail: planeta@access.net.ec

México
Masaryk 111, piso 2.º
Colonia Chapultepec Morales
Delegación Miguel Hidalgo 11560
México, D.F. (México)
Tel. (52) 55 3000 62 00
Fax (52) 55 5002 91 54
Mail: info@planeta.com.mx
www.editorialplaneta.com.mx
www.planeta.com.mx

Perú
Av. Santa Cruz, 244
San Isidro, Lima (Perú)
Tel. (511) 440 98 98
Fax (511) 422 46 50
Mail: rrosales@eplaneta.com.pe

Portugal
Planeta Manuscrito
Rua do Loreto, 16-1.º Frte.
1200-242 Lisboa (Portugal)
Tel. (351) 21 370 43061
Fax (351) 21 370 43061

Uruguay
Cuareim, 1647
11100 Montevideo (Uruguay)
Tel. (5982) 901 40 26
Fax (5982) 902 25 50
Mail: info@planeta.com.uy
www.editorialplaneta.com.uy

Venezuela
Final Av. Libertador con calle Alameda,
Edificio Exa, piso 3.º, of. 301
El Rosal Chacao, Caracas (Venezuela)
Tel. (58212) 952 35 33
Fax (58212) 953 05 29
Mail: info@planeta.com.ve
www.editorialplaneta.com.ve

Grupo Planeta   Planeta es un sello editorial del Grupo Planeta   www.planeta.es

Colegio catedralicio
Catedral de Washington

0   250   500 m